MIRA®

Der Preis dieses Bandes versteht sich einschließlich
der gesetzlichen Mehrwertsteuer.

Umwelthinweis:
Dieses Buch wurde auf chlor- und säurefreiem Papier gedruckt.

Mary Alice Monroe

Dem Himmel entgegen

Roman

Aus dem Amerikanischen von
Christiane Meyer

MIRA®

MIRA® TASCHENBUCH
Band 25175
1. Auflage: Mai 2006

MIRA® TASCHENBÜCHER
erscheinen in der Cora Verlag GmbH & Co. KG,
Axel-Springer-Platz 1, 20350 Hamburg
Deutsche Erstveröffentlichung

Titel der nordamerikanischen Originalausgabe:
Skyward

erschienen bei: Mira Books, Toronto
Published by arrangement with
Harlequin Enterprises II B.V., Amsterdam

Konzeption/Reihengestaltung: fredeboldpartner.network, Köln
Umschlaggestaltung: pecher und soiron, Köln
Redaktion: Claudia Wuttke
Titelabbildung: Corbis Images, Düsseldorf
Autorenfoto: © by Harlequin Enterprise S.A., Schweiz
Satz: Buch-Werkstatt GmbH, Bad Aibling
Druck und Bindearbeiten: Ebner & Spiegel, Ulm
Printed in Germany
ISBN 3-89941-233-8

www.mira-taschenbuch.de

CONTRETEMPS

Though the world's dark heart brought me here,
where time was hiding in the unleashed sea,
I will stay in this fragile place
of broken trees and wounded birds
that teach me patience as I watch
them fill the bared branches
like clusters of singing leaves.

I will follow a passing flock of plovers,
who think faster than we can see
when they suddenly turn
and flash their snowy undersides
in one bright act of collected caring consciousness.

They must have heard a warning
in the lost language of the river wind.

But the silent merlin – in pursuit
disarmed, confused, and angry – cackles at his lazy gods.

I see the breath of another god, moving
beneath still wings of the osprey and the eagle
in flight. I see countless angels, rising from the river
with open hands and upturned palms
to hold the wings in place as the animals glide over
this sanctuary and pull the sky back into universe.

Majory Wentworth

Die Figur des Lijah in dieser Geschichte wurde von Gullah, der Tradition der afro-amerikanischen Erzähler (griots) inspiriert. Die Gullah-Sprache ist so reich an Worten und so komplex in ihrer Struktur wie die ganze Kultur, und ich hatte das Glück und die Ehre, von Königin Quet, Oberhaupt der Gullah/Geechee-Gemeinschaft, beim Schreiben von Lijahs Passagen unterstützt zu werden. Trotzdem habe ich mir die Freiheit genommen, Wörter zu ersetzen, um es dem Leser einfacher zu machen, den Text in seiner Gesamtheit zu verstehen. Und obwohl der Dialog nicht gänzlich der Gullah-Tradition entspricht, habe ich mich bemüht, die einzigartigen Qualitäten und den Rhythmus dieser bedeutenden Sprache zu bewahren.

1. KAPITEL

Raubvögel: *(auch* Raptatores *genannt) besitzen charakteristische Merkmale, die sie von anderen Vögeln unterscheiden. Sie haben spitze, hakig gekrümmte Schnäbel, um ihre Nahrung zu zerlegen, kraftvolle Beine mit scharfen, gebogenen Krallen an den Füßen, um die Beute zu töten, und eine außerordentliche Sehfähigkeit. Auf dem Gebiet der USA und Kanadas verzeichnet man 38 unterschiedliche Arten von Greifvögeln. Die Spezies der Raubvögel wird in folgende Subkategorien eingeteilt: Bussarde, Habichte, Falken, Weihe, Milane, Adler, Fischadler und Eulen.*

Ein kalter, rauer Wind wehte die südkalifornische Küste entlang. Er riss an dem eisbedeckten gelblichen Schlickgras und trieb dichten grauen Nebel von der See an Land. Der dunkelhäutige alte Mann hielt inne, legte den Kopf schief und horchte in den Himmel. Er konnte die Veränderung wie ein Flüstern im Wind hören. Es war kalt. Der Mann zog die Schultern hoch, stellte den Kragen seiner abgetragenen Wolljacke auf, der nun bis an seinen Hut reichte, und vergrub seine Hände tief in den Taschen. Langsam ging er weiter, ließ aber seinen Blick gen Himmel gerichtet.

Der alte Mann musste schon fast eine halbe Meile gelaufen sein, als ein heller, klagender Schrei das Lied des Windes übertönte. Er hielt an, angespannt, erwartungsvoll, und versuchte, durch den dichten Schleier zu sehen, der über der Sumpflandschaft hing. Es war ein friedlicher, ein stiller Morgen. Die blasse Mondsichel schien noch am Himmel. Plötzlich brach ein majestätischer Weißkopf-Seeadler aus dem Nebel hervor. Seine großen, geraden Flügel waren weit ausgestreckt, als er über das Wasser glitt.

„Da bist du!“ murmelte der Mann tief befriedigt. Er legte seine großen, knorrigen Hände um den Mund und ahmte mit einem scharfen, klaren Pfiff den Ruf des Vogels nach.

Der Adler zog seine Kreise am Himmel. Die kraftvollen Flügel schwangen majestätisch auf und nieder. Er drehte eine Runde über dem Sumpf, dann endlich erwiderte er den Ruf.

Das ermutigte den alten Mann. Er hob die Hände zum Mund und pfiff erneut, lauter und nachdrücklicher als zuvor. Und der Adler reagierte. Er wendete und flog direkt auf den Mann zu.

Diese Augenblicke genoss Harris Henderson. Er blinzelte und ließ seinen Blick über die weite, offene Wiese schweifen, die von großen, schlanken Kiefern umgeben war. Das Gras war trocken, und der Boden war vom Morgenfrost bedeckt. In nur einem Tag hatte der Winter Einzug ins Land gehalten. Die angenehm milden Temperaturen der letzten Zeit waren unter den Gefrierpunkt gefallen. Er atmete tief ein und fühlte die feuchte Kälte, die sich in seinen Lungen ausbreitete. Die Morgenluft trug den Duft von brennendem Holz – Zeder, wie er vermutete – zu ihm herüber. Der Geruch war so intensiv, dass er meinte, ihn fast schmecken zu können.

Er neigte den Kopf und blickte auf den schlanken Bussard mit den rötlichen Schwanzfedern, den er mit seinen dicken Lederhandschuhen an seine Brust presste. Maggie Mims, eine kräftige Frau, deren Haare in der gleichen Farbe wie die Federn des Vogels leuchteten, schaute ihn aufgeregt an. Ihre Augen funkelten.

Sie nickte kurz.

Harris hielt das Tier nun von seiner Brust weg. Mit der Linken umklammerte er die Flügel des Bussards, und mit der rechten Hand hatte er die Beine gegriffen. Sofort verschärfte sich der wachsame Blick des Vogels, er öffnete seinen Schnabel und versuchte mit aller Macht, seine Flügel zu befreien.

„Ich weiß, du willst fort“, sagte Harris mit ruhiger Stimme.

Er wartete geduldig, bis das Tier sich beruhigt hatte. Sein Blick war voller Bewunderung, voller Liebe. Die Bussarddame war ein wunderschönes Exemplar, mit cremefarbenem Brustgefieder und einem dunklen Streifen am Bauch sowie den charakteristischen roten Federn am Schwanz, die der Gattung ihren Namen gaben. Die Rotschwanzbussarde sind außergewöhnlich gute Jäger, J.J. Audubon nannte sie „die schwarzen Krieger“. Es war kaum zu glauben, dass dieser anmutige, gesunde und kräftige Vogel vor nicht einmal zwei Monaten mit Schusswunden in die Tierklinik eingeliefert worden war. „Jetzt dauert es nicht mehr lange.“

Der Bussard drehte den Kopf, als er Harris' Stimme hörte, und blickte ihn kämpferisch an – genau diese Wildheit, diese Aggressivität war nötig, um in Freiheit zu überleben. Jeder Muskel im Körper des Vogels war angespannt, alle Sinne auf die Flucht gerichtet. Harris spürte die Erregung des Tieres am eigenen Leib.

In diesem kurzen Moment vor dem Flug versuchte Harris, seinen Geist mit dem des Vogels verschmelzen zu lassen. Er hatte Geschichten von Schamanen gelesen, die diese alte Kunst beherrschten, Mythen von Indianern, deren Geist mit den Adlern aufstieg – Legenden, die beiläufig oder im Scherz erzählt wurden. Noch nie hatte er seine Gedanken mit jemand anderem geteilt, aber in seinem tiefsten Inneren glaubte er, dass in diesen Märchen und Mythen auch ein Funken Wahrheit steckte. Sicher gab es Menschen, die auf einer besonderen, einer Gefühlsebene mit den Vögeln kommunizierten. Er wusste es. Er hatte es gesehen.

Und er litt darunter, keiner von diesen Menschen zu sein. Obwohl er sehr talentiert war, fehlte ihm dieser Instinkt – diese seltene Gabe –, Verbindung aufzunehmen und seinen Geist mit den Tieren aufsteigen zu lassen.

Im Augenblick des Losfliegens bekam Harris eine Ahnung dieser geistigen Verbindung, dieses Geschenks. Wenn der Vogel die Schwingen ausstreckte und sich in die Lüfte erhob und Harris die Geräusche der Flügel und den Luftzug auf seinen Wangen wahrnahm, wusste er für einen Moment, wie es sein musste, zu fliegen. Dann konnte er sich vorstellen, aufzusteigen und die Luft an seinem Körper zu fühlen.

„Fertig?“ fragte Maggie.

Der Bussard spürte die bevorstehende Freiheit. Der Griff seiner Klauen um Harris’ Arm wurde fester. Eine Windböe stieß unter seine Federn, doch er zuckte nicht. Die Augen des Tieres waren geradeaus gerichtet, und sein Atem war in der kalten Morgenluft sichtbar. Der Augenblick war gekommen.

„Okay, meine Schönheit“, sagte Harris sanft zu dem Vogel. „Jetzt schicken wir dich nach Hause.“

Er hob den Arm und öffnete gleichzeitig seine Hand. Der Bussard ließ los, schlug ein paar Mal mit den Flügeln und erhob sich in die Luft. Harris seufzte tief, als der Vogel hoch über ihm schwebte.

Der Rotschwanzbussard stieg höher und immer höher. Harris ließ das Tier nicht aus den Augen, verfolgte den Flug und schätzte die Stärke des Vogels ein. Er achtete auf die Gleichmäßigkeit der Bewegungen, um ausschließen zu können, dass der gebrochene Flügel doch noch nicht vollständig verheilt war. Das Überleben in der Wildnis war hart, und ein Raubvogel musste unbedingt erfolgreich bei der Jagd sein, wenn er eine Chance haben wollte. Dieser Vogel jedoch zeigte keine Schwächen mehr, keine vorsichtige Zurückhaltung oder Schonung, und Harris empfand tiefe Freude darüber, dass die Arbeit der Tierauffangstation einmal mehr erfolgreich verlaufen war.

Es war gelungen, auch diesen Vogel, Nummer 1985, zu retten und auszuwildern.

„Wir sollen hier nicht jagen."

Brady Simmons deutete mit dem Lauf seines 22er-Kaliber-Gewehrs auf ein Schild mit der Aufschrift „Jagen verboten", das an einer alten, knorrigen Eiche angebracht war. „Steht doch so auf dem Schild, stimmt's?" sagte er und achtete dabei darauf, es mehr wie eine Frage und nicht wie eine lakonische Feststellung klingen zu lassen.

Sein Vater rieb sich das stoppelige Kinn und erwiderte: „Ich seh kein Schild."

„Billy Trumplins Dad sagt, dass wir mächtigen Ärger kriegen können, wenn sie uns hier erwischen. Vor allem, wenn wir Vögel jagen. Die Jagdsaison ist vorbei."

Roy Simmons drehte langsam den Kopf, verengte die Augen und sah seinen ältesten Sohn scharf an. Seine Stimme klang zwar leise, aber dennoch gefährlich. „Willst du mir sagen, was ich zu tun habe, Junge?" knurrte er.

Brady wich zurück. „N... nein, Sir."

Sein Vater bemerkte den Respekt seines Sohnes. Seine Augen blitzten. „Unsere Familie jagt hier schon seit Menschengedenken. Es ist nicht falsch, sich ein bisschen von dem zu nehmen, was da ist." Er schulterte sein Gewehr. „Außerdem sind wir nicht zum Spaß hier, sondern um was zu essen auf den Tisch zu bringen. Diese Baumfreunde, die mir das verbieten wollen, sollen ruhig herkommen. Denen werd ich's schon zeigen."

Brady nickte kurz und blickte auf die geballten Hände seines Vaters. Er schwieg. Die Whiskeyfahne seines Vaters erfüllte ihn mit Angst und Verachtung.

Roy Simmons griff nach dem Schild, riss es vom Baum und schleuderte es auf den Boden.

Unbewegt beobachtete Brady, wie sein Vater mit der schlammig verkrusteten Sohle seines Schuhs auf das Schild trat. *Was für ein Idiot,* dachte er bei sich. Er war es leid, seinen Vater darüber schimpfen zu hören, dass die Regierung Land vom Volk *gestohlen* hätte. Wie konnte den Menschen überhaupt etwas gestohlen werden, was ihnen gar nicht gehörte? Im Übrigen interessierte es ihn nicht, wer das Land besaß – er wollte nur so schnell wie möglich so weit wie möglich weg aus dieser Hölle auf Erden.

Tief befriedigt drehte sein Vater sich um und betrat bestimmt das verbotene Gelände. „Komm schon", rief er über die Schulter. „Trödel nicht rum."

Der Wald lag noch in dunklem Schweigen an diesem nasskalten, frühen Morgen. Wenn Brady über die gefrorenen Blätter stapfte, entstand ein Geräusch, das in der Stille des Waldes laut und gefährlich klang. Unzählige Terpentinkiefern wuchsen hoch in den Himmel und standen so eng beieinander, dass man sich leicht verirren konnte, wenn man den Weg nicht kannte. Brady hatte schon immer die Sumpfkiefern bevorzugt, deren lange Nadeln sich im Wind bogen. Sie hatten etwas Majestätisches an sich, wie sie in den Himmel ragten, mit einem mächtigen Stamm und kerzengerade – die Herrscher des Kiefernwaldes. Er liebte sie, auch wenn sein Vater sie hasste. Für ihn waren sie bloß Unkraut, denn ihre Rinde brannte kaum, und sie gaben schlechtes Feuerholz ab. Brady hatte Geschichten aus einer Zeit gehört, als die riesigen Sumpfkiefern das Bild der Wälder prägten. Das war lange bevor die Kettensägen ihr zerstörerisches Werk verrichtet hatten. Dieses Bild hätte Brady gerne gesehen.

Während sein Vater und er sich zwischen den dicht gedrängten

Baumstämmen bewegten, sah Brady, wie das Licht der aufgehenden Sonne durch die Blätter brach und dabei den Frost wie Diamanten funkeln ließ. In den dichten Zweigen über seinem Kopf hörte er Eichhörnchen fiepen und etwas weiter entfernt einen Kokardenspecht gegen einen Baumstamm trommeln.

„Jetzt schleich schon nicht so! Wenn du dir nicht die ganze Nacht mit deinen nichtsnutzigen Freunden um die Ohren geschlagen hättest, wärst du jetzt auch nicht so kaputt. Hat lange gedauert, bis du endlich aufgestanden bist. Dabei habe ich dir doch gesagt, dass wir heute Morgen jagen gehen."

Brady spuckte aus, um den säuerlichen Geschmack seines kargen Frühstücks loszuwerden, das aus trockenen Biskuits bestanden hatte. Er versuchte, mit dem massigen, breitschultrigen Mann in der Tarnjacke Schritt zu halten. Wenigstens ist das für längere Zeit das Letzte, was ich von dem Alten hören werde, dachte er. Denn um die Tiere nicht zu verschrecken, würde er ihm von hier an nur noch zuflüstern, was zu tun war, oder aber ihn anstoßen.

Roy Simmons fragte seinen Sohn nie, was ein guter Platz zum Jagen wäre oder welches Wild er gerne jagen würde. Brady fühlte sich eher wie ein Lakai neben dem talentierten Jäger, der besser als die meisten anderen wusste, wo es Hasen gab, ergiebige Austernbänke oder wo man am besten Vögel aufscheuchen konnte. Und danach suchten sie auch an diesem Morgen. Vielleicht fanden sie einen Fasan oder sogar Wachteln ... sie brauchten etwas Besonderes für das Weihnachtsessen am nächsten Tag.

Fast alles, was sie aßen, hatte ihr Vater gejagt oder gefischt. Die siebenköpfige Familie lebte größtenteils von der Hand in den Mund und versorgte sich selbst. Seine Mutter gab sich viel Mühe, um aus allem, was sein Vater mitbrachte, ein schmackhaftes Gericht zu zaubern, aber der schien nie zufrieden zu sein. Und seit das umliegende Land zum staatlichen Naturschutzgebiet erklärt worden war, war es schwieriger geworden. Mehr und mehr Menschen jagten das immer weniger werdende Wild. Roy Simmons musste länger und vor allem geschickter jagen, und doch war die Ausbeute meist gering. Seine stets hungrigen Kinder litten darunter.

Eigentlich ging Roy Simmons lieber allein auf die Jagd, aber seit vor ein paar Tagen die Schulferien begonnen hatten, nahm er seinen ältesten Sohn Brady mit auf seine morgendlichen Ausflüge. Meist jedoch kamen sie mit leeren Händen heim. Jeden Tag erlebte Brady, wie sich die Verzweiflung seines Vaters in Zorn wandelte. Er folgte dem stampfenden, schweren Schritt seines Vaters und hoffte nur, dass dieser seine Wut nicht an ihm auslassen würde.

Mehr als eine Stunde hatten sich Brady und sein Vater durch den Marion National Forest geschlagen, ohne auch nur ein Tier zu erlegen. Mittlerweile waren sie einige Meilen von dem heruntergekommenen Haus und der Scheune, die seine Familie ihr Zuhause nannte, entfernt. Das Stückchen Land, auf dem die Simmons wohnten, war vor langer Zeit dem Urgroßvater geschenkt worden. Damals lag es zu abgelegen, um von Wert zu sein. Doch inzwischen dehnten sich die Siedlungen Charlestons immer weiter aus, und Umweltschützer sahen sich gezwungen, jedes Stückchen Land, das sie ergattern konnten, in ein Schutzgebiet umzuwandeln, um die Natur zu retten. Das armselige bisschen Boden der Simmons war ein winziges privates Fleckchen Erde, ganz umgeben von tausenden Hektar Nationalparks. Sein Vater nannte es immer den „Dorn im Hintern des Staates".

„Meinst du nicht, wir sollten langsam mal umkehren?" fragte Brady. Seine Füße schmerzten, und er war müde.

„Wir gehen erst nach Hause, wenn wir etwas zum Essen gefunden haben."

Brady seufzte leise. Er konnte kaum noch seine Augen offen halten, und seine Füße in den schweren Stiefeln waren eiskalt. Müde trottete er seinem Vater hinterher. Er hasste es, so früh am Morgen aufstehen zu müssen. Und er hasste es, in diesem verdammten Wald herumzuhängen, hungrig und frierend, wobei er sich doch nichts sehnlicher wünschte, als in sein warmes Bett zu kommen. Auch wenn er sich sein Zimmer mit seinem Bruder und dem Hund teilen musste. Niemals würde er es seinem Vater gegenüber zugeben, aber er hasste die Jagd. Es war langweilig und sinnlos, so wie die meisten Dinge in seinem Leben.

Endlich kamen sie an die Stelle, wo der Wald endete und in eine Sumpflandschaft überging. Sein Vater hielt inne, das Gewehr hing über seinem Arm, und er betrachtete die weite Ebene.

Ein scharfer Wind wehte vom Ozean herüber. Er brannte auf Bradys Wangen und erweckte die Lebensgeister in ihm. Brady ließ sein Gewehr sinken und betrachtete in stiller Ehrfurcht den wunderschönen Himmel. Der Morgen kündigte sich an, und zartrosa Streifen hingen am klaren, blassblauen Himmel. Doch eine Armada von tief hängenden, grauen Wolken zog bedrohlich den Horizont auf.

„Schau! Da!“ Sein Vater stieß ihn unsanft in die Seite und deutete auf etwas.

„Wo?“

„Na, da! Direkt über dem Sumpf. Auf neun Uhr.“

Brady wendete seinen Kopf und sah einen gewaltigen schwarzen Vogel über die Landschaft schweben. Die Schönheit dieses Anblicks war überwältigend.

„Los, Junge. Nimm ihn ins Visier!“

Sein Vater hatte ihm die seltene Gelegenheit gegeben, ein Tier zu erlegen. Brady war starr vor Schreck. Wertvolle Sekunden verstrichen, während er ungeschickt versuchte, das Gewehr genau anzusetzen.

„Beeil dich, sonst verlierst du ihn!"

Nein, ich verliere ihn nicht, dachte er bei sich, wohl wissend, das diese Gedanken ihn von dem Vogel ablenken könnten. Er hörte das Blut in seinen Ohren rauschen. Adrenalin schoss durch seine Adern, als er gespannt durch das Zielfernrohr sah.

„Er dreht eine Kurve", hörte er seinen Vater sagen. „Er kommt direkt auf dich zu."

„Ich kann ihn nicht sehen!"

„Er ist zurück in den Nebel geflogen. Macht nichts. Warte ab. Sei auf der Hut."

Brady entsicherte die Waffe, legte seinen rechten Zeigefinger auf den Abzug und wendete seinen Blick nicht von dem Punkt, an dem der Vogel wieder auftauchen musste. Er versuchte, sich zu beruhigen, tief einzuatmen, damit er den Schuss sicher abgeben konnte und sein Ziel nicht verfehlte. Sein Vater würde ihm keine zweite Chance geben, wenn er das Tier nicht erlegte.

Okay, wo bist du? Eins ... zwei ... drei ... Plötzlich brach der Vogel aus der Nebelwand hervor – genau an der Stelle, die Brady im Blick hatte. O ja, es war wirklich ein stattliches Tier. Ein wirklich riesiger Vogel. Er ermahnte sich selbst zur Ruhe und Besonnenheit, während er zielte. Sein Finger krümmte sich um den Abzug. Brady hielt die Luft an.

Im nächsten Augenblick atmete er aus und ließ mit einem Fluch das Gewehr sinken. „Ich kann nicht schießen. Es ist doch ein Adler."

„Ein was? Verdammt ... Das ist alles, was in diesem verdammten Schutzgebiet noch übrig ist." Roy schüttelte den Kopf und fluchte leise. „Sie geben uns einfach keinen Platz, um zu jagen, und verbieten uns, Tiere zu schießen. Sieh nach oben! Er kommt auf uns zu. Kühn ist er, mutig, weil er genau weiß, dass wir nicht schießen dürfen. Wahrscheinlich wird er die Hühner eines anständigen Farmers reißen. Ach, zur Hölle. Los, mein Junge. Hol ihn dir!"

„Was? Das kann ich nicht tun. Das ist gegen das Gesetz!"

„Was hat denn das Gesetz mit meinem gottgegebenen Recht zu tun, zu jagen, wie es auch schon mein Vater und mein Großvater getan haben? Der Vogel ist unser Feind, hörst du?"

„Aber der Vogel hat uns doch nichts getan."

„Das ist kein Spiel, mein Sohn, ich meine es ernst." Zornig sah er Brady an und sagte mit leiser, bedrohlicher Stimme: „Entweder bist du auf meiner Seite, oder du stellst dich gegen mich."

Brady zögerte.

Sein Vater schimpfte ihn verweichlicht und feige, warf ihm einen verächtlichen Blick zu und setzte sein Gewehr an.

Brady spürte, wie sich sein Brustkorb zuschnürte, und sah wieder durch sein Zielfernrohr. Sein Finger berührte den Abzug. Das ganze Leben mit seinem Vater erschien ihm wie eine endlose, qualvolle Reihe von Tests.

War er nun auf der Seite seines Vaters, oder war er gegen ihn? In eben diesem Moment, der eine Ewigkeit zu dauern schien, erkannte Brady, dass, wie auch immer er sich entscheiden würde, sein Leben nicht mehr wie vorher wäre.

Der alte Mann strahlte vor Freude und Erregung beim Anblick des majestätischen Vogels mit den mehr als zwei Metern Flügelspannweite, der im Aufwind dahinglitt. Gott wusste, was er tat, als er den Adler erschuf, dachte der Mann. Kraftvolle Schwingen, einen scharfen Schnabel und Krallen, die so lang und so gefährlich waren wie die eines Tigers. Und wie er flog … Er war sich bewusst, dass er der König der Lüfte war. Es gibt auf der ganzen Welt wohl kein schöneres und anmutigeres Tier, dachte der Mann.

Er pfiff erneut und griff in den Beutel, den er umgehängt hatte, um einen Barsch herauszuholen, den er nur für diesen Vogel mitgebracht hatte. Der Adler war mit seinem Nest und mit dem Brüten beschäftigt, und er war hungrig.

„Nun, komm her und hol dir einen Bissen“, sagte er zu dem Tier und hielt den Fisch hoch in die Luft. Wieder pfiff er, klar und laut, bewegte den Barsch hin und her und begann bedächtig, über das Feld zu laufen. Der Adler konnte ihn sehen. Der Mann erkannte das an der Art, wie er am Himmel kreiste.

Plötzlich zerriss das Geräusch eines Gewehrschusses den friedlichen, stillen Morgen. Der alte Mann stolperte vor Schreck. Er riss die Arme nach vorne, der Fisch fiel auf den Boden. Mit hilflosem Entsetzen sah er, wie das Tier am blauen Himmel flatterte, ins Taumeln geriet. Der Atem stockte dem Mann, als er sah, wie der Vogel einen Augenblick in der Luft zu hängen schien, wie die Flügel sich nicht mehr bewegten und wie das Tier dann wie ein Stein zu Boden fiel.

Der Mann schrie seine Qual heraus. Aber sein Schrei wurde hinweggetragen von dem Wind, der über die Sümpfe streifte und dem Mann den Hut vom schlohweißen Kopf fegte. Langsam setzte er sich in Bewegung, ging hölzern, mit steifen Beinen über das gefrorene Feld, bis hin zum Körper des Adlers.

2. *KAPITEL*

Buteos: *Die schwebenden Jäger. Buteos sind mittelgroße Vögel mit breiten Schwingen und einem kurzen Schwanz. Obwohl sie langsam fliegen, sind sie doch Meister im Gleitflug und in der Jagd. Sie bilden eine vielfältige Gruppe mit unterschiedlichsten Lebensräumen und Beutetieren. Die Kategorie der Buteos umfasst den Rotschwanzbussard, den Rotschulterbussard, den Breitflügelbussard, den Präriebussard, den Rauhfußbussard und den Königsbussard.*

Harris stand im rauen Wind und sah in den Himmel, bis der Bussard, der nur noch als kleiner brauner Fleck erkennbar war, ganz verschwunden war. Er suchte den Horizont ab, konnte aber keinen anderen Bussard ausmachen; lediglich ein Breitflügelgeier schwebte über die Baumkronen.

Er erinnerte sich an die Erzählungen seines Großvaters, in denen er berichtete, wie man meilenweit über die Felder laufen konnte und dabei fast alle Arten von Greifvögeln zu Gesicht bekam: den Eckschwanzsperber, den Rundschwanzsperber, Rotschwanzbussarde und Rotschulterbussarde, Falken und Weihe – sein Großvater nannte diese kleinen, schnellen Vögel „Sumpfhabichte". Harris war damals nicht älter als fünf Jahre, als sein Großvater ihn auf seine Wanderungen durch die Felder mitnahm. Während der Ausflüge hielt sein Großvater zwischendurch immer inne, um in den Himmel zu zeigen und zu fragen: „Was ist das?" Harris hatte die Antwort stets mit kindlicher Begeisterung herausgeschrieen. Nie fühlte er sich gemaßregelt, wenn sein Großvater ihn dann korrigierte. Diese Wanderungen waren eine starke, schöne Erinnerung und markierten den Beginn von Harris' Leidenschaft für Raubvögel. Auch sein Opa hatte Greifvögel geliebt, vor allem die Habichte, und er hatte ihm beigebracht, dass das Erkennen eines Habichts am Himmel nicht so sehr ein Talent als vielmehr eine Kunst ist. Die Farbe des Gefieders sagt bei Raubvögeln nicht so viel über die Art aus wie bei kleineren Vögeln. Er war ein kluger und geduldiger Lehrer, der seinen Enkel in die Kunst einführte, die kleinen Merkmale zu sehen und zu deuten – die Form und Neigung der Schwingen, die Geschwindigkeit der Flügelschläge –, und er lehrte ihn, seiner Intuition zu vertrauen, zu betrachten, wie das Tier sich in der Luft bewegte, bevor er es benannte. Als Harris zwölf war, starb sein Großvater, aber der Junge hatte gelernt, mit Bestimmtheit einen Raubvogel von weitem zu erkennen und zu benennen.

Harris wurde in den frühen 1960er Jahren geboren. Umweltschutz wurde in dieser Generation groß geschrieben – die Menschen sahen die Zerstörung, die z. B. DDT in der Umwelt angerichtet hatte. Schon seit seiner Kindheit hatte er mitgeholfen, Raubvögel vor dem Aussterben zu bewahren. Um die Zahl der selten gewordenen Vögel wieder so ansteigen zu lassen, dass sie den Himmel bevölkerten wie zu Zeiten seines Großvaters, hatten sie noch viel Arbeit vor sich, aber wenigstens waren sie auf dem richtigen Weg. Jedes Mal, wenn Harris ein Tier retten und in die Freiheit entlassen konnte, war er von einem Gefühl tiefer Hoffnung erfüllt.

„Harris!"

Widerstrebend wendete er seine Blicke vom Himmel und sah ein junges, dunkelhäutiges Mädchen, in sauberen, frischen Jeans und einem dicken Fleecepulli, das über die offene Ebene zu ihm herüberlief. Harris winkte ihr zu, um zu zeigen, dass er sie bemerkt hatte, und warf einen letzten Blick in den Himmel. Der Bussard war schon lange fort. Von den Rändern der Wiese zog Nebel auf.

„Mr. Henderson?" rief das Mädchen erneut, atemlos, weil sie

so gerannt war. „Ich soll Ihnen sagen, dass Sherry dringend Ihre Hilfe in der Klinik braucht. Jemand hat einen angeschossenen Vogel gebracht."

Harris stieß einen unterdrückten Fluch aus.

„Ich nehme das hier", sagte Maggie und bückte sich nach der Ausrüstung. „Solltest du nicht eigentlich mit Marion Weihnachtsgeschenke kaufen gehen? Die Kleine spricht seit Tagen von nichts anderem mehr."

Er nickte und half, die Ausrüstung zusammenzusuchen. Seine fünfjährige Tochter hatte ihn schon im Morgengrauen geweckt, fertig angezogen mit ihrer besten Hose und ihrem besten Pullover, das Haar mit einem rosafarbenen Plastikband zurückgebunden. Sie war so aufgeregt wegen des gemeinsamen Ferienausfluges, dass sie ihren Toast kaum anrührte und stattdessen einige Gläser Orangensaft trank – mit dem Erfolg, dass sie alle paar Minuten zur Toilette laufen musste. Während er sich auf den Weg nach Hause machte, musste Harris beim Gedanken an seine Kleine schmunzeln. Er hatte sie gefragt, ob sie ein Loch in der Leitung hätte. Das Letzte was er sah, bevor er das Haus verlassen hatte, war Marions trauriger Blick, mit dem sie ihm aus dem Fenster hinterher schaute. Harris hatte ihr zugewunken und gerufen, dass er bald wieder da sein würde, aber sie hatte nicht einmal gelächelt. Er musste den Bussard frei lassen, aber der Gedanke an sein kleines Mädchen versetzte ihm noch immer einen Stich.

„Du hast bis jetzt kein einziges Geschenk für das Kind besorgt, habe ich Recht?" fragte Maggie in die Stille hinein. Gerade liefen sie über die Wiese zum Truck, und sie musterte ihn fragend. Als er nicht antwortete, sagte sie: „Meine Güte, Harris. Hast du wenigstens schon einen Weihnachtsbaum?"

„Sicher. Der Baum steht, und die Lichter sind auch dran, du

musst dir also keine Sorgen machen, Mutter Maggie", sagte er mit einem verschmitzten Grinsen und bemerkte erleichtert, wie sich ihre Züge langsam wieder entspannten. Wenn Maggie erst einmal in Fahrt war, konnte sie so schnell nichts stoppen. „Marion und ich bummeln jeden Heiligabend durch die Stadt, nur wir beide, und sie darf sich etwas Besonderes aussuchen. Das ist sozusagen unsere Tradition."

„Tradition?" Maggie sah ihn ungläubig an. „Ach, Henderson, mir kannst du nichts vormachen. Ich kenne dich schon zu lange. Du bist ein Einsiedler, der seinen Wald nicht verlassen würde, wenn er nicht müsste, und diese so genannte Tradition ist deine Entschuldigung dafür, die Weihnachtsbesorgungen auf den letzten Drücker zu machen, damit du nicht öfter als unbedingt nötig in die Stadt musst." Sie war fast so groß wie Harris, und in ihren grünen Augen, mit denen sie fest in seine blickte, flammte ihr Temperament auf. „Keine Ausflüchte mehr heute! Du überlässt den Vogel mir und gehst jetzt nach Hause zu deiner Tochter, um ihr ein schönes Weihnachten zu bescheren."

Harris grinste und hob beschwichtigend die Hände in die Höhe. „Schon gut, schon gut, ich geh ja. Um dieses Tier kümmerst du dich."

„Aber Sherry hat gesagt, sie braucht *Sie,* Harris", unterbrach das Mädchen die beiden. „Es ist ein Adler. Sie sagt, Sie müssen sich beeilen." Der kalte Wind pfiff, und das Gesicht des Mädchens war voller Sorge.

Harris warf Maggie einen viel sagenden Blick zu und lief zu seinem Wagen, der am Rand des Feldes geparkt war. Er kümmerte sich um alle Raubvögel, die in der Klinik angeliefert wurden: Habichte, Eulen, Fischadler und Falken. Aber es waren die Adler, zu denen er sich besonders hingezogen fühlte. Seiner Meinung nach konnte es kein anderer Greifvogel mit der Anmut und der Kraft des Adlers aufnehmen. Und es war diese Stärke, die es so schwierig machte, mit diesen Tieren umzugehen. Anders als die kräftige Maggie war Sherry älter und von zierlicher, schlanker Statur, vergleichbar mit einem Wanderfalken. Obwohl sie klug war und schnell reagierte, hatte sie nicht die körperliche Kraft, um mit einem Tier wie dem Adler fertig zu werden. Wenn ein solch großer Vogel eingeliefert wurde, übernahm Harris die Behandlung.

Schweigend sprang Maggie neben ihm in den Wagen. Kieselsteine flogen zur Seite, als die Räder des Wagens sich in Bewegung setzten und Harris auf die Straße bog. Die Wiese, auf der sie die Vögel in die Freiheit entließen, war nicht weit vom Coastal Carolina Center für Raubvögel entfernt. Er stellte den Truck neben dem Haus ab und lief zwischen den Bäumen hindurch auf ein weißes Holzhaus zu, das auf Zinderblöcken stand – die Klinik. Sofort machte er Sherry Dodds aus, seine langjährige freiwillige Helferin, die in voller Schutzbekleidung und offensichtlich sehr aufgeregt neben einem hoch gewachsenen, schlanken, dunkelhäutigen Mann mit schlohweißem Haar stand. Harris Blick fiel auf etwas, das der Mann in seinen Armen hielt, und er stoppte abrupt.

Maggie griff nach seinem Arm. „Oh, mein Gott …“

Er schluckte schwer. Was er da sah, konnte er nicht glauben. Der alte Mann trug einen ausgewachsenen Weißkopf-Seeadler in seinen bloßen Armen. Die Krallen dieses Tieres konnten ganz leicht den Mantel des Mannes zerfetzen, und mit dem spitzen, scharfen Schnabel konnte er dem Gesicht Wunden zufügen wie eine Gewehrkugel.

„Vorsichtig“, warnte Harris Maggie, als sie sich langsam näherten. Sie wollten den Adler nicht erschrecken. Er schien unter Schock zu stehen, bewegte sich nicht, nur seine gelben Augen folgten jeder ihrer Bewegungen mit der typischen Aufmerksamkeit.

„Zum Glück bist du hier." Sherry atmete erleichtert auf. Sie achtete darauf, leise zu sprechen. Selten sah man sie so angespannt. „Dieser Mann ... er kam hier einfach mit dem Adler herein ... auf seinen Armen! Ich wusste nicht, was ich tun sollte, so wie er ihn hält ..."

Harris nickte kurz. Er kannte die Gefahren genau. Der alte Mann hatte mit einer Hand die Beine des Adlers umfasst, und das war gut, aber er hielt das Tier einfach zu nah an seinem Körper und seinem Gesicht.

Sherry schlüpfte aus der ledernen Schutzkleidung und den langen Handschuhen und reichte sie Harris. Die ganze Zeit über ließ sie den Vogel nicht aus den Augen. Während Harris die Schutzausrüstung überstreifte, begutachtete er den Adler mit geschultem Blick. Sie hatten es hier mit einem sehr großen Tier zu tun, mit glänzendem Gefieder und offensichtlich in guter Verfassung, bevor er angeschossen worden war. An den weißen Federn am Kopf konnte man erkennen, dass es sich um ein ausgewachsenes Exemplar handelte, wenigstens fünf Jahre alt.

„Entschuldigen Sie? Sind Sie der Doktor?" fragte der alte Mann. Sein längliches, wettergegerbtes Gesicht war von Sorge gezeichnet. Er benahm sich zurückhaltend, war fast gänzlich in verwaschenes Schwarz gekleidet, und trotz seiner großen, knorrigen Hände hielt er den Adler fast so zärtlich und behutsam wie eine Krankenschwester einen Säugling. Entweder ist er ein mutige, alter Hase, oder er weiß nicht, welchen Gefahren er sich gerade aussetzt, dachte Harris. Wenigstens hatte er die Klauen fest im Griff.

„Ja, das bin ich. Aber sprechen Sie jetzt nicht. Menschliche

Stimmen ängstigen wilde Vögel, und im Moment wollen wir nichts weniger, als diesen alten Jungen noch mehr aufzuregen."

„Mädchen."

Harris verengte die Augen. Wenn er die Größe des Vogels in Betracht zog, konnte der alte Mann Recht haben. „Ich muss den Adler aus Ihren Armen holen. Hören Sie mir genau zu. Ich werde mich jetzt dem Vogel nähern und seine Beine mit den Handschuhen umfassen. Wenn ich ›loslassen‹ sage, dann lassen Sie los und entfernen sich so schnell wie möglich. Haben Sie verstanden?"

„Denken Sie, Santee würde mich verletzen?" fragte der Mann. Er schüttelte ganz leicht den Kopf. „Nein, sie würde mir nie etwas tun. Sie kennt mich."

„Sie *kennt* Sie?"

Er nickte ernst. „Ich habe ihr den Namen gegeben. Sie kam zu mir, als jemand sie vom Himmel geschossen hat. Ich habe sie gesucht und gefunden – sie lag auf dem Boden. Lebend, Gott sei Dank! Von Ihnen habe ich schon gehört. Wie Sie den Vögeln helfen. Zum Glück ist das Center in der Nähe, und ich konnte gleich herkommen."

„Sie haben den Vogel hier zu Fuß hergebracht?"

„Ich bin die große Straße heraufgekommen."

„Wie weit sind Sie gelaufen?"

„Nicht so weit. Den Weg hinunter, vielleicht ein paar Meilen. Aber es hat länger gedauert, weil ich durch den Sumpf gehen musste."

Harris musste fast auflachen, die Geschichte klang zu absurd. „Wie lange haben Sie den Adler bis hierher getragen?"

„Seit Sonnenaufgang bin ich unterwegs."

Mittlerweile war es fast neun Uhr. Das bedeutete, dass der Adler seit einigen Stunden verletzt war. Harris sah den Vogel an.

Das Tier erwiderte seinen Blick, nicht lethargisch oder mit hängendem Kopf, wie man es von einem Vogel unter Schock vermuten würde, sondern mit beunruhigender Gelassenheit. Nur der Schock konnte diese Regungslosigkeit erklären – und der Schock konnte tödlich sein. Harris musste handeln, wenn er das Leben des Tieres retten wollte. Er warf einen besorgten Blick auf Sherry, die sich ein neues Paar langer Lederhandschuhe angezogen hatte. Sie wartete, bereit, zuzugreifen.

„Der Vogel steht unter Schock", erklärte er ihr.

„Das habe ich mir schon gedacht. Ein Tuch und die Beruhigungsspritze liegen bereit."

Harris holte tief Luft, um die Beklemmung, die er in seiner Brust spürte, loszuwerden. Sein Blick begegnete dem des alten Mannes. Der schien keine Angst zu haben. „Okay. Sind Sie so weit?"

„Ja."

Mit langsamen, bedachten Bewegungen legte Harris seine Hände, die sicher in den Schutzhandschuhen steckten, um die Beine des Adlers. „Ich habe sie. Lassen Sie los."

Als der alte Mann seine Hände wegnahm, zog der Vogel seine Krallen zurück und wand sich in Harris' Griff. Schnell packte Harris den Körper und die Flügel und hob den Adler aus den Armen des Mannes. Obwohl der Schuss die Flügel verletzt hatte, war das Tier noch erstaunlich kräftig und versuchte, seine Beine zu beugen, um sich während der Übergabe zu befreien. Aber Harris war erfahren und hatte die Situation schnell unter Kontrolle.

Zwar hatte sich der Adler beruhigt, aber sein Atem ging jetzt schwerer, und er schnappte nach Luft. Sherry trat vor, um ein leichtes Tuch um den Kopf des Tieres zu legen.

„Warum machen Sie das?" fragte der alte Mann.

„Das hilft, sich zu beruhigen", erwiderte sie.

„Sie haben wirklich Glück gehabt", sagte Harris und atmete erleichtert auf. „Wenn dieser Vogel nicht unter Schock gestanden hätte, wären Sie jetzt wahrscheinlich auch im Krankenhaus. Vergessen Sie niemals, dass es wilde Geschöpfe sind. Machen Sie nicht den Fehler, ihnen zu vertrauen."

„Vertrauen ist nie ein Fehler", sagte der Mann.

Er blickte Harris genauso ruhig und fest an, wie es der verletzte Adler getan hatte. Harris drehte sich unvermittelt um und wandte sich an die beiden Frauen, die neben ihm standen. „Könnt ihr bitte die Aufnahmeformalitäten mit dem Herrn regeln?"

„Schon dabei", antwortete Maggie und machte einen Schritt nach vorne.

Harris widmete sich nun wieder dem Mann. „Wir danken Ihnen, dass Sie den Adler zu uns gebracht haben. Ich werde ihn in den OP bringen. Sie können Ihren Namen und Ihre Telefonnummer bei Maggie hinterlassen, und wir informieren Sie, wenn wir wissen, was los ist. Danke nochmals für Ihre Mühen." Er ging zum Behandlungszimmer und ließ ihn zurück.

„Ich warte hier."

„Wir haben kein Wartezimmer", erwiderte Maggie freundlich. „Machen Sie sich keine Sorgen, ich rufe Sie gleich nach der Operation an. Es kann Stunden dauern."

„Das macht nichts. Ich werde einfach draußen warten."

Maggie schaute fragend zu Harris. In seinen Augen flackerte Verärgerung auf, aber er hatte keine Zeit, um sich mit dem Mann auseinander zu setzen. „Er kann in meinem Büro warten", sagte er kurz, drehte sich dann um und trug den Vogel hinein.

Die Sonne ging schon unter, als Harris seinen Dienst beendete. An diesem Tag war ungewöhnlich viel los gewesen. Zwei Streifenkäuze und ein Rabengeier waren mit Kopfverletzungen eingeliefert worden, die sie von Zusammenstößen mit Autos davongetragen hatten – das Ergebnis des starken Ferienverkehrs. Nach der Operation waren die Vögel auf die Intensivstation verlegt worden. Er war ein kleiner schmaler Raum direkt neben dem Behandlungszimmer, der zwei lange Regale enthielt, auf denen zwei Reihen Käfige aufgestellt waren. Jeder davon war mit Stoff ausgelegt, der für Dunkelheit und Ruhe sorgen sollte. Stress in Gefangenschaft konnte für wilde Vögel tödlich sein, und das Vogelzentrum tat alles, um die Gefahren für die Tiere zu minimieren.

Bevor Harris das Gebäude abschloss, sah er noch einmal nach dem Adler. In der Dunkelheit seines Käfigs lag das Tier auf der Seite, noch benommen von den Betäubungsmitteln. Die Schrotkugeln, die ihn getroffen hatten, hatten ihn ernsthaft verletzt. Einige Kugeln hatten an sehr kritischen Stellen in seinem Körper gesteckt. Außerdem hatte das Tier Kopfverletzungen erlitten, als es zu Boden fiel. Ob es jemals wieder würde jagen können, musste die Zeit zeigen.

Er fuhr sich mit den Fingern durchs Haar, als er den Behandlungsraum verließ. Sein Rücken schmerzte vom stundenlangen Stehen am Operationstisch. Jetzt wünschte er sich nichts mehr, als aus seinem dreckigen Flanellhemd und seiner Jeans zu schlüpfen, seine Wanderstiefel in die Ecke zu feuern, eine Dusche zu nehmen, einen Happen zu essen und dann endlich ins Bett zu fallen. Das Telefon schwieg glücklicherweise, und er wollte Feierabend machen. Gähnend ging er an seinem Büro vorbei und sah den alten Mann noch immer dort sitzen. Er hatte die Ellbogen auf die Knie gestützt und drehte seinen Hut nervös in den Händen. Als Harris ins Zimmer trat, sprang er auf.

„Wie geht es ihr?“

„Für einen Vogel, dem man einen Eimer voll Schrotkugeln aus dem Leib operiert hat, geht es ihr erstaunlich gut. Es war eine langwierige Prozedur." Er schüttelte den Kopf. „Aber ich muss Ihnen sagen, obwohl sie einige ernste Schusswunden hatte, war doch kein Knochen gebrochen. Ich dachte, das Tier hätte mindestens einen Knochenbruch im Flügel, aber ich habe mich geirrt. Der Adler hat wirklich großes Glück gehabt."

„Gott sei Dank!" seufzte der Mann.

„Ich denke, ein Teil des Dankes gebührt auch Dr. Henderson", mischte sich Sherry gut gelaunt ein, die in diesem Moment in Harris' Büro trat. Sie hatte ihr dunkles Haar, das von hellen Strähnen durchzogen war, unter einer Strickmütze verborgen und zog sich ihren Parka an, während sie zum Abmeldebogen ging.

„Kein Zweifel, kein Zweifel. Und ich bin dankbar. Ich weiß nicht genau, wie ich das wieder gutmachen soll. Aber als ich hier saß und wartete, dachte ich ... dass ich vielleicht hier aushelfen könnte. Es müssten einige Reparaturen gemacht werden. Und ich bin ein guter Zimmermann."

„Sie müssen das nicht wieder gutmachen", platzte Sherry heraus. „Dafür sind wir ja da – um kranken, verletzten Vögeln zu helfen."

„Aber das ist ja nicht irgendein Vogel. Das ist *mein* Vogel."

Sherry hielt inne und sah Harris an. Er konnte in ihren Augen die Frage lesen, die ihm selbst gerade durch den Kopf schoss. Adler waren eine gefährdete Spezies, die von der Regierung der Vereinigten Staaten geschützt wurde. Niemand konnte einen Adler in irgendeiner Form besitzen. Sogar sie selbst, als Raubvogel Center und Klinik, waren angewiesen, einen Adler nicht länger als neunzig Tage bei sich zu behalten. Für eine Verlängerung des Aufenthaltes brauchten sie eine staatliche Genehmigung.

„Entschuldigen Sie, aber ich habe Ihren Namen nicht mitbekommen“, sagte Harris.

„Mein Name ist Elijah. Elijah Cooper“, antwortete der Mann, streckte die Schultern und reichte Harris höflich die Hand. „Aber die meisten Leute nennen mich Lijah.“

Harris schüttelte seine Hand. Sie fühlte sich groß und überraschend stark an.

„Ich wünsche Ihnen gesegnete Weihnachten, Lijah“, unterbrach Sherry. Ihre Augen funkelten hinter der Brille, sie freute sich auf die Ferien und konnte es kaum erwarten, nach Hause zu kommen. „Dir natürlich auch, du Kauz“, sagte sie zu Harris und umarmte ihn kurz, aber herzlich. „Ich habe für Marion und dich eine Kleinigkeit unter den Baum gelegt“, flüsterte sie ihm leise zu.

„Das musst du doch nicht.“ Die kleinen Aufmerksamkeiten, mit denen die Frauen des Vogel-Centers ihn und seine Tochter häufig bedachten, rührten ihn immer wieder. Es schien, als hätten sie eine heimliche Abmachung getroffen, ein Auge auf ihn und Marion zu werfen, die sich ohne Mutter zurechtfinden mussten.

„Natürlich muss ich das. Vergiss nicht, dass ich morgen nicht da sein werde. Und Maggie auch nicht. Aber am 26. werde ich in aller Frühe kommen.“

„Uns wird es schon gut gehen. Hab du nur ein schönes Weihnachtsfest mit deiner Familie. Und fahr vorsichtig. Es schneit ja noch immer.“

„Mach dir um mich keine Sorgen. Sei morgen einfach nur für deine Tochter da. Die Vögel werden einen Tag allein überleben“, rief Sherry über die Schulter, während sie voller Vorfreude auf ihr Zuhause und ihre Familie zum Ausgang lief.

Harris drehte sich zu Elijah um, der geduldig lächelnd wartete, so als hätte er keine Eile, an diesem verschneiten Heiligabend irgendwohin zu müssen. Eigentlich vermied es Harris, sich mit Fremden zu unterhalten oder Smalltalk zu machen, aber die Gelassenheit und Ruhe, die von dem Mann ausgingen, reizten ihn.

„Lijah, ich will Sie nicht aufhalten, aber es gibt etwas, das ich nicht verstehe."

Er hob den Kopf, und in seinen dunklen Augen blitzte Interesse auf.

„Wie kann der Adler *Ihnen* gehören? Halten Sie ihn irgendwo?"

„Ihn *halten?* Meinen Sie in einem Käfig oder so?" Sein runzeliges Gesicht verzog sich zu einem Grinsen. „Nein, Sir. Niemand kann einen Adler halten. Erstens ist es verboten, und zweitens ist es nicht richtig. Adler sind edle Geschöpfe, sie müssen frei sein."

„Wie meinten Sie dann, dass der Vogel Ihnen *gehört?*"

„Ich denke, sie hat mich adoptiert." Lijah bemerkte, wie Harris verwirrt die Stirn runzelte, und erklärte: „Vor Jahren, als sie noch ein schwarzes Federkleid trug, flog sie einmal ganz niedrig neben mir her. Sie wissen, wie die Tiere sind ... Sie schwebte dahin, neugierig, und ließ sich auf einem Ast nieder, keine drei Meter von mir entfernt. Sie beobachtete mich. Wahrscheinlich dauerte es nur einige Minuten, aber mir kam es vor, als würden wir uns eine Ewigkeit anschauen." Er schüttelte den Kopf und lachte leise bei der Erinnerung daran. Dann zuckte er mit den Schultern: „Seitdem halten wir immer Ausschau nach einander. Ich nannte sie Santee, nach dem Fluss, an dem wir uns zum ersten Mal begegneten."

Harris musterte den alten Mann und wusste nicht, was er von der Geschichte halten sollte. Noch nie hatte er eine derart fantastische Erzählung gehört, aber er konnte auch nicht leugnen, was er mit seinen eignen Augen gesehen hatte. Lijah hatte den Adler mit bloßen Händen in die Klinik getragen.

„Erzählen Sie mir, was heute Morgen passiert ist."

„Also, Sir, ich lief die große Straße entlang, um Santee zu sehen. Meinen Wagen hatte ich in der Nähe abgestellt, weil ich wusste, dass sie nicht weit entfernt ein Nest hat. Sie würde früher oder später kommen, um zu jagen – das war mir klar. Und sie kam. Dann habe ich sie gerufen."

„Sie haben sie gerufen?"

„Mmm-hmm. Etwa so." Er hob die Hände, legte sie um den Mund, ließ sie aber wieder sinken und schüttelte mit einem bedauernden Lächeln den Kopf. „Das lasse ich lieber, sonst hört sie es und versucht zu kommen."

Harris konnte die Verwunderung kaum unterdrücken. „Sie rufen, und der Adler kommt?"

„Das stimmt. Wie ich schon sagte, wir suchen und erwarten einander. Und sie weiß genau, dass ich immer etwas zu essen für sie dabeihabe. Na ja, heute Morgen habe ich sie also gerufen. Sie drehte eine Runde und kam auf mich zu." Seine Miene verdunkelte sich. „In dem Moment hörte ich den Schuss. Sie haben sie angeschossen." Er blickte gequält. „Was sind das nur für Menschen, die so etwas tun? Warum sollte jemand diese wundervollen Geschöpfe verletzen?"

„Das weiß ich nicht", erwiderte Harris ernst. Diese Frage stellte er sich selbst immer wieder, wenn er Schrotkugeln aus Vogelkörpern operieren musste. „Haben Sie gesehen, wer auf das Tier geschossen hat?"

Lijah schwieg einen Augenblick, bevor er antwortete: „Ja, Sir, ich habe die Täter gesehen. Zumindest habe ich zwei Männer mit Gewehren im Wald erkannt, als ich Santee holen wollte. Sie standen genau dort, von wo das Geräusch des Schusses kam, und ich nehme an, dass sie es waren, die geschossen haben. Aber ich bin nicht zu ihnen gegangen, um sie zu fragen. Es ist, wie es ist."

Seine Augen blitzten auf, als er den Kopf schüttelte. „Sie waren es, da bin ich mir ziemlich sicher."

„Sie sollten Anzeige bei der Polizei erstatten."

„Ich habe die Polizei schon angerufen. Ihre Helferin hat mir freundlicherweise erlaubt, das Telefon zu benutzen, und die Polizisten waren da, während Sie Santee operierten. Wir haben uns unterhalten, ich habe Ihnen gesagt, was ich über die Sache weiß, und sie sind wieder gegangen."

„Gut. Ich hoffe, sie fassen die Bastarde."

Nachdenklich schürzte Lijah die Lippen. „Sie sagten, Sie haben Schrotkugeln aus Santee geholt? Keine Gewehrkugel?"

„Stimmt. Eine ganze Ladung. Warum?"

„Ach, es gibt keinen besonderen Grund, warum ich fragte – ich war nur neugierig."

„Noch etwas. Dieser Adler …" Harris machte eine Pause, lächelte kurz und fuhr fort: „Santee. Sie hat eine Brutstelle. Haben Sie gesagt, ihr Nest wäre hier ganz in der Nähe?"

„Ja, Sir. Nicht so weit entfernt von hier. Sie sind gute Eltern, Santee und Pee Dee – ich habe sie nach Flüssen benannt. Das ist das zweite Jahr, in dem sie dieses Nest bebrüten. Beim letzten Mal hatten sie zwei Junge. Das ist der Grund, warum ich überhaupt hier oben im Norden bin. Ursprünglich stamme ich aus St. Helena, aber ich bin den Vögeln hinterhergereist, um sie beim Brüten zu beobachten. Manchmal übernachte ich im Zelt, manchmal kann ich bei Freunden bleiben. Es ist anstrengend, aber das nehme ich auf mich. Santee liebt den Platz zum Brüten. Ich denke, es ist der Ort, an dem auch sie geboren wurde."

„Das könnte sein. Es ist noch früh in der Saison. Vielleicht hat sie ihre Eier noch gar nicht gelegt."

„Kann ich Ihnen nicht sagen. Ich bin selbst gerade erst eingetroffen. Die beiden Adler scheinen aber sehr geschäftig zu sein, soweit ich das sehen konnte."

Harris war drauf und dran, einen Vortrag darüber zu halten, dass Menschen sich von den Gelegen der Greifvögel fern zu halten hatten, um die Tiere nicht zu stören, aber er entschied sich dagegen. Der Mann kannte sich offenbar gut aus, und im Moment brauchte Harris seine Hilfe.

„Könnten Sie mir zeigen, wo das Nest ist?"

Lijah rieb sich das Kinn und runzelte die Stirn. Zögernd sagte er: „Ich denke, das kann ich machen."

„Lijah, für das männliche Tier wird es schwierig, sich um die Jungen zu kümmern, die vielleicht schon ausgeschlüpft sind. Verdammt schwierig, wenn nicht gar unmöglich, um ehrlich zu sein. Wir müssen das Nest genau beobachten, um eingreifen zu können, wenn er es vernachlässigt."

„Das hatte ich mir auch überlegt."

„Wenn wir eventuell ..."

Harris' Aufmerksamkeit wurde durch ein sanftes Ziehen an seinem Hosenbein abgelenkt. Als er runtersah, blickte er in das zarte, blasse Gesicht seiner fünfjährigen Tochter. Marions Haar wurde durch ein Zopfband zusammengehalten und hing ein wenig achtlos und wirr herunter. Die Kleider, die sie heute Morgen angezogen hatte, waren nun schmutzig, und etwas Traubengelee klebte an ihrem Mund, den sie schmollend verzogen hatte.

„Daddy?"

Seine Miene hellte sich beim Anblick der Kleinen auf. „Ja, meine Süße?"

„Gehen wir jetzt einkaufen?" fragte sie quengelig.

Einkaufen. Heiligabend. Es ist schon Abend. All diese Tatsachen trafen ihn wie ein Schwall kalten Wassers. Wie konnte er nur den Ausflug vergessen? Das passierte ihm immer wieder. Er ging so in seiner Arbeit auf, das er die Zeit vergaß und auch alles andere, was er noch tun wollte.

Die Augen seiner Tochter spiegelten kindliche Erwartung und Sehnsucht wider, und er erinnerte sich an Maggies Ermahnungen. Er drehte den Kopf und sah aus dem Fenster. Obwohl es erst vier Uhr war, herrschte draußen schon Dunkelheit. Einige Schneeflocken tanzten im schwachen Licht der Außenbeleuchtung, aber der schlimmste Schneefall war abgeebbt. Harris musste sein Versprechen einhalten. Wenn er sich jetzt beeilte, könnten sie direkt in die Stadt fahren und wieder zu Hause sein, bevor es zu spät war.

„Natürlich, Schätzchen“, sagte er und streichelte ihr über den Kopf. „Gib mir noch eine Minute, um abzuschließen.“ Er sah den alten Mann an, der bereits nach seinem Hut griff.

„Ich gehe jetzt besser“, wandte er sich an Harris. „Es ist Weihnachten, und es sieht aus, als hätten Sie was Schönes vor.“

„Das haben wir. Kein guter Abend, um jetzt noch draußen unterwegs zu sein, finden Sie nicht? Kann ich Sie irgendwo absetzen?“

„Nein, Sir. Vielen Dank, aber ich komme schon zurecht.“

„Aber haben Sie nicht erwähnt, dass Sie hierher gelaufen sind?“

„Ja, bin ich. Zerbrechen Sie sich nicht den Kopf. Meine Freunde wohnen nicht weit von hier.“

„Das nächste Haus ist aber ein gutes Stück entfernt, und man muss durch den Wald gehen. Kommen Sie, ich nehme Sie mit.“

Lijah schüttelte den Kopf und ging zur Tür. „Ich habe den ganzen Tag gesessen. Ein Spaziergang wird mir gut tun. Danke, dass Sie sich um meinen Vogel gekümmert haben. Morgen werde ich reinschauen, um zu gucken, wie es ihr geht, wenn Sie nichts dagegen haben." Bevor er ging, beugte er sich mit einem warmen Lächeln zu Marion hinunter. „Fröhliche Weihnachten, kleines Fräulein."

Marion lächelte schüchtern und versteckte sich hinter den Beinen ihres Vaters.

„Wir sprechen uns wieder. Ich würde wirklich gerne zu dem Nest gehen", sagte Harris.

Lijah nickte, trat aus der Tür und zog sie leise hinter sich ins Schloss.

Harris blickte ihm noch einen Augenblick hinterher. Der Mann hatte einen bleibenden Eindruck hinterlassen. Mit einem Seufzer sah er aus dem Fenster auf die Schneeflocken, die im grau-blauen Licht des Nachmittags zu Boden schwebten. Er legte den Arm um die schmalen Schultern seiner Tochter und kniete sich neben sie.

„Siehst du dir das genau an?" fragte er. „Es ist schon sehr lange her, dass es hier in South Carolina an Weihnachten geschneit hat." Er zog das Mädchen an sich heran und drückte es zärtlich. „Es ist das erste Mal in deinem Leben, dass du Schnee siehst. Ich denke, das wird dem alten Weihnachtsmann helfen."

„Aber du hast mir gesagt, dass es den Weihnachtsmann nicht gibt."

Er zog die Augenbrauen hoch. „Hab ich das?"

Sie nickte.

Obwohl er den Glauben an solche Dinge wie Märchen, den Weihnachtsmann oder den Osterhasen nicht unterstützte, glaubte er doch fest an die Magie und die Schönheit, die der Natur und dem Menschen innewohnten. Das Leben war voll von harten Tatsachen, wie zum Beispiel Menschen, die eine sportliche Herausforderung darin sahen, einen Adler abzuschießen. Und auch wenn er sich hundemüde und hungrig fühlte, wollte er doch wenigstens heute Abend alles dafür tun, den Zauber lebendig werden zu lassen.

Die grellen Lichter des Kaufhauses blendeten Harris, als er mit Marion an der Hand eintrat. Überall gab es Waren im Überfluss. Wer brauchte all diese Sachen? Leuchtend rote Schleifen, goldenes Lametta und batteriebetriebene Weihnachtsmänner schienen ihn aus den Regalen anzuspringen. Verglichen mit der Ruhe, die in den Wäldern herrschte, dröhnte die laute und aufdringliche Weihnachtsmusik in seinen Ohren. Er drückte die Hand seiner Tochter und unterdrückte den drängenden Wunsch, schneller durch die Gänge zu laufen. Andere Kunden rannten durch das Geschäft und rempelten einander in einer Art blinder Kaufwut an. Er konnte es nicht erwarten, endlich wieder draußen zu sein.

„Daddy, ich hab Durst.“ Marions Gesicht schaute aus der Kapuze des pinkfarbenen Parkas heraus, den sie von einer von Maggies Töchtern geerbt hatte. Er war ihr zu klein, viel zu eng und die Ärmel waren zu kurz. Harris wollte ihr einen neuen Mantel kaufen, wenn sie schon einmal hier waren, aber dann dachte er nach. Das Geld war knapp, und in South Carolina war der Winter kurz. Die Jacke musste also noch ein bisschen länger halten.

„Du hast was getrunken, bevor wir losgefahren sind und an der Tankstelle auch. Du kannst doch unmöglich schon wieder Durst haben.“

„Hab ich aber. Kann ich was davon haben?“ fragte sie, während sie auf ein bläuliches Mixgetränk in der Auslage einer Snackbar deutete.

„Später vielleicht.“

Marion zog erschöpft an seinem Arm und quengelte: „Ich hab aber jetzt Durst, Daddy.“

Sie klang sehr bestimmt und forderte seine volle Aufmerksamkeit. Er wandte die Augen von den Spielsachen und sah sie an. Ihr Gesichtchen war gerötet, und ihre Augen schimmerten glasig.

Wenn er es genau bedachte, hatte sie den Saft heute Morgen in sich hineingeschüttet, als wäre sie kurz vor dem Verdursten. Er fragte sich, ob sie etwas ausbrütete.

„Ich sag dir was", sagte er und kniete sich neben sie. „Zuerst holen wir dein Geschenk, und wenn du Lust hast, gehen wir ganz schick essen. Du darfst alles bestellen, was du magst. Wie klingt das?"

„Okay", erwiderte sie matt und warf einen letzten sehnsüchtigen Blick auf die Getränkemaschine.

Es war seine Schuld, dass sie so spät dran waren, und trotzdem war er ein bisschen enttäuscht. Er hatte gehofft, dass sie sich über den Ausflug freuen und nicht hinter ihm hertrotten und jammern würde. Als sie die Abteilung mit den Puppen erreichten, breitete er die Arme aus und sagte mit der Euphorie eines Marktschreiers: „Hast du jemals so viele Puppen auf einmal gesehen, Marion? Und zu Weihnachten kannst du dir aussuchen, welche du willst. Na los. Egal welche."

Marion ließ seine Hand los und schlich die Regale entlang. Lustlos und mit hängenden Schultern betrachtete sie die Puppen. In ihrem Gesicht war keine Spur von Freude oder Erwartung zu erkennen.

Er seufzte auf und kniete sich neben ihr auf den Boden. „Was ist denn los, Süße?"

Sie zuckte die Schultern.

„Aber du hast doch gesagt, dass du dir eine Puppe zu Weihnachten wünschst."

Sie schüttelte den Kopf.

„Oh." Harris war erstaunt, fasste sich aber schnell wieder. „Das macht nichts. Du musst dir keine Puppe aussuchen."

Zum Glück habe ich noch keine besorgt, dachte er bei sich. Kinder änderten ihre Meinung alle paar Minuten. „Hier gibt es jede Menge Spielzeug. Spiele, Kuscheltiere, Sportsachen … Hey, wie wäre es mit einem Fahrrad?"

Sie drehte sich zu ihm um und sah ihn mit leeren Augen an. „Daddy, du weißt, was ich mir zu Weihnachten wünsche."

In ihrem blassen, schmalen Gesicht spiegelte sich die Sehnsucht eines einsamen Kindes wider. Es brach ihm fast das Herz. Marion war eigentlich kein weinerliches Kind. Ganz im Gegenteil. Sie wünschte sich selten etwas für sich selbst. Nachdenklich nahm er sie in den Arm und setzte sie auf sein Knie. Er rang nach Worten.

„Süße, du weißt, dass ich dir deine Mommy zu Weihnachten nicht herholen kann. Wir haben doch darüber gesprochen. Das geht nun mal nicht. So ein Wunsch ist Unsinn."

Marion schob schmollend die Unterlippe vor. „Das ist gar kein Unsinn."

„Ich weiß, entschuldige. Warum suchst du dir nicht eine Puppe aus, die wie Mommy aussieht? Wäre das nicht gut? Sieh dir die Puppen da an. Die sind sehr hübsch, genau wie sie."

Wenn sie ihn mit ihren großen, treuen blauen Augen so ansah, erinnerte sie ihn so sehr an ihre Mutter, dass es wehtat. Er küsste ihre zarte Wange. „Na los, geh schon."

Mit einem resignierten Seufzen drehte Marion sich um und sah erneut die Auswahl an Puppen an. Nach einigen Momenten zeigte sie auf eine Barbie, die ein glitzerndes, leuchtend pinkfarbenes Ballkleid trug. Harris dachte, es sei die grellste und auffälligste Puppe auf dem Regal – und die passendste. Fannie liebte bunte Farben. Er griff nach der Barbie.

„Das ist eine gute Wahl, meine Kleine. Sie ist wirklich hübsch. Wie willst du sie nennen?" Einen kurzen Augenblick lang stockte ihm der Atem – er hoffte, sie würde die Barbie nicht nach ihrer Mutter benennen.

Marion verzog angestrengt das Gesicht, während sie nachdachte. „Lulu“, verkündete sie dann.

Er lächelte. „Perfekt. Du bleibst schön hier und guckst dir die Puppen an. Ich gehe schnell zur Kasse und kaufe die Barbie. Nicht weggehen, hörst du? Versprochen? Daddy ist gleich wieder da, gut so?“

Marion nickte, und er lief mit der Barbie zur Kasse. Offensichtlich war er nicht der Einzige, der auf den letzten Drücker noch Weihnachtseinkäufe machte, aber nur zwei Kassen waren geöffnet, und so hatten sich lange Schlangen gebildet. Ungeduldig stellte er sich an und warf immer wieder angstvolle Blicke über die Schulter, um Marion in der Spielzeugabteilung im Auge zu behalten. Die Schlange schien sich langsam im Rhythmus des Liedes „White Christmas“ zu bewegen, das aus den Lautsprechern plärrte. Harris sehnte sich nach der Stille, die bei ihnen zu Hause herrschte, und trommelte nervös mit den Fingern auf der Verpackung in seiner Hand. Schritt für Schritt näherte er sich der Kasse und hatte genug Zeit, die Last-Minute-Weihnachtsgeschenke zu betrachten: dekorierte Lebkuchen, rote Weihnachtsplüschsocken, die mit Süßigkeiten gefüllt waren, ein kleines Plüschrentier und weihnachtliches Geschenkpapier mit Schleifen. Endlich war er an der Reihe. Er legte das Geschenk aufs Band, suchte einige Scheine aus seiner abgegriffenen Lederbörse und reichte sie dem Kassierer. In Gedanken überschlug er die Kosten für das Abendessen und überlegte, ob er noch genügend Geld bei sich hatte.

In solchen Momenten grübelte er darüber nach, ob es die richtige Entscheidung gewesen war, sein Leben dem Schutz von Vögeln zu widmen. Die meisten Biologen, die mit der Pflege und dem Schutz der Natur beschäftigt waren, konnten diese Bedenken nachvollziehen. Es war ein schwieriger Job, der viel Zeit und einige

Opfer abverlangte. Außer Frage stand, dass sie die Arbeit liebten und sich nicht vorstellen konnten, etwas anderes zu tun, aber man musste auch einiges aufgeben und viele Abstriche machen, vor allem, wenn es um das Privatleben ging – ganz zu schweigen vom Bankkonto. Er seufzte. Während er seine Geldbörse in die Tasche steckte, wusste er, dass seine Antwort ja lautete – er wollte nichts anderes tun, als Vögel zu retten.

Er hob den Kopf und sah eine Menschenansammlung in der Spielwarenabteilung. Einige Leute beugten sich über etwas oder jemanden, der am Boden lag.

„Marion!" stieß er angsterfüllt hervor und rannte los. Er kämpfte sich zwischen den Menschen hindurch und fand seine Tochter auf dem Boden liegend vor. Ihr Gesichtchen war aschfahl, und ihre Augen waren verdreht. Die Lider zuckten. Harris' Herz hämmerte wie verrückt. Er kniete sich hin, nahm seine Tochter in den Arm und fing mit zitternden Fingern an, ihre Kapuze und den Parka zu öffnen.

„Sie fiel einfach um, als wäre sie ohnmächtig geworden", erklärte eine ältere Dame. „Ich hab es gesehen."

Ein kleines Rinnsal Blut sickerte aus ihrem Mund. Hatte sie sich auf die Zunge gebissen? Er versuchte, ihren Mund zu öffnen, aber ihre Kiefer waren krampfartig aufeinander gepresst. Schreckliche Gedanken schossen durch seinen Kopf, während er versuchte festzustellen, was Marion hatte. Epilepsie? Ein Fieberkrampf? Die Angst schnürte ihm die Luft ab, und seine Hände zitterten. Dies war kein Habicht und auch kein Adler. Dies war seine Tochter, und er wusste einfach nicht, was er tun sollte.

Er blickte gegen eine Wand aus Menschen, die sich um ihn und seine Tochter gebildet hatte, sein Augen spiegelten seine Panik wider, als er rief: „Kann jemand einen Krankenwagen rufen?"

3. KAPITEL

Accipiter: *Die blitzschnellen Wald-Jäger. Accipiter sind sehr flinke, entschlossene Jäger. Ihre kurzen, abgerundeten Flügel und langen Schwänze sind wie geschaffen für schnelle Sprints und die Möglichkeit, sich geschickt durch Äste und Buschwerk zu schlängeln, um Jagd auf andere Vögel zu machen. Die Familie der Accipiter umfasst unter anderem die Eckschwanzsperber, Rundschwanzsperber und Habichte.*

Harris war sich nie bewusst gewesen, wie ein paar Wochen ein ganzes Leben verändern konnten. In weniger als einem Monat war seine hart erarbeitete Routine, seine ganze Welt, völlig aus den Fugen geraten. Er war immer der Meinung gewesen, alles unter Kontrolle zu haben. Und manchmal meinte er hören zu können, wie die Mächte des Himmels über diese Arroganz lachten.

Trotzdem konnte er sich glücklich schätzen. Er wusste das. Die Dinge könnten schlimmer sein, und er hatte weiß Gott schon Schlimmeres durchstehen müssen.

Er stand im Wohnzimmer des kleinen „Cape Cod"-Land-Hauses und betrachtete seine Tochter, die friedlich auf dem Sofa lag. Sie versank fast in einem Berg aus Kissen und war in eine alte, gelb-braune Wolldecke gehüllt. Ihre neue Puppe Lulu hatte sie fest im Arm. Mit ihren blauen Augen, die umrahmt waren von blassen Wimpern, sah sie sich aufmerksam die Zeichentrickfilme an, die im Fernsehen liefen. Die blonden Haarsträhnen kräuselten sich hinter ihren spitzen Ohren, die einen kleinen Tick vom Kopf abstanden. Einige zarte Sommersprossen blühten über ihrer Stupsnase.

Wenn man sie so ansah, erschien sie einem wie ein normales fünfjähriges Mädchen, das Fernsehen schaut.

Aber so war es nicht.

Marion hatte Juvenile Diabetes.

Die Zuckerkrankheit. Er konnte sich einfach nicht damit abfinden. Als der Arzt im Krankenhaus ihm die Diagnose mitgeteilt hatte, fühlte er sich, als hätte ihm jemand den Boden unter den Füßen weggezogen. Er konnte nur mit offenem Mund dastehen und den Arzt anstarren. Von allen Möglichkeiten, die in seinem Kopf herumgespukt hatten, erschien ihm Diabetes die abwegigste zu sein. Damit hatte er nicht gerechnet. Sicher, er wusste ein paar Dinge über die Krankheit. Diabetes bedeutete, dass im Körper zu viel Zucker war. Menschen, die an dieser Krankheit litten, brauchten Insulin. Aber es waren doch nur alte Menschen, die Zucker bekamen – keine kleinen Kinder. Keine Fünfjährigen, die noch nie ernsthaft krank gewesen waren.

Später jedoch, als er sich schlau gemacht hatte, erkannte er die Symptome, die Marion schon lange hatte, die er aber so richtig nie wahrgenommen hatte. Der übermäßige Durst, der erhöhte Harndrang, der Gewichtsverlust, Gereiztheit – all das waren Anzeichen, die auf Typ-1-Diabetes, die seltenste und gefährlichste Form dieser Krankheit, hingewiesen hatten.

Er fühlte sich schuldig. Heimtückische, fortwährende Selbstvorwürfe, die ihn nicht losließen, nagten an ihm. Er fragte sich, wie er es so weit kommen lassen konnte, wie er ihren immer schlechter werdenden Gesundheitszustand so ignorieren konnte, dass sie erst umfallen und einen fiebrigen Krampfanfall bekommen musste. Er fühlte sich wie der schlechteste, der erbärmlichste Vater auf der ganzen Welt.

Doch für Schuldgefühle hatte er eigentlich gar keine Zeit. Die Krankheit beeinflusste das ganze Leben. Nichts war mehr einfach. Er konnte Marion nicht einmal einen Snack bereiten, ohne daran zu denken, wie viele Broteinheiten sie zu sich nahm und was das für Auswirkungen auf ihren Zustand haben könnte. Zum ersten Mal seit Marions Geburt hatte Harris Angst vor der Verantwortung für sein Kind.

Er sah wieder auf seine Tochter, die sich auf dem Sofa zusammengerollt hatte und fernsah. Wie süß und unschuldig sie aussah. Und wie dieser Eindruck täuschte. Er schüttelte den Kopf, atmete tief ein und wappnete sich für das, was jetzt kam.

„Marion? Es ist Zeit, den Test zu machen."

Sofort wich der friedliche Ausdruck aus ihrem kleinen Gesicht, sie zog die Knie an den Körper, schlang ihre Arme um die Beine und schrie: „Nein!"

„Komm schon, Süße. Du weißt, dass wir das tun müssen."

„Nein!"

Harris seufzte auf. Ihm stand schon wieder ein Kampf bevor. Während er sich ihr näherte, verkroch sie sich in der Sofaecke. Wie einer seiner Vogel-Patienten war sie bereit, sich zu verteidigen. Schützend hatte sie die Arme vor den Körper gehoben und sah ihren Vater wild entschlossen an.

Harris ging ganz langsam und vorsichtig auf sie zu, wobei er ununterbrochen beruhigend auf sie einredete. Dann griff er schnell zu, hielt sie fest. Marion reagierte augenblicklich – sie schrie und tobte und wehrte sich aus Leibeskräften, wie es auch die Tiere in der Klinik taten.

„Nein! Ich will nicht! Nein, nein, nein!"

Ihre Schreie hallten im Raum wider und dröhnten in seinem Kopf. Obwohl sie so zart und zerbrechlich wirkte, war sie erstaunlich stark – und raffiniert. Immer, wenn er sie hochheben wollte, streckte sie die Beine von sich, begann zu treten und mit ihren winzigen Fäusten zu boxen, wobei sie vom Sofa rutschte.

„Was, in Gottes Namen, ist denn hier los?"

Harris erkannte Maggies Stimme zwischen dem Kreischen und Schreien seiner Tochter. Und auch Marion hatte Maggie gehört. Für einen kurzen Moment hörte sie auf – um dann mit noch mehr Kraft weiterzukämpfen. Er hielt sie noch fester, während sie versuchte, sich aus seiner Umklammerung zu winden.

„Oh nein, dass machst du nicht", sagte er zu ihr und hob sie auf das Sofa zurück.

„Es hört sich an, als fände hier ein blutiger Kampf statt", stellte Maggie fest und sah sich um.

„Das wäre entschieden leichter als das hier", erwiderte Harris über die Schulter. „Ich muss ihr in den Finger stechen, um den Blutzucker zu messen. Aua, Marion, hör auf, mich zu treten."

Maggie gluckste vor Vergnügen und ging auf die beiden zu. „Ich denke, es wäre hilfreich, wenn du ihr zuerst einmal die Schuhe ausziehst."

„Wenn du mir hilfst?"

Maggie streckte die Arme aus und griff, wie sie es von den Vögeln her kannte, mit schlafwandlerischer Sicherheit nach Marions Beinen. Einige Sekunden später hatte sie dem Kind die Schuhe ausgezogen. Sie hielt die Beine immer noch fest. Das schien Marion noch wütender zu machen, und sie versuchte wie wahnsinnig, zu treten und sich aus dem Griff zu winden. Ihr Gesicht verfärbte sich vor Anstrengung rot.

„Jesus, sie ist stärker als ein Virginiauhu."

„Sie beißt auch wie einer. Schnell, pack ihre linke Hand."

Maggie hielt Marions Hand. Das Kind kreischte mittlerweile hysterisch.

„Jetzt muss sie gerade Luft holen. Schnell!"

Harris wischte sich mit dem Arm den Schweiß von der Stirn,

zielte, stach in den Finger und drückte in Bruchteilen von Sekunden den Teststreifen gegen den Blutstropfen, der aus der winzigen Wunde quoll.

„Geschafft!" triumphierte er.

Marion schrie noch einmal wütend auf und rollte sich dann – besiegt, erschöpft und weinend – zwischen den Kissen auf dem Sofa zusammen. Der Kampf hatte sie viel Kraft gekostet.

„Es muss noch einen anderen Weg geben", sagte Maggie, während sie ihre Arme auf Wunden untersuchte.

„Wenn es den gibt, wüsste ich gerne, wie er aussieht." Er wollte Marions Kopf streicheln, aber sie schlug seine Hand zur Seite.

„Ich hasse dich!" brüllte sie zornig, rutschte vom Sofa und rannte in ihr Zimmer, als wäre sie auf der Flucht.

Harris fuhr sich durchs Haar. Die Tür zum Kinderzimmer wurde mit aller Macht zugeschlagen.

Maggie verdrehte die Augen. „Wie oft müsst ihr das machen?"

„Sechs Mal am Tag muss ich den Blutzucker messen, drei Mal muss ich ihr Insulin spritzen. Mindestens. Das bedeutet sechs bis neun Stiche mit der Nadel pro Tag."

„Meine Güte!"

„Ja. Zuerst hat sie versucht, tapfer zu sein, aber jetzt ist es zu einem täglichen Krieg geworden."

„Ich mag es fast nicht sagen – es scheint, als würdest du ihn verlieren."

Er senkte den Kopf. „Das ist das Problem. Ich darf nicht verlieren. Ihr Leben hängt davon ab." Erschöpft griff er nach dem Testgerät, warf einen Blick auf den Wert und nickte, zufrieden mit dem Ergebnis.

„In den ersten Wochen nach dem Krankenhaus habe ich es vermasselt und ihre Werte nicht gecheckt. Sie machte einen guten Eindruck, und ich dachte, ich könnte mal eine Messung überspringen. Im nächsten Moment wurde sie schwach, begann zu schwitzen, und ihre Hände zitterten. Gott sei Dank gibt es Traubenzucker. Aber ich kann dir sagen, das hat mich zu Tode geängstigt.

„Jetzt geht es ihr gut. Und das ist alles, was zählt."

„Du hast Recht. Ich werde mich darum kümmern, dass es ihr auch weiterhin gut geht." Er blickte Maggie an, um ihre Reaktion auf seine nächste Äußerung besser beurteilen zu können. „Ich habe übrigens eine Pflegerin engagiert, die hier wohnen und sich den ganzen Tag um Marion kümmern wird."

Maggie machte große Augen. „Die hier wohnen wird? Hier? Aber, Harris, das Haus ist viel zu klein. Wo soll sie schlafen?"

„Sie kann in meinem Zimmer wohnen. Ich werde mich in meinem Büro einrichten."

„Das wird dir auf Dauer zu eng. Und ich spreche nicht über die Raumaufteilung und die Möblierung."

„Vielleicht. Aber ich muss das tun. Wenigstens im Moment." Maggie wollte etwas erwidern, doch Harris hob abwehrend die Hände. „Es ist alles in die Wege geleitet, Maggie. Ich habe eine Anzeige geschaltet, und sie hat bereits zugesagt zu kommen. Bitte. Mach mir jetzt keine Vorhaltungen. Was ich brauche, ist Unterstützung. Marion und ich brauchen Unterstützung."

Maggie wollte noch eine Menge sagen, aber sie presste die Lippen aufeinander. Sie nickte und schlang ihre Arme um Harris. Für sie war es keine Frage, für die beiden da zu sein. In den fünf Jahren, in denen Harris und sie Seite an Seite gearbeitet hatten, hatten sie gelernt, wie wichtig Ruhe und Umsicht in ihrem Job waren. Wenn sie miteinander sprachen, dann nur das Nötigste. Meistens ging es um die Patienten oder was noch zu tun war. Harris und Maggie verstanden sich auch ohne Worte. Obwohl

Maggie die Glucke des Vogelcenters war und oft und gerne ihre Meinung preisgab, mischte sie sich so gut wie nie in Harris' Privatleben ein. Die wichtigsten Informationen tauschten sie kurz aus, so dass man im Bilde war, was gerade zu Hause passierte. *Bob ist entlassen worden. Marion hat die Grippe. Die Kinder haben heute Ferien bekommen und sind zu Hause. Die Waschmaschine hat den Geist aufgegeben.* Ihre Loyalität und Verbundenheit war tief und ehrlich – und obwohl die Freundschaft niemals thematisiert wurde, wurde sie auch nicht in Frage gestellt.

„Du kannst mich jederzeit anrufen, wenn du mich brauchst", sagte sie.

„Das werde ich machen."

Harris klopfte leise an Marions Zimmertür. Sie antwortete nicht. Besorgt horchte er an der Tür und war erleichtert, nichts zu hören. Schlimmer wären laute Schluchzer gewesen – und Flüche, wie gemein ihr Daddy doch war. Behutsam öffnete er die Tür, um sie nicht zu wecken, falls sie schlief. Er steckte den Kopf durch den Spalt und sah sie auf dem Bett liegen und mit Lulu spielen. Ihr Kopf schnellte hoch, als sie ihn hörte, ihre Augen blitzten vor Neugierde, doch im nächsten Moment sah sie ihn wütend an.

„Darf ich reinkommen?"

„Nein!"

„Aber ich komme trotzdem rein." Er ging zu ihr, sammelte unterwegs schmutzige Kleider vom Boden auf und setzte sich zu ihr ans Bett. „Hasst du mich immer noch?"

Schmollend schob sie die Unterlippe vor und kämmte inbrünstig das Haar ihrer Barbie. „Ich hasse die Piekser."

„Das weiß ich. Aber die Piekser sind einfach nötig wegen deiner Diabetes."

„Ich hasse Jabetes.“

Ein bittersüßes Lächeln machte sich auf seinem Gesicht breit. Er lehnte sich zu ihr hinüber, um das weiche Haar auf ihrem Kopf zu küssen. „Oh, mein Lieblingsparfüm“, sagte er und roch an ihren Haaren.

„Ich trage doch kein Parfüm, Daddy“, erwiderte sie, wie sie es immer tat, wenn er das sagte. Das war ein kleines Spiel zwischen den beiden, und ihre Antwort signalisierte ihm, dass der Sturm vorüber war.

„Ich muss kurz mit dir reden.“

Geduldig wartete er, bis sie das enge, glitzernde Kleid über die stattlichen Brüste der Puppe gezogen hatte und sie zur Seite gesetzt hatte. Endlich blickte sie ihn aufmerksam an, und er begann, leise und vorsichtig zu sprechen.

„Wir haben ein Problem. Oder, vielmehr, ich habe ein Problem. Ich bin nicht besonders gut darin, mich um dich zu kümmern.“

Marion schaute ihn mit großen Augen verwundert an. Damit hatte sie nicht gerechnet.

„Du brauchst jemanden, der dir deine Medizin gibt und der deine Ernährung überwacht.“

„Aber *du* kannst das doch tun.“

Er schüttelte den Kopf. „Nein, das kann ich nicht. Wir wissen beide, dass es nicht funktioniert.“

„Ich werde dich nicht mehr treten …“

„Süße, es ist nicht nur das. Natürlich ist es das auch …“, sagte er grinsend, um sie ein bisschen zu ärgern. Er zog sie an sich und drückte sie liebevoll. Marion legte ihren Kopf auf seine Brust. „Ich arbeite sehr viel. Und ich bin oft weg. Du aber brauchst jemanden, der immer ein Auge auf dich hat.“

„Warum kann Maggie sich denn nicht um mich kümmern?“

„Maggie arbeitet in der Klinik. Mit den Vögeln."

„Wieso bekommen die Vögel immer alles?" Sie setzte sich auf und schaute ihn trotzig an. „*Ich* bin doch auch krank."

Harris erschrak ein bisschen über die Abneigung, die sie den Tieren gegenüber verspüren musste, um solch einen Vergleich zu ziehen. „Die Vögel sind meine Arbeit, Süße. Aber du, du bist mein Herz, mein Leben."

Das schien sie zu besänftigen. Sie seufzte und lehnte sich wieder zurück an die Brust ihres Vaters. „Du meinst also, ich bekomme einen neuen Babysitter? Wie Katie?"

„So in der Art. Erinnerst du dich, dass Katie abends nach Hause ging? Ich habe jemanden eingestellt, der hier wohnen und schlafen wird."

„Sie wird hier bei uns wohnen? In unserem Haus?"

„Ja."

Marion drehte sich, um ihm in die Augen schauen zu können. In ihrem Gesicht spiegelte sich deutliches Interesse wider. „Ist sie dann so etwas wie eine *Mutter?*"

„Um Gottes willen, nein", sagte er und lachte leise. Er bemerkte, dass sie traurig wurde und sich ihr Blick trübte, und setzte sanft hinzu: „Ja gut, vielleicht ein bisschen. Sie wird dir vorlesen, Essen kochen und dir morgens beim Anziehen helfen. Und vor allem wird sie dafür sorgen, dass du regelmäßig deine Medizin bekommst."

„Du meinst, die Spritzen?"

„Ja, die auch."

Marion verzog das Gesicht. „Ich will gar nicht, dass sie kommt. Sie ist nicht meine *Mommy.* Und das ist *unser* Haus."

„Hör auf. Das ist die falsche Einstellung. Ihre Aufgabe ist es, dir zu helfen, und deine Aufgabe ist es, dir helfen zu lassen. Du musst uns erlauben, uns um dich zu kümmern." Er griff in die Brusttasche seines Hemdes und zog einen Brief heraus. Nachdem er ihn geöffnet hatte, hielt er ihn in das Licht der Nachttischlampe.

„Ich habe eine Anzeige in der Zeitung aufgegeben und einige Antworten bekommen. Miss Majors heißt die Frau, die ich für dich ausgesucht habe. Sie ist eine Krankenschwester, also weiß sie, was Diabetes ist und was sie tun muss. Sie kann das viel besser als ich."

„Aber ich will, dass *du* bei mir bist und mich versorgst." Ihre Stimme klang eher ängstlich als streitlustig.

„Möchtest du, dass ich den Brief vorlese?"

„Mir egal."

Harris räusperte sich und begann zu lesen.

Lieber Mr. Henderson,

ich habe Ihre Anzeige in ‚der Charleston Post and Courier' gelesen und möchte mich um die Stelle als Kinderpflegerin bewerben. Die Anzeige kam genau zur richtigen Zeit, denn ich bin erst seit kurzem in der Stadt und gerade auf der Suche nach einer neuen Aufgabe. Ursprünglich komme ich aus Rutland, Vermont, wo ich für einige Jahre als Kinderkrankenschwester gearbeitet habe.

Sie wundern sich vielleicht, dass ich eine Stelle als Kindermädchen und nicht als Krankenschwester suche. Ich hatte Angebote. Seien Sie versichert, dass ich mir nichts habe zuschulden kommen lassen. Meinen Lebenslauf und einige Referenzen und Zeugnisse habe ich beigelegt. Wenn Sie das Gefühl haben, meine ehemaligen Arbeitgeber anrufen zu müssen, um die Referenzen zu prüfen, tun Sie das bitte gern. Ich jedenfalls würde es machen, wenn es mein Kind wäre.

Offen gesagt, habe ich mehrere Jahre in der Notaufnahme gearbeitet, und ich spüre, dass ich einen Wechsel brauche. Deshalb bin ich in den Süden gezogen – um ein anderes Klima zu genießen, aber auch, um ein neues Leben zu beginnen und Abstand zu gewinnen. Als ich dann Ihre Anzeige sah, erschien es wie die perfekte Lösung. Mit der Behandlung und Pflege von Juveniler-Diabetes-Erkrankten kenne ich mich aus und begrüße die Möglichkeit, mich um ein einzelnes Kind statt vieler Kinder kümmern zu können.

Wenn Sie einverstanden sind und meine Zeugnisse Sie überzeugen konnten, kann ich die Stelle als Pflegerin Ihrer Tochter sofort für ein Jahr übernehmen.
Selbstverständlich sollten wir eine Probezeit von einem Monat vereinbaren. In dieser Zeit kann jeder von uns das Arbeitsverhältnis ohne Nennung von Gründen beenden.

Ich würde mich freuen, Sie und Marion kennen zu lernen. Sagen Sie ihr, dass ich gerne lese und Spiele mag, dass ich Kartentricks beherrsche und dass ich neugierig darauf bin, das zu lernen, was sie mag.
Mit freundlichen Grüßen
Ella Elizabeth Majors, R.N.

In der Stille, die folgte, saß Harris einfach da und starrte auf den Brief in seinen Händen. Seit er ihn vor einer Woche bekommen hatte, hatte er ihn bestimmt ein Dutzend Mal gelesen. Ihre Zeugnisse waren beeindruckend, und alle Arbeitgeber, die sie in ihrer langen Referenzliste angegeben hatte, waren am Telefon nur voll des Lobes für sie gewesen. Sie hatten sie als freundlich, sauber und ordentlich, pünktlich, effizient und verantwortungsvoll beschrieben. Das alles waren Qualitäten, die sie zu einer erstklassigen

Krankenschwester machten. Aber es sagte nichts darüber aus, wie gut sie mit Kindern umgehen konnte, ob sie kochen konnte oder ob sie überhaupt nett war.

Doch Harris sagte sich wieder, dass er großes Glück hatte. In seiner Anzeige hatte er medizinische Grundkenntnisse verlangt, nicht jedoch mit einer ausgebildeten Krankenschwester gerechnet. Er hatte die Personalchefin des Krankenhauses angerufen, in dem Ella Majors tätig gewesen war, und die hatte ihm versichert, dass Miss Majors keine Leichen im Keller hatte. Am Ende des Gespräches hatte die Frau ihre Stimme gesenkt und eine Bemerkung gemacht, die Harris im Gedächtnis geblieben war.

Manchmal sieht eine Krankenschwester in der Notaufnahme einfach ein Kind zu viel sterben.

Er dachte darüber nach, ob es Ella Majors so ergangen war, während er den Brief wieder zusammenfaltete, um ihn in die Tasche zu stecken. Wenn dem so war, konnte er gut nachvollziehen, dass sie einen Wechsel nötig hatte – auch er hatte diese furchtbare Angst verspürt, als er im Krankenhaus auf Marion gewartet hatte, und zuckte beim Gedanken daran noch immer zusammen.

„War das alles, Daddy?"

Er nickte und schob den Brief in seine Tasche. „Ja, das war's. Ach, bevor ich es vergesse, sie kommt vorbei. Sie wird morgen Mittag da sein." *Bitte, lieber Gott …* „Also, was denkst du?"

„Weiß nicht", sagte sie und zuckte die Schultern. „Ist sie hübsch?"

Die Frage ließ ihn schmunzeln. „Ich habe keine Ahnung."

Marion gähnte herzhaft und blinzelte müde. „Okay. Ich hoffe nur, sie riecht nicht komisch."

Harris lachte laut auf und umarmte seine Tochter liebevoll. „Das hoffe ich auch."

Später, als Marion schlief, ging Harris um die Käfige der Greifvögel herum und spazierte an den Gehegen der verwundeten Vögel vorbei. Jeden Abend machte er diesen Rundgang, um zu sehen, ob alles in Ordnung war. Die Tiere kannten ihn – seinen Geruch und seine Bewegungen – und waren durch seine Anwesenheit nicht beunruhigt. Und Harris selbst fühlte sich auf eine seltsame Art und Weise akzeptiert. Während es in den Käfigen leise war, trillerten und schrieen in den Bäumen um das Center herum die Südkreischeulen, die nach Anschluss suchten.

Er hielt bei den Käfigen an, um nach den drei Fischadlern zu schauen. Mit dem schwarz gefärbten Gefieder um die Augen herum erinnerten sie ihn immer an fliegende Zorros, wie sie so durch die Lüfte schwebten. Allerdings waren sie keine Banditen. Sie jagten Fische, waren talentierte Fischer, die niemals ihr Futter erbettelten oder gar stahlen. Der Atem eines Tieres ging keuchend, was ein Anzeichen für eine Lungeninfektion war. Harris dachte bei sich, den Vogel am nächsten Morgen zur Behandlung zu holen. Der Rundgang über das Gelände war beendet. Er drehte sich um und ging zum Haus zurück. Nun hatte er Zeit, seine Entscheidung, Ella Elizabeth Majors ins sein Haus zu holen, noch einmal zu überdenken.

Genau wie die Raubvögel reagierte er misstrauisch und vorsichtig, wenn sich ein Fremder in seinem Revier aufhielt. Es bestand ein himmelweiter Unterschied dazwischen, jemanden einzustellen, der im Büro, also auf neutralem Boden, arbeiten sollte, oder jemanden, der das Haus, das tägliche Leben mit einem teilte. Man ließ zu, dass dieser Mensch Einblick in das privateste, intimste Leben bekam. Wie würde jemand wie er, der zu viel menschliche Nähe vermied, mit dieser Situation fertig werden?

Sie hatte in ihrem Brief geschrieben, dass sie ein Jahr bleiben wollte. Das waren zwölf Monate, zweiundfünfzig Wochen, dreihundertfünfundsechzig gemeinsame Tage. Er hoffte, dass diese Zeit ausreichen würde, um mit dem Diabetes umgehen zu können. Für Marion wollte er diese Zeit durchhalten, wollte die Fremde in seinem Leben erdulden und von ihr lernen, für seine Tochter zu sorgen.

Abgesehen davon konnte er die Pflegerin auch nur ein Jahr lang bezahlen. Miss Majors verlangte – zu seinem Glück – nur den Mindestlohn. Aber auch dieses kleine Gehalt würde all seine Ersparnisse verbrauchen und wohl noch mehr … Irgendwie musste er das alles schaffen. Auch in der Vergangenheit hatte er solche Krisen und Geldsorgen schon gemeistert. Sogar Fannies Rechnungen konnte er begleichen.

Fannie. Er hielt inne, fuhr sich durchs Haar und atmete tief durch. Sie war die einzige Frau, mit der er jemals zusammengelebt hatte – wenn man von seiner Mutter absah. Und wenn es *so* war, mit einer Frau zusammen zu sein, verzichtete er lieber. Oh Gott, wenn Miss Majors so war wie Fannie …

Er schüttelte den Kopf, überrascht, wie das Adrenalin beim bloßen Gedanken an seine Frau durch seinen Körper schoss. Es bestand keine Gefahr, dass Miss Majors so war wie Fannie. Fannie gab es nur einmal auf der Welt …

Die Entscheidung war gefallen: Er wollte Miss Ella Elizabeth Majors in sein Heim, sein Refugium lassen. Darüber hatte er gründlich nachgedacht. Auch wenn der bloße Gedanke daran seinen Atem so hektisch und keuchend wie den des Fischadlers werden ließ.

Früh am nächsten Morgen folgte Harris Lijah zum Nest von Santee. Sie trotteten einträchtig schweigend nebeneinander durch Schlamm und Dreck am Wando River entlang. Harris konnte mit seinen langen Beinen sehr schnell und geschickt das unwegbare Gelände durchqueren. Zwei Mal hielt er kurz an, da er dachte, der alte Mann könnte eine Pause gebrauchen. Doch Lijah war nicht einmal außer Atem. Es war ein kalter, diesiger Morgen, und die Reptilien und Amphibien, die in South Carolina heimisch waren, warteten in ruhigen, dunklen Höhlen auf den Frühling, der warmen Sonnenschein bringen würde. Hier und da entdeckten die Männer den ein oder anderen glänzenden schwarzen Salamander, der sich in einem Haufen feuchter, verrottender Blätter verbarg, um Jagd auf Regenwürmer und Maden zu machen. Die Tiere schwelgten in der frischen Winterluft, paarten sich und legten ihre gallertartigen Eierstränge ab, aus denen Monate später die Kaulquappen schlüpfen würden.

Endlich kamen die Männer an eine Stelle, an der einige alte, stolze Sumpfkiefern in den Himmel ragten. Zahllose kleinere Bäume und Büsche drängten sich zu Füßen der majestätischen Bäume, wie Kinder am Rockzipfel der Mutter. Lijah streckte den Arm aus und deutete auf etwas.

„Da ist es."

Harris reckte seinen Hals, um einen Blick auf das runde Nest werfen zu können. Es war mächtig, mehr als zwei Meter im Durchmesser, und bestand aus dicken, verflochtenen Zweigen. Hoch in einer Astgabel war es gebaut worden. Daneben saß wie ein einsamer Wächter der Adler. Er starrte sie aufmerksam an. In stummem Einverständnis erlaubte er ihnen, näher zu kommen.

„Er sitzt immer noch beim Nest", sagte Harris. „Armer Junge."

„Die ganze lange Zeit hat er weitergebrütet. Ich weiß, dass es eine sehr schwere Zeit ist für ihn, so ganz ohne Santee. Ich habe getan, was ich konnte, um zu helfen. Fast jeden Tag habe ich ihm frischen Fisch gebracht. Damit er wusste, dass ich da war, habe ich kurz gepfiffen und das Essen dann am Fuße des Baumes liegen lassen. Als er sah, dass ich es war, kam er herunter, hat sich den Fisch geschnappt und ist gleich wieder zu den Eiern zurückgeflogen.Ich habe so gehofft ..." Lijah schüttelte traurig den Kopf.

„Nehmen Sie es nicht zu schwer, Lijah. Es braucht zwei Tiere, um ein Gelege auszubrüten."

„Aber Pee Dee ... er war die ganze Zeit über beim Nest. Er hat nicht aufgegeben."

„Auch wenn der Vater alle erdenklichen Anstrengungen unternimmt, muss er doch das Nest von Zeit zu Zeit verlassen, um zu essen. Die Umstände waren gegen ihn. Die Witterung lässt es nicht zu, die Eier allein zu lassen. Manchmal, wenn das Männchen Glück hat, findet es eine neue Partnerin, die ihm hilft, die Jungen auszubrüten und großzuziehen. Aber das ist sehr selten."

„Das ist wirklich traurig."

„Ja, das ist es. Ich weiß genau, wie er sich fühlen muss."

Etwas in seiner Stimme ließ Lijah aufhorchen. Er wandte die Augen vom Nest und sah Harris an. „Meinen Sie, auch Sie ziehen ihr Kind allein groß?"

Harris sog die Luft tief ein und stemmte die Hände in die Hüften.Zu Fremden sprach er nicht oft über seine persönlichen Umstände und Gefühle. Für ihn war es schmerzhaft, sich einem Menschen anzuvertrauen, den er nicht kannte. Und er konnte nicht nachvollziehen, wie andere sich Fremden gegenüber so frei öffnen konnten. Aber die Ehrlichkeit und die entwaffnende Herzlichkeit und Wärme, die von dem alten Mann ausgingen, ließen seine Bedenken dahinschmelzen. Vielleicht war es auch nur der Wunsch, dem Vater, den er nie hatte, alles zu erzählen und ihn um Rat zu fragen.

„Marions Mutter verließ uns, kurz nachdem das Kind zur Welt

gekommen war. Fannie war eine bildhübsche Frau, aber flatterhaft. Sie hatte … Probleme. Aber sie schenkte mir Marion, und dafür werde ich ihr immer dankbar sein. Nicht für einen Augenblick habe ich bereut, meine Tochter bei mir zu haben."

„Natürlich nicht."

„Ich tue, was in meiner Macht steht, um für sie zu sorgen. Für ein anständiges Heim, für genug zu essen, für Wärme und Kleidung. Zwar bin ich oft weg, aber ich gebe ihr immer etwas, auf das sie sich freuen kann." Er zuckte die Schultern und merkte, wie sehr er auf das Verständnis des alten Mannes hoffte. „Es ist nicht leicht. In der Klinik brauchen sie mich, damit ich mich um die verletzten Vögel kümmere, die Tag für Tag eingeliefert werden. Dann gibt es die Vögel, die dauerhaft im Vogel-Center leben und die versorgt werden müssen. Schon für diese Aufgaben brauche ich einige Stunden pro Tag. Und darüber hinaus sammle ich ständig Spenden, beschaffe Geld, schicke Rundschreiben raus und versuche alles Menschenmögliche, um das Center am Laufen zu erhalten. Wenn man so will, muss ich sozusagen auch Futter heranschaffen."

Er schaute zu dem Adler hinauf, der allein in den Baumzweigen saß. Das Nest neben ihm machte einen trostlosen und verlassenen Eindruck.

„Vom Verstand her ist mir klar, dass ich viel zu tun hatte, dass so viel erledigt werden musste." Er presste die Lippen aufeinander. „Aber wenn ich noch einmal über die Tage, die Wochen vor ihrer Krankheit nachdenke, merke ich, wenn ich ehrlich bin, dass ich nicht wirklich *da* war. Sicher, ich habe dafür gesorgt, dass Essen auf den Tisch kam, und Geld für die Babysitter bezahlt, aber ich habe nicht richtig *hingesehen,* war nicht mit dem Herzen bei Marion. Wenn ich das getan hätte, hätte ich die Symptome erkannt, hätte gesehen, wie durstig sie war und dass sie abgenommen hatte. Ich hätte gesehen, wie krank und einsam sie wirkte. Ich bin doch ihr Vater – ich hätte es sehen *müssen.* Meine Tochter musste erst Krampfanfälle bekommen, bis ich bemerkte, wie es um sie stand. Was für ein armseliger Vater bin ich bloß gewesen?" Er hielt inne. „Also, es stimmt. Ich fühle mich wie der Adler da oben. Sie glauben, Pee Dee hat versagt? *Ich* habe versagt."

Er wollte, dass Lijah ihm beipflichtete, dass er ihm sagte, was für ein miserabler Vater er war, schuldig im Sinne der Anklage. Vielleicht würden dann die Stimmen in seinem Kopf, die ihn immer und immer wieder für sein Verhalten verurteilten, endlich verstummen.

Lijah aber nickte nur, um zu zeigen, dass er verstanden hatte. Nachdenklich ließ er seinen Blick über die Sümpfe schweifen. Schließlich sagte er: „Es ist ein ziemlich langer Weg zurück. Ich werde Sie begleiten, mein Sohn."

Sie liefen Schulter an Schulter durch den Schlamm, zurück nach Hause. Die Sonne ging auf, und es versprach ein schöner Tag zu werden. Ohne Vorwarnung begann Lijah zu singen. Seine kraftvolle, tiefe Stimme tönte über die Sümpfe wie eine kühle Morgenbrise, die die Mächte der Finsternis vertrieb. Er sang einen Gullah-Gospel, den Harris vor langer Zeit schon einmal gehört hatte, damals, als er noch ein Kind war, am Edisto River.

I look down duh road, en duh road so lonesome,
Lawd, I got tuh walk down dat lonesome road,
En I look down duh road, en duh road so lonesome,
Lawd, I got tuh walk down dat lonesome road.

4. KAPITEL

Eulen: *Die Jäger der Nacht. Eulen sind nachtaktive Greifvögel, die der nächtlichen Jagd in Dunkelheit perfekt angepasst sind. Fransige Federn erlauben ihnen lautloses Fliegen, und große Augen und Ohren ermöglichen es, auch in absoluter Dunkelheit und nur über das Gehör geleitet, Beute zu machen. Eulen ruhen den Tag über, aber in der Dämmerung leben sie auf, bereit zu jagen. Die Familie der in South Carolina beheimateten Eulen umfasst den Virginiauhu, den Streifenkauz, die Ostkreischeule und die Schleiereule.*

Auf dem Highway 17, einem lang gestreckten, vierspurigen Highway, fuhr Ella Elizabeth Majors einer ungewissen, doch wie sie hoffte, glücklichen Zukunft entgegen. Sie war nicht auf der Suche nach Magie. Und sie suchte auch nicht nach der großen Liebe. Alles, was sie sich wünschte, war, eine Verschnaufpause auf dem Weg in ein neues Leben einlegen zu dürfen. Eine Pause zwischen dem, was war, und dem, was kommen würde.

Die Straßenkarte lag ausgebreitet auf dem Beifahrersitz ihres kleinen viertürigen Wagens und informierte sie darüber, dass es den Highway schon zu Kolonialzeiten gegeben hatte und er damals King's Highway genannt wurde. Die Rotjacken, Sklaven und Plantagenbesitzer hatten zur damaligen Zeit diese Straße benutzt.

Für Ella war alles neu. Erst vor einem Monat war sie in Charleston angekommen, und obwohl sie in den Süden gezogen war, um zu bleiben, fühlte sie sich wie ein Tourist aus dem Norden – und so würde sie sich die nächsten zwanzig Jahre noch fühlen, wenn sie den Büchern, die sie über diesen Landstrich gelesen hatte, Glauben schenken konnte.

Ella liebte das Autofahren und war es gewohnt, allein lange Reisen im Wagen zu unternehmen. In ihrer Heimat Vermont hatte sie sich mit ihrem Fahrzeug durch den tiefsten Schnee und Schlamm gekämpft, sie war im Zustand höchster Aufregung und tiefster Verzweiflung und – nach Doppelschichten in der Notaufnahme – mit vor Erschöpfung glasigem Blick gefahren. Sie war im frühen Morgengrauen, wenn niemand außer einigen Bauern auf der Straße war, und in tiefdunkler Nacht unterwegs gewesen, wenn man fast nichts sehen konnte außer den gelb leuchtenden Augen der Waschbären, die zufällig im Scheinwerferlicht ihres Wagens auftauchten.

Aber selbst sie als geübte Fahrerin griff das Lenkrad fester, als sie die enge Cooper-River-Brücke überqueren musste und unter ihr ein riesiger Tanker den Fluss hinabfuhr. Es waren scheinbar nur wenige Zentimeter zwischen Schiff und Brücke. Ellas Fingerknöchel waren weiß, so fest hatte sie das Steuer umklammert, und sie spürte Unbehagen. Doch ein paar Minuten und einige „Gegrüßet seist du, Maria“ später hatte sie die Brücke hinter sich gelassen und folgte dem Highway, der sich durch das Städtchen Mount Pleasant zog. Geschäfte und Promenaden säumten die Straße, der Verkehr floss langsam, und die Verkehrsteilnehmer behandelten sich zuvorkommend und mit Respekt. Während sie weiter nach Norden fuhr, wurde die Besiedlung langsam spärlicher. An manchen Stellen standen einige Geschäfte dicht gedrängt und bildeten den Eingang zu prächtigen, eingezäunten Gemeinden. Hier und da fand sich eine wackelige Holzbude an der Straße, in der ein Nachfahre der Sklaven die traditionell handgeflochtenen Weidenkörbe verkaufte. Vereinzelte Tankstellen und kleine, versteckte Häuser, die hinter dem dichten Blattwerk der Bäume nur schwer auszumachen waren, waren die letzten Anzeichen der Zivilisation.

Weniger als eine Stunde, nachdem Ella die Brücke überquert hatte, wurde die Straße kurviger und enger. Nur noch selten begegnete Ella einem anderen Fahrzeug, und riesige Kiefernwälder prägten das Bild. Sie atmete tief durch. In der freien, offenen Ebene fühlte sie sich wohler. Die flache Landschaft unterschied sich von den felsigen, grünen Bergen in Vermont. Hier erstreckte sich der blaue Himmel endlos über die weiten Sümpfe und, dahinter, über das glitzernde Blau des Wassers. Über den Baumwipfeln schlug der allgegenwärtige Geier mit den Flügeln und zog seine Kreise.

Es war kaum zu glauben, dass sie nicht einmal vor einem Monat ihren Wagen voll gepackt hatte und aus dem Bundesstaat der grünen Berge nach South Carolina gefahren war. In den wenigen Wochen, seit sie in Charleston war, hatte sie im Hotel gewohnt und einige Vorstellungsgespräche für Schwesternstellen gehabt. Fähige Krankenschwestern wurden händeringend gesucht, und die Hospitäler rissen sich um sie.

Aber die Wahrheit war, dass sie nicht wieder in einem Krankenhaus arbeiten konnte. Noch nicht jetzt. Ihr Herz war ausgelaugt, ihre Seele war am Verdursten, und ihr Instinkt befahl ihr, so schnell wie möglich eine Oase zu finden, in der sie sich ausruhen und Kraft schöpfen konnte, bevor es zu spät war.

Und genau in dem Moment hatte sie die Anzeige in der Zeitung entdeckt. Es war nur eine winzige Anzeige gewesen, fast hätte sie sie übersehen. Jemand brauchte eine Vollzeit-Pflegekraft für sein Kind, das an Diabetes litt. Medizinisches Vorwissen war erwünscht. Das sprach sie an. Aber es war der kleine Zusatz *Wir brauchen jemanden, der sich sorgt,* der Ella dazu veranlasste, die Anzeige einzukreisen und die Nummer anzurufen. Sie glaubte nicht an Wunder, so etwas wie Schicksal oder Fügung konnte sie jedoch nicht ausschließen.

Nun also war sie wieder unterwegs. All ihre Habseligkeiten hatte sie in ihr Auto gepackt und fuhr ihrer neuen Bestimmung entgegen. Ihr Weg führte sie in eine ländliche kleine Stadt namens Awendaw, die nördlich von Charleston gelegen war. Als sie Vermont damals verließ, hatten ihr ihre Tanten gesagt, sie solle das Abenteuer genießen. Und als Kindermädchen in einem fremden Haushalt zu wohnen, den sie nie zuvor gesehen hatte, war in der Tat ein Abenteuer. Sie hatte sich entschieden, ihren beiden altjüngferlichen Tanten zunächst nichts von ihrer Entscheidung zu schreiben, da die beiden sich nur unnötig Sorgen machen und vor Aufregung durch die Wohnung flattern würden wie zwei alte Hennen. In Wahrheit aber jagte auch ihr Herzschlag wie verrückt, wenn sie darüber nachsann, ob das Kind sie mögen würde, ob die Familie nett war und ob das Haus sauber wäre oder nicht.

Nach etwa zwanzig Kilometern achtete sie auf die Kilometersteine und bog dann vom Highway 17 auf einen schmalen Kiesweg ab, der direkt ins Nichts zu führen schien. Sie hielt an, schob ihre Brille zurecht, prüfte ihre handschriftlichen Weisungen und reckte den Hals, um sich einen Überblick über die Gegend zu verschaffen. Es gab kein Schild oder Postkasten oder irgendetwas, das ihr einen Hinweis hätte geben können, wo sie sich befand.

Sie blickte aufmerksam die Straße hinauf und fuhr circa zwanzig Meter weiter. Die Reifen ihres Wagens knirschten im Kies. Vor einem breiten Metalltor, das den Weg versperrte, stoppte sie. Auf dem Gitter – und durch nichts von der Tatsache aus der Ruhe zu bringen, dass Ellas Wagen bloß dreißig Zentimeter vor ihm stand – saß ein dicker weißer Hahn, der sie über seinen gelben Schnabel hinweg stolz ansah. Ella lachte leise. Dies *musste* das Coastal Caroline Center für Greifvögel sein.

Sie öffnete die Wagentür und setzte einen Fuß heraus. „Hallo, du!" rief sie.

Der Hahn betrachtet sie mit seinen dunklen, strahlenden Augen und schüttelte nur einmal kurz seinen leuchtend roten Kamm.

„Okay, alter Junge, ganz wie du willst." Die Sturheit von Hähnen kannte Ella nur zu gut. In ihrer Kindheit hatten sie eine ganze Hühnerfamilie besessen. Sie fuhr langsam immer näher an den Zaun heran, sicher, dass der Hahn jeden Moment laut protestierend davonflattern würde.

Doch nichts geschah. Der Vogel blieb unerschrocken auf seinem Platz. Schließlich stieg Ella aus und hob die schwere Kette an, die das Gatter verschloss. Sie stemmte das Tor auf, und der Hahn hielt sich wacker fest, als es aufschwang. Nachdem Ella durch das Tor gefahren war, wiederholte sich die Szene in umgekehrter Reihenfolge. In ihrem Rückspiegel konnte sie den Hahn noch immer reglos und teilnahmslos in die Gegend starrend auf seinem Platz sitzen sehen. Jetzt musste Ella laut auflachen – der Vogel gefiel ihr wirklich.

Nun, da sie die Umzäunung und den mysteriösen Wächter des Tores hinter sich gelassen hatte, fühlte sie sich in eine andere Welt versetzt. Die Straße war zu einem schmalen Kiesweg geworden, der von unzähligen Kiefern, Eichen und chinesischem Holunder gesäumt war. Ella fuhr im Schneckentempo den Weg entlang und kurbelte das Fenster herunter, um die kühle, feuchte Luft ins stickige Wageninnere zu lassen. Zwar war es Januar in South Carolina, aber sie brauchte nicht mehr als eine Fleecejacke, um nicht zu frieren. Nicht einmal Handschuhe oder eine Mütze benötigte sie, so mild war es. In dem Moment spürte sie das erste Mal, seit sie Vermont den Rücken gekehrt hatte, so etwas wie Heimweh. Hier im Süden mussten die Bäume gegen Sand und Sumpf um ein armseliges bisschen Erde kämpfen, um zu überleben, und ihr Blattwerk war blasser und, verglichen mit den Blättern ihrer Brüder im Norden, nicht so saftig und voll. Trotzdem war sie umgeben von dem vertrauten Duft von Gras, Moos, Humus und feuchter Erde. Singvögel trällerten in den Bäumen ihr Lied. Sie spürte ihre Lebensgeister zurückkehren, spürte längst vergessen geglaubte Erinnerungen und Gefühle wieder wach werden.

Sie folgte der gewundenen Straße zu einer Waldlichtung, wo einige Autos parkten. Dort stellte sie den Wagen ab, stieg aus, reckte sich und sah sich um. Hinter einer Wand aus kahlen Bäumen erhaschte sie einen Blick auf ein paar Holzgebäude. Weiter vorne und ein bisschen größer als die anderen Gebäude lag ein so genanntes „Cape Cod"-Haus, ein für diese Gegend typisches katenartiges Gebäude.

Die Arme vor der Brust verschränkt betrachtete sie das weiße Schindelhaus, das sich behaglich an zwei mächtige Sumpfkiefern schmiegte. Das Ganze wirkte wie eine Szene auf einem japanischen Holzschnitt. Auf den ersten Blick machte das zierlich wirkende Gebäude einen einladenden Eindruck, mit seiner langen, schmalen Veranda, dem tief gezogenen Dach darüber und dem soliden Sockel aus rotem Backstein. Die Verandastützen standen kerzengerade. Weißer Rauch quoll aus einem offenen Kamin und verbreitete den köstlichen Geruch von Zedernholz. Aber Wind und Wetter hatten auch ihre Spuren an der Fassade hinterlassen, und der Garten wirkte verwildert. Auf der Veranda standen zwei hübsche Weidenstühle, eiserne Gartengeräte, Gummistiefel und ein altes Fass mit Holzscheiten. Das alles unterstrich den etwas verwahrlosten Charme des Hauses und machte es zu einem Heim, in dem wirklich gelebt wurde.

Man merkt, dass hier ein Mann wohnt, dachte Ella bei sich.

Sie ließ ihre Taschen im Auto stehen, setzte die Brille ab und steckte ihr langes braunes Haar mit einer Spange hoch. Es erforderte all ihren Mut, auf das Haus zuzugehen. Unsicher strich sie ihren langen khakifarbenen Rock glatt. Wenn alles gut lief, würde sie hier, inmitten der Wälder, für die nächsten zwölf Monate ein neues Zuhause finden. Ganz eng würde sie mit der Familie in diesen Mauern zusammenleben und einem Mädchen beibringen, mit dem Diabetes zu leben. Vielleicht würde sie dabei auch den Sinn ihres Lebens und die Freude daran zurückgewinnen. Sie straffte die Schultern und lief über den ärmlich wirkenden Hof, wobei sie sich bei jedem Schritt wünschte, die Bewohner dieses Hauses wären anständig und nett. Leichtfüßig nahm sie die sechs Stufen aus rotem Backstein, die zur Veranda führten, und stellte zu ihrer Erleichterung fest, dass diese einen sauberen und aufgeräumten Eindruck machte. An der Tür hing ein Zettel.

Bitte klopfen. Klingel kaputt.

Von irgendwoher aus den Bäumen nahm sie das Lied der Spottdrossel wahr. Drinnen lief der Fernseher. Ein Lächeln huschte über ihr Gesicht, als sie den Arm ausstreckte, um zu klopfen – alles war so herrlich normal. Nur wenige Augenblicke nachdem sie geklopft hatte, wurde die Tür aufgestoßen.

Vor ihr stand ein schlankes, etwa fünf Jahre altes Mädchen, das Ella mit einem misstrauischen Blick aus ihren kornblumenblauen Augen bedachte.

Ella lächelte. „Hallo. Du musst Marion sein."

Das Kind antwortete nicht.

„Mein Name ist Ella, und ich bin gekommen, um dich kennen zu lernen."

Das Kind ließ die Tür los. „Du bist aber nicht hübsch", platzte es heraus.

Überrascht von so viel entwaffnender Ehrlichkeit, lachte Ella laut auf. „Tja, da hast du Recht. Hübsch bin ich nicht. Aber ich bin fröhlich. Und das ist doch viel besser."

Marion betrachtete sie, offensichtlich unsicher darüber, was sie als Nächstes sagen sollte.

Hinter ihr tauchte die Silhouette eines Mannes aus dem dunklen Flur auf. Ella sog die Luft ein, straffte die Schultern und fühlte Angst in sich aufsteigen. Der Mann trat ins Licht, und ihre Blicke begegneten sich. Er war ein großer, schlaksiger Typ. Ihre Tanten würde ihn wohl als langes Elend bezeichnen. Sie schätzte ihn auf Ende dreißig, aber das Alter von Männern zu schätzen war immer so eine Sache. Was ihr am wichtigsten erschien, war die Tatsache, dass er sauber und wohlerzogen wirkte. Fast wäre ihr ein Seufzer der Erleichterung entwischt.

„Hallo. Mein Name ist Harris Henderson", sagte er und streckte ihr die Hand entgegen. „Sie müssen Miss Majors sein. Bitte, kommen Sie doch rein."

Sie erwiderte kurz den Druck seiner warmen, schlanken Hand. Das Bündchen seines weißen Hemdes war ein bisschen ausgefranst. „Ja, das bin ich."

„Wie ich sehe, haben Sie den Weg zu uns heraus gefunden. Viele Leute verpassen die Abfahrt."

„Ihre Wegbeschreibung war wirklich sehr hilfreich. Vielen Dank." Sie sah ihn an und faltete unschlüssig ihre Hände vor dem Körper. Er hatte ein ansprechendes Gesicht, fast schon hübsch, und es berührte sie irgendwie, dass er sich die Mühe gemacht hatte, sich für ihr erstes Gespräch ein frisch gebügeltes Hemd anzuziehen und eine Krawatte. Aber eigendlich waren es seine Augen, die sie gefangen nahmen. Sie waren blau, wie die von Marion, jedoch ohne das Misstrauen, das im Blick des

Kindes lag. Vielmehr sah er sie offen und aufmerksam an. Vermutlich war er genauso aufgeregt wie sie.

„Marion haben Sie ja schon kennen gelernt", sagte er und rieb sich nervös die Hände.

Ella lächelte das Kind an, keineswegs verärgert darüber, dass es nicht zurücklächelte, und erwiderte: „Oh, ja."

„Es ist sehr kalt heute", stellte Harris fest und schloss die Tür hinter Ella.

„Ach, ich finde es nicht kalt. Dort, wo ich herkomme, würde man diese Temperaturen für den Januar als mild bezeichnen."

„Sie kommen aus Vermont, war es nicht so?"

„Das stimmt. Aus dem Süden von Vermont. Ich stamme aus einer kleinen Stadt namens Wallingford, aber die letzten Jahre habe ich in Rutland gelebt. Dort habe ich im Krankenhaus gearbeitet, wie Sie ja wissen."

„Ja. Es ist ein weiter Weg bis zu uns nach South Carolina."

„Das ist es. Aber ich brauchte einen Wechsel und dachte, ich fange mit dem Klima an. Ich musste ziemlich weit weg von Vermont, um endlich einmal Palmen zu sehen." Sie lächelte zögerlich.

Harris nickte zurückhaltend und rieb sich erneut angespannt die Hände. „Möchten Sie vielleicht Kaffee? Oder bevorzugen Sie eher Tee?"

„Oh, Kaffee wäre schön, danke. Mit Milch, bitte."

„Fühlen Sie sich wie zu Hause. Ich habe gerade frischen aufgebrüht. Einen Augenblick, ich hole welchen."

Während er in die Küche ging, ließ Ella ihre Hände los und sah sich in dem Zimmer um. Die niedrige Decke, die dunkle Holzvertäfelung und die schweren roten Vorhänge hatten eine erdrückende Wirkung. Am Ende des Raumes, in der Nähe der Küche, standen ein runder Holztisch und vier Stühle aus

Hartholz. Ein paar weitere alte, zusammengesuchte Stühle und ein verschlissenes Sofa befanden sich vor einem mächtigen Steinkamin, der die östliche Wand dominierte. Ein schwarzer Eisenofen wirkte wie nachträglich in den Kamin eingebaut. Überall hingen prunkvoll gerahmte Fotos von großen fliegenden Vögeln, und mit Büchern voll gepackte Regale nahmen den restlichen Platz an den Wänden ein. Das Zimmer wirkte recht klein. Im Ofen prasselte ein Feuer und erfüllte den ganzen Raum mit einer wohligen Wärme. Ella zog ihre Fleecejacke aus, wohl wissend, dass Marion jede ihrer Bewegungen genau beobachtete.

„Wo schlaft ihr?" fragte sie das Mädchen fröhlich.

Offenbar hatte Marions Neugier ihr Misstrauen besiegt, denn sie lief los, um eine Tür an der Seite des Zimmers zu öffnen. Ella folgte ihr, die Finger gekreuzt in der Hoffnung, dass auch der Rest des Hauses ihr gefallen würde. Erwartungsvoll steckte sie ihren Kopf durch die Tür. Ein schmaler Flur teilte das kleine Haus in zwei Hälften. Direkt gegenüber befand sich ein gelb gekacheltes Badezimmer. Es war groß, aber spärlich eingerichtet. Eine Badewanne mit verschnörkelten Füßen war das Prunkstück des Raumes. Die Handtücher hingen schief in den Metallringen, aber Harris hatte extra neue Seifenstücke an die Badewanne und das Waschbecken gelegt. Dies hier war, soweit sie es überblicken konnte, das *einzige* Badezimmer.

„Hier schläft Daddy." Marion wies auf einen weiteren Raum.

Durch die geöffnete Tür erkannte Ella ein schwarzes Metallbett, auf dem eine strahlend weiße Bettdecke lag, die neu zu sein schien. Sie drehte ihren Kopf und sah eine geschlossene Tür am Ende des Flurs. „Und was ist da?"

„Daddys Büro."

„Ach so. Und wo schläfst du?"

Marion deutete nach oben. „Das war mal der Dachboden, aber Daddy hat es für mich umgebaut. Es ist jetzt *mein* Zimmer. Und es ist rosa. Rosa ist meine Lieblingsfarbe. Eine Treppe, hinten bei der Küche, führt nach oben."

„Ist mein Zimmer auch da oben?"

„Neeein", sagte Marion kopfschüttelnd und zog das Wort wie Kaugummi. Dabei sah sie Ella an, als wäre es völlig verrückt, überhaupt zu fragen. „Da oben ist nur mein Bett. Und ein Schrank, wo Daddy seine Sachen aufbewahrt."

„Ah, ich verstehe."

Aber verstehe ich das wirklich, fragte sie sich? Das Haus war noch kleiner, als sie es sich vorgestellt hatte, und es schien keine weiteren Räumlichkeiten zu geben. Sie biss sich auf die Unterlippe. Plötzlich hatte sie Angst, die Jobbeschreibung von Mr. Henderson vielleicht missverstanden zu haben.

„Kaffee?" rief Harris und betrat mit einem voll beladenen Tablett das Wohnzimmer.

Sie setzte sich auf einen Holzstuhl in der Nähe des wärmenden Ofens. Er hatte sogar daran gedacht, Lebkuchen und großzügig mit Käse bestrichene Cracker auf einem Teller anzurichten. In einem blauen Tonkrug war Milch. Er füllte ein Glas für Marion und legte ein paar der Käsehäppchen auf einer Serviette vor ihr auf den Tisch. Hastig schlang das Mädchen Milch und Cracker hinunter. Es herrschte verlegenes Schweigen. Ella nippte an ihrer Tasse, erleichtert, dass sie etwas zu tun hatte. Der Kaffee war stark und schmeckte köstlich, nicht so wie die lasche Brühe, die so viele Leuten kochten. Gestärkt durch das warme Getränk wartete sie geduldig, bis er sich mit seiner Tasse Kaffee auf das Sofa gesetzt hatte, bevor sie das Wort ergriff.

Sie straffte die Schultern. „Mr. Henderson", begann sie. „Erlauben Sie mir, direkt auf den Punkt zu kommen. Dies *ist* doch eine Stelle, bei der die Pflegerin mit im Haus wohnt, stimmt's?"

Gerade wollte er einen Schluck Kaffee aus seiner Tasse nehmen, hielt aber inne, stellte sie zurück auf den Tisch und legte seine Hände in den Schoß. „Ja." Er errötete leicht und suchte unbeholfen nach den richtigen Worten. „Ich weiß, dass das Haus sehr klein ist. Aber nicht zu klein, wie ich denke. Am Anfang könnte es ein bisschen eng werden, doch wenn das Wetter erst mal wieder besser ist ... es gibt eine kleine Holzhütte am Weiher. Sie hat keine Heizung, wissen Sie. Wenn es Frühling wird, kann ich da hinziehen. Und die Außendusche benutzen."

„Oh, ich bin mir sicher, dass das Haus völlig ausreichen wird", erwiderte sie hastig, erleichtert, dass sie die Anzeige nicht falsch verstanden hatte. „Aber ... Mr. Henderson, welches ist denn mein Zimmer?"

Langsam dämmerte es ihm, und seine Miene hellte sich auf. Er verstand. „Aber natürlich ... wie unaufmerksam. Ich hätte Ihnen gleich Ihre Bleibe zeigen sollen. Sie bekommen das große Schlafzimmer. Es ist das geräumigste Zimmer, und Sie haben einen wundervollen Ausblick auf den Weiher. Außerdem habe ich Ihnen einen kleinen Fernseher hineingestellt. Und einen Sekretär. Ich dachte, also, ich meine, falls Sie ein bisschen Privatsphäre brauchen."

„Ich will Sie aber nicht vertreiben."

„Das ist kein Problem. Es gibt in meinem Büro noch ein Bett. Das reicht mir vollkommen, und die meiste Zeit bin ich sowieso in der Klinik."

Ella fühlte sich erleichtert. Zwar würde es eng werden, aber es würde schon gehen.

Marion beäugte sehnsuchtsvoll die Kekse. Ella nahm einige Käsecracker und legte sie vor Marion auf die Serviette. Das Kind aß sie, ohne zu murren. Für die Zukunft nahm Ella sich vor, sämtliche Lebkuchen, Kekse und sonstige Süßigkeiten wegzuwerfen. Die Fünfjährige sollte nicht mehr in Versuchung geführt werden.

„Können Sie mir etwas über Marions Krankheit erzählen?" fuhr Ella fort. „Wie hoch ist ihr derzeitiger Insulinpegel?"

Harris wischte sich den Mund mit seiner Serviette ab und wandte sich an seine Tochter. „Marion, warum gehst du nicht in dein Zimmer und spielst ein bisschen. Miss Majors und ich müssen uns unterhalten."

„Muss ich?"

„Sie kann ruhig bleiben", warf Ella ein.

„Ich denke, wir sollten diese Sache allein besprechen." Harris blickte sie fest an.

„Aber es ist gut für Marion, wenn sie an allem, was ihre Krankheit betrifft, teilhat. Vielleicht hat sie ja selbst einige Fragen."

„Ich glaube nicht, dass sie Fragen hat."

„Nein? Sie sollten nicht vergessen, dass *sie* die Krankheit hat."

Er schwieg, und sie spürte seinen wachsenden Unmut. „Ich will einfach nicht, dass sie Angst vor der Krankheit hat", sagte er bestimmt.

„Vielleicht hat sie bereits jetzt schon genug Ängste, die ausgeräumt werden müssen."

Die beiden Erwachsenen starrten sich an und bemerkten jeder die Sturheit des anderen. Keiner von beiden würde nachgeben.

Harris wandte sich wieder an seine Tochter. „Marion, möchtest du dabei sein und zuhören, oder möchtest du lieber in deinem Zimmer spielen?" Offensichtlich versuchte er, seine Tochter davon zu überzeugen, dass die Möglichkeit, in ihrem Zimmer zu spielen, die bessere Alternative wäre.

„Ich will hier bleiben", entschied Marion, ohne auch nur einen

Augenblick zu zögern. Sie lehnte sich mit einem triumphierenden Blitzen in den Augen auf dem Sofa zurück.

Harris presste die Lippen aufeinander. In seinem Blick spiegelte sich sein Ärger wider, doch er gab schließlich nach.

Zwar war es kein richtiger Sieg, denn es hatte ja auch keinen richtigen Kampf gegeben, dachte Ella, aber ihre Position hatte sie deutlich machen können. Wenn er ihr vorschrieb, was sie zu tun hatte, machte ihr Aufenthalt in diesem Haus keinen Sinn. Die Umgebung mochte neu und ungewohnt sein, doch wie man mit einem diabeteskranken Kind umging, war ihr Job.

Es folgte eine lange Diskussion über Marions Krankheit, während der Ella feststellte, dass das Kind, obwohl es an seinem Finger knibbelte und an die Decke starrte, doch sehr genau zuhörte. Ella hatte Erfahrung mit Kindern aller Altersstufen, die an Diabetes litten. Und obgleich sie alle aufgrund ihrer Persönlichkeit und ihrer Reife unterschiedlich reagierten, hatten sie eines gemeinsam. Sie alle wollten wissen, was in ihrem Körper vorging, und vor allem, wie viele Spritzen sie pro Tag über sich ergehen lassen mussten.

„Möchten Sie noch einen Spaziergang machen und sich umsehen, bevor es dunkel wird?“ fragte Harris, nachdem das Wichtigste besprochen war.

„Wann sind Marions Zuckerwerte das letzte Mal gemessen worden?“

Ella bemerkte, dass Marion ihre Beine angezogen hatte und gereizt und mürrisch dreinblickte. Harris erblasste.

„Ich habe sie vor Ihrer Ankunft gemessen“, erwiderte er.

Ella sah auf die Uhr. „Seitdem ist viel Aufregendes passiert. Wir sollten noch einmal die Werte checken, bevor wir rausgehen.“

Harris warf einen aufmerksamen Blick auf seine Tochter. Marion schien angespannt auf die Prozedur zu warten, und Ella bemerkte die Unruhe, die in der Luft lag. Wie auf ihr Stichwort begann Marion, wie ein Gespenst zu heulen, schrie und trat um sich. Schon wollte Harris zu ihr gehen, aber Ella streckte ihren Arm aus und hielt ihn zurück. Sie stand unvermittelt auf und stemmte ihre Hände in die Hüften.

„Das reicht jetzt, junge Dame“, sagte mit lauter Stimme, um das Weinen und Kreischen der Kleinen zu übertönen. „Ich werde deinen Blutzucker vier, fünf, sechs Mal am Tag messen müssen, und das Gleiche gilt für die Spritzen. Jeden Tag. Das ist mein Job … Marion, hör mir zu.“ Sie trat zu dem Kind, hielt es an den Schultern fest und setzte es zurück aufs Sofa. Ohne auf die Schläge und Tritte zu achten, die Marion austeilte, hielt sie sie fest.

„Marion!“ rief sie laut und bestimmt.

Erschrocken hielt Marion den Atem an und verstummte für einen Moment.

Ella nutzte diesen Augenblick und sagte schnell: „Du musst überhaupt keine Angst haben. Ich bin Krankenschwester, ich weiß genau, was zu tun ist, und ich bin gut darin. Tatsächlich habe ich schon sehr viele Spritzen an hunderte von Kindern verteilt.

„Aber es tut weh.“

„Ein bisschen wird es wehtun, das weiß ich, aber wenn du ganz still sitzt, schmerzt es nicht so sehr. Und schon bald wirst du dich daran gewöhnt haben und es gar nicht mehr merken. Das verspreche ich dir.“

Ella sprach schnell, solange sie noch die Aufmerksamkeit des Kindes hatte. „Ich möchte dir etwas zeigen. Ein spezielles kleines Werkzeug.“ Sie warf einen Blick über ihre Schulter zu Harris, der mit hängenden Armen in der Nähe wartete, um notfalls eingreifen zu können. „Können Sie mir bitte meinen Geldbeutel geben? Schnell, bitte.“

Marion hatte sich noch immer in einer Sofaecke verkrochen, aber wenigstens hatte sie aufgehört zu schreien. Aufmerksam beobachtete sie, wie Ella in ihre Geldbörse griff.

„Was ist das?“ fragte sie angsterfüllt, als Ella eine kleine Plastikbox aus der Börse zog.

„Das ist eine Zauberbox, die deinen Finger so schnell anpiekst, dass es vorbei ist, bevor du irgendetwas spürst – du wirst überrascht sein.“ In ihrer Handfläche lag das kleine Plastikteil, und Ella bemerkte zufrieden, dass Marion sich nach vorn lehnte, um das unbekannte Ding besser sehen zu können. Sie wusste, dass das Kind die Nadel nicht entdecken würde.

„Aber zuerst kommst du mal mit mir. Oh, nun sträub dich nicht, du dummes kleines Gänschen. Wir wollen nur deine Hände waschen. Komm mit.“ Ohne zu zögern und auf das Einverständnis des Kindes zu warten, griff Ella Marions Hand und zog sie hinter sich her ins Badezimmer. Sie wandte Harris das Gesicht zu und formte lautlos das Wort „Teststreifen“ mit ihren Lippen. Er verstand und ging los, um die Teststreifen zu holen. Während Ella die Hände des Mädchens einseifte, ließ sie ihren Blick durchs Badezimmer wandern. Unverkennbar war versucht worden, die Kacheln und das Waschbecken sauber zu halten, aber an die hygienischen Zustände eines Krankenhauses kam dieses Bad nicht heran.

„Gut, nun gucken wir uns mal deine Fingernägel an.“ Sie schaute auf die kurzen Nägel und wählte dabei den Finger aus, in den sie stechen wollte. „Hmm ... ich denke, wir müssen die Nägel nachher schneiden. Vielleicht sollten wir sie auch lackieren. Rosa? Ist das nicht deine Lieblingsfarbe?“

Marions Miene hellte sich auf.

„Jetzt spül deine Hände ab.“ Sie wartete, bis Marion ihr den Rücken zugedreht hatte, bevor sie das Plastikgehäuse mit der winzigen versteckten Nadel herausholte. Sie zog die Augenbrauen hoch und schaute zu Harris. Der nickte kurz und hielt den Teststreifen bereit.

„Bist du fertig? Dann lass mal die Hände sehen." Sie hielt Marions Hände fest. „Sehr gut gemacht, Marion. Hübsche, saubere Fingernägel. Gut, dann lass es uns jetzt tun, ja?" Ehe Marion sich versah, nahm Ella ihr Werkzeug, stach mit einer sehr präzisen und schnellen Bewegung in die Seite der Fingerspitze und presste schnell den Teststreifen auf die winzige Wunde.

Marions Mund stand offen, aber sie war zu verblüfft, um zu protestieren.

„Schon passiert!" Ella wusste, dass es der Anblick der Nadel war, der die Kinder am meisten erschreckte. Sie sah zu Harris rüber und stellte mit einem Schmunzeln fest, dass sein erstaunter Gesichtsausdruck dem seiner Tochter überraschend ähnlich sah. Lächelnd reichte sie ihm den Streifen, damit er ihn mit der Skala vergleichen konnte.

„Die Werte sind in Ordnung, sie kann mitkommen", sagte er einen Augenblick später mit spürbarer Erleichterung.

„Ich denke, wir können jetzt einen Spaziergang machen, stimmt's?" Sie griff nach Marions Hand und drückte sie sanft. Doch Marion riss ihre Hand los und sah Ella vorwurfsvoll an. Ella ertrug die Abfuhr des Kindes. Sie konnte der Kleinen nicht verübeln, beleidigt zu sein. Schließlich hatte sie Marion ausgetrickst. „Marion, läufst du vor?"

Sie spazierten bedächtig hinter dem Mädchen über das Gelände. Der Schleier der Dunkelheit legte sich sanft über das Land, und während sie durch die Schatten der hereinbrechenden Nacht lief, fühlte Ella sich wieder in eine andere Welt versetzt. Schon als sie das Eingangstor mit dem achtsamen Wächter hinter sich gelassen hatte, hatte sie so empfunden. Dieser seltsame Platz war ein Zufluchtsort inmitten einer hektischen Welt. Sie fühlte sich behütet, umgeben von den gewaltigen Bäumen und fragte sich, als sie an einem Käfig mit Eulen vorbeikam, die sie mit ihren weisen, allwissenden Augen anstarrten, ob Zufall und Schicksal nicht vielleicht doch miteinander verwoben waren. Ob ihre lange Reise hin zu dieser abgelegenen Stätte des Trostes vielleicht doch in den Sternen gestanden hatte.

Sie folgte Harris zwischen hoch aufragenden Bäumen hindurch zu einigen Holzgebilden in den unterschiedlichsten Größen und Formen.

„Es ist spät, und die tagaktiven Vögel haben sich zur Ruhe begeben. Wir sollten sie nicht stören. Ich fürchte, wir müssen den Spaziergang heute etwas abkürzen. Da hinten“, sagte er und deutete dabei auf ein L-förmiges weißes Gebäude mit tief gezogenem Dach, „dort ist die Klinik, in der wir die schwer verletzten Vögel behandeln und versorgen. Eigentlich nehmen wir nur Greifvögel auf, aber manchmal werden uns auch Holzstörche gebracht, zu denen wir natürlich auch nicht Nein sagen können.“

„Und die Krähen, Daddy.“

„Ja, wir haben auch zwei Krähen“, räumte er ein und lächelte das Kind an. „Marion liebt diese Vögel.“

„Es gibt auch eine Babykrähe“, fügte sie hinzu.

„Wir versuchen, Marion von den Vögeln fernzuhalten“, erklärte Harris in einem Ton, der deutlich machte, dass dies nun auch zu Ellas Aufgaben gehörte. „Es ist zu gefährlich, und sie würde sie stören.“

„Auf dem Eingangstor habe ich einen Hahn sitzen sehen“, warf Ella ein. „Das ist auch nicht wirklich ein Raubvogel.“

„Ach der!“ Harris lachte laut auf. „Wir wissen nicht genau, wo er herkam. Eines Tages war er einfach da und hat uns nie wieder verlassen. Vermutlich hat er einen Schlafplatz in den Kiefern und kommt herunter, um nach Insekten zu suchen. Manchmal werfe ich ihm auch Futter hin, vor allem jetzt im Winter. Er ist eine starke Persönlichkeit. Sehr wachsam. Wir haben ihn in unser Herz geschlossen."

„Wie heißt er?"

„Wir geben den Vögeln keine Namen. Das würde ein falsches Licht auf uns werfen. Wir denken, dass wir die Tiere darin bestärken sollten, dass sie wilde Kreaturen sind, nicht unsere Haustiere."

„Cherokee hat aber einen Namen", unterbrach Marion.

Er zuckte die Schultern. „Sehen Sie? Kinder erwischen einen immer wieder beim Lügen. Sie hat natürlich Recht. Einige der Vögel haben Namen, aber nur die Dauerbewohner des Centers, die aus irgendeinem Grund nicht wieder ausgewildert werden können. Ab und zu haben sie ja schon Namen, wenn sie hierher gebracht werden, und offen gesagt, wenn sie hier jahrein, jahraus leben, ist es für uns einfacher, uns einen Namen zu merken als eine Nummer."

Er setzte sich langsam in Bewegung und deutete auf einige kleinere Käfige, die in einer Gruppe zusammenstanden. „Da drüben leben die Dauergäste. Wir können sie uns morgen ansehen. Und dort hinten sind Käfige für die verwundeten Tiere, die wieder ausgewildert werden." Er zeigte auf zwei größere Holzverschläge zu ihrer Rechten.

Sie schlenderten langsam in die Richtung der Käfige zur Wiederauswilderung, während Harris darüber sprach, wie die Vögel je nach Gesundheitszustand in einer Art Rotationssystem die einzelnen Stationen durchliefen. Zuerst wurden sie auf der Intensivstation der Klinik behandelt. Wenn sie das kritische Stadium überlebt hatten, kamen sie in die größeren Käfige der medizinischen Abteilung, wo sie sich erholen konnten. Schließlich wurden sie in die Voliere verlegt, in der sie ausfliegen und Jagd auf lebendige Mäuse machen konnten, um sich wieder an ein Leben in Freiheit zu gewöhnen.

„Das ist die letzte Station auf dem Weg zur Auswilderung“, erklärte Harris, als sie an der langen, niedrigen Voliere angekommen waren. Sie war mit schwerem schwarzem Maschendraht abgetrennt und mit Holz gerahmt. „Sie ist einfach zu klein. Wir hoffen, bald eine größere bauen zu können. Eventuell sogar zwei, wenn wir Glück haben. Dann hätten auch die großen Vögel die Chance, ihre Flügel zu testen. So, das war alles“, schloss er. „Unsere Ziele hier im Center sind, zu beobachten, zu heilen und die Vögel wieder in die Freiheit zu entlassen.“

Als er über das Gelände sah, bemerkte sie den Stolz und die Befriedigung in seinen Augen, so viel erreicht zu haben. Ella hatte Marion immer im Blick, während sie neben den beiden spazierte. Wie war es wohl für sie, neben all diesen wilden und gefährlichen Raubvögeln aufzuwachsen, fragte sie sich und beschloss bei nächster Gelegenheit, mit Harris über Fragen der Sicherheit zu sprechen.

Er trat näher an die Voliere heran und beugte sich weit vor, um zwischen den Holzlatten hindurchzuspähen. „Schauen Sie sich die Vögel dahinten an. Rotschwanzbussarde. Sie sind wieder gesund und bereit für ihre Rückkehr in die Natur. Ich hoffe, dass ich sie bald freilassen kann.“

Sie blinzelte und versuchte, im schwindenden Licht etwas zu erkennen. Zusammengepfercht an der hintersten Wand bildeten die drei Bussarde eine beeindruckende Gruppe, robust und kräftig, viel größer, als sie einem vorkamen, wenn man sie am Himmel erblickte. Drohend starrten die Tiere sie an.

„Sie sehen aus, als wüssten sie, dass sie beobachtet werden", sagte Ella.

„Davon können Sie ausgehen", erwiderte Harris. Er sah über ihre Schulter und sagte: „Warten Sie einen Moment. Ich muss kurz etwas erledigen." Er rannte auf eine freiwillige Helferin zu, die gerade mit einem Behälter voll Fisch und Mäusen zu den Käfigen der Station unterwegs war.

„Mmm … Abendessen!" kicherte Marion.

Eigentlich war Ella nicht zart besaitet, spielte aber mit und erschauderte angewidert. „Iiiih. Ich hoffe, das ist nicht für uns."

„Doch, das ist es!" lachte Marion und hielt sich die Hand vor den Mund.

Ella genoss die ersten freundlichen Worte von Marion und warf ihr einen viel sagenden Blick zu. Aber damit war sie zu weit gegangen. Marions Lächeln erstarb, und das Misstrauen kehrte in ihr Gesicht zurück.

Um sie herum schwand das Tageslicht nun immer schneller. Ein erstaunter Blick auf die Uhr sagte Ella, dass sie eine halbe Stunde gelaufen waren. Sie beobachtete Marion. Das Mädchen hatte sich gegen eine Mauer gelehnt und machte einen erschöpften und zerknirschten Eindruck. Dies konnte bei einem Kind, das zuckerkrank war, mehr als bloße Müdigkeit anzeigen.

Harris unterhielt sich immer noch mit der Mitarbeiterin. Offenbar ging es um Schwierigkeiten mit einem Fischadler. Während er sprach, gestikulierte er wild in der Luft herum. Ella wunderte sich, wie er den Vögeln so viel Aufmerksamkeit schenken und so blind für das Befinden seiner eigenen Tochter sein konnte. Nicht nur die Vögel brauchten etwas zu essen.

„Also, ich bekomme jetzt langsam Hunger", stellte sie entschieden fest und wandte sich zu Marion. „Und was ist mit dir?"

Das Kind nickte und kratzte sich müde am Kopf.

„Lass uns beide doch mal nachsehen, was es zum Abendessen gibt.“ Sie streckte ihre Hand aus und war dankbar, als das Kind sie ergriff. „Meinst du wir finden in eurem Kühlschrank noch was anderes außer Mäusen?“

Zu ihrem Entsetzen waren Mäuse genau das, was sie fand.

Als Ella den Kühlschrank geöffnet hatte, entdeckte sie neben einem Milchkarton, Eiern, einem halben Brot und unzähligen Gewürzen eine große, verschlossene Plastikdose. Neugierig wie sie war, beugte sie sich vor, um die Dose zu öffnen. Der Verschluss sprang auf, und ein beißender Geruch quoll aus dem Behälter, als sie den Deckel abnahm.

„Oh!“ Der Deckel fiel zu Boden, als Ella mit einem lauten Schrei die Hand vor den Mund schlug.

Sie stand mit aufgerissenen Augen vor dem Kühlschrank und rang nach Luft. Sie konnte es nicht glauben. In dem Behälter befanden sich Dutzende von toten Mäusen, schwarz, weiß und blutig, bis zum Rand der Dose übereinander gestapelt. Mäuse draußen, auf einem Tablett angerichtet für die Vögel, zu sehen war eine Sache. Aber hier im Kühlschrank, gleich neben dem Paket mit den Lebensmitteln für die Menschen, eine gänzlich andere.

„Ist alles in Ordnung?“ fragte Harris, als er ins Haus kam. Er war außer Atem, als ob er den ganzen Weg von den Käfigen bis zum Haus gerannt wäre. „Ich habe Sie schreien gehört.“

„Sie bewahren Mäuse in Ihrem Kühlschrank auf!“ rief sie aufgeregt und zeigte anklagend auf das Gerät.

„Ich weiß.“

„Und?“

„Was und?“

„Also, das ist nicht richtig. Das ist … das ist völlig inakzeptabel!“

„Ich wusste gar nicht, dass Krankenschwestern so empfindlich sind.“

„Empfindlich? Empfindlich?“ wiederholte sie, wobei ihre Stimme immer schriller wurde. „Ich bin überhaupt nicht empfindlich. Und wenn man per Zufall Dutzende von blutigen, toten Mäusen im Kühlschrank einer Familie findet und sich erschreckt, hat das nichts, aber auch gar nichts damit zu tun, dass man empfindlich ist.“ Sie fasste sich an den Kopf und versuchte, sich zu beruhigen. Eine Minute später atmete sie tief durch, und ihr Mund zuckte, als sie sagte: „Der Hauptgrund, der gegen Mäuse im Kühlschrank spricht, ist, dass sie einem absolut den Appetit verderben.“

Harris kratzte sich verschmitzt grinsend hinter dem Ohr. „Sie haben Recht. Es kommt auch nicht oft vor. Ich weiche nur auf diesen Kühlschrank aus, wenn das Gerät in der Klinik voll ist. Aber eigentlich sollten Sie das gar nicht mitbekommen. Ich wollte heute für Sie kochen. Sie sind unser Gast. Ich habe Steaks aufgetaut.“

Ihr drehte sich beim bloßen Gedanken daran, an diesem Tag noch Fleisch zu verzehren, fast der Magen um. „Marion muss etwas essen“, erklärte sie. „Ich dachte, ich mache schnell etwas.“

Seine Miene zeigte Verständnis und Anerkennung. „Ich schmeiße schon mal den Grill an.“

„Mr. Henderson“, rief sie ihm hinterher, um ihn aufzuhalten. „Bitte, bevor Sie irgendetwas tun, könnten Sie die Mäuse wegpacken? Das ist wirklich nicht sehr hygienisch. Und …“ Sie nahm all ihren Mut zusammen. „Ich will Ihnen nicht vorschreiben, wie Sie Ihren Arbeitsplatz in der Klinik organisieren, aber da dies hier mein Arbeitsplatz sein wird, muss ich Sie bitten, keine toten Mäuse mehr in meinem Kühlschrank zu lagern."

Er schwieg kurz, um nachzudenken, nickte dann und holte die Plastikdose. Marion hatte sich gegen das Sofa im Nebenzimmer gelehnt und betrachtete die Szene mit lebhaftem Interesse.

„Ich danke Ihnen", sagte Ella mit einem aufrichtigen Seufzer der Erleichterung, als er das Behältnis nahm. „Kann ich Ihnen sonst irgendwie helfen?"

„Nein, das mache ich schon. Wie ich bereits sagte, Sie sind unser Gast."

„Aber das bin ich nicht. Ich mag es nicht, untätig in der Gegend herumzusitzen, und Marion sollte so schnell wie möglich etwas in den Bauch bekommen. Warum soll ich nicht schon mal das Fleisch würzen, während Sie sich um den Grill kümmern? Und ich könnte einen Salat zubereiten. Das könnte ich doch tun, oder?"

„Sie sind wirklich eine Nervensäge", sagte er tonlos. Sie konnte nicht entscheiden, ob es als Kompliment oder Kritik gemeint war. „Gut, dann überlasse ich Ihnen ab heute die Küche. Ich werde nur mal schnell die hier los und werfe anschließend den Grill an."

Später an diesem Abend saß Ella auf der Kante ihres Bettes und starrte aus ihrem offenen Fenster in die Nacht hinaus. Ihr langes Haar fiel in weichen Wellen sanft über ihren Rücken und bewegte sich leicht in der kühlen Brise, die ins Zimmer wehte. Die Nacht war frisch, und sie hatte das Fenster geöffnet, um dem Schreien der werbenden Eulen zu lauschen. Harris hatte ihr beim Abendessen erklärt, dass die Eulen Paarungszeit hatten. Nachts, wenn die anderen Vögel sich zur Ruhe begaben, erwachten die Eulen erst zum Leben und begannen zu rufen.

Harris. Sie war erleichtert und glücklich darüber, dass ihr Arbeitgeber ein ansprechender, wohlerzogener Mann war. Und trotzdem war sie nicht auf ihre eigene Reaktion auf ihn vorbereitet gewesen. Sie fühlte sich magisch von ihm angezogen, und wenn immer er in der Nähe war, schlug ihr Herz so schnell und so laut, dass sie die Arme um ihren Leib schlingen musste, weil sie Angst hatte, dass er es sonst hören könnte. In diesem Moment lag er in seinem Bett im Zimmer am Ende des Flures, nicht weit von ihr entfernt, und sie war sich dieser Nähe schmerzlich bewusst.

Ella kuschelte sich immer tiefer in ihren Morgenmantel und lehnte sich nach vorne, um die melodische Abfolge von tiefen Rufen besser zu hören. Das melancholische Kreischen der Vögel ging von einem Käfig zum anderen – als ob die Tiere miteinander kommunizierten. Manchmal schrie auch eine Eule von einem Baum herüber. Aus allen Himmelsrichtungen tönten die Rufe, und der geheimnisvolle, erotische Gesang der Eulen entführte sie in die Nacht.

Sie schloss die Augen und hielt ihr Gesicht in den kühlen, feuchten Windhauch. Der geisterhafte, bleiche Mond schien über allem, und sie fühlte sich, als wäre ihr Herz geöffnet worden und ihre sorgsam verborgenen und wohl behüteten Erinnerungen nach außen gedrungen, wie ein paar alte Leinentücher und Kleider, die aus einer verstaubten Truhe zum Lüften nach draußen gehängt werden. Ihre Erinnerungen umgaben sie schmerzhaft, und sie spürte eine tiefe Leere und Einsamkeit. Die Dunkelheit war erfüllt von den Liebesgesängen der Eulen, und sie saß, vollkommen allein, auf ihrem Bett.

Wie immer.

Ella war fünfunddreißig Jahre alt. Sie stand zu ihrem Alter und konnte es jedem, der fragte, ohne zu stottern, zu erröten oder ein paar Jahre wegschummeln zu wollen, preisgeben.

Fünfzehn Jahre lang hatte sie als Kinderkrankenschwester gearbeitet und war mit all ihrer Hartnäckigkeit und Hingabe, die ihr innewohnte, in dem Beruf aufgegangen. Am Vorabend ihres letzten Geburtstages hatte sie sich wie gewöhnlich eine Tasse Tee gemacht, ein Feuer in ihrem Kamin entzündet und, während sie in die Flammen starrte, über sich nachgedacht. Sie hatte ihr Leben fein säuberlich und realistisch analysiert, wie ein Buchhalter Zahlen analysiert.

Sie war eine durchschnittliche, nicht besonders hübsche Frau mit einer hervorragenden Schulbildung und guten Jobaussichten. Sie hatte seit achtzehn Monaten keine Verabredung mehr gehabt, seit vier Jahren keinen festen Freund mehr, und ihre romantischen Perspektiven sahen nicht gerade rosig aus. Und sie hatte sich gesagt, es sei an der Zeit, die Wahrscheinlichkeit eines Lebens ohne Mann in Betracht zu ziehen und sich allmählich damit abzufinden.

Die Wirklichkeit war nicht so sehr beängstigend als vielmehr ernüchternd. Während sie so in die Glut starrte, sah sie, wie ihre innersten Träume von einer eigenen Familie immer schwächer wurden und sich schließlich wie der Rauch eines erlöschenden Feuers in Nichts auflösten.

An jenem Geburtstagsabend, den sie allein verbrachte, entschied sie sich, nicht länger verzweifelt zu hoffen, sondern etwas zu tun. Sie konnte in ihrem Leben nicht viel ändern, aber sie konnte ihren Weg durch dieses Leben selbst bestimmen. Ihr Leben *würde* wieder Sinn machen, Erfolg und Freude bringen. Wenn sie sich nicht um ihre eigene Familie und ihre eigenen Kinder kümmern konnte, dann würde sie sich eben ihrer Karriere widmen und sich um die Kinder sorgen, die unter ihrer Obhut standen.

Und außerdem – auch das entschied sie in einer kalten, einsamen Winternacht in Vermont – würde sie es wenigstens schön warm haben.

Am nächsten Morgen besorgte sie sich eine Landkarte und wählte nur die Städte aus, die in der Nähe von Sandstränden und Palmen lagen. In der Stadt musste es selbstverständlich ein großes Krankenhaus geben, auch ein Theater und gute Musik würde sie sich wünschen, und ein Museum stellte ein großes Plus dar. Aber das Wichtigste auf der Liste war das milde Klima. Das erschien ihr nicht zu viel verlangt, und sie hatte sich den Wunsch nach einer Klimaveränderung bereits in den Kopf gesetzt. Direkt nachdem die Weihnachtskränze und Tannenzweige am Gasthof ihrer Stadt abgenommen worden waren, packte sie alles, was sie mitnehmen konnte, in ihren Toyota, küsste ihre weinenden Tanten zum Abschied und fuhr gen Süden ins sonnige Charleston, um dort ihr neues Leben im neuen Jahr zu beginnen.

Während der langen Fahrt bekam sie fast nichts von der Schönheit der Landschaft mit. Zu beschäftigt war sie mit der Frage, was sie am Ende dieser Reise erwarten würde. In ihrem Kopf spielten sich alle möglichen Szenarien ab. Aber niemals, nicht einmal in ihren kühnsten Träumen hatte sie mit dem Gedanken gespielt, dass Raubvögel einmal ihre Nachbarn wären und dass sie mit einem sturen Mann und seiner aufsässigen Tochter in einem winzigen Häuschen mit nur einem Badezimmer leben würde.

Sie schmunzelte über die versponnenen Wege des Schicksals, stand dann auf und schloss ihr Fenster. Zitternd zog sie sich ihren Morgenmantel aus und schlüpfte unter die schwere Bettdecke. Es dauerte ein paar Minuten, bis sich ihr durchgefrorener Körper wieder aufgewärmt hatte. Sie schlang die Arme um ihren Körper und rieb die Füße aneinander. Schon bald wurde es warm unter der

Decke, ihre Muskeln entspannten sich, und ihr Atem ging gleichmäßig. Sie schloss die Augen und konnte durch das Fenster die süßen Liebeslieder der Eulen hören, die sie umgaben.

In dem Augenblick, als ihre Lider bereits schwer wurden, glaubte sie für einen kurzen Moment, die tiefe, volle Stimme eines Mannes zu hören, die mit den Liedern der Vögel verschmolz.

5. KAPITEL

***Federn:** Federn sind Wunderwerke der evolutionären Anpassung. Sie gehören zu den stärksten und zugleich leichtesten Strukturen lebenden Gewebes und können mehr, als Vögeln helfen zu fliegen. Wenn das Tier sich aufplustert, entstehen unter den Federn Luftpolster, die es vor der Kälte schützen. Wenn der Vogel die Federn nah an den Körper presst, wird über die Federn überschüssige Hitze abgegeben. Alle Vögel verlieren von Zeit zu Zeit ihre alten Federn und ersetzen sie durch neue. Diesen Prozess bezeichnet man als die Mauser.*

Ella erwachte im Morgengrauen. Das zartrosa Licht der dämmernden Sonne kündigte den Tag an. Die Vögel zwitscherten vor ihrem Fenster. Es waren nicht die zarten Liebeslieder der Eulen oder die durchdringenden Schreie der Raubvögel, sondern das unmelodische Zanken und Keifen Eichelhäher und Spottdrosseln in den umliegenden Wäldern. Sie zog die Ecke ihrer wärmenden Steppdecke näher an das Kinn und kuschelte sich tief hinein. Als ihr wieder bewusst wurde, wo sie war, erstarrte sie.

Mein Gott, wie spät ist es? Hastig schlug sie die Decke zurück, und die kühle, feuchte Morgenluft traf sie wie ein Schwall kalten Wassers.

Eilig griff sie nach ihrer Uhr und sah mit Erstaunen, dass es noch nicht einmal halb sechs war. In der Luft hing die bittere und feuchte Kälte, die entsteht, wenn ein Feuer im Kamin erstirbt. Sie zitterte wie Espenlaub und nahm schnell ihren Morgenmantel vom Ende des Bettes, wo sie ihn am Abend zuvor abgelegt hatte. Während sie in den wunderbar wärmenden Mantel schlüpfte, huschte sie barfuß über den eisigen Fußboden zum Fenster, um durch einen Schlitz zwischen den Vorhängen einen Blick in den Garten zu werfen.

Draußen erwachte der Tag und tauchte die Welt in zarte, weiche Farben. Entzückt zog sie Vorhänge zur Seite, um eine bessere Sicht zu haben. Die idyllische Szene eines kleinen, stillen, tiefschwarzen Weihers, vollkommen eingeschlossen von grünen Kiefernwäldern, war ihr bei ihrer Ankunft gar nicht aufgefallen. Ein kleines Lächeln huschte über ihr Gesicht. Ihr gefiel der Gedanke, jeden Morgen diese wundervolle Aussicht genießen zu können. Eine Holzhütte mit einem Blechdach schmiegte sich ans Ufer des Teiches. Das musste die Hütte sein, in der Mr. Henderson angeboten hatte zu übernachten, sobald das Wetter besser würde. Sehr niedlich, fast verwunschen, dachte sie, als sie den Vorhang aus den Händen gleiten ließ und vom Fenster zurücktreten wollte. Doch aus den Augenwinkeln bemerkte sie eine Bewegung in der Nähe der Hütte.

Verwundert riss sie den Vorhang zur Seite und beugte sich weit vor, um besser sehen zu können. Tatsächlich. Sie hatte sich die Bewegung nicht eingebildet ... Ein hagerer dunkelhäutiger Mann mit einem Bündel unter dem Arm stahl sich gerade aus der Holzhütte und huschte davon.

Verblüfft und mit offenem Mund verharrte sie noch einen Augenblick am Fenster. Das konnte doch nicht wahr sein! Jemand schlief in der alten Hütte? Bei dieser Witterung? Sie konnte es nicht fassen. Aus dem Kamin kamen keinerlei verräterische Rauchwolken, und am Dach hingen Eiszapfen . Da drinnen muss es doch eisig sein, dachte sie bei sich und fror schon beim bloßen Gedanken an die Kälte im Haus. Das alles schien ihr höchst suspekt, und sie entschied, Mr. Henderson beim Frühstück darauf anzusprechen.

„Ein Mann in der Holzhütte? Sind Sie sicher?" fragte Harris und blickte dabei skeptisch auf seinen Teller mit dem gebratenen Speck. Drei dicke Streifen lagen dort in einer Pfütze aus Fett, die an den Kanten völlig verbrannt waren.

„Natürlich bin ich sicher", erwiderte Ella bestimmt, die neben ihm stand und ihm gerade Kaffee nachschenkte. „Sie meinen doch nicht etwa, dass ich mir das ausdenke, oder?"

„Nein, selbstverständlich nicht. Es ist nur …" Er schob den Teller mit dem Speck zur Seite und griff nach dem Toast. Auch die gerösteten Brotscheiben waren an den Kanten bereits schwarz. „Ein großer Mann, sagen Sie? Schlank? Dunkelhäutig?"

Ella zuckte innerlich zusammen, als sie sah, wie er verstohlen die verbrannten Ecken des Toastes abkratzte. Er wirkte unendlich müde, mit seinem zerzausten Haar und seinem schläfrigen Blick, und gleichzeitig so jungenhaft, dass Ella an sich halten musste, um nicht „Iss jetzt auf!" zu rufen, wie es früher ihre Tanten mit ihr gemacht hatten, wenn sie wieder mit dem Essen auf ihrem Teller gespielt hatte.

„Genau so!" erwiderte sie.

Harris stützte die Ellbogen auf dem Tisch ab. „Lijah", sagte er nur, bevor er begann, den verkohlten Toast dick mit Marmelade zu beschmieren.

Ella fühlte sich beim Anblick des dürftigen, leicht verunglückten Frühstücks ein wenig schuldig und verschwand eilig in die Küche, wo sie sich eine stärkende zweite Tasse Kaffee einschenkte. Schon seit Stunden war sie auf den Beinen. Da sie als Erste aufgestanden war, nahm sie in rekordverdächtiger Zeit eine Dusche und zog sich Jeans und ein dickes Sweatshirt an. Das Haus war ihr so fremd, und sie musste gegen eine plötzliche Welle des Heimwehs und der Selbstzweifel ankämpfen. Doch sie ordnete ihre Gedanken, schob die Ängste beiseite und konzentrierte sich auf ihre Aufgaben. Als Erstes suchte sie Besen und Kehrblech. An einem Haken in der Küche hing eine Fleischerschürze, die sie sich umband, und einen Besen fand sie hinter der Küchentür. Mit dem Werkzeug in der Hand ging sie zum Holzofen. Wie sie erwartet hatte, war das Feuer schon lange erloschen und der Ofen ausgekühlt.

Holzöfen waren in Vermont üblich, und in kürzester Zeit hatte sie die Asche herausgefegt, nach draußen gebracht und ein neues Feuer entfacht, wozu sie das Holz verwendete, das sie in dem Fass auf der Veranda entdeckt hatte. Nachdem sie danach ihre Hände gewaschen hatte, fand sie es an der Zeit, sich mit der Küche vertraut zu machen. Der Norden mit seiner oft ungastlichen, kühlen Witterung lag ihr im Blut, und so erweckte die kalte Morgenluft ihre Lebensgeister.

Ella ließ ihre Blicke durch die Küche schweifen und dachte wieder, was es doch für ein seltsam herzergreifender kleiner Raum war. Alles schien entweder viel zu groß oder viel zu klein zu sein. Der winzige Roper Herd musste vormals einem Camper gute Dienste erwiesen haben. Dagegen sah das Waschbecken aus Porzellan überdimensional und riesenhaft aus. Es wirkte in dem schmalen grünen Resopalbüfett wie der Schwangerschaftsbauch einer zierlichen, dünnen Frau. Für das Waschen von großen Töpfen war es ideal, und Ella fragte sich, ob Marion früher nicht sogar in dem Becken gebadet worden war. Außerdem standen in der Küche noch ein kleiner Kühlschrank – ohne Mäuse –, ein antiker Toaster mit einem gefährlich ausgefransten Kabel und wunderschöne, handgefertigte Holzschränke, die so schwer aussahen, dass sie inständig hoffte, die Wände würden unter ihrem Gewicht nicht kollabieren. Alles in allem stellte diese Küche eine Herausforderung für einen geübten Koch dar – und ein geübter Koch war *sie* nun wirklich nicht.

Ella seufzte und betete, ein paar gute Kochbücher in den Regalen zu finden, die sie durch das Chaos leiten würden. Gerade wollte sie etwas Milch in ihren Kaffee geben, als sie bemerkte, dass nur noch ein Rest übrig war. Marion würde sicherlich Milch haben wollen, wenn sie aufwachte, und mit einem resignierten Seufzer stellte Ella den Karton zurück in den Kühlschrank. Missbilligend starrte sie in ihre Tasse, ging zu Harris und setzte sich an den Tisch.

„Wir brauchen Milch", stellte sie fest.

„Ich werde heute einkaufen gehen."

„Das müssen Sie nicht. Verraten Sie mir nur, wo das nächste Geschäft ist. Ich finde mich gut zurecht, wie Sie ja wissen", fügte sie mit einem leichten Lächeln hinzu. „Wir müssen uns einen Plan für das Einkaufen überlegen. Eine Kasse mit Haushaltsgeld und so etwas. Ich denke, Sie geben mir einen wöchentlichen Zuschuss?"

„Wenn Ihnen das am liebsten ist."

Er sprach generell nicht viel, bemühte sich aber, aufgeschlossen zu sein. „Heute bin ich in aller Frühe aufgestanden und habe mich ein bisschen umgesehen. Ich habe eine Liste mit den Dingen erstellt, die wir brauchen", sagte sie und zog dabei ein Blatt Papier aus der Tasche ihrer Schürze. In zwei ordentlichen Spalten hatte sie aufgeschrieben, was sie an Lebensmitteln, sonstigen Artikeln und Putzmitteln benötigte, um ihren Job zu beginnen. Sie fühlte das Koffein durch ihre Adern schießen und konnte es kaum erwarten, die Ärmel hochzukrempeln und loszulegen. Sie wollte unbedingt einen guten Eindruck machen.

„Und natürlich wüsste ich gerne, welche Nahrungsmittel Sie und Marion bevorzugen und welche Sie nicht mögen, wie zum Beispiel Zwiebeln, Paprikaschoten und dergleichen. Reagieren Sie auf irgendetwas allergisch?“

„Nein, aber Marion isst nicht so gerne Gemüse. Vor allem nicht Okra.“

Sie lachte. „Ich könnte eine Okra nicht von einem Kohlkopf unterscheiden.“

„Oh.“

Ella dachte, dass es sich mehr wie ein Aufstöhnen und nicht wie ein Kommentar anhörte. Sie fuhr mit den Fingern am Rand ihrer Kaffeetasse entlang, bevor sie sie auf den Tisch stellte und ihre Hände faltete. „Mr. Henderson, ich denke, es ist nun an der Zeit, Ihnen zu gestehen, dass ich nicht die beste Köchin bin.“

Mit sorgenvoller Miene sah er sie an.

„Es ist so, dass ich bei meinen Tanten aufgewachsen bin“, beeilte sie sich zu erklären. „Sie besitzen ein Gasthaus, und sie kochen leidenschaftlich gerne. Meine Tante Eudora ist die Chefköchin. Sie kann eine Sauce Béarnaise zaubern – da kommen Sie aus dem Schwärmen gar nicht mehr heraus. Und ihre Desserts!“ Ella verdrehte die Augen. „Ob Sie es glauben oder nicht, alles ist mit frischer Sahne und Butter aus Vermont gemacht.

Meine Tante Rhoda ist die Bäckerin. Ihr ganzes Interesse konzentriert sich auf Brote, Brötchen, Kuchen, Pasteten und das leckerste Gebäck. Immer riecht sie nach süßem Mehl, und ihre Hände sind so kräftig, dass sie Ihnen leicht eine Verspannung am Nacken wegmassieren, aber auch einen dicken Teigklumpen durchkneten kann. Ihr Gasthaus ist mit vier Fodor-Sternen ausgezeichnet worden“, fügte sie nicht ohne Stolz hinzu.

In Harris' Gesicht spiegelt sich ein Funke Hoffnung wider. Doch als sie merkte, was er dachte, schüttelte sie grinsend den Kopf. „Tja, für mich ist nichts weiter zu tun gewesen, als hinter ihnen herzuräumen. *Darin* bin ich gut. Putzen. Ich kenne mehr nützliche Haushaltstipps als jede Großmutter. Außerdem bin ich ein Organisationstalent. Schon als kleines Mädchen habe ich die Verantwortung für die Speisekammer übernommen, und – unter uns gesagt – im Krankenhaus hatte ich die Zügel fest im Griff.“ Sie schaute sich nachdenklich im Zimmer um. „Und ich sehe, dass meine Hilfe hier benötigt wird.“

„Aber, Sie wissen doch, wie man kocht?“ Die Sorgenfalten auf seiner Stirn wurden immer tiefer.

„Ach, ein bisschen“, lenkte sie ein. „Schließlich habe ich für einige Jahre allein gewohnt.“ Sie verkniff sich die Bemerkung, dass sie sich außerhalb der Krankenhauskantine nur von Tiefkühlkost oder den Carepaketen ihrer Tanten ernährt hatte. „Meine Tanten haben mir die Grundlagen beigebracht. Ich meine, ich kann Wasser kochen, und ich weiß, was *backen* und *braten* bedeutet. Wie schwierig kann es schon sein, wenn ich ein gutes Kochbuch zur Hilfe habe?“

Harris schluckte schwer und sah auf den geronnenen, zu kurz und zu heiß gebratenen Speck auf seinem Teller.

„Dieser Lijah“, fragte Ella, die begierig war, auf das ursprüngliche Thema zurückzukommen. „Arbeitet er hier?“

„Er ist der Mann, von dem ich Ihnen schon erzählt habe. Derjenige, der mit dem Adler auf dem Arm in die Klinik kam, erinnern Sie sich? Das muss er gewesen sein, der da aus der Holzhütte kam, dieser zugeknöpfte alte Kauz“, fügte er hinzu, doch die Zuneigung, die in seinem Blick lag, widersprach dem ärgerlichen Tonfall seiner Stimme.

„Sie wussten nicht, dass er da war?“

Harris schüttelte den Kopf. „Er ist ein seltsamer Mensch, bescheiden und arbeitsam, aber dies ist eine besondere Situation. Normalerweise lebt er in St. Helena, ist jedoch seinem Adler zu dessen Nistplatz gefolgt. Die beiden verbindet eine ganz besondere … Beziehung, so kann man das vielleicht nennen.“ Er schwieg und rief sich die Nacht ins Gedächtnis, in der er Lijah an Santees Käfig stehen sah. Der alte Mann hatte das Tier sorgenvoll betrachtet. „So etwas Außergewöhnliches erlebt man nur selten. Er erzählte mir, er wolle nur so lange wie sein Adler bleiben. Ich bezweifle, dass er damit gerechnet hat, wie lange das sein würde. Ich habe das so akzeptiert und ihn in Ruhe gelassen. Er gehört zur Gemeinschaft der Gullah.“

Ella schüttelte den Kopf. Sie verstand nicht, was das bedeutete.

Er lehnte sich auf seinem Stuhl zurück und streckte seine langen Beine unter dem Tisch aus. „Unter Gullah versteht man sowohl eine hier verbreitete Kultur als auch eine Sprache, die sich aus der Sprache der afrikanischen Sklaven und dem Englischen entwickelt hat. Man kann sagen, dass diese Art der Verständigung ein Vermächtnis des Sklavenhandels ist, die ihre Blütezeit auf den Plantagen erlebte und bis heute, zum Beispiel auf den Sea Islands, überlebt hat. Man findet überall in South Carolina Spuren dieser Kultur. Die geflochtenen Weidenkörbe, hoppin' John, Musik …“ Harris war in Gedanken versunken, ein Lächeln umspielte seinen Mund. „Manchmal höre ich, wie Lijah plötzlich Gullah spricht, wenn er sich mit den Vögeln unterhält – vor allem, wenn er mit ‚seinem‘ Adler redet. Ich verstehe bei weitem nicht alles von dem, was er sagt, aber ich will verdammt sein, wenn die Vögel es nicht tun.“ Er schüttelte den Kopf und schmunzelte bei dem Gedanken daran. „Die Tiere sitzen da, wenn er spricht, und hören zu wie Kinder, denen man eine Gutenachtgeschichte vorliest.“

„Kommt er oft vorbei?“

„Seit er den verletzten Adler bei uns vorbeigebracht hat, ist er fast jeden Tag in der Klinik, um zu helfen. Er erledigt Gelegenheitsarbeiten – bessert Käfige aus, hält die Gebäude instand. Es scheint nichts zu geben, was er nicht bauen oder reparieren kann. Wir können uns wirklich glücklich schätzen, dass er da ist." Er runzelte die Stirn, als er auf seinen Teller sah. „Aber ich kann nicht zulassen, dass er in der alten Holzhütte übernachtet."

„Warum nicht? Dort kann man offenbar gut wohnen."

„Sicher. Im Sommer. Aber jetzt ist es viel zu kalt ohne Heizung."

„Könnten wir ihm nicht einen Ofen hineinstellen?"

„Vielleicht", lenkte er ein. „Aber das ist nicht das eigentliche Problem. Die Hütte ist nur für gutes Wetter gebaut worden. Oft haben wir im Sommer Studenten oder junge Tiermediziner zu Gast, die wir in dem Holzhäuschen unterbringen. Ich kann nicht vertreten, dass die Hilfskräfte dort wohnen."

„Und Sie wissen wirklich nicht, wo Lijah wohnt ist, während er hier ist?"

„Nein. Ehrlich gesagt betrachte ich es auch nicht als meine Aufgabe, im Privatleben meiner Hilfskräfte herumzuschnüffeln. Sie kommen hierher, um ihre Zeit und ihre Kraft der Pflege dieser Vögel zu widmen. Ich bezahle sie nicht. Manche bleiben für lange Zeit, andere sind schnell gelangweilt oder haben sich die Arbeit im Center anders vorgestellt, und wieder andere finden einen Job und beenden ihre Tätigkeit hier." Er machte eine Pause. „Aber Lijah gehört zu denjenigen, die mit Leib und Seele helfen wollen. Zuerst musste ich ihm zeigen, wo das Material lagerte und was zu tun war, doch schon kurze Zeit später hatte er selbst herausgefunden, was anstand, und erledigte es einfach. Solche Menschen sind schwer zu finden. Ich würde ihn schmerzlich vermissen, wenn er ginge."

„Dann lassen Sie ihn nicht gehen."

„Sie verstehen nicht. Er hat klargemacht, dass er nur vorübergehend bleibt."

„Wenn er so gut ist, wie Sie sagen, kann man doch eine Einigung finden, oder? Sie könnten ihm einen Job anbieten."

Harris legte seine Hände übereinander und betrachtete sie eingehend. „Miss Majors, ich habe meine eigene Art, solche Dinge zu regeln."

„Sie sollten herausfinden, ob er einen Platz zum Schlafen braucht. Es gibt in der ganzen Gegend kein Hotel oder Motel. Hat er überhaupt genug zu essen?"

„Ich kümmere mich darum", warf er ein und schnitt ihr das Wort ab. Er griff nach seiner Tasse und nahm einen langen Schluck, während er nachgrübelte.

Ella nahm schweigend ihre Tasse und kämpfte innerlich mit sich, ob sie ihre Grenzen hier im Haus überschritt, wenn sie der Sache mit Lijah weiter nachging. Wieder spürte sie, dass sie sich gegen Harris stellte, auch wenn sie sich heute Morgen geschworen hatte, einen guten Eindruck zu machen. Durch den Dampf, der aus ihrer Tasse aufstieg, sah sie ihn an. Er starrte in die Ferne, die Kiefer hatte er fest aufeinander gepresst.

Ella holte tief Luft. „Ich weiß, dass es meine Aufgabe in diesem Haus ist, mich um Marion zu kümmern. Und ich will mich auch gar nicht in die Geschäfte der Klinik einmischen. Aber Sie können doch nicht einfach die Augen verschließen und so tun, als hätten Sie nichts gesehen. Was, wenn dieser arme Mann keinen Platz zum Schlafen hat? Er kann nicht noch eine Nacht in dieser eisigen Hütte verbringen, so viel ist sicher. Es war ja schon hier so kalt, dass ich meinen Atem sehen konnte, als ich aufstand. Können Sie sich vorstellen, wie es in dem Häuschen am Weiher sein muss?"

„Tut mir Leid wegen des Feuers“, warf er schnell ein. „Normalerweise lasse ich es nicht ausgehen.“

„Macht nichts. Ich kenne mich mit Holzöfen aus. Von nun an schaue ich noch einmal nach, bevor ich ins Bett gehe. Und ich werde die alte Asche morgens entsorgen.“ Sie bemerkte, dass er widersprechen wollte, und sagte mit aller Entschiedenheit: „Das ist mein Job, Mr. Henderson.“

Er musterte ihr Gesicht einige Augenblicke lang, und sie fühlte sich, als würde er sie genau abschätzen. „Sie haben es gern, wenn alles nach Ihren Vorstellungen läuft, habe ich Recht, Miss Majors?“

„Sie etwa nicht?“

Er stellte seine Kaffeetasse ab und sah sie mit einem Anflug von Ärger an. Er antwortete nicht. Stattdessen zog er die Beine an und stand vom Tisch auf. Ella blieb kerzengerade auf ihrem Stuhl sitzen, beobachtete ihn und fragte sich, wie sie beide es ein ganzes Jahr lang miteinander in einem Haus aushalten sollten.

„Danke für das Frühstück“, sagte er, ohne dass es sarkastisch klang. „Es ist schon lange her, dass ich vom Duft frisch gebrühten Kaffees geweckt wurde, den ich nicht selbst gemacht habe.“

Sie entspannte sich. „Gern geschehen.“

Langsam ging er zur Tür und nahm seinen marineblauen Mantel vom Haken. „Marion schläft manchmal gerne lange“, sagte er, während er die Arme in den Mantel steckte. Den Kragen schlug er hoch, bis er an die Ohren reichte, und fügte hinzu: „In ein paar Stunden bin ich wieder zu Hause, und dann stellen wir gemeinsam einen Haushaltsplan auf.“

Er war auffallend kurz angebunden, und sie fürchtete, ihn verärgert zu haben. Eine Erinnerung überfiel sie … Eines Morgens – es war schon lange Zeit her – erklärte sie dem Pfarrer ihrer Gemeinde, nachdem dieser eine bewegende Predigt über die Erbsünde gehalten hatte, dass sie nicht an einen Gott glauben könne, der es zuließ, dass arme, kleine, ungetaufte Kinder ins Fegefeuer kämen. Also habe entweder der Pfarrer sich geirrt und Gott missverstanden, oder sie könne nicht mehr zur Kirche gehen. Sie war damals neun Jahre alt und erinnerte sich genau daran, wie sie dem Pastor mit dem Finger gedroht hatte, während sie sprach. Ihre Tante Eudora hatte sie mit ihren blassgrauen Augen hinter den Brillengläsern eher traurig als böse angeguckt und gesagt: „Kind, wann wirst du lernen, deine Zunge zu zügeln?“ Ella hatte das nie gelernt, und dieser Charakterzug war sowohl ihre Stärke als auch ihr Fluch.

„Wenn Sie Zeit haben, über den Haushaltsplan zu sprechen, stehe ich gern zur Verfügung“, sagte sie. „Oh, und Mr. Henderson ...“ rief sie, bevor er das Haus verließ.

Er hatte schon eine Hand an der Tür, stoppte aber und sah sie unsicher an.

Sie blickte auf den Teller mit Speck, den er nicht angerührt hatte, und versicherte ihm: „Ich versuche in Zukunft, es besser zu machen.“

Sein Lächeln war am Anfang zurückhaltend, doch als es aufblühte, veränderte es sein Gesicht vollkommen, und seine hellen Augen erstrahlten wie ein sonniger blauer Himmel.

„Miss Majors“, sagte er, offenbar berührt genug, um ihr ein kleines bisschen Vertrauen zu schenken.

Ella sah ihn voller Erwartung an. Neugierig hing sie an seinen Lippen.

„Ich *sorge* mich um meine Helfer. Sie sind gute Menschen, die sich besondere Mühe geben. Alles, was ich ihnen im Gegenzug für ihre Arbeit hier zurückgeben kann, ist, genauso hart oder noch härter zu arbeiten und die Gründe, warum sie hier sind, einfach zu akzeptieren. Wir mögen aus unterschiedlichen Welten stammen, aber die Liebe zu den Greifvögeln verbindet uns. Wir zählen aufeinander und brauchen uns gegenseitig." Er öffnete die Tür, hielt inne und fügte schließlich hinzu: „Und jetzt gehe ich los, um herauszufinden, was mit Elijah Cooper los ist."

Harris fand Elijah, der über den Arbeitstisch gebeugt war, im Untersuchungsraum. Bis jetzt war ihm nie aufgefallen, wie oft er den alten Mann schon frühmorgens in diesem Raum arbeiten gesehen hatte. In dem Moment, als er in das gemütliche, warme Zimmer trat, wusste er den Grund. Es war ein schönes kleines Zimmer. Ordentlich hingen Reihen von Lederhandschuhen, mit denen man die Vögel greifen konnte, und Hauben an den Haken, daneben waren Schaubilder und eine Gewichtstabelle an der Wand angebracht, und ein paar zusätzliche Käfige standen herum. Ein langer Holztisch hatte seinen Platz unter einem großen Fenster gefunden, aus dem man einen schönen Blick über die Käfige der Vögel hatte, die für immer im Center lebten. In den Schubladen des Tisches befanden sich die Bellen, Drahlen, Geschühriemen und was sonst noch für den Falkner wichtig war. Es schien vollkommen nachvollziehbar, dass ein Mann, der die Raubvögel so liebte, wie er es tat, sich in dieser Umgebung wie zu Hause fühlen musste.

Der alte Mann drehte sich um und blickte über seine Schulter, als Harris das Zimmer betrat. „Guten Morgen, Harris. Gut geschlafen?"

„Ja, ganz gut." Er schloss die Tür hinter sich. „Womit sind Sie gerade beschäftigt?"

Lijah widmete sich wieder seiner Arbeit. „Oh, ich schneide nur Lederstreifen für die Fußfesseln zurecht. Ich dachte mir, heute lasse ich es mal langsam angehen, da ich beschlossen habe, später

Kunstrasen auf den Ställen zu verlegen. Das ist ein harter Job, aber jemand muss es ja machen. Und so wie ich die Sache sehe, bin dieser Jemand wohl ich ..." Sein leises, glucksendes Lachen schien tief aus seinem Brustkorb zu kommen.

„Das weiß ich zu schätzen", sagte Harris und kam näher. Er sah zu, wie Lijah einige Streifen des leichten, strapazierfähigen Leders zuschnitt, die den Raubvögeln später an die Beine gebunden werden konnten, um sie sicherer halten zu können. Die Bänder, die er gerade in Arbeit hatte, sahen von der Größe her aus, als passten sie für einen Wanderfalken.

„Lassen Sie mich Ihnen zeigen, wie man diese so genannten Geschühriemen richtig zuschneidet", sagte er und griff nach Leder und Messer. „Sie müssen darauf achten, das Leder nicht zu verletzen, wenn Sie die Streifen abtrennen", erklärte er und demonstrierte ihm die richtige Technik. „Die Riemen sind nur gut, wenn sie sicher sind. Was nützen dem Falkner Drahlen, die einen Elefanten zurückhalten können, wenn die Geschühriemen nicht mal einen Spatzen zähmen? Hier. Wie ist das?" fragte er und hielt ein perfekt zugeschnittenes Paar Fußfesseln in die Höhe.

„Das sieht gut aus."

„Jetzt probieren Sie es einmal."

Er betrachtete genau, wie Lijah das Leder bearbeitete. Wie bei den meisten Tätigkeiten in der Vogelpflege war auch hier höchste Konzentration und Aufmerksamkeit vonnöten. Einmal hatte Harris einen Falken entdeckt, der sich mit einem Bein so hoch in einem Baum verfangen hatte, dass er ihm nicht helfen konnte. Und das alles nur wegen schlechter Fußriemen. Aber der alte Mann arbeitet trotz seiner großen, knorrigen Hände so geschickt wie eine Näherin, die feine französische Knoten herstellt, dachte Harris und betrachtete ihn voller Bewunderung.

„Sie haben geschickte Hände."

„Ja, das habe ich. Sie haben mich all die Jahre nie im Stich gelassen. Ich kann fast alles aus ein bisschen Holz und einigen Nägeln zimmern. Auch mit Eisen habe ich schon gearbeitet. Und ich kann mit einem Netz umgehen, falls Sie auf dem Gebiet jemals Hilfe brauchen …" Er hob seine Hände und betrachtete sie mit Respekt. „Ich wollte mit diesen Händen früher immer Piano spielen, aber wir sind nie dazu gekommen. Ich denke, wir hätten bestimmt gute Musik gemacht."

Harris atmete tief durch und rieb nervös seine Hände, denn er wusste bereits, dass die nächsten Minuten darüber entscheiden würden, ob dieser außerordentlich begabte Mann im Center bleiben würde.

„Ziemlich kalt heute, finden Sie nicht?"

„Kalt? Nein, so kalt ist es gar nicht. Heute Mittag sollen es sogar über 4 Grad werden."

„Wirklich? Das ist gut. Dann können wir die Vögel nach draußen bringen." Er räusperte sich und nahm einen neuen Anlauf. „Aber die Nächte sind kalt, stimmt's?"

Lijah gluckste leise, während er das Material behandelte. „Oh, ja. Die Nächte sind sehr kalt."

Harris wartete ein oder zwei Sekunden, bevor er fortfuhr: „Ich kann mir vorstellen, dass es sehr kalt ist, vor allem in der kleinen Holzhütte."

Lijah hielt inne und ließ die Hände sinken. Er saß für einen Augenblick unbewegt, seufzte dann schwer, drehte sich um und sah Harris offen in die Augen.

„Ich wollte Sie nicht hintergehen", sagte er düster. „Ich habe nichts schmutzig gemacht und darauf geachtet, nichts durcheinander zu bringen."

„Ich weiß“, antwortete Harris. Er schwieg kurz. „Lijah, haben Sie denn keinen Platz, an dem sie vorübergehend bleiben können?“

„Doch, doch. Ich bin bei Freunden zu Besuch – nicht weit von hier, die Straße runter. Aber jeden Tag hin- und herzufahren, um Santee zu sehen, war zu umständlich. Sehen Sie, ich muss bei ihr sein. Ich muss bei meinem Vogel sitzen, damit wir das gemeinsam durchstehen können. Genau wie Sie auch für Ihre Tochter da waren, als sie im Krankenhaus war.“

Harris spürte eine starke Sympathie für die Situation des Mannes in sich aufwallen. Lijah liebte diesen Adler wie ein Vater sein Kind. „Ich verstehe“, sagte er. „Aber verdammt, Lijah, es gibt keine Heizung in der Holzhütte.“

„Es geht mir gut.“ Ein schüchternes Lächeln huschte über sein Gesicht. „Es ist auf jeden Fall besser, als im Auto zu übernachten.“

„Lijah, es ist nicht gut, dass Sie in der Kälte schlafen. Wir müssen uns etwas anderes überlegen.“

„Sie müssen sich keine Sorgen um mich machen. Ich werde nicht mehr in der Hütte gehen und mir etwas Neues suchen. Das soll aber nicht Ihr Problem sein.“

„Aber wo wollen Sie hin?“

Er zuckte die Schultern. „Das wird sich finden. Wie ich schon erzählte, ich habe Freunde. Und es ist ja nur vorübergehend.“ Seine Miene drückte plötzlich Sorge aus. „Ich hoffe, das alles ändert nichts daran, dass ich hierher kommen und arbeiten darf? Wenigstens, bis Santee wieder gesund ist? Ich liebe es, in der Nähe dieser Tiere zu sein und etwas zu tun. Und ich denke, ich mache meine Arbeit gut, oder?“

„Das ist keine Frage, und das wissen Sie auch selbst. Sie arbeiten fast zu gut. Inzwischen sind Sie nahezu jeden Tag hier, und das ist schon mehr als helfen. Ich möchte Ihre Großzügigkeit wirklich nicht ausnutzen."

„Sie können mich nicht ausnutzen, denn ich gebe freiwillig, was ich kann." Lijah lächelte gelassen.

„Also, ich möchte Sie sicherlich nicht daran hindern, auch weiterhin zu kommen. Da gibt es keinen Zweifel. Aber die Bedingungen, unter denen Sie bei uns tätig sind, haben sich grundlegend geändert. Sie arbeiten so hart wie jemand, der fest angestellt ist, doch das Problem besteht darin, dass ich Ihnen nicht den Lohn eines Festangestellten bezahlen kann."

Lijah straffte die Schultern. „Ich habe nie um Geld gebeten."

„Ich weiß, dass Sie das nicht getan haben. Aber Sie verdienen es. Also habe ich nachgedacht. Was würden Sie zu einem Gehalt sagen? Wir könnten über einen fairen Lohn verhandeln."

Lijah wirkte nicht froh über den Vorschlag, sondern eher aufmerksam und vorsichtig. „Ich danke Ihnen für Ihr Angebot. Es ist sehr nett, um ehrlich zu sein. Aber all das hört sich für mich so fest und so langfristig an. Ich suche nicht nach einem Job. Mein ganzes Leben lang habe ich für mich selbst gesorgt und das Geld verdient, das ich brauchte. Mein ganzes Leben lang. Und ich möchte nicht, dass Sie für meine Arbeit hier bezahlen, denn ich bin wegen meines Vogels hier. So soll es sein. Ich sorge für mich selbst, und ich möchte selbst entscheiden, wann ich komme und wann ich gehe. Eigentlich möchte ich für Santee da sein und diese Sache mit ihr durchstehen. Wenn sie wieder gesund ist, werden wir die Heimreise antreten. Hoffentlich bald." Sein Blick traf den von Harris. „Sie müssen verstehen und akzeptieren, dass, wenn Santee geht, ich mit ihr gehen werde."

„Das verstehe ich." Harris seufzte und traf eine Entscheidung. „Ich denke, wir können die Hütte etwas herrichten. Wir stellen einen Kerosinofen hinein, öffnen die Wasserleitungen, beziehen das Bett, und Sie können uns beim Essen im Haus Gesellschaft leisten. Obwohl Sie womöglich gerne auf dieses Vergnügen verzichten werden, wenn Sie erst mal in den Genuss von Miss Majors' Kochkünsten gekommen sind." Er lächelte. „Was sagen Sie? Sie können so lange oder so kurz bleiben, wie Sie möchten."

„Wenn das so ist, danke ich Ihnen für Ihr freundliches Angebot und nehme gerne an."

Sie gaben sich die Hände und lächelten sich in der freundschaftlichen, fast schon verschworenen Art an, wie es Männer häufig tun, wenn sie erleichtert und zufrieden mit der Lösung eines Problems sind.

„Ich gebe zu", sagte Lijah, und wieder umspielte dieses ironische Lächeln seine Mundwinkel, „einige dieser Nächte waren so kalt, dass ich Angst hatte, mir könnten meine Gliedmaßen abfrieren. Aber es ist ja bald wieder Frühling, also wird alles gut."

„Sie werden keine weitere Nacht frieren müssen – nicht, solange Miss Majors ein Wörtchen mitzureden hat. Sie war diejenige, die Sie im Morgengrauen aus der Hütte hat verschwinden sehen, und seitdem macht sie sich die größten Sorgen. So, wie ich sie kennen gelernt habe, wird sie das Holzhäuschen bis heute Abend hergerichtet haben."

Lijah hob die Augenbrauen. „Miss Majors? Ist das Ihre neue Freundin?"

„Um Gottes willen, nein! Sie ist das Kindermädchen. Gestern ist sie angekommen und wird bei uns wohnen, um sich um Marion zu kümmern, den Haushalt zu meistern und – der Himmel steh uns bei – auch unser Essen zu kochen. Wo wir gerade davon reden, was und wo haben Sie eigentlich in den letzten Wochen gegessen?"

„Ich bin ein alter Mann, und mein Appetit ist nicht mehr das, was er einmal war.“ Seine dunklen Augen funkelten amüsiert. „Ich habe des Öfteren die Mikrowelle in der Klinik benutzt, um mir einen Topf mit Suppe oder Eintopf zu erwärmen. Und von Zeit zu Zeit habe ich bei einem Verwandten oder Freund gegessen, der in der Nähe wohnt. Sie können es einfach nicht lassen, mich durchzufüttern. Natürlich habe ich auch Biskuits und dergleichen dabei. Oh, und ich bin ganz dankbar für die Erfindung von Slim Fast in Dosen. Schmeckt ziemlich gut. Das Einzige, was ich vermisse, ist ein starker, frisch aufgebrühter Kaffee am Morgen.

Harris lächelte, wie so oft verwundert darüber, wie sich die Dinge im Leben fügten. Er legte Lijah die Hand auf die Schulter.

„Heute ist Ihr Glückstag. Ich weiß, wo Sie eine gute Tasse bekommen.“

Brady Simmons befand sich auf dem Weg zum Coastal Carolina Center und schwor sich, dafür zu sorgen, dass sich jeder in diesem Center genauso schlecht fühlen würde, wie er es tat.

Er saß auf dem Beifahrersitz des alten Ford-Pick-ups seiner Familie, dessen Auspuff furchtbar qualmte und der jedes Mal aufheulte, wenn man in einen höheren Gang schaltete. Als wäre es nicht schon peinlich genug gewesen, in dieser verfallen Rostlaube gesehen zu werden, wurde er auch noch von seiner Mutter gefahren.

Dass er nicht selbst fahren durfte, war nur ein Teil der umfangreichen Auflagen, die er zu erfüllen hatte, seit die Polizei ihn überführt hatte, auf den Adler geschossen zu haben. Der Vogel wurde noch nicht einmal tödlich verletzt, aber mein Leben ist praktisch ausgelöscht, dachte er trotzig. Schlimm genug, dass er jeden Mittwoch und Samstagmorgen gemeinnützige Arbeit zu leisten hatte – und das für die nächsten sechs Monate. Das jedoch tat er, ohne zu murren. Er hatte es schließlich verdient. Er hätte den Abzug nicht drücken sollen.

Aber warum musste seine ganze Familie für seinen Fehler büßen? Die Behörden hatten ihnen gesagt, sie hätten Glück gehabt, dass sie nur eine Geldbuße von 1.800 Dollar zahlen mussten. *Glück gehabt?* Sie waren keine wohlhabende Familie, die mal eben einen Scheck über diesen Betrag ausstellen konnte. Für die Begleichung dieser Schuld würde jeder mühsam zusammengesparte Cent der Familie draufgehen – und noch mehr. Seine Mutter hatte einige Tage lang über dieses Unglück geweint und nicht mehr mit seinem Vater gesprochen. In ihren Augen war er schuld an der ganzen Misere, da er so dickköpfig war, im staatlichen Naturschutzgebiet zu jagen und seinen Sohn mit in die Sache hineinzuziehen. Und als ob das Eindringen in das geschützte Gebiet nicht schon verantwortungslos genug war, musste er seinen Sohn auch noch dazu anspornen, auf das verdammte Nationalsymbol Amerikas zu schießen, polterte sie.

Seine Mutter hatte Recht. Brady hätte niemals geschossen, wenn sein Vater ihn nicht dazu gedrängt hätte. Doch er würde es wieder tun – und diesmal freiwillig –, wenn dann endlich die nächtlichen Streitereien seiner Eltern aufhörten.

Nach solchen heftigen Auseinandersetzungen kam seine Mutter am nächsten Morgen immer zu ihm und erklärte ihm, dass sein Vater eigentlich ein guter Kerl war und nur zu viel trank, wenn er sich Sorgen machte. Das Problem war allerdings, dass er sich ständig sorgte, seit die Behörden ihnen beiden untersagt hatten, jemals wieder auf dem Gebiet der USA zu jagen oder zu fischen. Brady war das ziemlich egal, aber für Roy Simmons war *das* der Todesstoß. Mit seinem Sohn konnten sie machen, was sie wollten, aber *ihm* das Jagen zu verbieten ...

Brady glaubte keinen Augenblick daran, dass sein Vater sich an die Auflagen halten würde. Und dieser Mensch hatte die Nerven, ihm zu sagen, er solle sich wie ein *richtiger* Mann benehmen? Gott, wie er ihn und alles, wofür er stand, hasste. Es hatte mal eine Zeit gegeben, wo Brady zu seinem Vater aufgesehen hatte. Roy Simmons hatte seinen Söhnen immer beigebracht, dass es vor allem wichtig war, ehrenvoll zu leben und zu sterben.

Was für ein alter Säufer, dachte Brady und schluckte den Schmerz hinunter, der ihm plötzlich die Luft abzuschnüren drohte. Er wandte sich ab und sah mürrisch aus dem Wagenfenster auf die grünen Kiefernwälder am Highway 17, die an ihnen vorbeiflogen. Der gute alte Roy Simmons hatte beim ersten Anzeichen von Ärger den Schwanz eingezogen. Nun schau, wo mich die Ehre hingebracht hat, dachte Brady bitter.

So wie Brady die Sache sah, hatte ihm das ehrenvolle Verhalten nichts als Ärger eingebracht – er musste reumütig vor einem Richter stehen, der ihm sagte, was für ein elender Wurm er war, bevor er ihm eine Strafe auferlegte, die sich in Bradys Ohren wie die Hölle auf Erden anhörte, die alle anderen aber als angemessen, sogar nachsichtig erachteten, da er ja noch minderjährig war. Brady empfand das Urteil jedoch anders – er war als Verbrecher gebrandmarkt und wurde gezwungen, in einer verdammten Pflegestelle für Vögel zu arbeiten.

„Wir sind da", stellte seine Mutter fest und bog vom Highway auf einen Schotterweg ab, der ins Nichts zu führen schien. Während sie vor dem Tor anhielt, wartete sie, bis er ausgestiegen war und es geöffnet hatte, wobei sie jeden seiner Schritte mit Argusaugen verfolgte, bis er wieder im Wagen saß. Als er sich wieder gesetzt hatte, holte sie aus und gab ihm einen Klaps auf den Hinterkopf.

„Was …?" fragte er und starrte sie finster an.

„Sitz aufrecht und mach was mit deinen Haaren“, antwortete sie und zog die Mundwinkel nach unten. „Du siehst aus, als wärst du gerade aus dem Bett gefallen.“

„Ich werde Vogelscheiße wegschrubben, Mommy.“

„Sprich nicht so mit mir“, warnte sie ihn, und ihre Stimme wurde schrill. „Du solltest dir das schleunigst wieder abgewöhnen, hörst du?“

Brady rollte mit den Augen und ließ sich tiefer in den Sitz sinken. Das hatte er schon so oft gehört, dass es ihm zum einen Ohr rein- und zum anderen wieder rausging.

„Du wolltest dich doch gut benehmen in dem Vogel Center, damit es keinen Ärger mehr gibt. Wir zählen auf dich, mein Sohn, damit wir diese ganze Sache so schnell wie möglich hinter uns bringen.“

Brady presste die Lippen aufeinander, um nicht laut loszuschreien. Tränen brannten in seinen Augen. *Sie zählten auf ihn …* Dachte sie, er wüsste das nicht?

Er wandte seinen Kopf ab, verschränkte die Arme und lehnte sich gegen die Wagentür. Als seine Mutter losfuhr und sie das Gatter passierten, sah er einen großen, alten, weißen Hahn, der auf einem Kiefernast saß. Er schien Brady direkt in die Augen zu blicken, als er vorbeifuhr.

6. KAPITEL

Schwarm: *Die meisten Raubvögel sind Einzelgänger und brüten allein mit ihrem Partner. Manchmal jedoch schließen sich Greifvögel für eine längere Wanderung oder um sich für den Winter einen gemeinsamen Schlafplatz zu suchen zu großen, geschlossenen Schwärmen zusammen. Dieses Zusammentun der Tiere bietet einerseits den kleineren, schwächeren Tieren Schutz, und andererseits gibt es den Vögeln die Möglichkeit, Informationen über die Futterbeschaffung auszutauschen.*

Das Coastal Carolina Center für Greifvögel war ein zwei Hektar großer Zufluchtsort inmitten von über 140.000 Hektar staatlichem Naturschutzgebiet. Manche Bewohner des Landstriches waren der Meinung, dass das geschützte Gebiet zu groß war, andere wiederum glaubten, dass es bei weitem noch nicht reichte.

Harris gehörte zu den Letzteren. Noch vor wenigen Jahren konnte er kilometerweit fahren, ohne etwas anderes zu sehen als Salzsumpf, Kiefernwälder und verstreute Häuser, die verborgen an dunklen Bächen lagen. Es war ein Paradies für Vögel. Greifvögel, Küstenvögel, Singvögel – sie alle konnten am unendlichen Küstenhimmel Carolinas entlangziehen, sie fanden in den Wäldern an der Küste genug zu essen, und sie waren frei, so lange zu bleiben, wie sie wollten, um vielleicht sogar zu brüten. Doch inzwischen hatte der Mensch immer mehr um sich gegriffen. Die Zivilisation hatte sich ausgedehnt und brachte Hochspannungsleitungen, Autos, Lärm, Müll und die Zerstörung des natürlichen Lebensraumes mit sich.

Harris' Arbeit spiegelte wider, was diese Entwicklung für die Natur bedeutete. Sein Job konnte manchmal ziemlich entmutigend sein. Jeden Tag gingen Hilferufe ein. Er hatte schon

Falken behandeln müssen, deren Flügel gebrochen waren, weil sie bei der Jagd in eine elektrische Leitung geraten waren; er hatte zahllose Eulen und Geier gerettet, die Kopfverletzungen davongetragen hatte, als sie mit einem Auto zusammengestoßen waren, während sie Kadaver von angefahrenen Tieren von der Straße holen wollten; er hatte auch schon Fischadler gesehen und versorgen müssen, deren Leiber und Krallen von falsch ausgelegten Angelleinen und Fischerhaken regelrecht aufgerissen worden waren; er hatte schwer verletzte Raubvögel einschläfern müssen, die ohne Grund angeschossen worden waren oder durch missbräuchlich verwendete Sprays und Insektizide Vergiftungserscheinungen zeigten. Über die Jahre musste er feststellen, dass die meisten Menschen sich gar nicht bewusst waren, was die Gesellschaft eigentlich für Möglichkeiten besaß, um solche Missstände zu beseitigen.

Die Wahrheit war, dass die meisten Leute nicht einmal wussten, was zum Teufel Flora und Fauna *waren.* Menschen – gute Menschen – zogen um in große neue Häuser, die umgeben waren von der Wildnis, begierig darauf, inmitten der Natur zu sein, mit ihr auszukommen. Sie lebten tagein, tagaus direkt an einem dunklen kleinen Fluss oder mit dem Blick auf die Sümpfe, hatten vielleicht sogar einen kleinen Anleger, aber sie hatten im Grunde keine Ahnung, was sie damit anfangen sollten. Sie hatten nie gelernt, ein Fischernetz im Meer oder eine Angelschnur im Fluss auszulegen, und sie wussten nicht, wie man mit einem Krabbenkutter anlegt, der über und über beladen war mit dem saftigsten Fleisch, das Gott den Menschen gegeben hatte. Sie hatten auch noch nie ihre nackten Füße in den weichen Schlamm eines Baches oder des Meeres gesteckt, um nach verborgenen Muscheln zu suchen. Vielmehr waren sie immer nur mit sauberen Schuhen über die befestigten Wege in künstlich angelegten

Gärten spaziert, hatte sich die Natur angeschaut und sie atemlos als wild und schön bezeichnet.

Aber Harris glaubte, dass, wenn sie lernten, mit dem umzugehen und vor allem zu verstehen, was es vor ihrer eigenen Haustür gab, würden sie schnell wissen, was wirklich *wild* war, und wären dann auch bereit, es zu schützen. Für ihn war Aufklärung der Schlüssel.

Heute würde sein Engagement für die Bildung jedoch auf eine harte Probe gestellt werden. Harris stemmte die Hände in die Hüften und wartete am Rand des Parkplatzes des Vogel-Centers, während ein alter Chevy um die Kurve bog und keuchend zum Stehen kam. Er war nicht glücklich darüber, dass dieser Rowdy ins Center kam, aber das Gericht hatte argumentiert, dass es von erzieherischem Wert war, ja vielleicht sogar ein Zeichen für die ganze Gemeinde, Brady seine gemeinnützige Arbeit in einem Center für Raubvögel ableisten zu lassen – den Tieren, denen er so viel Leid zugefügt hatte.

Das könnte stimmen, dachte er bei sich, als er den zerzausten Jungen in ausgebeulten Jeans, Sweatshirt und zerrissener Jeansjacke aus dem Truck klettern und die Beifahrertür mit Gewalt zuschlagen sah. Es gab genug zu tun im Center, aber er würde unter keinen Umständen zulassen, dass der Junge in die Nähe seiner Vögel kam.

Die Fahrerin war eine untersetzte Frau, blass und mit teigiger Gesichtsfarbe, die eine verwaschene schwarze Hose, einen grünen Strickpulli und Tennisschuhe trug. Ihr blondes Haar hatte die gleiche Farbe wie die des Jungen, nur dass es mit grauen Strähnen durchzogen war – er nahm daher an, dass sie seine Mutter war. Doch da hörten die Gemeinsamkeiten auch schon auf. Brady Simmons war groß für sein Alter, mit einer jungenhaften Schlaksigkeit, aber den breiten Schultern eines Mannes. Ein Störenfried, dachte er bei sich und presste die Kiefer aufeinander, als er die wilde Frisur und den Ohrring sah.

Die Frau begleitete den Jungen den Weg hinauf bis zum Rollgitter. „Mr. Henderson?“ fragte sie mit der unverkennbar breiten ländlichen Aussprache. Als er nickte, fuhr sie fort: „Ich bin Delia Simmons, Bradys Mutter. Dies hier ist mein Sohn.“ Sie drehte sich um und zeigte auf den Jungen.

Brady trat hinter seiner Mutter hervor, die Hände tief in den Hosentaschen vergraben, und hielt den Kopf gesenkt und seinen Blick zu Boden gerichtet.

„Brady“, sagte sie scharf. „Sag Hallo zu Mr. Henderson.“

Brady hob die Augen, nahm nur kurz die Hand aus der Hosentasche, um sie Harris entgegenzustrecken, zog sie dann blitzschnell wieder zurück und murmelte „Hallo“.

Harris konnte die Verärgerung über das schlechte Benehmen ihres Sohnes deutlich in den Augen der Mutter erkennen. Aber er schwieg. Er wollte keinem von beiden einen Grund geben, sich in dieser Situation entspannter oder gar willkommen zu fühlen. Seine Abneigung gegen den Jungen und seinen Vater – und gegen die Mutter, die ja zur Familie gehörte – war wie eine schmerzhafte Wunde, die nicht abheilen wollte.

„Er ist hier, um zu tun, was immer Sie ihm auftragen“, erklärte Delia Simmons. „Er weiß, dass das, was er getan hat, falsch war, und er ist hier, um es wieder gutzumachen.“ Sie nickte unaufhörlich, als wolle sie ihrem Satz unsichtbare Ausrufezeichen hinzufügen.

„Wir werden ihn schon zu beschäftigen wissen.“

„Hm-hm. Das ist gut.“ Wieder nickte sie. Es schien, als würde sie ahnen, was ihren Sohn im Center erwartete, denn sie blickte

Harris mit ihren blassen Augen flehentlich an. „Was er getan hat, tut ihm wirklich Leid. Brady ist ein guter Junge. Er packt zu Hause mit an. Und er hilft mir sehr bei den Kindern. Außerdem ist er klug. Seine Lehrer sagen mir das immer wieder, und bis jetzt hatten wir noch nie Ärger mit ihm. Die Wahrheit ist, dass ich seinen Vater für die Schwierigkeiten verantwortlich mache, in denen Brady jetzt steckt. Denn er war es, der den Jungen in das Naturschutzgebiet mitgenommen hat. Wir hoffen, dass Brady sich hier gut benimmt und wir die ganze schlimme Sache endlich hinter uns bringen können."

Der ganze Vortrag klang in Harris Ohren zu auswendig gelernt, um ihn zu rühren. Der Junge scharrte mit den Füßen und starrte in die Ferne. Offensichtlich wünschte er sich, an einem Ort weit weg vom Center zu sein. Irgendwo – nur nicht da, wo er jetzt war. Harris warf Mrs. Simmons einen strengen Blick zu, der ihr sagen sollte, dass es sich bei dem Gespräch nicht um ein klassisches Eltern-Lehrer-Gespräch handelte, bei dem sie mit rührseligen Geschichten Eindruck schinden konnte.

„Die ganze *Sache,* wie Sie sie nennen, wird erst hinter uns liegen, wenn der Adler die Verletzungen, die die Schrotkugeln ihm zugefügt haben, überwunden hat. Und sie wird erst hinter uns liegen, wenn Ihr Sohn begriffen hat, dass es nicht akzeptabel ist, auf staatlich geschützte Vögel zu schießen. Sehen Sie, Mrs. Simmons, ich habe meine Einwilligung, dass Ihr Sohn die gemeinnützigen Stunden hier abarbeiten kann, nur gegeben, weil ich die Hoffnung habe, dass er hier bei den Greifvögeln so viel lernt, dass er nie wieder auf einen solch schönen Vogel schießen *will.* Und auch auf keinen anderen – keinen Adler, keinen Falken, keine Eule, nicht einmal einen Spatz. Er soll das, was er hier lernt, an seine Freunde weitergeben. Und an seine Familie."

Dann wandte er sich dem Jungen zu. „Hast du das begriffen?"

Überrascht durch die plötzliche, direkte Frage, sah Brady Harris verdutzt an. Doch er fing sich schnell wieder, zuckte lässig die Schultern und starrte auf seine Fußspitzen.

„Ich habe dich nicht gehört", sagte Harris.

„Ich *habe* es verstanden."

Harris musterte den Jungen, doch in seiner ausdruckslosen Miene konnte er nichts außer Verachtung erkennen.

„Dann wäre das ja geregelt", wandte sich Harris an Mrs. Simmons. „Ich erwarte ihn hier jeden Samstagmorgen um punkt neun Uhr und jeden Mittwochnachmittag um drei. Wir werden nicht auf ihn warten. Wenn er drei Mal zu spät kommt, fliegt er raus. Sie können ihn heute um zwei wieder abholen, außer er möchte eine Mittagspause machen, dann holen Sie ihn um drei. Er bringt sein eigenes Essen mit, sein Wasser und was er sonst noch so braucht. Noch Fragen? Nein? Dann sehen wir Sie heute Nachmittag, Mrs. Simmons."

„Ich werde um zwei Uhr hier sein, weil ich kein Essen gemacht habe. Hörst du, Brady?"

„Ja. Zwei Uhr."

Harris drehte sich zu ihm um. „Na dann, komm mit", sagte er und musste sich zurückhalten, um ihn nicht „mein Junge" zu nennen. „Ich hoffe, meine Entscheidung stellt sich nicht als Fehler heraus."

Harris fand Elijah schließlich im hinteren Teil der Klinik, wo er Kunstrasen zuschnitt. Er hatte schon zwei Abdeckplatten der zwei Meter langen Käfige damit bezogen und war gerade an der dritten. Die Holzplatten standen an die Mauer gelehnt und sahen frisch bespannt und sauber aus.

„Hey, Lijah! Können Sie kurz eine kleine Pause einlegen? Es gibt da jemanden, den ich Ihnen vorstellen möchte."

Lijah drehte sich um, strahlte Harris an und wollte ihn begrüßen. Doch sein Lächeln erstarb, als er den blonden jungen Mann wiedererkannte, der an seiner Seite stand. Er straffte die Schultern und blickte die beiden fest an.

Harris winkte den Jungen herbei. Mit schlurfendem Schritt kam er näher. „Das ist Brady Simmons, ich denke, Sie wissen schon, wer er ist."

Lijah schwieg und nickte. Obwohl er eine ausgebeulte Jacke und verwaschene Hosen anhatte, könnte kein König majestätischer aussehen, dachte Harris. Er wandte sein Gesicht dem Jungen zu. „Dies ist Mr. Elijah Cooper. Es war sein Adler, den du angeschossen hast."

Überraschung und Verwirrung blitzten in Bradys Augen auf. Harris war erleichtert, zu sehen, dass Brady errötete, bevor er beschämt den Blick senkte.

„Lijah, Sie erinnern sich daran, dass wir darüber sprachen, Brady hier seine sozialen Stunden ableisten zu lassen?"

„Ich erinnere mich."

„Und sind Sie einverstanden damit?"

„Ich habe kein Problem damit, solange er hier keine Probleme macht."

„Gut. Ich denke, es ist nur recht und billig, wenn Sie ihn unter Ihre Fittiche nehmen, wenn Sie wollen?"

„Das geht schon klar."

„Es gibt genügend lästige Pflichten, die verrichtet werden müssen." Er ließ seinen Blick über die gestapelten Käfige und Pferche schweifen, die an der Wand lehnten. Die Böden waren übersät mit schwarzen, grünen und weißen Überresten von Vogelkot, Schimmel, Dreck und Schlamm. „Sieht aus, als hätten wir jede Menge Käfigböden, die gesäubert werden müssen. Vielleicht könnte er damit beginnen."

Bradys Kopf schoss hoch. „Ich dachte, ich arbeite mit den Vögeln."

Harris Augen blitzten gefährlich auf. Er wollte ihm entgegenschreien, dass eher die Hölle zufrieren würde, als dass er *ihn* an seine Vögel heranlassen würde. Doch er wartete einen Moment, um seinen Ärger über die Arroganz dieses Kindes zu zügeln, und sagte dann mit beherrschter Stimme: „Damit das von Anfang an klar ist: Ohne meine Zustimmung kümmert sich niemand um die Vögel. Nicht einmal ein freiwilliger Helfer. Und du, Brady Simmons, bist kein freiwilliger Helfer. Du musst besonders lange und besonders hart arbeiten, um meine Einwilligung zu bekommen. Wir sind alle hier, um für die Vögel da zu sein. Nicht andersrum."

„So ist es", fiel Lijah inbrünstig ein.

Brady warf dem alten Mann einen misstrauischen Blick zu.

„Siehst du den Behälter mit der flüssigen Seife dort drüben? Und die Bürsten? Und den Schlauch? Lijah wird dir zeigen, wie man mit all dem Werkzeug umgeht, und mit ein wenig Muskelkraft wirst du dann jeden einzelnen Käfig sauber schrubben."

Bradys Augen glommen vor Zorn, als er die vierzehn Käfige in unterschiedlichen Größen, von klein bis extra groß, sah. *„Alle?"*

„Das sind erst mal alle, ja. Aber jeden Tag kommen neue dazu. Das hält dich auf Trab."

„Aber ... die sind total voll mit verkrusteter Vogelscheiße!"

Harris genoss die Qualen des Jungen und musste sich ein Lächeln verkneifen. „Wir pflegen es Kot zu nennen. Das macht es ein bisschen einfacher. Aber die Wahrheit ist, Vogelscheiße gehört zum Leben mit den Tieren dazu. Du wirst jede Menge Kot beseitigen in den nächsten sechs Monaten. Kot aus Käfigen, Pferchen und aus Handtüchern. Wir alle tun das. Schon bald wirst du nicht mehr darüber nachdenken. Stimmt's, Lijah?"

„Ganz genau."

Harris grinste und drehte sich dann zu dem Jungen um. „Verstehst du, was ich meine? Und nun lasse ich dich in Lijahs wunderbarer Obhut."

Harris konnte an der rebellischen Miene Bradys ablesen, dass ihm die ganze Sache überhaupt nicht passte. Aber er konnte nichts dagegen tun. Brady Simmons musste in den nächsten Monaten mit einigem rechnen. Jede Tat zog ihre Konsequenzen nach sich, und der junge Brady war gerade dabei, diese einfache Erkenntnis zu gewinnen.

Ella saß am ovalen Holztisch, kaute auf dem Radiergummi des Bleistiftes herum und brütete über etwas, das eine sehr lange Lebensmittelliste werden würde. Die Situation war ernst. Nachdem sie die Reste des erbärmlichen Frühstücks weggeräumt hatte, hatte sie fast eine Stunde damit zugebracht, durch die feuchte, schmuddelige Speisekammer zu streifen und unzählige staubige, überfüllte Schränke zu öffnen. Es gab alte, zerbeulte Töpfe und Pfannen, nur sehr wenige moderne Annehmlichkeiten und kaum Lebensmittel, mal abgesehen von einigen Konservendosen und unglaublich vielen unterschiedlichen Gewürzen – alles in allem war nichts im Haus, was für eine diabetische Ernährung geeignet gewesen wäre.

Marion musste sich von nun an zuckerarm, fettarm und salzlos ernähren und viele Ballaststoffe, Müsli, Früchte und Gemüse zu sich nehmen. Sie brauchte auch für zwischendurch leckere Snacks, also hatte Ella Rosinen, Käse und Cracker mit auf die Liste gesetzt sowie kleine Trinkpäckchen und Nüsse. Das alles konnte man leicht mitnehmen, wenn man mal einen Ausflug machte oder in die Stadt gehen wollte. Nachdenklich blickte sie auf die Liste und kam zu dem Schluss, dass sie alle gesünder leben würden, auch wenn sie dafür auf ihre mitternächtlichen Schokoladensnacks verzichten musste. Sie seufzte, als sie nach ihrer Kaffeetasse griff. Die Kekse, die sie oft abends genascht hatte, waren ihr einziges Laster, aber sie konnte wohl schlecht Gebäck essen, wenn die kleine Marion darauf verzichten musste.

Sie fügte noch ein paar Putzmittel hinzu und strich schließlich, zufrieden mit sich selbst, die Liste mit den Händen glatt. Wenn sie ein Kind im Krankenhaus sah, handelte es sich immer um einen Notfall. Sie versuchte dann, das Problem so gut wie möglich zu lösen, und schickte das Kind anschließend wieder nach Hause. In Marions Fall konnte sie die Probleme schon im Vorfeld abwenden. Sie konnte das Leben des Kindes entscheidend verbessern – ja sogar verlängern.

Unvermittelt erschien das Bild eines kleinen Jungen, der reglos in seinem Krankenhausbettchen lag, vor ihrem inneren Auge. Ella nahm ihre Brille ab und rieb sich die Augen. Der Schmerz der Erinnerung war noch immer stark und qualvoll. Bei *diesem* Kind würde sie nicht versagen, das schwor sie sich.

Sie öffnete die Augen wieder und sah auf ihre Armbanduhr. Es war höchste Zeit für kleine schlafende Kinder, aufzuwachen und die Blutwerte zu testen.

Die Treppe hinauf zum Schlafzimmer unter dem Dach war sehr eng und steil. Die Stufen knarrten unter ihren Schritten. Sie stieß die schmale Tür zu einem wundervollen Zimmer mit zwei Giebelfenstern auf, das durchflutet war vom blassen Licht des frühen Wintertages. Es war ein Kinderzimmer, klein, aber luftig, da die Decke recht hoch war. Ein Lächeln huschte über ihr Gesicht. Die Wände und die karierten Stoffvorhänge waren beide in blassem, zartem Rosa gehalten. Ein Berberteppich sorgte dafür, dass die nackten Füße nicht kalt wurden, wenn sie über den Boden tapsten. Es gab Spielsachen und Puppen, die in Körben aufbewahrt wurden, außerdem einen winzigen weißen Tisch mit passenden Stühlen, und an den Wänden hing eine Auswahl von Bildern, die Marion gemalt hatte.

Ella ging hinüber zu dem Bettchen, das in einer Gaube stand, und betrachtete das schlafende Kind, das halb unter und halb über der Decke lag. Was war es, das das Herz einer Frau so rührte, wenn sie ein Kind im Schlaf sah? Ihre Gesichtchen sahen dann so unschuldig aus wie die von Engeln. Sie beobachtete den regelmäßigen Atem des Kindes, sah das weiche blonde Haar, das sich bei jedem Atemzug bewegte, und spürte die Sorge und ihre Verpflichtung gegenüber dem kleinen Geschöpf erneut in sich aufwallen.

„Marion?“ Sie beugte sich zu ihr hinunter und strich ihr sanft, fast schon scheu die Haare aus dem Gesicht. Zärtlich ließ sie die Fingerspitzen über die Wange gleiten und schüttelte dann sachte die schmalen Schultern Marions.

„Marion? Es ist Zeit, aufzuwachen!“

Die Augenlider bewegten sich leicht, bevor sie die Augen endgültig öffnete. Ella sah zu, wie das Kind sie langsam wahrnahm – das süße Lächeln, das auf ihren Zügen gelegen hatte, erstarb, als sie Ella wiedererkannte.

„Du bist ja immer noch hier.“

„Ja, Schlafmütze. Ich bin immer noch hier. Und ich werde auch morgen noch da sein.“

Marion jammerte bockig und drehte Ella den Rücken zu. Sie

war schlecht gelaunt und nicht ganz auf dem Damm. Sofort dachte Ella besorgt über Marions Insulinwerte nach.

„Ich erinnere mich daran, dass ich dir für heute einen Ausflug versprochen habe. Wollen wir zusammen in die Stadt zum Lebensmittelladen gehen? Vielleicht fällt uns ja etwas ein, was wir heute Besonderes machen können. Hast du Lust, mitzukommen?"

„Na gut", seufzte Marion herablassend.

„Vielen Dank, Miss Marion, dass Sie mich mit Ihrer Anwesenheit beehren. Ich denke, wir können viel Spaß haben. Wenn wir es versuchen."

Marion warf einen Blick über ihre Schulter, wobei sie immer noch mürrisch guckte. „Ich habe Hunger."

„Das glaube ich gerne, und ich habe dir schon dein Frühstück vorbereitet. Aber du weißt, was wir zuerst tun müssen, oder?"

Harris konnte das Geschrei laut und deutlich quer über den ganzen Hof hören.

„Was zur Hölle …", murmelte er und stoppte auf seinem Weg zum Haus unter den Giebelfenstern, um hinaufzublicken, als würde er jeden Moment damit rechnen, dass jemand herausfallen könnte.

„Es klingt, als wären die beiden da oben gerade ziemlich beschäftigt", hörte er Lijah neben sich sagen. „Vielleicht sollte ich lieber später wiederkommen, um eine Tasse Kaffee zu trinken."

Harris nickte zustimmend. „Klingt vernünftig."

Während Lijah über den Hof lief, nahm Harris den direkten Weg zu seinem Haus. Seine Schuhe sanken in dem weichen Boden ein. Wusste diese schmallippige, rechthaberische Krankenschwester denn nicht, wie man mit kleinen Kindern umging? Oder war sie nur gut darin, *ihm* Befehle zu erteilen? Das reicht für einen einzigen Morgen, dachte er wütend und stürzte ins Haus.

Als er in der Tür stand, blieben ihm die Worte im Hals stecken. Ella Majors saß ganz ruhig am Tisch und füllte Müsli in eine Schüssel – offenbar völlig unbeeindruckt vom Heulen des Kindes, das nach unten drang.

Er schloss die Tür hinter sich. „Darf ich mal fragen, was hier los ist?"

„Ich bereite Marions Frühstück zu", erwiderte sie und lächelte ihn gelassen an. Ihr braunes Haar war streng zurückgekämmt, und die weiße Bluse unter ihrem Pullover war bis zum Hals zugeknöpft. Sie verkörperte die absolute Kontrolle inmitten des Chaos, und genau das ärgerte Harris noch mehr.

„Während mein Kind brüllt?"

„Oh, sie ist nur böse, das ist alles. Ich musste sie ein paar Mal pieksen. Zuerst, um die Blutwerte zu messen, danach habe ich ihr eine Spritze gegeben."

„Und Sie haben sie einfach da oben allein und weinend zurückgelassen?" Seine Stimme klang rau. Er war außer sich vor Wut.

Ella stellte stumm die Schüssel mit dem Müsli zur Seite und blickte ihn kalt und fest an.

Sie war keine besonders große Frau und eher schlank und schmal gebaut. Doch wenn sie ihre Schultern straffte und ihn mit ihren blitzenden braunen Augen ansah, wirkte sie so eindrucksvoll wie ein Falke, der sein Federkleid aufplusterte, wenn er sich bedroht fühlte.

„Es tut mir Leid", sagte er schließlich. „Ich wollte nicht barsch klingen. Es ist nur …"

„Es geht ihr gut", unterbrach ihn Ella, und ihre Körperhaltung entspannte sich ein wenig. „Wirklich. Sie muss nur ihre Wut loswerden, und es wäre nicht ratsam, danebenzustehen und ihr so eine Angriffsfläche zu bieten. Das ist es doch, was sie will –

mich manipulieren." Ihre Mundwinkel zuckten. „So wie sie Sie manipuliert."

Harris schien bestürzt. „Nein, das tut sie nicht."

„O doch, das tut sie. Sie spielt mit Ihnen Katz und Maus."

Verlegen trat er von einem Bein auf das andere, und ein leichtes Lächeln erhellte sein Gesicht. „Na gut, manchmal kann sie das wirklich. Wie waren ihre Werte heute Morgen?"

„Schlecht", antwortete sie und wurde ernst. „Ziemlich schlecht sogar. Als ich sie weckte, war es eindeutig, dass ihre Insulinwerte zu niedrig waren. Ich habe sie gecheckt und ihr dann sofort das Medikament gespritzt. Keine einfache Aufgabe, wie Sie ja selbst wissen. Offen gesagt, Mr. Henderson, bin ich beunruhigt. Ich muss ihren Blutzuckerspiegel in den Griff bekommen. Die Werte sind völlig durcheinander."

„Ich ... Also ... sie waren schwierig einzuhalten."

„Das glaube ich. Zusätzlichen Stress hat noch die Veränderung verursacht, die mein Erscheinen hier mit sich gebracht hat. Sicher ist aber, dass wir einige entscheidende Änderungen vornehmen müssen. Und das sofort. Sie muss früher schlafen gehen. Das späte Zubettgehen ist niemals gut für ein diabeteskrankes Kind. Außerdem dürfen wir ihre Wutausbrüche nicht mehr dulden. Sie wird jetzt regelmäßig getestet. Und es dürfen keine Versuchungen in Form von Süßigkeiten mehr im Haus zu finden sein, denn sonst wird es früher oder später zum Unvermeidlichen kommen."

„Sehen Sie, ich bin mir bewusst, dass ich es vermasselt habe. Ich habe die Symptome nicht erkannt, und nun bin ich offensichtlich mit der Pflege meiner Tochter überfordert. Ich habe versagt, okay? Was soll ich noch sagen?"

„O nein, Mr. Henderson! Bitte. Ich wollte Ihnen nicht zu nahe treten oder Sie kritisieren! Ich glaube ganz und gar nicht, dass Sie versagt haben."

Das sah er anders.

„Ganz im Gegenteil. Sie haben das ganz hervorragend gemacht, als Sie auf sich selbst gestellt waren. Diabetes ist eine Krankheit, die nicht einfach zu behandeln und zu versorgen ist. Es gibt so viel, was man lernen und tun muss, besonders zu Beginn dieser Krise. Sie haben sie hergebracht und aufgepäppelt und schließlich die richtige Entscheidung getroffen, mich zu engagieren, damit ich mich um Marion kümmere. Und wegen der Symptome ... Niemand kann Ihnen dafür die Schuld geben. Ich kann Ihnen gar nicht sagen, wie viele Eltern, die ihre Kinder in die Notaufnahme bringen mussten, mir dasselbe erzählt haben. Sie denken, dass sie Schuld tragen an der ganzen Sache. Oft sind sie der Meinung, sie haben ihre Kinder falsch ernährt. Aber die Wahrheit ist, dass nichts, was diese Eltern oder Sie getan haben, den Ausbruch der Krankheit unterstützt hat. Sie dürfen sich nicht die Schuld dafür geben oder denken, dass Sie versagt haben."

Er schwieg. Er konnte einfach nichts sagen.

„Marions Blutwerte unter Kontrolle zu bringen ist ein täglicher – stündlicher – Kampf. Ich bin Krankenschwester. Ich habe mich eingehend mit der Krankheit beschäftigt und bin schon oft damit umgegangen. Ganz ehrlich: Ich habe Angst, dass *ich* versagen könnte."

Sie steckte sich eine lose Haarsträhne hinters Ohr und atmete ein Mal tief durch. „Und wenn ich manchmal einen Befehlston wie ein General anschlage, verzeihen Sie mir bitte. Sie wären nicht der Erste, dem das missfällt. Es ... es ist eben nur meine Art, mich dem Problem zu nähern. Ich greife lieber frontal an. Aber das Gute an der Sache ist, dass wir uns nicht allein mit der

Aufgabe auseinander setzen müssen – wir sind zu zweit und müssen nur zusammenarbeiten."

Harris spürte, wie das Gefühl von Schuld, das auf seinen Schultern gelastet hatte, langsam zu schwinden begann. Plötzlich sah er Miss Ella Elizabeth Majors mit ganz anderen Augen. Sie war nicht kritisch, sondern wollte ihn nur unterstützen. Sie wollte ihn auch nicht als Versager abstempeln. Vielmehr hatte sie Angst vor ihrem eigenen Versagen.

Das zu hören half ihm, seine Zweifel im richtigen Licht zu betrachten. Er war nicht allein auf einem „morschen" Ast wie der arme alte Pee Dee. Er und Ella waren Verbündete in diesem Kampf. Als er wieder zu Ella sah, schienen sich die harten Linien in ihrem Gesicht entspannt zu haben, und sie sah ihn mit Besorgnis an.

„Zusammenarbeiten … ich mag diesen Gedanken", sagte er.

„Ich auch."

„Wissen Sie", fügte er hinzu und konnte spüren, dass sie gerade eine Mauer zwischen sich eingerissen hatten. „Es wäre ein guter Anfang unserer gemeinsamen Arbeit, wenn Sie aufhörten, mich Mr. Henderson zu nennen, und stattdessen Harris zu mir sagen würden, wie alle anderen auch."

„Also gut, Harris. Und bitte, nennen Sie mich einfach Ella."

„Gut. Einfach Ella."

Er bemerkte, wie ihre Wangen bei seinem schwachen Versuch, lustig zu sein, zart erröteten und ihre dunklen braunen Augen zu funkeln begannen. Irgendwie fühlte es sich ein wenig wie ein Flirt an.

Als ob auch sie so dachte, presste sie die Hände zusammen und begann hastig, zu sprechen.

„Letzte Nacht hat Marion vor dem Zubettgehen wahrscheinlich zu viel gegessen, oder sie hatte in der Nacht einen zu niedrigen Blutzuckerspiegel. Das kann ich jetzt so ad hoc nicht sagen. Ich habe ihr ein Erdnussbutter-Marmeladen-Brot gegeben, um den Zuckerwert wieder ein bisschen zu stabilisieren. Die kleine kecke Göre hat es aber erst gegessen, als sie dachte, ich würde es nicht sehen", fügte sie hinzu und lächelte leise bei der Erinnerung daran. „Ich fürchte, im Moment stehe ich auf der Liste ihrer Lieblings-Menschen auf dem letzten Platz."

Das Geschrei von oben flaute ab. Ella richtete einen Augenblick lang gespannt den Blick in Richtung Decke und spitzte die Ohren. Plötzlich war es herrlich ruhig. Sie sah Harris an, und ein verständnisvolles Lächeln huschte über beide Gesichter.

„Noch Kaffee?" fragte sie heiter.

Ella Elizabeth Majors war in ihrem Element. In ihren Augen war der Haushalt mit einem hübschen, aber verstaubten Teppich zu vergleichen, der einfach einmal gründlich ausgeklopft und dann wieder gerade auf den Boden gelegt werden musste. In den letzten paar Tagen hatte sie im wahrsten Sinne des Wortes die Ärmel hochgekrempelt und das Haus mit Hingabe gereinigt. Sie fühlte, dass sie langsam die Kontrolle über dieses ganze widerspenstige Gemäuer gewann.

Mit Marion allerdings tat sie sich nicht so leicht. Sie konnte Harris' Anstrengungen als allein erziehender Elternteil plötzlich sehr gut nachvollziehen. Im Moment saß Marion ganz friedlich am Tisch und aß ihr Frühstück. Ella wollte unter keinen Umständen irgendetwas tun, was sie ärgerte, um diese Ruhe nicht zu stören – auch wenn es nur die Ruhe vor dem nächsten Sturm war.

Es war nicht wirklich die Schuld des Kindes, dass es so temperamentvoll war. Marion hatte bis jetzt nach Regeln gelebt, die eher für die Erwachsenen in ihrer Umgebung geeignet waren. Sie ging spät zu Bett und schlief morgens lange. Das Erste, womit Ella begonnen hatte, war, Marion an einen neuen, kindgerechteren Tagesablauf zu gewöhnen. Leider beinhaltete das auch, dass sie das Mädchen jeden Morgen zwingen musste aufzustehen, um es dann mit Nadeln zu traktieren. Und so begann jeder Tag mit einem Wutausbruch statt mit einem Lächeln.

Aber das waren nur Kleinigkeiten, verglichen mit dem, was der schwerste Kampf werden würde, wie Ella schon ahnte: der Kampf um das Fernsehen. Marion verbrachte viele Stunden täglich vor dem Apparat und sah sich eine Kindersendung nach der anderen an. Manchmal schien sie schon quadratische Augen zu haben. Ella hatte sie bis jetzt noch nicht mit einem der Dutzende Spielzeuge, die im Haus verstreut lagen, spielen oder sich draußen beschäftigen sehen. Sie wusste, dass es einfacher wäre, die Hausarbeit zu erledigen, wenn Marion ruhig auf dem Sofa lag und fernsah. Das schien eine immer gebräuchlichere Form des Kinderhütens zu sein. Aber ihre oberste Priorität bestand darin, sich um Marion zu kümmern, nicht um den Haushalt.

Also hatte sich Ella für heute vorgenommen, den Fernseher nicht einzuschalten.

Es dauerte nicht allzu lange, bis sie das verräterische Geräusch des Löffels hörte, der in die leere Müslischale gelegt wurde, und das Scharren eines Stuhls, der nach hinten geschoben wurde. Marion hatte ihr Frühstück offensichtlich beendet. Ella wischte sich schnell die Hände an der Schürze ab und ging durch die Küche, bis sie auf der Türschwelle zum Wohnzimmer stand, wo sie abwartend stehen blieb. Sie schaute nachdenklich zu, wie Marion mit ihrer Puppe Lulu unter dem Arm zum Fernsehgerät trottete und ausführlich gähnend den Apparat anschaltete.

Ella schlang ihre Arme um den Körper und wartete.

Als der Fernseher nicht ansprang, drückte Marion den Knopf noch einmal und dann mit wachsender Ungeduld wieder.

„Es wird nicht angehen", erklärte Ella ihr mit ruhiger Stimme.

Marion drehte sich abrupt zu ihr um. „Warum nicht?"

Ella befeuchtete ihre Lippen und trat in den Raum. „Für eine Weile wird es kein Fernsehen mehr geben."

„Ist das Gerät kaputt?"

In diesem Moment wäre es viel einfacher gewesen, zu lügen und „Ja" zu sagen. Schließlich war Marion erst fünf Jahre alt. Sie brauchte keine lange Erklärung. Ella hatte den Apparat einfach ausgestöpselt. Aber sie wollte die Beziehung zu Marion nicht mit einer Lüge beginnen. Sie hielt es für besser, dass Marion verstand, worum es ging und warum es so war. Dann könnte sie sich auch leichter damit abfinden.

„Nein, es ist nicht kaputt", erwiderte sie. „Ich habe es nur so eingestellt, dass es eine Zeit lang nicht funktioniert."

Marion sah sie ungläubig an, dann verzog sie das Gesicht und jammerte: „Ich will aber fernsehen!"

„Lass uns stattdessen doch lieber einen Spaziergang machen", schlug Ella vor und hielt Marion die Hand hin. Marion jedoch verschränkte wütend die Arme und wandte sich beleidigt ab. Ella schickte leise ein Stoßgebet gen Himmel und versuchte eine andere Taktik. „Möchtest du vielleicht eins von deinen Spielen spielen? Ich bin ziemlich gut darin. Du darfst dir eines aussuchen."

„Nein! Ich will fernsehen!" Dieses Mal klang Marions Stimme schon lauter und bestimmter.

„Marion, ich mag dich viel zu sehr, als dass ich dich jeden Morgen wie eine traurige Tomate vor dem Apparat sitzen lasse. Es gibt jede Menge lustiger Sachen, die wir gemeinsam unternehmen können." Sie sah, wie die Augen des Mädchens zornig funkelten, und wusste, dass das große Finale des Kampfes noch bevorstand. Ella zermarterte sich das Gehirn, um herauszufinden, womit man eine Fünfjährige locken konnte. „Wie wäre es, wenn wir mit deinen Puppen spielen? Oder in einem deiner Malbücher malen? Später besorge ich noch Farben, wenn du magst. Malen ist mein Hobby, und ich kann es dir beibringen. Was meinst du?"

Marion ging in Angriffsposition und schrie all ihren Zorn und die unbändige Wut, die sich in ihr angestaut hatten, heraus: „Ich *sagte*, ich will fernsehen!"

Ella blieb hart und faltete die Hände vor ihrem Körper: „Das wird nicht passieren. Du musst dich damit abfinden und dir etwas anderes überlegen, was du gerne tun würdest."

„Nein!" Marion stampfte wie von Sinnen zum Fernsehapparat und versuchte erneut, ihn einzuschalten. Als er – wie zu erwarten – nicht ansprang, wurde sie so zornig, dass sie eine Faust ballte und auf das Gerät schlug. „Aua!" schrie sie und hielt ihre schmerzende Hand an ihren Brustkorb gedrückt. Die ersten Tränen kullerten über ihre Wangen. Sie hatte verloren und fühlte sich gedemütigt.

Es war herzzerreißend, diese Szene zu beobachten, und Ella musste sich zurückhalten, um nicht tröstend den Arm um die Kleine zu legen.

„Ich hasse dich!" schrie Marion und wich zurück, als fürchte sie Ellas Berührung. „Du bist böse! Du lässt mich immer nur das tun, was du willst. Nie darf ich tun, was ich will!"

„Marion ..."

„Ich wünschte du wärest niemals hergekommen! Ich will, dass du wieder gehst. Und du sollst nie mehr wiederkommen!"

„Es tut mir Leid, dass du so denkst, aber das ändert nichts an der Tatsache, dass du heute Morgen nicht fernsehen wirst."

Das war zu viel. Marion warf sich aufs Sofa und begann sich zu winden und hysterisch zu kreischen. Ihr Kopf wurde so rot wie ein angeheiztes Feuer, das für Stunden heiß brennen sollte.

Ella holte tief Luft, um ihre langsam aufwallende Frustration unter Kontrolle zu halten und im Angesicht der Krise die Ruhe zu bewahren, wie sie es als Krankenschwester gelernt hatte. „Wenn du fertig bist, kannst du zu mir in die Küche kommen", sagte sie laut, um das Geschrei zu übertönen. „Ich wische gerade die Schränke aus, und vielleicht möchtest du mir ja behilflich sein."

„Ich hasse dich! Ich wünschte, du wärest niemals hierher gekommen!"

Ella trafen die Worte mit aller Wucht. Sie biss sich auf die Unterlippe, drehte sich auf dem Absatz um und verschwand in Richtung Küche. Dort griff sie nach dem Eimer mit dem Seifenwasser, ließ sich auf die Knie fallen und begann inbrünstig, den Boden zu schrubben. Sie war Kinderkrankenschwester, sagte sie sich selbst, während sie sich mit aller Kraft dem Fußboden widmete. Marion war einfach überwältigt von den Veränderungen, die in ihrem Leben vor sich gingen. All ihre Ängste vor Krankenhäusern, Krankheiten und Spritzen, verbunden mit der Unsicherheit der neuen Pflegerin und dem völlig veränderten Tagesablauf gegenüber waren einfach zu viel für sie. Und wer konnte ihr das verübeln? Sie musste mindestens sechs Spritzen pro Tag über sich ergehen lassen!

Ella erinnerte sich, dass sie über die vielen Jahre, in denen sie im Hospital gearbeitet hatte, schon oft mit den Wutausbrüchen von kranken Kindern hatte umgehen müssen. Manche der kleinen Patienten schrieen sich so in Rage, dass sie sich übergeben mussten. Andere hielten den Atem an, bis sie blau anliefen oder in Ohnmacht fielen. Die meisten Menschen ahnten nicht, dass die Tobsuchtsanfälle für die Kinder selbst am schlimmsten waren. Die unkontrollierbare Kraft ihrer eigenen Wut erschreckte sie. Als Kinderkrankenschwester hatte Ella immer wieder die Fähigkeit gezeigt, solche Patienten zu beruhigen oder dabei zu helfen, dass die Anfälle langsam nachließen, um schließlich ganz aufzuhören.

Doch Marions Wutausbrüche mehrten sich, kamen häufiger, nicht seltener. Ella hielt inne und setzte sich auf die Fersen, während das Putzwasser ihre Oberschenkel hinuntertropfte. Was machte sie falsch? fragte sie sich, und die Schreie des Kindes hallten in ihrem Kopf wider. War sie zu streng? War der neue Tagesablauf zu straff geplant? Sie war ja erst seit kurzem hier ... Vielleicht hatte sie zu früh damit begonnen, die Dinge einzuschränken, die Marion so gerne tat. Vielleicht hatte sie mit dem Kind einen Kampf begonnen, den Marion nur verlieren konnte.

Ella schloss die Augen und lauschte den herzzerreißenden, verzweifelten Schreien, die aus dem Nebenzimmer zu ihr drangen. Sie ließ die Schultern hängen und spürte, wie ihr Selbstvertrauen, den Schaumbläschen in dem Seifenwasser neben sich gleich, zerplatzte. Vielleicht bin ich dieser Aufgabe nicht gewachsen, dachte sie verzweifelt. Sie hatte, stolz auf sich selbst, erzählt, wie sie ihre Abteilung unter Kontrolle hatte – aber dies hier war kein Krankenhaus, schalt sie sich selbst. Und dies war keine Erwachsene. Sie war zu taktlos gewesen, zu unnachgiebig bei der täglichen Versorgung eines Kleinkindes.

„Ich hasse dich! Ich wünschte, du wärest niemals hierher gekommen!"

Sie ließ den Schwamm in den Eimer fallen und schlug hilflos die Hände vor ihr Gesicht, eingehüllt und überwältigt vom Weinen und von ihrem eigenen Versagen. Sie hörte nicht, wie die Eingangstür geöffnet wurde und wie sich Schritte näherten. Als sich unvermittelt eine starke Hand auf ihre Schulter legte, fuhr sie zusammen. Sie atmete tief ein und sah dann erschrocken nach oben.

Harris kniete sich zu ihr auf den Boden. Sie nahm den Duft seiner Lederjacke wahr. Er blickte nicht verärgert, wie er es beim ersten Mal getan hatte, als seine Tochter wie am Spieß geschrieen hatte. Stattdessen bemerkte sie Mitgefühl in seinen Zügen.

Sie schluchzte auf und wischte sich die verräterischen Tränen aus den Augen. „Ich habe Sie nicht kommen gehört."

„Und, wie läuft es?"

Ella lachte trocken auf und starrte auf ihre Hände. „Nicht so gut, wie Sie sehen."

„Es war ein harter, anstrengender Morgen, stimmt's? Ich warne Sie – das kann stundenlang so weitergehen."

„Der Himmel steh mir bei ..."

„Ich habe Ohrstöpsel in meiner Schreibtischschublade. Die wirken wahre Wunder."

Ihre Blicke trafen sich, und sie tauschten ein mitfühlendes Lächeln.

„Wie haben Sie das so lange ertragen?"

„Habe ich nicht. Ich habe doch Sie eingestellt."

Ihr Lachen durchbrach die Spannung, und das Geschrei schien in weite Ferne zu rücken.

„Ich dachte gerade, dass es unter Umständen vielleicht ein Fehler war, mich einzustellen." Ihre Hände verkrampften sich. Plötzlich hatte sie das Gefühl, sich zu sehr geöffnet und zu viel preisgegeben zu haben.

„Was ist passiert?"

„Ich habe den Fernseher ausgestöpselt."

Er zog eine Grimasse.

„Verstehen Sie mich nicht falsch. Ich will Marion nicht bestrafen. Ich möchte nur, dass sie mal *spielt.* Sie kann doch nicht einfach herumsitzen und den ganzen Tag fernsehen. Aber ... vielleicht war ich zu unsensibel. Sie hat mir vorgeworfen, dass ich ihr immer nur sage, was sie zu tun hat, und plötzlich hatte ich das Gefühl, dass sie Recht hat. Zu viele ‚*Tu dies!*' und ‚*Lass das!*' können einen Wutausbruch hervorrufen."

„Nein, es ist nicht Ihre Schuld. Eigentlich hatte sie nie solche Anfälle. Alles hat erst angefangen, als sie aus dem Krankenhaus zurückkehrte. Ich denke, ich bin schuld daran. Irgendetwas muss ich falsch gemacht haben."

„Hören Sie uns nur zu. Wir wollen beide auf Teufel komm raus die Schuld auf uns nehmen." Sie seufzte und schüttelte den Kopf. Langsam kehrte ihre innere Ausgeglichenheit zurück. Sie konnte wieder klar denken. „Es scheint so zu sein, dass Marion in der Klinik versucht hat, ein braves Kind zu sein. Als sie dann wieder nach Hause kam, auf sicheres und bekanntes Terrain sozusagen, fühlte sie sich geschützt genug, um all ihre Wut rauszulassen. Und sie wollte Sie natürlich bestrafen, denn Sie haben sie ja in diese Situation gebracht. Kinder denken nicht logisch, wissen Sie? Vielmehr testen sie systematisch Ihre Grenzen aus. Als sie bemerkte, wie effektiv die Wutausbrüche waren, war sie schlau genug, sie gezielt einzusetzen. Kinder machen solche Dinge andauernd, unsere kleinen Lieblinge." Sie seufzte und dachte nach. „Und meinetwegen ... Sie ist aufgeregt und verspürt Angst, weil sich alles geändert hat. Aber ich tue das Richtige", sagte sie mit Überzeugung. „Ich weiß es."

Sie sah auf. Er war ihr so nah und hörte gespannt zu. Sein Haar war zerzaust und ungekämmt, und sie dachte, seine Augen wären von dem strahlendsten Blau, das sie je gesehen hatte.

„Danke", sagte sie.

„Wofür?"

„Für Ihre Unterstützung. Das habe ich im Moment wirklich gebraucht. Ich denke, es geht mir jetzt wieder gut."

Er lächelte, und seine Augen funkelten. „Gern geschehen. Schließlich haben Sie mir auch schon geholfen." Er stand auf und trat einen Schritt zurück. Der Moment war verflogen. „Dann räume ich jetzt das Feld und lasse Sie Ihre Arbeit tun. Ich bin eigentlich auch nur vorbeigekommen, weil ich das chaotische Geschrei gehört habe. Wollte nur schnell sehen, ob Sie noch leben." Sein Grinsen wurde breiter, als sie auflachte. „Und vergessen Sie nicht – die Ohrstöpsel sind in der obersten Schublade meines Schreibtisches." Er drehte sich um und verschwand durch die Hintertür.

Sämtliches Geschirr, alle Töpfe, Pfannen und die sonstigen Kochutensilien lagen auf Trockentüchern auf dem Boden verteilt, während Ella die letzten Schränke auswusch. Plötzlich hielt sie inne, das Geschrei hatte aufgehört. Sie zog ihren Kopf aus der Tiefe des hölzernen Schrankes, atmete die kühle, frische Luft ein und hob die Hände, um die Stöpsel aus ihren Ohren zu holen. Im Haus war es herrlich still. Zu still, wenn sie ehrlich war. Ich sollte besser gehen, um nach Marion zu sehen, dachte sie bei sich. Vielleicht war sie vor lauter Erschöpfung auf dem Sofa eingeschlafen.

Als sie sich umdrehte, war sie erstaunt, Marion in der Tür stehen zu sehen. Sie schaute verlegen zu Ella hinüber. Ihr Haar war tränenverschmiert, ihre Augen rot und geschwollen. Angst, Erwartung und das Gefühl der Niederlage lagen in der Luft. Ella war zutiefst gerührt. Sie wusste, dass dies ein kritischer Moment war. Ihr fiel nichts ein, was sie hätte sagen können, also ließ sie ihr Herz sprechen. Stumm streckte sie die Arme aus. Marions Unterlippe bebte unsicher, dann schluchzte sie laut auf, rannte durch die

Küche und warf sich in Ellas offene Arme. Ella nahm sie sanft auf ihren Schoß, zog sie an sich und wiegte sich leicht vor und zurück. Immer wieder flüsterte sie, dass alles gut werden würde und was für ein liebes Kind sie sei. Zum ersten Mal ließ sie Marion wissen, wie sehr sie sie in ihr Herz geschlossen hatte. Marion klammerte sich fest an sie und weinte. Sie suchte nach Halt.

Ella hielt sie in ihren Armen und schwor sich, dass sie von nun an der sichere Halt für dieses Kind sein wollte, das ohne Mutter aufwachsen musste. Sie liebte Marion, als wäre sie ihre eigene Tochter. Während sie leise und beruhigend summte und sie vor und zurück wiegte, ignorierte sie die warnende Stimme in ihrem Kopf, die sie daran erinnerte, dass sie vorsichtig sein musste. Marion war nicht ihr Kind, und die Götter hatten davor gewarnt, mit dem Feuer zu spielen.

Der restliche Vormittag verlief friedlich. Marion hatte jedes einzelne Küchenutensil in die Hand genommen und untersucht. Dann stand sie auf einem Stuhl neben dem Waschbecken, das Ella halb mit Seifenwasser gefüllt hatte. Aus dem Hahn tröpfelte ein kleines Rinnsal Wasser. Wahrscheinlich kann man in der Zeit, in der das Waschbecken voll läuft, sämtliche Schränke auswaschen, dachte Ella.

Anschließend brachte sie eine triefnasse Marion in ihr Zimmer, um ihr trockene Kleidung und einen dicken Pullover anzuziehen. Danach bündelten sie die feuchten Kleider und brachten sie zusammen mit der restlichen Schmutzwäsche zum Waschen. Ella hatte die Waschmaschine bis jetzt noch nicht benutzt und musste Marion fragen, wo sich die Maschine und der Trockner befanden.

„Bist du sicher, Süße?“ fragte sie unsicher, als sie Marion durch den Garten zu einer Holzhütte folgte.

„Jaaa. Sie sind hier drin", sagte sie und zeigte auf die Hütte.

Der kühle Wind zerrte an ihren Haaren, als sie über den Hof liefen. Ella stellte den Korb mit der Wäsche auf den kalten Boden. Die Holzhütte neigte sich bedenklich zur Seite, und es schien, als könne ein kräftiger Windstoß die ganze Sache beenden. Vorsichtig hob sie den behelfsmäßigen Riegel und stieß die Tür auf. Sie wich zurück, als die Tür knarrend aufsprang. Als sie sicher war, dass ihr nichts entgegenspringen würde, riskierte sie einen Blick ins Innere der Hütte.

Staubkörner tanzten im Sonnenlicht. Die Waschmaschine und der Trockner standen an der einen, eine Tiefkühltruhe an der anderen Wand. Der restliche zur Verfügung stehende Platz war voll gestellt mit zahllosen rostigen Dosen und verstaubten Flaschen. Spinnenweben hingen wie Vorhänge vor den kleinen Fensterscheiben, und drei riesige schwarze Müllsäcke nahmen den größten Teil des Fußbodens ein. Ella bahnte sich ihren Weg durch den Raum und trat an einen der schwarzen Säcke heran. Mit spitzen Fingern öffnete sie ihn, um hineinzusehen. Ein beißender Gestank schoss ihr in die Nase und im Inneren des Beutels fand sie Handtücher aller Farben und Größen, die alle vor Vogeldreck starrten. Schnell machte sie den Sack wieder zu und verschloss ihn fest.

„Hier werden die Tücher für die Klinik gewaschen?" fragte sie.

Marion nickte.

„Und ihr wascht eure Kleider hier auch?"

Wieder nickte Marion.

„Der Himmel steh mir bei", murmelte sie, als sich ihre schlimmsten Vorahnungen bestätigten. Sie öffnete die verrostete Waschmaschine. Die Tür quietschte und gab den Blick auf eine Ladung feuchter Handtücher frei, die darauf warteten, getrocknet zu werden. Im Trockner fand Ella noch weitere vergammelte Tücher.

Sie wich zurück, verschränkte die Arme und dachte nach. Dies war also die Waschküche. Federn flogen umher, und der Boden war mit einer feinen weißen pudrigen Substanz überzogen, von der sie annahm, dass es sich um Hautschuppen und Kot handelte.

Ella schüttelte den Kopf, gluckste vor Lachen und griff nach Besen und Kehrblech. „Eigentlich habe ich geschworen, mich nicht in die Angelegenheiten und Aufgaben der Klinik einzumischen, aber ich denke, wir könnten ein paar Handtücher zusammenlegen, oder?"

Marion lehnte sich gegen den Türrahmen. „Ich weiß nicht, wie das geht."

„Du weißt nicht, wie man Handtücher faltet? Das ist ganz leicht. Denk einfach, es sei ein neues Spiel. Ich werde es dir beibringen."

Der Gesang ließ ihn aufhorchen. Harris war gerade auf dem Weg zum Haus, um etwas zu essen, als er an der Holzhütte vorbeikam und von drinnen zwei weibliche Stimmen den Refrain von „Old MacDonald" schmettern hörte. Marions glockenhelles *e-i-e-i-o,* das von heftigen Kicheranfällen unterbrochen war, klang in seinen Ohren wie die süßeste Melodie, die er seit langem gehört hatte. Er drehte um, ging zur Hütte und beobachtete die Szene vorsichtig durch die weit geöffnete Tür, ohne die beiden stören zu wollen. Er sah in den winzigen, frisch geschrubbten Raum und auf die Waschutensilien, die fein säuberlich in den Regalen verstaut worden waren. Ein Stapel gefalteter Handtücher lag auf der Gefriertruhe. Daneben stand Ella, die gerade ein großes Tuch zusammenlegte und dabei Marion betrachtete, die mit einem kleineren kämpfte. Das Kind rollte den Stoff mit seinen kleinen, pummeligen Fingerchen auf und legte ihn sorgfältig auf den Stapel, der sich bedenklich zur Seite neigte. Marions Handtücher würden alle noch einmal gefaltet werden müssen, aber das wusste sie nicht. Jeder konnte sehen, wie überaus glücklich und stolz die Kleine auf ihre sichtbaren Erfolge war. Sie lächelte von einem Ohr zum anderen, und ihre Augen strahlten.

Harris stand schweigend und ohne einen Laut von sich zu geben bei der Hütte und beobachtete die beiden. Aber in seinem Inneren wallte sein Blut auf, und Tränen stiegen ihm in die Augen. Dies war die Marion, die er vor der Krankheit gekannt hatte. Dies war die Marion, die er so sehr vermisste.

Ella sah auf und bemerkte ihn. Ihre Blicke trafen sich. Sie ließ die Hände sinken. Einen Moment lang standen sie einfach so da und sahen sich an – in seinen Augen spiegelt sich Dankbarkeit wider, in ihrem Blick lag Verständnis. Er musste nichts sagen. Er wollte sein Kind nicht unterbrechen beim Singen – laut, fröhlich und schief. Es war sich nicht bewusst, dass ein Wendepunkt in seinem Leben erreicht war.

Es mochten Mäuse im Kühlschrank und Federn in der Waschküche sein. Und es mochte Tage geben, an denen es zum Frühstück verbrannten Toast und ungenießbaren Speck gab und am Abend bittere Tränen und Insulinspritzen.

Aber Marion sang. Und wie ein Kanarienvogel in der Kohlegrube war dies ein Zeichen dafür, dass alles gut werden würde.

7. KAPITEL

Adler: *Die Könige der Lüfte. Adler sind sehr große und kraftvolle Greifvögel. Mit ihren breiten, kräftigen Schwingen und dem dunklen Gefieder schweben sie ruhig am Himmel und haben damit die Menschen über Jahrhunderte hinweg inspiriert. Auf dem Kontinent gibt es beide Arten, Weißkopf-Seeadler und Steinadler. Der Weißkopf-Seeadler ist der am weitesten verbreitete und als Nationalsymbol der Vereinigten Staaten auch der bekannteste und verehrteste Vertreter der Familie der Adler.*

Im Winter waren die Tage immer zu kurz. Ella trug nachdenklich einen Arm voll schwerer Wolldecken, Flanelllaken und ein Kissen zur Holzhütte am Weiher. Wenn die Sonne niedrig am Himmel stand und der Himmel düster wirkte, besonders in kalten Nächten wie dieser, steckte ihr die Müdigkeit tief in den Knochen.

Als sie im Krankenhaus arbeitete, war es oft so hektisch, dass sie sich nicht bewusst war, wie spät es war oder ob die Sonne hoch oder niedrig am Himmel stand. Hier auf dem Land war das etwas anderes. Der Tagesablauf richtete sich nach der Sonne. Im Morgengrauen, wenn die Vögel anfingen zu zwitschern, erwachte sie, und wie sie hatte sie am Ende des Tages das Bedürfnis, ihren Kopf zwischen ihre Federn stecken und sich zur Ruhe begeben.

Heute jedoch hatte sie noch viel zu erledigen, bevor sie schlafen gehen konnte. Sie hatte schon Holz in einem Eimer gesammelt und ein Feuer entfacht. Während des Essens würde es schön warm sein. Nun musste sie die Hütte vorbereiten, damit Elijah einziehen konnte. Harris hatte eingewilligt, dass Lijah im Messraum schlafen konnte, solange die Hütte noch nicht fertig war. Sie hatten ihm ein kleines Bett bezogen, das tagsüber leicht weggeräumt werden konnte. Es war zwar nicht viel, aber vorübergehend ging es schon – und vor allem war es warm. In der Zwischenzeit hatte Ella sich dem Holzhäuschen gewidmet, Spinnweben entfernt, die Fensterscheiben geputzt und den zentimeterdicken Schmutz vom Boden gewischt. Sie hatte einen kleinen Kerosinofen erworben, der den Raum heizen sollte, einen Teppich sowie einige Decken und Laken. Nun war sie unterwegs, um sich mit Harris' Vogelführerin, Maggie Mims, zu treffen, die eine Doppelmatratze, ein Lattenrost, einen Tisch und zwei Stühle angeboten hatte.

Maggie war schon im Häuschen, als Ella ankam. Sie war eine kräftige Frau, groß, mit breiten Schultern, ausgeprägten Wangenknochen und ziegelsteinrotem kurzem Haar, das ihr Gesicht umrahmte. Sie trug eine Nylon-Regenjacke über ausgebeulten, khakifarbenen Hosen und schwere Stiefel mit dicken Gummisohlen. Ihre Wangen waren vor Anstrengung gerötet, denn sie versuchte gerade verzweifelt, die störrische Doppelmatratze aus ihrem Minivan durch die Tür der Holzhütte zu bugsieren.

„Lassen Sie mich Ihnen helfen", sagte Ella und kam näher. Sie legte das Bettzeug auf die geöffnete Heckklappe des Wagens und beeilte sich, eine Ecke der Matratze zu fassen.

„Sie müssen Ella sein", sagte die Frau, und ein Lächeln erschien auf ihrem Gesicht, das eine Reihe schöner weißer Zähne preisgab.

„Und Sie sind Maggie."

„Schuldig im Sinne der Anklage. Ein ungünstiger Moment, um sich kennen zu lernen, aber ich bin froh, dass Sie aufgetaucht sind. Die Matratze ist gar nicht so schwer, aber wahnsinnig unförmig. Und Sie kennen ja sicher das Sprichwort – zwei Hände sind besser als eine."

„Oder: Timing ist alles, wie meine Tante Rhoda immer zu

sagen pflegte", sagte Ella und umklammerte die Matratze mit sicherem Griff. Sie war kleiner und schmaler als Maggie, aber sie hatte Kraft. „Wo wir gerade von Timing reden, ich wäre dann so weit. Auf drei. Eins, zwei, hepp."

Die beiden Frauen hoben das Unterbett an und trugen es gemeinsam in das Haus. Der Lattenrost war schon da und lag im Bettgestell. Das Bett nahm fast die gesamte Wand ein. Zusammen brachten sie noch den kleinen Tisch und die zwei Stühle hinein und schlossen die Tür, denn ein kalter, feuchter Wind peitschte eisigen Schneeregen durch die Luft, der auf ihren Wangen brannte.

„Wir sollten den Ofen in Gang bringen", sagte Maggie und rieb ihre klammen Hände aneinander. „Hier drinnen ist es saukalt."

Ella lachte. Sie mochte Maggies direkte und stürmische Art sofort. Sie erinnerte sie an ihre Tanten. Während Maggie den Ofen anfeuerte, legte sie einen fröhlichen, hell gemusterten Teppich auf den Boden und hängte schwere dunkelblaue Vorhänge vor die beiden Fenster, die eher die zugigen Ritzen an den Fenstern abdichten sollten, als der Verschönerung des Raumes zu dienen. Draußen heulte der Wind immer stärker, und drinnen wurde es zunehmend wärmer und gemütlicher.

„Lijah wird Ihre Bemühungen sehr zu schätzen wissen", sagte Maggie. Sie und Ella zogen gerade gemeinsam das Laken auf das Bett. „Es ist nicht seine Art, um etwas für sich selbst zu bitten. Aber er ist der Erste, wenn es darum geht, einem anderen zu helfen. Auf dieser Welt gibt es Nehmende und Gebende, und Lijah gehört zu denen, die geben."

„Wie ist er denn so? Ich habe ihn schon des Öfteren zum Essen eingeladen, aber er ist bis jetzt noch nicht gekommen. Früchte und Käse oder Sandwiches nimmt er gerne an, doch bisher konnte ich ihn nur mit Kaffee ins Haus locken. Er füllt seine Thermoskanne, bedankt sich überschwänglich und geht dann, ohne auch nur einen Bissen zu sich zu nehmen."

Maggie lachte leise. Natürlich hatte schon jeder im Center von den „Kochkünsten" Ellas gehört.

„Er scheint ziemlich distanziert zu sein, finden Sie nicht?" fragte Ella und breitete ein weiteres Laken über die Matratze.

„Distanziert?" Maggie beugte sich vor, um ihre Seite des Tuches unter die Matratze zu stecken. „Nein, das ist er nicht. Er redet nur einfach nicht so viel. Außer, er hat wirklich etwas zu sagen. Dann ist er sehr freigebig mit seinem Rat. Lijah nennt sich selbst einen Beobachter, und ich denke, das beschreibt ihn sehr genau."

„Ein Beobachter? Was soll das bedeuten?"

„Genau das, wonach es klingt. Wenn Sie sich auf dem Klinikgelände bewegen, werden Sie verstehen, was ich meine. Manchmal dreht man sich um und sieht Lijah, der einen beobachtet. Nicht seltsam oder unangenehm, das auf keinen Fall. Er hat diesen friedlichen, freundlichen Blick, so als würde er den Himmel betrachten, und man ist nur zufällig in sein Blickfeld geraten. Ich habe den Eindruck, dass er alles sieht, was hier vorgeht. Eulen sind auch so, wissen Sie? Sie sitzen ruhig in ihrem Baum, drehen ihren Kopf von rechts nach links und nehmen Geräusche und Bewegungen wie ein Radargerät wahr. Vielleicht versteht er sich deshalb so gut mit den Vögeln – sie sind sich ähnlich."

„Versteht er sich denn gut mit den Tieren?"

„O ja, sie lieben ihn. So etwas habe ich noch nie gesehen. Meistens sind die Vögel unruhig, wenn jemand sich ihnen nähert, vor allem, wenn sie die Person nicht kennen. Aber nicht so bei Lijah. Er kann ihr Revier betreten, ohne dass es sie zu kümmern scheint. Er bewegt sich fast lautlos – damit hat es wohl auch zu tun. Aber ich denke, es steckt mehr dahinter. Als ich ihn deswegen mal gefragt habe, hat er nur gelächelt und die Schultern gezuckt."

Ella zog das Laken glatt und steckte die Ecken so exakt fest, wie sie es im Krankenhaus gelernt hatte. Dann breitete sie zwei Wolldecken aus. Maggie half mit und lernte schnell. Es ist schön, wieder einmal mit einer Frau zusammenzuarbeiten, dachte Ella. Sie war bei ihren Tanten aufgewachsen, und auch im Krankenhaus hatten die Schwestern oft in den Pausen Probleme besprochen oder sich gegenseitig getröstet. Sie hatte nicht bemerkt, wie sehr ihr der Umgang mit Frauen gefehlt hatte.

Bei Tisch hatte sie versucht, sich mit Harris zu unterhalten. Dieser hatte ihr auch höflich geantwortet, aber er war von Natur aus schweigsam und empfand längere Phasen der Stille als angenehm. Marion verkörperte das genaue Gegenteil. Sie war eine typische, redselige Fünfjährige, die eine Menge zu allem zu sagen hatte. Ella musste nichts tun, als nur zuzuhören, zu nicken und ab und zu „Oh, wirklich?" zu sagen. Also war ein Gespräch von Frau zu Frau – und dabei noch einer, die sie instinktiv mochte – eine willkommene Abwechslung.

„Du warst mal Krankenschwester, stimmt's?" fragte Maggie.

„Ja, Kinderkrankenschwester. Ich habe in der Notaufnahme gearbeitet und davor auf der Intensivstation." Sie verstummte plötzlich und rief sich die Geräusche in Erinnerung – das Trappeln der Füße, wenn Ärzte und Schwestern zu einem Patienten rannten, die Anweisungen, die einem staccatoartig zugerufen wurden – und sie glaubte, das Adrenalin zu spüren, das bei einem Notfall durch den Körper schoss. „Manchmal war die Arbeit schon sehr aufreibend."

„Das glaube ich. In der Vogelklinik geht es gelegentlich auch recht hektisch zu."

„Ich kann mir vorstellen, dass es kein allzu großer Unterschied ist. Abgesehen davon, dass nicht so viel auf dem Spiel steht.“

„Stimmt. Aber daran denkt man gar nicht, wenn man um das Leben eines Greifvogels kämpft. Dann gibt es keine Unterschiede mehr. Doch wenn die Verletzungen so schwer wiegend sind, dass keine Hoffnung mehr besteht, völlig zu gesunden, schläfern wir den Vogel ein. Das ist besser für das Tier. Es wäre unverantwortlich, den Raubvogel in die Natur zu entlassen, wo er dann leiden muss und schließlich stirbt.“

„Das kann man im Hospital natürlich nicht machen.“

„Nö.“ Maggie kicherte. „Obwohl man meinen könnte, in manchen Fällen wäre das Einschläfern die menschlichste Lösung. Also, warum sind Sie jetzt Kindermädchen? Das scheint mir eine merkwürdige Karrierewende zu sein.“

Ella seufzte und stemmte die Hände in die Hüften, während sie über die Antwort nachdachte. „Nicht wirklich. Wissen Sie, ich liebe Kinder“, sagte sie aufrichtig. „Das habe ich schon immer. Deshalb bin ich auch Kinderkrankenschwester geworden. Als ich anfing, war ich der typische naive Idealist. Ich wollte die Welt verbessern. Damals dachte ich, ich könnte etwas verändern, nicht nur im Hinblick auf die medizinische Versorgung, sondern auch im Hinblick auf die Fürsorge und Geduld einem Kind gegenüber, das ängstlich, krank und allein ist.“

„Das klingt nicht übertrieben idealistisch. Das ist es, was viele von uns dazu treibt, sich freiwillig zu engagieren.“

„Ich habe allerdings nicht geahnt, wie schmerzhaft es sein würde zu versagen. Es ist grausam, ein Kind sterben zu sehen.“

Maggie hielt inne. „Das kann ich mir nicht einmal vorstellen.“

„Sie haben mir immer gesagt, dass ich mich daran gewöhnen werde, dass ich mir einen Schutzpanzer zulege. Aber ich habe mich nie daran gewöhnt. Ich habe durchgehalten, Tag für Tag, über zehn Jahre lang. Und ich will nicht prahlen, wenn ich sage, ich war gut in meinem Job. Mir war die Fähigkeit gegeben, mit den Kindern zu kommunizieren, und ihr Geschrei hat mich nicht gestört. Tatsächlich bin ich unendlich geduldig.“ Sie lächelte schief. „Manche nennen es Dickköpfigkeit.“

Ihr Gesicht verdüsterte sich, als sie sich an die schwierigen Zeiten der Krankenpflege erinnerte: die psychische Belastung, ja Qual, wenn man zusehen musste, wie Kinder immer und immer wieder in die Notaufnahme kamen, bis der teuflische Kreislauf schließlich sein schlimmes Ende nahm. Oder zu wissen, dass, egal wie sehr man sich auch anstrengte, dieses süße Wesen sterben würde und man nichts, aber auch gar nichts daran ändern konnte.

„Wenn ich so zurückblicke, denke ich, dass ich den ganzen Schmerz verdrängt und in mir getragen habe, bis er eines Tages ausbrach und ich die Situation nicht mehr ertragen konnte. Ich … ich konnte einfach nicht mehr zurück.“

„Entschuldigen Sie, ich wollte nicht neugierig sein.“

„Nein“, erwiderte sie schnell. „Nein, das waren Sie nicht. Es hilft, wenn man die Möglichkeit bekommt, darüber zu sprechen. Jedenfalls“, sagte sie und griff nach dem Kissen, um es in den Bezug zu stecken, „das ist der Grund, warum ich nicht mehr als Kinderkrankenschwester arbeite. Wenigstens für die nächste Zeit.“

„Sie werden irgendwann wieder im Krankenhaus als Schwester arbeiten?“

Ella nickte. „Ich habe Harris gesagt, ich würde für ein Jahr bleiben. In dieser Zeit sollte ich es schaffen, Marions Werte zu stabilisieren und einen Plan zu entwerfen, nach dem die beiden leben können. Ich hoffe, ich kann so lange bleiben. Denn, es klingt merkwürdig, nach all dem, was ich Ihnen gerade erzählt habe, aber manchmal vermisse ich den Adrenalinkick. Ich vermisse die Aufregung. Das Tempo hier ist so gemächlich. Normalerweise bin ich es gewohnt schnell, schnell, schnell zu machen. Entscheidungen zu treffen und Anweisungen zu geben. Von Zeit zu Zeit kann ich wie ein General sein." Sie schüttelte den Kopf und drückte das Kissen an sich. „Armer Harris. Ich bin sicher, dass es nicht gerade einfach ist, mit mir zusammenzuleben."

Maggie murmelte: „*So* schlimm können Sie gar nicht sein."

„Wie bitte?" Ellas Kopf schoss hoch.

„Oh, nichts."

„Kommen Sie. Ich habe Ihnen auch ganz offen alles erzählt. Verraten Sie mir, *wie* schlimm ich nicht sein kann – um welche Frau geht es?"

„Neugierig sind Sie wohl gar nicht?"

„Nein, gar nicht."

Als Maggie ungläubig schnaubte, errötete Ella und schüttelte verlegen das Kissen auf. „Okay, vielleicht bin ich ein bisschen neugierig."

„Und jetzt gerade ein bisschen mehr."

„Sie können aufhören, die Stirn zu runzeln. Es ist doch ganz normal, sich für denjenigen zu interessieren, mit dem man zusammenlebt. Ich meine, als Nanny. Oh, hören Sie auf", sagte sie und fiel in Maggies Gelächter ein. „Sie wissen, wie ich das meine."

Maggie lachte noch immer und legte eine Steppdecke auf die Decken. „Ich mache doch nur Spaß. Die Wahrheit ist, dass ich gar nicht viel über die Frau weiß. Harris ist sehr verschwiegen."

„Erzählen Sie."

Maggie lachte wieder herzhaft auf und setzte sich aufs Bett. Ella ließ sich auf einen Stuhl fallen und lehnte sich zurück, ein wenig erschrocken über ihre eigene Neugier.

„Ich habe sie nur ein einziges Mal getroffen", begann Maggie. „Ich glaube, Fannie, Harris' Frau, ist um einiges jünger als er. Das Einzige, was er mir gegenüber je geäußert hat, war, dass sie noch nicht bereit war, sich häuslich niederzulassen. Natürlich bezweifle ich, dass Harris jemals ein böses Wort über jemanden verlieren würde – nicht einmal über eine Frau, die ihn und ihr Kind kurz nach der Geburt verlassen hat."

„Wie schrecklich für die beiden. Arme Marion ..."

„Mir wird ganz anders, wenn ich daran denke. Es steckt noch mehr dahinter, da bin ich mir sicher, aber die Einzelheiten liegen im Dunkeln. Harris musste das Kind ganz allein großziehen. Und er hat seine Aufgabe wirklich gut erledigt. Das Vogelcenter war gerade erst eröffnet worden, als Marion auf die Welt kam. Fannie hatte ihm mit den Vögeln geholfen, also hat sie auch das Center im Stich gelassen, wenn man so will. Harris stand nun mit dem neugeborenen Kind und dem frisch eröffneten Center für Greifvögel allein da. Das muss ziemlich kräftezehrend und belastend für ihn gewesen sein. Er musste tagtäglich rund um die Uhr arbeiten", seufzte sie.

„Und das tut er noch immer. Er ist das Herz und die Seele des Centers. Dieses ganze Projekt ist seine Vision. Damals hat er den Bedarf erkannt, um eine Lizenz gekämpft und hat aus dem Nichts diese Station erbaut. Heute haben wir das Klinikgebäude, die Vogelgehege, und wir vergrößern uns ständig. Doch zu Beginn hielt Harris die Vögel in seinem freien Schlafzimmer."

„Jetzt verstehe ich die Mäuse im Kühlschrank. Und ich fand auch Federn in den Ecken der Schränke, die ich heute ausgewaschen habe."

„Gott, das überrascht mich nicht im Geringsten. Es gab eine Zeit, da hatte er mehr Ratten und Mäuse in seinem Kühlschrank als Essen für sich und Marion. Ab und an hat er sogar in der Küche operiert. Direkt auf dem Küchentisch."

„Tatsächlich?" fragte Ella ungläubig und nahm sich vor, später sofort den Tisch mit Bleichmittel zu schrubben.

„Wir waren alle furchtbar dankbar und erleichtert, als das Klinikgebäude dem Center zugesprochen wurde. Harris und Marion konnten endlich ein eigenes Leben leben, ohne die Vögel. Er errichtete die Käfige dort draußen, das Vogelhaus für unsere Dauerbewohner und den Messraum. Sein nächster Traum ist es, eine große Voliere zu bauen, in der die Tiere auch fliegen können. Er hat so viele Träume. Sie haben bestimmt noch niemanden getroffen, der sich so engagiert und so in seinem Beruf aufgeht."

„Ein Mann kann auch *zu* engagiert sein", sagte Ella sanft. Der kritische Blick in Maggies Augen entging ihr nicht, und so beeilte sie sich zu erklären: „Marion braucht ihren Vater auch. Sie ist doch erst fünf Jahre alt und liebt ihn abgöttisch. Zwar machen wir Fortschritte, aber sie hat klargemacht, dass ich *nicht* ihre Mutter bin. Es scheint, als habe sie Angst, dass ich dieses besondere und wichtige Band, das sie mit ihrer Mutter verbindet, zerschneiden könne. Und sie nimmt mir übel, dass ich mich jetzt um sie kümmere und all das tue, was früher ihr Vater getan hat. Sie denkt, auch da mische ich mich ein. Also, ich weiß, dass er in der Klinik gebraucht wird, aber zu Hause wird er ebenso gebraucht."

Maggie hob abwehrend die Hände. „Da halte ich mich raus. Ich würde Ihnen empfehlen, das auch zu tun. Tun Sie Ihr Bestes, doch versuchen Sie nicht, ihn zu ändern. Sie denken, Sie sind dickköpfig? Warten Sie's ab. Er ist der König der Dickköpfigkeit." Sie lächelte schief. „Auch wenn er es *konsequent* nennt."

Die beiden mussten lachen.

„Nun, wir werden sehen", sagte Ella.

„Mmm-hmm“, erwiderte Maggie und schüttelte den Kopf. „Ich weiß nicht, mit euch beiden kenne ich mich nicht aus. Ich habe noch nie zwei derart sture Böcke wie euch gesehen, die jeden Augenblick drauf und dran sind, aufeinander loszugehen.“

Maggie stand auf und strich sich die Kleidung glatt. Sie richtete sich zu ihrer vollen beeindruckenden Größe auf und blickte Ella nachdenklich an.

„Im Ernst, Ella, seien Sie geduldig mit ihm. Visionäre sind ein besonderer Schlag Menschen. Sie inspirieren uns. Sie fordern uns heraus und bringen uns dazu, an unsere persönlichen Grenzen zu gehen. Aber manchmal sehen sie den Wald vor lauter Bäumen nicht. Dann konzentrieren sie sich voll auf ihre Arbeit und vergessen die alltäglichen Dinge wie essen, Socken anziehen oder sich für einige Momente zu entspannen. Sie fühlen sich verantwortlich und geben alles. Sehen Sie, Harris will ja für Marion da sein. In seinem Kopf, da bin ich mir sicher, denkt er, er würde alles für sie tun, was in seiner Macht steht. Ich weiß, dass er fast verrückt wird, weil er sich die Schuld daran gibt, dass Marion so krank geworden ist. Einerseits kümmert er sich um die Vögel und bemerkt jede kleinste Veränderung, und andererseits übersieht er die offensichtlichen Symptome der Krankheit bei seinem eigenen Kind. Das nagt sehr an ihm. Er wird Ihnen das vielleicht nicht sagen, aber er ist unendlich erleichtert, dass Sie hier sind. Ich bin übrigens auch froh, dass Sie hier sind. Die ganze Zeit habe ich mir Sorgen um ihn und Marion gemacht und versucht, ein Auge auf sie zu haben. Sherry auch. Aber sie wird langsam alt, und ich habe ja meine eigenen Kinder und meinen Mann und muss mich um sie und meinen Haushalt kümmern, wenn ich abends nach Hause komme.“

Ella zögerte, wusste nicht, was sie darauf antworten sollte. „Ich werde mein Bestes tun.“

Maggie lächelte aufmunternd. „Ich bin sicher, dass Sie das werden." Dann blickte sie wieder ernst. „Ich denke, was ich die ganze Zeit sagen will, ist … Harris ist ein guter Mann, Ella. Er hat sein ganzes Leben lang anderen geholfen. Zuerst seiner Mutter. Dann seiner Ehefrau. Und nun Marion. Er weiß nicht, wie es ist, sich selbst zur Abwechslung mal umsorgen zu lassen. Er weiß nicht, wie man einen Gang zurückschaltet und das Leben genießt. Noch nie hatte er die Chance dazu."

Als ob sie sich plötzlich mit der emotionalen Situation überfordert fühlte, winkte sie ab und sagte schnell: „Oh, hören Sie mir nur zu. Ich war seine erste Mitarbeiterin hier und habe ihm gegenüber wohl Besitzansprüche entwickelt."

„Und Sie wollen, dass ich nachsichtig mit ihm umgehe?"

„Ja, so in etwa. Und ich möchte nicht, dass er verletzt wird."

„Verletzt? Von mir? Wie sollte ich das jemals tun?"

„Wie gesagt, ich mache mir nur Sorgen."

„Sie müssen ihn wirklich gern haben, wenn Sie mir das alles erzählen."

„Das tue ich. Wir alle tun das. Und wir alle lieben auch die kleine Marion. Alle haben schon das ein oder andere Mal auf die Kleine aufgepasst, seit sie geboren wurde. Sie jagt auf dem Gelände herum und spielt auf dem Fußboden, auch wenn sie eigentlich nicht in der Nähe der Vögel sein sollte." Sie zuckte die Schultern. „Wir haben alles getan, um uns zu kümmern. Und darum geht es doch im Leben, oder?"

Ella atmete ein Mal tief durch und nickte zustimmend. Sie wusstenur zu gut, was es bedeutete, alles Erdenkliche zu tun, um etwas zu schaffen.

Sie war dankbar für die Unterhaltung mit Maggie und für die Einsichten, die sie ihr gewährt hatte. Im Moment war sie der

Außenseiter, der Neuling in dieser Gruppe hochgeistiger, komplexer Charaktere. Sie hoffte, dass sie sich einfügen würde.

„Es ist schon spät", sagte sie und erhob sich. „Zeit, sich ums Essen zu kümmern." Mit verschränkten Armen begutachtete sie ihre Arbeit. Obwohl nur spärlich möbliert, war das Häuschen mit allem eingerichtet, was man brauchte. Auf dem Bett lagen Decken, und die fröhlichen Farben des Teppichs wärmten den Raum fast so wie der Ofen. „Es ist zwar nicht das Ritz, aber ich denke, Lijah wird sich hier wohl fühlen."

„Ich hoffe, Sie werden sich hier auch wohl fühlen", sagte Maggie. Dann machte sie einen Schritt nach vorne und nahm Ella einfach in den Arm, um sie zu drücken.

„Willkommen."

Die winterliche Kälte im Land hatte endlich ein Ende. Der Februar kam, blies die grauen Wolken aufs Meer hinaus, und der weite Himmel erstrahlte im schönsten Azurblau. Brady wischte sich erschöpft die Stirn. Er hievte den schweren Zwingerboden zu den anderen, die er schon an die Wand gelehnt hatte – neunzehn an der Zahl. Die letzten zwei Wochen hatte er an seinen zwei Tagen Vogelmist von den Bodenplatten der Käfige geschrubbt. Der Mist war so hart geworden, dass er kaum noch zu entfernen war. Egal wie sie es nannten – Mist, Dung, Guano, Kot –, für ihn blieb Scheiße eben Scheiße. Er hatte über den Platten gekniet und versucht, sie zu säubern, bis er zwei Drahtbürsten durchgescheuert hatte und seine Hände rissig waren.

Aber jetzt war er endlich fertig, und als er seinen Blick über die säuberlich aufgereihten Bodenplatten der Käfige gleiten ließ, konnte er zu seinem Erstaunen ein Gefühl von Befriedigung nicht leugnen. Früher oder später würden wieder verschmutzte

Pferche zu reinigen sein, wenn er die Zahl der neu eingelieferten verletzten Vögel betrachtete. Die meisten von den Tieren waren Eulen. Es war traurig, sie so übel zugerichtet zu sehen. Bei einigen waren die Augen schlimm verletzt. Und die Menschen, die sie vorbeibrachten, machten sich wirklich Sorgen. Das verwunderte ihn auch. Er war erzogen worden zu glauben, dass die Natur nur da war, um von ihr zu nehmen. Niemals hatte er sich gefragt, wie es den Tieren erging oder was er tun sollte, wenn er ein verletztes Lebewesen fand. Die Natur half sich selbst. War es nicht so?

Brady gewöhnte sich langsam daran, im Center zu arbeiten. Am Anfang war es seltsam, mit all diesen wilden Tieren zusammen zu sein. Sie starrten ihn an, wenn er an ihren Käfigen vorbeikam – fast wie es auch die Menschen taten.

Sicher, er wusste, dass die Mitarbeiter nicht gerade erfreut waren, als er hier auftauchte. Jeder kannte den Grund, *warum* er im Center sein musste. Aber er hätte nicht gedacht, dass es sich nach einigen Wochen nicht bessern würde. Harris war der unangefochtene Chef, und jeder richtete sich nach ihm. Zwar sagte er keine gemeinen Dinge zu ihm, aber er gab ihm auch keine Chance – ihr Verhältnis blieb gespannt. Maggie kam nur ab und zu vorbei, um zu schauen, womit er gerade beschäftigt war – wohl eher, um zu zeigen, dass sie ein Auge auf ihn hatte. Andere freiwillige Helfer kamen und gingen; jeden Tag waren andere da. Die meisten von ihnen waren anständig. Wenigstens grüßten sie ihn. Aber andere blickten ihn nur an, wie die Vögel es taten.

Der Einzige, der ihn wirklich nett und respektvoll behandelte, war der alte Mann. Obwohl Brady das nicht nachvollziehen konnte, denn es war ja sein Adler, den er angeschossen hatte. Als Brady zu Beginn seiner Arbeit hörte, dass er sich um ihn kümmern würde, war er der festen Überzeugung, dass dieser Mann ihm die Zeit im Center zur Hölle machen würde. Nicht, dass Käfigböden zu schrubben Spaß bedeutete … aber Lijah behandelte Brady mit demselben Respekt, den er auch allen anderen entgegenbrachte.

„Bist du fertig mit den Platten?"

Brady drehte sich abrupt um, erschrocken, sein Herz hämmerte. Bei Gott, er hatte wieder nicht bemerkt, wie der Mann sich genähert hatte. Schwebte er über dem Boden, oder warum machte es kein Geräusch, wenn er ging? Lijah trug zwei Dosen Coca Cola und gab Brady, als er näher kam, eine davon.

„Ich habe mir gedacht, du müsstest ziemlich durstig sein."

„Danke." Der Junge nahm einige Schlucke der Brause und wischte sich mit seinem Ärmel über den Mund. „Mir war nicht bewusst, dass man bei der Arbeit so schwitzen kann, obwohl es draußen eiskalt ist. Einige dieser Böden waren echt schwierig sauber zu kriegen."

„Das hast du gut gemacht", sagte Lijah, und Anerkennung schwang in seiner Stimme mit. „Es gibt nichts zu beanstanden." Die beiden standen nebeneinander, tranken schweigend ihre Cola und betrachteten die Käfigböden, als seien sie das Interessanteste auf der Welt. Nachdem sie ausgetrunken hatten, nahm Lijah die Dosen, wusch sie aus und legte sie in die Recyclingtonne, während Brady die Putzutensilien wegräumte und den Schlauch aufwickelte.

Brady hatte seine Aufgaben erledigt und stand nun mit den Händen in den Hosentaschen auf dem Hof, wippte auf seinen Zehenspitzen vor und zurück und war sich nicht sicher, was er als Nächstes tun sollte. Lijah stand einige Meter von ihm entfernt. Er blickte mit dem üblichen gelassenen Ausdruck in seinem Gesicht über das Gelände. Die Arme hatte er hinter dem Rücken verschränkt. Brady wollte ihn nicht stören. Sein Vater hatte ihm beigebracht, einen Erwachsenen nie zu unterbrechen, sondern geduldig zu warten, bis dieser das Wort an ihn richtete.

Nach einer kurzen Weile sah Lijah ihn an und sagte mit unbeschwertem Ton: „Es ist an der Zeit, zu sehen, wofür all die Arbeit hier gut ist."

Brady musste sich beeilen, um mit den langen Schritten Lijahs mitzuhalten. Sie liefen quer über den Hof zu den Käfigen mit den verwundeten Vögeln. Er war aufgeregt, denn er hatte nicht damit gerechnet, an diesem Tag erstmals in ihre Nähe zu dürfen. Er war neugierig auf die Raubvögel, doch das hatte er noch nie jemandem erzählt. Auch jetzt achtete er darauf, seine Miene möglichst unbeteiligt wirken zu lassen, während er Lijah folgte. Es hatte sich für ihn nie ausgezahlt, seinen Mitmenschen zu zeigen, wie es ihm ging.

Die Käfige, in denen sich die behandelten Vögel erholten, standen in einem großen Pferch zusammen. Durch einige wild wuchernde Büsche waren sie vom Klinikgebäude abgetrennt, und hoch gewachsene Kiefern und ein alter Eichenbaum spendeten Schatten. Lijah zog den Riegel hoch und öffnete die Holztür mit dem Fliegengitter zu dem Pferch. Beim Eintreten sah Brady neun Käfige, je vier an den Seiten und der letzte am Ende des schmalen befestigten Weges. Sie waren aus Holz gefertigt, mit etwa 2,5 cm breiten Schlitzen, durch die er hineinsehen konnte. Über allem befand sich eine grüne Plastikkuppel mit Fliegengitter, die das ganze Gebäude wie einen Wintergarten wirken ließ.

Ein junges dunkelhäutiges Mädchen trug einen blassgrünen Plastikeimer mit fetten weißen Ratten und schwarzen Mäusen, von denen einige ausgenommen waren, sowie einigen großen Fischen. Sie trug diesen Eimer mit einer Würde zu den Vögeln, als wäre sie damit beschäftigt, königlichen Hoheiten ihr Essen zu servieren.

Brady war überrascht, wie hübsch sie aussah. Sie war schlank und fast so groß wie er selbst. Unter ihrer dicken Fleecejacke trug sie das gleiche weiße T-Shirt mit dem „Coastal Carolina Center für Raubvögel“-Aufdruck, das alle freiwilligen Helfer trugen. Alle, außer ihm, natürlich.

„Guten Morgen, Clarice“, sagte Lijah und winkte ihr zu.

„Guten Morgen, Lijah“, erwiderte sie heiter. Doch als ihr Blick auf Brady fiel, erstarb das Lächeln, und sie sah ihn mürrisch an. „Was macht *der* denn hier? Harris hat doch gesagt, er will ihn nicht in der Nähe der Vögel sehen.“

„Er ist mit mir gekommen“, sagte Lijah ruhig. „Kümmere dich weiter um deine Aufgaben.“

Clarices fein geschwungene Augenbrauen zogen sich missmutig zusammen, doch sie tat, wie ihr befohlen worden war. Brady beobachtete gespannt, wie sie eine der Volieren öffnete und schnell hineinschlüpfte. Er konnte das aufgeregte Schlagen von Flügeln hören und ihre leise, beruhigende Stimme: „Alles in Ordnung, mein Junge, ich bringe nur das Frühstück.“

Lijah räusperte sich, und Brady wandte ihm wieder hastig den Kopf zu.

„Schließe jede Tür, sobald du durchgegangen bist“, erklärte ihm Lijah, und Brady tat wie ihm geheißen. „Jede Voliere muss so schnell wie möglich wieder geschlossen werden. So ein Vogel entwischt schneller, als man glaubt.“

Brady sah zu, wie Clarice eine Käfigtür hinter sich zumachte und vorsichtig mit ihrem Eimer, den sie auf ihrer schmalen Hüfte trug, zum nächsten Käfig ging. Jedes Mal entriegelte und verriegelte sie die Tür sorgfältig.

„Vergiss nicht, dass es wilde Vögel sind, die frei sein wollen. Manchmal gelingt es ihnen, zu entwischen, auch wenn man noch so vorsichtig ist. Letzte Woche erst ist eine kleine Kreischeule aus ihrer Voliere geflohen. Sie sind winzig und schnell, und ihnen reicht eine schmale Öffnung, aus der sie schlüpfen können. Es hat eine Ewigkeit gedauert, bis wir sie wieder eingefangen hatten. Wenn wir die Tür des äußeren Pferches geschlossen halten, können sie nicht ganz wegfliegen. Aber wenn ihnen das doch einmal gelingt, können wir ihnen nicht mehr helfen. Sie sind noch nicht gesund genug, um in der freien Wildnis überleben zu können. Du musst also sehr vorsichtig sein, sonst brechen sie aus."

„Ich darf doch sowieso nicht in der Nähe der Vögel sein."

„Vergiss einfach nicht, was ich dir gesagt habe, ja? Man weiß eben nie."

Brady trat an den ersten Käfig heran und blickte hinein. Zwei schwarze Geier saßen auf einer Stange im oberen Teil der Voliere. Es waren hässliche Kreaturen. Mit ihren federlosen Köpfen, der schrumpeligen Haut und den langen schwarzen Federn, die sie eng an ihre Körper gepresst hatten, sahen sie wie zerfurchte alte Männer in Mänteln aus, die auf einer Parkbank kauerten. Als er näher heranging, plusterten sie sich ein bisschen auf und zischten ihn an. Das Geräusch erinnerte an einen Schweißbrenner, der auf höchster Stufe arbeitete. Eines der Tiere erbrach eine widerwärtig riechende Substanz.

„Hey, beruhige dich, Mann", sagte Brady und wich zurück.

„Du solltest ihnen nicht zu nahe kommen", schimpfte Clarice. „Das ist ihre Art, sich zu verteidigen."

Brady zog den Kopf ein.

„Beweg dich langsam, sachte", erklärte Lijah ihm freundlich und gelassen. „Sprich leise. Sie mögen es nicht, wenn Menschen in der Nähe sind. Das ist nicht normal für sie."

Lijah ging rüber zu Voliere Nr. 3, hielt an und beugte sich hinunter, um besser hineinsehen zu können. Aus den Augenwinkeln beobachtete Brady ihn und bemerkte, wie das Gesicht des alten Mannes vor Zuneigung zu strahlen schien.

„Ist sie das?“

„Das ist sie.“

Brady war neugierig, hielt sich aber aus Angst zurück.

„Hey, Santee“, sagte Lijah mit leiser, ruhiger Stimme. „Wie geht es meiner besten Freundin? Geht es dir besser heute? Du siehst gut aus. Hier ist jemand, der dich kennen lernen möchte.“

Er sah zu Brady hinüber und winkte ihm kurz aufmunternd zu. Brady hatte die Hände in den Hosentaschen vergraben und trat an den Käfig heran, um zwischen den Latten hindurchzuspähen.

Im Inneren stand ein Weißkopf-Seeadler auf einer Sitzstange knapp über dem Boden. Das Adlerweibchen war gewaltig, mit glänzendem schwarzem Gefieder und weißem Kopfgefieder. Die tief gezogene Stirn ging in den gelben Schnabel über, und der Ausdruck ihrer leuchtend gelben Augen wirkte noch wilder.

„Ich glaube nicht, dass sie mich mag.“

Clarice schnaubte bei diesen Worten verächtlich.

„Vielleicht nicht“, erwiderte Lijah, ohne auf Clarices Unmutsäußerung zu reagieren. „Offen gesagt mag sie die meisten von uns nicht. Das ist aber okay. Sie muss die Menschen ja nicht lieben.“

„Wenn man sie so ansieht, bekommt das Wort ‚starren‘ eine ganz neue Bedeutung.“

Lijah kicherte leise und blickte den Adler noch immer so liebevoll an wie ein Vater sein Kind. Er wandte sich den Geräuschen zu, die Clarice in der letzten Voliere machte. „Ja, sie kann jemandem Angst einjagen.“

„Sie sind alle versorgt“, sagte Clarice zu Lijah. „Ich komme später wieder, um nach Überresten zu gucken. Wie geht es dir denn? Ich habe gehört, du wohnst jetzt in der Holzhütte am Weiher?“

„Ja“, erwiderte Lijah.

„Und, gefällt es dir?“

„Ja, es ist warm und sauber. Und vor allem, es sich nahe bei Santee. Ich kann mich nicht beklagen.“

„Wir vermissen dich aber. Jeder vermisst dich. Mommy hat fast der Schlag getroffen, als sie hörte, dass du um diese Jahreszeit in den Wäldern übernachtest. Und das in deinem Alter!“

„Deine Mutter macht immer so ein Theater.“

„Sie möchte wissen, ob du morgen vorbeikommen und helfen kannst. Anschließend kannst du bei uns essen. Ich würde dich gerne abholen.“

„Das klingt gut. Sag deiner Mutter, dass ich das Angebot gern annehme. Soll ich etwas mitbringen?“

„Nur deine Geschichten.“ Gerade wollte er widersprechen, doch sie sagte schnell: „Wirklich, Lijah, wir würden uns freuen. Ich komme gegen zehn vorbei, wenn es dir passt?“

„Das passt mir gut.“

Clarice beugte sich hinunter, um nach ihrer Tabelle und ihrem Werkzeug zu greifen und ging zur Tür. „Tschüss. Wir sehen uns Sonntag.“ Sie warf Brady einen kühlen Blick zu, bevor sie Lijah ein Lächeln voller Wärme und Zuneigung schenkte.

Brady wandte den Kopf ab und tat so, als hätte er es nicht bemerkt. Er sah in den Käfig und betrachtete eingehend den bandagierten Flügel des Adlers. Auf dem Verband zeichnete sich helles, rotes Blut ab.

„Wie geht es ihr?“

„Den Umständen entsprechend. Zwar heilt ihr Flügel ziemlich gut, aber sie frisst nicht so, wie sie sollte.“

Brady sah den großen Fisch, den Clarice auf einem Stein zu ihren Füßen hatte liegen lassen, doch er war unberührt. Santee schien nicht das geringste Interesse daran zu haben.

„Warum nicht?“

Lijah zuckte die Schultern. „Ich weiß es nicht, und ich mache mir Sorgen.“

„Also, sie sieht doch gut aus. Ich meine, ich würde nicht unbedingt in den Käfig gehen und mich mit ihr anlegen. So viel ist sicher. Sehen Sie sich nur einmal die gewaltigen Krallen an. Sie scheint bereit zu sein, mich zu zerreißen.“

„Adler sind so“, antwortete Lijah und wandte seinen Blick nicht von dem Tier. „Die meisten Greifvögel sind so. Sie können es sich nicht leisten, Schwäche zu zeigen. Sie verstecken ihre Wunden und verbergen ihre Schmerzen, damit die anderen Tiere nicht bemerken, dass sie schwach sind. Andernfalls wären *sie* nämlich die Beute.“

„Davon habe ich gehört“, sagte Brady. Auf die gleiche Art und Weise überlebte er selbst in der Schule und manchmal sogar in seinem eigenen Zuhause. „Ich hoffe, sie wird wieder ganz gesund“, murmelte er.

„Oh, ich bin mir sicher, dass sie wieder gesund wird. Ihre Einstellung ist gut. Sie hat ein Ziel – sie hat ihr Nest, zu dem sie wieder zurückwill.“

„Ich habe gehört, dass die Eier nicht ausgebrütet worden sind, und die Küken sind nicht geschlüpft.“

„Nein.“

„Wie viele waren im Nest?“

„Zwei. Vielleicht auch drei.“

„Wird sie noch mehr Eier legen?“

„Nicht in diesem Jahr.“

Brady fühlte, wie sich die Last seiner Schuld verdreifachte. „Ich … ich wollte ihr nicht wehtun."

„Ich weiß, dass du das nicht wolltest, mein Junge."

Brady sah auf. Etwas in der Art, wie er es gesagt hatte, und ein wissender Ausdruck in seinen Augen, ließen Bradys Herz höher schlagen. Wie meinte er das? Außer ihm und seinem Vater war an jenem Morgen niemand auf dem Feld gewesen.

„Ich habe gehört, dass sie den verletzten Adler entdeckt haben", sagte er.

„Das stimmt. Ich war hinter ihr, auf dem Weg zu ihrem Nest."

„Sie sind ihr gefolgt? Sie meinen, Sie haben gesehen, wie sie angeschossen wurde?"

„Gesehen und gehört."

Brady errötete und stammelte: „Sie … Sie haben gesehen, wer auf den Vogel geschossen hat?"

Lijah schwieg lange, bevor er endlich antwortete: „Ich sah einen großen, breiten Mann, der eine Schrotflinte trug. Und einen Jungen, der ein Gewehr dabeihatte."

Brady riss die Augen auf.

„Und ich weiß, dass mein Vogel durch Schrotkugeln verletzt wurde."

Brady fuhr sich mit einer Hand durchs Haar und murmelte einen wüsten Fluch. „Sie werden es niemandem verraten, oder?"

„Wenn ich das gewollt hätte, hätte ich es schon längst getan."

„Ich verstehe nicht …"

„Das ist eine Sache, die zwischen dir und deinem Vater ausgetragen werden sollte."

Brady atmete aus, erleichtert, aber immer noch verwirrt. Verlegen trat er ein paar Kieselsteine weg.

„Ich bin neugierig", sagte Lijah. „Du könntest Harris doch

die Wahrheit sagen. Dann würde sich die Situation zwischen euch sicherlich ein bisschen entspannen."

„Nein!" platzte Brady heraus. „Ich will nicht, dass er es weiß. Niemand soll die Wahrheit erfahren. Sie müssen mir versprechen, es niemandem zu sagen."

Lijah rieb sich nachdenklich das Kinn. „Für einen Jungen in deinem Alter trägst du eine schwere Last auf deinen Schultern."

„Aber geht es nicht genau darum? Um mein Alter?" brach es aus ihm heraus. „Ich *musste* die Schuld auf mich nehmen, denn, weil ich minderjährig bin, ist die Strafe geringer ausgefallen. Mein Vater hätte sich kein höheres Bußgeld leisten können. Es ist schon schwierig genug für uns, die 1800 Dollar Strafe aufzubringen. Und ins Gefängnis hätte er auf keinen Fall gehen können! Was hätte dann meine Mutter tun sollen? Mit fünf Kindern. Ich bin der Älteste und muss mich um meine Geschwister kümmern."

Lijahs Augen funkelten. Er verstand. „Es gibt eine Redensart: Wenn man einen Fehler macht, soll man dafür einstehen."

Brady sah Lijah fest an, und sein Blick wirkte gehetzt. „Das ist egal", sagte er, und seine Stimme klang rau. „Ich bin schuldig, egal ob das Tier durch Schrotkugeln oder eine Kugel aus einem 22er-Kaliber-Gewehr getroffen wurde. Ich habe den Abzug betätigt. Und damit muss ich leben."

Er trat zurück, vergrub die Hände in den Hosentaschen und zog die Schultern hoch. Es folgte ein langes Schweigen. Brady starrte verbissen auf den Boden, und Lijah wandte sich Santee zu.

Schließlich blickte Lijah den Jungen an. „Es ist deine Entscheidung."

Brady atmete erleichtert aus und nickte dankbar. Dann fuhr er sich lässig durchs Haar und verlagerte sein Gewicht von einem Bein auf das andere.

„Ich bin mir nicht sicher, wie das Schrubben von Käfigböden und das Ausheben eines Straßengrabens dabei helfen sollen, meine Schuld abzubauen oder Santee wieder gesund werden zu lassen“, sagte er. „Ich meine, ich weiß, dass es nicht viel ist, was ich tue. Es ist nichts im Vergleich zu dem, was Harris macht.“

Lijah drehte sich um und sah ihn direkt an. Brady konnte die Energie, die von ihm ausging, bis in sein Innerstes spüren.

„Du kannst dir meiner Anerkennung sicher sein, weil du pünktlich zur Arbeit kommst“, erwiderte Lijah. „Und ich finde es gut, dass du, ohne zu murren oder zu jammern, deine Aufgaben erledigst. Du machst das wirklich gut und sehr sorgfältig. Und ich finde es lobenswert, dass du höflich bleibst, auch wenn dich manche Leute nicht so nett behandeln.“

Brady hob den Kopf und fühlte, wie er sich entspannte. Er hatte nicht geahnt, dass der alte Mann das alles bemerkt hatte.

„Ich werde dir mal eine Geschichte erzählen“, sagte Lijah und deutete mit einem seiner langen, knorrigen Finger auf die erste Voliere. „Sieh dir den Geier an“, sagte er und zeigte auf einen Vogel. „Er liebt nichts mehr, als seine schwarzen Flügel mit den silbernen Spitzen auszubreiten und hoch in die Lüfte zu steigen. Wenn man ihn so beobachtet, könnte man meinen, er würde nur am Himmel schweben und sich nicht um die Welt scheren. Aber in Wahrheit arbeitet der Geier! Sein Job ist es, die Felder zu säubern. Der Geier liebt tote Lämmer, tote Kühe, tote Pferde, Schlangen, Alligatoren – alle Viecher, wenn sie nur tot sind. Er ist auch gut darin, die Straße von überfahrenen Tieren freizuhalten.“

„Jetzt sieh dir meine Santee an. Dieses Adlerweibchen ist ein kraftvoller Vogel. Sie fliegt nicht nur. Nein, Sir. Sie gleitet anmutig am Himmel. Ganz hoch oben, die schwarzen Schwingen weit ausgebreitet. Du wirst einen Adler niemals so plump in der Luft taumeln sehen wie einen Geier. Adler fliegen so gerade wie ein Pfeil und steigen hoch, bis zu den Wolken. Die Menschen werden von diesen Tieren inspiriert – die Menschen sehen den majestätischen Vogel am Himmel schweben und wollen ihn preisen und besingen, oder sie empfinden das tiefe Bedürfnis, gerechter zu handeln als bisher. Stärker und ehrlicher. Sieh nur, wie viele Menschen den Adler als Symbol sehen – auch unsere Nation trägt ihn im Wappen."

Lijah schüttelte den Kopf und legte seine Hand auf Bradys Schulter.

„Die Menschen neigen dazu, zu glauben, der Geier wäre nichts weiter als ein fauler Aasfresser, für nichts als Müll gut. Sie neigen dazu, auf den Adler zu deuten und ihn nobler und besser als andere Vögel zu nennen. Denke mal einen Augenblick darüber nach, wie die Welt ohne den Geier aussehen würde. Und auch ohne den Adler. Sie beide erfüllen ihre Aufgaben. Sie beide kennen ihren Wert. Und deswegen können beide ihre Flügel ausbreiten und sich hoch in die Lüfte schwingen, fliegen, die Welt genießen und die Menschen inspirieren."

Brady wandte sich um und betrachtete den Geier in der einen und den Adler in der anderen Voliere. Beide waren riesige, schwarze Vögel, und er wusste, dass beide ihn angreifen würden, wenn er ihnen zu nahe kam. Aber er spürte auch, dass er sie nun ein bisschen besser verstehen konnte.

„Ich wäre trotzdem lieber der Adler als der Geier", sagte er.

Lijah lachte und seine weißen Zähne blitzten auf. „Das wären wir alle lieber, mein Junge. Wir alle."

8. KAPITEL

Weihe: *Die wendigen Jäger. Der Kornweih ist der einzige Vertreter dieser Familie in Nordamerika. Dieser talentierte Jäger ist ein mittelgroßer Vogel mit schmalen Flügeln, der oft tief über dem offenen Gelände schwebt und hartnäckig nach Beute späht. Wenn er sich hoch in die Lüfte erhebt, wird der Kornweih oft mit dem Wanderfalken oder dem Rundschwanzsperber verwechselt. Oft wird der Kornweih auch Rohrweih genannt, unterscheidet sich aber von diesem durch seine weiße Bauchfärbung.*

Es war Valentinstag. Die Fischadler kehrten in die Küstengebiete South Carolinas zurück, und die männlichen Rotschulterbussarde warben um die Gunst der Weibchen. Harris konnte ihr hohes Kreischen in der Luft hören. Bald werden die Tiere wie im Rausch Nester bauen, dachte er bei sich, während er rasch über das Gelände ging.

Er sah in der Ferne sein Haus, eingerahmt von mächtigen Sumpfkiefern. Gelbes, behagliches Licht strömte durch die Fenster, und grauer Rauch kräuselte sich über dem Schornstein, um sich schließlich im winterlichen Himmel zu verlieren. Es ist ein hübsches Haus, dachte er stolz. Solide, schön gelegen. Ein gemütliches Nest.

Er hielt an, um ein paar Zweige einer Kiefer abzupflücken, die er zu den beiden Blumensträußen hinzufügen wollte, die er in den Händen hielt. Seine Schritte beschleunigten sich. Er wollte schnell nach Hause.

Harris legte die Blumen auf einem Stuhl vor der Tür ab und ging ins Haus. Die warme Luft duftete nach Basilikum, Oregano und Brot, das im Ofen buk. Ein zufriedener Seufzer kam ihm über die Lippen, als er auf der Türschwelle stand und den Anblick in sich aufsog. Kaum zu glauben, dass dies sein Heim war. Zwar stand noch dieselbe Couch im Wohnzimmer, und auch die Bilder an den Wänden hatten sich nicht verändert. Und doch war alles anders. Was war das Besondere daran, nach Hause zu kommen, wenn alles sauber und ordentlich war, das Essen vor sich hin köchelte und der Tisch gedeckt war? Warum hatte man in solchen Augenblicken das Gefühl, die Welt sei in Ordnung?

Schon lange hatte er nicht mehr so empfunden, wenn er nach Hause kam. Viele Jahre lang war der Gang von der Klinik zu seinem Haus nur ein Ortswechsel von einer Arbeitsstätte zur nächsten gewesen. Nun, zum allerersten Mal, konnte er verstehen, was die Menschen meinten, wenn sie ihm erzählten, wie entspannend es für sie war, nach Hause zu kommen und die Tür zur Außenwelt hinter sich zu schließen.

Das alles habe ich Ella zu verdanken, dachte er. Dieser gewissenhaften, ordentlichen Frau war es gelungen, ihr Chaos zu beseitigen. Er schloss die Tür hinter sich und folgte dem Geräusch der Stimmen in die Küche. Der kleine Esstisch war mit einer roten Tischdecke geschmückt, und sorgfältig ausgeschnittene Papierherzen lagen auf ihm verteilt.

„Daddy ist da!“

Marion kam aus der Küche gesaust und fiel ihm in die Arme. Er beugte sich hinunter, drückte sie an sich und küsste ihren Kopf. Er hörte Ellas Schritte und hob den Kopf, um ihr zuzulächeln. Sie trug Jeans und einen leuchtend roten Pullover. An ihrer Schulter hatte sie ein Herz auf einem kleinen Spitzendeckchen angebracht, auf dem in großen, unbeholfenen Buchstaben ihr Name stand – offensichtlich von Marion geschrieben.

Sie erwiderte schüchtern das Lächeln und lief dann mit der

heißen Servierschüssel hinter den beiden entlang. „Ihr Timing ist perfekt. Die Pizza kommt gerade frisch aus dem Ofen."

„Guck mal, Daddy. Ella hat eine Herz-Pizza gemacht."

„Das ist ja irre", sagte er und blickte auf die selbst gemachte Pizza in Herzform, die langsam vor sich hin bräunte und mit Wurst und Paprika belegt war. In seinen Augen spiegelten sich Anerkennung und Dankbarkeit wider. Er wusste, dass sie das alles gemacht hatte, um etwas für Marion zu haben – keine Süßigkeiten, kein Kuchen, keine Kekse oder etwas dergleichen, sondern etwas Besonderes, das auch sie mit Genuss essen durfte. „Sehr schön. Riecht lecker." Er betrachtete erstaunt die Pizza. „Aber warum habt ihr euch für Herzform entschieden? Ist denn heute etwas Besonderes?"

Marion machte ein langes Gesicht. „Es ist Valentinstag. Hast du das etwa vergessen?"

„Valentinstag? Heute?" Er kratzte sich hinter dem Ohr. „Ist das nicht der Tag, an dem wir Geschenke unter einem Baum finden?"

Marion lachte und lehnte sich gegen seine Beine. „Das ist doch Weihnachten, Daddy."

„O ja. Du hast Recht. Dann ist es der Tag, an dem dieser Hase kommt und uns Körbchen mit Geschenken bringt?"

„Das ist Ostern", sagte Marion mit gespielter Empörung. „Das musst du doch wissen."

„Was ist denn dann heute?"

„Das ist der Tag, an dem wir jemandem etwas schenken, den wir lieb haben."

„Also, ich hab dich ganz doll lieb", sagte er und umschloss ihr Gesicht mit seinen Händen. „Dann sollte ich wohl besser etwas für dich haben, stimmt's?"

Sie nickte, und Hoffnung blitzte in ihren Augen auf.

Harris drehte sich um, um Ella herbeizuwinken, die in der Nähe wartete und belustigt den Wortwechsel verfolgt hatte. Dann ging er zur Veranda, um die Geschenke zu holen. Inzwischen war es dunkel geworden, und irgendwie schien der Duft der Pizza draußen in der Kälte intensiver und verlockender zu sein als im Haus. Er ging wieder hinein, und ihm wurde ganz warm ums Herz, als er das lebhafte und aufgeregte Gesicht seiner Tochter sah.

„Sind die gut?“ sagte er und streckte ihr einen Strauß entgegen.

„Blumen!“ rief sie aus. „Für mich?“

„Du hast gesagt, ich soll sie demjenigen geben, den ich lieb habe, stimmt's?“

Er gab Marion einen Strauß rosafarbener Tausendschönchen. Sie drückte sie an sich, als hätte er ihr gerade die Welt geschenkt. Ihr Gesicht zu sehen und ihr tief empfundenes Glück über das bescheidene Geschenk zu erleben, freute ihn. Ella stand dabei, strahlte vor Freude und hielt das Küchentuch in ihrer Hand fest umklammert. Er machte einen Schritt nach vorne und streckte ihr ein Dutzend rote Rosen entgegen. Deutlich konnte er die Verlegenheit im Raum spüren und sagte schnell: „Die sind für Sie.“

„Für mich?“ Ellas Augen weiteten sich, als sie den leicht welken Strauß aus seinen Händen entgegennahm. Sie senkte den Kopf, atmete den süßen Duft der Blumen ein und errötete. In diesem Moment sieht sie richtig weiblich aus, ja sogar hübsch, dachte Harris. Nichts erinnerte an die ehemalige Oberschwester, die das Haus wie ein General übernommen und auf Vordermann gebracht hatte. Die Veränderung rührte ihn zutiefst.

Was für ein Zufall, dass er heute Morgen Maggie und Sherry darüber sprechen gehört hatte, dass es bei Snell's Market die Straße runter frische Blumen im Angebot gab. Snell's war ein winziger

Shop an der Hauptstraße, der nur wenig im Sortiment hatte, eine Flasche hiervon und ein Paket davon, Süßigkeiten, ein großes Glas eingelegter Schweinefüße, Tabak, Cola und Furcht erregende Sandwiches aus Weißbrot, die in Plastik eingeschweißt in einem altertümlichen Kühlschrank aufbewahrt wurden. In Anbetracht dessen waren alle erpicht auf die frischen Blumen.

Als ihm eingefallen war, dass Valentinstag war, war er ins Auto gesprungen, zum Geschäft gefahren und hatte zwei der letzten Sträuße erworben, die angeboten wurden. Zwar waren sie nicht mehr die schönsten, aber in Marions und Ellas Gesicht konnte er sehen, dass das egal war.

Ella zupfte verblüfft an dem hellgrünen Kiefernzweig herum. „Das ist ungewöhnliches Grün für einen Blumenstrauß."

„Das war meine Idee", erwiderte er. „Das ist symbolisch. Während der Bebrütung bringt der Adler Zweige von Nadelbäumen zum Nest. Ich bin nicht sicher, warum. Vielleicht, um den Adlereiern Schatten zu spenden, vielleicht auch, um frischen Duft ins Nest zu bringen. Oder vielleicht auch, um sich bei dem Weibchen, das die Eier hütet und beim Nest bleibt, zu bedanken."

„Was für ein hübscher Gedanke."

„Daddy muss dich auch lieb haben, Ella", sagte Marion unschuldig.

Ellas Gesicht wurde fast so rot wie die Rosen, die sie im Arm hielt, und sie zupfte verlegen an einem Rosenblatt.

Harris schluckte ängstlich. Für ihn bedeuteten die Rosen ein Zeichen von Freundschaft und Dankbarkeit. Er hatte nicht gewollt, dass Ella sich übergangen fühlte. Als er jedoch das zarte Rot auf Ellas Wangen bemerkte, erkannte er, dass diese Rosen als Ausdruck romantischer Gefühle aufgefasst werden konnten – das hatte er nicht beabsichtigt.

„Ich … äh, ich wollte mich für alles bedanken, was Sie für uns getan haben. Ich wollte Ihnen zeigen, dass ich es sehr wohl bemerkt habe. Ich … ich dachte, Sie würden Ihnen gefallen“, stammelte er. „Für Ihren Tisch.“

„Oh, ja. Natürlich“, erwiderte sie, ein kleines bisschen zu hastig. „Für den Tisch. Sie sind perfekt.“ Sie wandte sich ab und stürzte in Richtung Küche. „Ich stelle sie nur eben ins Wasser.“

Ella konnte Harris' Blick nicht schnell genug entkommen. Ihre Röte hatte sie verraten, und sie hatte auf seinem Gesicht ablesen können, dass er Angst hatte, sie könne dieses Geschenk missverstehen.

Und das hatte sie. Wie dumm und naiv musste sie gewesen sein, auch nur für einen Augenblick anzunehmen, dass seine Absichten romantischer Art gewesen sein könnten! Die ganze Sache war ihr furchtbar peinlich, und doch … Sie hatte noch nie Blumen von einem Mann bekommen. Und heute, am Valentinstag, war ein Strauß roter Rosen doch die romantischste Geste, die man machen konnte. Und sie bedeutete Ella viel. Die Art, wie ihr Herz gehüpft hatte, als er ihr die Blumen überreicht hatte, die zurückhaltende Art, wie er gelächelt hatte …

„Stopp!“ schalt sie sich selbst, als sie ihr Herz wieder rasen spürte. Sie benahm sich wie ein dummes kleines Mädchen, das sich Hals über Kopf verknallt hatte. Es war demütigend. Sie war wütend auf sich selbst, weil sie solche kindischen Ideen, die sich in ihr Herz schlichen und ihre Sinne benebelten, überhaupt zuließ. Was dachte sie sich eigentlich? Sie war doch hier, um sich um das Kind zu kümmern und nicht um den Mann. Wenn sie diese unvernünftigen Gedanken weiter zuließ, würde sie das gute Verhältnis gefährden, das sich langsam zu Marion und Harris aufbaute.

Sie füllte die Vase mit Wasser, gab ein Mittel dazu, um die Blumen länger haltbar zu machen, und schnitt die Rosen an. Jede Rose, die sie in die Vase stellte, fühlte sich an wie ein Dorn in ihrem Herzen. Mit jeder einzelnen Rose sagte sie sich, dass Harris nur nett war, dass er die Rosen nur für den Tisch mitgebracht hatte und nicht für *sie.*

„Beeil dich, Ella!“ rief Marion vom Tisch herüber. „Die Pizza wird kalt!“

„Ich komme!“ Sie atmete tief ein, setzte ein Lächeln auf und brachte die Blumen zum Tisch. „Sehen diese Rosen auf dem Tisch nicht wundervoll aus? Harris, warum fangen Sie nicht schon an, die Pizza zu verteilen, während ich die Tausendschönchen ins Wasser stelle? Ich bin in einer Minute zurück.“

Er zögerte. „Ich will die Pizza eigentlich gar nicht zerschneiden. Sie sieht so gut aus.“

„Aber sie wird auch gut schmecken“, erwiderte sie. „Maggie hat mir mit dem Teig geholfen, und ich habe ein Glas mit köstlicher Sauce darauf verteilt. Und ich denke, Sie können sie getrost probieren.“

Er lächelte sie an, und sie bemerkte die Erleichterung auf seinem Gesicht, dass der peinlich angespannte Moment vorüber und alles wieder gut war. Während sie die Tausendschönchen zum Waschbecken trug, schwor Ella sich, in Zukunft ihre Gefühle nicht so offen zu zeigen.

Sie saßen zusammen am Esstisch, und Harris hielt ihr ganz selbstverständlich seine Hand zum Tischgebet hin – so war es bei Marion und ihm Sitte. Ella sog die Luft ein und reichte den beiden ihre Hände – Harris die linke und Marion ihre rechte. Diesen körperlichen Kontakt empfand Ella einerseits als beruhigend, andererseits jedoch auch als verstörend. Harris' Hand zu halten, der einfache physische Akt, ihn zu berühren, war so selten und so persönlich, dass sie ihn umso stärker wahrnahm. Es fiel ihr schwer, sich auf das Gebet zu konzentrieren.

Ella war damit aufgewachsen, Gästen des Victorian Inn ihrer Tanten das Essen zu servieren. Sich selbst zum Abendessen an einen gedeckten Tisch zu setzen und vorher zu beten war fremd für sie. Das ganze Szenario erinnert sie zu sehr an den Traum einer richtigen Familie – einen Traum, den sie ihr Leben lang in ihrem Herzen bewahrt hatte. Jedes Jahr zu Thanksgiving hängten ihre Tanten im Esszimmer einen Norman-Rockwell-Druck auf. Vater, Mutter, Kinder, Großeltern, alle drängten sich um einen Tisch für ein gemeinsames Essen.

Von so einer Familie hatte auch sie geträumt.

Sie drückte die Hände von Marion und Harris und wisperte heimlich ein persönliches Gebet.

„Möchten Sie das Gebet heute sprechen?" fragte Harris Ella.

„Aber ich bin doch dran, Daddy."

Ella musste ein Grinsen unterdrücken. „Marion lernt gerade, was *sich abwechseln* bedeutet."

„Oh, ich verstehe. Also, dann. Marion, würdest du das Tischgebet sprechen?"

Marion setzte sich gerade hin und begann gewissenhaft zu beten. „Danke, lieber Gott, für die Pizza. Danke für meine Blumen. Und danke für Ellas Blumen. Stimmt's Ella?"

Ella spürte, wie sich ihre Wangen wieder ein wenig röteten, als sie nickte und fest „Amen" sagte.

„Was habt ihr heute gemacht?" fragte Harris, nachdem sie ihre Hände zurückzogen und in den Schoß gelegt hatten.

Jedes gemeinsame Essen begann er stets mit derselben Frage. Sie schätzte seine Bemühungen, ihretwegen eine Unterhaltung in Gang zu bringen.

„Wir haben fast den ganzen Tag damit zugebracht, Papierherzen auszuschneiden", erwiderte sie.

„Ich habe Buchstaben geübt", erklärte Marion.

Ella wies schmunzelnd auf das große Papierherz an ihrer Bluse mit den schiefen Buchstaben darauf.

„Sehr beeindruckend."

„Und ich habe meine Tanten angerufen", fügte Ella hinzu. „Um ihnen alles Liebe zu wünschen. Sie haben sich so über den Anruf gefreut. Ich vergesse immer, dass sie älter werden und sich um mich sorgen."

„Wie alt sind sie denn?" wollte Marion wissen.

„Sehr alt. Sie verraten ihr Alter nie, und ihre Geburtsurkunden hüten sie wie ein Staatsgeheimnis. Sie sind die Häuptlinge der Majors-Familie. Sie nennen sich *Die Jungfern.*"

„Warum?" fragte Marion.

„Sprich nicht mit vollem Mund, Süße. Weil sie nie geheiratet haben", antwortete sie und dachte, dass die Sache mit dem Ledigbleiben in der Majors-Familie wohl vererbbar sein musste.

„Niemals?"

„Niemals. Gerüchte besagen, dass Tante Rhoda vor dem Altar stehen gelassen wurde. Das war damals ein großer Skandal. Ich weiß nicht, wie es bei Tante Eudora war. Sie spricht nicht darüber. Es ist alles streng geheim. Ihr ganzes Leben haben sie in dem Haus verbracht, sie sind sogar dort geboren worden. Sie haben sich um meinen Großvater, ihren Vater, gekümmert, nachdem meine Großmutter gestorben war. Dann, nachdem er einige Jahre später auch verstarb, machten sie aus dem großen alten Haus einen Gasthof. Das war eine wirklich gute Lösung. Ihr halbes Leben haben sie damit verbracht, sich um andere zu sorgen. Meine lieben Tanten Rhoda und Eudora … Ihre Wärme und Lebhaftigkeit ist ansteckend, und sie bringen Freude und Lachen in das Victorian Inn. Alle Gäste sind sehr glücklich, wenn sie erst einmal dort waren."

Sie lachte leise und dachte liebevoll an ihre beiden poltrigen Tanten, die sie als Kind manchmal für ausgesprochen dumm und laut gehalten hatte. Ihre Tanten lebten für den Augenblick, und wenn sie einen Fehler hatten, war es ihre Extravaganz. Sie liebten die Schönheit in jeglicher Form. Ella hatte stets insgeheim geglaubt, dass sie in dieser Hinsicht eine Enttäuschung für sie war. Als sie zum ersten Mal zu ihren Tanten nach Hause kam, war sie nicht älter als Marion jetzt. Sie hörte zufällig, wie ihre Tante Eudora sagte: „Ella sieht ein bisschen wie eine kleine Maus aus, findest du nicht? Wie schade, dass das liebe Mädchen von ihren Eltern gerade die schlechtesten Merkmale erben musste."

Ella hatte sich in jener Nacht in den Schlaf geweint, nicht weil sie meinte, es sei gemein, was ihre Tante gesagt hatte, sondern weil sie dachte, es sei wahr. Zwar hatte sie die großen braunen Augen ihres Vaters, aber sie standen weit auseinander und waren von den kurzen Wimpern ihrer Mutter umrahmt, die so blass waren, dass sie fast nicht da zu sein schienen. Ihre Nase war gerade, aber spitz. Ihr Mund war breit, wie der ihrer Mutter, aber ihre Lippen waren so dünn wie die ihres Vaters. Und obwohl ihr Haar nicht so blond wie das ihrer Mutter und auch nicht so kastanienbraun wie das ihres Vaters war, sondern tatsächlich an ein Mausbraun erinnerte, war sie stolz darauf. Es war dick und glänzend und reichte ihr fast bis zur Taille. Wie ein prächtiger Schleier aus schimmernder Seide fiel es ihr über den Rücken. Dieses ganz besondere Merkmal war das Erbe eines Vorfahrs, an den die Tanten sich nicht mehr erinnern konnten.

Und auch wenn sie über ihr Aussehen nicht besonders glücklich war, so hatte sie doch die scharfe Intelligenz ihres Vaters und den

Klugheit ihrer Mutter geerbt, und für diese Gaben war sie beides – stolz und dankbar.

„Was ist mit deiner Mommy und deinem Daddy?“ fragte Marion. „Sind die alt?“

„Oh, nein. Sie starben, als ich noch ganz klein war.“

Marion blickte erschreckt auf

„Es ist schon gut“, beeilte sich Ella, das Kind zu beruhigen. Sie wusste, dass Marion an ihre eigene Mutter dachte. „Das ist schon lange her, und ich habe mich damit abgefunden.“

„Was ist mit ihnen passiert?“

Obwohl Marion die Fragen stellte, konnte Ella an Harris' Miene ablesen, dass auch er neugierig war.

Sie legte ihre Pizza auf den Teller zurück und wischte sich die Hände ab. „Mein Vater war Doktor. Meine Mutter arbeitete bei ihm als Krankenschwester. Jeden Tag fuhren sie über den Wallingford-Berg nach Rutland und wieder zurück, denn in Rutland war ihre Praxis. Manchmal mussten sie nachts schnell zur Klinik fahren, wenn es einen Notfall gab. Sie waren nicht oft zu Hause – zwischen ihrer Arbeit, den Notfällen und den täglichen Fahrten.

„Eines Tages bogen sie gerade auf der Bergstraße um eine scharfe Kurve, als ihnen ein Heuwagen entgegenkam. Es war dunkel und regnerisch. Die Straße lag in dicht bewaldetem Gebiet. Keiner von beiden hat den anderen kommen sehen.“ Sie zuckte die Schultern. „Ich war fünf, als ich zu meinen Tanten kam. Sie sind gute Seelen, und ich liebe sie sehr. Obwohl sie selbst nie den Staat verlassen haben, haben sie mich immer ermutigt, meinen Träumen zu folgen und die Welt zu bereisen.“

„Und das hast du getan!“ rief Marion aus. „Du bist hierher gekommen.“

Ella nahm ihre Pizza. „Ja. Ich bin den ganzen weiten Weg nach

Awendaw gekommen“, sagte sie, und in ihren Augen blitzte der Schalk auf.

„Ein Glück für uns“, sagte Harris.

Ella schluckte schwer und blickte auf ihren Teller.

„Und wie war Ihr Tag?“ fragte sie Harris, um die Unterhaltung in eine andere Richtung zu lenken. „Haben Sie auch Papierherzen ausgeschnitten?“

Er runzelte besorgt die Stirn. „Ehrlich gesagt, das würde ich später gern mit Ihnen besprechen.“

Sie sah ihn ernst an.

„Wir haben ein Problem in der Klinik. Sherrys Mutter hatte einen Schlaganfall. Sherry muss sich in der nächsten Zeit um sie kümmern.“

„Oh, wie furchtbar. Sie macht sich bestimmt große Sorgen.“

„Das macht sie. Sie ist die einzige Tochter. Morgen fährt sie mit ihr ins Krankenhaus nach Orangeburg, um zu hören, wie es weitergeht. Ihr Bruder ist zwar auch da, aber er kennt sich nicht aus, und Sherry versteht ja die medizinischen Fachbegriffe.“ Er seufzte und betrachtete seine Hände. „Sie muss gehen, natürlich, aber wir haben dann einen personellen Engpass, und das genau zum Frühlingsanfang, der hektischsten Zeit des Jahres.“

„Wie lange wird sie denn weg sein?“

„Das kann sie noch nicht sagen. Es ist zu früh, um das absehen zu können.“

„Gibt es denn keine anderen freiwilligen Helfer, die einspringen könnten?“

„Niemanden, der das nötige medizinische Grundwissen mitbringt. Es ist schwierig, jemanden zu finden, der die Röntgenbilder deuten kann, der Spritzen setzen und Blut abnehmen kann und der auch Verletzungen versorgen kann. Selbst wenn ich einen

Helfer anlernen würde, dauerte das zu lange. Wir haben die Zeit im Moment nicht." Er schüttelte den Kopf und starrte wieder auf seine Hände. Dann sah er auf. Seine Miene war nachdenklich. „Die Arbeit unterscheidet sich nicht wesentlich von dem, was Sie in der Notaufnahme des Krankenhauses getan haben."

Ella ahnte nun, worauf dieses Gespräch hinauslief. Sie schwieg, wappnete sich innerlich gegen das, was kam.

„Und da habe ich mich gefragt ... Also, ich dachte, ob Sie vielleicht eine Weile in der Klinik aushelfen könnten? Nur für eine Weile. Bis ich jemand anderen gefunden habe."

„Harris, ich habe keine Ahnung von Vögeln."

„Ich weiß, aber Sie sind Krankenschwester. Sie kennen die Grundlagen. Ich kann Ihnen den Rest in einem Crashkurs beibringen."

Ella schüttelte entschieden den Kopf. „Ich bin hier, um mich um Marion zu kümmern, und nicht, um verletzte Greifvögel aufzupäppeln."

„Es wäre doch nicht für lange."

„Nein." Als er den Mund öffnete, um etwas zu erwidern, fiel sie ihm ins Wort. „Wirklich, Harris, das ist nichts für mich. Es gibt Menschen, die Tiere mögen, und es gibt Menschen, die Menschen mögen. Ich bin eher jemand, der die Menschen mag. So war ich schon immer. Für mich waren Hunde, Katzen oder Vögel noch nie interessant."

Enttäuschung spiegelte sich in seinen Zügen wider, und er presste die Lippen aufeinander. Dann legte er schweigend seine Serviette auf den Tisch und schob seinen Teller weg. „Wie gesagt, es war ja nur ein Gedanke. Wenn ich also Sherrys Aufgaben übernehmen muss, werde ich wohl sehr spät nach Hause kommen. Wenn überhaupt ..."

„Können Sie denn keine Pause machen, um mit Marion zu essen? Ich meine, Sie müssen doch etwas essen. Ich werde alles fertig auf dem Tisch haben."

„So wird es nicht funktionieren. In den nächsten Monaten werden jede Menge Tiere eingeliefert werden. Wenn sie ankommen, muss ich sie behandeln. Es ist niemand anders da, der das übernehmen könnte. Sie haben in der Notaufnahme gearbeitet. Sie konnten ja auch nicht einen Verletzten einfach liegen lassen, um einen Happen zu essen. Das muss man tun, wenn man Zeit hat."

Ella wusste, dass er Recht hatte, und schwieg.

„Wo wir gerade davon sprechen ... Ich muss auch heute noch mal nach ein paar Vögeln sehen. Sherry konnte sich nicht mehr darum kümmern." Der Stuhl kratzte über den Boden, als Harris ihn zurückschob, aufstand und den Raum verließ.

Ella stand ebenfalls auf und räumte die Teller ab, als die Tür ins Schloss fiel. Der rote Stoff flatterte im Luftzug, das Feuer prasselte, und eine Lampe in der Ecke verströmte warmes gelbes Licht. Eine heimelige Szene, die plötzlich leer wirkte.

Marion rutschte von ihrem Stuhl und steuerte direkt auf den Fernseher zu.

„Marion? Wo willst du hin? Wir müssen noch abwaschen."

„Ach, muss ich mithelfen?" Marion stöhnte und ließ die Schultern hängen, ging dann aber doch gehorsam zum Tisch hinüber, um das Besteck einzusammeln.

Ella lächelte heimlich. Marions theatralisches Benehmen rührte sie. Sie war froh, dass das Mädchen endlich einem geordneten Tagesablauf folgte. Das Kind sollte das Gefühl haben, mitzuhelfen, den Haushalt in Gang zu halten. Zuerst war es schwierig gewesen, sie überhaupt zu etwas zu bewegen. Ihr ganzes Leben lang war alles für sie getan worden. Harris und eine Reihe Babysitter hatten ihr jeden Wunsch von den Augen abgelesen. Ella hatte bei null begonnen und Marion zuerst einige Pflichtarbeiten aufgetragen. Mittlerweile machte das Mädchen jeden Morgen sein Bett – auch wenn das nur bedeutete, dass sie die Decke glatt strich. Sie räumte nach dem Essen den Tisch ab – wenn auch nur das Besteck. Und sie hob ihr Spielzeug und ihre Kleider auf – meistens jedenfalls. Die wichtigste Aufgabe war allerdings, bei der Behandlung des Diabetes mitzuarbeiten, die Checks über sich ergehen zu lassen und die Zuckerwerte stabil zu halten.

Und Marion blühte förmlich auf. Sie waren schon sehr weit gekommen und bekamen die Blutwerte langsam unter Kontrolle. Marion stand früh am Morgen ohne zu murren auf und freute sich auf ihr Bad und ihre Gutenachtgeschichte am Abend. Ihre gesamte Einstellung wandte sich zum Positiven – wie ihr Gesundheitszustand.

Marion kam herein, um eine Hand voll Gabeln und Löffel in das Spülbecken zu werfen. Sie platschten geräuschvoll ins Wasser.

„Alles fertig."

„Okay, dann saus los!"

Ella lehnte sich weit zurück, um Marion zu sehen, die von der Küche ins Wohnzimmer rannte. Als sie am Sofa vorbeikam, griff sie nach Lulu und überraschte Ella, indem sie nicht zum Fernsehapparat ging. Stattdessen lief sie zum Fenster, schob die Vorhänge zur Seite und stellte sich auf die Zehenspitzen, um nach ihrem Vater Ausschau zu halten.

Ella spürte einen Stich im Herzen und runzelte die Stirn, als sie zum Abwasch zurückkehrte. Egal wie gut der alltägliche Ablauf war und egal wie gut sie und Marion mittlerweile zurechtkamen – das Kind verzehrte sich trotz allem nach gemeinsamer Zeit mit seinem Vater.

Die Gedanken überschlugen sich in ihrem Kopf, während sie die Teller wusch. Das ritualisierte Spülen und Abtrocknen waren für sie immer eine gute Gelegenheit, über viele Dinge nachzudenken. Wieder musste sie an Harris' Bitte denken, in der Klinik auszuhelfen. Sie wünschte, er hätte nie gefragt. Natürlich hatte sie die medizinischen Kenntnisse, aber sie wollte diese wirklich nicht auf Vögel anwenden. Vor allen Dingen nicht auf Vögel mit Krallen, scharfen Schnäbeln und einer möglicherweise aggressiven Einstellung. Sie hatte jedes Recht, „Nein“ zu sagen, und trotzdem fühlte sie sich schuldig.

Ihr Verstand befand sich im Krieg mit ihrem Herzen. Wann stellte man seine eigenen Interessen vor die eines anderen, und wann gab man nach? Schon jetzt verbrachte Harris kaum Zeit mit Marion. Wenn er gezwungen war, noch mehr Stunden in der Klinik zu sein, würde das arme Kind ihn gar nicht mehr zu Gesicht bekommen. Es war herzzerreißend zu sehen, wie Marions Augen sich mit Sehnsucht füllten, wann immer ihr Vater in der Nähe war.

Ella hielt mit dem Abwasch inne. Sie dachte an die Zeit zurück, als sie ein kleines Kind war und am Fenster auf ihren Daddy und ihre Mommy gewartet hatte. Es war so zermürbend gewesen … Sie hatte sie schon vermisst, bevor sie gestorben waren.

Wieder sah sie zu Marion hinüber. Das Kind hielt seine Puppe Lulu fest an die Brust gedrückt und lehnte betrübt am Fenster. Ella drehte das Wasser ab und ließ den letzten Topf in der Spüle zurück. Sie trocknete sich die Hände ab und ging direkt zu Marion hinüber. Behutsam kauerte sie sich neben sie, zog sie vom Fenster weg und umarmte sie.

„Hey, Kleines“, flüsterte sie ganz nah an ihrem Ohr. „Wie denkst du über ein schönes warmes Bad? Ich werde auch Schaum reinmachen.“

Etwa eine Stunde später steckte Ella Marion ins Bett und setzte sich neben sie, um ihre eine Gutenachtgeschichte vorzulesen. Dies war die schönste Zeit des Tages für die beiden – die Pflichten waren erledigt, die Bluttests und Spritzen weit, weit weg, und sie konnten sich einfach nur zusammen ausstrecken und die Ruhe und den Frieden genießen. Marion legte ihren Kopf gegen Ellas Brust und lauschte der Geschichte. Ella hatte vorher nie gewusst, wie rührend so eine kleine Geste sein konnte.

„Mmmmh … du duftest aber gut“, sagte Ella und roch an Marions goldenem, weichen Haar.

Marion nickte und nahm das Kompliment unbewegt entgegen. Dann drehte sie ihren Kopf und lehnte sich gegen Ellas Schulter, um einen besseren Blick auf Ella zu erhaschen. Sie musterte ihr Gesicht einen Augenblick, und Ella fühlte sich, als würde sie vermessen und eingeschätzt, obwohl sie sich nicht vorstellen konnte, nach welchem Maß sie beurteilt wurde. Sie wusste ja bereits, dass Marion sie nicht hübsch fand.

„Du riechst auch gut“, stellte Marion bestimmt fest.

Ellas Mund verzog sich zu einem Lächeln, aber Marion blickte so ernst, dass auch Ella ernst dreinsah und sich höflich bedankte.

Heute Abend hatten sie Marions Lieblingsbuch ausgewählt, *Gute Nacht, lieber Mond.* Marion liebte die einfache, aber lyrische Sprache. Wenn sie die Geschichte vorgelesen bekam, wurde sie ganz schläfrig – ihre Lider wurden schwer, und sie musste herzhaft gähnen.

„Das bin ich“, sagte sie, als sie auf der letzten Seite angekommen waren. Sie deutete auf eine Abbildung mit einem kleinen Häschen, das in ein großes Bett gesteckt wurde. Oft wählte Marion eine Figur aus einer Geschichte aus, die sie sein wollte.

„Ja, das kannst du sein, wenn du möchtest.“

„Ist das die Mutter?" Mit ihrem kleinen Finger zeigte sie auf eine Häsin, die in einem Schaukelstuhl am anderen Ende des großen grünen Raumes saß.

„Nein", erwiderte Ella. „Das ist eine alte Häsin, die auf das kleine Hasenkind aufpasst. Sie beruhigt es."

„Oh. Dann bist du das?"

„Ja, tatsächlich", sagte Ella mit einem selbstironischen Lächeln. „Das bin ich."

Marion schwieg für einen Moment, dann zwirbelte sie eine Haarsträhne und sagte sanft: „Sie *könnte* die Mutter sein. Wenn ich es so will."

„Möchtest du, dass die Hasendame im Buch die Mutter des kleinen Häschens ist?"

Marion sagte nichts, schaute nur stumm das Bild in dem aufgeschlagenen Buch an, das auf ihrem Schoß lag.

„Vermisst du deine Mutter?"

Marion nickte. Ella konnte die Bewegung an ihrer Brust bis in ihr Herz fühlen.

„Siehst du sie manchmal?"

„Nein. Ich möchte schon, aber Daddy sagt, sie kann nicht kommen, weil sie so weit weg ist."

„Oh. Ja, das ist natürlich ein Problem. Ich bin sicher, dass sie dich gerne sehen würde."

„Ich weiß." Ihre Stimme klang resigniert, als hätte sie diesen Satz schon eine Million Mal gehört.

„Hast du ein Bild von ihr? Wir könnten es neben dein Bett stellen, dann könntest du ihr jeden Abend ‚Gute Nacht' sagen. Wie der kleine Hase."

„Daddy lässt mich kein Bild von ihr haben."

Ella wusste nicht, was sie darauf sagen sollte. Sie nahm an, dass es sich dabei um eine lange Geschichte handelte, die nur für die Ohren der erwachsenen Beteiligten bestimmt zu sein schien.

„Weißt du noch, wie sie aussieht?"

„Sie ist hübsch. Wie die hier." Sie hielt die Puppe Lulu hoch, mit der sie jeden Abend einschlief.

Ella betrachtete die statuenhafte Puppe mit den enormen Brüsten und der Wespentaille und fragte sich, ob Fannie wirklich so hübsch war. Wenn sie sich Marions niedliche, puppenhafte Züge ansah, schien es ihr zumindest nicht unwahrscheinlich.

„Oh, dann ist sie sehr schön."

Marion nickte entschieden.

„Wann hast du sie das letzte Mal gesehen?"

Marion seufzte und rieb sich mit ihrer kleinen Faust müde ein Auge. „Das weiß ich nicht mehr. Das ist schon lange her", gähnte sie. „Da war ich so ..." Sie öffnete die Faust und zeigte drei Finger.

„Vielleicht kommt sie bald, um dich zu besuchen", sagte Ella. „Würde dich das freuen?"

Plötzlich klappte Marion das Buch zu und schob es vom Bett. Mit einem dumpfen Knall landete es auf dem Boden. „Ich bin müde", erklärte sie und kroch unter die Bettdecke.

Ella spürte, dass sie das Thema ruhen lassen sollte, stand auf und zog die Decke bis unter Marions Kinn. Sie beugte sich hinunter, um das Haar aus ihrem Gesicht zu streichen und ihre zarte Wange zu küssen.

„Gute Nacht", sagte sie sanft.

Marion steckte ihre Hände unters Kopfkissen und schloss die Augen. „Sag Daddy, er soll kommen und mir einen Kuss geben."

„Das mache ich."

Ella schaltete die Nachttischlampe aus und folgte dem Lichtstrahl, der durch den Türschlitz aus dem Flur ins Zimmer fiel. Auf dem Weg klaubte sie ein paar Kleider zusammen und klemmte sie unter ihren Arm.

„Ella?"

Sie wandte sich um und blickte in den dunklen Raum. „Ja?" flüsterte sie.

Aus der Dunkelheit hörte sie die schläfrige Stimme des kleinen Mädchens flüsterten. „Ich möchte, dass du die Hasenfrau in dem Buch bist."

Reglos stand Ella in der Tür, zu gerührt, um auch nur ein Wort zu sagen. In all den Jahren hatte sie sich um Hunderte Kinder gekümmert, hatte zahllose Leben gerettet. Aber nie hatte sie das unsagbar süße Gefühl kennen gelernt, wenn ein Kind seinen Kopf an ihre Brust bettete, während sie ihm eine Geschichte vorlas, oder das besondere Band gespürt, das zwischen einer Frau und dem Kind, das sie liebte, bestand.

Und sie liebte Marion. Wenn sie an Bobby dachte, machte ihr das große Angst.

„Träum süß", sagte sie und schloss leise die Tür.

Viel später stand Ella an die Holzstütze auf der Veranda gelehnt und starrte in den Sternenhimmel. Die Nacht war klar und frisch und erinnerte sie an die Frühlingsnächte bei ihr zu Hause in Vermont, wenn man nichts hören konnte außer dem Gesang der Nachtvögel und dem Zirpen der Insekten, und wenn die einzigen Lichter, die in der Dunkelheit blinkten, vom Mond und den Sternen kamen.

Dieser Himmel jedoch war typisch für South Carolina. Eine Mondsichel, die man im Norden so klar nie sehen konnte, teilte den Himmel, der gefüllt war mit Sternen, die wie Diamanten auf einem tiefschwarzen Samttuch funkelten.

Zwar blickte sie hier in den Himmel von South Carolina, aber die Erinnerungen an ihren Norden ließen sie nicht los. Die Stimmen und Geschichten ihrer geliebten Tanten, die Bilder aus ihrer Kindheit und die Zuneigung zu diesem Kind vermischten sich, und Gedankenfetzen jagten durch ihren Kopf.

Wenn sie die Augen schloss, konnte sie Bobbys bleiches Gesicht sehen, als sie zum letzten Mal mit ihm sprach.

Zurückblickend hatte sie genau gewusst, wie schlecht es um ihn stand. All ihre Instinkte hatten sie gewarnt. Dieses Mal war die Krankheit zu weit gegangen. Aber ihr Pflichtbewusstsein hatte all ihre Ängste und die leise, warnende Stimme in ihrem Kopf ausgeschaltet. Sie hatte ganz automatisch die Erstversorgung und Aufnahme gemacht und ihn dann auf die Kinderstation geschickt. Wenn sie sich doch bloß die Zeit genommen hätte, um seine kleine Hand zu halten und mit ihm zu reden. Wenn sie doch bloß aufgehört hätte, Fragen zu stellen und Anweisungen zu geben, und stattdessen sein süßes Gesicht noch einmal betrachtet und ihm gesagt hätte, sie würde an seiner Seite bleiben.

Sie wusste, dass sie nichts dergleichen hatte tun *können.* Schließlich war sie eine Krankenschwester im Dienst. Und die Nacht war arbeitsam und hektisch gewesen. Und dennoch …

9. KAPITEL

Ernährung: *Greifvögel sind anpassungsfähig und genügsam. Sie wissen nie, wo und wann sie das nächste Mal Beute schlagen. Der Kropf ist eine Ausbuchtung in ihrer Speiseröhre, in der sie große Mengen Futter aufbewahren können, so dass ein Raubvogel mit gefülltem Kropf fünf bis sieben Tage überleben kann, ohne weitere Nahrung aufzunehmen. Greifvögel schlucken ihre Beute oft im Ganzen. Das Fell und die Knochen der Beutetiere werden später als so genannte Gewölle ausgespien. Biologen, die die Gewölle untersuchen, können dabei viel über die Ernährung und die Lebensweise der Tiere lernen.*

In der Nacht hatte es geschneit. Im Rutland General Hospital stand Ella Elizabeth Majors am Fenster und sah verträumt den Schneeflocken hinterher.

„Sieh! Es schneit!“ hörte sie eine aufgeregte Stimme neben sich rufen. „Ist das zu glauben?“

„Kann nicht sagen, ob es zu glauben ist“, erwiderte sie und lächelte Schwester Denise, einer Kollegin auf der Kinderstation, zu. „Es hat schon vier Mal geschneit, und wir haben erst November.“

„Ich glaube immer noch jedes Mal, dass es Magie ist“, sagte Denise und stellte sich neben Ella. Sie verschränkte die Arme vor ihrer weißen Uniform und blickte den tanzenden Schneeflocken mit einem melancholischen Ausdruck im Gesicht nach.

„Das kommt, weil du aus Florida stammst und es nicht besser weißt. Schnee kann wundervoll aussehen, wenn er locker und weiß ist wie dieser hier, aber lass ihn mal matschig, glatt und braun werden.“

„Nichts, was du sagst, kann mich davon abbringen, den Schnee zu lieben“, beharrte Denise. „Ich habe noch nie so viel Schnee gesehen oder einen Schneemann gebaut. Du magst ja daran gewöhnt sein und es langweilig finden, weil du damit aufgewachsen bist, aber für mich ist es wild und aufregend.“

Ella verzog den Mund zu einem schiefen Lächeln. „Das ist gut, dass du es wild und aufregend magst, denn mit diesem Wetter wird es ganz sicher eine wilde, aufregende Nacht.“

Wie auf ein Zeichen wurde die Tür zur Notaufnahme aufgestoßen, und ein Team von Ärzten und Sanitätern rannte mit einer Trage durch den Flur.

„Auf geht's“, sagte Ella routiniert. Sie drehte sich um und lief zu dem Patienten, wobei sie den Sanitätern und umstehenden Schwestern knappe Anweisungen zurief. Doch ihr stockte der Atem, als sie das kleine Kind auf der Trage erkannte.

„O nein“, entfuhr es ihr. Es handelte sich um Bobby D'Angelo, einen sechsjährigen Jungen, der an Juveniler Diabetes litt. Sie stürzte zur Trage und sprach einen der Sanitäter an: „Er ist Diabetiker. Wie ist sein Zustand?“

„Niedrige Insulinwerte – gefährlich niedrig. Er hat gekrampft.“

Mit geschultem Blick betrachtete sie Bobbys Gesicht. Seine blasse Haut und der schwer gehende Atem bereiteten ihr Sorgen.

„Bobby? Bobby, kannst du mich hören?“ Als der Junge langsam und unter größten Anstrengungen die Augen aufschlug, lächelte sie erleichtert und drückte seine Hand. „Jetzt bist du also wiedergekommen, um mich zu sehen, Bobby?“

Seine Augen bewegten sich schläfrig, und ein schwaches Lächeln erschien auf seinem Gesicht, als er Ella schließlich wiedererkannte. „Ella?“

„Wie geht es dir?“ Sie strich ihm das zerzauste schwarze Haar aus dem Gesicht und legte ihre Hand auf seine Stirn. Seine Haut war schweißnass und kalt.

„Okay", flüsterte er erschöpft. Er fuhr sich mit der Zunge über seine trockenen Lippen.

„Ja? Oder fühlst du dich nicht so gut? Bist du durstig?"

„Mm-hmm."

Sie lief neben der Trage her, als die Sanitäter sie in das Behandlungszimmer schoben. Dort checkte sie kurz seine Vitalfunktionen und Werte: Sie hörte seine Herztöne ab, untersuchte seine Augen, seine Reflexe und maß seinen Blutdruck. Bobby war schon an diese Tests gewöhnt und arbeitete, ohne zu murren, mit. Er war das, was die Schwestern einen „Wiederkehrer" nannten, ein Kind, das regelmäßig in der Notaufnahme erschien. Zwar hatte sie in ihrer Zeit als Kinderkrankenschwester schon Hunderte solcher Kinder kennen gelernt, aber Bobby hatte etwas Besonderes an sich, das sie rührte. Er hatte ihren Widerstand überwunden, die unsichtbare Mauer zwischen Ella und den Patienten eingerissen, und jedes Mal, wenn ein Notfall eingeliefert wurde, schaute sie besorgt, ob er es war. Er war viel zu oft da, und nach jedem Rückfall dauerte es länger, bis er sich wieder erholt hatte.

„Erinnerst du dich, wann du das letzte Mal Insulin bekommen hast?"

Er zuckte stumm die Schultern.

„Ist das schon lange her?"

„Mommy kann nichts dafür. Ich habe es vergessen."

Sie hörte Denise unwillig neben sich murmeln: „Sechs Jahre alt, und er denkt, es ist seine Schuld."

„Lass uns deine Blutwerte zweimal kontrollieren, okay?" sagte Ella beruhigend und achtete darauf, dass in ihrer Stimme nicht die Wut auf seine Mutter zu hören war. Sie legte ihm die flache Hand auf die Stirn und prüfte, ob er Fieber hatte und wie sich seine Haut anfühlte.

Als sie die Insulinspritze vorbereitete, warf sie einen schnellen Blick über die Schulter zur Anmeldung. Sie erkannte die dünne Frau mit den flammendroten Haaren, die ein enges schwarzes Shirt trug und eine weiße weite Jacke darüber. Ihr Haar hatte sie mit glitzernden Spangen hochgesteckt. Ella wusste, dass sie bei näherem Hinsehen Einstichstellen auf ihren Armen finden würde.

Der diensthabende Arzt kam in das Behandlungszimmer, und Ella gab ihm einen kurzen Bericht über den Zustand des Kindes. Nach der Untersuchung trat Ella an Bobbys Seite.

„Okay, mein Großer, wir sind fertig", sagte sie, lächelte ihn an und rückte seinen Verband zurecht. „Dein Zimmer wartet schon auf dich!"

Er runzelte besorgt und ängstlich die Stirn – ungewöhnlich für ihn, der sonst immer so tapfer war. „Kommst du mit mir?"

Ella wunderte sich über seine Angst, setzte aber ein breites Lächeln auf und sagte: „Ich komme nach, sobald ich kann."

Er lächelte schwach.

„Bist du hungrig?"

Er nickte, es war ihm unangenehm, es zuzugeben.

„Ich lasse dir etwas Leckeres raufkommen." Sie tätschelte seine Hand. In dem Moment umklammerte er ihre Hand, so fest er konnte. Ihr Herz machte einen Hüpfer, sie sah ihn an und drückte seine Hand.

„Ella?"

Sie kam ganz nah an ihn heran. „Ja, mein Süßer?"

„Gib nicht meiner Mommy die Schuld. Sie kann nichts dafür. Ich habe es einfach vergessen."

Sie strich ihm eine Strähne feuchten Haars aus dem Gesicht

und unterdrückte die Gefühle, die sie zu übermannen drohten. Sie konnte diese selbstlose Hingabe nicht nachvollziehen. Es brach ihr das Herz. Im Himmel gab es einen besonderen Platz für solche Kinder, die sich um ihre Eltern sorgten. Und für die Eltern gab es einen Platz in der Hölle ...

„Ich werde niemanden beschuldigen, Süßer. Vor allem nicht dich. Und weißt du, warum?"

Er schüttelte matt den Kopf.

„Weil du so lieb bist."

Seine schweren Lider fielen ihm vor Erleichterung und unendlicher Müdigkeit zu. In einer impulsiven Geste, die sie sich nur selten zugestand, beugte sie sich hinunter, um seine kalte Wange zu küssen. Ihr Herz schlug schnell, die Zuneigung, die sie für Bobby empfand, war überwältigend, und sie schwor sich, dass sie so ein Leid in Zukunft verhindern würde. Und wenn sie ihn adoptieren müsste – sie würde ihm die Gefahr für Leib und Leben, die durch die Vernachlässigung entstand, ersparen.

Als eine andere Schwester die Trage langsam zur Kinderstation rollte, spürte sie, wie sein Griff sich verstärkte. Er hatte Angst. „Sei ganz ruhig, du weißt doch, was passiert", beruhigte sie ihn und drückte seine Hand. „Ich werde nachher zu dir kommen und nach dir sehen. Das verspreche ich."

Wie sie schon vorhergesehen hatte, war es eine sehr hektische Nacht mit vielen Einsätzen. Stunden später war Ella endlich unterwegs auf die Kinderstation im dritten Stock. Erleichtert stellte sie fest, dass sie niemand anhielt und nachfragte, was sie mit dem Teddy im Arm vorhatte. Sie selbst lehnte zu enge Verhältnisse zwischen Krankenhauspersonal und Patienten ab. Solche Verbindungen hatte sie immer als problematisch erachtet, wenn der Patient nach Hause durfte – oder wenn er starb. Immer wieder hatte sie erlebt, wie Schwestern ihr Herz zu sehr an eines der Kinder gehängt hatten und dann völlig aus der Bahn geworfen wurden, wenn es starb.

Der Aufzug hielt an. Ella zupfte lächelnd am Ohr des Stoffbären und fragte sich, wie es wohl sein mochte, nur für ein Kind zu sorgen statt für viele. Wie mochte es sein, ein Kind zu lieben? Und sie hatte so viel Liebe zu geben.

Die Fahrstuhltüren glitten auf, und Ella sah die freundlich gestrichenen Wände der Kinderstation. Sie kannte diese Station genauso gut wie ihre eigenen vier Wände; offen gesagt verbrachte sie mehr Zeit dort als zu Hause.

„Hallo", sagte sie fröhlich zu der Schwester am Empfang. „In welchem Zimmer liegt Bobby D'Angelo?"

„Raum 317. Aber Ella, warte! Du gehst da jetzt besser nicht hinein. Sie versuchen, ihn wiederzubeleben. Er hatte einen Herzstillstand."

Die Worte hallten in Ellas Kopf wider. Sie stürmte zu seinem Zimmer. Vom Flur aus konnte sie schon die kurzen, staccatohaften Anweisungen hören. Als sie näher kam, sah sie den Wagen mit dem Defibrillator. Sie trat an die Seite, um dem Ärzteteam und den Schwestern nicht im Weg zu sein. Das Team arbeitete fieberhaft. Ellas Blick suchte die dünne, unregelmäßige Linie auf dem Herzmonitor.

„Stirb nicht, stirb nicht, stirb nicht", betete sie bei jedem Ausschlag der Kurve.

Zeit und Raum verschwammen in ihrer Wahrnehmung. Das Team gab das Kind nicht auf, immer wieder setzten sie den Defibrillator ein. Ella presste den Teddybären jedes Mal an sich, wenn sich der zerbrechliche Körper des Jungen unter den Stromstößen aufbäumte. Nach jedem krampfartigen Schock lagen

Bobbys Arme schlaff auf dem Laken. Die Haut war gespenstisch bleich und so furchtbar dünn, dass sie die blauen Adern, die von seinen Handgelenken zu seinen Ellbogen führten, wie kleine blaue Flüsse erkennen konnte.

Ella starrte auf die schlanken Hände. Sie lagen flach auf dem weißen Laken, die Innenflächen nach oben gewandt. Seine schmalen Finger waren leicht gekrümmt. Ella erinnerte sich, wie ängstlich er gewesen war, und sie wollte nichts mehr, als an das Bett zu treten und seine Hand zu halten. Sein Leben zu halten.

Ein hoher, gleichmäßiger Ton zerschnitt die Stille des Raumes. Ihre eigenen Hände öffneten sich – und ein Teddy fiel zu Boden.

Das war die letzte Nacht gewesen, in der sie als Krankenschwester im Hospital gearbeitet hatte. Am nächsten Tag war sie gegangen, und die Ratschläge ihrer Freunde, der Berater und der Verwaltung waren bei ihr auf taube Ohren gestoßen. „Es ist hart, das ist wahr", hatten sie Ella gesagt. „Aber du bist doch ein alter Hase. Du hast das schon öfter durchmachen müssen. Kinder sterben. Das ist Teil deines Jobs."

Aber jetzt war es zu viel. Sie hatte zu oft diese Situation durchstehen müssen. Sie hatte ein Kind zu viel sterben sehen.

Es half nicht, dass sie sich selbst schalt, in eine Falle getappt zu sein, von der sie andere fernhalten konnte. Aber sie konnte verhindern, dass es noch einmal passieren würde. Sie schwor sich, dass sie es nicht zulassen würde, dass ein Kind den Weg in ihr Herz fand, wie Bobby ihn gefunden hatte. Als sie dann die Stelle als Kindermädchen angenommen hatte, nahm sie sich vor, eine gute Pflegerin zu sein, nett und liebevoll mit dem Kind umzugehen, aber persönliche, tiefere Gefühle außen vor zu lassen.

Nun, auf dieser Veranda unter dem klaren, späten Winterhimmel, konnte Ella nur die Arme ein wenig fester um sich schlingen und über ihre eigene Naivität lachen. War sie wirklich davon überzeugt gewesen, dass so ein Schwur möglich sein könnte? Egal, wie weit sie auch von Vermont entfernt war, ihren Erinnerungen, die sie mit sich herumtrug, konnte sie nicht entfliehen. Sie musste ihren Mut zusammennehmen und nach vorne blicken. Nach South Carolina war sie gekommen, um Wärme zu spüren. Es war an der Zeit, auch das Eis um ihr Herz zum Schmelzen zu bringen und die Wärme hineinzulassen.

Am anderen Ende des Hofes fiel schwaches Licht durch die Vorhänge an den Fenstern der Holzhütte. Ella lächelte, als sie sich Lijah im Bett liegend vorstellte, eingehüllt in all die Decken, vielleicht eine Pfeife rauchend. Sie glaubte sogar, den zarten Duft von Kirschtabak in der Nachtluft wahrzunehmen. Lijah hatte ihr bei jeder sich bietenden Gelegenheit erzählt, wie dankbar er war, dass sie die Hütte hergerichtet hatte und dass er nun „seine Füße an sein eigenes Feuer legen konnte".

Ihr Herz jagte – zu viele Erinnerungen riefen zu viele Gefühle wach. Oft half ihr frische Luft, und sie atmete langsam und bedächtig tief ein und aus. Sie hob die Hände zum Kopf und löste die Spange in ihrem Haar. Sofort fühlte sich ihr Kopf ein wenig besser an, und sie fuhr sich durchs Haar, um die Spannung wegzumassieren. Bald hörte sie Schritte, die sich dem Haus näherten. Ihr Magen verkrampfte sich, und sie begann hastig, ihr Haar zusammenzubinden.

Das Verandalicht erhellte Harris' Gesicht, als er vom Fuße der Treppe heraufsah. „Sind Sie fertig für heute?"

„Für heute, ja", erwiderte er und kam mit schweren Schritten zu ihr die Stufen herauf. „Aber morgen in aller Frühe geht es wieder weiter."

„Wenn Sie kranke Patienten haben, gibt es immer etwas, das getan werden muss."

Er stand nun auf der Veranda und betrachtete sie. Sein Gesicht war blass vor Müdigkeit, und er ließ erschöpft die Schultern hängen. Sie musste an sich halten, um nicht ihre Hand auszustrecken und ihm eine Locke aus der Stirn zu streichen, die widerspenstig herunterhing.

„Sherry hat angerufen. Ihre Mutter wird noch ein paar Tage im Krankenhaus bleiben müssen und kommt dann in eine Reha-Klinik. Sie muss sofort abreisen."

„In dieser kurzen Zeit können Sie keinen Ersatz finden."

„Nein, aber ich habe mich sowieso dagegen entschieden."

„Wie lange wird Sherry denn ausfallen?"

„Das weiß man nicht. Der Schlaganfall war relativ schwer. Im Moment ist noch alles ungewiss. Sherry muss erst noch mit den Ärzten reden."

Ella seufzte und lehnte sich gegen den Stützpfeiler der Veranda. Das Schweigen zwischen ihnen zog sich hin.

„Ist Marion ohne Probleme ins Bett gegangen?" fragte er.

„Ja, zwar war sie ganz aufgeregt vom heutigen Tag, aber ich habe es schließlich geschafft, sie ins Bett zu bringen." Sie blickte zu ihm hinüber. „Wir haben heute über ihre Mutter gesprochen."

Er zog die Augenbrauen hoch und machte dann ein erwartungsvolles Gesicht.

„Harris, erzählen sie mir von Fannie. Ich will nicht neugierig sein, aber ich muss es wissen, wenn ich Marion helfen will."

„Es gibt nichts, was Sie wissen müssen."

„Warum lassen Sie nicht zu, dass sie wenigstens ein Bild von ihrer Mutter hat?"

„Ich denke, es geht ihr besser, wenn sie nicht an sie denkt."

„Aber sie vermisst sie."

„Nein, sie vermisst nur die Vorstellung, eine Mutter zu haben, nicht ihre Mutter selbst."

„Sind Sie sicher?"

Im Schimmer des Mondlichtes erschien sein Gesicht so unbeweglich und kühl wie Granit. „Hören Sie, Ella. Sie wissen nicht das Geringste über die Sache. Es ist eine sehr komplizierte Geschichte."

„Ich muss ja nicht alles wissen. Aber was ich ganz sicher weiß, ist, dass Marion Kontakt zu ihrer Mutter braucht. Ein Bild, die Möglichkeit, über sie zu sprechen, *irgendetwas.*"

„Ich sagte nein. Es wäre zu schmerzhaft."

„Für Marion oder für Sie?"

Seine Augen blitzten auf, und an seiner Wange zuckte ein einzelner Muskel. „Dies ist mein Haus", sagte er scharf. „Und Marion ist mein Kind. Es wird keine weiteren Diskussionen über ihre Mutter geben."

Sie öffnete den Mund, um etwas zu erwidern, doch er hob abwehrend die Hand.

„Ich wünsche, dass Sie diese Entscheidung respektieren. Ohne Diskussion."

Sie presste die Lippen aufeinander und hob trotzig den Kopf, um in die Sterne zu schauen. Es kostete sie Überwindung, den Mund zu halten.

„Ella, es ist nicht so, dass ich Ihnen nicht vertrauen würde", sagte er und fügte dann mit weicher Stimme hinzu: „Glauben Sie mir, das ist wirklich nicht so."

Sie wandte ihm den Kopf zu. Er hatte die verblüffende Fähigkeit, sie immer wieder aus der Fassung zu bringen.

„Offen gesagt habe ich genau das gedacht, als ich heute Abend in der Klinik arbeitete. Ich musste mir keine Sorgen über Marion machen oder darüber, ob sie ihre Medizin rechtzeitig bekommt, ob sie wohlbehütet im Bett liegt oder über sonstige Dinge, die Eltern im Kopf herumgeistern. Das erste Mal seit langem konnte ich mich entspannen und mich auf meine Arbeit konzentrieren – weil Sie da waren."

„Das ist ein schönes Kompliment, und ich danke Ihnen dafür." Sie hielt inne und verschränkte die Hände vor ihrem Körper. „Es scheint, als hätten wir beide viel nachgedacht heute Abend." Harris lächelte sie aufmunternd an, und das ermutigte sie fortzufahren. „Harris, ich habe Marion sehr ins Herz geschlossen. Ehrlich gesagt ... ich habe sie wirklich lieb. Aber ich möchte nicht den Vater in ihrem Leben ersetzen. Ich denke auch nicht, dass ich das könnte, jedenfalls nicht, solange sie noch so klein ist. Doch wenn sie älter wird, besteht die Gefahr, dass Sie eine immer weniger wichtige Rolle in ihrem Leben spielen. Sie streicht Sie gewissermaßen aus ihrem Kopf, einfach, weil Sie selten zu Hause sind."

„Ich verstehe nicht", sagte er und blickte sie aufmerksam an.

„Es ist ganz einfach. Sie müssen mehr Zeit mit ihr verbringen."

In seinem Gesicht spiegelte sich Resignation wider, wie bei jemandem, der das Argument zum hundertsten Male hört und doch nichts am Status quo ändern kann. „Ella, ich weiß nicht, was ich Ihnen sagen soll. Sie kennen meine Situation. Wenn Sherry weg ist, wird es nur noch schlimmer."

Ella presste ihre Hand gegen die hölzerne Stütze. Diese Entscheidung war an diesem Abend in ihr gewachsen, trotz all der Argumente, die sie dagegen vorbringen konnte. In diesem Moment jedoch wusste sie genau, wohin ihr Weg führte – als wäre sie beinahe an einem Puzzle verzweifelt, doch jetzt wurde endlich ein Schema sichtbar.

Sie war hergekommen, um für Marion da zu sein und ihr zu helfen. Doch ihr wurde klar, dass sie Marion nur helfen konnte, wenn sie ihrem Vater half. Ihre Schicksale waren miteinander verwoben. Das hatte sie schon von Anfang an geahnt, wusste aber nicht, was sie hätte tun können. Das letzte Puzzleteil hatte sie nicht gesehen – oder hatte es nicht sehen wollen. Sie konnte keinem von beiden helfen, wenn sie nicht auch sich selber half.

Sie befeuchtete ihre Lippen und stieß hervor: „Darüber wollte ich mit Ihnen reden."

Seine Augen blickten fragend.

„Ich habe über Ihre Bitte beim Abendessen nachgedacht", begann sie. „Ihnen in der Klinik zur Hand zu gehen. Ich bin immer noch der Meinung, dass ich nicht so eine große Hilfe sein kann, wie Sie es sich vorstellen, aber ich möchte es versuchen."

Sein Blick verharrte einen Moment reglos, während er zu verstehen versuchte, was sie gerade gesagt hatte. Dann hellte sich seine Miene auf. „Ella, das ist wundervoll! Danke. Sie wissen nicht, was für eine Erleichterung das für mich ist."

„Ich würde mir im Moment noch nicht danken ..."

Sein Lächeln verschwand, als er ihr zweifelndes Gesicht sah. Er legte den Kopf schief, als wolle er etwas verstehen. „Warten Sie einen Moment. Was ist mit der ganzen ‚Mensch, der Tiere liebt – Mensch, der Menschen liebt'-Sache, die Sie beim Essen ansprachen? Sie schienen so überzeugt und entschlossen zu sein. Was hat Sie bewogen, Ihre Meinung zu ändern?"

„Eine Person", erwiderte sie und ihre Mundwinkel zuckten. „Eine kleine Person."

„Marion?"

„Wer sonst?"

„Was hat sie gesagt, dass Sie Ihren Entschluss überdacht haben?"

„Nichts."

Er sah überrascht aus.

„Sie musste nichts sagen. Wussten Sie, dass sie am Fenster stand, um auf Sie zu warten?"

Harris wurde blass.

„Das war heute nicht das erste Mal. Sie wartet jeden Abend auf Sie. Und das Letzte, was sie mir sagt, wenn wir die Gutenachtgeschichte gelesen haben und ich sie ins Bett gesteckt habe, ist: *Sag Daddy, er soll raufkommen und mir einen Gutenachtkuss geben.* Jeden Abend sagt sie das."

„Das mache ich auch immer."

Ella hob die Schultern und sah ihn fragend an.

Er hob mit einer Unschuldsmiene die Augenbrauen. „Das tue ich", erwiderte er bestimmt.

„Manchmal ist sie noch wach und weiß, dass Sie da sind. Manchmal ist es aber so spät, dass sie schläft und es nicht mitbekommt. Wie heute Abend. Glauben Sie mir, Harris. Sie sollten nicht versprechen, da zu sein, und es dann nicht einhalten."

Sein Gesicht verdunkelte sich, und er starrte ins Nichts.

„Ich habe auch persönliche Gründe, warum ich meine Absichten geändert habe", fuhr sie fort. „Heute Abend, als ich sie am Fenster stehen sah, erinnerte ich mich daran, dass ich in ihrem Alter dasselbe getan habe. Ich stand eine Ewigkeit am Fenster und habe mich gefragt, wo meine Eltern sind, und warum sie nicht wie alle anderen Eltern ganz normal nach Hause kommen können. Ich habe mich gefragt, was an mir falsch ist, dass sie mich im Stich lassen." Sie lief die Veranda entlang und hob Zweige und Holzstücke auf, die der Wind hinaufgeweht hatte.

„Erst, als ich erwachsen war, konnte ich verstehen, warum meine Mutter mich in die Obhut meiner Tanten gegeben hatte.

Sie wollte bei meinem Vater sein und mit ihm arbeiten. Er war ein Workaholic. Wenn sie nicht diese Entscheidung getroffen hätte, hätte sie ihn wohl nie zu Gesicht bekommen. Mein Vater stand bei meiner Mutter an erster Stelle, nicht ich", sagte sie ohne einen Anflug von Selbstmitleid. „Ein schöner Gedanke, dass sie sich sehr geliebt haben …" Sie machte eine Pause.

„Und doch … als Kind konnte ich das nicht verstehen. Als ich so alt war wie Marion, fühlte ich mich verlassen, verletzt, ja war sogar wütend auf meine Mutter und meinen Vater. Ihre Karriere, ihre Hingabe, ihre Liebe füreinander – nichts davon war von Bedeutung. Mit fünf Jahren wollte ich nichts mehr, als meine Mutter und meinen Vater zurück. Das Leben ist vergänglich, Harris. Es wird immer die Arbeit und Termine und wichtige Probleme geben, die sofort gelöst werden müssen. Aber Marion wird nur für eine kurze Zeit so jung sein. Zwinkern Sie einmal mit den Augen, und Sie verpassen diese Zeit. Zwinkern Sie noch einmal, und sie wird fort sein."

Er stand reglos da, sein Blick wirkte gehetzt.

„So", sagte sie und rieb die kalten Handflächen aneinander. Sie sah auf, sog die Luft tief ein und setzte alles auf eine Karte. „Ich habe einen Vorschlag für Sie."

„Einen Vorschlag?"

„Ja. Was ich mir vorstelle, ist eine Zusammenarbeit. Ich komme in die Klinik und helfe Ihnen, und im Gegenzug kommen Sie nach Hause und kümmern sich um Marion."

„Was?"

„Die Arbeit übernehme ich, aber Marion wird die *Zeit* mit Ihnen verbringen."

Er schüttelte energisch den Kopf. „Das wird nicht gehen. Wir sind immer noch eine Person zu wenig in der Klinik. Die Arbeit wird sich stapeln."

„Dann müssen wir beide eben länger arbeiten. Mir macht das nichts aus." Sie sah ihn fest an. „Marion wird nicht darunter leiden. Wir werden keinen Babysitter für sie engagieren. Deswegen bin ich nicht hergekommen."

Er blickte in die Ferne, und sie konnte an seiner Miene ablesen, dass er ihren Vorschlag gerade in seinem Kopf abwägte. Das fand sie nur fair. Sie hatte das Problem immer und immer wieder durchdacht, während sie auf der Veranda auf ihn gewartet hatte, und war immer zum selben Schluss gekommen.

„Ich bin mir nicht sicher, ob es funktionieren wird", sagte er langsam.

„Es wird funktionieren."

„Aber es ist mehr Arbeit, als ein einzelner Mensch allein bewältigen kann."

„Das werden wir schon regeln."

„Wie denn? Ella, seien Sie realistisch. Wo sollen wir die Zeit hernehmen?"

„Wir werden es einfach tun, Harris."

Er schürzte nachdenklich seine Lippen, aber sie konnte die Furcht in seinen Augen erkennen.

„Wovor haben Sie wirklich Angst? Glauben Sie, dass ich mit den Vögeln nicht zurechtkomme?"

„Nein, da habe ich überhaupt keine Bedenken. Ich bin mir sicher, dass Sie das können. Offen gesagt mache ich mir um mich selbst Sorgen." Er fuhr sich mit der Hand durchs Haar. „Ich bin mir nicht sicher, ob *ich* mich um meine Tochter kümmern kann."

Plötzlich verstand sie den Grund für seine Zurückhaltung und dachte darüber nach, wie sie ihn ermutigen konnte. „Was geschieht mit den männlichen Adlern, die ihre Partnerin verlieren, während sie die Jungen großziehen? Sie haben mir erzählt, wenn ihn jemand mit Futter versorgt, könne er die Jungen auch allein aufziehen. Erinnern Sie sich? Alles, was Sie tun müssen, ist, auf Ihren Instinkt zu vertrauen und daran zu denken, dass Sie nicht allein sind. Sie sind von Menschen umgeben, die Ihnen helfen, diesen besonderen kleinen Adler aufzuziehen." Sie lächelte ihn aufmunternd an. Dann drohte sie ihm mit dem Finger. „Aber es *gibt* eine Sache, über die Sie sich Sorgen machen sollten", fügte sie grinsend hinzu. „*Ich* bin diejenige, die sich um Ihr Futter kümmert ..."

Harris lag auf seinem Bett und hatte die Arme hinter dem Kopf verschränkt. Zum zehnten Mal ließ er die Unterhaltung mit Ella Revue passieren.

Sie sind nicht allein.

Er musste immer wieder über diese Worte nachdenken. Er war sein ganzes Leben lang allein gewesen. Vielleicht nicht körperlich, denn ständig hatte er mit jemandem zusammengelebt: mit seiner Mutter, Fannie, Marion. Aber sie alle waren Frauen, die seine Hilfe brauchten. Ob es sein Schicksal war oder ob er es selbst heraufbeschwor – er wusste es nicht. Tatsache war, dass es nie jemanden gegeben hatte, mit dem er seine Gedanken hatte teilen können, seine Hoffnungen und Erwartungen oder seine Träume. In dieser Beziehung war er immer allein gewesen. Er hatte niemanden gehabt, der ihm geholfen hätte, mit seiner Verantwortung umzugehen. Seit er neun Jahre alt war und sein Vater ihn und seine Mutter verlassen hatte, war er derjenige gewesen, der sich um alles kümmerte. Er hatte gelernt, unabhängig und selbständig zu sein. Nie hatte er sich auf jemand anderen verlassen als sich selbst. Und über die Jahre wollte er – oder *konnte* er – sich anderen Menschen gegenüber nicht mehr öffnen. Er glaubte, er brauche niemanden.

Das war dumm und naiv.

Wenn er die Augen schloss, konnte er noch immer Fannie vor sich sehen, sieben Jahre zuvor, als er sie geheiratet und in ihr gemeinsames Heim gebracht hatte. Der Anblick ihres wundervollen Körpers – so schlank und geschmeidig – auf seinem Laken ließ ihn noch immer erzittern und erweckte in ihm eine Sehnsucht, die für zu viele Jahre seine Begleiterin gewesen war. Er war ein Mann im besten Alter, mit all dem unstillbaren Hunger, den ein Mensch empfinden konnte. Ja, er brauchte jemanden, er musste sich neu verlieben.

Er seufzte, drehte sich auf die Seite und stopfte sein Kissen unter seinen Kopf. Als er dieses Mal die Augen schloss, sah er Ella vor sich, wie sie auf der Veranda stand. Kurz zuvor hatte er sie so gesehen, als er von der Klinik nach Hause ging. Im Schatten verborgen war er stehen geblieben und hatte sie beobachtet. Sie hatte die Hände gehoben, um ihre Haarspange zu lösen und ihr Haar war wie ein Wasserfall über ihren Rücken gefallen. Er hatte noch nie so schöne Haare gesehen. Die dicken braunen Strähnen hatten das Mondlicht eingefangen und wie das Meer im nächtlichen Schein geglitzert, und für einen Augenblick war er fasziniert gewesen vom Anblick ihres schlanken, schönen Körpers, der an dem Holzpfeiler gelehnt stand, während ihr volles Haar sich leicht in der sanften Brise bewegt hatte. Er hatte sich ein wenig wie ein Voyeur gefühlt, aber er hatte seinen Blick einfach nicht abwenden können. Es war ungewohnt, Ella so entspannt und locker zu erleben.

Das Mondlicht hatte auf ihr Gesicht geschienen, und sie hatte verträumt geblickt, als wäre sie eine Million Kilometer weit entfernt. Zum ersten Mal war ihm bewusst geworden, dass sie ein Leben hatte, von dem er nichts wusste, Erinnerungen, die vielleicht ihre Geliebten betrafen, und es hatte ihn verwundert, so von

Ella zu denken. Er hatte stets versucht, solche privaten Gedanken zu verhindern. Schließlich lebten sie unter einem Dach.

Heute Nacht sah er Ella als Frau, mit den Wünschen und Begierden einer Frau. Und seit dieser Gedanke sich in seinen Kopf geschlichen hatte, konnte er ihn nicht mehr loswerden.

Harris schlummerte langsam ein, dachte an Ella, hörte ihre Worte in seinem Kopf nachhallen. *Sie sind nicht allein.*

10. KAPITEL

Fischadler: *Die schneidigen Fischer. Fischadler sind große schwarz-weiße Greifvögel mit geschwungenen Flügeln und scharfen, gebogenen Krallen. Mit dem dunklen Gefieder um ihre Augen herum erinnern sie an Banditen. Wenn sie mutig mit den Krallen zuerst ins Wasser eintauchen, um Beute zu machen, sehen sie elegant aus. Sie verzehren ausschließlich Fisch und leben in Küstengebieten und an Seen.*

Ella erwachte am nächsten Morgen und fühlte sich, als hätte sich ihre ganze Welt verändert. Sie hatte sich schlaflos hin- und hergewälzt. Unerwünschte Erinnerungen und Momente der Panik und des Bedauerns hatten sich abgewechselt. Als der Morgen graute und das erste Licht des Tages durch die Vorhänge fiel, waren ihre Augen verschwollen, und sie spürte das schwache Hämmern von Kopfschmerzen hinter ihrer Stirn.

Der Tag würde aber nicht warten, bis sie bereit war, aufzustehen, und so quälte sie sich aus dem Bett, reckte und streckte sich ausgiebig und gähnte herzhaft. Im Haus war es noch still bis auf das Geräusch der Dusche, das ihr sagte, dass Harris schon wach war. Sie blinzelte durch die Vorhänge ihres Schlafzimmers. Draußen hing ein Nebelschleier über dem Weiher, der die Kiefern in geisterhaftes Licht hüllte. Sie konnte kaum die Firstlinie des Holzhäuschens ausmachen, in dem Lijah wohnte.

Sie schlüpfte in ihren Morgenmantel und die Hausschuhe, hastete zum Ofen, um ein paar Scheite Holz nachzulegen und ging dann direkt in die Küche, um Kaffee zu kochen. Gerade goss sie zwei Becher ein, als Harris ins Zimmer trat. Er war frisch rasiert und trug eine Jeans und ein blaues Flanellhemd. Sein Haar war noch feucht von der Dusche und zurückgekämmt, was ihn schneidig und sexy aussehen ließ.

Sie fühlte sich unsicher, weil sie noch nicht angezogen war, und wickelte ihren Morgenmantel fester um sich. Letzte Nacht waren sie sich näher gekommen, und an diesem Morgen behandelten sie einander mit der Unsicherheit von verlegenen Teenagern. Meine Hände müssen etwas tun, dachte Ella, griff nach dem Schwamm und wischte ein paar Krümel Kaffeepulver von der Anrichte.

„Kühl heute Morgen“, sagte er und stellte sich neben sie.

Sie konnte ihn förmlich spüren, konnte den schwachen Duft von Seife wahrnehmen, der den Geruch des frisch aufgebrühten Kaffees zu überlagern schien. „Der Kaffee ist fertig.“

„Danke.“ Er lehnte sich vor, um nach seiner Tasse zu greifen und ein paar Schlucke zu nehmen. „Mmmm. Gut.“

„Jaaa …“ erwiderte sie.

Ein kleines Lächeln blitzte in seinen Augen auf.

„Sie sind schon früh wach. Das Frühstück ist in einer Minute fertig.“

„Keine Panik. Ich muss in die Klinik. Gestern Nacht habe ich noch einen Anruf bekommen. Heute bringen Leute aus Mount Pleasant einen Fischadler vorbei. Sie wollen ihn hier abliefern, bevor sie zur Arbeit müssen.“

„Okay.“ Sie goss Milch in ihre Tasse und hielt den Blick gesenkt.

Sie standen einige Meter voneinander entfernt, er lehnte an der Küchenanrichte, sie stand am Waschbecken. Sie nippten beide an ihrem Kaffee, und das Schweigen hing so schwer und so undurchsichtig über ihnen wie der Nebel an diesem Morgen. Als sie einen heimlichen Seitenblick auf ihn warf, entdeckte sie, dass er sie direkt ansah, und errötete.

„Also, ich gehe dann mal besser", sagte er und stieß sich vom Schrank ab.

„Werden Sie zum Essen zurück sein?"

„Ich denke nicht. Es sind einige Sachen liegen geblieben."

„Wir werden Sie vermissen." Ihr fiel auf, wie dieser Satz klingen musste. Erschrocken hob sie den Kopf und blickte ihn an. Ein schwaches Lächeln umspielte seinen Mund, und er sah aus, als hätte es ihm gefallen.

Er ging auf die Tür zu, wobei er den Rest seines Kaffees hinunterschluckte. Sie folgte ihm, öffnete die Tür und hielt das Fliegengitter für ihn auf. Er lächelte sie dankbar an und ging durch die Tür. Als sie sich gegen den Metallrahmen der Fliegendrahttür lehnte, spürte sie, wie seine Lederjacke sie im Vorbeigehen berührte. Sie musste die Augen schließen und den Atem anhalten, so überwältigend war dieses kurze, belanglose Streifen seiner Kleidung an ihrer.

Er zögerte und hielt unter dem Vordach an. „Ella?"

„Ja?"

„Wegen gestern Nacht …"

„Oh, das war doch nichts …"

„Nein. Ich meine, ja, es war doch etwas. Was Sie gesagt haben. Es bedeutet mir eine Menge. Danke."

Sie öffnete den Mund, um etwas zu erwidern, aber als sie in seine blauen Augen sah, die so voller Ehrlichkeit strahlten, wusste sie nicht, was sie sagen sollte. Also nickte sie nur kurz und wagte ein leichtes Lächeln.

Er erwiderte es so schnell, dass sie fast daran zweifelte, es wirklich gesehen zu haben, doch es fühlte sich an, als würde ihr die Morgensonne direkt ins Gesicht scheinen.

Ella schloss die Gittertür und stellte ihre Kaffeetasse ab. Mein

Gott, dachte sie beschämt, es ist lächerlich, so zu fühlen. Dieser Mann hatte sich lediglich bedankt, und ihr Herz raste und hüpfte, als hätte er ihr soeben seine Liebe gestanden.

Sie stürzte zur Spüle und beugte sich weit vor, um noch einen Blick auf ihn werfen zu können, wenn er den Hof überquerte. Sie machte das fast jeden Morgen und dachte immer, was für eine gute Figur er doch in seiner Jeans und der Lederjacke machte. Mit seinen langen Beinen machte er raumgreifende, entschiedene Schritte, und sie kannte ihn mittlerweile gut genug, um zu wissen, dass seine Gedanken bereits um die Unmengen an Aufgaben kreisten, die er zu erledigen hatte.

„Was siehst du dir an?"

Ella trat schnell vom Fenster weg. „Marion! Du bist schon auf. Hast du Hunger?"

„Du hast schon wieder hinter Daddy hergeguckt, stimmt's?"

Ella bemerkte das Funkeln in Marions Augen und das Grinsen auf ihren Lippen und ahnte, dass sie sie durchschaut hatte. Sie seufzte. „Komm her, du kleiner Schnüffler", sagte sie, ergriff die Hand des Kindes und führte es wieder die Treppe hinauf. „Lass uns den Tag beginnen."

„Guten Morgen, Ella."

Ella blickte von der Pfanne, in der einige Speckstreifen zischten, auf und sah Lijah, der seinen Kopf durch einen Spalt in der Küchentür steckte und einen leeren Teller in der Hand hielt. Sie lächelte breit und winkte ihn mit ihrer Hand, die in einem Topfhandschuh steckte, herein. „Sie kommen genau zur rechten Zeit."

„Wenn ich am Morgen den Duft des frischen Kaffees rieche, weiß ich, dass ich rüberkommen kann, um meinen Teller wieder abzugeben."

Lachend nahm Ella einen Becher aus der Vitrine. Die letzten Wochen hatten sie und Lijah eine Art stille Routine entwickelt, die damit begonnen hatte, dass Ella ihm einen Teller mit warmem Essen in die Holzhütte gebracht hatte. Zuerst war Lijah zurückhaltend, ja fast widerwillig gewesen, so als wolle er niemandem etwas schuldig sein. Zwar war er immer freundlich, aber er war auch zurückhaltend und achtete auf seine Privatsphäre. Ella war irgendwann frustriert, dass er die Einladungen zum Abendessen nie annehmen wollte. Ein „Nein" als Antwort wollte sie nicht mehr akzeptieren. So stellte sie ihn vor vollendete Tatsachen und klopfte einfach an seiner Tür, um ihm einen Teller mit Essen zu bringen. Als er am folgenden Morgen den leeren Teller zurückbrachte, bemerkte Ella seinen sehnsüchtigen Blick auf die Kanne mit dem frisch aufgebrühten Kaffee. Sie hatte ihm wortlos eine Tasse eingeschenkt, und seitdem kam er jeden Morgen, um sich seinen Kaffee abzuholen.

„Das ist für Sie, mein Herr. Die Sahne ist auf dem Tisch."

„Ich danke Ihnen."

Während sie die Küchenanrichte abwischte, beobachtete sie, wie er sich über den Tisch beugte und reichlich Sahne und zwei gehäufte Löffel Zucker in seinen Kaffee gab und ihn dann mit derselben Sorgfalt und Präzision umrührte, wie es eine feine Dame bei einer Teeparty tun würde. Der Löffel gab bei jeder Umdrehung ein glockenhelles Geräusch von sich.

„Schauen Sie hier!" sagte er, hielt inne und zeigte in den Kaffee, bevor er trank. „Sehen sie all die Bläschen im Kaffee? Das heißt, dass es bald Geld regnen wird."

„Harris wird erfreut sein, das zu hören. Er hofft, genug Geld zusammenzubekommen, um eine Voliere zu bauen, die groß genug ist, damit die Vögel fliegen können."

„Das ist eine gute Idee. Ich wäre glücklich, ihm dabei helfen zu dürfen. Santee muss das Fliegen nach der langen Pause auch erst wieder üben."

Er setzte den Becher an den Mund, schnupperte, schloss die Augen und trank geräuschvoll. Nachdem er geschluckt hatte, ließ er langsam die Tasse sinken und seufzte von Herzen, ja fast schon ehrfürchtig: „Ah!"

Sie lächelte und genoss dieses allmorgendliche Ritual. „Ist der Kaffee heute okay?"

„Seit meine Martha damals starb, habe ich keinen so guten Kaffee mehr getrunken. Sie machte den besten Kaffee."

Dies war das erste Mal, dass sie ihn über sein Privatleben sprechen hörte. Sie hatte sich schon immer gefragt, ob er verheiratet war, ob er Kinder hatte oder Familie. Sie wusste, dass er irgendwie mit der Gullah-Gemeinde verbunden war, die ihn hoch schätzte. Clarice hatte ihr erklärt, dass Elijah ein wandelndes Lexikon war, was die Gullah-Kultur betraf. Aber das war dann auch schon alles.

Und doch war sie, wenn sie diesen alten, gebeugt gehenden Mann betrachtete, verwirrt, wie er, der so viel Wissen in sich trug und von der Gemeinde so hoch angesehen war, so frei und ungebunden von persönlichen Besitztümern oder Menschen sein konnte, dass er einfach gehen und einem Adler folgen konnte.

Sie beugte sich vor. „War Martha Ihre Frau?"

„Das war sie."

„Wann ist sie gestorben?"

„Schon vor langer Zeit. Ich habe aufgehört, die Monate zu zählen."

„Sie müssen sie noch immer vermissen."

„Mein Herz leidet und wird es ewig tun. Obwohl sie nicht wirklich von mir gegangen ist."

„Wie bitte?"

„Sie ist immer noch bei mir."

Sein Gesicht wurde ganz weich, und er sah Ella wehmütig an. „Ich kann ihre Stimme im Wind hören", sagte er, mehr zu sich selbst als zu ihr. „Wenn ich an einem lauen Abend durch die Sümpfe gehe und hochblicke, sehe ich manchmal Dunst über dem Boden tanzen und frage mich, ob das wohl meine Martha ist. Oder wenn ich manchmal durch den tiefen Wald spaziere und die Sonne durch die Blätter bricht, die den Boden zum Blühen bringt, kommt Martha und geht ein Stück des Weges mit mir. Ja, dann ist es fast so wie früher."

Er seufzte und schwieg für einen Moment. Ella spürte, wie einsam sich der alte Mann fühlen musste. Während er weitersprach, blickte er Ella gütig an, aber seine Augen, in denen Tränen schimmerten, verrieten ihn.

„Wenn der Körper geht, bleibt der Geist noch hier. Das ist sicher. Er ist da. Wir müssen nur wissen, wie wir mit ihm in Kontakt treten können."

Sie lehnte sich auf dem Stuhl zurück und versuchte, seiner klangvollen Stimme und den Bildern, die er schuf, so viel zu entlocken, wie sie nur konnte.

„Und wie kommunizieren Sie mit den Geistern?"

Er schürzte die Lippen. „Man muss nur freundlich sein. Sie finden ihren Weg, wenn die Tür offen ist. Singen ist gut. Es macht die Seele empfänglich."

„Ich habe Sie nachts singen gehört, als die Eulen schrieen. Haben Sie da zu Martha gesprochen?"

Sein Gesicht verfinsterte sich, als er die Stirn runzelte. „Das ist nicht dasselbe. Wenn eine Eule nach Mitternacht, zur Geisterstunde, schreit, ist das ein schlechtes Vorzeichen. Das Singen beruhigt die Eule, und die bösen Kräfte werden abgewendet."

„Wirkt es denn?" fragt sie, überrascht von dieser Geschichte über die Eulen. Sie hatte die Gesänge dieser Tiere immer geheimnisvoll, aber bezaubernd gefunden.

In seinen Augen blitzte der Schalk auf. „Ich habe eine nette, kleine Holzhütte, in der ich übernachten kann und jeden Morgen eine Tasse heißen Kaffee. Das hört sich alles nach Glück an."

Sie gluckste vor Vergnügen und verstand nun besser, warum die Menschen Lijah am Sonntag zum Essen einluden und sich auf seine Geschichten freuten, die so viel Optimismus verbreiten konnten.

„Sind Sie sicher, dass ich Ihnen auch heute kein Frühstück machen soll? Es macht wirklich keine Umstände. Es sind nur Speck und geschrotete Körner."

„Geschrotete Körner, sagen Sie?" Er betrachtete vorsichtig die Schale.

„Bis jetzt habe noch nichts verbrennen lassen."

Er grinste breit, ein Eingeständnis, warum er sich bis jetzt, so oft es ging, vor dem Essen gedrückt hatte. „Also, ich denke, ich bin so freundlich und probiere ein bisschen."

Sie lachte erneut und stellte ihm eine Schüssel für die Körner und einen Teller mit Speck auf den Tisch, während er Platz nahm. Heute Morgen war sie ungeheuer stolz auf ihre Kochkünste. Der Speck war gleichmäßig gebraten und kross. Gespannt hielt sie den Atem an und wartete.

Lijah nahm einen Bissen und nickte anerkennend. „Das ist *wirklich* gut!"

Ella lächelte, lief erleichtert zur Treppe und rief: „Marion! Komm runter, das Frühstück ist fertig."

Sie hörte Tumult im oberen Stockwerk. „Ich komme!"

„Was macht Harris gerade?" fragte Lijah.

„Er ist vor etwa einer halben Stunde gegangen. Er wollte sich um einen Fischadler kümmern, der diesen Morgen eingeliefert worden ist.

Lijah schlang hastig ein paar Löffel der Körner hinunter, aß einen Streifen Speck, wischte sich den Mund mit einer Serviette ab und stand auf. „Vielen Dank, Ella. Ich gehe jetzt besser rüber, um zu helfen. Es gibt viel zu tun. Clarice ist die einzige Helferin heute, und Brady kommt erst um drei. Miss Sherry ist ja nicht da, wie Sie vielleicht wissen."

„Ja, ich weiß. Ich werde wohl in die Klinik kommen, um etwas auszuhelfen. Jedenfalls will ich es versuchen."

Er hob überrascht die Augenbrauen.

„Warum sind Sie so erstaunt?"

„Ich habe nicht gewusst, dass Sie sich für Vögel interessieren."

„Eigentlich tue ich das auch nicht. Harris hat mich darum gebeten. Aber ich habe ihn im Gegenzug ebenso eingespannt, also sind wir sozusagen quitt." Sie drehte unsicher das Geschirrtuch in ihren Händen. „Ich hoffe, Sie erzählen es niemandem, aber ich habe ein bisschen Angst vor den Vögeln."

„Sie haben Angst?" Er schüttelte ungläubig den Kopf. „Das hätte ich bei Ihnen gar nicht erwartet."

„Nun ja … Die Vögel sind so groß und sehen wild und angriffslustig aus. Ich weiß nicht wieso, aber auf mich wirken sie so. Ich habe von Maggie gehört, dass Sie Ihre eigene Art haben, mit den Tieren umzugehen. Dass Sie ganz nah an die Vögel herantreten können, ohne dass sie kreischen oder wild flattern. Ich kann mich nicht einmal einem Stall nähern, ohne dass die Tiere aufgeregt mit den Flügeln schlagen. Ich mache mir Sorgen, dass sie sich verletzen könnten, wenn ich näher komme. Gibt es da etwas, das ich anders machen könnte?"

Er rieb sich gedankenverloren die Wange. „Es scheint so, als ob die Tiere Ihre Furcht aufnehmen. Natürlich nicht wörtlich. Sie spüren Sie, mit all Ihren Ängsten und Ihren Empfindungen. Und Sie müssen lernen, sie genauso zu spüren. Sie müssen lernen, die Signale zu deuten."

„Was für Signale?" fragte sie und hatte nicht die geringste Ahnung, wovon er sprach.

„Greifvögel sind mächtige Raubtiere. Vergessen Sie das nie! Sie sind wild. Sie müssen vorsichtig sein. Und Respekt haben. Vor allem, wenn Sie sich ihnen nähern wollen, denn sie sind sehr eigen mit ihrem Revier. Sie dürfen niemals einfach so in ihren Bereich eindringen, sich über sie beugen oder sich zu schnell bewegen. Das macht sie unberechenbar und nervös. Glauben Sie mir, sie werden es Ihnen schon bedeuten, wenn Sie nicht näher kommen sollen. Einige strecken ihre Schwingen aus, plustern ihre Federn auf und beginnen zu kreischen, um größer und angsteinflößender zu wirken. Andere drücken sich auf den Boden und machen sich ganz klein, wenn sie sich in die Enge getrieben fühlen. Wenn sie das machen, müssen Sie ganz still stehen und ihnen eine Möglichkeit geben, sich zu beruhigen.

„Und blicken Sie sie nicht direkt an. Es ist verlockend, sie genau zu betrachten, aber die Tiere fühlen sich dann bedroht und reagieren entsprechend." Er verengte die Augen, um seine Ausführungen zu unterstreichen. „Wenn sie denken, dass Sie böse sind, hegen sie einen Groll gegen Sie – schlimmer als jeder Exgeliebte, der Sie im Zorn verlassen hat."

„Du lieber Himmel, ich muss noch eine Menge lernen."

„Eigentlich ist es ganz leicht. Mit Vögeln zu sprechen und mit ihnen umzugehen ist nicht anders als mit anderen Lebewesen. Sie müssen nur Ihr Herz öffnen und die Wärme und Liebe aus Ihrem Inneren nach außen strömen lassen."

Er schlurfte zur Tür, doch bevor er verschwand, drehte er sich noch einmal um. Das Lächeln auf seinem Gesicht war voller Trost und Zuspruch. „Machen Sie sich keine Sorgen, Miss Ella. Ich kann Ihr Herz sehen. Sie werden es schaffen."

Bradys Herz war voller Zorn und Ablehnung, als er die Spitzhacke in den sandigen Boden schlug. Er hatte bestimmt schon hundert Mal in die Erde gehackt, doch das reichte immer noch nicht, um die Wut zu beruhigen, die er in seiner Brust verspürte. Er machte eine kleine Pause, um sich auf den hölzernen Stiel des Werkzeuges zu lehnen und seine Stirn mit seinem T-Shirt abzuwischen. Als Harris ihn heute Nachmittag aufgefordert hatte, mit dem Graben des Straßengrabens unten beim Gatter zu beginnen, hatte er es erst nicht glauben wollen.

Er sah die Straße hinunter zu der Kiefer, wo der weiße Hahn auf einem niedrigen Ast saß und ihn beobachtete. „Was zur Hölle ist los?" sagte er zu dem Hahn. „Weiß dieser Idiot nicht, dass die Sklaverei im Süden schon längst abgeschafft ist?"

Der Hahn blickte ihn nur unbewegt mit seinen dunklen Augen an.

„Scheiße." Brady nahm die Hacke, hob sie über seine Schultern und ließ sie dann auf den Boden krachen. „Was weiß Harris denn schon? Er denkt, er sei der König dieses Centers. Jeder springt, wenn er es sagt. Tu dies ..." Wieder knallte die Hacke auf den Boden. „Tu das." Erneut ein Schlag.

Er guckte den Hahn an, der nicht einmal gezuckt hatte.

„Ich wette, du springst für niemanden, oder?" Brady lachte über seinen Witz. „Nein", sagte er und umfasste den Holzstiel mit festem Griff. „Nicht du. Und ich auch nicht. Vor allem nicht für Harris Henderson, so viel steht fest. Von diesen Problemen habe ich zu Hause mit meinem Vater genug."

Die Spitzhacke raste wieder zu Boden, und dieses Mal brach sie einen großen Brocken Erde heraus.

Sein Vater hatte denkbar schlechte Laune, seit der Richter ihm die Jagdlizenz entzogen hatte. Es war ihm egal, dass sein Kind für die nächsten sechs Monate zweimal die Woche arbeiten musste. Es war ihm auch egal, dass sie das Piano seiner Mutter verkaufen mussten, um das Bußgeld zu bezahlen. Brady wusste, dass das, was Roy Simmons nicht akzeptieren konnte, die Tatsache war, dass ihm die Behörden seine einzige Leidenschaft im Leben genommen hatten – nämlich sein 22er-Kaliber-Gewehr auf eine Kreatur zu richten und es in die ewigen Jagdgründe zu schicken.

Nicht dass Brady es seinem Vater verübelte, wütend zu sein. Er wusste, dass sein Vater darauf angewiesen war, zu jagen und genug Nahrung auf den Tisch zu bringen. Ob Wild, Fisch, Vogel oder auch nur ein schäbiges kleines Eichhörnchen, Fleisch war Fleisch. Und Brady ahnte, dass es am Selbstbewusstsein seines Vaters nagte, dass er nun die Familie nicht mehr versorgen konnte. Brady war Manns genug, um das Problem zu erkennen.

Was er allerdings seinem Vater sehr verübelte, war, dass dieser seine Wut mit Alkohol betäubte. Er hatte nicht einmal versucht, loszugehen und sich Arbeit zu suchen. Es schien, als würde er langsam, aber sicher in ein tiefes schwarzes Loch gleiten, aus dem er sich allein nicht mehr befreien konnte. Je zorniger er wurde, desto mehr trank er, und umgekehrt. Zu Hause wurde es immer unerträglicher. Seine Mutter konnte die Wunden und Prellungen nicht mehr verstecken. Es waren einfach zu viele. Und sein Vater hatte es auch auf ihn abgesehen. Doch er musste *irgendetwas* tun, damit der Zorn seines Vaters sich ausschließlich auf ihn richtete und nicht mehr auf seine Mutter oder kleineren Geschwister.

Nicht, dass das schwierig wäre. Kaum. Sein Vater beschuldigte ihn nämlich, der Grund für all die Sorgen zu sein. Roy machte ihn sogar für Dinge verantwortlich, die schon lange vor seiner Geburt passiert waren. Wenn Roy trank, war es egal, wie absurd die Gedanken waren, die ihm gerade durch den Kopf schossen – er glaubte daran. Und nichts und niemand konnte seine Wutausbrüche dann noch stoppen.

„Eines Tages …“, schwor Brady sich und hob die Spitzhacke wieder hoch über seinen Kopf. Eines Tages würde er fortgehen. So schnell er konnte, wollte er seine Sachen packen und das Haus und seine Familie verlassen und nie mehr zurückkommen. Er wäre dann so wie Lijah und würde im Land herumreisen, ohne Pflichten und ohne Sorgen.

„Was guckst du so?“ knurrte er den Hahn an. Langsam ging es ihm auf die Nerven, wie der weiße Vogel ihn andauernd angaffte. „Hör auf. Starr mich nicht mehr so an.“ Er hielt inne, um sich die Stirn abzuwischen und murmelte: „Meinst du, ich sollte dableiben? Wie du? Einfach allem still zusehen? Aber für wen? Für Mommy? Warum packt sie nicht ihre Sachen und verschwindet? Warum bin ich derjenige, der sie beschützen soll? Jetzt sind meine Geschwister mal dran. Ich habe meinen Part erfüllt.“

Wieder und wieder krachte die Spitzhacke in den Boden, bis er stoppte, um Atem zu holen. Obwohl die Temperatur nur knapp über dem Gefrierpunkt lag, geriet er so ins Schwitzen, dass er seine Jacke ausziehen musste.

„Hey du“, rief jemand von der Straße herüber.

Brady drehte den Kopf und sah Clarice, die auf ihn zulief und eine braune Tüte im Arm hielt. Sie bewegte sich locker und ungezwungen, mit langen Schritten. Ihre Hüften schwangen dabei von links nach rechts. Ihr glänzendes schwarzes Haar war heute zu unzähligen kleinen Zöpfen geflochten, die sie im Nacken zu einem

Knoten zusammengebunden hatte. Er stellte sich gerade hin und versuchte, mit einer Hand sein Haar ein bisschen zu glätten.

Er wurde aus Clarice einfach nicht schlau – oder aus seinen Gefühlen für sie. Sie war eines der hübschesten Mädchen, das er je gesehen hatte, obwohl sie nicht dem entsprach, was er normalerweise als hübsch bezeichnete. Nicht wie Jenny, seine Freundin. Jenny war wie alle Mädchen, in die er sich bis jetzt verliebt hatte: blond, mit großen blauen Augen und leicht zu beeinflussen. Clarice war ... eigentlich konnte er gar nicht so genau sagen, was ihn an ihr so faszinierte. Es war eher ihre Art, wie sie Dinge tat, als ihr Aussehen, das ihn anzog. Wirklich selbstbewusst und klug, als wüsste sie genau, was sie wollte, und sich das auch nahm. Sie war aber auch eine Plage und liebte es, sich aufzuspielen und ihre Mitmenschen zu ärgern. Besonders ihn. Doch in den letzten Wochen war sie schon deutlich netter zu ihm geworden. Wenn sie Lijah eine Cola brachte oder einen Snack, brachte sie Brady auch etwas mit. Mittlerweile hielt er immer nach ihr Ausschau, wenn er ins Center kam.

„Ich dachte, du würdest hier arbeiten", sagte sie, als sie näher kam. „Und jetzt stehst du hier nur reglos in der Gegend herum. Du erinnerst mich an einen typischen Straßenarbeiter, der sich auf seine Schippe lehnt und sich die Sonne auf die Mütze brennen lässt."

„Ich habe nur Luft geholt", verteidigte er sich. „Es ist harte Arbeit, diese Hacke zu stemmen."

„Das wusste ich nicht", erwiderte sie und hob keck das Kinn. Sie lief an ihm vorbei. „Warum ist das Tor offen?" wollte sie wissen. „Es sollte eigentlich immer geschlossen sein."

„Frag den Chef. Er sagte mir, ich solle es offen lassen, während ich den Graben aushebe."

Dagegen konnte sie nichts einwenden, und er genoss den Triumph, wenigstens *einmal* das letzte Wort behalten zu haben.

„Was machst du hier?“ fragte er.

„Ich bin gekommen, um dem Hahn ein bisschen Futter zu bringen.“

„Oh.“ Er betrachtete den Vogel und wandte sich dann wieder seiner Arbeit zu.

Schweigend hackte er weiter, konnte es aber nicht lassen, Clarice aus den Augenwinkeln zu betrachten. Sie lief zu der Kiefer und streute trockene Körner auf den Boden unter dem Stammsitz des Hahnes.

„Warum machst du das?“ fragte er.

„Das ist doch wohl offensichtlich, denke ich.“

„Wenn ihr so besorgt um den Hahn seid, warum bringt ihr ihn dann nicht in einem eurer Käfige unter, anstatt ihn hier sich selbst zu überlassen?“

„Er gehört uns ja nicht, und wir haben nicht das Recht, über ihn zu bestimmen. Er kam freiwillig hierher und sitzt seitdem herum, beobachtet, wer kommt und wer geht. Offenbar ist er gern im Center, sonst wäre er schon längst verschwunden.“ Sie warf noch eine Handvoll Körner auf den Boden, dann schloss sie die Tüte. „Wir lassen ab und zu etwas Korn da, nur um sicher zu gehen, dass er genug zu fressen hat.“

„Es ist irgendwie seltsam, dass er da ist, stimmt's? Ich meine, warum ist er hergekommen, und was hält ihn hier?“

Sie trat an ihn heran und kräuselte nachdenklich die Stirn. „Ich weiß es nicht. Aber Lijah sagt, dass jedes Tier einen mächtigen Geist hat. Man nennt das *Totem.* Die Tiere sind Übermittler zwischen geistiger und menschlicher Welt. Mensch und Tier bilden eine Art Schicksalsgemeinschaft.“

Brady hob die Augenbrauen. „Sicher.“

Clarice schnaubte ob Bradys abfälliger Bemerkung und sagte

scharf: „Ich vergeude hier ganz offensichtlich meine Zeit. Du würdest sowieso nicht verstehen, was ich sage."

„Willst du damit behaupten, dass ich dumm bin?"

„Das hast du gesagt, nicht ich." Sie wandte sich ab und lief los.

„Warte", rief er ihr hinterher. Er interessierte sich nicht wirklich für diesen Totem-Schicksalsgemeinschaft-Kram, doch er wollte sich gerne noch ein bisschen länger mit ihr unterhalten.

Sie wandte keck den Kopf und schenkte ihm einen ungeduldigen, fragenden Blick.

„Also, erzähle mir was über diese Totem-Sache."

Sie guckte ihn an, verengte ihre rehbraunen Augen und dachte darüber nach, ob sie ihm antworten sollte oder nicht. Schließlich siegte jedoch ihr Wunsch, die Geschichte zu erzählen, sie drehte sich um und ging auf ihn zu. Einige Meter von ihm entfernt blieb sie stehen.

„Wir wissen es natürlich nicht absolut sicher. Aber du musst zugeben, dass es merkwürdig ist, dass der Hahn eines Tages einfach herkam und seitdem in dem Baum lebt. Er ist seit einigen Wochen da."

Brady zuckte nur die Schultern. Er beobachtete fasziniert, wie sich die wundervoll geschwungenen Augenbrauen von Clarice bewegten, wenn sie sich für ein Thema begeisterte.

„Harris glaubt, es wäre ein gutes Omen für das Center für Greifvögel", fuhr sie fort. „Ich hörte, wie er mit Lijah darüber sprach."

„Was haben sie gesagt?"

„Wenn du die Bibel kennen würdest, wüsstest du, dass der Hahn krähte, nachdem Petrus Jesus drei Mal verleugnet hatte."

„So? Und was bedeutet das? Dass jemand das Center drei Mal verleugnen wird, oder was?" Als er sah, dass sie erneut ungehalten reagierte, brummte er: „Okay, *tut mir Leid.*"

„Bist du immer so ein Klugscheißer?“

„Nur manchmal.“ Er grinste mit einem so jungenhaften Charme, dass er ihr ein zaghaftes Lächeln entlocken konnte. „Es tut mir Leid. Erzähl weiter.“

„Lijah sagt, dass Hähne besonders wachsam sind. Sie halten stets die Augen offen.“

Brady sah zu dem Hahn rüber. *Du auch, wie?*

„Jedenfalls ist Harris davon überzeugt, dass der Hahn das Center ausgewählt hat. Totems tun das. Sie erwählen sich ihre Schicksalspartner.“

„Aha“, sagte er und kratzte sich abwesend ein bisschen Dreck aus dem Gesicht. „Hey, du gehst doch auf die Lincoln Highschool, wenn ich richtig liege?“

Sie blickte ihn an, überrascht durch den schnellen Themenwechsel. „Ja. Und?“

„Also ... also, ich auch.“

„Ich weiß. Ich habe dich dort schon gesehen.“

„Hast du?“ Er war verblüfft. „Die Lincoln ist eine ziemlich große Schule. In welcher Jahrgangsstufe bist du?“

„Ich bin in der Abschlussklasse.“

„Dann bist du sicher schon dabei, dir ein College auszusuchen, hab ich Recht?“

Ihre Miene hellte sich auf, und sie streckte die Schultern. Er konnte sehen, wie stolz sie war. „Ich bin in Stanford angenommen worden. Vorzeitige Entscheidung.“

„Stanford? In *Californien?*“ Er konnte nicht fassen, dass sie den Süden verlassen würde, um an einem College zu studieren, das am anderen Ende des Landes lag. „Das ist weit weg von zu Hause.“

„Es ist herrlich dort. Ich kann es kaum erwarten, nach Stanford zu kommen. Voraussichtlich werde ich die Vorbereitungskurse für das Medizinstudium schon jetzt belegen. Es ist eine tolle Schule, und – Gott sei Dank – habe ich ein Stipendium bekommen."

Er spürte den Neid wie einen Stich in seinem Herzen. Ein Stipendium? *Natürlich.* Sie war dunkelhäutig. Jeder wusste, dass solche wie sie nur die Hand aufhalten mussten und Geld bekamen.

„Du musst sehr schlau sein." Seine Stimme troff nur so vor lauter Sarkasmus.

Sie blickte ihn ernst an. „Ich arbeite hart und bekomme dafür gute Noten."

Etwas in seinem Ausdruck brachte sie dazu, sich zu rechtfertigen. Ihre Stimme klang so scharf, als wäre sie wütend und drauf und dran, ihn zu beschimpfen.

„Du weißt, viele Leute haben heutzutage einen Durchschnitt von 4.0. Sie strengen sich nicht an. Ich habe dagegen viel gelernt und zusätzlich Kurse belegt. Ich denke, dass die Noten meiner Zusatzkurse mir das Stipendium schließlich gesichert haben."

Er trat einige Steine weg, fühlte sich dumm. Sie wartete offenbar darauf, dass er sie nach ihren Noten fragte, aber diese Genugtuung wollte er ihr nicht verschaffen. „Und was ist mit dir?" fuhr sie dann fort.

Er strich sich über die Wange, schaute zur Seite und fühlte, wie der Dolch tiefer in sein Fleisch drang. „Bis jetzt habe ich noch nicht einmal mit den Zusatzkursen angefangen." Er zuckte leicht mit den Schultern. „Ist sowieso egal. Ich gehe nicht aufs College."

„Warum nicht?"

„Kann ich mir nicht leisten."

„Das ist keine Entschuldigung. Du kannst dich immer für ein Stipendium oder finanzielle Unterstützung bewerben. Das Geld ist da draußen. Du kannst nicht *nicht* zum College gehen, weil du kein Geld hast."

„Ja, also …“ Er zuckte unsicher die Schultern. „Ich denke, du hast meine Noten noch nicht gesehen. Wie gesagt, es ist auch egal. Ich will zu keinem College gehen. Ich kann es kaum erwarten, endlich aus der Schule zu kommen.“

„Oh.“

Er grub den Absatz seines Schuhs tiefer in den Boden und verlagerte sein Gewicht. „Californien, wie? Ich glaube, das ist ganz cool. Manchmal ist es gut, weit weg zu sein.“

Erst jetzt fühlte er sich wirklich beschämt, denn er bemerkte sehr wohl, wie sich ihr Gesichtsausdruck veränderte und er ihr ganz offensichtlich Leid tat. Sie spürte, dass es unangebracht gewesen war, ihren persönlichen Erfolg so in den Vordergrund zu stellen. Brady wünschte sich, er könne einfach in dem Loch verschwinden, das er gerade grub.

„Hey“, sagte sie mit aufmunternder Stimme. „Du solltest es einfach versuchen. Es ist nie zu spät.“

Für Typen wie mich schon, dachte er verbittert. Wenn sie nur wüsste, wie sein Leben wirklich aussah, würde sie diese lockerleichten Sprüche unterlassen.

„Also, dann gehe ich mal besser wieder an die Arbeit.“

„Ja, ich auch. Wir sehen uns.“

Sie lächelte, bevor sie kehrtmachte, und zu seinem Erstaunen konnte er in ihrem Gesicht keinerlei Boshaftigkeit oder Missgunst erkennen, wie er es eigentlich erwartet hatte.

Er blickte ihr hinterher, als sie fortging, mit diesem selbstbewussten Gang und den schwingenden Hüften. Plötzlich fühlte er die Wut wie einen Stich in seinem Herzen und fragte sich, was es war, das einige Menschen von Geburt an zu Siegertypen machte und andere wiederum – egal wie sehr sie sich auch bemühten – zu ewigen Verlierern.

Bevor er die Hacke anhob, schaute er noch einmal zu dem Hahn. Der saß wie immer reglos, mit schräg gelegtem Kopf und blickte ihn unverwandt an.

„Was guckst du so?“ sagte er missgünstig. „Denkst du, du wärest *mein* Totem, oder so? Das kannst du dir gleich wieder aus dem Kopf schlagen.“

Der Hahn schüttelte seine Federn, streckte die Flügel und ließ sich zu Boden segeln. Er kam direkt auf ihn zu – mit dem typischen Gang, bei dem sich der Kopf ruckartig bewegte, die Beine nach vorne geworfen wurden und sich der helle, leuchtend rote Kamm im Rhythmus bewegte. Brady fühlte sich ein wenig unwohl, als das Tier auf ihn zusteuerte, und wich zurück, wobei er beinahe über die Spitzhacke gestolpert wäre, die auf dem Boden lag.

„Also, okay“, sagte Brady und versuchte, das Gleichgewicht zu halten. „Reg dich nicht auf.“ Der Vogel stoppte einige Meter von ihm entfernt, doch Brady wagte es nicht, die Augen von ihm zu wenden. „Du machst einfach weiter und frisst dein Futter und lässt mich an meinem Graben arbeiten, hörst du?“

Er drehte sich um und hob die Hacke, um weiterzugraben. Der Hahn lief zur Kiefer zurück und scharrte mit den Füßen eifrig nach Korn.

Brady schüttelte den Kopf und murmelte: „Verdammter verrückter Vogel.“ Doch wenn er ganz ehrlich war, fing er an, den dummen weißen Hahn zu mögen. Sie waren sich sehr ähnlich. Sie wussten beide, wie es war, am Rande der Gesellschaft zu stehen und einen Blick hineinwerfen zu dürfen.

11. KAPITEL

Milane und Weihe: *Die anmutigen Flugkünstler. Diese schlanken, wohlproportionierten mittelgroßen Vögel haben lange Flügel und Schwänze und einen besonders anmutigen Flugstil. Die Flugmanöver der Milane kann man als akrobatisch bezeichnen – wenn man sie dabei erleben darf, wie sie Insekten aus der Luft über der weiten Ebene fangen. Normalerweise kann man sie sehr gut an ihrem besonderen Gefieder, ihrer Form und ihrem Flugverhalten von anderen Greifvögeln unterscheiden – besonders den Amerikanischen Schwalbenweih –, doch wenn sie zu weit entfernt sind, gibt es in der Unterscheidung zu anderen Vögeln manchmal Schwierigkeiten. Die Familie der Milane und Weihe beinhaltet den Amerikanische Schwalbenweih, den Mississippiweih und den Gleitaar.*

Am folgenden Mittwoch lief Ella mit Harris vom Haus zur Klinik. Es war ihr erster Tag als Teil der Crew. Lijah und Maggie hatten sich angeboten, einen Blick auf Marion zu werfen, solange Harris Ella einen Crashkurs in Vogelkunde gab. Harris war wundervoll. Jede freie Minute hatte er damit zugebracht, mit Ella am Tisch zu sitzen und sie einzuweisen, während sie wie ein Student gepaukt hatte. Sie hatte die Anatomie der Vögel gelernt, die Fachbegriffe und die Abkürzungen, die verwendet wurden. Außerdem hatte sie einen Überblick bekommen, was verletzte Vögel brauchten und was im Gegensatz dazu die Dauerbewohner des Centers benötigten.

Trotzdem fühlte sie sich in dem Moment, als sie das malerische, weiße Schindelgebäude mit den niedrigen Decken betrat, das die Klinik beherbergte, genauso grün hinter den Ohren wie jeder andere freiwillige Helfer. Sofort stieg ihr ein durchdringender, stechender Geruch in die Nase. Sie rümpfte die Nase und sah sich um. „Was ist das für ein Gestank?"

„Welcher Gestank?"

„*Welcher*?" fragte sie und starrte Harris ungläubig an.

„Oh, das. Wir häuten und nehmen Mäuse für die Vögel aus. Das könnte es unter Umständen sein."

„Oh, das."

Er grinste und schloss die Tür, womit er das regnerische, kalte Wetter draußen ließ, aber auch das letzte bisschen frischer Luft für Ella. „Daran gewöhnt man sich."

Sie rieb sich die Arme und sah sich um.

„Sie wirken ein wenig nervös", sagte er.

„Nein. Nur verängstigt."

„Weswegen denn?"

„Oh, wegen allem. Deswegen, wieder eine Krankenschwester zu sein", gab sie zu. Plötzlich fühlte sie sich befangen, weil sie dieses sensible Thema angeschnitten hatte, und fügte hinzu: „Und wegen der Greifvögel. Ich habe viel in den Büchern gelesen, die Sie mir gegeben haben. Das ist alles schön und gut. Und Maggie hat mich freundlicherweise die letzten Tage viel hier herumgeführt. Wenigstens kenne ich jetzt den Unterschied zwischen einem Rotschwanzbussard und zum Beispiel einem Mississippiweih. Wussten Sie, dass mir nicht einmal bekannt war, dass ein Weih ein Vogel ist? Ich war der Meinung, es wäre ein Spielzeug, aus etwas Papier und einem Bindfaden gebastelt, ein anderes Wort für einen Drachen eben. Bis ich hierher kam, habe ich in den Himmel geblickt, und alles, was größer als ein Spatz war, habe ich Falke genannt."

Er brach in Gelächter aus, legte den Kopf schräg und blickte sie erheitert, aber ohne eine Spur von Kritik an. „So denken die meisten Menschen", versicherte er ihr.

„Trotzdem … am Himmel auf einen Falken zu deuten oder in eine kleine Voliere zu krabbeln und einen Falken an seinen Krallen zu greifen, sind zwei unterschiedliche Paar Schuhe. Harris, ich bin nervös, und ich weiß nicht, warum. Es ist nicht so, dass ich schon mal schlechte Erfahrungen mit Vögeln gemacht hätte, jedenfalls nicht dass ich wüsste."

„Eine solche Unsicherheit passt gar nicht zu Ihnen, Ella. Jeder, der es nach und nach geschafft hat, Marion an die Bluttests und Spritzen zu gewöhnen, muss vor Schnäbeln und Krallen keine Angst mehr haben – nicht einmal, wenn es sich um den größten Greifvogel überhaupt handelt." Er schien sich zu freuen, als er ihr ein klägliches Lächeln entlocken konnte.

„Entspannen Sie sich einfach", sagte er mit ermutigender, sanfter Stimme. „Wir werden Sie ganz langsam an diesen Ort und Ihren Arbeitsplatz gewöhnen. Ziehen Sie Ihre Jacke aus und lassen Sie mich Sie herumführen. Vergessen Sie nicht, dass ich normalerweise mit einer Stammcrew arbeite, also sieht es in Ihren Augen vielleicht ein bisschen unübersichtlich aus. Wo wir gerade davon sprechen", sagte er, als er die Tür zur Klinik öffnete. „Jetzt können Sie gleich einmal Marie kennen lernen. Sie ist eine der freiwilligen Helferinnen, die schon am längsten hier sind."

Marie kam in die Klinik und schüttelte sich den Regen von ihrem gelben Regenanzug. Sie war eine attraktive Frau in den Fünfzigern, bescheiden und mit lebhaften Augen. Die Art von Mensch, die man sofort in sein Herz schloss.

„Guten Morgen, Marie. Dies ist Ella Majors. Sie wird Sherrys Aufgaben übernehmen, solange sie nicht da ist."

In Maries Augen blitzte Dankbarkeit auf, als sie ihre Hand ausstreckte. „Gott sei Dank. Wir brauchen Sie wirklich dringend."

„Ich bin ziemlich grün hinter den Ohren, was die Arbeit mit

Vögeln betrifft. Ich zähle auf Sie und die anderen Helfer, um mir ein bisschen unter die Arme zu greifen."

„Dafür sind wir hier. Wo wir gerade von grün sprechen", sagte sie und wandte sich zu Harris um. „Aus dem Schlauch neben dem Haus tröpfelt ununterbrochen Wasser, und wenn der Schaden nicht bald behoben wird, haben wir dort den schönsten Sumpf. Ich denke, die Dichtung ist kaputt. Vielleicht ist sie überbeansprucht worden, so wie der arme Junge mit dem Schlauch arbeiten musste. Brady muss wirklich jeden der Zwingerböden geschrubbt haben. Und die Vogelkäfige! Ich kann es kaum fassen. Sie sind alle repariert und mit neuem Kunstrasen bezogen. Dank Brady und Lijah wird das Center mal wieder richtig auf Vordermann gebracht. Sie sind wirklich ein dynamisches Duo."

„Ich werde es reparieren", erklärte Harris bereitwillig.

Sie unterhielten sich noch einen Moment über dieses und jenes, aber wie in jedem anderen Krankenhaus auch hielten sie die Unterhaltung kurz, weil die Pflicht rief. Marie begann mit der morgendlichen Fütterung, während Harris Ella herumführte.

Die Klinik war in einem alten Haus untergebracht, das für die speziellen Bedürfnisse umgebaut worden war. Ella fand, dass es eine gelungene Mischung aus Charme und Zweckmäßigkeit darstellte. Sie folgte Harris durch einen langen schmalen Flur und die fünf kleinen Räume, von denen das Behandlungszimmer und die direkt daneben liegende Intensivstation die wichtigsten waren. Auf der anderen Seite des Flures befand sich ein weiterer kleinerer Behandlungsraum, in dem Medikamente in einem verschlossenen Glasschrank aufbewahrt wurden. Es gab außerdem ein Büro, das mit Büchern angefüllt war und in dem Süßigkeiten und Brezeln lagen, einen Röntgenraum, der nur etwa so groß wie ein Kleiderschrank war, sowie ein Zimmer, in dem das Futter zubereitet wurde, und schließlich ein Minilabor. Die ganze Klinik war lichtdurchflutet, was den Kontrast zwischen den weißen Wänden und dem honigfarbenen Holzfußboden besonders schön zur Geltung brachte. Auf sie wirkte der Arbeitsplatz behaglich, fröhlich – zum Wohlfühlen.

Sie gingen von Raum zu Raum, und Harris erklärte ihr alles – von den Plätzen, wo die BID-, SID- und QID-Tabellen lagen, die Auskunft über normale Größe, Gewicht und Ernährung der einzelnen Vögel gaben, bis hin zu den Medikationen. Doch alles, was sie hörte, war ein Dröhnen in ihrem Kopf, als sie die Klinik mit den Augen einer Krankenschwester betrachtete. Ein *bisschen* unübersichtlich, hatte er gesagt?

Doch neben all dem Neuen, was sie lernen musste, und den vielen Informationen, mit denen Harris sie konfrontierte, war da noch ein anderes Gefühl ... All ihre Sorgen und Ängste schienen auf einmal wie weggewischt, als sie das vertraute Rauschen des Blutes in ihren Adern wieder wahrnahm – Jahre der Erfahrung als Krankenschwester kamen mit einem Schlag zurück. In ihren Fingern juckte es. Sie wollte wieder arbeiten.

Es stand nur begrenzter Raum zur Verfügung, und so wie sie es sah, hatten die Mitarbeiter vielfältige Aufgaben zu erledigen. Die Räumlichkeiten wurden für die unterschiedlichsten Arbeiten genutzt. In der Futtervorbereitung zum Beispiel kamen die Tresen, Spülen und der angrenzende Bereich mit Futter, Blut, Tüchern und den Ausscheidungen der Vögel in Berührung. In einem Waschbecken mit Seifenwasser wurde das Besteck für beides – Fütterung und medizinischen Gebrauch – gereinigt. Die Tabellen wurden während der Futterbereitung auf das Waschbecken gestellt und anschließend in den Behandlungsbereich getragen. Ella erfasste das alles mit einem Blick. Es wurde wunderbare, lebensrettende

Arbeit geleistet, auf die Harris zu Recht stolz sein konnte. Das stand außer Frage. Doch alles, was die Krankenschwester Majors sah, war eine Brutstätte für Viren und Bakterien. Mit denen die Tier sich immer wieder gegenseitig anstecken würden.

„So, das war der allgemeine Aufbau", schloss Harris, als sie den Rundgang beendeten. Er verschränkte die Arme vor der Brust. An seinem Gesicht konnte man den Stolz und die Befriedigung eines Menschen ablesen, der es geschafft hatte, aus dem Nichts diese wunderbare Klinik aufzubauen. „Ich weiß, dass das sehr viele Informationen auf einmal waren, die Sie aufnehmen mussten, aber Sie werden sich sehr schnell an das Haus und den Arbeitsplatz gewöhnen, wenn Sie erst mal begonnen haben, hier zu arbeiten. Irgendwelche Fragen?"

„Oh, einige", erwiderte Ella mit blitzenden Augen. Sie krempelte sich die Ärmel mit der Entschlossenheit einer Frau hoch, die eine Mission zu erfüllen hat. „Wo ist das Bleichmittel, die Seife, Papiertücher, ein frischer Schwamm und der Besen?"

Einige Tage später, als die Abenddämmerung hereinbrach, lehnte sich Ella gegen die sauber glänzende Anrichte in der Futtervorbereitung und dachte, dass sie zum Haus zurückkehren, Harris von der Kinderbetreuung erlösen und beginnen sollte, das Abendessen anzurichten. Der Gedanke ging ihr durch den Kopf, während sie die Schränke, Anrichten, das Besteck und die Werkzeuge der Klinik einer eingehenden Prüfung unterzog. Nicht eine Pinzette oder ein Mulltupfer lagen herum.

Sie war stolz, dass auch sie ihren eigenen kleinen Beitrag zu dieser gut organisierten Klinik leisten konnte, auch wenn sie bis jetzt noch keinen Vogel behandelt hatte. Aber, mein Gott, sie war wirklich müde. Ihre Beine waren vom Herumstehen schwer wie Blei, und ihre Hände waren wundgescheuert. Der bloße Gedanke daran, auch noch das Abendessen zu machen, war heute unerträglich für sie. Wenn sie früher von der Klinik nach Hause kam, reichte es, wenn sie eine Schale Müsli aß. Doch jetzt musste sie auch für Marion und Harris sorgen. Ella hatte nun ein ganz anderes Verständnis für die Mühsal einer Mutter, die nebenbei noch arbeitete. Sie legte ihre Hand in den Nacken und begann, die Verspannungen wegzumassieren. Die letzten Augenblicke der Ruhe wollte sie festhalten.

Doch in dem Moment wurde die Tür aufgestoßen und setzte der Stille ein jähes Ende. Überrascht drehte Ella den Kopf und erblickte Harris, der aus der kalten und regnerischen Nacht in die Klinik kam.

„Hier sind Sie. Wir haben uns schon Sorgen gemacht."

„Ich habe nur noch etwas zu Ende aufgeräumt. Ist es denn schon sehr spät?"

Sie hob ihre Hand, um einige widerspenstige Haarsträhnen zurückzustecken. In den letzten Tagen waren sie in der Enge der Klinik sprichwörtlich immer wieder aufeinander gestoßen. Er hatte die Fähigkeit, den Raum mit seiner Anwesenheit zu füllen und die Atemluft irgendwie rar zu machen. „Es tut mir Leid. Ich habe zum Saubermachen meine Uhr abgenommen."

„Es ist noch gar nicht so spät", erwiderte er und schloss die Tür hinter sich. Seine Jacke tropfte, und er roch nach Regen. Als er seine Kapuze zurückschob, hafteten einige Tropfen des Regens an seinen langen Wimpern, während er seinen Blick über die blitzsauberen Tresen und Schränke gleiten ließ. „Sieht toll aus", sagte er und schaute sie anerkennend an. „Wirklich, ich kann es kaum fassen. Sie haben die Klinik total verwandelt."

„Das ist Teil meines geheimen Planes. Nun bin ich die Einzige, die weiß, wo alles liegt, und jeder muss zu mir kommen, um mich danach zu fragen. Sehen Sie? Die totale Unentbehrlichkeit!" Sie tätschelte ihren Kopf. „Guter alter Yankee-Einfallsreichtum!"

„Ich bin beeindruckt. Keine Kreuz-Kontamination mehr, stimmt's?"

„Darauf können Sie wetten."

„Ich muss zugeben, als Sie dieses Projekt gestartet haben, war ich ein wenig skeptisch – und sogar ein bisschen ärgerlich. Sie schienen mehr Arbeit zu machen, als dass Sie eine Entlastung darstellten. Aber jetzt ..." Er nickte dankbar. „Ich sehe, dass es den Einsatz durchaus wert war."

Angesichts dieses Komplimentes errötete sie. „Das spart auch Zeit. Ganz zu schweigen von den Vogelleben, die es retten wird. Und darum geht es doch, oder?"

„Ich wusste, dass es die richtige Entscheidung gewesen ist, Sie hierher zu bringen."

„Aber nur vorübergehend", warf sie ein. „Ich bin immer noch keine Krankenschwester für Vögel."

„Noch nicht."

Er sah sie fest an, und Ella konnte ein Lachen nicht unterdrücken.

„Wo wir gerade davon sprechen, ich muss eine Nachuntersuchung bei einem Streifenkauz machen, der vor einiger Zeit eingeliefert worden ist. Wollen Sie vielleicht Ihrer ersten Untersuchung beiwohnen?"

„Jetzt? Heute?"

„Eine bessere Gelegenheit wird sich nicht bieten. Es ist friedlich und ruhig."

Sie spürte, wie ihr Pulsschlag sich erhöhte. „Ich bin ziemlich müde", versuchte sie sich herauszuwinden.

„Es wird nicht lange dauern. Kommen Sie, Ella. Sie müssen ja irgendwann den Umgang mit den Tieren lernen. Dann können Sie ebenso gut jetzt damit beginnen."

Er komplimentierte sie in das Zimmer hinein, das die Intensivstation beherbergte. Einige Zwinger und Käfige standen auf den Regalen. Der Raum war erfüllt vom beißenden Geruch der Vogelexkremente. Ella schlang die Arme um sich, um ein Zittern zu unterdrücken.

„Hier ist er. Nummer 2036", sagte er und schlug das Tuch zurück, das vor dem Käfig hing.

Der braun-grau gemusterte Kauz starrte sie durch die Gitterstäbe hindurch mit seinen großen, seelenvollen schwarzen Augen an. Sein linker Flügel war verbunden, genau wie sein Fuß, und trotzdem stand er aufrecht und still wie ein verwundeter Soldat und betrachtete aufmerksam jede ihrer Bewegungen.

„Er ist wunderschön", sagte sie.

„Ja, ich liebe Streifenkäuze sehr. Die südlichen Vertreter der Familie sind zahmer als ihre Geschwister aus dem Norden. Der Gedanke, dass ihre Mütter ihnen die Manieren beigebracht haben gefällt mir. Er ist ein geeigneter Vogel, um zu lernen. Aber lassen Sie sich nicht von seinem süßen Gesichtsausdruck täuschen. Alle Eulen können sehr angriffslustig sein. Besonders der Virginiauhu. Das sind wirklich brutale Biester. Man muss schon sehr genau wissen, was man tut." Er gab ihr ein Paar dicke schwarze Handschuhe aus Rohleder, die fast bis zum Ellbogen reichten. Als er den Vogel untersuchte, bemerkte er ihre Angst. „Vergessen Sie nie, dass die Füße und Krallen die effektivsten Waffen eines Greifvogels sind. Tragen Sie immer Handschuhe."

Ella fuhr sich mit der Zunge über die Lippen und spürte, wie sich ihr Atem beschleunigte, als sie den scheinbar lammfrommen

Kauz ansah. Etwas an seiner ruhigen Art brachte sie aus der Fassung. „Ich bin mir nicht sicher, ob ich schon bereit bin für das hier“, sagte sie und wich zurück. „Was, wenn ich ihn verletze?“

„Die Gefahr besteht immer, aber wir müssen irgendwo und irgendwann beginnen. Dieser Kauz ist ziemlich schwach und mitgenommen, er wird sich also nicht wehren. Er hatte sich in Stacheldraht verfangen und kämpfte wie wild, um wieder herauszukommen, als ihn jemand fand und befreite. Er hatte Glück, dass die Frau, die ihn brachte, den Draht durchgeschnitten und nicht versucht hat, ihn zu entwirren. Doch trotz allem ist die Struktur des Flügels schwer verletzt worden und der Fuß tief eingerissen. Okay, ich zeige Ihnen nun, was Sie tun müssen“, sagte er und trat dichter an sie heran.

Ihr Herz pochte so laut, dass sie sich fast sicher war, er würde es hören. Er stand ganz nah bei ihr und hatte die Hände erhoben, um ihre Arme zu umfassen. Sie verharrte gespannt und reglos, als sie seine Finger auf ihrer Haut spürte.

„Entspannen Sie sich“, sagte er. „Sie zittern ja wie Espenlaub. Es gibt nichts, wovor Sie Angst haben müssten.“

Er hat ja keine Ahnung, was für einen Aufruhr der Gefühle er in mir erzeugen kann, indem er mich nur berührt, dachte sie bei sich und versuchte gewaltsam, das Zittern zu unterdrücken. Er konnte ja auch nicht wissen, wie lange es her war, dass sie jemand so berührt hatte. Ihre Haut war wie gänzlich ausgedörrte Erde, wenn die ersten Tropfen Regen fielen – hungrig, gierig, lebendig, aufblühend.

„Gehen Sie ganz nah heran, damit er nicht entkommen kann“, sagte er, und sie konnte seinen Atem an ihrem Ohr spüren, während er ihre Arme lenkte. „Seien Sie stets bereit zuzugreifen ... so ... genau, das ist richtig.“

Sie stand in seiner Armbeuge, spürte den weichen Stoff seines Hemdes an ihrer Wange und nickte.

„Das Wichtigste ist, langsam und vorsichtig in den Käfig zu greifen, damit er sich nicht zu sehr erschreckt. Wir wollen ja verhindern, dass er allzu sehr mit seinen Flügeln schlägt. Damit könnte man die Schwingen verletzen. Wenn Sie ihn im Griff haben, nehmen Sie die Flügel und drücken sie vorsichtig gegen seinen Körper", erklärte er und führte ihre Arme. Dann nahm er seine Hände weg, blieb aber in der Nähe stehen. „Sind Sie bereit, es zu versuchen?"

Als er zur Seite trat, atmete sie tief ein und nickte. Sie spürte die kalte Luft um sich herum, die sie wieder zu Verstand brachte. Ich muss mich konzentrieren, sagte sie sich, als sie in die dunklen Augen des Tieres blickte.

Sie erinnerte sich an den Tag – es war schon so lange her –, als sie zum ersten Mal einem Kind eine Spritze setzen musste. Ihre Hände hatten damals genau wie heute gezittert, und sie war sich sicher gewesen, dem Kind wehzutun und als Schwester zu versagen. Das alles war natürlich nicht passiert. Die ganze Prozedur war ohne Komplikationen vonstatten gegangen, obwohl sie am Ende mehr gezittert hatte als das Kind. Es half ihr, sich an diesen Tag zu erinnern, und sie beruhigte sich ein bisschen. Sie würde es schon überstehen, sagte sie sich. Sie musste nur an sich glauben.

Der Kauz starrte sie aufmerksam mit seinen riesigen Augen an, als sie langsam die Käfigtür öffnete. Die verrostete Tür quietschte. Zwar bewegte sich die Eule nicht, aber sie konnte deutlich ihre Nervosität spüren, als sie langsam mit dem Handschuh in ihr Revier eindrang. Vorsichtig, langsam, wisperte sie sich selbst zu, während sie Stück für Stück näher kam. Plötzlich machte der Vogel einen Satz in die äußerste Ecke des Käfigs und flatterte mit seinem gesunden Flügel laut gegen die Plastikwände. Sie blinzelte, erschrocken über die wilden Flügelschläge und griff hastig in den Käfig. Panik wallte in ihr auf, als der Vogel mit seinen Krallen und seinem Schnabel nach ihr schlug und wie wild versuchte, in ihren Handschuh zu beißen. Mit einem schnellen, präzisen Griff umfasste sie seine Beine, und als sie sie sicher hatte, streckte sie ihren freien Arm aus, um die Flügel an seinen Körper zu drücken.

„Sehr gut! Sie haben ihn!“ hörte sie Harris hinter sich sagen. „Jetzt holen Sie ihn aus dem Käfig, und halten Sie seine Krallen besonders gut fest. So ist es richtig“, sagte Harris und beobachtete jede ihrer Bewegungen.

Ermutigt durch seine Anweisungen, führte Ella seine Befehle gewissenhaft aus.

Er stand an der Seite, stemmte die Hände in die Hüften und grinste. „Glückwunsch, Ella. Gut gemacht.“

Ella errötete und atmete erleichtert aus. In ihren Armen hielt sie diese wundervolle wilde Kreatur. Es war, und das wusste sie, ein seltenes Privileg.

„Unglaublich, dass ich das geschafft habe“, sagte sie, vor Anstrengung ein wenig atemlos. Sie blickte auf den Vogel, den sie sicher hielt. „Schon immer habe ich Eulen geliebt. Als Kind habe ich sie immer in den Wäldern von Vermont gesucht. Ich schlich herum und hielt Ausschau nach ihren weißlichen Ausscheidungen an Bäumen oder nach Gewöllen auf dem Boden. Die Gewölle habe ich auseinander genommen und die kleinen Knochen der Nagetiere betrachtet. Manchmal konnte ich eine Eule in einem Baum schlafen sehen, aber meist nur aus der Ferne. Nie so nah wie jetzt. Das fühlt sich toll an!“

Sie sah auf und bemerkte, wie er sie intensiv musterte, so als wolle er verstehen, wer sie war, und sie einschätzen.

„Jedenfalls“, sagte sie in einem plötzlichen Anflug von Keckheit. „Ich denke, so schwierig war das gar nicht.“

Als hätte der Vogel sie gehört, drehte er seinen Kopf weit herum und zwickte ihr kräftig in den Oberkörper.

Ella keuchte vor Schmerz und taumelte zurück. Sie hielt das Tier mit festem Griff und versuchte verzweifelt, sich möglichst weit von dem gekrümmten Schnabel wegzulehnen, mit dem der Vogel immer noch nach ihr hackte.

Harris machte einen Satz nach vorne und brachte den Kauz dazu, loszulassen. Das T-Shirt hatte sich zusammengezogen, doch Ella war nicht verletzt.

„Sind Sie okay?“

Ella schaute an ihrem Shirt herunter auf ihre zerschundene Haut. „Ja … ich denke schon.“

„Ein Knutschfleck“, sagte Harris, während er eine Kapuze über den Kopf des Tieres zog.

„Ja, toll“, murmelte Ella. Ihr Oberkörper schmerzte, und die Wut über den Vorfall und vor allem über sich selbst stach wie ein Dorn. „Kleine Sünden bestraft der liebe Gott sofort.“

„Sie haben das sehr gut gemacht, Ella. Sie sind ruhig geblieben und haben den Vogel gegriffen. Ich hätte zwar nicht gedacht, dass Sie prompt beim ersten Mal gebissen werden, doch uns allen passiert das früher oder später, also ist es nun offiziell. Sie haben die Prüfung mit Bravour bestanden.“ Er lächelte sie so strahlend an, dass ihre Schmerzen schon viel weniger schlimm waren. „Willkommen im Club.“

Einige Wochen später saß Harris mit Marion zusammen auf dem Wohnzimmerfußboden vor einem Spielbrett. Es war erst zehn Uhr am Morgen, aber sie hatten Lulu bereits ein Dutzend Mal an-

und ausgezogen, hatten schon einige Partien Old Maid gespielt und die Puppenstube schon vor langer Zeit hergerichtet. Dies war die dritte Runde des Kartenspiels, und Harris glaubte, langsam aber sicher den Verstand zu verlieren.

Marion jedoch schien sich sehr zu amüsieren. Sie brabbelte ununterbrochen vor sich hin wie eine Elster. Er konnte ihren nicht enden wollenden, verschachtelten Sätzen nicht folgen, und so drifteten seine Gedanken immer wieder ab. Ab und zu murmelte er ein automatisches „Ach, was" oder ein „Nein, wirklich?", um Marion zu signalisieren, dass er zuhörte.

Er dachte daran, was Ella wohl an diesem Morgen in der Klinik tat. Zwei Eulen – ein Streifenkauz und eine Kreischeule – waren am Tag zuvor mit schlimmen Augenverletzungen eingeliefert worden. Das linke Auge der Kreischeule sah so böse aus, dass es unwahrscheinlich war, es retten zu können. Und ein barmherziger Samariter hatte einen Fischadler den ganzen Weg von Beaufort her in das Center gebracht. Die Fischadler kamen gerade erst in den Süden, um Nester zu bauen und zu brüten, und dieses arme Tier war mit schwersten Verletzungen durch Angelhaken aufgefunden und hergebracht worden. Es war in ziemlich schlechter Verfassung und würde eine besondere Behandlung brauchen. Ob Ella damit zurechtkommt? fragte er sich. Wenn er doch nur für einige Augenblicke sehen könnte, was in der Klinik vor sich ging …

Er schürzte die Lippen – er wusste, dass es nicht ging. Seit Beginn des Arrangements zwischen Ella und ihm hatte er schon ein paar Auseinandersetzungen mit ihr deswegen gehabt. *Seine* Aufgabe war es, Zeit mit Marion zu verbringen und sie nicht zu jemand anderem abzuschieben. Ella hatte ihre Aufgabe mit der größten Selbstverständlichkeit angetreten. Ihre Fähigkeiten als Krankenschwester halfen ihr sehr weiter und kamen zum Einsatz, wie er es vermutet hatte, und es stellte sich heraus, dass sie bei der Behandlung der Vögel sehr geschickt war. Noch immer war sie ein wenig gehemmt und ängstlich, wenn es darum ging, die Tiere aus ihrem Käfig zu holen, aber die älteren, erfahreneren Helfer übernahmen das für sie. Wenn sie einmal am Behandlungstisch stand, hatte sie keinerlei Probleme, die Vögel zu versorgen.

Die Wahrheit war, dass sie sich wunderbar eingelebt und den ganzen Arbeitsplatz umgewandelt hatte, genau wie sie das schon mit dem Haus getan hatte. Die Klinik war noch nie so sauber und aufgeräumt gewesen.

Zuerst war er ein wenig enttäuscht gewesen, dass das Erste, was ihr in der Klinik aufgefallen war, die verbesserungswürdigen hygienischen Verhältnisse gewesen waren. Sicher, er wusste selbst, dass die Bakterien leicht auf ein krankes Tier übertragen werden und dort eventuell verheerende Schäden anrichten konnten, doch die meisten Menschen, die in der Klinik arbeiteten, waren erst einmal fasziniert und auch eingeschüchtert von der Schönheit und imposanten Erscheinung der Greifvögel. Die meisten entwickelten tiefe Gefühle für sie und den Ehrgeiz, diese Tiere gesund zu pflegen und wieder in die Natur auszuwildern. Ella dagegen wirkte den Vögeln gegenüber sehr reserviert und zurückhaltend. Sie widmete sich der Pflege, dem Sauberhalten und der Hygiene in der Klinik. Kleine getippte Zettelchen hingen überall im Gebäude und erinnerten daran, auf Sauberkeit zu achten, um Infektionen und Ansteckungsgefahren zu verhindern. Auf jedem Zettel standen fette Überschriften wie: Hände waschen!, Kein Futter auf den Behandlungstisch legen!, Medizinisches Besteck und Besteck zur Futterzubereitung bitte getrennt lagern! und diverse Unterpunkte dazu.

Die Freiwilligen machten sich über die Hinweise lustig, aber unter dem Spott bemerkte Harris die Anerkennung und den Respekt für Ellas Bemühungen.

Er musste zugeben, dass er ein bisschen eifersüchtig war. Während Ella in der Klinik etwas bewegte, war alles, was er tat, auf dem Fußboden zu sitzen, zu würfeln und kleine blaue Figürchen auf einem bunt gemusterten Spielbrett weiter zu setzen.

„*Daddy!*"

Er blinzelte, als er merkte, dass Marion ihn rief. „Was?"

„Du bist dran", sagte sie genervt.

„Oh. Okay. Aber sicher." Er nahm den Würfel und würfelte. Sechs. Mit ausdrucksloser Miene blickte er auf das Brett. „Wo bin ich denn?"

Marion schaute ihn missbilligend an und schob das Spielbrett zur Seite. „Ich habe keine Lust mehr."

Harris konnte seine Erleichterung kaum verbergen. „Musst du auch nicht. Was möchtest du denn jetzt gerne tun?"

„Fernsehen gucken."

„Nein, fernsehen gibt es nicht. Möchtest du vielleicht ein anderes Spiel spielen?"

Sie zuckte die Schultern und blickte zu Boden.

„Und was ist hiermit?" fragte er und zog einen Karton aus dem Schrank.

Marion schüttelte den Kopf.

„Was ist denn los, Süße?"

„Nichts."

„Na komm, sag schon."

Sie stöhnte auf und streckte sich auf dem Fußboden aus, als sei sie müde.

Er spürte Angst in sich aufsteigen. „Fühlst du dich krank? Ist es das? Vielleicht sollte ich deine Blutwerte checken?"

Sie hob abrupt den Kopf, ihre Augen verengten sich. „Nein! Du musst meine Blutwerte nicht messen!“

Sein Magen zog sich in Erwartung einer ihrer gefürchteten Wutausbrüche krampfhaft zusammen. Seit einigen Wochen war das nicht mehr passiert, und wenn es jetzt geschähe, würde das nur bestätigen, dass er mit der Pflege seiner Tochter offenbar überfordert war. Er stand auf und streckte die Hand nach ihr aus.

„Komm schon, wir machen das jetzt einfach, in Ordnung?“

„Nein, Daddy! Das muss nicht sein.“ Sie trat störrisch nach dem Spielbrett, und die Figuren flogen durch die Luft.

Mittlerweile war Harris davon überzeugt, dass ihr Blutzucker gefallen war, und sein Herz schlug schneller. „Bleib hier“, befahl er ihr und lief aus dem Zimmer, um das Testbesteck aus dem Badezimmer zu holen. Wie konnte er ihren Zustand so falsch interpretieren, schalt er sich selbst. Er hatte die Signale übersehen. Schon wieder. Seine Hände zitterten, als er das Testset aus dem Badezimmerregal nahm.

Als er in das Wohnzimmer zurückkehrte, war Marion verschwunden.

„Marion?“ rief er. Doch er spürte, dass sie fortgerannt war, noch bevor er überhaupt in der Küche und in ihrem Zimmer nach ihr gesucht hatte. Er stieß die Hintertür auf und rannte nach draußen. Panik wallte in ihm auf. „Marion!“

Das kleine Mädchen war nirgends zu entdecken. Er rannte einmal ums Haus und dann quer über den Rasen zur Klinik. Angsterfüllt preschte er durch die Tür, vergaß alle Regeln und rief: „Ella! Ist Marion hier?“

Ella kam aus dem Behandlungszimmer gestürzt. Sie hatte eine Röntgenschürze umgebunden. Ihr Gesicht spiegelte Sorge und Angst wider. „Wie bitte? Ist sie verschwunden?“

„Sie ist plötzlich weggelaufen.“

„Wie lange ist sie schon weg?“

„Einige Minuten.“

Ella atmete auf. „Dann kann sie ja noch nicht weit gekommen sein. Lassen Sie mich nur schnell die Eule in den Käfig zurückbringen, dann helfe ich Ihnen bei der Suche. Sie muss hier irgendwo in der Nähe sein.“

Harris machte auf dem Absatz kehrt und lief zur medizinischen Station. Clarice und Brady waren gerade dabei, die Voliere Nr. 8 zu säubern, während die beiden Fischadler darin sich in die hinterste Ecke gepresst hatten. Aber Marion war nicht da. Als er die Station verließ, sah er Ella, die gerade von der Klinik zu ihm herüberlief.

„Wo haben Sie bis jetzt nach ihr gesucht?“ fragte Ella.

„Im Haus, in der Klinik, auf der medizinischen Station.“

„Was ist mit dem Gehege, in dem die Dauergäste leben? Sie liebt doch die Krähen.“

„Die Krähen“, murmelte er, und ein Licht ging ihm auf.

Zusammen rannten sie zu den Käfigen der Dauerbewohner des Centers. Er war sich Ellas Hilfe und ihrer Unterstützung sehr wohl bewusst, als sie neben ihm herlief. Als er um die Büsche bog, fiel Harris ein Stein vom Herzen. Beim Anblick des kleinen Mädchens, das neben Lijah in der Voliere der Krähen stand, spürte er einen Kloß der Erleichterung im Hals.

„Gott sei Dank“, sagte Ella atemlos, als sie zu ihm aufschloss.

Harris betrachtete Marion, die ganz gelöst und ruhig zu sein schien und sich gerade nach vorne beugte, um die kleinere der beiden Krähen besser sehen zu können. All ihre Wut und die Hinweise darauf, dass ihr Blutzuckerspiegel zu niedrig war, waren verschwunden. Es war offensichtlich, dass sie völlig vertieft war in das, was Lijah ihr gerade erzählte. Harris sah auf Lijahs Gesicht ein freundliches Lächeln, und es entging ihm nicht, dass der alte Mann die kurze Unterhaltung mit Marion sichtlich genoss.

„Sie macht auf mich einen zufriedenen Eindruck", sagte Ella. „Tatsächlich scheint sie mit Lijah ziemlich viel Spaß zu haben."

Er strich sich sein Haar aus dem Gesicht und wartete darauf, dass seine Atemfrequenz sich seiner Herzfrequenz annäherte. „Solange sie nicht mit mir zusammen ist, geht es ihr anscheinend richtig gut."

„Seien Sie nicht so hart zu sich selbst. Jeder liebt Lijah. Er hat dieses besondere Etwas an sich."

„Aber ich bin ihr Vater. Stecken Sie mich mit ihr in diese Voliere, und sie bekommt ganz sicher einen Wutanfall."

Sie lächelte schief. „Was ist denn heute Morgen passiert?"

„Wenn ich das nur wüsste. Gerade spielten wir Chutes and Ladders, und im nächsten Moment trat sie gegen das Spielbrett und sagte mir, sie wolle nicht mehr spielen. Ich dachte, sie hätte einen Zuckerschock."

„Und, hatte sie?"

„Ich weiß es nicht. Ich holte gerade das Messbesteck, als sie sich aus dem Haus stahl."

„Also wusste sie, dass Sie sie testen wollten?"

Er schürzte die Lippen und nickte kurz.

„Lassen Sie uns ein Stück gehen."

Der Frühling hatte offiziell noch nicht begonnen, aber blühende Judasbäume und Kirschblüten, grüne Wiesen, cremefarbene Magnolien und andere zarte Farben erfüllten wie ein sanftes Versprechen die Landschaft.

Sie gingen den Kiesweg hinunter und schlenderten ohne bestimmtes Ziel durch die Gegend. Während sie Schulter an Schulter mit Harris die Wege entlanglief, wurde ihr mit einem Mal bewusst, dass sie nicht länger Arbeitgeber und Arbeitnehmer, sondern vielmehr Kollegen waren, vielleicht sogar eines Tages Freunde. Sie hatten zu viel gemeinsam durchgestanden, waren sich schon zu nah gekommen und hatten viel mehr als ein bloßes Arbeitsverhältnis. Auch ihre gemeinsamen Essen waren nicht mehr die verzweifelten Versuche, auf Teufel komm raus eine Unterhaltung führen zu müssen. Inzwischen waren ihre Gespräche lebendig, voller Fragen und Geschichten, die sie am Tag erlebt hatten, und sie machten Scherze über Menschen und Vögel, die sie beide kannten.

Doch im Moment sprach keiner von beiden. Ella spürte, dass sie gerade auf dem Weg zu einer neuen Ebene ihrer Beziehung waren. Der Kies knirschte unter ihren Schuhen, und die Singvögel trällerten in den Bäumen ihre schönsten Lieder. Normalerweise blickte Harris unentwegt in den Himmel, um unbewusst nach Vögeln Ausschau zu halten. Heute jedoch bemerkte sie, dass er seine Augen auf den Boden gerichtet hatte.

„Ich kann mich nicht um Marion kümmern. Es funktioniert einfach nicht", sagte er schließlich traurig.

„Aber Sie machen das doch erst seit ein paar Wochen. Geben Sie sich ein bisschen mehr Zeit."

„Marion möchte keine Zeit mit mir verbringen."

„Ich weiß nicht, wer Ihnen diesen Floh ins Ohr gesetzt hat. Sie vergöttert Sie. Sie liebt es, mit Ihnen zusammen zu sein."

„Heute Morgen haben wir ein Spiel gespielt, und das Nächste, woran ich mich erinnern kann, ist, dass sie gegen das Brett trat und abgehauen ist. Hört sich das an, als hätte sie Spaß mit mir?"

„Hatten *Sie* denn Spaß?"

„Ich? Das ist doch nicht so wichtig. Das Ziel ist doch, Marion glücklich zu machen."

„Also hatten Sie keinen Spaß?“

„Nein.“

„Ich denke, wir haben gerade den eigentlichen Kern des Problems gefunden.“

„Was soll ich denn Ihrer Meinung nach jetzt tun?“ sagte er, und in seiner Stimme schwang Frustration mit. „Puppen und Brettspiele machen mir nun mal keinen Spaß.“

„Warum spielen Sie dann diese Dinge mit ihr?“

Er sah sie erstaunt an. „Sie haben mir gesagt, ich solle mit ihr spielen, also haben wir gespielt.“

„Wer hat sich für die Brettspiele entschieden?“

„Sie. Wir haben sie aus dem Schrank gezogen, und sie hat diejenigen rausgesucht, die sie spielen wollte.“

„Denken Sie nach, Harris. Wer hat als Erster vorgeschlagen, Brettspiele zu spielen?“

Er antwortete nicht.

„Ich wette, das waren *Sie.*“

„Was ist denn verkehrt an Brettspielen? Ich bin mit solchen Spielen aufgewachsen.“

„Es ist nichts Falsches daran – außer, Sie beschäftigen sich ausschließlich damit. Wie viele Tage haben Sie das als Grundlage genommen, um die Zeit mit Ihrer Tochter zu nutzen?“

Er musste gar nicht antworten. Sie konnte es in seinem sorgenvollen und ein bisschen beschämten Gesicht ablesen.

„Also, Harris, Sie haben etwas ausgewählt, das Sie nicht mögen, von dem Sie aber dachten, Marion würde es gefallen. Und Marion hat die Spiele mitgespielt, weil sie dachte, Sie hätten Spaß daran. Sie hatten beide die besten Absichten, aber fühlten sich im Endeffekt schrecklich dabei.“

Sie trat zur Seite und ließ ihn ein paar Schritte allein gehen, um die Worte erst mal wirken zu lassen. Sie kamen an eine Weggabelung. Wenn sie rechts abbogen, liefen sie auf einem ausgetretenen Weg bis zu einer Stelle, wo der Wald aufhörte und sich eine atemberaubende weite Marschlandschaft erstreckte. Doch stattdessen bogen sie links ab und liefen den Weg hinunter, der zum Highway 17 führte. Der Highway, auf dem die Lastwagen und Autos schnell dahinbrausten, schien unendlich weit entfernt zu sein, als sie in durch die ländliche Stille spazierten. Wohin sie auch schaute, sah sie Palmbäume und Kiefern Seite an Seite stehen, und belustigt dachte sie, dass es eine schöne Parallele zu ihr und Harris sei.

Sie kamen an den Zaun, doch der weiße Hahn war nirgendwo zu entdecken. Harris ging zu dem Straßengraben hinüber, stemmte die Hände in die Hüften, senkte den Kopf und begutachtete Bradys Arbeit. Der Wind zerzauste die langen braunen Strähnen seiner Haare. Er muss mal wieder zum Frisör, dachte Ella. Er hingegen schien sich nicht darum zu kümmern. Überhaupt schien Harris sich dessen nicht bewusst zu sein, wie attraktiv er war. Und das war es auch, was sie an ihm mochte.

Sie trat an seine Seite, blickte ihn an und musste krampfhaft das Verlangen unterdrücken, ihm die Haare aus dem Gesicht zu streichen. Eine kleine Geste, aber diesen Level der Intimität hatten sie und Harris noch nicht erreicht. Als er sie bemerkte, wandte er ihr sein Gesicht zu, und für einen Moment drohte sie sich in seinen tiefen blauen Augen zu verlieren.

„Einen Penny für Ihre Gedanken“, sagte sie.

„Ich weiß nicht einmal, wer meine eigene Tochter eigentlich ist“, gestand er.

Sie sah ihn sanft an. „Marion ist ein aufgewecktes Kind, das sich nichts mehr wünscht, als dass Sie Spaß haben, wenn Sie mit ihr spielen. Sie hat möglicherweise gespürt, dass Sie das Interesse verloren haben, und deshalb war sie verzweifelt. Als Sie dann sagten, Sie würden ihr Blut testen, fiel sie in ihr altes Verhaltensmuster zurück – da konnte sie sich Ihrer Aufmerksamkeit wenigstens immer sicher sein."

„Ein Wutanfall."

„Wie ich schon einmal sagte, sie spielt mit Ihnen wie mit einem Instrument."

Er ließ ein kurzes, selbstironisches Lachen hören, als er sich daran erinnerte, wie er mit Marion auf dem Fußboden gesessen und nur knappe, automatische Antworten auf das gegeben hatte, was das Kind ihm erzählen wollte. Er hatte gar nicht richtig zugehört. „Das arme Mädchen. Wahrscheinlich war sie erschöpft vom vielen Reden."

Sie lachte. Marions Geschnatter kannte sie nur zu gut. Sie liefen langsam wieder zurück. Mit ihren viel kürzeren Beinen musste sie fast doppelt so viele Schritte machen, um hinter Harris herzukommen.

„Wieso können Sie so gut mit Kindern umgehen?" fragte er plötzlich.

Ella zuckte zusammen. Sie wusste, dass er ihr nur ein verstecktes Kompliment machen wollte, aber es verletzte sie immer wieder, dass mit dieser Frage noch eine weitere mitschwang: Wie kann eine Frau ohne eigene Kinder so viel über sie wissen?

„Sie vergessen, dass ich schon seit Jahren mit Kindern zusammenarbeite und Kinderpsychologie studiert habe", erwiderte sie. „Und", fügte sie hinzu. „Ich kenne Marion."

„Was ist dann das Geheimnis?" Er blickte ernst. „Ich liebe mein Kind, aber ich kann keine wirkliche *Verbindung* zu Marion herstellen. Wie kann ich es anstellen, dass ich die gemeinsame Zeit mit meiner Tochter genießen kann und mich nicht davor fürchte oder mir gar davor graut?"

„Sie müssen die Dinge mit ihr teilen, die Sie lieben."

Er stoppte und drehte sich zu ihr um. „Wie?"

„Harris, Sie haben so viel zu geben. Sie können sie so viel lehren. Warum bleiben Sie mit ihr im Haus, wenn das, was Sie lieben, die Natur ist? Gehen Sie raus mit ihr! Nehmen Sie sie mit auf Spaziergänge, und zeigen Sie ihr Ihre Welt. Zeigen Sie ihr, wer Sie wirklich sind. Und dann, lassen Sie sie los! Kappen Sie die Leine und lassen Sie sie fliegen. Folgen Sie ihr, wohin sie möchte. Marion ist sehr geschickt in Strategiespielen, die eine bestimmte Struktur haben, wo Regeln befolgt werden müssen und sie genau weiß, was sie will und was von ihr erwartet wird. Ich war erstaunt, als ich hier ankam und merkte, dass sie nicht allein spielen kann. Dass sie nicht weiß, wie sie ihrer Phantasie freien Lauf lassen kann. Und, das soll jetzt keine Kritik sein, aber, der Apfel fällt nicht weit vom Stamm."

„Aua."

„Ich will Sie wirklich nicht kritisieren! Aber wann hatten Sie das letzte Mal *Spaß* mit Ihrem Kind?"

Er lief weiter und grübelte mit besorgter Miene über die Frage nach.

„Wenn Sie so lange darüber nachdenken müssen", sagte sie grinsend, „bedeutet das, dass die Antwort ‚Viel zu lange her' heißt. Oh, Harris, Sie haben wundervoll für Marion gesorgt. Niemand bestreitet das. Sie haben sich sehr gut um sie gekümmert. Aber, sich um ein Kind zu kümmern bedeutet eine große Verantwortung und schlicht und einfach viel harte Arbeit. Habe ich Recht?"

„Natürlich."

„Aber so sollte es nicht sein. Es sollte auch Spaß machen. Aber nicht nur Sie haben dieses Problem. Wussten Sie, dass ich anderen

Krankenschwestern davon abgeraten habe, sich zu sehr an die kleinen Patienten zu binden? Ich war so selbstgefällig, doch jetzt habe ich es verstanden. Indem ich mich gefühlsmäßig distanzierte, konnte ich nicht verletzt werden. Ich konnte viel erledigen, ohne Zeit damit zu verschwenden, mich mit meinen Patienten zu unterhalten oder mir Gedanken darüber zu machen, ob sie auch seelische Unterstützung von mir brauchten, nicht nur Unterstützung und Sorge für ihren kranken Körper. Ich wollte mich um Gottes willen bloß nicht zu sehr an sie gewöhnen." Sie verstummte, und ihre Gedanken schweiften zu einer Zeit, einige Monate zuvor und zu einem besonderen Kind.

„Ein kleiner Junge namens Bobby D'Angelo hat mir gezeigt, wie falsch ich lag. Wie ein Mensch das Leben eines Kindes verändern kann und auch andersherum." Sie atmete schwer aus, versuchte, die Fassung zu behalten, die sie bei der Erwähnung seines Namens zu verlieren drohte.

„Wer ist Bobby?"

Sie hielt an. Er ging noch einen Schritt, bevor er merkte, dass sie nicht mehr neben ihm war. Er drehte sich um und betrachtete sie mit fragendem Blick.

„Sie müssen nicht darüber reden, wenn Sie nicht möchten."

Tatsächlich hätte Ella lieber nicht über Bobby gesprochen, vor allem, weil auch Harris so verschlossen gewesen war, als sie mehr über Fannie hatte wissen wollen. Aber dies war ein Schritt in die richtige Richtung, wenn sie in Zukunft ehrlicher und offener miteinander umgehen wollten, und so entschloss sie sich, diesen Schritt nach vorn auch zu gehen.

Also erzählte sie ihm von Bobby, von seinem Diabetes und seinem Tod, und wie es sie dazu gebracht hatte, ihren Beruf als Krankenschwester in Frage zu stellen. Wie es sie aus Vermont hin in die kleine Stadt Awendaw, in South Carolina, verschlagen hatte, an einen Zufluchtsort namens Coastal Carolina Center für Greifvögel. Während sie sprach, liefen sie langsam zum Center zurück. Er hörte aufmerksam zu, nahm sie nur manchmal in den Arm, drückte sie, wenn sie ihre innersten Gefühle offen darlegte. Dieses Mal fühlte sie sich nicht aufgeregt oder aus der Fassung gebracht. Seine Nähe war ganz natürlich.

Als sie geendet hatte, liefen sie schweigend nebeneinander her. Der Kies knirschte unter ihren Schuhen, und sie hörten über sich in der Ferne den schrillen Ruf eines Falken.

Endlich sagte er: „Wenn man so verletzt worden ist, ist es schwierig, sich jemand anderem zu öffnen und ihn ganz nahe an sich heranzulassen."

„Ja", erwiderte sie sanft und fragte sich, ob er damit auf sich und Fannie anspielte. „Ich kam hierher und wollte auf jeden Fall verhindern, dass ein Kind sich wieder in mein Herz stiehlt. Und was ist geschehen?" Sie blickte ihn von der Seite an und beide lächelten wissend. „Ja. Marion hat die unsichtbare Mauer um mich herum eingerissen und ihren Weg in mein Herz gefunden. Ich danke Gott dafür. Denn genau dafür ist ein Herz bestimmt. Für die Liebe, Harris. Und für die Sorge um einen anderen. Für Zuneigung und Freundlichkeit und die Fähigkeit, zu verzeihen. Das sind die Qualitäten, die uns menschlich machen. Der Verstand ist der Sitz des Egoismus. Die Seele wohnt im Herzen."

Sie hielten wieder an, und er ließ seinen Arm von ihrer Schulter gleiten. Suchend blickte er sie an. Ella folgte ihrem Gefühl und strich ihm sanft eine Locke aus dem Gesicht.

„Tun Sie mit Marion das, was mir ein weiser alter Mann im Umgang mit den Vögeln geraten hat", sagte sie. „Öffnen Sie einfach Ihr Herz, und lassen Sie all die Wärme heraus. Sie müssen nicht immer funktionieren oder etwas reparieren oder fühlen, als müssten Sie sich um sie kümmern. Seien Sie einfach da für sie. Alles, was Ihre Tochter braucht, ist Zeit mit Ihnen. Spielen Sie ihre Spiele. Dann sind Sie wirklich mit Ihrer Tochter verbunden."

„Aus Ihrem Mund klingt das alles so einfach."

„Das ist das Geheimnis. Es *ist* einfach."

Sie lächelte, und er staunte darüber, wie sich ihr Gesicht dabei in etwas so Schönes verwandeln konnte.

12. KAPITEL

Geier: *Das Aufräum-Kommando. Geier sind große schwarze Vögel mit federlosen Köpfen. Obwohl sie in ihrem Flug- und Jagdverhalten viele Gemeinsamkeiten zu den Greifvögeln aufweisen, sind sie vor nicht allzu langer Zeit als Verwandte der Störche (Ordnung der Schreitvögel) klassifiziert worden. Diese Aasfresser jagen, fressen und brüten in der Gruppe. Geier haben breitere Flügel als andere Raubvögel und können scheinbar mühelos sehr lange und sehr hoch in den Lüften dahingleiten.*

„Wir bekommen heute noch zwei weitere Waisenkinder."

Ella sah von der Tabelle auf und schnitt eine Grimasse. Wie sie gelernt hatte, war das der übliche Satz für den Neuzugang von Greifvögeln.

So niedlich die Jungvögel auch waren, bestand doch immer die Gefahr, die Nestlinge zu sehr an den Menschen zu gewöhnen. Die kleinen Tiere identifizierten sich mit demjenigen, der sich um sie kümmerte. Wenn sie sich auf einen Menschen fixiert hatten, war diese Fixierung nicht mehr rückgängig zu machen, und es war unmöglich, den Vogel wieder in die Natur einzugliedern. Abgesehen davon, war es ein hartes Stück Arbeit, einen schnell wachsenden Greifvogel zu versorgen. Die Helfer mussten jedes Mal Schutzkleidung anziehen, wenn sie Futter in die Volieren brachten oder die Reste wieder herausholten – und das war bei den heranwachsenden, immer hungrigen Waisen einige Male pro Tag erforderlich.

Insgeheim jedoch hüpfte Ellas Herz, wenn ein Waisenkind gebracht wurde. Sie arbeitete nun schon seit einigen Wochen in der Klinik, doch jedes Mal, wenn sie so ein kleines Tier mit seinem viel zu großen Kopf und den viel zu großen Füßen sah, wie es sich Schutz suchend auf den Boden drückte und sie mit seinen unschuldigen Augen ansah, spürte sie mütterliche Gefühle in sich aufwallen, die alle rationalen Gedanken zunichte machen konnten. Und wenn sie anfingen zu fiepen, wenn sie an ihre Käfige trat, wurde sie ganz weich und sentimental. Das würde sie vor Harris natürlich *nie* zugeben. Er stöhnte jedes Mal, wenn wieder ein Waisenkind eingeliefert wurde. Vom Verstand her war sie selbstverständlich seiner Meinung. Aber dies war wieder ein typischer Fall, in dem ihr Verstand und ihr Herz sich einen Kampf lieferten.

Später an jenem Morgen, als sie die Transportbox öffnete und zwei der unbeholfensten, verlorensten und einsamsten Vögel entdeckte, die sie je gesehen hatte, hielt sie einen Augenblick inne.

„Geier?" fragte sie zweifelnd. „Aber das sind doch eigentlich keine Greifvögel."

„Nein, aber wir nehmen sie trotzdem an." Maggie kam näher und zog sich währenddessen leichte Handschuhe über. Sie beugte sich über die Box, um besser hineinsehen zu können. „Oh, meine Güte, sieh dir die Kleinen an. Sie sind so jung! Sie können nicht älter als zwei oder drei Wochen sein!"

„Arme Babies", sagte Ella beruhigend. Sie beugte sich näher heran. „Wo ist denn eure Mommy geblieben?"

„Eine traurige Geschichte", erwiderte Maggie. „Ihre Eltern wurden von Hunden angefallen."

„Das verstehe ich nicht. Wie konnten die Hunde beide Eltern erwischen? Hat der Wind das Nest auf den Boden geweht?"

„Geier brüten auf dem Boden, manchmal auch in alten verlassenen Gebäuden. Aber manchmal ist tatsächlich der Wind schuld. Kennst du das Fischadler-Baby in Voliere 8? Jemand sah, wie das Nest einen Fluss hinunterschwamm, während der Nestling drinsaß. Ehrlich. Er trieb auf einen Wasserfall zu." Sie gluckste vor Lachen. „Wir nennen ihn Huck Finn – aber erzählen Sie das bloß nicht Harris. Er hält nichts davon, den Tieren Namen zu geben."

„Das Nest fiel einfach so ins Wasser?"

„Ja, zum Glück hat es jemand entdeckt, bevor es untergegangen ist. Was so traurig ist, ist, dass wir nicht wissen, was mit dem anderen Nestling passiert ist. Wir können es uns nur denken. Es ist brutal und hart, als Greifvogel aufzuwachsen."

Maggie beugte sich über die Box, um vorsichtig einen der Geier zu greifen und ihn herauszuheben. Wie Harris bewegte sich Maggie im Umgang mit den Tieren langsam und überlegt. Trotzdem drückten sich die Nestlinge in der Box auf den Boden und begannen zu zischen.

Ella trat zur Seite, um Maggie Platz zu machen. Sie trug den Nestling zum Behandlungstisch. Wenn man ihn falsch anfasste oder er Angst bekam und anfing zu flattern, konnten die zarten Knochen und die Strukturen der Federn leicht brechen. Maggie hatte viel mehr Erfahrung im Umgang mit Vögeln als Ella, also ließ Ella ihr den Vortritt. Maggie legte den Nestling in eine Schale, die mit Tüchern ausgeschlagen war, um ihn zu wiegen, doch bevor sie ihn mit den Tüchern zudeckte, rief sie Ella zu sich.

„Schauen Sie", sagte sie und hob den Flügel des Tieres vorsichtig an. „Die Federn entwickeln sich langsam, das ist gut. Wenn sie so jung sind, wie diese hier, machen sie fast nichts außer fressen, schlafen und sich unter ihrer Mutter verstecken. Dann haben sie eine bessere Chance zu überleben. Okay, mein Kleiner, jetzt wollen wir dich mal untersuchen."

Zusammen wogen sie die Waisen, untersuchten die Augen, Federn und das Blut und stellten zu ihrer Erleichterung fest, dass die Tiere für ihr Alter in sehr guter Verfassung waren. Während

Maggie die Vögel hielt, schlüpfte Ella in die Schutzkleidung und fütterte die beiden mit klein geschnittenen, gehäuteten Mäusen. Mit einer Zange stieß sie sanft mit dem Fleischstückchen gegen den Schnabel der Winzlinge, wie die Mutter es auch tun würde. Der Vogel öffnete immer und immer wieder den Schnabel und fraß gierig. Schließlich waren beide Geier satt und lagen gewärmt von einer Lampe zufrieden in einem Käfig.

„Sehen Sie sich die beiden an", sagte Ella und schüttelte beim Blick auf die Babygeier den Kopf. Die Kleinen starrten sie neugierig und nachdenklich an. „Was für ein Paar. Mit diesen langen Beinen, großen Schnäbeln und dem bräunlichen Flaum sehen sie aus wie zwei warmherzige Revuegirls mit Federboas."

„Oder wie Drag-Queens."

Sie kicherten beide, als Ella das Tuch vor den Käfig hängte. Sie wusste, dass diese beiden aif jeden Fall Namen bekommen würden.

Während Ella die Waisenkinder pflegte, kümmerte sich Harris um seine eigene kleine Tochter. Heute war der erste Frühlingstag, und der Frühling war seine liebste Jahreszeit. Um sie herum brach die Erde auf und erblühte. Die Tage wurden länger und wärmer, und der Carolina-Jasmin mit seinen himmlisch duftenden gelben Blüten erwachte zu seiner vollen Pracht. Er wusste, dass die Sonne in einigen Wochen auch die Hornsträucher, die Azaleen, Glyzinien und Dutzende von anderen Wildblumen hervorgelockt hätte und die Spaziergänge mit seiner Tochter dann Ausflügen in eine Märchenwelt gleichen würden.

Ellas Ratschlag folgend wollte er etwas mit seinem Kind teilen, das ihm wichtig und lieb war. Hand in Hand liefen sie durch die Kiefernwälder, die um ihr Haus herum wuchsen. Harris hatte gar nicht gewusst, dass Marion gerne auf Bäume kletterte. Sie war wie ein kleiner Affe, wie sie sich so die knorrigen Äste der Eichen hinaufhangelte, die dafür wie gemacht schienen.

Es faszinierte ihn, zu erkennen, dass Marion eine eigenständige Persönlichkeit war, mit eigenen Ideen, Vorstellungen und Talenten. Sie war keine Miniaturausgabe von ihm oder Fannie oder etwa eine Mischung aus ihnen beiden. Nein, sie war etwas Besonderes. Sie interessierte sich für Dinge, die er nicht im Entferntesten interessant finden konnte. Und dann, wenn er es am wenigsten erwartete, stellte sie eine Frage, die auch ihn beschäftigte, zum Beispiel, wenn sie etwas über Flechten oder die Rinde eines Baumes wissen wollte. Es war, als würde sich eine Knospe entfalten.

Die wärmende Sonne auf seinem Rücken machte ihn so faul und müde wie einen Alligator, der auf einer Sandbank ruht. Marion dagegen hörte das Hämmern eines Spechtes und schoss in die Richtung los, aus der die Geräusche kamen. Sie kletterte die unteren Äste hoch, doch der Vogel flog natürlich davon. Harris beobachtete mit einem Lächeln, wie sie zurückstapfte – das Gesichtchen spiegelte ihre Frustration wider.

Ein bisschen später entdeckte er im hohen Gras nicht weit von ihnen entfernt ein Kaninchen. Er hockte sich hin und winkte Marion zu sich herüber. Sie kam vorsichtig und vor Aufregung fast zitternd zu ihm. Er legte den Finger auf den Mund, um ihr zu bedeuten, ganz leise zu sein, und deutete auf das Kaninchen. Es hörte auf zu mümmeln und betrachtete sie aufmerksam.

„Das Sumpf-Kaninchen versucht sich vor uns zu verstecken“, sagte Harris und blickte in die dunklen Augen des Tieres.

„Wo denn, Daddy?“

„Genau da hinten, hinter dem Hornstrauch. Aber sei bitte ganz leise.“

Marion schnappte nach Luft, als sie das Tier entdeckte, rannte dann plötzlich mit ausgestreckten Armen hinter dem Kaninchen her und schrie: „Stopp! Stopp! Ich werde dir nicht wehtun!"

„Marion!" rief Harris.

Wie zu erwarten, verschwand das verängstigte Tier mit zwei großen Sätzen im Dickicht – immer noch verfolgt von Marion.

„Komm zurück!" rief er hinter ihr her.

„Daddy, mach, dass es stehen bleibt!" jammerte sie atemlos, als sie zurückkam. Ihre Wangen waren gerötet von der Jagd, und auf ihrer Stirn zeichneten sich Sorgenfalten ab.

„Es ist schon lange weg, Süße", erklärte er ihr und musste mit aller Macht ein Grinsen unterdrücken. „Und es ist schon sehr lange her, dass ich Kaninchen fangen konnte."

„Es will nicht mit mir spielen", weinte sie und lehnte sich gegen Harris. „Keines von ihnen will mit mir spielen." Tränen hingen an den Enden ihrer Wimpern.

„Natürlich wollen sie nicht mit dir spielen. Du jagst sie. Tiere mögen das nicht. Sie denken, du willst sie essen."

„Aber sie halten ja auch nicht still, damit ich sie fangen kann."

„Du solltest sie auch nicht fangen. Und du solltest sie nicht jagen. Sie sind wilde Tiere."

„*Nein,* Daddy", sagte sie wütend, weil er sie einfach nicht verstand. „Dann habe ich aber überhaupt niemanden, der mit mir spielt."

„Aber du hast doch mich."

Sie schmollte und starrte auf ihre Füße. Er war offensichtlich nicht das, woran sie dachte.

Oder was sie braucht, dachte er. Sie hatte schon viele Babysitter gehabt. Manchmal brachte einer der Sitter sein eigenes Kind mit um mit Marion zu spielen. Aber meistens musste

Marion allein spielen. Ellas Worte kamen ihm in den Sinn. *Sie weiß nicht, wie man spielt.*

Er streckte seine Hand aus, um eine verschwitzte Haarsträhne aus ihrer Stirn zu streichen.

„Ella macht das immer", sagte sie seufzend.

Er erinnerte sich plötzlich daran, wie Ella auch ihm eine Locke aus der Stirn gestrichen hatte und wie sich ihre Berührung angefühlt hatte. „Magst du es, wenn sie das tut?"

Marion nickte.

Er hatte es auch genossen, obwohl er es nicht zugeben würde. „Magst du Ella?"

Wieder nickte Marion, legte dann den Kopf in den Nacken und sah ihn an. „Magst du sie, Daddy?"

„Warum? Ja, sicher mag ich sie."

„Ich meine, magst du sie wirklich?"

„Ich habe doch gesagt, dass ich das tue."

„Nein, ich meine, liebst du sie?" Ihre Augen funkelten vor Neugier.

„Marion, wie kommst du auf diese Idee?"

„Ich weiß nicht. Ich glaube, sie liebt dich."

Diese Worte trafen ihn fast wie der Schlag. „Aber wieso sagst du so etwas?"

„Ihr beide seid jeden Tag zusammen."

„Aber doch nur, weil wir zusammen arbeiten. Und das weißt du doch."

„Ja, aber manchmal sieht sie dich so komisch an. Mit Glubschaugen …"

„Tut sie das?"

Marion nickte heftig, machte große Augen und flatterte mit ihren Lidern.

Er lachte und schubste sie spielerisch zur Seite. „Das macht sie nicht. Sie mag mich nicht *so*."

„Jawohl, das tut sie doch", trällerte Marion.

Er dachte einen Augenblick darüber nach, überrascht, wie es ihm gefiel zu denken, es könne wahr sein. Gott sei Dank machte Marion sich nicht darüber lustig, wie er Ella in letzter Zeit anstarrte, *so komisch*. „Fändest du es nicht gut, wenn sie mich mögen würde oder vielleicht ich sie?"

„Das wäre okay, denke ich." Sie schaute nachdenklich. „Du musst sie ausführen."

Er lachte laut auf. „Was weißt du denn über das Ausführen? Du bist doch erst fünf Jahre alt."

„Ich bin schon fünfeinhalb, Daddy."

„Oh. Na dann ..." sagte er und rollte dabei schmunzelnd mit den Augen.

„Übrigens habe ich das im Fernsehen gesehen. Wenn ein Junge ein Mädchen mag, dann führt er es aus. Sie zieht sich was Hübsches an und er auch, und dann gehen sie irgendwo hin, wo es schön ist."

Er konnte seine kleine Tochter nur mit offenem Mund anstarren, wie sie da vor ihm stand und ihm Ratschläge für ein Rendezvous gab. „Ella hatte Recht", sagte er. „Du hast eindeutig zu viel ferngesehen.

Nun rollte Marion mit den Augen. „Oh, Daddy. Das sieht man nicht nur im Fernsehen. Jeder weiß das. Als Linda auf mich aufgepasst hat, hat sie mir erzählt, wie sehr sie David mochte und wie sehr er sie mochte und dass sie immer zusammen ausgegangen sind. Also musst du es auch so machen."

„Mache ich, okay?" Er stemmte die Hände in die Hüften. „Ich muss aber erst noch darüber nachdenken. Komm jetzt. Wir gehen besser zurück."

Sie gingen langsam durch die Wälder und kamen am Weiher vorbei. Lijahs Hütte lag auf einer kleinen Anhöhe am anderen Ufer des Sees, und dahinter, fast von den langen, dichten Ästen der Sumpfkiefern verborgen, lag ihr Haus. Ella hatte auf der Veranda Töpfe mit Farnkraut aufgehängt und große Tontöpfe mit Geranien und rankendem Efeu standen an der Tür. Die Beete um die Bäume herum waren geharkt, die Sträucher beschnitten, und vor dem Haus war die reichhaltige schwarze Erde vorbereitet, um später als Ellas Blumengarten zu dienen. Es sah alles sehr einladend aus, vor allem, weil er wusste, dass Ella im Haus auf sie wartete.

„Daddy, schau!" rief Marion, als sie sich dem Weiher näherten.

„Jetzt sieh dir das an", erwiderte er. Zwischen den langen Stängeln und den zigarrenförmigen Schilfrohren wärmte sich eine Schildkröte in der Sonne. „Das ist ein prächtiger Vertreter der Gelbwangen-Schmuckschildkröte."

Er wollte ihr gerade erzählen, dass die Gelbwangen-Schmuckschildkröte auf den Inseln South Carolinas größer als ihre anderen Verwandten waren, dass sie im Mai und Juni brüteten und bis zu zehn Eiern legten. Er wollte gerade all das und noch viel mehr mit ihr teilen, doch plötzlich rannte Marion los in Richtung Brücke. Mit ihren kurzen Beinen lief sie entschlossen, so schnell sie nur konnte.

„Marion, du erschreckst sie!" rief er ihr hinterher.

Doch Marion ignorierte seinen Ruf und erreichte die Brücke gerade, als die Schildkröte sich schnell ins Wasser gleiten ließ. Nur ein kurzes *Platsch* war noch zu hören, und die Schildkröte war verschwunden.

„Daddy!" weinte Marion enttäuscht.

Harris stemmte die Hände in die Hüften.

Keiner von beiden bemerkte Lijah, der bei seiner Hütte stand und eine Pfeife rauchte. Ein Lächeln umspielte seinen Mund.

Einige Tage später stand Marion mit Lijah im Krähen-Käfig. Sie sah zu ihm hoch und verzog zweifelnd ihr Gesicht.

„Bist du sicher, dass die Krähe sprechen kann?"

„Im Moment noch nicht, kleines Fräulein, aber sie kann es. Wenn du es ihr beibringst."

Lijah hatte sich auf den Boden gekniet, und Marion lehnte an seiner Schulter, während sie ihm aufmerksam zuhörte. Fast jeden Morgen sah Lijah Marion, die sich bei den Krähen-Käfigen aufhielt, hineinblickte und mit ihnen plapperte. Vor allem Little Crow liebte sie, denn sie hatte ihn aufwachsen sehen. Lijah vermutete, dass Marion in der kleinen Krähe so etwas wie ein anderes Kind sah, mit dem sie spielen konnte.

Sie wiegte den Kopf von links nach rechts. „Ich habe noch nie von einem Vogel gehört, der sprechen konnte."

„Es gibt eine Menge Vögel, die sprechen können. Papageien, Beos, sogar Wellensittiche." Er zeigte mit seinem schlanken Finger auf Big Crow und Little Crow, die auf einer Sitzstange nicht weit von ihnen in ihrem Käfig hockten. „Die Krähe ist der cleverste aller Vögel. Wusstest du, dass wenn Krähen zusammenhocken, Wachen auf einen der höchsten Äste geschickt werden? Die Späher sitzen still dort und halten die Augen offen. Wenn sie etwas Bedrohliches sehen, warnen sie die anderen mit dem typischen *krah-krah,* und alle Krähen – Papa-Krähen, Mama-Krähen und die kleinen Baby-Krähen – haben Zeit, sich in Sicherheit zu bringen. Du kennst doch den Schrei der Krähen, über den ich rede?" Er legte die Hände um seinen Mund, atmete tief ein und ahmte perfekt den Ruf der Krähen nach.

Die beiden Vögel flatterten mit den Flügeln und sprangen aufgeregt von einer Sitzstange zur anderen. In ihren glänzenden schwarzen Augen spiegelte sich die Neugier wider. Marion kicherte und hielt sich die Hand vor den Mund.

„Es hört sich an, als wenn jemand ein Alarmsignal gibt, oder?" sagte Lijah und grinste wissend. „Wenn die Schwärme in den Süden ziehen und hoch in die Lüfte steigen, sind sie zu Tausenden, vielleicht sogar mehr." Er schüttelte den Kopf und lächelte breit. „Das muss man einfach sehen."

„Aber wie kann ich ihm beibringen zu sprechen?" wollte Marion wissen.

„Das ist nicht schwer, aber man braucht viel Geduld. Bist du geduldig, mein Kind?"

Sie nickte mit der typischen Überzeugung einer Fünfjährigen.

„Okay", sagte er und blickte sie ernst an. „So machen wir es. Komme jeden Tag vorbei und besuche Little Crow. Er ist jung und hat das richtige Temperament. Übereile nur nichts. Sei geduldig, bis sich zwischen dir und Little Crow eine Art Freundschaft entwickelt hat und er dir vertraut. Dann, wenn du ganz sicher bist, dass du seine volle Aufmerksamkeit hast, sag Hallo zu ihm."

Marion rannte wie der Wind zum Käfig, stürzte auf die kleine Krähe zu und schrie: „Hallo, Krähe!"

Little Crow krächzte und geriet völlig aus der Fassung, breitete die Flügel aus und setzte sich zu der alten Krähe auf der anderen Sitzstange. Beide Tiere blickten Marion ängstlich an, während sie nervös auf den Stangen hin und her hüpften.

„Sie mögen mich einfach nicht", weinte Marion.

Lijah winkte sie zu sich herüber. Sie kam mit hängenden Schultern und hängenden Mundwinkeln zu ihm zurück.

„Sie mögen nur die Art nicht, wie du sie erschreckt hast, das ist schon alles."

„Das wollte ich doch nicht."

„Das weiß ich, kleines Fräulein, aber das ändert nichts daran, dass es passiert ist. Jetzt musst du erst einmal deinen Mund halten und mir zuhören, denn ich erzähle dir, was du tun musst. Hast du jemals das Kaninchen auf dem freien Feld gesehen?"

„Mein Daddy hat mir eines gezeigt."

„Dann weißt du, wie es ist. Der Daddy vom Kaninchen hat ihm gesagt, dass es nicht plappern oder die ganze Zeit hoppeln soll, wenn es Freunde finden will. Er hat dem Kaninchen erzählt, dass es auf leisen Sohlen kommen soll, wenn es seine Freunde nicht erschrecken will. Das Kaninchen hat auf seinen Daddy gehört und saß ganz ruhig da, seine Löffel waren so still wie das Gras."

„Aber wie kann es denn spielen, wenn es einfach nur so dasitzt?"

„Das ist ein Spiel, das die Tiere gerne mögen, und es macht wirklich Spaß, wenn man es richtig spielt. Willst du es ausprobieren?"

„Warum nicht?" erwiderte sie, nicht sonderlich überzeugt.

„Dann komm her."

Sie setzten sich auf den feinen Kies in der Voliere. Lijah lehnte sich mit einem tiefen Seufzer gegen die Wand. Marion setzte sich im Schneidersitz ganz dicht neben ihn. Nach kurzer Zeit wurde Marion unruhig.

„Sag doch, wie lange müssen wir noch so hier sitzen?"

Lijah wandte ihr den Kopf zu, blickte sie fest an und schüttelte ganz langsam den Kopf.

Sie wand sich ein bisschen, verstand aber, was er ihr damit sagen wollte. Sie saßen eine ganze Weile, die Marion wie eine Ewigkeit vorkam, auf dem Boden. Die Krähen legten die Köpfe schief und betrachteten sie neugierig. Marions Po wurde kalt, und sie musste sich an der Nase kratzen, aber Lijah, der neben ihr saß, rührte sich kein bisschen. Sie dachte an das Kaninchen und versuchte, ganz, ganz still zu sitzen. Tatsächlich kamen die Krähen langsam näher und hüpften auf eine Stange, von der sie eine bessere Sicht auf die beiden Menschen hatten. Marion sah Lijah erwartungsvoll und aufgeregt an, doch er bewegte sich noch immer nicht.

Dann, zu ihrer grenzenlosen Freude und Überraschung, hüpfte Little Crow auf den Boden und kam sehr vorsichtig und behutsam immer näher an sie heran, wobei er sie unentwegt mit seinen glänzenden schwarzen Augen beobachtete. Marion konnte die Aufregung unter der Haut prickeln spüren. Es war merkwürdig, denn ihr Herz pochte, und sie fühlte sich, als würde sie über eine Wiese rennen, hüpfen und lachen, obwohl sie sich überhaupt nicht bewegte. Als Little Crow dicht bei ihr stand und sie direkt ansah, wusste sie, dass die Zeit gekommen war.

„Hallo, Krähe", sagte sie sehr leise.

Little Crow legte den Kopf schief, sprang aber nicht fort. Dann kam auch Big Crow näher und landete direkt auf Lijahs Schulter.

Als sie nun zu Lijah aufblickte, sah sie, dass er sie mit funkelnden Augen betrachtete, und ein breites, wissendes Lächeln lag auf seinem Gesicht. Auch sie lächelte von einem Ohr zum anderen. Plötzlich verstand sie, warum es so viel Spaß machte, still und ruhig dazusitzen wie das Kaninchen.

Die Krähen spielten mit ihr.

Am selben Abend nach dem Essen verließ Harris das Haus, um seinen allabendlichen Rundgang zu den Käfigen zu machen. Wolken waren aufgezogen, die süßlich riechenden Regen und kühle Brisen mit sich brachten. Es war eine Nacht, in der eine einsame Seele sich nach einer anderen Seele verzehrte. Und für ihn war die andere Seele, mit der er durch diese Nacht gehen wollte, niemand anders als Ella.

Glockenhelles Gelächter zog seine Aufmerksamkeit auf sich. Als er sich umdrehte und durch das Fenster Ella und Marion erblickte, die an der Spüle standen und lachten, umspielte ein Lächeln seinen Mund.

In der letzten Zeit hatte er viel gelächelt. Am Morgen, wenn er vom Duft frisch gebrühten Kaffees geweckt wurde. Am Nachmittag, wenn er zum Mittagessen nach Hause kam, und Ella und Marion zusammen im Garten arbeiteten oder Bilder malten. Und am Abend, wenn sie mit den alltäglichen Dingen wie Geschirrspülen oder Wäschefalten oder Haarewaschen beschäftigt waren. Sentimentale Gefühle kamen in ihm auf, was absurd war, denn er hatte solch eine Familienidylle noch nie erlebt. Als Junge aber hatte er immer davon geträumt.

Ella und Marion waren unzertrennlich geworden, und ob sie gemeinsam lachten oder Ella gerade mit einem von Marions Ausbrüchen umgehen musste, das Band zwischen ihnen war intensiv und spürbar. So hatte er sich die Verbindung zwischen einer Mutter und ihrem Kind immer vorgestellt. Und zwischen Marion und Fannie war es nie so gewesen.

Warum hatte Fannie nicht auf diese Weise für ihr eigenes Kind empfinden können? fragte er sich. Was in aller Welt konnte eine Mutter dazu bringen, ihr Kind zu verlassen? Hatte *er* sie vertrieben?

Er wandte sich abrupt ab und setzte seinen Weg fort – weg von den Schuldgefühlen, die ihn immer plagten, wenn er wieder einmal an seine Frau dachte.

Stattdessen schweiften seine Gedanken wieder zu Ella, und das war so tröstend und so warm wie ihre Fingerspitzen auf seiner Haut. Er lächelte verdrießlich. Bevor sie gekommen war, hatte er befürchtet, sie könne eine Gefährdung für seine kleine Welt darstellen. Er wusste ja nicht, wie Recht er damit haben würde – aber auf eine Art, die ihm nie in den Sinn gekommen wäre. Er hatte noch nie jemanden kennen gelernt, der so kraftvoll und lebendig war und so begierig zu teilen. Und auf so eigene Art schön …

Ella. Er lachte leise und schüttelte nachdenklich den Kopf. Sie war wie ein Terrier. Klein, entschlossen – und dickköpfig. Du liebe Zeit, hatte er jemals eine Frau gekannt, die ähnlich dickköpfig war? Sie hatte sein ganzes Leben auf den Kopf gestellt. Alles, was er gesucht hatte, war Hilfe und Unterstützung im Umgang mit Marion. Er hatte gehofft, das tägliche Leben besser meistern zu können, weniger Wutausbrüche durchstehen zu müssen und mehr Harmonie und Frieden in sein Haus zu bekommen. Ella hatte all das in sein Leben gebracht, das war sicher. Aber sie hatte noch so viel mehr getan.

Sie hatte die Freude zurückgebracht. Obwohl er da war. Marion war nicht die eigentliche Herausforderung gewesen – er war es.

Ella. Was sollte er mit seinen Gefühlen für sie machen, fragte er sich, als er langsam weiterlief. Er konnte sie nicht länger verleugnen. Sogar ein fünfjähriges Kind hatte erkannt, wie es um ihn stand. Nächtelang hatte er sich in seinem Bett hin und her gewälzt oder mit hinter dem Kopf verschränkten Armen dagelegen, an die Decke gestarrt und den Liebesliedern der Vögel zugehört. Dabei hatte er sich gefragt, ob sie in ihrem Bett, den Flur runter, diesen wunderbaren Melodien wohl auch lauschte. Gott, er war nicht besser als die Tausende von liebestollen, testosteronschwangeren Singvögel, die etwas für sich beanspruchten. Er seufzte, und seine Sohlen bohrten sich in den weichen Boden, während er entschlossen weiterlief. Dies war eine Komplikation, mit der er nicht gerechnet hatte. Er hatte nicht nach der Liebe gesucht.

Aber die Liebe hatte ihn gefunden.

Harris hatte gerade seinen Rundgang beendet, als er eine tiefe Stimme aus Richtung der medizinischen Station kommen hörte. Leise drang der Bass an sein Ohr. Er erkannte einen Gospel der Gullah, den er schon als Kind gehört hatte. Er folgte dem Gesang zur Voliere 3 und wunderte sich nicht, Lijah auf dem Boden von Santees Käfig sitzen zu sehen. Was ihn allerdings erstaunte, war, den Adler schlummernd auf einer Sitzstange nur wenige Zentimeter von Lijah entfernt zu entdecken. Das Tier hatte die Federn aufgeplustert und schien ganz ruhig zu sein.

Als Harris näher kam, hob Santee ihren mächtigen Schnabel und plusterte ihr Federkleid auf, als sie ihn mit ihren gelben Augen anblitzte. Harris senkte den Blick und zog sich ein wenig zurück, und Santee beruhigte sich ein bisschen. Ihre Augen beobachteten jedoch aufmerksam jede seiner Bewegungen. Lijah sah auf und strahlte ihn mit seinem breiten, offenen Lächeln, das so typisch für ihn war, an.

„Ich schwöre Ihnen Lijah, dass ich niemandem erzählen kann, was ich gerade gesehen habe, ohne dass die Menschen denken würden, sie belegen die Tiere mit einem Voodoozauber."

Lijah grinste, als er über die Idee nachdachte. „Ach, das mache ich schon lange nicht mehr. Ich habe mal Voodoo praktiziert. Als es meiner Frau so schlecht ging. Man musste bestimmte Wurzeln kauen und dergleichen." Sein leichtes Achselzucken erzählte den Rest der Geschichte. „In meinem Herzen wusste ich, dass alles so kommen musste, wie es vorherbestimmt war." Er drehte langsam seinen Kopf und betrachtete den Adler. „Zwischen mir und Santee gibt es keinen geheimen Zauber", sagte er, und man konnte seiner Stimme anhören, wie sehr er den Vogel liebte. „Wir sind nur Freunde. Ich mache mir Sorgen um sie. Irgendetwas stimmt nicht mit ihr."

„Etwas stimmt nicht? Wie meinen Sie das?"

„Das kann ich nicht genau sagen. Ich wäre Ihnen sehr dankbar, wenn Sie sich Santee morgen noch einmal ansehen könnten."

In Lijahs Augen flackerte die Sorge um den Adler auf – die Sorge, die auch ein Vater für sein Kind fühlte. Plötzlich erinnerte sich Harris daran, wie er gelitten hatte, während er in der Notaufnahme gesessen und auf Nachrichten von Marion gewartet hatte. Diese tiefe Angst hatte er vorher nicht gekannt.

„Können Sie sie als Erste morgen früh zu mir bringen?"

„Wir werden da sein."

Harris sah den Adler an. Auf ihn wirkte Santee ganz gesund und munter. Doch wenn er darüber nachdachte, hatte auch Maggie erzählt, dass das Tier in den letzten Tagen mehr Futter übrig gelassen hatte als sonst. Und wenn Lijah sagte, dass etwas mit dem Adler nicht stimmte, dann war das auch so.

„Dieser Vogel ist in Sie vernarrt", sagte er und trat näher an den Käfig heran. „Das überrascht mich nicht. Ich habe bemerkt, dass einfach alle Vögel Ihnen besonderes Vertrauen entgegenbringen, nicht nur Santee."

„Sie kennen mich genauso wie ich sie kenne. Sehen Sie", versuchte Lijah zu erklären, „jeder Vogel hat seine eigene Persönlichkeit, genau wie der Mensch. Wenn Sie nur genug Zeit mit ihnen verbringen, können Sie es auch fühlen. Nehmen Sie nur einmal Chance", sagte er und deutete auf den Steinadler. „Er ist ein richtiger Tyrann. Sie dürfen ihm niemals den Rücken zudrehen. Oder

Cinnamon ... dieser Falke kann schmollen und jammern, wenn Sie ihn lassen. Aber geben Sie ihm die Möglichkeit, und er ist süß wie Honig. Oyster ist der Sportliche. Alles, was Sie tun müssen, ist ihm dabei zuzusehen, wie er durch die Lüfte schwebt, und Sie wissen, dass es der pure Spaß für ihn ist und dass es ihm gut geht. Und Risk?" sagte er und schüttelte den Kopf. „Der Falke fühlt sich als etwas Besseres. Er weiß, dass er etwas Besonderes ist. Und damit gibt er gerne an."

Harris lauschte den Charakterisierungen der Vögel und wusste, dass Lijah Recht hatte.

„Sie zeigen, wer sie sind und wie es ihnen geht", fuhr Lijah fort, „wenn man ihnen nur genau zusieht. Und Sie wissen selbst, dass ein Falke mit seinen scharfen Augen feststellen kann, in welcher Gemütslage wir uns befinden, noch bevor wir seinen Käfig überhaupt erreicht haben. Sie können das am Gang des Menschen, an seiner Haltung und der Gestik erkennen. Da sind sich die Vögel und die Menschen gleich. Das Problem ist, dass wir uns gegenseitig und den Tieren nicht genug Aufmerksamkeit schenken. Die meisten Menschen *schauen*, aber sie *sehen* nicht."

Harris spürte, wie die Aufregung in ihm wuchs. Sie kamen langsam dem näher, was er lernen, was er wissen wollte. Nämlich, ob es diese Gabe, dieses Geschenk, mit den Vögeln so eine besondere Verbindung aufnehmen zu können, wirklich gab. Er hatte Geschichten von diesem Band zwischen Mensch und Vogel gehört, hatte darüber nachgegrübelt, aber hatte es nie kennen gelernt – bis er Lijah mit den Tieren erlebt hatte.

„Wenn wir mit den Vögeln arbeiten und ich kein Häppchen Fleisch auf meinem Handschuh habe, kommen die Tiere manchmal nicht. Aber bei Ihnen kommen sie. Jedes Mal. Auch ohne das Futter." Er lehnte sich gegen den Holzrahmen der Voliere. „Ich habe darüber nachgedacht und bin zu dem Schluss gekommen, dass es sich um Gewöhnung handeln muss. Die Vögel kennen Sie und haben sich daran gewöhnt, dass Sie sich um sie kümmern. Also schnappen sie nicht nach Ihnen und kommen, weil sie von Ihnen eine Belohnung erwarten. Das haben die Tiere gelernt."

„Ist das so?"

Harris sah Lijahs Augen amüsiert funkeln und lächelte selbstironisch. „Wie, alter Mann, erklären Sie sich sonst die Tatsache, dass die Vögel jedes Mal kommen, wenn Sie sie rufen?"

„Ich habe nie behauptet, dass ich irgendetwas erklären kann. Ich frage den Vogel einfach, ob er kommen möchte."

„Sie meinen, sie *wollen* es?"

Lijah hob Schulter zuckend die Hände. „Ich meine, ich *tue* es einfach, und sie *kommen* einfach. Ich kann das nicht in Worte fassen. Mein Junge, warum hinterfragen Sie alles? Sie müssen lernen, manche Dinge einfach *sein* zu lassen, sie einfach hinzunehmen. Sie müssen ein Teil der Natur sein und nicht versuchen, sie zu kontrollieren." Er schüttelte den Kopf, und ein leichtes Lächeln umspielte seinen Mund. „Ihre kleine Tochter ist Ihnen sehr ähnlich. Wenn Sie sich beruhigen und hören und schauen, werden Sie nach und nach verstehen, wovon ich spreche."

Harris verlagerte sein Gewicht und räusperte sich geräuschvoll. „Können Sie mich das lehren?"

„Sohn", fragte er sorgenvoll, „was kann *ich Ihnen* beibringen?"

Harris Mund war trocken. Er fuhr sich mit der Zunge über die Lippen. Er musste ihn fragen. „Lehren Sie mich, mit ihnen zu kommunizieren."

„Mit wem?"

„Mit den Vögeln natürlich."

Die Miene des alten Mannes schien sich zu verdunkeln. Als er sprach, wirkte er müde. „Verstehen Sie, das ist der Punkt. Es gibt nichts, was Sie tun, was Sie lernen könnten, was *nur* mit den Vögeln zu tun hat. Oder *nur* mit den Menschen oder *nur* mit den Tieren, wie manche Leute glauben. Es geht darum, wie Sie mit allem, was Sie umgibt, umgehen. Sogar mit den Elementen. Sehen Sie", sagte er und hielt zwei lange, braune Finger hoch, die er verschränkt hatte. „So funktioniert es nicht", sagte er und hielt die beiden Finger voneinander entfernt. „Aber so funktioniert es auch nicht", fuhr er fort und formte eine feste, kämpferische Faust. „Nur so geht es." Er entspannte seine Hand und hielt die gekreuzten Finger hoch.

Harris trat näher an die Holzstäbe heran, die sie trennten. „Ich möchte lernen, wie es geht."

Lijah nickte mit seinem schlohweißen Kopf und seufzte. Er stand schwerfällig auf und stützte eine Hand in den Rücken. Neben ihm schüttelte der Adler die Flügel auf und gab einen tiefen Schrei von sich.

„Beruhige dich, Santee, und benimm dich, bevor du die anderen noch weckst. Gute Nacht", sagte Lijah zu ihr, während er die Voliere verließ. „Gute Nacht, Harris", sagte er auch zu ihm, als dieser die Tür hinter ihm schloss. „Ich bin müde, mein Hintern ist vom langen Sitzen ganz kalt geworden, und ich freue mich, in mein Bett zu kommen. Santee und ich sehen Sie dann morgen früh. Und danach können wir gemeinsam zu den Vögeln gehen, wenn Sie mögen."

„Das würde ich gerne. Danke."

„Ich habe noch nichts getan." Er machte kehrt, um zu gehen, doch drehte sich unvermittelt wieder um. „Oh, eine Sache wäre da noch, die ich Sie fragen muss. Dieser Junge, Brady?"

Harris neigte seinen Kopf. „Was ist mit ihm?“

„Er hat eine besondere Gabe, mit den Tieren umzugehen. Sie sollten ihm mehr zutrauen und ihm andere Aufgaben übertragen.“

„Haben Sie denn schon vergessen, was er dem Vogel angetan hat?“

Lijahs blickte traurig. „Ich weiß, was an jenem Morgen geschah. Und ich sage Ihnen, ich habe den Jungen ganz genau beobachtet. Er ist auf dieselbe Art gesundet wie meine Santee.“ Er sah Harris entschlossen an. „Und wenn die Vögel ihm vertrauen, reicht mir das.“

Noch immer wehrte sich etwas in Harris. „Ella hat mir auch schon gesagt, dass ich Brady damit beauftragen solle, Clarice bei der Fütterung zu helfen. Doch das ist näher, als ich ihn jemals an die Tiere heranlassen wollte. Woran denken Sie?“

„Ich will Ihnen nicht vorschreiben, wie Sie Ihren Job zu tun haben“, sagte Lijah. „Ich will nur sagen, dass der Junge Ihnen eine größere Hilfe sein könnte, als Sie es sich vorstellen.“

„Ich werde darüber nachdenken.“

„Und noch etwas“, fuhr Lijah mit leicht erhobenem Zeigefinger fort.

„Sie haben eine Menge zu sagen heute Abend“, grinste Harris.

„Das stimmt“, gab Lijah mit einem leichten Lächeln zu. „Sie lassen die junge Frau viel zu hart und zu schwer schuften. Sie kümmert sich um die Bedürfnisse aller, und ich habe manchmal das Gefühl, dass sie ihre eigenen Bedürfnisse darüber vergisst.“

„Welche junge Frau?“

Lijah sah ihn an, als wolle er sagen: *Wem wollen Sie eigentlich etwas vormachen?*

„Oh, Sie meinen Ella.“

„Seien Sie nett zu der jungen Dame, hören Sie?"

Er winkte noch einmal und ging dann fort. Harris blieb zurück, um die medizinische Station abzuschließen. Er blickte Lijah nachdenklich hinterher, der mit seinem steifen Gang im Mondschein zu seiner Holzhütte lief. Und er sah ihm noch nach, als der alte Mann schon längst in der Nacht verschwunden war.

13. KAPITEL

Das Gehör: *Obwohl sich die meisten Greifvögel bei der Jagd auf ihr scharfes Sehvermögen verlassen, haben sie ein exzellentes Gehör. Rohrweihe fliegen nahe über dem Boden und haben den Kopf dabei gesenkt, um beide Sinne zu nutzen – das Sehen und das Hören. Rundschwanzsperber jagen Wachteln, indem sie deren Rufen folgen. Eulen haben ein so feines Gehör, dass sie Geräusche bis zu zehn Mal besser wahrnehmen als Menschen. Diese Vögel verlassen sich auf ihren Hörsinn, um ihre Beute zu lokalisieren – selbst in totaler Finsternis.*

Brady saß am Tor des Centers, aß ein Brot und wartete darauf, dass ihn jemand abholte. Er zog es vor, hier draußen zu warten statt drinnen im Center, wo jeder mitbekommen würde, dass seine Mutter ihn noch immer fahren musste. Vor allem vor Clarice wäre ihm das peinlich. Er musste nur noch eine Weile durchhalten. Seine Eltern hatten ihm gesagt, sie hätten seine Fahrerlaubnis einbehalten, bis er die gemeinnützigen Stunden abgearbeitet hätte, aber da er merkte, dass es seiner Mutter langsam auf die Nerven ging, ihn zwei Mal pro Woche ins Center zu fahren, war es wohl nur noch eine Frage der Zeit, bis sie ihm die Schlüssel für den Wagen wiedergeben würden.

Nicht weit von ihm entfernt hockte der weiße Hahn und pickte einige Körner, die er ihm hingeworfen hatte. Jeden Samstag und Mittwoch hatten die beiden zusammen beim Tor gesessen und gemeinsam ihr Essen verspeist. Keiner von beiden hatte etwas gesagt, und das gefiel Brady besonders. Die Arbeit mit den Vögeln war anstrengend, obwohl Brady sich nicht genau erklären konnte, warum das so war. Mehr als die körperliche Belastung machte ihm die psychische zu schaffen – wenn er zusammen mit den Raubvögeln in der Voliere stand und ihnen Futter brachte oder die Reste zusammensuchte, war die Anspannung groß. Alle seine Sinne waren dann in Alarmbereitschaft. Er versuchte so gut wie möglich, seine Stimme zu senken und sich langsam und vorsichtig zu bewegen. Die ganze Zeit über wusste er genau, wo die Tiere waren, und er vermied es, die Vögel direkt anzusehen. All das hatte er von Lijah gelernt und machte es, um die Tiere möglichst wenig aufzuschrecken.

Und natürlich wollte er auch Clarice beeindrucken. Er konnte sein Glück kaum fassen, als Ella ihn fragte, ob er zusammen mit Clarice die Fütterung übernehmen wolle. Ohne zu zögern, hatte er sofort zugestimmt. Vermutlich hatten Lijah oder Clarice ein gutes Wort für ihn eingelegt, sonst hätte Harris, der Geizhals, niemals zugestimmt, dass Brady in die Nähe der Tiere durfte. Doch seitdem Ella auch in der Klinik arbeitete, hatten sich die Dinge von Grund auf verändert. Der gesamte Arbeitsplatz war viel sauberer und organisierter – sogar ein Anfänger wie er konnte das sehen. Ihre bloße Anwesenheit sorgte scheinbar dafür, dass die Mitarbeiter viel heiterer waren, so als wüssten oder spürten sie, dass es nun aufwärts gehen würde. Und sie waren auch freundlicher zu ihm. Sogar Harris. Im Grunde war es egal, wer den Stein ins Rollen gebracht hatte. Die Hauptsache war, dass er und Clarice ein Team bildeten. Brady grinste, als er in sein Schinkenbrot biss. Manchmal konnte das Schicksal doch ein Freund sein.

Er wusste noch immer nicht, was er von Clarice Gaillard halten sollte. Sie war nicht nur hübsch. Sie war auch klug. Anders als andere, die ihre Klugheit unter Beweis stellen wollten, behandelte sie ihn nicht von oben herab oder kommandierte ihn herum. Jeder konnte sehen, dass sie gerne mit den Greifvögeln arbeitete, besonders mit den kleinen Kreischeulen, und diese Begeisterung übertrug sie auf ihn. Das mochte er an ihr. Sie ließ ihn Neues tun und Neues lernen, zog sich zurück und ließ ihm den Vortritt, statt die Tiere für sich zu beanspruchen.

Sie hatte ihm zum Beispiel beigebracht, die Vögel in ihren Käfigen einzufangen. Zuerst hatte er Angst gehabt, große Angst sogar. Die kleinen, wie zum Beispiel die Kreischeulen, waren so verflixt schnell, und es bestand immer die Gefahr, dass sie einem entwischen. Und die großen Tiere erst. Diese mächtigen, kraftvollen Krallen konnten ihm leicht das Gesicht zerfetzen, wenn er sich dumm anstellte und es vermasselte. Als er der zierlichen Clarice dabei zugesehen hatte, wie sie in die Voliere trat und flink und sicher nach diesen riesigen Krallen griff, war das für ihn – und für seine Männlichkeit – eine Herausforderung gewesen. Er hatte nicht kneifen dürfen, wenn sogar ein Mädchen es geschafft hatte. Zu seiner Erleichterung hatte es auch auf Anhieb geklappt. Er liebte die Art, wie sie ihn in solchen Momenten anlächelte, so freundlich und mit vor Anerkennung sprühenden Augen. So einen Blick und so ein Lächeln hatte er in seinem Leben nicht oft gesehen, und es war ein Ansporn für ihn, es beim nächsten Mal noch besser zu machen.

Nach einer Weile hatte er die Greifvögel genauso gut und sicher einfangen können wie sie. Das Geheimnis war, die Vögel zu betrachten, sich in sie hineinzufühlen und daran zu denken, wie ängstlich *sie* im Vergleich zu ihm sein mussten.

Das Geräusch von Autoreifen auf dem Kiesweg riss ihn aus seinen Gedanken. Er stand auf und stellte sich ans Tor. Der Hahn flatterte zurück in den Schutz der Bäume. Brady sah einen weißen Ford um die Kurve biegen. Langsam rollte der Wagen bis zum Gitter und hielt davor. Das Fenster war heruntergelassen, und Clarice steckte ihren Kopf heraus.

„Hey, Brady. Was machst du denn noch hier?“

„Ich warte, dass mich jemand abholt“, murmelte er und wollte vor Scham sterben. Verdammt, dachte er. Warum konnte seine Mutter nicht einmal pünktlich sein?

„Immer noch? Bist du sicher, dass sie noch kommt?“

Er sah die Straße hinunter, als wolle er sich davon überzeugen, dass sie nicht gerade in dieser Sekunde um die Ecke bog. „Ja, sie kommt schon noch.“ Er schaute Clarice an, zuckte die Schultern und senkte dann seinen Blick. „Es macht mir nichts aus zu warten, solange es nicht wieder anfängt zu regnen.“ Skeptisch betrachtete er die dicken grauen Wolken am Himmel. „Egal, ich sitze hier und mache Mittag.“

„Oh, ja? Ich habe auch noch nichts gegessen. Möchtest du, dass ich dir Gesellschaft leiste?“

Die Frage verunsicherte und überraschte ihn. Er war aufgeregt. „Ich habe schon Gesellschaft“, grinste er, trat zurück und zeigte auf den weißen Hahn. „Aber du bist herzlich willkommen, dich zu uns zu setzen.“

Die tief stehende Sonne schien ihr direkt in die Augen. Sie blinzelte und legte die Hand zum Schutz über ihre Augen, doch er war sich sicher, dass sie lächelte. „Wenn du dir ganz sicher bist, dass ich euer Gespräch nicht unterbreche ...“

„Nein“, sagte er und lachte auf. „Wir haben die Probleme der Welt heute schon gelöst.“

Sie lachte, und er dachte, dass ihr Lachen sich anhörte, als würden Glocken klingen.

„In dem Fall werde ich mal eben das Auto abstellen ... Wenn du so freundlich wärest, mir das Tor zu öffnen.“

Unglaublich, wie stark sein Herz pochte, als er ihr das Tor öffnete und es hinter ihr wieder schloss, während sie den Wagen neben dem Kiesweg parkte. Wo würden sie sich hinsetzen, dachte er. Hatte er etwas, das er ihr anbieten konnte? Er blickte in seine braune Papiertüte. Alles, was noch in der Tüte lag, war ein angebissenes Schinkenbrot, eine leere Tüte Chips und zwei zerbrochene Kekse mit Cremefüllung.

Er sah auf. Da stand sie, neben ihm, lächelnd. Sie sah sich um, betrachtete alles, außer ihm. Brady überlegte, ob sie vielleicht auch ein bisschen nervös war.

„Wo sitzt du?“ fragte sie.

„Da drüben. Unter dem Baum liegt ein großer Stein. Du kannst dich gerne draufsetzen“, bot er ihr unbeholfen in ritterlicher Manier an. „Ich setze mich auf den Boden.“

„Danke.“

Er setzte sich hin und bedauerte ein wenig, dass es in den letzten Tagen so viel geregnet hatte. Während er in seiner braunen Tüte nach den Überresten seines Weißbrotes kramte, zog Clarice Trauben aus ihrem Rucksack und begann, sie zu essen. Jede Frucht verschwand einzeln zwischen ihren vollen Lippen.

„Du freundest dich langsam richtig mit dem Hahn an, was?“ fragte sie.

„Ja, irgendwie mag ich seine Gesellschaft. Lijah nennt ihn den *Alten Gockel.* Manchmal ruft er ihn auch *Chanticleer*, nach einem Hahn in einer Geschichte. Lijah erzählt mir immer Geschichten, wenn wir gemeinsam arbeiten. Sein Vorrat daran scheint unerschöpflich.“

„Das ist sicher so“, sagte sie überzeugt. „Er ist schließlich ein *griot.*“

„Ein was?“

„In Afrika nennt unser Volk die Erzähler *griots.* Die Gullahs haben das fortgeführt. Ihr nennt das sicher einen Geschichtenerzähler. Doch was er weiß und erzählt, steht in keinem Buch niedergeschrieben. Unsere Geschichte und Kultur wird von Mund zu Mund weitergegeben. Er kennt Ereignisse, die unserem Volk widerfahren sind, seit der Zeit der Sklaverei. Das ist ein Teil der mündlichen Überlieferung unserer Kultur."

„Du bist Gullah, aber du sprichst nicht wie Lijah."

„Ich bin von denselben Lehrern erzogen worden wie du. Man hat mir beigebracht, dass die Gullah-Sprache keine Bedeutung hat. Das ist traurig. Die Sprache wird heutzutage kaum noch gesprochen, nur noch von den Älteren. Wenn die alten Menschen sterben, stirbt auch die Sprache langsam aus." Sie zog betrübt die Augenbrauen zusammen und legte die Hände in den Schoß.

„Manchmal habe ich Angst, dass alles Stück für Stück ausstirbt. Die Kochkunst der Gullah, ihr Handwerk und ihre Kunst, ihre Medizin – sogar die Geschichten – verschwinden langsam, so wie die Farmen und Fischgründe auf den Sea Islands. Sie weichen den Bulldozern, die alles zerstören, damit Platz da ist für neue, schöne Häuser, Schutzgebiete und Straßen, die das Gesicht der Sea Islands verändern. Aber wir werden kämpfen, um die Kultur lebendig zu halten. Wir haben eine Gullah/Geechee-Nation ins Leben gerufen. Wir haben eine Königin und einen Ältestenrat, der die Sprache und die Tradition unseres Volkes pflegt. Darum werden griots wie Lijah von den Gullah/Geechees so verehrt. Verstehst du? Es gibt noch viel, was man über unser Volk lernen kann, so wie es noch viel gibt, was man über Lijah lernen kann."

„Aber warum schläft er in dieser Holzhütte, als hätte er keinen Platz, wo er sonst bleiben könnte?"

Sie schürzte die Lippen und schüttelte den Kopf. „Meine Mutter ist wirklich wütend darüber, das kann ich dir sagen. Es ist nicht so, dass er nirgends hinkönnte. Er hat ein eigenes Haus in St.

Helena, und wenn er nur fragen würde, wäre sicher jede Familie sofort bereit, ihn in ihrem Haus aufzunehmen. Aber du kennst ja Lijah. Er will frei sein und das tun können, was er will und wann er will."

„Wollen wir das nicht alle?"

„Was ist dann so merkwürdig daran, dass du fragst?" sagte sie und hob die Stimme, als müsste sie sich oder Lijah verteidigen. „Den umherreisenden Geschichtenerzähler gibt es schon seit dem Mittelalter – damals wurde er nur Barde genannt."

„Hey, sei nicht sauer auf mich. Ich habe nichts gegen Lijah gesagt – das würde ich nie tun."

Sie atmete scharf ein und ließ dann die Luft langsam wieder heraus. „Okay, ich weiß." Sie zupfte noch eine Traube ab. „Es ist nur so, dass ich mir Sorgen um ihn mache. Er war auch nicht immer so. Ich denke, es begann alles, als seine Frau und seine Kinder starben."

Brady lehnte sich nach hinten und hob beschwichtigend die Hand. „Warte, warte. Langsam. Was ist mit seiner Frau und seinen Kindern?"

„Sag ihm nicht, dass ich es dir erzählt habe", erwiderte sie vehement.

„Wem sollte ich das erzählen? Komm, Clarice", umschmeichelte er sie.

Sie steckte eine Traube in den Mund und dachte nach. „Es ist ja nicht so, dass es ein Geheimnis wäre", sagte sie. „Fast jeder hier weiß darüber Bescheid, also kann ich es dir auch erzählen. Es geschah vor langer Zeit. In den sechziger Jahren, denke ich. Seine beiden Jungs waren eines Tages mit dem Boot zum Fischen rausgefahren, als eine Sturmböe ihr Boot zum Kentern brachte. Sie waren weit draußen, und so ertranken beide."

„Verdammt …“

„Lijah hat nach diesem Unglück keine Geschichten mehr erzählt. Und ich glaube, seine Frau ist nie darüber hinweggekommen. Ich weiß nichts Genaueres, aber sie schien nach dem tragischen Tod der Kinder nicht mehr richtig im Kopf zu sein. Lijah hat sie jahrelang gepflegt, bis auch sie starb – oh, das muss schon zehn oder fünfzehn Jahre her sein. Sie war alles, was ihm auf dieser Welt noch wichtig gewesen war, und nach ihrem Tod legte er seine Werkzeuge zur Seite und hörte auf, Boote zu bauen.

Das war sein Job. Bootsbauer“, erklärte sie. „Er hat nie Baupläne benutzt, doch die Menschen kamen von überall her, um ein Boot von Elijah zu kaufen. Mein Daddy besitzt eines, und er sagt, er hätte nie etwas Vergleichbares gesehen. Jedenfalls begann Lijah kurz nach dem Tod seiner geliebten Frau, wieder Geschichten zu erzählen.“

„Aha. Was glaubst du, warum?“

„Wer kann das schon sagen? Vielleicht fühlt er sich beim Geschichtenerzählen seiner Frau näher? Oder seinen Kindern? Oder vielleicht entführen ihn die Geschichten selbst aus der Realität, und er kann sich ein bisschen in ihnen verlieren?“ Sie seufzte und schob noch eine Traube in den Mund. „Ich hoffe, dass es so ist.“

„Und nun folgt er seinem Adler?“

„Ich glaube, ja. Er sagt, der Adler habe ihn erwählt.“

„Vielleicht ist der Vogel sein Totem“, sagte Brady mit einer Spur Sarkasmus in der Stimme.

Clarice legte den Kopf schräg und schenkte ihm ein schiefes Lächeln. „Ja, vielleicht. Oder vielleicht braucht er etwas, an dem er sich festhalten kann. Auf jeden Fall hat er seinen Frieden gefunden, und Gott weiß, den hat er sich auch verdient.“

Sie schwieg, und er wusste nicht, ob er etwas sagen sollte. Er konnte nichts hinzufügen, außer: „Er ist ein guter Freund für mich. Ich würde alles für ihn tun."

Clarice aß die letzte Traube von der Rebe und kramte ihre Sachen zusammen. „Ich sollte jetzt besser gehen. Ich muss noch eine Menge Hausaufgaben erledigen." Sie blickte die Straße hinunter und warf dann einen Blick auf ihre Uhr. Als sie wieder zu Brady sah, war ihre Stirn sorgenvoll gerunzelt.

„Bist du dir sicher, dass ich dich nicht nach Hause bringen soll? Es sieht aus, als würde es gleich anfangen zu regnen."

Innerlich war Brady hin und her gerissen zwischen der Möglichkeit, mit ihr zu fahren und sich noch ein wenig mit ihr zu unterhalten, und der Tatsache, dass sie dann auch das heruntergekommene Haus sehen würde, in dem er wohnte. Sein Stolz behielt die Oberhand. „Nein, danke. Ich denke, sie wird gleich kommen, um mich abzuholen."

„Es macht mir aber wirklich nichts aus."

„Wenn sie kommt, und ich bin nicht da, gibt es Ärger. Aber danke jedenfalls."

„Na gut."

Er begleitete Clarice zum Auto. Mit jedem Schritt dachte er darüber nach, wie er es anstellen könnte, dass sie sich noch einmal so unterhalten könnten. Mehr wollte er natürlich nicht, denn er traf sich ja schon mit Jenny und mochte sie wirklich. Clarice war mehr wie ein guter Freund. Er wollte einfach nur ein bisschen Zeit mit ihr verbringen, um sich mit ihr zu unterhalten. Sie schaffte es, dass er über Dinge nachdachte, über die er sich sonst niemals Gedanken gemacht hätte. Und das gab ihm ein gutes Gefühl.

Clarice kletterte in ihren Wagen. Er wollte sie fragen, ob sie sich nicht wieder treffen könnten, doch seine Zunge schien in seinem Mund festgefroren zu sein.

„Wir sehen uns am Samstag“, sagte sie.

„Ja. Sicher.“

Sie ließ den Motor an, und Brady bekam den Mund noch immer nicht auf. Er wich einen Schritt zurück und sagte sich, dass sie am Samstag ja wieder zusammen arbeiten würden und eventuell gemeinsam essen könnten.

„Oh, warte“, rief sie und steckte den Kopf durchs Fenster. „Am Samstag werde ich nicht hier sein. Ich mache dann den Einstufungstest für Fortgeschrittene. Wir sehen uns Mittwoch, denke ich.“

„Clarice“, stieß er hervor. Plötzlich erschien ihm die eine Woche, in der sie sich nicht würden sehen können, wie eine Ewigkeit. „Ich habe mich gefragt ... ich meine, wenn du nicht zu sehr damit beschäftigt bist, zu lernen, könnten wir doch vielleicht einmal was zusammen unternehmen. Gemeinsam essen, oder so“, fügte er schwach hinzu.

Sie zog die Augenbrauen zusammen, und er bemerkte, dass sie sich nicht sicher war. „Ich weiß nicht ...“

„Keine große Sache. Ich dachte nur, wir könnten was machen. Als Freunde.“

Clarice nahm den Gang raus und sah ihn mit verengten Augen an. „Freunde“, wiederholte sie.

Er zuckte die Schultern und versuchte, lässig zu wirken. „Ja.“

„Ich glaube, wir könnten uns mal treffen und etwas unternehmen“, sagte sie, jedoch ohne große Begeisterung. Offensichtlich zögerte sie. „Vielleicht nach dem Test.“

„Ja? Gut. Wir können uns ja in der Schule treffen und dann irgendwo hingehen.“

„Musst du denn am Samstag nicht in der Klinik sein?“

„Oh, ja. Das habe ich ganz vergessen“, sagte er und schlug sich mit der Hand vor die Stirn. *Was er doch für ein Idiot war.* „Ich meinte, danach. Wann hast du Zeit?“

„Gegen zwei Uhr bin ich fertig. Du hast ja etwa zur selben Zeit frei.“ Nervös trommelte sie mit den Fingern auf das Lenkrad. „Okay, wie wäre es, wenn wir ein Eis essen gehen im Alten Shaker? Ich komme nach der Schule dahin. So gegen halb drei?“ Sie legte den Gang ein und sah ihn mit einem Lächeln in den Augen an. „Als Freunde.“

Ella fand Harris beim Freigehege, wo er die Zäune reparierte. In den letzten Tagen war es stürmisch gewesen, doch nun hatte der Regen endlich nachgelassen. Die Vögel durften wieder nach draußen, obwohl der Wind immer noch recht heftig blies. Er stand am äußersten Ende des eingezäunten Geländes und hatte ihr seinen breiten Rücken zugewandt. Cinnamon jedoch hatte ihr Kommen bemerkt und ließ seinen schrillen Schrei nach Futter hören. Harris hielt den Draht in den Händen, um ihn auszubessern, drehte aber seinen Kopf und erspähte sie über seine Schulter.

„Hey“, sagte er in gelangweiltem Tonfall, bevor er sich wieder seiner Arbeit widmete.

Ella erwiderte seinen Gruß nicht. Sie ging außen um das Gehege herum, in dem ein Steinadler, drei Falken und zwei Wüstenbussarde auf ihren Sitzstangen hockten und sich gegen den Wind lehnten. Wie sie es bei Lijah gesehen hatte, versuchte sie ihre Schritte möglichst sanft und vorsichtig zu setzen, doch das misslang ihr gründlich – sie stapfte durch den Schlamm, der unter ihren Schritten zur Seite spritzte, als wären ihre Schuhe aus Blei. Einer der Falken sprang erschreckt von seiner Stange, sein Glöckchen klingelte, und er flatterte aufgeregt, als sie an ihm vorbeistapfte. Die anderen Tiere betrachteten sie ängstlich.

„Stört sie mein Geruch?“ fragte sie, als sie zu Harris ging.

Er schüttelte den Kopf und arbeitete weiter, ohne sie anzusehen. „Sie kennen Sie einfach noch nicht so gut. Geben Sie ihnen mehr Zeit.“

„Ich weiß nicht“, sagte sie und legte die Hand an den wabenförmigen Drahtzaun. „Bei Lijah geben sie nur einen kurzen Piep von sich, und sogar Brady kann an ihnen vorbeilaufen, ohne dass sie aufgeregt in der Gegend herumflattern wie bei mir.“

Sie glaubte, ein Räuspern zu hören, und blickte abrupt zu Harris auf. Weiße Blumenblätter vom blühenden Busch auf der anderen Seite des Geheges lagen auf seinen Schultern. Der Regen hatte das Gelände so aufgeweicht, dass die Mitarbeiter witzelten, sie müssten bald die Kanus herausholen, um von einer Voliere zur anderen zu fahren, wenn es so weiterregnete. Nicht, dass Harris gelacht hätte. Die letzten Tage hatte er vor sich hingebrütet, und seine Miene war so wolkenverhangen wie der Himmel. Er hatte am Abend zuvor kaum ein Wort mit ihr gewechselt, und auch am Frühstückstisch war er sehr schweigsam gewesen. Diese unterkühlte Begrüßung war der Tropfen, der das Fass zum Überlaufen brachte. Etwas stimmte nicht, dass wusste sie.

„Sehen Sie“, sagte sie und blickte ihn durch den Zaun hindurch an. „Ich weiß, dass Sie sauer sind, weil ich zugestimmt habe, Brady in ein Team mit Clarice zu stecken, damit er ihr bei der Fütterung hilft. Aber Sie machen aus einer Mücke einen Elefanten. Er ist eine gute Hilfskraft, er kennt das Gelände, und Sie wissen so gut wie ich, dass man für manche Aufgaben in der Pflege zwei Leute braucht, damit man die Arbeit sicher erledigen kann.“

Harris wandte ihr das Gesicht zu, und sie konnte sehen, dass er seine Kiefer aufeinander gepresst hatte. Er schien wütend zu sein. „Brady ist *kein* Helfer“, stieß er hervor.

Sie schüttelte verständnislos den Kopf. „Sie betreiben Haarspalterei. Er ist hier, um zu arbeiten und zu helfen, egal, aus welchen Gründen er gekommen ist."

„Egal, aus welchen Gründen er gekommen ist?" fragte er und blickte sie ungläubig an, während er einen Schritt auf sie zu machte. „Er hat, verdammt noch mal, einen Adler angeschossen!"

„Ich weiß, ich weiß", sagte sie, beugte sich vor und hielt sich am Zaun fest. „Und wenn Sie sich die Mühe machen würden, vorurteilslos auf den Jungen zuzugehen, würden Sie bemerken, dass es ihm wirklich Leid tut! Lijah hat ihm vergeben. Es scheint mir, dass Sie das auch tun sollten."

Ihre Blicke trafen sich, und sie umklammerte den Zaun. Sie hatte gelernt, dass sein glimmender Zorn furchteinflößender sein konnte, wie sie das von ihrem eigenen Zorn kannte. Aber sie hatte auch gelernt, dass er gerecht war. Nach einer Weile legte sich das Feuer in seinen Augen, und seine Schultern entspannten sich.

„Vielleicht. Lijah hat mir erzählt, dass er schon lange aufgehört hat, nachtragend zu sein. Er hat mir gesagt, dass ein weiser Mann keinen Groll gegen andere hegt und vergeben kann."

„Ich respektiere seine Meinung", sagte sie sanft. „Er verbringt mehr Zeit mit Brady als jeder andere. Tatsächlich war er derjenige, der den Vorschlag gemacht hat."

Harris' Mund verzog sich zu einem schiefen Lächeln. „Zu Ihnen ist er also auch gekommen? Dieser gerissene Fuchs. Er hat mir gesagt, der Junge hätte Potenzial."

„Clarice hat dasselbe gesagt. Sie hat ihre Meinung über Brady gründlich geändert. Sie ist zu mir gekommen und hat gefragt, ob Brady ihr Teamkollege werden könnte. Harris, Sie haben mir geraten, das zu tun, was ich für das Beste halte, solange ich in der Klinik bin. Das habe ich getan. Sie können nicht jede Entscheidung, die ich treffe, in Frage stellen. Das wird uns – und jeden anderen in der Klinik – in den Wahnsinn treiben. Clarice brauchte Unterstützung, und Brady war die perfekte Lösung. Das ist alles." Sie schwieg einen Augenblick und fügte dann wie in einem Plädoyer hinzu: „Ach, Harris, Sie hätten sehen sollen, wie er reagierte, als ich ihm sagte, er dürfe mit den Vögeln arbeiten. Sein Gesicht strahlte, als hätte ich ihm ein Geschenk gemacht."

Er hörte zwar zu, doch seiner Miene war abzulesen, dass er seine Meinung in diesem Punkt nicht so leicht ändern würde. „Also", sagte er mit einem Schulterzucken. „Die Sache steht ja offensichtlich schon fest. Was soll ich Ihrer Meinung nach jetzt noch tun oder sagen?"

Sie legte den Kopf schief und musterte ihn, wobei sie sich fragte, ob er, was seinen Einfluss im Center anbetraf, wirklich so begriffsstutzig war. Komm von deinem hohen Ross, und gönn dem Jungen eine Pause, dachte sie.

„Nichts", erwiderte sie knapp und machte kehrt, um zu gehen.

„Ella ..." Er trat an den Zaun und legte seine warme Hand auf die ihre.

Sie drehte sich langsam um, merkte, wie sich ihre Hände berührten, nur getrennt durch diesen Drahtzaun. Sie blickte zu ihm hoch.

„Es tut mir Leid", sagte er schnell.

„Ist schon gut", antwortete sie im selben Atemzug.

Sie hatte Schmetterlinge im Bauch, als sie ihm in die Augen sah und dort dieselbe Sehnsucht und dasselbe Bedürfnis nach Liebe fand, die auch sie spürte.

„Ich habe Sie wegen dieser Geschichte wirklich schlecht behandelt. Das war übertrieben und dumm. Ich hätte nicht so reagieren sollen."

„Und ich hätte zuerst mit Ihnen darüber sprechen sollen. Ich wusste doch, wie Sie empfanden."

„Aber nein, die Entscheidung lag doch ganz allein in Ihren Händen."

So nette Worte, dachte sie mit schmerzerfüllter Belustigung. In ihren Blicken lag so viel Zuneigung – und doch konnte sie im Gespräch diese Gefühle nicht offenbaren. Sie spürte die Wärme seiner Haut auf der ihren, und den sanften Druck seiner Hand bildete sie sich nicht ein.

Cinnamon begann hoch und schrill zu kreischen. Ella zog ihre Hand zurück, als Harris einen Schritt nach hinten machte. Eine der freiwilligen Helferinnen war gekommen und trug einen Eimer mit Mäusen und Fischen zu den Volieren mit den kranken Vögeln auf der medizinischen Station. Sie hatte einen Regenanzug und Gummistiefel an und hielt kurz an, um sie freundlich zu grüßen, als sie vorüberging.

Der Moment war verflogen, und Ella war dankbar dafür. Sie hatte mit sich gerungen, um ein Verhältnis zu Harris aufzubauen, in dem sie miteinander arbeiten konnten, ohne dass ihre Gefühle ständig mit ihr durchgingen.

Doch er konnte ihr diese Empfindungen ganz leicht wieder entlocken, so wie ein Magier leuchtend bunte Tücher aus einem Hut zaubern konnte, eines nach dem anderen, in einer prächtigen, faszinierenden, nicht enden wollenden Reihe. Bildete sie sich die Blicke, die fast greifbare Spannung zwischen ihnen, wenn sie Seite an Seite standen, oder die unzähligen Momente der stillen Aufmerksamkeit, der Beobachtung des anderen denn nur ein? Die Magie der Augenblicke ließ sie erbeben, obwohl sie sich selbst schalt, dass sie schon wieder auf etwas hereingefallen war, was doch nicht mehr als nur der Traum einer einsamen Frau war.

Er hat das Profil eines Falken, dachte Ella, als sie seine lange Stirn und seine starke, spitze Nase betrachtete. Sogar im Dämmerlicht konnte sie die leichte Bräune erkennen, die Harris von der Arbeit an der frischen Luft in der Vorfrühlingssonne hatte. Es ist die Bauarbeiter-Bräune, witzelte Harris immer, denn sie reichte nur bis zu den Oberarmen und in den Nacken, wo das T-Shirt endete. Er stand vor dem Gehege mit den kranken Tieren, in dem einige Adler-Waisen hockten, die am frühen Morgen mit einem Spezialkurier von Florida hergebracht worden waren. Jeder der Mitarbeiter des Centers war aufgeregt gewesen, die Tiere in ihre Obhut zu nehmen, doch am meisten hatte Harris sich auf die Ankunft der Adler gefreut.

„Ich dachte mir schon, Sie hier bei den Babies zu finden."

Er lächelte sie an und widmete sich dann wieder den Adlerjungen. „Sie sind erstaunlich."

„Diese kleinen Tiere haben hier heute schon für einen mächtigen Wirbel gesorgt", sagte sie und trat an seine Seite. Die Schatten im Käfig wurden länger, da der Tag zu Ende ging, doch sie konnte immer noch die zwei scharf umrissenen dunklen Silhouetten der Vögel im Käfig ausmachen.

„Es ist sehr selten, dass uns ein Pärchen geschickt wird, das noch so jung ist."

Sie erwiderte nichts. An seinem Blick konnte sie erkennen, dass das Alter dieser Adler nichts mit seiner Ehrfurcht zu tun hatte.

„Ihre Eltern sind erschossen worden, als die beiden noch Küken waren. Das Rehab-Center in Florida hat sich der Nestlinge angenommen und sie aufgepäppelt, bis sie stehen und ihr Futter allein fressen konnten. Bei den Adlern kümmern sich immer beide Elternteile um die Jungen, wussten Sie das? Sie sind bemerkenswert gute Eltern und biegen zum Beispiel ihre Krallen ein, wenn sie zum Nest zurückkehren, um nicht versehentlich eines der Kleinen zu verletzen."

„Was geschieht mit ihnen?"

„Wir werden diese Tiere für die nächsten Wochen in einer Art Nistkasten unterbringen, bis sie flügge sind."

„Was für ein Nistkasten?"

„Haben Sie die Kästen noch nicht gesehen? Das ist eine geräumige Box, die hoch oben auf einer Art Turm steht, auf der anderen Seite des Weihers. Der Kasten ist mit Eisenstäben gesichert, durch die die Tiere zwar nach draußen schauen können, die sie gleichzeitig aber auch vor Feinden und vorm Hinausfallen schützen. Es ist ein bisschen so, als würden sie in einem Nest leben. Sie sehen aus der Vogelperspektive, was sie in der Natur erwartet, wenn Sie so wollen. Dann, wenn sie sich an die Box gewöhnt haben, werden die Stangen entfernt, und die Tiere sind frei, fliegen zu lernen oder den Dreh beim Jagen herauszufinden. Es ist ein unglaublich schöner Moment, wenn man zusehen darf, wie ein Jungtier zum ersten Mal fliegt."

„Ich hoffe, das kann ich auch sehen."

Er drehte sich um, strahlte sie an, und sie fühlte sich, als sei sie für dieses besondere Geschenk auserwählt worden. Es war kein Wunder, dass so viele Menschen Harris so mochten.

„Ich werde dafür sorgen, dass Sie es miterleben können", sagte er leise.

Sie machte ein paar Schritte zurück und blickte in die nächste Voliere. „All die Liebeslieder und Balzgesänge, die ich von meinem Fenster aus gehört habe, scheinen ihr Ziel nicht verfehlt zu haben", sagte sie und schaute durch die Gitterstäbe. „Die Waisenkinder werden scharenweise in der Klinik abgegeben. Die medizinische Station gleicht schon fast einem Kindergarten."

„So ist das immer im Frühling. Das hält uns auf Trab."

Er sprach von *uns,* und sie fand es schön, dass dieses *uns* auch sie einschloss.

Ella schlenderte von Käfig zu Käfig und warf einen Blick auf ihre Patienten. Es erinnerte sie an die Nächte, in denen sie noch mal nach jedem ihrer kleinen Patienten gesehen hatte, wenn im Krankenhaus eine Schicht begann oder endete. Jetzt sind es eben *Vögel,* dachte sie mit Erstaunen und konnte sich ein Lächeln nicht verkneifen, wenn sie darüber nachsann, wohin das Schicksal sie auf der Straße ihres Lebens gebracht hatte. Dies hier war, das wusste sie, ein Schritt für sie, um wieder gesund zu werden, wieder Freude am Leben zu entwickeln, wieder frei sein zu können.

Zuerst ging sie zu Voliere 1, um nach den beiden kleinen Geier-Waisen zu gucken. Irgendetwas an ihnen ließ sie jedes Mal lächeln, wenn sie sie sah. Sie wuchsen von Minute zu Minute und besaßen ausgeprägte Persönlichkeiten. Obwohl sie unzertrennlich waren, hatten sie in letzter Zeit begonnen, sich wie Kleinkinder zu zanken. Wenn einer Futter hatte, wollte der andere es ihm abspenstig machen. In den vergangenen Wochen war ihr grauer, zarter Flaum den schlanken schwarzen Flug- und Umrissfedern gewichen, und die beiden hatten fast ihre endgültige Größe erreicht. Doch sie waren noch immer Kinder. Die beiden erwachsenen Geier drängten sich in die hinterste Ecke, auf die höchste Sitzstange im Gehege, gerade so, als wollten sie sich von den beiden Halbstarken so weit wie möglich fern halten. Die Waisen bewohnten einen Pferch auf dem Boden der Voliere. Als Ella hineinblickte, entdeckte sie die beiden – sie schliefen friedlich und hatten ihre Köpfe auf die Flanke des jeweils anderen gelegt.

Als die Sonne unterging, begaben sich die tagaktiven Vögel zur Ruhe, während die nachtaktiven Tiere langsam munter wurden.

Tumult und Gekreisch drang aus Voliere 2 an ihr Ohr. Sie sah hinein. Eine Gruppe von Eulen hatte sich auf die hinterste Sitzstange in der Voliere zurückgezogen, möglichst weit weg von den Menschen, drehte die Köpfe und starrte sie mit glühenden gelben Augen an.

Ella blickte über die Schulter und sagte: „Wissen Sie eigentlich, dass wir inzwischen acht Virginiauhu-Waisen hier haben? Sehen Sie sie nur an. Sie sind hellwach und fertig für die Party."

„Und es werden noch mehr kommen", sagte er und kam zu ihr herüber. „Die Leute bringen sie von überall her. Sie finden sie auf dem Boden unter dem Nest, wo das Jungtier wahrscheinlich rausgefallen ist, und bringen sie zum Tierarzt, um den Tieren zu helfen. Das Problem ist, dass die Finder nie ihren Namen und ihre Adresse hinterlassen – deshalb wissen wir nicht, woher die Küken stammen, und es gibt auch niemanden, den wir fragen könnten. Das ist frustrierend, denn in neun von zehn Fällen ist der Nestling in guter Verfassung. Junge Eulen zum Beispiel hüpfen um das Nest herum, um langsam ihre Flügel auszutesten. Dass da ab und zu mal eine Eule herunterfällt, ist normal. Ich würde es lieber sehen, wenn die Tiere in ihre Nester zurückgebracht würden, wo sie hingehören."

„Was ist mit diesem Vogel?" fragte Ella und ging zu Voliere 4. Dort befand sich neben zwei erwachsenen Schleiereulen ein Findelkind, das Anfang März gebracht worden war und ein bisschen wie eine Pusteblume wirkte – flauschig, mit herzförmigem Gesicht und riesigen Augen.

„Bei diesem Tier weiß ich nicht so recht. Die Röntgenaufnahmen, die ich heute Nachmittag gemacht habe, zeigen große verhärtete Stellen um den Knochenbruch herum. Und der herabhängende Flügel deutet darauf hin, dass die Nerven möglicherweise beschädigt sind. Es sieht nicht gut aus."

Die Eule sah niedlich und liebenswert aus. Die letzten Daunen, die auf dem Kopf und im Nacken wuchsen, zeigten Ella, dass es sich bei dem Tier um eine etwa ein Jahr alte Eule handelte. Sie hätte es sonst für einen erwachsenen Vogel gehalten. Es war schwer zu akzeptieren, dass dieser wundervolle Vogel vielleicht eingeschläfert werden musste, wenn er nicht wieder vollständig gesundete.

„Ich hoffe, sie schafft es", sagte sie und blickte in seine unergründlichen Augen. „Wo wir gerade davon sprechen … wie geht es Santee?"

Harris runzelte die Stirn und lief zu Voliere 3. Ella folgte ihm, um auch den Star des Centers zu besuchen. Jeder hier liebte diesen Vogel. Sie war ein majestätisches Adlerweibchen, groß und kraftvoll und wohlgesittet. Sie tolerierte ihre Anwesenheit – wenn sie ihr nicht zu nahe kamen. Außer Lijah natürlich. Harris hatte eingewilligt, dass nur Lijah sie füttern, ihren Stall säubern und sie zur Behandlung bringen durfte. Ella sah das Tier mit geschultem Blick an und erkannte die leicht hängenden Flügel und die Art, wie sich Santee vor allem unter der Wärmelampe aufhielt. Es war offensichtlich, dass es ihr nicht gut ging.

„Sie macht gerade eine schwere Zeit durch. Unglücklicherweise ist sie an Aspergillose erkrankt, eine für Greifvögel typische Atemwegserkrankung. Ich habe ihr ein Antipilzmittel verabreicht und ihr ätherische Dämpfe zum Einatmen verabreicht, um die Lungen zu beruhigen. Die Wärmelampe wird auch helfen, vor allem, weil es diese Woche wieder nass und kalt wird." Er schlüpfte in den Käfig und schaltete die Wärmelampe aus, damit in der Nacht kein Brand entstehen konnte. Santee beobachtete jede seiner Bewegungen, rührte sich aber nicht von ihrer Sitzstange. Als er die Voliere verließ, betrachtete er seinen Patienten noch einmal mit besorgter Miene.

„Wir müssen sie trocken und warm halten und dafür sorgen, dass ihr Lager immer sauber ist“, sagte er. „Mehr können wir im Augenblick nicht tun.“

„Wie kommt Lijah mit dieser Situation zurecht? Ich habe ihn heute noch gar nicht gesehen.“

„Er nimmt es schwer. Sie hätten sein Gesicht sehen sollen. Den ganzen Tag lief er mit einer Grabesmiene herum. Wissen Sie, bevor man ahnt, dass ein Tier an dieser Krankheit leidet, hört man die typischen Atemgeräusche, die so genannte Stenoseatmung. Doch Lijah wusste es schon vorher – er wusste, dass etwas mit ihr nicht stimmt.“

Er fuhr sich mit der Hand übers Gesicht und massierte kurz seine Nasenwurzel.

„Sie sehen erschöpft aus“, sagte sie mitfühlend.

„Ich bin tatsächlich sehr müde“, erwiderte Harris und ließ die Hand sinken. Er sah sie an und ließ seinen Blick über ihr Gesicht gleiten. „Aber Sie wirken auch nicht gerade fit. Sie arbeiten ja täglich genauso lange wie ich, wenn nicht sogar länger.“ Seine Miene veränderte sich, und seine Augen begannen zu strahlen.

„Was?“ fragte sie ihn, als ahnte sie, dass er etwas auf dem Herzen hatte.

„Ich habe nur gedacht … Tatsächlich hat mir in letzter Zeit jemand gesagt, dass wir uns mehr Zeit für uns selbst nehmen sollten. Was denken Sie?“

Sie lehnte sich gegen den Holzrahmen der Voliere und lächelte nachdenklich. „Ja, ein Tag frei wäre wundervoll. Wir haben in meinem Vorstellungsgespräch nicht über freie Tage oder Urlaub gesprochen.“

„Nein, und ich habe ganz sicher meinen Vorteil aus diesem Versäumnis gezogen.“

„Ja“, erwiderte sie mit unbewegter Miene. „Ich sollte mich beschweren. Ganz sicher gibt es da draußen irgendwo eine Kindermädchen-Gewerkschaft oder etwas Ähnliches.“

Er schob seine Hände in seine Hosentaschen. Plötzlich fühlte sie, wie sich die Luft zwischen ihnen mit Spannung füllte.

„Ich habe mir den Plan angesehen, und morgen wäre ein guter Tag, denn es ist nicht so viel zu tun. Außerdem ist Maggie den ganzen Tag über da. Es ist immer eine gute Idee, die Gelegenheit beim Schopfe zu packen.“

„Da haben Sie Recht.“

„Und es soll morgen schön werden. Der Regen soll endlich aufhören.“

„Das wurde aber auch Zeit.“

Er räusperte sich. Gespannt hielt sie den Atem an.

„Wollen Sie vielleicht angeln gehen?“

Mit einem Mal war die Anspannung wie weggewischt. Angeln? Sie hatte erwartet, dass er sie ins Kino oder zum Essen einladen würde. War das gemeinsame Angeln eine Art Verabredung, oder war er nur so nett, sie zu fragen, damit sie sich nicht wieder übergangen fühlte, wie damals bei den Rosen? Sie wollte nicht erneut in die Falle tappen. Die Nacht brach nun schnell herein, und seine leuchtend blauen Augen hoben sich noch deutlicher von der braunen Haut ab. Sie senkte den Kopf und blickte auf ihren Ärmel, um einige Flusen herunterzuzupfen. Sie waren nur Freunde, schoss es ihr immer und immer wieder durch den Kopf. Freunde konnten zusammen angeln gehen. So etwas taten Freunde.

„Hört sich lustig an“, erwiderte sie zögerlich.

„Schön. Ich habe da eine Lieblingsstelle, die ich Ihnen gerne zeigen würde.“ Er grinste unsicher. „Ich denke, jeder Angler hat so seine Plätze, und dieser ist meiner. Er liegt am Fluss, bei den Sandbänken, und es gibt dort Meeräschen und Shrimps. *Wir* werden Meeräschen fischen. Sie werden den Ort mögen. Man fühlt sich dort, als wäre man eine Million Kilometer vom Rest der Welt entfernt. Es gibt nichts Schöneres und Entspannenderes, als am Kai zu sitzen, die Zehen ins Wasser zu halten und darauf zu warten, dass die Fische beißen.“ Er sah sie an, und seine Augen blitzten. „Ich würde Sie gerne dorthin bringen, Ella.“

Ihre Blicke trafen sich, und plötzlich spürte sie Schüchternheit. Verlegen steckte sie sich eine Haarsträhne hinters Ohr. „Ich gehe dann mal besser wieder zu Marion“, sagte sie und deutete mit dem Daumen in Richtung Haus. „Sie wird mich schon suchen. Sagen Sie einfach Bescheid, wenn Sie loswollen …“

Sie stürzte davon wie ein Sträfling auf der Flucht. Bei jedem Schritt schimpfte sie mit sich selbst, dass ihre Phantasie schon wieder Purzelbäume schlug und wiederholte immer wieder *nur Freunde … nur Freunde … nur Freunde …*

Und dennoch, sie hatte etwas in seinen Augen aufblitzen gesehen, als sie eingewilligt hatte, mitzukommen, das sie ahnen – und, Gott stehe ihr bei, hoffen – ließ, dass das Verhältnis zwischen ihr und Harris doch noch weiterführen würde.

14. KAPITEL

***Sehvermögen:** „Sehen können wie ein Adler“ oder „Augen haben wie ein Adler“ sind Ausdrücke, die von Menschen gebraucht werden, die aber auf die exzellenten visuellen Fähigkeiten der Greifvögel anspielen. Die Vögel verfügen über binokulare Sehfähigkeiten, das heißt, sie können beide Augen gleichzeitig auf ein Objekt fokussieren. Das bietet den Greifvögeln die Möglichkeit, den Boden oder die Wasseroberfläche aus hunderten Metern Höhe abzuscannen und ihre Beute mit der Genauigkeit eines Zielfernrohres zu erkennen.*

Harris und Ella liefen den Kiesweg entlang. Sie trugen Angeln und die notwendige Ausrüstung mit sich. Ella war sich sehr genau bewusst, dass einige Augenpaare auf sie gerichtet waren und sie beobachteten, als sie losliefen.

Am Morgen hatte Marion sie mit Fragen gelöchert, wohin sie und ihr Daddy gingen, warum sie nicht mitkommen durfte und ob es sich um eine echte Verabredung handelte. Maggie, die sich bereit erklärt hatte, für einige Stunden auf Marion aufzupassen, war sonderbar still. Ihr mangelndes Interesse sprach Bände, und Ella schwor sich, später mit ihr darüber zu reden. Als sie das Haus verließen, stand Lijah bei seiner Hütte, rauchte seine Pfeife und blickte ihnen mit einem leichten Lächeln auf den Lippen hinterher. Selbst die Freiwilligen beobachteten sie, als sie sich an ihre täglichen Aufgaben machten.

„Was, um alles in der Welt, haben Sie ihnen erzählt, was wir heute tun?“ fragte sie Harris, als sie den Hof erreichten. Sie hob die Hand, um mit einer unsicheren Geste ihr Haar zurückzustreichen.

„Ach, nicht viel. Nur, dass wir durchbrennen.“

Sie lachte und schlug ihm freundschaftlich auf den Arm. „Sie dachten, wir machen das *wirklich.* Um Himmels willen, wir gehen doch nur angeln."

„Ich denke, sie müssen einfach öfter raus. Ich weiß nicht", sagte er und schob dann die Gedanken an seine Mitarbeiter von sich. Er wandte seinen Kopf, und sein Lächeln war verspielt. „Lassen Sie uns nicht über die Leute nachdenken oder was sie über uns denken, Ella. Lassen Sie uns diesen Tag genießen."

Das brachte sie zum Schweigen. Ihr Herz schlug in seinem eigenen Rhythmus, als sie versuchte mit seinen langen, raumgreifenden Schritten mitzuhalten.

Die Brutsaison in Carolina war in vollem Gange. Die Greifvögel, die hier überwinterten – Adler, Eulen, Fischadler –, waren schon in ihren Nestern und zogen ihre Jungen groß. Jetzt war die Zeit, um die Singvögel und die anderen Sommergäste willkommen zu heißen. Frühe Zugvögel steckten bereits ihr Revier ab und häuften Gräser und Zweige in Nester und Nistkästen. Die Umgebung war erfüllt von ihrem Gezwitscher.

Als sie die Weggabelung erreichten, führte Harris sie den rechten Weg entlang, der zum Bach hinunterführte. Je näher sie dem Gewässer kamen, desto krüppeliger und verknorrter und dichter wurde die Vegetation um sie herum. Ihre Schuhe versanken fast in einem undurchdringlichen Teppich aus Smilax und Jasmin, der den Weg beinahe verdeckte, und um ein Haar fiel sie hin, doch Harris reichte ihr schnell die Hand.

Die Landschaft war nicht so zerklüftet und bergig wie bei ihr zu Hause in Vermont. Und auch nicht von so lebendigem Grün. Doch je länger sie hier lebte, desto mehr spürte sie, dass sie die beiden Orte nicht vergleichen konnte. Es war, als würde man Orangen mit Äpfeln vergleichen. Die Schönheit des Südens war verführerisch, eher sinnlich als majestätisch. In den kleinen Bächen und Flüssen, die sich durch das Land schlängelten, schienen unzählige Mysterien und Geheimnisse zu wohnen. Sie mäanderten durch die saftigen grünen Marschlandschaften, und es schien, als würden sie wie lebendige Kreaturen im Rhythmus der Gezeiten ein- und ausatmen. Es war ein Land der Mythen und großen Märchen, die von alten Männern und jungen Menschen erzählt wurden – am Kai, an Bord von Booten und an den Esstischen in der ganzen Region.

Sie liefen durch die dichten Wälder und die undurchdringliche Vegetation, bis sie an einen Ort kamen, wo der Himmel plötzlich wieder unendlich weit wurde und eine Brise durch ihr Haar fuhr, scharf und kühl. Sie hob ihr Kinn und sog die frische feuchte Luft tief ein, die wie ein Elixier durch ihre Adern schoss. Harris hielt an und hob den Arm, um ihr etwas zu zeigen.

„Das ist mein Bach“, sagte er und deutete auf ein sprudelndes Flüsschen, das sich durch das grüne Sumpfgras und zwischen mächtigen Eichen hindurchschlängelte. Er blickte voller Stolz auf sein kleines Gewässer. „Nicht dass ich den Fluss besitzen würde“, sagte er. „Vielmehr besitzt er mich.“

„Was für eine wundervolle Aussicht. Wie lange ist es her, dass Sie dieses herrliche Fleckchen Erde gekauft haben?“

„Oh, vielleicht zwölf oder dreizehn Jahre, damals habe ich noch für den Staat gearbeitet. Ich habe im Francis-Marion-Wald nebenan gearbeitet. Als dieses Stück Land dann angeboten wurde, kam ich gleich herüber, um es in Augenschein zu nehmen. Hurrikan Hugo war kurz zuvor über das Land geweht und hatte Häuser und Bäume zerstört. Grundstücke waren damals für wenig Geld zu haben, also habe ich zugegriffen. Es hat sich gelohnt. Heute könnte ich mir hier kein Stück Land mehr leisten. Der Hurrikan hat damals Awendaw und Georgetown schwer verwüstet. Sogar die Vögel haben darunter gelitten. Das war wirklich unheimlich. Als der Hurrikan vorüber war, kamen wir in den Wald, und es herrschte Totenstille. Unnatürlich. Einige Vögel sind geflohen, bevor der Sturm kam. Ich danke Gott für die Instinkte. Doch viele sind von dem Sturm erfasst und getötet worden."

„Hat Sie das damals dazu gebracht, sich für die Rehabilitation und Auswilderung von Greifvögeln zu interessieren?"

„Ich habe mich schon vorher für diese Tiere interessiert. Seit ich ein Kind war. Mein Großvater hat Habichte geliebt. Er hat mir beigebracht, sie am Himmel auszumachen. Er hat diese Leidenschaft und Liebe für die Vögel an meine Mutter weitergegeben und sie schließlich an mich. Manchmal glaube ich, es liegt in den Genen. Meine Mutter liebte alle Arten von Vögeln, nicht nur Greifvögel. In der Küche hatte sie eine Liste aufgehängt. Wenn immer wir am Himmel einen neuen Vogel entdeckten, trugen wir ihn in die Liste ein. Sie war die erste Person, die mir beibrachte, zu kategorisieren. Außerdem half sie verletzten und kranken Vögeln. Nichts Kompliziertes. Sie hat nur getan, was sie konnte. Damals wuchs in mir der Traum, ein Rehabilitationscenter für Vögel zu gründen. Ich wusste, dass wir es dann besser machen könnten." Er zuckte die Schultern. „Jahre später tat ich, was ich konnte, und lernte alles über die Tiere. Nach und nach erarbeitete ich mir die Lizenz und die nötigen Geldgeber ... es war ziemlich hart. Es dauerte einige Zeit, bis die Teile sich zusammenfügten. So ist das Leben manchmal."

Er nahm ihre Hand und lachte sie an. „Kommen Sie, Ella. Die Fische sind ausgesprochen lebhaft heute."

Seine große Hand umschloss die ihre, und sie fühlte sich, als würden die Teile in ihrem Leben sich auch zusammenfügen.

Er führte sie den schlammigen Weg entlang bis zu dem alten

Kai, der schon da gewesen war, als er das Land erwarb, und wie durch ein Wunder den Hurrikan Hugo überlebt hatte. So gut wie jedenfalls. Der Holzsteg ragte ein gutes Stück in den Bach hinein.

Ella blieb am Rande des Stegs stehen und weigerte sich weiterzugehen. „Der Steg sieht ziemlich wacklig aus. Meinen Sie, er hält uns aus?"

„Also, er ist alt und wurmstichig, und er hat schon bessere Tage gesehen, so viel ist sicher. Doch ich denke, es ist noch sicher genug, um das Gewicht eines Mannes und eines kleinen Dings wie Ihnen auszuhalten. Wenigstens hoffe ich das."

„Harris ..."

„Kommen Sie, Sie Angsthase."

Sie zogen ihre Schuhe aus und mussten lachen wie die kleinen Kinder. Es fühlte sich gut an, mit nackten Zehen herumzulaufen. Ihr Geist schoss himmelwärts, als sie bis zum Ende des Bootssteges liefen und das raue Holz unter ihren nackten Sohlen spürten.

Als sie am Rand des Steges standen, stemmte er die Hände in die Hüften und atmete tief ein. Die scharfe, kühle Luft füllte seine Lungen und seine Nase.

„Mmmmh ... riechen Sie das? Es gibt nichts Vergleichbares auf der ganzen Welt. Das ist der Duft von unverfälschtem reinem Flussschlamm. Mein Frühlings-Tonikum. Ein Hauch davon wirkt Wunder auf die Seele", sagte er mit einer großen Geste. Er blickte Ella von der Seite an.

Sie schnüffelte und kräuselte die Nase. „Ich denke, daran muss man sich erst gewöhnen."

Sie sah ein wenig verloren aus, wie sie so dastand, mit hinter dem Rücken verschränkten Armen und an ihren nackten Füßen vorbei in das schlammige, sprudelnde Wasser schaute. Er musste zugeben, dass es verstörend war, Ella Elizabeth Majors einmal nicht in ihrem Element zu erleben. Ob sie diesen Platz auch für etwas Besonderes hielt, so wie er, überlegte er, um sich sogleich zu fragen, warum es ihm so wichtig erschien, dass sie es tat.

„Haben Sie je Meeräschen gefangen?“ fragte er sie.

„Gefangen? Ich wusste bisher noch nicht einmal, dass es Meeräschen gibt.“

„Meeräschen sind leckere Fische, der wahre Geschmack von South Carolina“, sagte er und beugte sich vor, um die Tasche mit den Vorräten näher an die Kante des Steges zu schieben. „Obwohl manche Leute ihn als minderwertig einstufen. Sie benutzen ihn nur als Köder. Doch Sie können jeden Bauernjungen fragen, und er wird Ihnen erzählen, dass man, wenn man in das saftige Fleisch der Meeräsche beißt, noch den besonderen Geschmack des Baches spüren kann, in dem der Fisch gefangen wurde. So etwas gibt es in keinem Geschäft zu kaufen. Nein. Sie müssen sich diesen Fisch selbst fangen und ganz frisch essen. Die Menschen dieser Gegend machen das seit langer, langer Zeit. Ich habe von meinem Vater gelernt, wie man Meeräschen fängt, als ich noch ein ganz kleiner Junge war.

Er öffnete die Segeltuchtasche und murmelte: „Das war so ziemlich das Einzige, was er mir je beigebracht hat.“

Ella sah ihn erstaunt an, und Harris war offenbar erleichtert, als sie dann nur fragte: „Kann ich Ihnen bei etwas helfen?“

„Und ob.“ Er beugte sich über die Segeltuchtasche mit den Vorräten und holte einige Korken, eine Spule mit Faden, eine Tasche mit Haken und eine Reißverschlusstasche mit etwas, das wie durchnässtes Brot aussah. Das reichte er ihr. „Sie können das ins Wasser werfen. Es wird die Meeräschen anlocken und ihnen den Köder schmackhaft machen.“

Ella öffnete die Tasche und hielt sie augenblicklich so weit von sich entfernt, wie ihre Arme reichten. „Du meine Güte! Das riecht ja fürchterlich! *Was* ist das?“

„Brei als Köder. Der größte Teil ist Brot, mit ein paar geheimen Zutaten vermischt, die die Fische unwiderstehlich finden. Sie mögen denken, dass es stinkt, aber für die Fische riecht es wie das teuerste französische Parfüm. Das Geheimnis ist, nicht zu viel auf einmal in das Wasser zu geben. Sie dürfen nur so viel hineinwerfen, um die Fische anzulocken, aber nicht so viel, dass es zum Sattfressen reicht und sie den Köder verschmähen.“

„Richtig. Danke, dass Sie das klargestellt haben.“

„Sie machen das schon. Ich werde losgehen, um die Angeln aufzustellen.“

Wenn er geahnt hätte, wie viel Spaß es machen würde, Ella dabei zuzusehen, wie sie die Nase rümpfte, mit zwei Fingern kleine Bröckchen des Breis herauspickte und sie dann angewidert ins Wasser fallen ließ, hätte er sie schon früher hierher gebracht. Trotzdem beweist sie Sportsgeist, dachte er, als er das wenig elegante *Platsch* der Breihäppchen vernahm. Sie tat, was er gesagt hatte, ohne sich zu beklagen. Er kannte nicht viele Frauen, die das mitmachen würden.

„Reicht das?“ fragte sie mit flehendem Blick.

„Sieht schon sehr gut aus. Hier ist Ihre Angel“, sagte er und überreichte ihr eine unhandliche, steife Rohrstock-Angel, an der eine leichte Schnur hing.

Sie blickte fragend auf die Rute. „Danke. Also … ich lasse den Haken ins Wasser hängen und warte darauf, dass sie anbeißen?“

„Ella, das ist eine althergebrachte Sportart! Die meisten Leute benutzen ein Wurfnetz. Eine Meeräsche mit einer Schnur und einer Angel zu fangen, ist mehr Glück als alles andere, soweit ich das beurteilen kann. Bei einem guten Angler sieht alles ganz einfach aus. Ha!

Glauben Sie das nur nicht. Diese alten Fische sind gerissen. Wenn Sie sehen, dass der Korken sich bewegt, müssen Sie sofort am Haken ziehen und die Schnur einholen – mit Gefühl, aber ganz schnell."

„Ich habe nicht die leiseste Ahnung, wovon Sie überhaupt reden", sagte sie kichernd.

Er schüttelte ungläubig den Kopf. „Haben Sie Ihnen in all den Schulen, die Sie besucht haben, denn gar nichts Wichtiges beigebracht?" Er setzte sich auf die Kante des Piers und schlug mit der Hand sanft auf den freien Platz neben sich. Ella verstand den Wink und setzte sich neben ihn. „Es ist ganz einfach. Werfen Sie nur die Schnur aus", sagte er gedehnt. „Dann sagen Sie mir Bescheid, wenn der Korken sich auf und nieder bewegt."

„Wenn der Korken sich auf und nieder bewegt", wiederholte sie. „Ich hab's."

Sie lachte, und auch er gluckste fröhlich und fühlte, wie die wärmende Frühlingssonne ihn langsam entspannte.

Sie saßen am Ende des Steges, ließen die Füße im kalten Wasser baumeln und hielten ihre Angeln fest. Als die Sonne hoch am Himmel stand, zogen sie ihre Jacken aus, krempelten die Ärmel hoch und lehnten sich zurück. Schon bald hatten sie die Angeln, die im Wasser dümpelten, vergessen.

„Das ist wirklich ein schöner Fleck", sagte sie und wandte ihr Gesicht der Sonne zu.

„Ja, das ist er", grinste er. „Ich bin an einem Bach aufgewachsen, der diesem Flüsschen hier glich, unten im ACE-Bassin. Das ACE-Bassin ist ein Naturschutzgebiet, in dem die drei Flüsse Ashepoo, Combahee und Edisto fließen, wodurch sich auch der Name erklären lässt. Vielleicht ist das der Grund, warum ich den Bach in der Minute, in der ich ihn zum ersten Mal sah, gleich in mein Herz schloss."

„Sehen Sie sich die Silberreiher an, die in der alten Eiche am anderen Ufer hocken. Es sind eins ... zwei ... vier ... sechs davon. Fantastisch. Sie sind so wunderschön!"

„Sie werden hier draußen viele Vögel entdecken. Silberreiher, Ibisse, Fischreiher und Fischadler. Ich habe einige Waisen in das Fischadlernest gleich über unseren Köpfen gelegt."

„Wo ist das Nest?" fragte sie und blinzelte in die hohen Baumkronen.

„Gleich dahinten, bei der Hängematte. In den Ästen des abgestorbenen Baumes."

Sie setzte sich auf und folgte mit den Augen seinem ausgestreckten Arm. „Oh, ja. Jetzt kann ich es sehen. Es sieht ziemlich zusammengestückelt aus, finden Sie nicht? Ein riesiges Nest."

„Fischadler sind sehr kreativ, was den Nestbau betrifft. Es ist eine mächtige Anhäufung von Stöcken, Gras und allem, was sie sonst noch so stibitzen können. Ich habe schon Nester gesehen, in denen Schaumstoffbehälter, Plastikschalen, Schnur, hübsche Bänder, ja sogar ein Fahrradreifen verarbeitet worden sind. Ich hätte wirklich gerne gesehen, wie der Fischadler *den* da raufgeschleppt hat. In einem Nest habe ich mal eine Barbiepuppe gefunden." Seine Augen funkelten vergnügt. „Ich denke, ich muss Marion warnen – sie muss aufpassen, wo sie Lulu hinlegt, sonst ist sie später auch in irgendeinem Nest verschwunden."

„Meiner Meinung nach wäre das nicht das Schlimmste", sagte Ella lachend.

„Nein", räumte er ein. „Die Fischadler mögen Dinge, die glänzen, und ich bin mir sicher, Lulus glitzerndes Kleid würden sie lieben."

Wieder lachten sie.

„Wenn sie einmal ihr Nest gebaut haben, bleiben die Fischadler diesem Platz treu. Wie die Adler. Sie kommen Jahr für Jahr wieder dorthin, um zu brüten. Sie sind auch ihrem Partner treu bis ans Lebensende. Das finde ich bemerkenswert, und sie verdienen meinen vollen Respekt."

„Was finden Sie bemerkenswert, dass die Tiere zum Brüten immer wieder denselben Platz wählen oder dass sie ihrem Partner treu sind?"

„Eigentlich beides. Sie haben sich ja kein Versprechen gegeben, dass sie für immer und ewig zusammenbleiben wollen." Er blickte zum Nest hinauf und seine Augen verengten sich dabei. „Nicht dass Versprechen überhaupt sicherstellen würden, dass ein Paar zusammenbleibt."

Ella wandte den Kopf und sah ihn erstaunt an. Harris bereute seinen Ausrutscher.

„Sie haben einen starken Instinkt, woher sie kommen und wo sie bleiben wollen. Eine Bindung an das Nest ist auch eine Bindung an den Partner."

„Das ist eigentlich ziemlich romantisch, wenn man so drüber nachdenkt."

Er gluckste. „Lassen Sie das bloß keinen Biologen hören."

„Also ist diese Stück Land Ihr Nest?"

„So könnte man es sagen. Aber vielleicht nicht mehr lange, wenn ich das Center nicht erfolgreich bewirtschafte." Er hob die Schultern, als ob er sagen wollte: *Wer weiß schon, was die Zukunft mit sich bringt?*

„Mit dem Risiko, unseren lieb gewonnen Platz zu verlieren, müssen wir alle leben", sagte sie.

„Wohl wahr", erwiderte Harris nachdenklich. „Es gilt sogar für die Fischadler. Manchmal kommen sie im Frühling zu ihren Nestern zurück und finden dort eine Eule vor, die sich häuslich eingerichtet hat. Wie sehr sie sich auch aufregen, sie können die Eule nicht vertreiben."

„Und was machen sie dann?"

„Sie ziehen weiter. Bauen ein neues Nest. Das altbekannte biologische Gebot."

„Fannie hat zusammen mit Ihnen im Haus gelebt, stimmt's?"

Sein Gesicht wurde bei diesem plötzlichen Themenwechsel verschlossen, und er antwortete vorsichtig: „Für eine Weile."

„Maggie hat mir erzählt, dass sie Ihnen mit den Vögeln geholfen hat."

Er seufzte, als er bemerkte, dass es ihm über kurz oder lang doch nicht erspart bleiben würde, sich mit ihr über Fannie zu unterhalten. Er musste es tun, wenn er ehrlich und fair mit Ella umgehen wollte.

„Ich kannte Fannie schon, seit sie ein kleines Mädchen war. Sie wuchs bei meiner Mutter und mir auf und kannte die Vögel schon von Kindesbeinen an. Also war es keine Überraschung, dass sie mir irgendwann zu helfen begann."

„Sieht Marion ihr ähnlich?"

Seine Augen blickten leer und leblos, als er in seinen Erinnerungen nach ihrem Bild suchte. „Sie sieht ihr ähnlich, aber Fannies Schönheit war … atemberaubend."

Ella spürte die Eifersucht wie einen Dorn in ihrem Herzen. Sie war neidisch auf diese Frau, die sie nie getroffen hatte, aber die noch immer in der Erinnerung von Harris und Marion herumspukte. Sie wusste, dass sie selbst keine schöne Frau war. Nicht einmal hübsch. Das Einzige, was die Menschen über ihr Aussehen sagen konnten, war, dass sie *nett* aussah – und das war weit entfernt von *atemberaubend.*

Harris fuhr sich mit der Hand durchs Haar und atmete langsam aus. „Fannie“, wiederholte er, und sie konnte nicht sagen, ob es resigniert oder aufgewühlt klang.

Ella wartete – ihr fiel nicht auf, dass sie sich dabei unbewusst nach vorne lehnte und den Atem anhielt.

„Sie ist etwa zehn Jahre jünger als ich. Für mich war sie zuerst wie eine kleine Schwester. Sie lebte die Straße runter, nicht weit von mir entfernt, zusammen mit ihrer Mutter und ihrer so genannten Familie. Die Familie war ziemlich kaputt. Die Mutter hatte viele Männerbekanntschaften – Onkel, wie Fannie sie nannte. Diese Männer lebten für eine Weile bei der Familie, dann raubten sie sie aus oder schlugen sie, manchmal auch beides und hauten dann ab. Es war unsagbar traurig. Jedenfalls tauchte Fannie eines Tages vor unserer Tür auf. Sie kann damals nicht älter als elf gewesen sein.“ Er verstummte und dachte an die lang vergangenen Tage, unten beim Edisto-Fluss.

„Ich werde niemals vergessen, wie sie aussah, als ich sie das erste Mal traf. Lange, dünne Beine und riesengroße Augen, in denen viel zu viel Traurigkeit und zu viele schlechte Erfahrungen für ein Mädchen ihres Alters steckten. Sie kam, um Gelegenheitsjobs zu machen, und verbrachte später mehr Zeit bei uns als bei sich zu Hause. Als ich dann Vollzeit arbeiten ging, stellte ich sie an, um sich um meine Mutter zu kümmern. Sie kochte ihr die Mahlzeiten, bürstete ihr Haar, solche Dinge. Sie war keine überragende Köchin und machte nicht oft das Haus sauber, doch mit meiner Mutter konnte sie sehr gut umgehen. Manchmal las sie ihr etwas vor, manchmal saßen sie einfach nur zusammen und unterhielten sich. Meine Mutter vergötterte Fannie. Sie waren sich sehr ähnlich. Beide bildhübsch und lustig. Aber auch hilfsbedürftig. Ich ahnte das damals noch nicht.“

Er schürzte gedankenverloren die Lippen, und sie drängte ihn innerlich, doch weiterzureden.

„Wir haben in unserer Kindheit sehr viel Zeit miteinander verbracht“, fuhr er endlich fort. „Als meine Mutter starb ... schien es das Richtige zu sein zu heiraten.“

Ella musste mit sich kämpfen, um ihre Überraschung zurückzuhalten. Hat er Fannie geliebt, oder hatte er nur Mitleid mit ihr? fragte sie sich. Die Frage lag ihr förmlich auf der Zunge, doch sie traute sich nicht, sie laut auszusprechen.

„Was hatte ihre Mutter?“ fragte sie stattdessen.

Er schüttelte den Kopf und starrte auf die Angeln. „Sie litt an Diabetes.“

Ella sog die Luft scharf ein. „Das haben Sie mir nicht erzählt. Harris, Sie wissen, dass die Krankheit genetisch bedingt ist.“

Er nickte. „Außerdem war sie Alkoholikerin.“

„Herr im Himmel, das ist eine schlechte Kombination. Das hat sie also umgebracht?“

„Nein. Das waren nur die äußeren Symptome. Was sie wirklich umgebracht hat, war mein Vater, als er sie verließ. Davor hatte sie noch nie einen Tropfen angerührt. Sie sagte immer, sie möge den Geschmack von Alkohol nicht. Aber nachdem mein Vater sie im Stich gelassen hatte ...“ Seine Miene wurde kalt. „Sie schien plötzlich Gefallen am Geschmack von Alkohol zu finden.“

„Warum hat er sie verlassen?“

„Vielleicht, weil er ein Arschloch war?“ antwortete er bitter. „Warum verlässt ein Mann seine Familie?“

„Meistens gibt es Gründe dafür“, sagte sie sanft.

„Wenn es einen Grund gab, dann muss es das Geld gewesen sein. Nichts Ausgefallenes. Er hat Tomaten angebaut wie schon sein Vater. Eine Zeitlang liefen die Geschäfte gut, und er verdiente gutes Geld. Doch als der Markt erschöpft war und die Farm Bankrott ging, konnte er wohl den Druck nicht länger aushalten.

Als also das Vorankommen immer mühsamer wurde, stand er es nicht mit uns zusammen durch, sondern ging eines Abends fort und kam nie mehr wieder. Kein Brief, kein Anruf, kein Nichts."

„Das tut mir Leid."

„Ich muss Ihnen nicht Leid tun. Meine Mutter verdient Mitleid. Sie hat tagein, tagaus am Fenster gesessen und auf ihn gewartet. Abends hat sie sogar das Verandalicht für dieses Schwein angelassen." Er schüttelte zornig den Kopf. „Es war erbärmlich. Als sie endlich akzeptiert hatte, dass er nie mehr zurückkommen würde, war Johnny Walker der Einzige, der sie trösten konnte. Nicht dass ich es nicht versucht hätte."

„Wie sind Sie zurechtgekommen? Sie waren doch noch ein Kind."

„Mommy musste nach und nach das Land verkaufen, damit wir über die Runden kamen. Wir brauchten nicht viel, und wir wussten, wie man lange mit dem Geld auskam. Und sie hat ja nicht immer getrunken. Zu Beginn hielt sie längere Perioden aus, ohne Alkohol anzurühren. Das waren die guten Zeiten. Ich kann mich daran erinnern, dass ich nach Hause kam und mir der Duft von leckerem Essen entgegenschlug und das Haus aufgeräumt war. Jedes Mal betete ich, dass es immer so sein sollte. Jedes verdammte Mal. Dann, als ich dachte, wir hätten es geschafft und es bliebe so schön, warf sie wieder irgendetwas aus der Bahn, und sie betrank sich. Ich tat mein Bestes, um mich in dieser Phase um sie zu kümmern. Bevor ich zur Schule ging, machte ich ihr etwas zu essen, und wenn ich wiederkam, aßen wir gemeinsam zu Abend."

„Sie hat sie vernachlässigt. Man hätte Sie ihr wegnehmen sollen."

„Sie war doch meine Mutter, Ella. Ich habe sie geliebt. Und ich war alles, was sie noch hatte."

Ella presste die Lippen aufeinander, um die Wut, die in ihr aufwallte, zu unterdrücken. Sie hatte während ihrer Zeit im Krankenhaus so viele Mütter kennen gelernt, die ihre Kinder vernachlässigten. Sie hatte sich um zu viele Wunden und Krankheiten von Kindern solcher Mütter kümmern müssen. Vor ihrem inneren Auge sah sie wieder Bobbys Mutter, mit den Einstichstellen an den Armen, wie sie ungerührt aus der Notaufnahme schlenderte, nachdem sie ihren kleinen Sohn dort abgeliefert hatte. Sie blickte Harris an und empfand tiefes Mitleid für den Jungen, der so viel durchgemacht hatte.

„Manchmal ist Liebe nicht genug. Die Bedürfnisse des Kindes sind wichtiger als die der Mutter."

„Ich habe es überstanden", sagte er und lehnte ihr Mitleid ab. „*Sie* war diejenige, die Hilfe brauchte. Sie war die Diabetikerin."

„Dann hat sie sich langsam selbst umgebracht. Sie hätte es wissen müssen."

„Ich denke, es war ihr einfach egal."

„Hat sie sich um Sie gesorgt?"

„Natürlich hat sie das", rechtfertigte er seine Mutter. „Sie suchen ja förmlich nur nach dem Schlechten in ihr. Dabei war sie eine nette, liebenswerte Frau. Und klug. Es ist nicht ihre Schuld, dass sie mit zwei schrecklichen Krankheiten gestraft war, die ihr Leben bestimmten."

„Aber, Harris, sie hat den Krankheiten doch erlaubt, ihr Leben zu kontrollieren. Sie hätte versuchen können, die Alkoholsucht zu besiegen und ihr Leben wieder in den Griff zu bekommen. Um ihrem Kind eine bessere Mutter zu sein."

„Sie wissen gar nichts, Ella!" schoss er zurück. „Sie waren nicht dabei, als er fortging. Sie haben ihr Gesicht nicht gesehen. Es hat sie umgebracht. Er hat den größten Teil von ihr einfach mitgenommen."

„Sie haben ja Recht“, sagte sie ruhig. „Ich kannte sie nicht. Aber ich kenne eine Menge Frauen, die wie sie sind. Obwohl ihre Geschichten sich unterscheiden, ist das Ende doch immer dasselbe. Die Kinder leiden. Sie haben gelitten, Harris.“ Sie streckte die Hand aus, um ihn an der Schulter zu berühren. Doch er wich zurück, und so ließ sie es sein.

„Wir sind gut zurechtgekommen“, erwiderte Harris.

Ella hörte Bobbys Stimme in ihrem Kopf. *Sei nicht böse auf sie, Ella.* Sie hielt sich zurück, nicht weil sie mit Harris übereinstimmte, sondern weil sie ihn nicht befremden und verunsichern wollte, jetzt, wo er sich ihr zum ersten Mal öffnete. Ihr Herz blutete, wenn sie über die Kindheit nachdachte, die er mit diesen Eltern erdulden musste. Aber für seine Mutter konnte sie kein Mitleid empfinden. Was sie immer wieder erstaunte, war, wie die Kinder ihren Müttern vergaben, egal, wie schlimm, schmerzhaft und offensichtlich die Vernachlässigung war.

Am anderen Ufer konnte man den hohen, schrillen Ruf des Fischadlers hören. Harris und Ella sahen hinüber zu dem Nest. Das Männchen hockte oberhalb davon auf einem Ast und hatte einen schlanken, glitzernden Fisch in seinen Krallen. Mit seinem schwarzen Gesichtsgefieder wirkte er wie ein Bandit. Mit seinem mächtigen Schnabel hackte er Stücke aus seiner Beute. Das Adlerweibchen saß noch immer im Nest und beobachtete, wie er fraß, bis sie es nicht mehr länger aushielt und einen klagenden Laut ausstieß. Als das Männchen seine Mahlzeit beendet hatte, brachte er die Reste des Fisches zum Nest, damit auch das Weibchen etwas fressen konnte.

„Er kümmert sich rührend um seine Partnerin“, sagte Harris anerkennend über die Fischadler.

Ella betrachtete Harris, der zusah, wie das Männchen wieder davonflog, um zu jagen, und dachte, dass einen Fischadler verstehen auch Harris verstehen hieß. Ortsgebunden. Ein guter Versorger. Aber wie sah es mit der Treue und Monogamie aus? Er hatte sich von Fannie scheiden lassen – das passte nicht ins Schema.

„Was ist mit Fannie geschehen?“ fragte sie, obwohl sie spürte, dass sie das Thema lieber nicht mehr aufgreifen sollte. Doch sie musste es wissen. „Ich hörte, sie war auch abhängig? Hat sie Sie deshalb verlassen?“

Er lachte kurz und voller Bitterkeit auf. „Mein Leben scheint eine Geschichte voller abhängiger Frauen zu sein.“

„Nein“, sagte sie freundlich. „Es scheint vielmehr die Geschichte eines Mannes zu sein, der sich um abhängige Frauen gekümmert hat. Es ist kein Wunder, dass Ihre Mutter und Fannie sich so gut verstanden haben. Sie waren vom selben Schlag. Ich wette, Fannie hat ihre Mutter trinken lassen, während sie sich um sie kümmerte.“

Harris wurde bleich. „Niemand konnte sie davon abhalten, wenn sie wirklich trinken wollte.“

„Wenn sie das Haus nicht verlassen hat, wie kam sie dann an den Alkohol?“

„Alkoholiker sind sehr einfallsreich. Wenn Sie das nicht wissen, wissen Sie nicht, wie es ist, mit einem solchen Menschen zusammenzuleben. Lieferungen, Freunde, mit ein paar Dollars lassen sich viele helfende Hände finden … Ja, Fannie auch, da bin ich mir sicher. Ich habe das Zeug immer in den Abfluss geschüttet. Es war egal, wo sie es herhatte, was zählte war, *dass* sie es hatte.“

„Sie haben es zugelassen.“

„Was?“ Diese Worte erschütterten Harris. Und sie machten ihn wütend. Doch dieses Mal machte Ella keinen Rückzieher. „Sie waren der Einzige, der die Verantwortung tragen konnte. Irgendwann haben Sie zugelassen, dass ihre Mutter immer weitertrank. Man nennt das Ermächtigung oder Freigabe."

„Ich weiß, was das ist", wehrte er sich. „Ich bin kein Idiot. Und Sie wissen nicht, worüber Sie überhaupt sprechen, verdammt noch mal."

„Ich denke schon, dass ich das weiß", beharrte sie. Sie sah, dass er auf schmerzhafte Art und Weise eine offensichtliche Situation zu leugnen versuchte. Und sie bezweifelte, dass Harris das bewusst war. Der Konflikt musste aufgelöst werden, sonst würde er für immer die Familie belasten. Auch Marion würde davon beeinträchtigt – ganz so wie von dem Diabetes.

„Sie können mich dafür feuern, Harris, aber ich muss das sagen. Marion hat vielleicht die Krankheit Ihrer Mutter, aber sie ist nicht Ihre Mutter. Sie ist auch nicht Fannie. Zeigen Sie ihr Ihre Liebe und Zuneigung, halten Sie die Gefühle nicht zurück. Sie wird Sie nicht enttäuschen und Sie auch nicht verletzen. Marion hat Ihnen so viel Liebe zu geben – lassen Sie es einfach zu."

„Ich habe keine Angst davor, dass sie so werden könnte wie meine Mutter oder wie Fannie!" Sein Gesicht war vor Wut und Schmerz verzerrt. Er kniff die Lippen zusammen und blickte in die Ferne. Als er wieder sprach, klang seine Stimme ruhiger. „Ich habe Angst, dass sie stirbt. Dass ich auch sie verliere. Und dann wird es meine Schuld sein."

Ella hielt den Atem an. Plötzlich verstand sie alles. Er hatte ihr das schon oft erzählt, aber sie hatte ihm nie richtig zugehört. Er hatte Angst, dass er einen Fehler machen könnte und sie sterben würde – und er hätte Schuld.

Sie legte ihre Hand auf seine, und dieses Mal zuckte er nicht zurück oder zog die Hand weg. „Ich verstehe diese Angst. Ja, wirklich. Können Sie sich erinnern, dass ich Ihnen von Bobby erzählte? Ich hatte Angst, diesen Job hier bei Ihnen anzunehmen. Panik davor, wieder mit einem diabeteskranken Kind umgehen zu sollen. Aber ich spürte auch tief in meinem Inneren, dass, wenn ich das nicht machen würde, ich Bobbys Tod niemals überwinden könnte und mich mein Leben lang fragen würde, was ich hätte tun können. Wie ich hätte anders reagieren können in der Nacht, um das Schlimmste zu verhindern, wenn doch nur ... Sie können sich nicht vorstellen, wie diese Worte *wenn doch nur* mich quälten." Sie schwieg. „Vielleicht werden mich diese Nacht und all die Fragen immer wieder quälen.

„Aber durch Marion habe ich eine neue Chance bekommen. Sie auch. Ich kann Ihnen nicht versprechen, dass es Marion immer gut gehen wird, wie sehr wir beide uns auch anstrengen. Bei Juveniler Diabetes sind Komplikationen nie ganz auszuschließen. Wir haben Behandlungsmöglichkeiten, aber kein Allheilmittel. Wir können uns nur jeden Tag aufs Neue um sie kümmern. Je besser die Fürsorge ist, desto leichter lassen sich die Komplikationen verhindern. Sie ist ein wundervolles, lebhaftes, gesundes Kind."

Harris schloss die Augen. Er wollte nicht das Strahlen in Ellas Blick sehen, wenn sie über die Kleine sprach. Es fühlte sich an wie zu viel Sonne auf empfindlicher Haut. Sie musste ja unbedingt die Wahrheit erfahren und hatte immer tiefer und tiefer gebohrt. Aber scheinbar wollte er es zulassen, wollte über sich und Marion und Fannie reden, sonst hätte er sie in ihre Schranken verwiesen.

Er hatte sich nicht immer von Marion distanziert. Vor ihrer Krankheit hatten sie sich sehr nahe gestanden. Schließlich waren sie beide allein gewesen. Wenn er ganz ehrlich war, musste er einsehen, dass Ella Recht hatte. Seine Einstellung hatte sich geändert, seit der Diabetes in ihr Leben getreten war. Seine Angst brachte ihn dazu, sie wegzustoßen.

Als er die Augen wieder öffnete, sah er an der Wasseroberfläche silberne Blitze, die wie Dutzende Torpedos durchs Wasser glitten.

„Meeräschen!“ rief er aus und setzte sich aufrecht hin.

„Wie bitte?“ Sie drehte abrupt den Kopf herum.

Er sprang auf und lief, um das Netz zu holen. „Schnell! Sie kommen, um sich den Köder zu holen.“

„Aber mein Korken bewegt sich noch gar nicht!“

Das Wasser kräuselte sich, während unzählige Meeräschen durchs Wasser schossen. Einige sprangen übermütig hoch.

Ella richtete sich auf und hielt ihre Angel fest. Die Fische ignorierten ihren Haken und fraßen lieber den Brei, der zusehends weniger wurde.

„Treten Sie zur Seite“, rief Harris, und mit einer fließenden Bewegung warf er das Netz ins aufgewühlte Wasser. Es flog durch die Luft und tauchte dann in das kühle Nass ein. „Okay, wir haben einige“, rief er und zog an dem Netz, um es näher an den Steg heranzuziehen. Die gefangenen Fische wanden sich, und er musste alle Kraft aufwenden, um das Netz aus dem Wasser zu ziehen. Ella sprang ihm zur Seite, und zusammen zogen sie ihren Fang an Land.

„Wie viele mögen das sein?“ fragte sie atemlos.

Er zog das Netz mit den Fischen weiter auf den Steg und rief: „Viele. Holen Sie den Eimer, Ella!“

Im Netz befanden sich mindestens zehn Meeräschen, alle zwischen 30 und 45 cm lang. Er nahm sie einzeln und legte sie sorgfältig in den Eimer.

„Harris!“ rief Ella und rannte zum Ende des Stegs. „Meine Rute! Sie bewegt sich!“

„Fangen Sie den Fisch, Ella“, rief er ihr lachend zu und beugte sich über das Netz. „Machen Sie schon! Sie können das! Sie müssen nur an der Angelrute ziehen, nicht zu fest. Und dann können Sie das Baby aus dem Wasser holen."

Er schwieg und beobachtete, wie Ella die Angel umklammerte, wie ihre Wangen gerötet waren vor Anstrengung und der Frühlingssonne und wie einige Haarsträhnen in ihr Gesicht wehten. Sie blickte so entschlossen, wie es nur ging. Er wusste, dass er diesen Gesichtsausdruck für immer in seiner Erinnerung behalten würde.

Die Angel bog sich bis fast auf die Wasseroberfläche, bevor sie daran zog, fest und bestimmt, und die Rute an sich riss. Aus dem Wasser tauchte eine glitzernde silberne Meeräsche auf, die in einer fließenden Bewegung durch die Luft flog und schließlich mit einem dumpfen Knall auf dem Bootssteg landete.

„Ich habe einen!" rief sie ungläubig aus und rannte zu dem Fisch, bevor er sich wieder ins Wasser zurückstehlen konnte. „Und es ist der größte, den wir haben!"

Harris grinste, als er den Eimer zu ihr brachte. „Das sagen sie alle. Es ist eine lustige Sache mit den Fischen. Bei jeder Erzählung scheinen sie zu wachsen."

Sie lachte laut, fröhlich. So fröhlich und entspannt hatte sie sich lange nicht gefühlt. Die Spannung zwischen ihnen hatte sich in Nichts aufgelöst, und ähnlich wie bei einem Sturm, der kommt und wütet und dann wieder geht, war die Luft irgendwie gereinigt und frisch.

Harris brachte den Fisch an das Ufer des Baches und ließ sie ausbluten, indem er die Kiemen aufschnitt. Dann zeigte er ihr, wie man die Tiere ausnahm. Ella lernte, wer die Fische fing, musste sie auch putzen.

Als sie fertig waren, legten sie den Fisch auf Eis in die Kühlbox, wuschen sich die Hände im Fluss und machten sich dann – einen zarten Duft von Fisch und Flussschlamm verströmend – auf den Weg nach Hause. Bevor sie gingen, warf Ella einen letzten Blick auf den Bach.

Darauf zu warten, dass die Wahrheit ans Tageslicht kam, war vergleichbar mit dem Angeln. Zuerst musste man die Fische locken, den Köder an der Angelschnur auswerfen und sich dann hinsetzen und geduldig warten, was aus dem schlammigen Wasser so auftauchte. Und wenn es auftauchte, dann schoss es schnell und unerwartet an die Oberfläche.

15. KAPITEL

***Falken:** Die ultimativen Flug-Maschinen. Falken haben lange, spitz zulaufende Flügel und lange Schwänze, die sie in der Luft besonders wendig machen. Man erkennt sie leicht an dem dunklen Gefieder, dem „Bart", unter den Augen. Falken sind die schnellsten Lebewesen der Welt. Alle anatomischen Merkmale sind auf Geschwindigkeit hin geformt und angelegt. Große Falken schießen mit unglaublicher Schnelligkeit zum Boden und versetzen ihrer Beute aus der Luft heraus einen tödlichen Schlag. Zur Familie der Falken zählen die Wanderfalken, Merline und die Buntfalken.*

Die Sonne trocknete die Felder, und der Frühlingswind blies die grauen Wolken aufs Meer hinaus. Es war ein wunderschöner Nachmittag, als Lijah zu Brady ging, der gerade damit beschäftigt war, die Hecken um die Wiesen herum zu schneiden, und ihm auf die Schulter tippte.

„Komm mit, Sohn", sagte er.

Brady legte eifrig die Heckenschere zur Seite, denn er hatte mittlerweile gelernt, dass, wenn immer Lijah ihm etwas zeigen wollte, es interessant und lehrreich war, mit ihm zu gehen. Er folgte dem alten Mann zu einer Wiese, die zu dem Center für Greifvögel gehörte. Maggie und Harris standen mitten auf der Wiese neben einigen A-förmigen gegabelten Sitzstangen. Sofort erblickte Brady den schlanken grauen Falken, PEFA 14, der auf Harris' Handschuh saß. Harris hatte einen ledernen Geschühriemen um seine Finger und seine Hand gewickelt.

Lijah führte Brady in den Schatten einer Eiche, die gerade zu blühen begann, um zuzusehen. Er sah Brady erwartungsvoll an und nickte aufmunternd, als wolle er ihm sage: „Pass auf, jetzt bekommst du etwas zu sehen!“ Brady atmete tief ein, um sich ein bisschen zu beruhigen, und lehnte sich gegen den Baum. Zwar war er neugierig, aber trotzdem zurückhaltend den Dingen gegenüber, die Harris Henderson tat. Harris hatte ihm in letzter Zeit keine Pausen gegönnt und ihm immer neue schwierige Aufgaben übertragen, die er nach der Erledigung sehr genau prüfte. Es schien, als spüre Brady jede Sekunde den Atem von Harris Henderson im Nacken.

Er schnaubte mit der für Teenager typischen Respektlosigkeit, als er Harris erblickte, der mit dem Falken über das freie Feld lief. Jeder konnte erkennen, dass Harris wusste, was er tat. Eindrucksvoll und aufrecht ging er seinen Weg und hielt den Vogel sicher und fest. Für diese meisterhafte Art, mit den Tieren umzugehen, empfand Brady tiefe Bewunderung. Es schien, als sei der Raubvogel die natürliche Verlängerung von Harris' Arm.

Harris lief auf eine der großen Sitzstangen zu, die in der Mitte des Feldes aufgestellt waren. Der Zuschauer, die ihn beobachteten, war er sich nicht bewusst. Er legte PEFA 14 eine Leine an und streckte dann den Arm in Richtung Sitzstange aus. Der Falke kletterte auf die Stange. Sofort drehte er seine Vorderseite dem Wind zu und hatte Harris im Auge. Der Mann und der Vogel musterten sich einen Augenblick lang, als versuchten sie, sich gegenseitig zu verstehen. Dann machte Harris kehrt und lief einige Meter zurück zu einer Segeltuchtasche, die auf dem Boden lag. Er stand mit dem Rücken zu dem Tier.

In der Zwischenzeit war Maggie an den Vogel herangetreten und versperrte dessen Blick auf Harris. Sie prüfte die Verbindung von Leinenspule und Geschühriemen. Der Falke verlagerte das Gewicht und breitete seine spitz zulaufenden Flügel aus. Er war begierig, endlich loszufliegen.

Harris ließ sich nicht aus der Ruhe bringen. Er nahm sich die Zeit, die er brauchte, um das Lockmittel aus Gummi aus der Tasche zu angeln und mit Fleischhäppchen zu spicken. Anschließend streckte er den Arm aus, um abzuschätzen, wie viel Leine er benötigen würde, und testete danach, wie die Schnur in der Hand lag und ob sie genügend Spiel hatte und leicht gängig war, als läge sie auf einem Flaschenzug. Als er damit fertig war, streckte er erneut seinen Arm aus, um einige Testschwünge mit dem Köder an der Schnur zu machen. Er ließ den Dummy über seinem Kopf kreisen, um sich an Gewicht und Länge der Leine zu gewöhnen.

Die ganze Zeit über hatte Maggie bei dem jungen, neugierigen Falken gestanden und ihm die Sicht auf Harris und dessen Handlungen versperrt. Nachdem Harris das Lockmittel getestet hatte, zog er die Leine wieder ein und rief Maggie zu, dass es nun Zeit war, zurückzutreten.

„Jetzt geht es los“, sagte Lijah atemlos.

Brady verschränkte die Arme vor der Brust, erstaunt darüber, wie neugierig er war, zu sehen, was als Nächstes geschah.

Einen Moment lang stand Harris auf der Wiese und betrachtete den Falken. Die Leine mit der Beute hielt er in der Hand. Der Vogel wirkte sehr sicher und betrachtete aufmerksam die Geschehnisse. Brady konnte aus etwa zwanzig Metern Entfernung die Anspannung fast greifen. Ein leichter Wind kam auf und zerzauste die Federn am Kopf des Falken.

Harris straffte die Schultern und rief dann ein lautes und gedehntes „Ho!“.

Gleichzeitig schleuderte er den Dummy hoch und ließ ihn in großen, sanften Kreisen über seinem Kopf schwirren.

Sofort erhob sich der Vogel in die Lüfte. Maggie rannte neben ihm her. Aufgeregt ließ Brady die Arme sinken und betrachtete gespannt, wie das Tier in einer unglaublichen Geschwindigkeit auf den Dummy zuflog. Er wird ihn schnappen, dachte er und hielt den Atem an.

Und er schnappte ihn. Der Falke streckte seine Krallen aus und griff zielstrebig und schnell direkt über Harris' Kopf nach dem Köder. Als er ihn gefangen hatte, landete er auf dem Boden und fing sofort an, die Fleischstückchen hinunterzuschlingen. Harris ließ dem Tier Zeit, um die Belohnung zu verspeisen, dann trat er an den Vogel heran und legte seine Hand, die durch einen festen Lederhandschuh geschützt war, über den Dummy. Der Vogel sprang auf Harris' Faust.

Brady beobachtete das Training mit wachsender Ehrfurcht. Es war wie die Jagd und doch irgendwie anders. Er bewegte sich nicht, stand reglos da und sah zu, wie Harris die Übung wiederholte. Jedes Mal konnte der Falke den Köder fangen, zu Boden bringen und sich die Belohnung holen. Nach einigen dieser Manöver erlaubte Harris es dem Tier, sich mit gefülltem Kropf auf seinen Arm zu setzen und zu entspannen.

„Und? Was denkst du?" wollte Lijah wissen.

In Bradys Augen flackerte die Aufregung einen kurzen Moment auf, bevor er seine Begeisterung abschütteln konnte und sich wie gewohnt in sich zurückzog. „War ganz okay", sagte er mit einem unverbindlichen Schulterzucken. „Sah nicht so schwierig aus."

„Aha", grummelte Lijah. „Ich dachte mir nur, es gefällt dir vielleicht."

„Es hat mir auch gefallen – aber, Mann, ich wette, ich könnte das auch."

Lijah blickte ihn forschend an. „Das glaubst du?"

„Sicher. Man muss doch einfach ein Spielzeug, das mit Fleischstückchen gespickt ist, herumschleudern. Der Vogel wird dann von dem Fleisch angelockt und will danach greifen. Das ist genau wie beim Pawlow'schen Hund. Harris macht die Übung immer und immer wieder. Also, wie schwierig kann das sein?"

„Du denkst, es wäre ein Spiel, stimmt's?" Er straffte die Schultern. „Wenn du das wirklich denkst, dann weißt du nicht das Geringste über Greifvögel." Lijah schnaubte ärgerlich und wandte sich ab.

Brady war wütend und stemmte die Hände in seine Taschen. Seit einigen Monaten arbeitete er nun schon mit Lijah und hatte von dem alten Mann eine ganze Menge über die Vögel gelernt. Dinge wie die Namen der Greifvögel, ihre Lebensräume, Ernährung, Persönlichkeiten und Ähnliches. Darüber hinaus hatte er auch gelernt, wie man sich den Tieren mit Respekt näherte, ohne sie zu verstimmen. Er und Clarice bildeten mittlerweile ein Team bei der Fütterung der Vögel. Was er erreicht hatte, war schon ganz schön viel, wenn man in Betracht zog, dass Harris ihn am Anfang nicht einmal in die Nähe der Tiere lassen wollte. Lijah war zu Ella und Harris gegangen und hatte mit ihnen über Brady gesprochen – er war für ihn in die Bresche gesprungen und war ein Risiko eingegangen, und das bedeutete Brady eine Menge. Es gab nicht viele, die so etwas für ihn getan hätten. Dass Lijah jetzt wütend auf ihn war und ihn so stehen ließ, traf ihn und tat weh.

Nachdem Harris den Falken zu den Käfigen zurückgebracht hatte, brachte Maggie ein größeres Tier. Dieser Vogel trug keine Haube über dem Kopf und ließ seinen Blick durch die Gegend schweifen, als würde ihm alles gehören. Brady bemerkte, wie der mächtige Falke seine Umgebung betrachtete und ihn und Lijah am Rand des Feldes stehen sah.

„Dieser alte Vogel sieht wirklich alles", sagte er versöhnlich zu Lijah gewandt.

„Ja, sie nehmen alles ganz genau wahr."

„Wie kommt es, dass Harris ihm die Flugleine nicht anlegt?"

„Dieses Falkenweibchen heißt Risk. Sie ist schon eine ganze Weile hier und weiß, was sie zu tun hat. Der andere Falke war noch jung und lernte gerade erst, was was ist und wie das Training vonstatten geht. Wenn Harris ihm nicht die Leine angelegt hätte, wäre er möglicherweise auf und davon geflogen." Er gluckste vor Lachen. „Sie alle würden zu Beginn ausreißen, so viel ist sicher."

„Oh, ja? Und was hält sie davon ab? Ich meine, sie haben doch ein Recht auf Freiheit. Verdammt, ich würde abhauen, wenn ich sie wäre."

„Sie *wollen* bleiben."

Als Brady ihn mit offenem Mund anstarrte, schüttelte Lijah den Kopf. „Das meine ich. Greifvögel sind nicht wie die anderen Vögel. Du kannst diese Tiere nicht zwingen, etwas zu tun. Sie sind auch nicht wie Hunde, die dem Menschen gefallen wollen. Greifvögel sind anders. Sie sind stolz und unabhängig. Und weil das ihre Natur ist, kannst du sie nicht zwingen, dir zu gehorchen. Von einem Kind kann man das auch nicht verlangen. Alles, was man tun kann, ist, sie zu bitten."

Aufmerksam hörte Brady dem alten Mann zu und spürte, wie Lijah die Worte in sein Herz pflanzte. Gerade sechzehn Jahre alt, hatte er die Nase voll davon, sich herumkommandieren zu lassen – wenn ihm jemand sagte, er solle springen, wollte er in Zukunft nicht mehr fragen, wie hoch.

„Darum", schloss Lijah, „muss man zuerst einmal Bescheidenheit und Demut lernen, wenn man mit den Raubvögeln arbeiten will."

„Bescheidenheit?" fragte Brady verwirrt.

„Genau die", sagte Lijah und nickte feierlich. „Und das ist

für einen Mann wirklich sehr, sehr hart zu lernen. Wenn man mit einem Raubvogel arbeitet, ist man selbst nie der Meister. Man ist der Schüler. Man muss sich darauf einlassen, von dem Tier zu lernen. Den Geist des Vogels zu verstehen." Er hob die Hand und wies auf Harris und den Falken, die auf der Wiese standen. „Dieses Mal, mein Sohn, öffne die Augen, und sieh, was wirklich da draußen geschieht! Harris trainiert das Falkenweibchen nicht nur. Er arbeitet mit ihr. Beobachtet sie, damit sie sich nicht zu sehr verausgabt. Betrachtet den Himmel, um sie keinen Gefahren auszusetzen. Immerzu beobachtet er, denn er sorgt sich um sie. Jetzt schau zu. Sie lernen, *Partner* zu sein."

Lijah sah Brady lange an, als ob er sicherstellen wollte, dass der Junge seine Botschaft auch wirklich verstanden hat.

„Ja, okay. Ich hab's verstanden", sagte Brady und meinte es auch so.

Lijah Augen funkelten zufrieden. Er wandte seinen schlohweißen Kopf wieder Harris und dem Falken zu. Brady brannten unzählige Fragen auf den Nägeln, doch er kannte Lijah inzwischen gut genug, um zu wissen, wann er ruhig sein musste. Also wartete er den richtigen Augenblick ab und beobachtete währenddessen mit dem alten Mann die nächste Übung, um besser zu verstehen, was ihn so faszinierte.

Auf dem Feld war Harris gerade dabei, den wunderschönen, schlanken Falken auf die Sitzstange zu lassen. Risk schüttelte das Gefieder, das Glöckchen, das an ihrem Körper befestigt war, klingelte hell, und das Tier brachte sich in Position. Maggie stand dicht neben Risk.

Harris lief zur Segeltuchtasche und nahm seinen Platz einige Meter von der Sitzstange entfernt ein. Dieses Mal begann er das Ritual nicht damit, das Lockmittel über seinem Kopf kreisen zu lassen. Stattdessen pfiff er, hoch und klar. Der Falke breitete die Schwingen aus und erhob sich in die Lüfte.

Brady blickte in den Himmel und betrachtete voller Bewunderung, wie der Vogel zweimal über ihren Köpfen kreiste. Die dunkle Silhouette des Tieres hob sich vom zarten Blau des Himmels ab. Und wieder spürte Brady, wie sein Blut in Wallung geriet und sein Herz aufgeregt pochte. Es schien, als wartete der Falke auf ein bestimmtes Stichwort – und es fiel.

„Ho!“ rief Harris und ließ gleichzeitig den Dummy über sich kreisen.

Der Falke kam zurück und stieß mit tödlicher Präzision auf den Köder hinab. Er streckte die Krallen aus, um die Beute zu fangen.

Doch im letzten Moment zog Harris den Köder zurück, bevor der Falke danach greifen konnte. Er ließ den Dummy knapp über dem Boden kreisen. Risk flog vorbei und stieg wieder in den Himmel hinauf. Harris wandte sich um, ließ den Blick nicht von dem Falken und gab dem Köder mehr Schnur. In einer einzigen fließenden Bewegung bekam der Dummy mehr und mehr Leine und kreiste immer höher über Harris' Kopf. Wieder und wieder gab er Risk die Möglichkeit, Beute zu machen, und zog, kurz bevor der Falke zuschlug, den Köder weg. Der Vogel kreiste über dem Feld und stürzte sich hinab, um sich dann wieder in die Lüfte zu erheben. Die beiden vollzogen einen Tanz von unglaublicher Anmut, Kühnheit und Schnelligkeit.

Brady sah wie gebannt zu.

Nach ein paar dieser Manöver bremste Harris den Dummy ab, und Risk schlug seine Krallen in das Fleisch des Köders.

„Gutes Mädchen“, murmelte Harris zufrieden, während der Falke auf seine Faust kletterte. Das Hochgefühl war deutlich in Harris' Gesicht abzulesen.

Das Training war beendet, und Lijah ging direkt zu den beiden hinüber. Brady blieb zurück und beobachtete, wie sich die beiden Männer eine Weile miteinander unterhielten. Lijah musste etwas über ihn gesagt haben, denn Harris wandte ihm den Kopf zu, blickte ihn kurz an, drehte dann den Kopf wieder dem alten Mann zu und nickte zustimmend.

Brady schlenderte gemächlich zu den Männern hinüber – das Herz schlug ihm bis zum Hals. Harris machte ihn immer nervös. Vielleicht, weil er der Chef des Centers war. Aber tief in seinem Innersten wusste er, dass es mehr als nur das war. Etwas Unausgesprochenes stand zwischen ihnen, eine Herausforderung, eine Art Wettstreit, und beide fühlten es. Brady wusste nicht, warum er so empfand, aber es war so, und beide Männer versuchten, damit umzugehen.

Harris blickte auf, als er sich näherte, und Brady bemerkte plötzlich etwas Neues, etwas Anderes in der Art, wie er ihn ansah – die Feindseligkeit, die sonst in Harris' Blick lag, schien verschwunden.

„Lijah hat mir erzählt, dass du ziemlich fasziniert von den Trainingsflügen warst", sagte Harris.

„Ja, war ganz okay."

„Willst du mehr darüber erfahren?"

Bradys Gesicht verlor für einen Augenblick die übliche Passivität, als seine Augen zu leuchten begannen. „Sicher."

„Wie du ja weißt, haben wir zu wenig freiwillige Helfer. Maggie könnte Hilfe bei der Versorgung unserer Dauerbewohner gebrauchen. Sie müssen gefüttert und ihre Käfige gereinigt werden. Aber sie brauchen auch Flugpraxis." Er hielt inne und überlegte. „Dazu müsstest du natürlich noch eine Menge lernen."

Brady konnte nicht fassen, was er da hörte. „Fragen Sie mich gerade, ob ich mit den Vögeln arbeiten will?"

Harris zögerte. „Zuerst einmal geht der Unterricht von deiner Freizeit ab – das zählt nicht zu den gemeinnützigen Stunden, die du hier ableistest. Du wirst dann ein ganz normaler Freiwilliger, doch bei Lijah arbeitest du immer noch deine Strafe ab. Das heißt, dass du weiter die Ställe sauber und instand hältst."

„Klar. Okay, ist mir recht."

„Du musst dann zusätzlich noch einen Tag in der Woche kommen, also drei Mal."

„Ja, gut", sagte er, und seine Stimme zeugte von unverhohlenem Enthusiasmus. „Das ist mir egal. Ich hätte mich schon längst als Freiwilliger melden wollen, aber ich hätte nicht gedacht, dass Sie das zulassen."

Harris musste ein Lächeln unterdrücken. Erst als er Lijah das Gesicht zugewandt hatte, ließ er es erblühen. „Ich denke, Sie hatten Recht, was diesen Jungen betraf."

„Ja, Sir. Ich habe immer Recht."

Harris lachte und sah Brady an. „Lijah hier meint, du hättest das Zeug, ein guter Falkner zu werden. *Das* ist ein riesiges Kompliment. Ich habe mich mein ganzes Leben mit Greifvögeln befasst und bin der Meinung, dass nicht jeder einfach so lernen kann, mit den Tieren umzugehen. Entweder ist man schlicht und einfach mit der Gabe geboren – wie Lijah –, oder man kann es sich in einem harten, langen Prozess erarbeiten." Er betrachtete Lijah. „Man braucht dazu Hingabe und Verständnis. In jedem Fall muss sich ein guter Falkner aber mehr um andere Menschen und Tiere sorgen als um sich selbst."

Brady blickte Lijah fragend an.

„Du bist auf dem Land groß geworden und kennst dich dort aus. Das ist auch wichtig."

„Ich weiß nur, dass es mir Spaß macht, mit den Vögeln zusammen zu sein. Ich fühle mich wohl bei ihnen. Als würde ich irgendwie zu ihnen gehören."

Harris nickte. „Das ist ein guter Anfang."

Brady grinste erleichtert. „Also, kann ich anfangen?"

Harris musterte ihn, und Brady fühlte sich, als würde Harris Blick ihn wie Röntgenstrahlen durchleuchten.

„Ja, ich denke, du kannst anfangen."

„Was machst du denn da immer mit deinen Händen?" fragte Clarice.

Brady sah verwirrt von dem Stück Leine hoch, das an seiner Büchertasche baumelte. Sogar wenn er nicht hinschaute, war seine rechte Hand unablässig damit beschäftigt, das Stück Schnur zu einem Knoten zu binden. Er wusste, dass er angab, aber das war ihm egal, wenn es nur auf Clarice wirkte.

„Ich übe meinen Falkner-Knoten", sagte er und war ein kleines bisschen stolz, dass er so etwas überhaupt sagen konnte. Er hatte bei Maggie und Harris in den letzten drei Wochen unglaublich viel gelernt.

„Harris sagt, ich muss diesen Knoten mit nur einer Hand binden können. Der Falke sitzt ja meistens auf der linken Faust. So", erklärte er und hielt dabei eine Flasche Coke in seiner linken Hand. „Jetzt pass auf!"

Er wühlte in seiner Büchertasche und zog einen Falknerhandschuh heraus, der ihm ganz allein gehörte und den er wie eine Trophäe behandelte. Er fand ihn wunderschön. Gefertigt aus cremefarbenem Leder, das bis fast hinauf zum Ellbogen reichte, war er etwas Besonderes für ihn. Selbst hätte er sich nie so einen wertvollen Handschuh leisten können, aber Harris überraschte ihn mit diesem Stück, das Brady wie angegossen passte. Allein durch das Anziehen des Handschuhs fühlte er sich schon fast wie ein Profi. Bradys Finger bewegten sich so gewandt wie die eines Magiers, während er das Seil durch den Metallring an seiner Tasche zog und einen Knoten formte.

„Ich kann das schon ziemlich gut, findest du nicht?“ Er zeigte ihr einen perfekt gebundenen Knoten.

„Mmmmm … mmmm, sieh dich nur an“, sagte sie. „Du bist genauso eitel wie der Hahn da drüben.“

Er senkte den Kopf, musste aber doch lachen. „Vielleicht bin ich das. Der Gockel und ich fühlen uns gut und wissen, was wir können, habe ich Recht, mein alter Freund?“

Er sah zu dem weißen Hahn, der direkt über dem „Durchfahrt verboten“-Schild hockte, das an der Umzäunung des Coastal Carolina Center für Greifvögel hing. Der Hahn starrte sie unentwegt an – reglos, wie immer.

„Siehst du? Er ist meiner Meinung. So ist es eigentlich meistens, weißt du.“

Brady streckte die Beine aus und lehnte sich entspannt auf der alten Decke zurück. Auf seine Ellbogen gestützt lag er neben Clarice unter der alten Sumpfkiefer, in deren Schatten sie in den letzten Monaten so viele Nachmittage verbracht hatten. Die Sonne schien, und es herrschten warme 26 Grad; der Frühling stand in voller Blüte. Die Schüler der High Schools an der Südküste konnten die Magnolien riechen und wussten, dass die Sommerferien in greifbare Nähe gerückt waren.

An der Lincoln Highschool fand an diesem Nachmittag kein Unterricht statt, und so hatten sich Brady und Clarice überlegt, gemeinsam Mittag zu essen, bevor sie zur Nachmittagsschicht ins Center gingen. Die Idee war gut, aber die Wirklichkeit gestaltete sich ein bisschen anders … Zahllose Mücken umschwirrten ihre

Köpfe, und die Feuchtigkeit des Bodens kroch langsam durch die alte Decke. Trotzdem war es ein milder, angenehmer Tag, und Brady dachte bei sich, wie schön es doch war, dass die Sonne ihm ins Gesicht schien und Clarice neben ihm hockte und erzählte.

„Also haben Maggie und Harris dich nun bei unseren Dauergästen eingeplant, was? Ich dachte, wir würden versuchen, dich in der Klinik einzusetzen?"

„Keine Chance. Ich interessiere mich für das Flugtraining, und ich glaube, ich bin gut darin. Es liegt mir einfach. Und das sage ich nicht nur so, Clarice. Vielleicht war einer meiner Vorfahren ein Falkner. Ich bin mir fast sicher, denn es fühlt sich so natürlich, so richtig an." Er blickte sie über die Decke hinweg an. Sie lachte ihn nicht aus, wenn er so etwas sagte. Seine Mutter hingegen tat es und nannte ihn immer einen hoffnungslosen Narren.

„Für mich ändert sich gerade alles, und ich glaube, zum Besseren, verstehst du?"

Clarice lächelte ihn an, während sie anmutig ihren Erdbeerjoghurt löffelte. „Du bist es selbst, der die Dinge ins Rollen bringt, Brady. Ich habe gemerkt, wie viel Mühe du dir hier gibst. Es scheint, als würdest du alles tun und überall sein."

„Nein, ich bin doch nur drei Mal die Woche da. Nicht, dass ich nicht öfter kommen würde, wenn ich die Zeit dazu hätte."

„Aber das *geht* nicht – du *kannst* nicht noch öfter kommen", sagte sie, und es klang beinahe, als würde sie ihn ausschimpfen. „Du darfst nicht einmal darüber nachdenken. Du musst lernen. Ich habe mir so viel Mühe gegeben, dir Nachhilfeunterricht zu geben, und wenn du morgen nicht mit Glanz und Gloria die Prüfungen bestehst, bist du mir eine Erklärung schuldig."

„Du träumst, wenn du glaubst, ich könnte gut abschneiden." Als er sah, wie sie die Augen verengte, lachte er. Er liebte es, Clarice zu ärgern. Es war aber auch so einfach. „Schon gut, schon gut", sagte er. „Ich gebe mir Mühe und werde es schaffen. Okay? Bist du nun zufrieden?"

„Ich bin erst zufrieden, wenn du bei den Tests mindestens 1100 Punkte erreichst. Alles darüber ist auch okay. Wie lief deine Geschichtsprüfung gestern?"

„Ziemlich gut. Habe zweiundachtzig Prozent gemacht."

„Hey, das ist wirklich nicht schlecht! Ziemlich gut sogar."

Ihre Anerkennung klang in seinen Ohren wie eine süße Melodie. Er hatte wirklich hart für die Prüfung gelernt. Er musste das auch. Wenn er nicht mindestens die Hälfte der Fragen richtig beantwortete, würde er durchfallen. Nur Clarice wusste bisher von seiner Entscheidung, vielleicht doch aufs College zu gehen. Sie war mit ihm zum Studienberater der High School gegangen, und Brady wusste nun, dass er mit einem besseren Notendurchschnitt eventuell auf finanzielle Unterstützung hoffen konnte. Und auch, wenn er kein vollständiges Stipendium bekommen sollte, so gab es noch die Möglichkeit, erst mal zu einem städtischen College zu gehen, bis er sich etwas anderes, etwas Besseres, leisten konnte.

„Bist du bereit für die Tests?"

„Ich bin so bereit, wie es eben geht."

„Du musst auf jeden Fall gut frühstücken, weißt du? Du musst Fleisch essen, damit du Proteine zu dir nimmst, also iss zum Beispiel ein Steak oder einen Hamburger. Das gibt Kraft und Ausdauer. Außerdem solltest du eine Coke trinken – das Koffein gibt dir einen Kick. Das Protein verhindert, dass du am Ende des Vormittages ein Blutzuckertief bekommst. Das wirkt Wunder. Mein Geheimrezept für den Erfolg!"

„Oh, ja? Das werde ich meiner Mutter erzählen."

„Und bist du auch die Karteikarten durchgegangen, die ich dir gegeben habe?“

„Ja“, sagte er und stöhnte genervt auf.

„Mecker nicht, Brady Simmons. Wenn du in den letzten Jahren ein paar Bücher gelesen hättest, wäre dein Vokabular auch besser. Wie ich dir schon mal gesagt habe, der Wortschatz ist sehr wichtig für die Englisch-Note. Du musst …“

Er streckte abwehrend die Hand aus. „Mach dir keine Sorgen. Ich schaffe das schon.“

Sie schloss den Mund, und ihre Augen funkelten, als sie sagte: „Ich weiß, dass du es schaffen wirst, Brady Simmons. Du wirst da morgen hingehen und es ihnen zeigen!“

Wenn sie solche Dinge zu ihm sagte, fühlte er sich, als könne er es schaffen. Mit stolzgeschwellter Brust blickte er sie an. Er atmete tief ein, setzte sich auf und beugte sich vor, um ihr näher zu sein. „Ich würde es nicht versuchen, wenn es nicht für dich wäre, Clarice.“

Ihre Augen weiteten sich, sie runzelte besorgt die Stirn und ging wieder auf Distanz zu ihm. „Brady …“ sagte sie warnend.

Das Knirschen von Autoreifen auf dem Kies unterbrach sie. Als sie aufblickten, erkannte sie einen heruntergekommenen, verrosteten Pick-up, der vom Highway auf den Kiesweg einbog.

„Scheiße“, knurrte Brady, und sein Herz rutschte ihm in die Hose.

„Wer ist das?“ fragte Clarice nervös.

Der Truck hielt vor dem Tor an. Ein Junge in Bradys Alter steckte den Kopf zum Fahrerfenster raus. Mit der linken Hand nahm er lässig die Sonnenbrille ab. Der gut aussehende junge Mann hatte zerzauste Haare und ausgeprägte Kieferknochen. Manigault Preston. Bradys bester Freund.

„So, so, so. Wen haben wir denn da?“

Aus dem Beifahrerfenster steckte sein anderer Kumpel, Nate, seinen roten Lockenschopf heraus und grinste viel sagend in Richtung Clarice.

Brady warf Clarice einen verstohlenen Blick zu. Angespannt beobachtete sie die Situation. Sie hatte ihre Hände so fest zu Fäusten geballt, dass ihre Fingerknöchel weiß hervortraten.

„Hallo, Manny. Nate“, sagte er möglichst locker. „Was macht ihr denn hier?“

„Wir wollten euch gerade dasselbe fragen“, erwiderte Manny. „Eigentlich waren wir bei SeeWee's verabredet. Offensichtlich hast du das vergessen. *Schon wieder.*“

Die Türen wurden aufgestoßen, und die beiden großen, breitschultrigen Jungen in Jeans und T-Shirt sprangen aus dem Truck. Der Kies knirschte unter ihren Sohlen.

„Ja, du hast überhaupt keine Zeit mehr für uns“, brummte Nate. Er lachte wiehernd. „Vielleicht ist sie ja der Grund dafür?“

Brady stand auf und ging auf seine Freunde zu, bevor sie das Gatter erreichten.

„Was ist los? Willst du uns deinem Mädchen nicht vorstellen?“ fragte Manny.

„Ja, hast du eine neue Freundin? Das wird Jenny übrigens sehr interessieren.“

„Hört auf, Jungs. Sie ist nur eine Bekannte.“

„Ja, genau!“ erwiderten die beiden gedehnt. „Sicher ist sie das. Jetzt sehen wir ja, was los ist und was du die ganze Zeit über treibst.“

„Wir dachten immer, du arbeitest hier mit Vögeln.“

Sie klopften ihm auf die Schultern und lachten.

„Wovon redet ihr eigentlich?“

„Du genießt hier das Leben, was?“ Freundschaftlich boxten sie ihm in die Seite.

„Ich sagte, ihr sollt aufhören“, wiederholte Brady und stieß ihre Hände von sich.

Manny war um einiges größer als Brady und blickte über ihn hinweg, um Clarice zu mustern. „Ich bin Manny. Das da ist Nate. Wie heißt du, Süße?“

„Ich bin nicht deine Süße“, erwiderte Clarice mit eisiger Stimme.

„Oh, ein Mädchen mit Temperament.“

„Brady, ich gehe jetzt“, sagte Clarice und klaubte ihre Sachen zusammen.

„Warte“, bat Brady. Er hielt beschwichtigend die Hände hoch und wandte sich an seine Bekannten. „Also, wir arbeiten zusammen im Center für Greifvögel. Wir sind nur Freunde. Habt ihr es kapiert? Schön. Dann könnt ihr ja wieder fahren. Haut ab. Ihr dürft gar nicht hier sein.“

Mannys Lächeln wurde breiter. „Hörst du das, Nate? Wir dürfen nicht hier sein. Ich würde gern wissen“, sagte er mit provozierend ruhiger Stimme, „wer sagt, dass wir nicht hier sein dürfen? Du? Brady, unser Freund, du sagst uns, dass wir verschwinden sollen, weil wir nicht hier sein dürfen?“

„Komm schon, Manny. Beruhige dich.“

Clarice stand auf. Manny wollte zu ihr gehen, doch Brady stellte sich ihm in den Weg. Verwundert zog Manny die Augenbrauen hoch, aber Brady ließ sich nicht verunsichern. Er hatte die Hände zu Fäusten geballt, starrte Manny an und rührte sich nicht von der Stelle.

„Geh schon los“, rief er Clarice zu. „Wir sehen uns dann später.“ Er warf Nate einen kurzen Seitenblick zu. Der stand beim Truck und beobachtete die Situation. Die Spannung war fast greifbar. Brady und Manny standen einander gegenüber – wie zwei Bullen, die jeden Moment aufeinander losgehen wollten.

Ängstlich drückte Clarice ihre Tasche an sich, griff nach der Decke und schnappte sich die Jacken. Hastig lief sie zu ihrem Wagen, der auf der anderen Seite der Straße geparkt war. Zwar musste sie nah an den Jungs vorbeigehen, aber sie ließ sich ihre Angst nicht anmerken, ging hocherhobenen Hauptes vorüber und ignorierte die Blicke, die sich ihr in den Rücken bohrten.

Erst als die Autotüren geschlossen waren und der Motor aufheulte, trat Brady einige Schritte zurück, wobei er Manny jedoch immer noch warnend ansah. Im nächsten Moment machte er kehrt und lief auf das Tor zu.

„Guck dir diesen blöden Hahn an", höhnte Manny. „Er bewegt sich nicht einmal, wenn das Tor geöffnet wird."

„Er ist eigentlich zu doof, um zu überleben", spottete Nate.

„Hör einfach nicht auf sie", wisperte Brady dem Hahn zu, als er am Tor stand, um es für Clarice offen zu halten. Während Clarice mit dem Auto das Gatter passierte, sah sie Brady mit sorgenvoller Miene an. Dann verschwand sie aus seinem Blickfeld. Brady spürte, wie sich die Anspannung, die ihm die ganze Zeit im Nacken gesessen hatte, endlich löste, nun da er Clarice in Sicherheit wusste.

Manny verlagerte das Gewicht und schüttelte langsam den Kopf. „So, dann kannst du ja jetzt mal erklären, was zur Hölle dieser Auftritt sollte?"

Brady schloss gelassen das Tor. Der Hahn starrte ihn mit seinen dunklen Augen noch immer an. „Was für einen Auftritt meinst du denn?"

„Scheiße, Mann. Natürlich dieses Macho-Getue. Mir egal, ob

du dieses süße kleine Zuckerstück beeindrucken willst, aber dazu musst du uns nicht so blöd anmachen."

Brady war mit zwei Schritten bei Manny und hob drohend den Finger. „Sie ist ein nettes, anständiges Mädchen, und ich will nicht, dass du so abfällig über sie sprichst!" rief er wutentbrannt.

Manny stand mit offenem Mund vor Brady. Mit so einem Ausbruch hatte er nicht gerechnet. Ungläubig hob er die Hände. „*Was?*" fragte er verwirrt. Er blickte zu Nate.

Nate lachte, zuckte die Schultern und wiederholte: „Was?"

Doch Manny war nicht mehr nach Lachen zumute. Er vergrub die Hände in den Hosentaschen und wandte sich an Brady. „Was soll das alles?"

„Das würde ich gern von dir wissen."

„All das wegen eines Mädchens? Sie ist ein Nichts. Sie kann nicht zwischen uns stehen. Du und ich, wir kennen uns schon so lange, Brady."

„Ich weiß", sagte Brady. „Du bist ein Manigault, ich bin ein Simmons, und unsere Familien leben schon seit ewigen Zeiten hier. Wir sind beide gelehrt worden, ein nettes Mädchen wie sie besser zu behandeln, als wir es getan haben. Sie geht übrigens bald aufs College. Nach Stanford. In Californien."

„Wirklich?" Manny tat beeindruckt. Dann sagte er mit einem spöttischen Lächeln auf den Lippen: „Du weißt, warum …"

„Sag nichts", fiel ihm Brady ins Wort. „Du liegst nämlich völlig falsch damit."

Nate überkam allmählich die Langeweile. „Kommt ihr jetzt, oder was?"

„Wohin?" wollte Brady wissen.

„Wir sind hierher gekommen, um unseren besten Freund zu treffen", begann Manny mit einem bedauernden Kopfschütteln.

„Wir dachten, dass du bestimmt einen guten Grund hattest, uns hängen zu lassen. Hast du denn vergessen, dass wir heute Abend jagen gehen wollten?"

„Jagen? Heute? Mann, ihr wisst doch, dass ich nicht kann. Heute Nachmittag muss ich im Center arbeiten, und morgen sind die Tests."

„Wen interessieren schon diese dämlichen Tests."

Brady schürzte die Lippen.

„Komm schon", jammerte Manny und trat ungeduldig auf der Stelle. „Wir holen uns ein paar Biere und was Leckeres von Nates Mutter, und dann treffen wir uns mit einigen anderen oben am Willard. Das wird super."

„Wir müssen aber morgen unbedingt in die Schule, wegen der Tests. Die sind Pflicht."

„Da gehen wir ja auch hin."

Lust hatte Brady schon. Es war lange her, dass er sich mit seinen Freunden getroffen hatte, um zu fischen oder zu jagen. Oder sich einfach zu unterhalten, Spaß zu haben und ein paar Dosen Bier zu trinken.

„Ich kann nicht. Nicht heute Abend. Beim nächsten Mal."

„Verdammt, Brady. Was ist los mit dir? So kenne ich dich ja gar nicht."

„Ich habe zu tun."

Damit war die Diskussion beendet. Brady erkannte in Mannys bitterem Gesichtsausdruck, dass etwas neu war, anders, dass sie nicht länger an seinem Leben teilhatten.

Später, als seine Freunde in den Truck geklettert und davongefahren waren, spürte Brady plötzlich eine große Leere und Einsamkeit in sich. Er wusste, dass nichts mehr so sein würde wie früher.

Was ist los mit dir? So kenne ich dich gar nicht.

Er lief unter den wachsamen Blicken des alten Gockels zum Tor und hielt davor an. Der Hahn legte den Kopf schief, sein roter Kamm erzitterte, und er blickte Brady mit seinen glänzenden schwarzen Augen an.

„Du *bist* ein seltsamer Hahn, das weißt du, oder?“ sagte Brady liebevoll. „Du sitzt hier einfach so herum und beobachtest alles, was um dich herum geschieht. Völlig reglos, aber allwissend auf deinem Baumstamm.“ Sein Lächeln erstarb, und er presste die Lippen aufeinander. Die Erkenntnis, dass sein Leben, dass *er* sich verändert hatte, traf ihn wie ein Schlag. „Ich wünschte bei Gott, du könntest reden. Vielleicht könntest du mir dann sagen, was oder wen du siehst, wenn du *mich* betrachtest.“

16. KAPITEL

Werberituale: *Greifvögel haben ausgesprochen vielfältige und besondere Arten des Werbens. Weit verbreitet und faszinierend zu beobachten sind die Flugmanöver, die einem Tanz in der Luft gleichen, zum Beispiel der unregelmäßige, flatterhafte Gleitflug und der schnelle, wendige Power-Flug. Des Weiteren bringt das Männchen dem Weibchen seiner Wahl Futter, um zu zeigen, dass es während der langen, Kraft raubenden Brutzeit für sein Weibchen sorgen kann. Das Werben schafft ein erstes zartes Band zwischen den Partnern, das sich im Laufe der Zeit verfestigt und zur Paarung führt. Einige Raubvögel, wie Adler und Fischadler, leben monogam und bleiben ihrem Partner ein Leben lang treu.*

Die zarten Farben des frühen Morgens verschwammen im sanften Nebel. Harris trat nach draußen. Sofort umgaben ihn die Feuchtigkeit und die Wärme des milden Morgens. Der Duft der Frühlingsblumen war so süß, dass er fast glaubte, ihn schmecken zu können. Hinter Harris fiel die Fliegengittertür zu, als er die Stufen der Veranda hinunterging, die vom Tau noch klamm waren. Während seines allmorgendlichen Rundgangs durch die Ställe und Volieren spürte er, wie die Müdigkeit des lauen Maitages in seinen Körper, sein Innerstes drang.

Am Horizont bemerkte er ein paar graue Wolken. Der Wetterbericht hatte einen trockenen, klaren Tag angekündigt, und Ella und er wollten unten beim Santee-Fluss ein paar Virginiauhus in die Freiheit entlassen. Regen stellte in solchen Momenten ein Problem dar.

Harris' Stiefel waren schon bald von der Feuchtigkeit des Rasens durchnässt. Die meisten Vögel hockten in ihren Käfigen auf ihren Sitzstangen und warteten auf die Sonne, die ihr klammes Gefieder trocknen sollte. Gerade lief er an den Pferchen entlang und grübelte über den Ausflug nach, als er Marions Stimme vernahm, die leise und schmeichelnd rief: „Hallo, Krähe!"

Sein Schritt verlangsamte sich. Er drehte sich zur Voliere der Krähen, in der Little Crow nahe den Gitterstäben auf seiner Sitzstange hockte.

„Marion?" rief Harris. Keine Antwort.

Das war verrückt. Marion wollte doch bei Annie schlafen und war deshalb am Abend mit Maggie zu ihr nach Hause gegangen. Verwirrt fuhr er sich mit der Hand durchs Haar und glaubte schon, sich die Stimme seiner Tochter nur eingebildet zu haben. Entnervt machte er kehrt, um seine Runde fortzusetzen.

Doch plötzlich ertönte wieder ihre Stimme. „Hallo, Krähe!"

Er drehte sich abrupt um und starrte Little Crow an. Dieses Mal war er sich sicher, die Stimme gehört zu haben. Für einen Augenblick wollte er nicht glauben, was er gerade vernommen hatte – Little Crow sprach und imitierte Marions Stimme!

„Also, ich bin …" murmelte er, als ihm langsam alles klar wurde. Er hatte nicht glauben wollen, dass Marion es schaffen würde, diesem Tier das Sprechen beizubringen. Einfühlsam hatte er stattdessen versucht, Marion auf den Misserfolg vorzubereiten. Doch sie hatte ihn ausgeschimpft – wenn Lijah sagte, sie könne es, dann könne sie es auch! Und sie hat es tatsächlich geschafft, dachte Harris und wollte vor Stolz fast platzen.

Von einem Ohr zum anderen grinsend lief er zurück zum Haus. Ella wartete auf der Veranda auf ihn. Dieser Anblick machte ihn glücklich – noch glücklicher, als er es ohnehin schon war. Ihr langes Haar hatte sie zu einem Zopf gebunden, der ihr über den Rücken reichte, und ihr Gesicht strahlte. Als er die Stufen zur

Veranda hinaufgestiegen war und zu Ella trat, erhaschte er den leichten Duft von Seife. Sie war so natürlich, und gerade diese ehrliche Natürlichkeit machte sie in seinen Augen einzigartig. Wenn sie zu ihm aufsah und ihn anlächelte, strahlte ihr ganzes Gesicht. Dieser wundervolle zauberhafte Anblick war so schön und einmalig wie der Sonnenaufgang, den er heute früh miterlebt hatte – und er raubte ihm fast den Atem.

„Guten Morgen“, sagte sie, und ihre Stimme klang immer noch ein wenig heiser vom Schlaf. „Ich habe Ihnen Kaffee gemacht.“

Sie reichte ihm eine Thermoskanne mit frisch gebrühtem Kaffee, die er dankbar entgegennahm.

„Es sieht so aus, als würde es heute noch Regen geben“, bemerkte Ella und runzelte beim Anblick des wolkenverhangenen Himmels die Stirn.

„Ja, könnte sein. Aber vielleicht verzieht es sich ja noch. Auf die Wettervorhersagen sollte man sich einfach nicht verlassen.“

„Bleibt es also bei dem Ausflug?“

Er nippte an seinem Kaffee und dachte nach. Sie hatten sich extra einen Tag ausgesucht, an dem das Wetter gut sein sollte und im Center nicht zu viel zu tun war, um mit dem Kanu noch den Santee-Fluss hinunterzufahren, nachdem sie die Uhus in die Freiheit entlassen hatten. An den letzten Abenden hatte sie, als Marion schon selig im Bett schlummerte, mit viel Eifer und Spaß die Route für ihren Ausflug geplant. Das Kanu war blitzblank geschrubbt, die Verpflegung vorbereitet, und Maggie hatte Marion am Abend zuvor abgeholt, um ein paar Tage auf sie aufzupassen. Maggie war die Einzige, der sie zutrauten, sich um das diabeteskranke Kind zu kümmern. Sie waren bereit, und wer konnte schon sagen, wann sie wieder die Chance auf einen freien Tag zu zweit bekamen.

„Ja, lassen Sie uns fahren“, entschied er.

Ellas Lächeln wurde breiter. Sie freute sich sehr auf die gemeinsamen Stunden mit Harris. „Ich habe gehofft, dass Sie sich so entscheiden würden. Sollen wir einladen? Die Zeit verrinnt, der Tag wird nicht jünger, und ich kenne zwei Uhus, die unbedingt ihr neues Zuhause kennen lernen wollen.“

Sie beluden Harris' Pick-up mit dem Kanu und verstauten ihre Ausrüstung in der glänzend silbernen Werkzeugkiste. Die Transportboxen mit den Vögeln stellten sie vorsichtig in die Fahrerkabine des Fahrzeugs. Zufrieden schweigend arbeiteten sie in ihre jeweils eigenen Gedanken versunken nebeneinander her.

Es war einer jener Tage, der sich nicht entscheiden konnte, ob er sonnig oder regnerisch sein wollte. Wolken zogen am blassblauen Himmel auf und verschwanden wieder, während Harris und Ella Richtung Norden zum Santee-Fluss unterwegs waren. Sie redeten nicht viel. Für Konversation war es einfach noch zu früh am Morgen, und es reichte ihnen völlig, zusammen zu sein, ihren Kaffee zu schlürfen und dem Radio zu lauschen.

Dieser Tag gehörte ihnen. Ella hatte etwas zu essen und kühle Getränke eingepackt und sogar an Mückenspray und Sonnenmilch gedacht. Sie warf Harris einen verstohlenen Blick zu. Er trug eine Baseball-Kappe und trommelte im Rhythmus der Musik, die aus den Lautsprechern quäkte, mit den Fingern auf das Steuer. Sie musste lächeln. Harris war so gelöst – es konnte nur ein schöner Tag werden.

Eine knappe Stunde später bogen sie vom Highway ab und fuhren eine Straße entlang, die von knorrigen Bäumen mit dunkler Rinde gesäumt war. Die Äste der Bäume bekamen gerade das erste zarte Frühlingsgrün und hingen über der Straße wie die Rippen eines Wales. Langsam schlängelten sie sich die kurvenreiche Straße hinauf und hielten Ausschau nach einer geeigneten Wiese oder einem freien Feld, auf dem sie die Uhus in die Natur entlassen konnten. Schließlich erreichten sie das Flussufer, und der Truck kam schnaufend zum Stehen. Ella stieß die Beifahrertür auf und sprang aus dem Auto. Die frische Luft tat nach der langen Fahrt gut. Die Aussicht nahm sie gefangen, zog sie in ihren Bann, und sie lief zum Fluss hinunter. Da stand sie und bestaunte verzaubert die Schönheit des dunklen Wassers vor dem strahlenden Blau des Frühlingshimmels. Einige der Bäume standen teilweise in dem Wasser, das die Farbe von Tee hatte.

Harris trat an ihre Seite.

„Es ist so wunderschön", flüsterte sie. Sie fand keine anderen Worte, um zu beschreiben, was sie in dem Moment empfand.

„Der Wasserstand ist hoch, weil es in der letzten Zeit übermäßig viel geregnet hat. Wir müssen uns also keine Sorgen darüber machen, dass wir mit dem Boden des Kanus auf Grund laufen könnten." Er blinzelte. „Aber wir werden kräftige Strömug haben, das Wasser ist aufgewühlt."

Ella wandte ihm das Gesicht zu. „Kräftige Strömung?"

„Sie wissen doch, wie man mit den Paddeln umgeht, oder?"

„Also, ja, sicher. Ich bin in Vermont auch Kanu gefahren, aber das liegt schon einige Jahre zurück."

„Das ist wie Fahrrad fahren. Das verlernt man nicht. Sie schaffen das."

„Sind Sie sicher? Es scheint mir doch ein kleiner Unterschied zu sein."

„Wieso?"

„Dieses Wasser ist trüber als bei uns zu Hause, unkalulierbarer. Und in Vermont gibt es keine Alligatoren in den Flüssen."

„Ach, machen Sie sich um die keine Sorgen. Sie sind sehr

scheu. Viel eher würde ich mir Sorgen über die Mokassinschlangen machen."

„Oh, toll. Danke, dass Sie mir das jetzt erzählen."

Er gluckste vor Lachen und genoss die Neckerei mit Ella. Vergnügt legte er einen Arm um sie und drückte sie – und wieder musste Ella sich selbst daran erinnern, dass es nur eine freundschaftliche Geste war. Nicht mehr.

„Machen Sie sich keine Sorgen, Ella. Wir werden viel Spaß haben. Nur Sie und ich und der Fluss."

Er ließ den Arm sinken, und sie wich einige Schritte zurück, ein bisschen durcheinander wegen seiner Spontaneität. Seit dem Tag am Bach hatte er ihr oft seine Zuneigung durch freundliche Gesten bewiesen. Es schien, als hätten sie an jenem Tag eine Grenze überschritten, was es ihm erlaubte, sich in ihrer Gegenwart wohler und freier zu fühlen. Wenn sie es nicht besser wüsste, würde sie sagen, dass sich zwischen ihnen ein heftiger Flirt entwickelt hatte. Blicke, die sich trafen, Schultern, die sich wie zufällig berührten, Hände, die während langer Spaziergänge einander hielten.

Sie sah ihm hinterher, wie er mit aufgeregten, schnellen Schritten zum Truck lief. Er wirkte so jungenhaft in seiner Aufregung und konnte es offensichtlich kaum noch erwarten, das Auto auszuladen und das Boot zu Wasser zu lassen. Locken kringelten sich unter seiner Kappe hervor und verstärkten dieses Bild noch. Er hatte sich für die Kanufahrt auf dem Fluss eine kurze Hose, ein langärmeliges T-Shirt und eine Regenjacke angezogen. Auch Ella hatte sportliche Kleidung gewählt und war ähnlich gekleidet, bis auf den Unterschied, dass sie ein Wolltuch statt der Baseball-Kappe trug.

„Ella! Lassen Sie uns die Vögel in die Freiheit schicken, solange der Morgen noch kühl ist. Sie müssen sich erst beruhigen und an die Umgebung gewöhnen, wenn sie in der freien Wildbahn sind, und das können sie am besten, bevor die Sonne dann hoch am Himmel steht."

„Ich komme schon."

Sie holten die beiden Transportboxen von der Rückbank des Trucks und trugen sie behutsam durch den Wald bis zu einer Lichtung, die sie ausgemacht hatten. Harris hatte unterwegs erklärt, dass sie die Nestlinge in diesem Wald aussetzen wollten, da sie auch dort gefunden worden waren. Er hoffte, dass sie in einen Lebensraum entlassen wurden, der Nahrung für zwei weitere hungrige Uhus bot.

Vorsichtig stellten sie die Boxen auf den weichen Waldboden, der mit Blättern und Moos bedeckt war. Nachdem sie Schutzhandschuhe übergestreift hatten, öffnete Ella die abgekantete obere Hälfte der Kunststoffbox. Sofort gab der Virginiauhu warnende Töne von sich. Ella sah in die Box und blickte in zwei riesige gelb leuchtende Augen, die sie mit Verachtung anstarrten.

„Ist schon gut", flüsterte sie beruhigend und griff in die Box, um das Tier herauszuholen. Der Vogel war aufgeregt, zuckte zurück und hackte entschlossen auf ihren Handschuh ein. Sie war immer wieder erstaunt über die unbändigen Kräfte, die so ein Virginiauhu besaß.

„Aua!" schrie sie aus, als der Schnabel sich durch den dicken Handschuh bohrte. „Der hier hat die richtige kämpferische Einstellung."

„Das ist gut, die wird er brauchen, um zu überleben", erwiderte Harris. Er öffnete die zweite Box.

Auch dieses Tier warnte Harris, auf Distanz zu bleiben, und machte mit dem Schnabel klackende Geräusche. Doch Harris umfasste das Tier sicher mit seinen Händen und hob es aus der Box. Eine Weile standen Harris und Ella nebeneinander – beide mit einem Uhu auf dem Arm. Für Ella war es die erste Auswilderung, und ihr Herz pochte vor Aufregung. Vielleicht bildete sie sich das nur ein, aber sie meinte zu wissen, dass die Vögel in diesem Augenblick, in dem die Freiheit so nah war, genauso empfanden. Sie waren angespannt und drehten die Köpfe, um ihre neue Umgebung zu erkunden. In den Bäumen um sie herum flatterten aufgeregt die Vögel umher, um einen Blick auf die neuen, ungeladenen Gäste zu erhaschen.

Harris nickte und streckte den Arm aus. „Viel Glück", sagte er und ließ die Eule in seiner Hand frei. Der Virginiauhu breitete seine Schwingen aus und stieg – ein wenig überrascht von der plötzlichen Freiheit – etwas unsicher in die Lüfte auf. Doch schon bald hatte sich das Tier gefangen und flog auf den Fluss zu. Die Flügelschläge waren wie ein Flüstern im Wind. Bald war der Uhu am Himmel nicht mehr zu sehen.

Es war der ältere von beiden gewesen, und Harris und Ella waren ein bisschen enttäuscht, da sie gehofft hatten, der alte Uhu würde sich in der ersten Zeit um seinen jüngeren Artgenossen kümmern. Ella blickte traurig auf den kleinen Uhu auf ihrem Arm hinunter.

„Jetzt bist du auf dich allein gestellt. Viel Glück", flüsterte Ella ihrem Uhu zu und ließ ihn, wie sie es bei Harris beobachtet hatte, frei. Sie spürte den Luftzug der Flügelschläge auf ihrem Gesicht, als das Tier losflog. Zwar war ihr Uhu jünger gewesen und bewegte sich nicht so anmutig wie der ältere, aber auch er war begierig, den Menschen, die ihn so lange in Gefangenschaft gehalten hatten, zu entkommen. Der Vogel flog zur nächsten Eiche und ließ sich auf einem Ast nieder. Dort saß er und schaute sich aufmerksam um, aufgeregt wie ein Teenager, der zum ersten Mal abends ausgehen darf.

„Wird es ihm auch gut gehen?“ Ella bemerkte plötzlich mütterliche Gefühle für den jungen Uhu, den sie begleitet und gepflegt hatte, seit das Tier als Nestling in die Klinik eingeliefert worden war. Sie kannte den Vogel, seit er zarte Daunen hatte, hatte gesehen, wie die ersten Federn durch starke Flugfedern ersetzt worden waren und wie das Tier sich entwickelt hatte. Sie hatte den Nestling gefüttert und ihm, als er älter wurde, schließlich in einer großen Voliere dabei zugesehen, wie er die ersten lebendigen Mäuse gefangen hatte. Er hatte sich von einem hilflosen Waisen zu einem lebensfähigen, kräftigen und kämpferischen Vogel entwickelt und war nun bereit, seinen Weg in Freiheit zu gehen.

In den Ästen begannen zwei Eichelhäher warnend zu schnattern. Sie konnte hören, wie ihre Artgenossen, die tiefer in den Wäldern lebten, antworteten. Der Uhu saß immer noch auf seinem Platz und rührte sich nicht. Das machte die Eichelhäher nur noch wütender, und sie begannen, Angriffe auf den Uhu zu fliegen. Das Tier duckte sich bei jeder Attacke, blieb aber beharrlich auf dem Ast sitzen.

„Harris! Er sieht so verwirrt und verängstigt aus“, sagte Ella.

„Das war zu erwarten. Die Eichelhäher sehen den Uhu als Angreifer. Schließlich frisst unser Freund Ratten, Mäuse, Kaninchen und auch Vögel. Er ist nicht willkommen, und sie versuchen, ihm Angst zu machen, damit er ihr Revier verlässt. Aber machen Sie sich keine Sorgen – früher oder später wird er verstehen, was um ihn herum vor sich geht und sich verteidigen. Wahrscheinlich wird er den Tag verstreichen lassen und auf die Nacht warten, um sich Nahrung zu besorgen. Er ist nachtaktiv und ruht über Tag, das sollten wir nicht vergessen.“

„Wenn Sie meinen“, erwiderte Ella noch nicht überzeugt und betrachtete den kleinen Uhu sorgenvoll.

„Sicher bin ich mir auch nicht", gab Harris zu. „Aber Sie dürfen nicht den Fehler machen, ihm menschliche Gefühle zuzutrauen. Die Natur ist uns gegenüber gleichgültig, Ella. Zu glauben, dass ein Tier oder die Natur allgemein etwas für uns empfindet, wie wir das teilweise tun, ist romantisch und naiv."

In Ellas Ohren klang es wie eine Zurechtweisung, und sie fühlte sich ein bisschen ernüchtert. „Ich kann nichts dagegen tun – ich hege nun einmal Gefühle für die hilflosen kleinen Waisen, die ich mit aufziehe, auch wenn das nicht professionell ist", brauste sie auf. „In meinem Leben habe ich zu oft bloß zugeschaut, und ich habe mich inzwischen entschieden, dem Mitgefühl und der Romantik eine wichtigere Stellung in meinem Leben zuzugestehen – auch wenn Sie das anders sehen."

Er drehte sich um und drückte sanft ihre Hand. Mit dieser Geste zeigte er ihr, dass er verstand, was sie fühlte. Sie hatten alles in ihrer Macht Stehende für die Uhus getan. Die Auswilderung war das oberste Ziel für alle Vögel, die bei ihnen eingeliefert wurden.

„Unsere Arbeit hier ist getan. Aber wir schauen noch mal nach ihm, bevor wir gehen, in Ordnung? Lassen Sie uns nun zum Fluss runter. Wir sollten den Tag nutzen."

Sie gingen Hand in Hand zum Truck, trugen gemeinsam das Kanu ans Flussufer und ließen es in das trübe Wasser gleiten. Während sie das Boot hielt, holte er die Ladung, Paddel und Ausrüstung, brachte sie an Bord und vertäute sie sicher. Schließlich holte er noch den Picknick-Korb, den sie mit unterschiedlichsten Köstlichkeiten gepackt hatte.

„Was haben Sie da bloß nur alles reingetan?" schnaufte er und versuchte, die schwere Kühlbox in das Kanu zu hieven. „Wir sind schließlich nur für ein paar Stunden unterwegs und wandern nicht aus!"

„Nur das Nötigste, was man für ein anständiges Picknick braucht", verteidigte sie sich. „Das ist eine Thermoskanne mit heißer Suppe", sagte sie, als er fragend die Kanne hochhielt.

„Heiße Suppe? Aber der Wetterdienst hat doch gemeldet, dass es heute annähernde 26 Grad werden!"

„Sie haben selbst gesagt, dass man sich auf die Wettervorhersage nie verlassen sollte. In den letzten Tagen war es im Übrigen ziemlich kalt mit all dem Regen. Und außerdem erinnere ich mich, dass wir damals in Vermont, wenn wir im Frühling zu einem Ausflug aufbrachen, auch nie wussten, wie sich das Wetter entwickeln würde und ob es nicht vielleicht doch kalt und nass werden würde. Nennen Sie es Absicherung", erklärte sie und starrte mit sorgenvoller Miene in den Himmel, an dem sich bedrohlich Wolken zusammenballten.

„Wir werden sehen, wie es wird", seufzte sie und schob den Gedanken an den möglichen Regen zur Seite. „Außer der Suppe habe ich dann noch ein paar leckere, dick belegte Schinken-Käse-Sandwiches aus knusprigem Brot, einen Salat aus grünen Bohnen und einige Äpfel dabei. Und als Nachtisch habe ich Schokoladen-Walnuss-Brownies gebacken." Sie blickte ihn verschmitzt grinsend an. „Ich dachte, heute könnten wir mal sündigen – Marion ist ja nicht dabei. Das ist doch nicht zu viel an Essen, oder? Es sind die Wasserflaschen, die den Picknick-Korb so schwer machen. Ich habe gleich mehrere eingepackt. Oh, und eine Flasche Wein."

„Wein?" fragte er ungläubig.

„Warum sehen Sie mich jetzt so fragend an? Es wäre kein richtiges Picknick ohne Stärkung. Wahrscheinlich müssen wir gegen die Strömung kämpfen, wenn wir auf dem Rückweg sind, aber wenigstens lächeln wir dabei."

„Hat Ihnen denn bisher noch nie jemand gesagt, dass Bootfahren und Alkohol sich nicht vertragen?" Missbilligend angelte er die Weinflasche aus dem Korb.

„Oh, Harris. Seien Sie doch nicht so steif."

„Nicht so was?"

„Sie haben mich schon verstanden. Manchmal müssen Sie sich einfach mal ein bisschen entspannen und gehen lassen."

„*Ich* muss mich entspannen und gehen lassen? Na, das sagt die Richtige."

„Was? Wie soll ich das denn verstehen?"

„Meiner Meinung nach könnten *Sie* ruhig mal lockerer sein, Miss Majors."

Sie schnaubte ärgerlich, bemerkte dann jedoch, wie seine Augen funkelten. Er wollte sie auf die Palme bringen – und er hatte es geschafft. Sie brach in Lachen aus. Auch Harris prustete los und steckte mit einem Schulterzucken die Flasche Wein zurück in den Picknick-Korb.

„Nur für medizinische Zwecke", erklärte Ella.

„Wie wäre es mit einem Sandwich?"

„Oh, nein. Das müssen wir uns erst verdienen."

„Ihr Nordstaatler mit eurer Arbeitsmoral. Also gut, legen Sie die Schwimmweste an, und springen Sie ins Boot. Dann wollen wir mal ..."

Sie legte die Rettungsweste an und kletterte vorsichtig in den vorderen Teil des schwankenden Kanus. Als sie sicher saß, schob Harris das Boot ins Wasser. Ella spürte die Aufregung, ihr Herz pochte schneller, und ehe sie sich versah, hatte sie sich dem wilden Rhythmus des Flusses angepasst. Zuerst schwankte und kippelte das Kanu hin und her. Harris und Ella lachten, stöhnten und kämpften, aber sie versuchten verbissen weiter, das Boot unter Kontrolle zu bekommen. Und es gelang ihnen – endlich ruderten sie in gemeinsamem Takt, und das Kanu glitt ruhiger durch die Strömung des Flusses. Harris saß hinten und steuerte das Boot mit langen, fließenden Ruderbewegungen. Wieder und wieder tauchte Ella ihr Paddel in das dunkle Wasser des Flusses, und schon bald empfand sie das gemeinschaftliche, rhythmische Rudern als verbindendes Element zwischen sich und Harris.

Nach einer Weile ließen sie sich mit dem Fluss treiben. Nur manchmal verlangsamten sie die Fahrt, um sich zu unterhalten oder die Landschaft zu genießen.

Vogelgesang erfüllte die schwül-warme Luft. Von Zeit zu Zeit konnte sie das Geräusch von einem Wassertier – einer Eidechse, einem Frosch oder Alligator – hören, das sich ins Wasser gleiten ließ. Jedes Mal wandte sie den Kopf, um einen Blick auf das Tier zu erhaschen, konnte aber immer nur die verräterisch gekräuselten Wellen auf der Wasseroberfläche sehen.

Alles, was sie erblickte, war neu und geheimnisvoll. Blühende Hornsträucher standen zwischen majestätischen, mehr als tausend Jahre alten Sumpf-Zypressen und knorrigen Eichen, die am Flussufer wuchsen. Die langen, herabhängenden Äste waren bedeckt mit Spanischem Moos und lagen auf der Wasseroberfläche wie die Ärmel einer Frau, die ihre schlanken Finger ins Wasser hält.

Das Leben auf dem Fluss scheint träger zu sein, langsamer, und es scheint seinen eigenen Gang zu gehen, dachte sie. Alles, was noch zählte, war, was hinter der nächsten Biegung lag. Während sie ruderte, genoss sie Harris' tiefe, volle Stimme, der ihr die Geschichte des Landes erzählte. Und die Geschichte war so komplex und reich wie die Landschaft selbst.

Er erzählte, wie 1526 die Spanier mit ihren prachtvollen Schiffen an Land kamen und in den folgenden hundert Jahren mit den Engländern und Franzosen zusammen die ersten Siedlungen in der Neuen Welt erbauten. Schon 1729 war Charleston ein blühender, geschäftiger Seehafen, der einigen Menschen Wohlstand bescherte und andere dazu verführte, diesen Leuten ihren Reichtum wieder abspenstig zu machen. Berühmte Piraten wie zum Beispiel Blackbeard und Caesar suchten ihr Glück. Harris erfreute sie mit den spannenden Piraten-Geschichten, mit der Geschichte des legendären Swamp Fox, Francis Marion, und mit der Geschichte von Christopher Gasden, einem ansässigen Großgrundbesitzer, der für den Kampf der Kolonialherren eine eigene Flagge entwarf.

Ab und zu unterbrach Harris sich, um mit dem lauten Ruf „Schauen Sie da!“ auf etwas Besonderes hinzuweisen. Sie drehte den Kopf, um zu sehen, was sein Aufmerksamkeit gefesselt hatte, und musste lächeln – er war seiner Tochter sehr ähnlich. Mal war es ein Trio aus Angelschnüren, das von einem Baum ins Wasser hing, wobei jede Schnur durch eine andere Farbe gekennzeichnet war. Jemand schien heute Barsch oder Wels zum Abendessen fangen zu wollen. Dann deutete er auf einen klapprigen Hochsitz, der sich an einen Baumstamm schmiegte. Was Ella jedoch am schönsten fand, waren die Augenblicke, in denen er ihr aufgeregt auf die Schulter tippte, um ihr etwas zu zeigen. Dann sah sie in den Himmel, um dort vielleicht eine Gruppe seltener Holzstörche zu erblicken, die weiß und prachtvoll in den mächtigen Ästen einer abgestorbenen Eiche hockten. Sie wandte Harris den Kopf zu und lächelte, stolz darauf, dass sie nun diese Vögel erkennen und auch benennen konnte.

Als die Sonne im Zenit stand, krempelten sie ihre Ärmel hoch und spürten die wärmenden Strahlen, die ihre Haut küssten. Sie trugen Sonnenmilch und Mückenspray auf. Die Strömung des Flusses war mittlerweile recht stark, und sie kamen schnell voran.

Doch am Himmel zogen bedrohliche Wolken auf. Ella dachte darüber nach, dass sie bald eine Mittagspause einlegen sollten. Mit sorgenvoller Miene betrachtete sie den grauen Himmel und überlegte, ob sie vielleicht sogar umkehren mussten. Sollte sie Harris fragen? Aber sie entschied sich dagegen und hoffte darauf, dass sich das Wetter hielt, damit sie die gemeinsame Zeit mit Harris bis zum Ende auskosten konnte.

Im nächsten Augenblick wurden ihre Hoffnungen zerstört – die ersten schweren Regentropfen fielen vom Himmel.

„Oh, nein", rief sie aus, hörte auf zu rudern und blickte fragend über die Schulter.

Er zog eine Grimasse und sah in den Himmel. „Ich habe gedacht, dass wir erst noch zu Mittag essen können und dann umkehren, bevor das Unwetter losbricht", sagte er. „Das ist nicht nur ein kleiner Schauer. Wir sollten uns beeilen, damit wir nicht in den Sturm geraten."

Als hätte der Himmel nur darauf gewartet, dass er seinen Satz zu Ende brachte, öffneten sich sämtliche Schleusen, und ein Platzregen ging hernieder. Es goss in Strömen, und obwohl sie, so schnell es ging, ruderten, konnten sie im Regen keine zwei Meter weit blicken.

„Wir müssen aus dem Wasser und aus dem Boot", brüllte Harris, um das Prasseln des heftigen Regens zu übertönen. „Lassen Sie uns nach links, ans Ufer."

Der Regen schwoll an, er schlug ihr ins Gesicht, machte sie blind. Verbissen kämpfte sie mit Harris zusammen gegen die Strömung an. Der lenkte das Boot im Zickzackkurs auf das Ufer zu.

„Harris!" schrie Ella plötzlich. „Das Boot läuft voll Wasser!"

„Rudern Sie einfach weiter! Wir schaffen es schon noch bis in die kleine Bucht!"

Ella kämpfte, doch sie war erschöpft. Ihre Arme fühlten sich wie Gummi an. Jeder verzweifelte Ruderschlag schmerzte. Ella konnte nicht sehen, wie weit sie gekommen waren und in welche Richtung sie fuhren, aber sie wusste, dass sie erst in Sicherheit waren, wenn sie das Geräusch von Sand unter dem Kiel des Kanus hören würde. Endlich hatten sie das rettende Ufer erreicht. Sie stolperten aus dem Boot und zogen es mit letzter Kraft auf den schlammigen Strand. Ella rutschte aus, fiel hin, rappelte sich jedoch wieder auf und zog weiter. Sie hatten es geschafft: Das schwer beladene Kanu war sicher an Land.

Ella ließ kraftlos die Arme sinken, als sie sich umsah. „Wo sollen wir nur hin?"

„Sie holen die Ausrüstung aus dem Boot, und ich werde derweil einen Unterstand aufbauen", rief er. „Gott sei Dank haben wir ja eine Segelplane."

Eigentlich war Ella zu erschöpft, um noch etwas zu tun, aber sie folgte seinen Anweisungen, weil sie wusste, wie wichtig es war, die Sachen ins Trockene zu bringen. Sie arbeiteten hart, fielen auf dem schlammigen Untergrund immer wieder hin. Harris warf die Plane über die Äste einer Kiefer und fixierte die Enden mit großen Steinen auf dem Boden. Das Zelt war winzig. Er brachte die Ausrüstung in Sicherheit und war gerade dabei den feuchten Boden mit Plane abzudecken, als sie das erste Donnergrollen in der Ferne hörten.

„Kommen Sie endlich!" rief Harris Ella zu und winkte sie zu sich unter das Zelt, damit sie weit genug von dem Leichtmetall-Kanu entfernt war, das sie eben noch umdrehen wollte. Sie stolperte unter die tief hängende Schutzvorrichtung, als im selben Moment der erste Blitz am Himmel zuckte.

Im Dämmerlicht sah sie Harris auf dem Boden kauern, der sich gegen einen Stapel mit Lebensmitteln gelehnt hatte. Er hatte sich eine dünne Decke um die Schultern gelegt, die sie eigentlich für das Picknick benutzen wollten, und öffnete einladend die Arme, damit sie unter den wärmenden Stoff schlüpfen konnte. Sie kniete unter der Plane, zitternd und klatschnass. Mit klammen Fingern befreite sie sich von der Rettungsweste und kroch hinüber zu Harris, um Schutz zu suchen vor dem Regen, der immer noch heftig wütete und an ihrem Zelt riss. Harris drückte sie an sich, murmelte beruhigend auf sie ein und strich ihr sanft die Tropfen aus dem Gesicht. Ella zog die Knie an und kuschelte sich eng an ihn. In seinen Armen fühlte sie sich seltsam geborgen und sicher vor dem Sturm.

„Sie sind völlig durchnässt", sagte er.

„Und mir ist so kalt", fügte sie zitternd hinzu. „Der Regen ist wirklich eisig."

„Diese plötzlichen Stürme sind meist so schnell wieder vorüber, wie sie gekommen sind. Wir sollten einfach ein Weilchen hier abwarten."

In diesem Augenblick zuckte ein greller Blitz bedrohlich am Himmel. Ohrenbetäubendes Donnergrollen erfüllte die Luft. Ella schrie erschrocken auf und klammerte sich an seinem T-Shirt fest.

„Das hört sich an, als wäre das Gewitter direkt über uns!"

„Beruhigen Sie sich, Ella. Keine Angst", murmelte er ganz nah an ihrem Ohr. „Alles ist gut."

„Sind Sie sicher? Was passiert, wenn der Blitz in einen Baum einschlägt? Ich musste schon Menschen behandeln, die auf diese Art zu Schaden kamen."

Er runzelte die Stirn und blickte unter der Plane hervor nach draußen. Außer dem Gras, das sich unter den schweren Niederschlägen bog, und dem Regen konnte er nichts erkennen. „Die Bäume stehen weit genug von uns entfernt."

„Aber was passiert, wenn wir getroffen werden? Ich kannte mal einen Mann, der nicht einmal direkt vom Blitz getroffen wurde. Er war nur nahe genug an dem Platz, wo der Blitz einschlug, um sich schwere Verletzungen einzuhandeln."

Harris legte behutsam den Arm um sie und zog die Decke enger. „Es gibt nichts, wovor Sie sich fürchten müssen. Wir werden es schon heil überstehen."

Sie schmiegte sich in die Decke, die nicht sehr warm hielt. „Ich hasse Gewitter. Das war schon immer so."

„Wirklich? Ich mochte Stürme, seit ich ein Kind war. Damals habe ich mich auf den Boden gelegt und den Blitz beobachtet – wenn ich einen sah, habe ich gezählt, bis ich den Donner hörte, so wusste ich, wie weit das Gewitter von mir entfernt war. Das fand ich immer lustig."

„Stimmt. Das hat jeder getan. Aber ich habe dabei mehr an meine eigene Sicherheit gedacht und nicht so sehr an den Spaß."

Ein grelles Zucken erhellte den Himmel.

Ihre Blicke trafen sich, und sie begannen, in einer Art stiller Übereinkunft, zu zählen. „Eins, zwei …" In diesem Moment war ein dumpfes Donnergrollen zu hören, das langsam lauter wurde.

„Es ist ganz nah", wisperte sie.

Er verzog sein Gesicht in gespielter Angst.

„Meine Mutter und mein Vater sind bei einem Gewitter ums Leben gekommen."

Sein Lächeln erstarb. „Das tut mir Leid, Ella."

„Das Gewitter hat zu dem Unfall geführt. Der Regen war stark, so stark wie heute, und die Straßen waren glatt. Sie hatten keine Chance. Ich war erst fünf Jahre alt, aber ich erinnere mich daran, als wäre es erst gestern gewesen. Ich stand im Haus meiner Tanten am Fenster, sah in den Sturm hinaus und wartete. Wartete, dass sie endlich nach Hause kamen. Ich hatte solche Angst um sie." Wieder donnerte es, und sie klammerte sich an ihn. „Ich *hasse* es", sagte sie heiser. „Noch heute habe ich Albträume."

„Schhhh ... Ella ... Ich lasse nicht zu, dass Ihnen irgendetwas geschieht. Das verspreche ich."

Sie schob ihre zarten Hände unter seine Jacke und schmiegte sich an seine Brust. Der Sturm verdunkelte den Himmel, und sie drängten sich unter die Plane. „Das hat noch nie jemand zu mir gesagt", wisperte Ella.

„Dass er nicht zulässt, dass Ihnen etwas geschieht?"

Sie schüttelte den Kopf. „Ich träumte immer, dass mein Vater solche Sachen zu mir gesagt hat, als ich noch sehr klein war. Als ich dann größer wurde, habe ich geträumt, ein Mann würde so etwas zu mir sagen. Eines Tages. Ein kindischer Traum. Die Prinzessin wartet auf ihren Prinzen ..." Sie lachte kläglich. „Keiner dieser Träume ist wahr geworden."

Es entstand eine lange Pause, und Ella schloss die Augen. Sie fühlte sich plötzlich so nackt und ungeschützt, so viel hatte sie über sich preisgegeben.

„Ich dachte immer, Sie bräuchten niemanden, der auf Sie Acht gibt", sagte Harris.

Er flüsterte fast, aber in der Enge des Zeltes hörten sich seine Worte an, als hätte er sie geschrien. Vielleicht lag es auch daran, dass, obschon die Worte in gewisser Weise stimmten, sie doch auch so falsch waren, dass Ella erschauderte, als sie vernahm.

„Es stimmt. Ich habe meistens auf mich selbst aufgepasst, weil ich es musste. Und, offen gesagt, es hat sich auch nie jemand freiwillig angeboten, diesen Job für mich zu übernehmen. Ein Mensch kann einfallsreich und kompetent sein, und doch braucht er jemanden, der sich um ihn kümmert, ihn beschützt.“ Sie atmete tief ein. „Damit man nicht allein ist.“

Sie konnte spüren, wie sich sein Brustkorb hob und senkte.

„Fühlen Sie sich denn allein, Ella Majors?“

Etwas in der Art, wie er es sagte, gedämpft und heiser, mit schwerem Atem, ließ sie ahnen, dass diese Frage nicht nur bloßer Neugier entsprang. Und sie ahnte, dass ihre Antwort Konsequenzen haben würde.

Sie überlegte sich, was sie sagen wollte. *Ja, ich habe mich sehr lange sehr einsam gefühlt, doch nie habe ich den Schmerz des Alleinseins so stark gespürt wie in den letzten Monaten – wenn ich allein in meinem Bett lag und wusste, dass auch du allein in deinem Bett liegst, gar nicht weit entfernt von mir. Ich wusste, dass ich dich liebe, doch du hast mich nur als Marions Nanny gesehen. Als Kollege. Als Freund.*

Sie klammerte sich an sein T-Shirt, formte die Worte mit den Lippen und konnte sie doch nicht aussprechen. Plötzlich weinte sie. Sie! Ella weinte so gut wie nie und schämte sich ihrer Tränen, die einfach nicht aufhören wollten, über ihre Wangen zu kullern.

Er hob mit seiner Hand sanft ihr Kinn an und sagte: „Es ist gut, Ella. Es ist schon gut.“ Zärtlich streichelte er die Tränen von ihren Wangen, strich ihr feuchtes Haar zurück. Sie schluchzte unaufhörlich. Behutsam streichelte er ihren Kopf und murmelte beruhigende Worte, bis ihre Tränen langsam versiegten. Sie konnte seinen Atem auf ihrem Gesicht spüren – warm und nah –, im gleichen Rhythmus wie dem ihren.

Sie öffnete die Augen, und ihre Blicke trafen sich. Ella hatte das Gefühl, in seinen tiefen blauen Augen zu versinken. Harris beugte sich zu ihr, kam ihr immer näher. Als er schließlich seine

Lippen sanft auf ihre Lippen presste, schloss sie die Augen und atmete tief seinen Duft ein. Dieses Mal wusste sie, dass sie verloren war.

Der Kuss, der so zart begonnen hatte, wurde begieriger, sehnsüchtiger, und es fühlte sich an, als hätte der Blitz eingeschlagen – kraftvoll und unerwartet. Die Funken sprühten, und das Feuer der Leidenschaft loderte, bis es außer Kontrolle zu geraten drohte. Es erhitzte ihre Haut, ließ sie nach Atem ringen.

Draußen tobte der Sturm. Der Wind zerrte an ihrem Zelt, Donner grollte über ihren Köpfen, Blitze zuckten über den Himmel, an dem Wolkenfetzen jagten.

Doch Ella hatte keine Angst mehr. Sie hatte die Augen geschlossen und gab sich Harris Berührungen hin. In ihrer Fantasie war sie auf dem Fluss, glitt dahin, die Sonne wärmte ihre Haut. Harris und sie waren eins, und Ella spürte, wie sie der Strömung des Flusses folgte, durch die Stromschnellen und hin zu der Wärme und Geborgenheit, die sie immer gesucht und – endlich – gefunden hatte.

„Es tut mir Leid", sagte Harris zu ihr, nachdem sich ihre Körper von der Hitze der Lust und Leidenschaft abgekühlt hatten. „Das hätte nicht passieren dürfen."

Er löste sich aus ihren Armen und setzte sich in dem winzigen Zelt hin. Der Sturm hatte noch nicht aufgehört, aber wenigstens war der Regen versiegt. Die Feuchtigkeit, die in der Luft lag, war so dick und drückend wie eine Decke. Vor dem Zelt begannen Grillen und Frösche ihren einsamen Gesang.

Kälte kroch Ellas Rücken hinauf, nachdem er nicht mehr neben ihr lag. Sie zitterte. Verwirrt und verunsichert setzte sie sich auf und zog die dünne Decke um ihre nackten Schultern. Plötzlich fühlte sie sich ungeschützt und ausgeliefert.

„Was hätte nicht passieren dürfen?“

„Ich habe dich nicht deshalb hierhin gebracht.“

„Das weiß ich doch“, erwiderte sie und lachte nervös. „Sei nicht dumm.“

Er saß reglos neben ihr und starrte auf den Boden.

Sie benetzte sich die Lippen, die er vor einigen Augenblicken noch so begierig geküsst hatte, und sprach ihre tiefste Angst aus: „Bereust du es?“

„Ich? Nein!“

Ella spürte die Erleichterung und hätte weinen können.

„Aber ich hatte kein Recht dazu.“

„Weil ich die Nanny deiner Tochter bin?“ fragte Ella amüsiert. Wie konnte er sich nur über so eine Kleinigkeit solche Gedanken machen?

„Nein.“ Er blickte ihr tief und lange in die Augen. „Weil ich verheiratet bin.“

Ella zog die Luft ein. Dieser Satz traf sie wie ein Schlag ins Gesicht. „Du bist verheiratet?“

„Ich dachte, du wüsstest das. Wir haben doch über Fannie gesprochen.“

Da war er wieder. Ihr Name. Der Name seiner Ehefrau. Er hing noch in der Luft.

„Nein! Das haben wir nicht. Nicht wirklich. Ich meine, ich weiß, wer sie ist, sicher. Aber ich dachte, du wärst geschieden.“

Er schüttelte schweigend den Kopf.

Ella schlug die Hände vors Gesicht und versuchte, das Kältegefühl abzuschütteln, das sich in ihrem Inneren ausbreitete. Die Fröhlichkeit war mit einem Schlag wie weggewischt.

„Liebst du sie immer noch?“

Harris zögerte und schien mit einem Mal um Jahre gealtert zu sein. „Ich weiß es nicht. Ich denke, auf einer gewissen Ebene liebe ich sie."

„Aber sie lebt nicht mehr bei euch. Sie ist gegangen."

„Nein. Oder ja. Wie auch immer", sagte er ärgerlich. „Sie hat uns kurz nach Marions Geburt verlassen und kommt ab und zu vorbei. Meistens unangekündigt, wenn sie mal wieder Geld braucht. Sie bleibt eine Weile – lange genug, um Marion Hoffnungen zu machen, dass wir wieder eine Familie sein könnten –, und dann verschwindet sie wieder."

Ella hörte die Bitterkeit in seiner Stimme. Und sie hörte auch, dass Fannie seine Hoffnungen nicht weckte, wie seine Mutter es getan hatte. Fast hätte sie die Hand ausgestreckt, um ihn zu berühren, zu beruhigen, die Traurigkeit aus seinem Gesicht zu vertreiben – aber sie konnte es nicht ertragen, ihn in diesem Moment zu spüren.

„Warum seid ihr nicht geschieden?"

„Das frage ich mich jedes Mal, wenn ich eine Nachricht von ihr auf dem Küchentisch finde, in der steht, dass es ihr Leid tut." Er seufzte und sagte dann schlicht: „Sie ist meine Frau."

„Was muss das für eine Frau sein, die ihren Mann und ihr Kind verlässt?"

„Ella." Es klang, als flehte er darum, dass sie Verständnis zeigte, dass sie geduldig war. „Fannie ist krank. Sie hatte schon ein Drogenproblem, bevor wir heirateten. Ihre Kindheit war ziemlich schlimm – ich habe dir ja davon erzählt. Natürlich wusste ich von ihrem Problem und habe ihr Hilfe besorgt. Für eine lange Zeit hat sie auch keine Drogen mehr angerührt, und als wir heirateten, riss sie sich wirklich zusammen, um uns ein schönes Leben zu machen. Als sie dann schwanger wurde, war sie so glücklich. Ich habe noch nie jemanden gesehen, der so schön war wie Fannie, als sie Marion unter dem Herzen trug."

„Hat sie …“

„Nein“, sagte er und schüttelte den Kopf. „Während der Schwangerschaft hat sie nichts genommen. Dafür werde ich ihr auch immer dankbar sein. Aber nachdem Marion auf der Welt war … Vielleicht war es eine postnatale Depression, ich weiß es nicht. Anfangs hat sie es heimlich getan, und wir hatten fürchterliche Auseinandersetzungen, als ich es herausfand. Aber als sie dann begann, Medikamente aus der Klinik zu stehlen, war das Maß voll. Ich wusste, dass ich die Situation nicht mehr ertragen konnte, und habe dafür gesorgt, dass sie in eine Suchtklinik eingeliefert wurde. Was sollte ich noch machen? Aber bevor ich sie wegbringen konnte, war sie schon verschwunden.“

„Harris, ich verstehe es nicht. Warum bist du noch mit ihr verheiratet?“

„Ich kenne sie, seit sie ein Kind ist, Ella. Ich habe mich immer um sie gekümmert, und sie hat eine ganze Menge für mich getan. Und auch für meine Mutter. Es ist nicht einfach zu erklären, und ich bin weiß Gott kein Heiliger. Ich habe mich immer gefragt, was wäre, wenn sie bei einem Unfall verletzt würde? Wenn sie gelähmt wäre oder im Koma läge. Würde ich mich dann von ihr scheiden lassen? Oder was wäre, wenn sie schizophren würde und in eine Anstalt käme? Würde ich sie dort lassen? Die Antwort ist und bleibt ‚Nein‘. Im Ehegelöbnis heißt es ‚in guten wie in schlechten Zeiten‘.“

„Was willst du mir damit sagen?“ fragte sie.

Er holte tief Luft. „Dass es mir Leid tut. Ich wollte dir nicht wehtun. Ich wollte nicht, dass es so weit kommt.“

Ella zog die Knie an und wickelte die Decke fest um sich. Sie legte das Kinn auf die Knie und dachte lange über das nach, was Harris ihr gerade erzählt hatte. Ihr war gerade das Wundervollste auf Erden passiert, und er hatte nicht gewollt, dass es so weit kam. Voller Schmerz schloss sie die Augen.

„Oh, Harris“, flüsterte sie resigniert. „Was soll denn jetzt geschehen?“

„Das liegt allein bei dir, Ella. Ich möchte nicht, dass du gehst, aber ich werde dir nicht noch einmal so nahe treten, um dich zu lieben. Ich will es. Gott, wie ich es will. Aber ich werde mich zusammenreißen – das schwöre ich.“

Er sah ihr tief in die Augen, doch sie konnte seinem Blick nicht standhalten. Traurig ließ er die Schultern hängen, beugte sich vor, um nach seinen Kleidern zu greifen und kroch aus dem Zelt.

Als er ging, wehte frische Luft in den Unterschlupf und verwirbelte die abgestandene Feuchtigkeit, die sich unter der Plane gebildet hatte. Ella streckte die Hand nach ihren Kleidern aus und hielt sie an sich gepresst. Sie waren kalt und nass und rochen nach Flusswasser. Es blieb ihr keine andere Wahl, als in die nassen Sachen zu schlüpfen. Unter der niedrig hängenden Plane stand sie gebückt und kämpfte mit dem klammen, kalten Stoff.

Gerade als sie den Reißverschluss ihrer Short hochzog, steckte er den Kopf ins Zelt. „Ich wünschte, wir hätten genug Zeit, um ein Feuer zu machen, damit wir die Kleider wenigstens ein bisschen trocknen könnten.“

„Ach, das macht nichts.“

„Du solltest das hier trinken“, sagte er und reichte ihr eine Tasse mit heißer Suppe. „Ich denke, du hattest Recht, was die Suppe betrifft.“

Die Tomatensuppe war warm und tatsächlich beruhigend. Ella hielt die Tasse mit beiden Händen fest umklammert und genoss die Wärme.

„Nach dem Imbiss sollten wir uns so schnell wie möglich auf

den Rückweg machen. Falls es wieder anfängt zu regnen, wollen wir doch weg sein, oder? Bist du einverstanden?"

„Was immer du für das Beste hältst." Ellas Stimme klang matt und gleichgültig.

„Das war ein schwerer Sturm, und der Fluss ist angeschwollen – ich habe ihn noch nie mit so hohem Wasserstand gesehen. Aber es sieht wundervoll aus. Die Strömung ist stark, und wir können in kurzer Zeit bei der nächsten Brücke sein."

„Okay."

„Ella …"

„Sag nichts", flüsterte sie und sah ihn an. „Bitte."

Er presste die Lippen aufeinander, nickte kurz und verließ den Unterstand.

Sie aßen bedächtig die Speisen, die sie so liebevoll zubereitet hatte. War das wirklich erst vor wenigen Stunden gewesen? Es schien ihr, als sei sie schon tagelang auf dieser Reise unterwegs. Sie sprachen nur wenig miteinander, um den Rückweg zu besprechen. Dann nahmen sie die nasse Zeltplane von den Ästen, packten die Ausrüstung zusammen und zogen das Kanu durch den dicken Schlamm zurück ins freie Wasser. Als Ella sich vorbeugte, um in das Boot zu klettern, streckte Harris seinen Arm aus, um ihre Hand zu halten. Sie wandte ihm den Kopf zu und sah in sein ernstes, verzweifeltes Gesicht.

„Ella, du sollst wissen, dass der heutige Tag mir eine Menge bedeutet."

Er musterte sie, als suche er in ihrem Blick nach einer Antwort.

Doch sie konnte ihm keine geben. Sie nickte nur, um zu zeigen, dass sie ihn verstanden hatte, obwohl sie es nicht verstand. Plötzlich musste sie an den jungen Uhu denken, der allein im Baum saß. Frei. Und doch voller Angst vor dem, was ihn erwartete.

Sie sah auf seine Hand, die immer noch ihre hielt, löste sich von ihm und kletterte in den vorderen Teil des Kanus.

„Bin gleich da", rief er aus und ging noch einmal zurück, um Müll aufzusammeln und jeden Hinweis darauf, dass sie jemals da gewesen waren.

Am South-Santee-Fluss ging die Sonne langsam unter, und ein erwartungsvolles Schweigen lag über allem. Ella saß im Kanu, das lautlos den Fluss entlangglitt. Die Farben des Himmels verdunkelten sich um sie herum und spiegelten sich auf der Wasseroberfläche wider. In dem Moment konnte sie nicht sagen, wo die Erde aufhörte und der Himmel begann.

Sie tauchte die Spitze ihres Paddels in das Wasser. Nur eine Berührung. Das Wasser kräuselte sich und zog Kreise über die Oberfläche. Sie wurden größer und größer, unterbrachen die Reflektionen, die Stille. Ella dachte über ihr Leben mit Marion und mit Harris nach, und darüber, dass all ihre Entscheidungen und all ihr Handeln Konsequenzen hatten, die weit über das hinausgingen, was sie erwartete.

Sie betete um Führung. Sie betete um Vergebung.

Sie betete um die Kraft, die richtigen Entscheidungen zu treffen.

17. KAPITEL

Schweben: *Diese Art des Fliegens ist die anstrengendste, da der Greifvogel purer Muskelkraft bedarf, um in der Luft zu bleiben. Das Tier schwebt am Himmel, ohne mit den Flügeln zu schlagen, und nutzt stattdessen Wind und Körperspannung. Falken, Weihe und Fischadler schweben sehr effektiv und Energie sparend, und der Buntfalke ist so geschickt, das er auch als „Windgleiter“ bezeichnet wird. Der Standflug ist dem Schweben sehr ähnlich. Er wird oft bei der Jagd eingesetzt – Rotschwanzbussarde und Königsbussarde stellen sich in der Luft in den Wind und fliegen fast auf der Stelle, indem sie nur kurze knappe Flügelschläge machen und ihren Schwanz einsetzen, um die Position zu halten.*

Das Haus war hell erleuchtet, als Harris und Ella endlich heimkamen. Ellas Hand hatte die ganze Fahrt in dem Pick-up auf dem Türknauf gelegen. Nun sprang sie hastig aus dem Truck, um endlich dem düsteren Schweigen zu entkommen, das sie den Rückweg über begleitet hatte. Ihr war entsetzlich kalt, sie war gänzlich durchnässt, roch nach Schlamm und Flusswasser, und ihr Herz war dabei zu zerbrechen. Trotzdem erfüllte sie der Anblick des Hauses, das sie als ihr Heim bezeichnete, mit Trost, und sie lief auf das Licht zu.

Die Fliegengittertür schwang auf, und Marion stürzte ihnen entgegen. Ella trat zu Seite, um den Weg zu Harris freizugeben, doch Marion überraschte sie, als sie direkt zu ihr lief und mit ihren Ärmchen Ellas Beine umklammerte. „Ich hatte solche Angst! Ich dachte, ihr kommt nie mehr wieder!“ weinte sie.

Plötzlich prasselten unendlich viele Gefühle auf Ella ein, und die Tränen, die sie so lange zurückgehalten hatte, strömten über ihre Wangen. Sie ließ sich auf die Knie fallen und legte ihre Arme um das schluchzende Kind.

„Wir sind nur in einen heftigen Regen geraten", erklärte sie mit heiserer Stimme. „Du musst keine Angst mehr haben."

„Verlasst mich ja nie wieder", schalt Marion. „Bleibt bei mir. Für immer."

Ella küsste ihre Stirn, drückte sie an sich und wiegte sie sanft in ihren Armen. Sie blickte auf und sah Harris, der seine Arme verschränkt hatte und die beiden betrachtete. Sie konnte in seinem Gesicht nicht lesen, was er gerade dachte oder fühlte.

„Guck mal, ich habe dir ein Geschenk mitgebracht!" sagte sie zu Marion. Sie zog die Nase hoch, wischte sich die Tränen aus den Augen und griff nach ihrer Tasche, um ein Buch herauszuangeln, das sie in einem kleinen Laden bei einer Tankstelle auf dem Weg erstanden hatte. Als sie es entdeckt hatte, wusste sie, dass Marion es haben musste.

„Es ist voll mit Gullah-Geschichten", erklärte sie und legte es in die Kinderhände, die sich ihr begierig entgegenstreckten. „Die Krähe, das Kaninchen, die ganze Rasselbande ist vertreten. Ich dachte, es würde dir Freude bereiten. Wer weiß? Vielleicht können wir sogar Lijah mal eine Geschichte daraus vorlesen."

Sie sah zu dem alten Mann, der von seiner Hütte zu ihnen gelaufen war, um sie zu begrüßen. Er stand neben Maggie und ihren beiden Kindern.

„Ich glaube nicht, dass in dem Buch auch nur eine Geschichte steht, die ich noch nicht kenne", sagte er vergnügt und blinzelte Ella zu.

„Können wir vielleicht heute Abend schon eine lesen?" wollte Marion wissen.

Ella nickte, obwohl sie erschöpft war und sich nichts sehnlicher wünschte, als in ihr Bett zu fallen. „Sicher. Ich habe mich schon die ganze Zeit darauf gefreut."

„Und was ist mit mir? Rieche ich streng?" fragte Harris gespielt vorwurfsvoll und breitete die Arme aus.

Marion fiel ihm in die Arme, und er schleuderte sie wild herum. Sie kreischte vor Vergnügen. Ella stand auf, nahm ihre Taschen und ging in das hell erleuchtete Haus. Maggie rannte ihr hinterher.

„Ich habe mir auch Sorgen gemacht", sagte Maggie und hakte sich unter.

„Es tut mir Leid. Wir Idioten haben das Handy im Auto liegen gelassen."

„Marion wusste ja nicht, wie spät es war, bis die Sonne unterging. Erst da hat sie angefangen, sich Gedanken zu machen. Also war es nicht so schlimm. Sie hat die Zeit, in der ihr nicht da wart, übrigens sehr genossen. Sie und meine Annie sind richtig dicke Freundinnen geworden. Ich bin total überrascht! Früher wollte Marion nie mit Annie spielen, wenn ich sie fragte. Sie wollte immer nur allein gelassen werden. Jetzt will sie die ganze Zeit spielen und plappert ohne Punkt und Komma."

Ella lächelte schwach. Sogar diese gute Nachricht schaffte es nicht, die Traurigkeit, die sie gefangen hielt, zu vertreiben. „Endlich lernt sie zu spielen."

„Sie machen Ihre Arbeit mit der Kleinen wirklich großartig."

Ellas Lächeln erstarb, und sie wandte das Gesicht ab.

„Was ist los?" fragte Maggie, die sofort spürte, dass etwas nicht in Ordnung war.

„Nichts."

Ihre Blicke trafen sich, und beide wussten, dass Ellas Antwort eine Lüge war.

In diesem Moment folgten Harris und Marion den Frauen zum

Haus und unterbrachen damit etwas, was sich zu einem vertrauensvollen Gespräch hätte entwickeln können. Vater und Tochter unterhielten sich gerade über den Kanuausflug am Fluss. Ella presste die Tasche gegen ihren Körper.

Maggies Blick wanderte von ihr zu Harris, und sie ahnte, dass etwas Schwerwiegendes vorgefallen sein musste. Sie hielt sich jedoch zurück und ließ das Thema fallen, da sie spürte, dass der Zeitpunkt falsch war, um danach zu fragen. Stattdessen sah sie über ihre Schulter und sagte etwas zu Harris, das ihn in Lachen ausbrechen ließ. Marion war aufgeregt, ihre Wangen gerötet, und sie hüpfte fröhlich von einem zum anderen. Sie plapperte Unsinn und benahm sich wie der Hahn im Korb. Bald fiel auch ihre neue Freundin Anne ein.

Ausgelassenes Geschnatter und helles Lachen erfüllten das Haus. Ella spürte, wie sie abschweifte. Die Stimmen klangen gedämpft, wie weißes Rauschen. Lijah stand schweigend ein wenig abseits, seine Schultern waren gebeugt, und ein Lächeln umspielte seinen Mund. Er wandte sich Ella zu, und ihre Blicke trafen sich für einen Moment.

„Ich bin so müde, mir tut alles weh, und ich rieche fürchterlich", sagte sie und strebte der Flurtür entgegen. „Verzeiht mir, aber ich muss mich frisch machen."

Es war spät. Ella lag ausgestreckt auf ihrer Matratze, die Arme auf dem Brustkorb verschränkt wie eine Statue. Das Schlafzimmerfenster war offen, und die Vorhänge flatterten sanft in der leichten Brise, die mit dem Saum ihres reinen weißen Baumwollnachthemdes flirtete. Sie lag auf dem Rücken und starrte an die Decke. Immer wenn sie die Augen schloss, tauchte Harris' Bild vor ihr auf. Jeden einzelnen Moment, den sie gemeinsam unter der Zeltplane verbracht hatten, trat ihr schmerzhaft in Erinnerung. Nachdem sie sich einander hingegeben hatten, lagen sie noch lange Zeit Arm in Arm in ihrem Nest. Diese zarte Nähe hatte sie als süßer und wertvoller empfunden als die körperliche Verbundenheit, die sie einige Augenblicke zuvor geteilt hatten. Es war anders als alles, was sie bisher erlebt hatte. War es so, wenn man abhängig von etwas war? fragte sie sich. Wenn man einmal etwas so Überwältigendes und Befreiendes erlebt hatte, konnte man dann einfach nicht die Kraft aufbringen, dem zu widerstehen?

Zum ersten Mal in ihrem Leben konnte sie nachvollziehen, warum Frauen Affären mit verheirateten Männern anfingen. Ella blickte an die Decke und fragte sich, was so falsch daran wäre, Harris zu lieben. Schließlich hatte Fannie ihn verlassen. Sie hatte nicht einmal mit ihnen zusammengelebt und sich sicherlich auch nicht um sie gesorgt. Harris und Fannie waren also nicht *wirklich* verheiratet.

Trotzdem ließ Harris sich nicht scheiden, sondern erhielt die Ehe aufrecht. Diese Verbindung war eine unumstößliche Tatsache. Der Brocken im Kropf, der nicht hinuntergeschluckt werden konnte. Er sagte, er fühle sich ihr verpflichtet, in guten wie in schlechten Zeiten. Er liebte sie. Ella seufzte frustriert und strich sich über die Stirn. Sie würde ihn ja für einen Idioten halten, wenn diese Einstellung nicht so verdammt nobel und anständig wäre.

Damals, an dem Tag, als sie am Kai gesessen und geangelt hatten, hatte sie also Recht gehabt. Er *war* wie der Fischadler oder der Adler – die Greifvögel, die er am meisten liebte. Sie blieben immer am selben Ort und lebten monogam. Er hatte es ihr an jenem Tag erzählt! Es war eine so offensichtliche Wahrheit! Sie war nur von ihrer Liebe zu ihm so geblendet gewesen, dass sie es nicht gesehen hatte.

Es machte sie zu zornig und hilflos, darüber nachzudenken. Aber wenn sie die Vogel-Analogie zu Ende dachte, war es doch so, dass der Partner des Adlers nicht mehr da war. Das Nest war leer, und jetzt war *sie* da und kümmerte sich um das Küken. Wenn das der Lauf der Natur war, sollte es so sein! Warum sollte sie sich dann noch schuldig fühlen für das, was sie empfand?

Diese Vorstellung erfüllte sie mit Hoffnung. Sie sagte sich, dass sie im Recht war. Es war nichts Verwerfliches an einer Beziehung mit Harris. Und sie würde Harris nicht kampflos aufgeben.

Was würde denn passieren, *wenn* sie eine Affäre mit ihm hätte? Würde sich irgendetwas ändern, außer dass er den Flur runterkam, um mit ihr das Bett zu teilen? Sie würde sich immer noch um ihr Haus und Marion kümmern und immer noch in der Klinik aushelfen. Nein, sagte sie sich, nichts würde sich ändern.

Ella schloss die Augen und wünschte, sie könnte sich selbst davon überzeugen, aber eine verräterische Stimme in ihrem Inneren flüsterte, dass sich *alles* ändern würde.

Die Nacht war still, nicht einmal die Vögel zwitscherten. Sie drehte sich rastlos von einer Seite auf die andere. Ihr Geist wollte einfach nicht zur Ruhe kommen. Sie öffnete die Augen. Zwar war sie erschöpft, aber den Gedanken an Schlaf hatte sie verworfen. Was Harris wohl gerade tat, fragte sie sich. Lag er auch wach? Raubte ihm die Angst vor ihrer Entscheidung ebenso den Schlaf? Oder lag er in seinem schmalen Bett, selig schlummernd, sich ihrer Qualen nicht bewusst? Sie rollte sich auf den Rücken und starrte durch die grauschwarze Nacht an die Decke.

Männer mussten sich keine Gedanken über den Ruf der Frauen machen, mit denen sie schliefen. Sie wäre die *andere Frau.* Die Geliebte. Die *Familien-Zerstörerin.* Und das wären noch die netteren Wörter, die man über sie sagen würde. Was würde Maggie glauben, dachte sie und atmete tief ein. Mit einem Mal wurde ihr klar, warum das Kind so zweifelnd geschaut hatte, als Harris und sie zum Angeln gegangen waren. Sie *wusste,* dass Harris verheiratet war.

Hatte es jeder gewusst, außer ihr? Beschämt schlug sie die Hände vors Gesicht. Wie konnte sie nur so dumm und blind gewesen sein? Warum hatte sie einfach angenommen, dass er geschieden war?

Ungeduldig trommelte sie mit den Fingern auf ihren Brustkorb, während sie immer und immer wieder über Harris und sich nachdachte. Die Stunden verstrichen. Der Mond stand hoch am Himmel und warf sein blasses Licht in ihr Zimmer. Ella ahnte, dass es bereits weit nach Mitternacht sein musste. Geisterstunde.

Plötzlich wurde die Stille der Nacht durch den schauerlichen Schrei eines Streifenkauzes zerrissen. Es kam keine Antwort. Lijah hatte erzählt, dass der Schrei eine Eule zur Geisterstunde eine böses Vorzeichen war. Sie zitterte und dachte, dass sie vor den Geistern der Toten keine Angst hatte. Seelen, die zwischen den Welten reisten, machten ihre keine Angst. Es waren die Geister der Lebenden, die sie verfolgten und sie um den Schlaf brachten.

Sie saß in ihrem Bett, matt und erschöpft durch die Gedanken, die ihr durch den Kopf schossen und die Rastlosigkeit, die sie nicht zur Ruhe kommen ließ. Nur schwache Menschen glauben an solche Märchen, sagte sie sich und schloss das Fenster, damit sie den einsamen Ruf des Kauzes nicht mehr hören konnte. Sie war nicht schwach. Sie war stark, das war sie schon immer gewesen. Was hatte Harris ihr gesagt? Irgendetwas wie, dass sie niemanden brauchte, der sich um sie kümmerte? „Dann soll es so sein", sagte sie entschlossen.

Sie öffnete die Schlafzimmertür und huschte barfuß durch

den Flur zu Harris' Zimmer. Die Tür zum Wohnzimmer stand offen. Ella griff nach dem Türknauf, um die Tür leise ins Schloss zu ziehen. Marion war in dieser Nacht kaum zum Schlafen zu bewegen gewesen. Ella wollte verhindern, dass die Diskussionen, die sich entspinnen würden, das Mädchen in ihrem Bett aufweckten.

Sie hatte etwas vor in dieser Nacht. Sie wollte zu ihm gehen. Ihn fragen, warum er die Beziehung mit Fannie nicht ein für allemal klärte. Ihn fragen, warum er sie die letzten Wochen umworben hatte, warum er ihre Hand gehalten und ihr versteckte Blicke zugeworfen hatte. Warum er es zugelassen hatte, dass sie sich in ihn verliebte, obwohl er wusste, dass diese Liebe sie zerstören würde? Sie würde ihm zuhören, egal wie schmerzhaft es auch sein würde, denn sie brauchte Gewissheit.

Dann würde sie ihm sagen, dass sie nicht bleiben könne. Wie oft sie auch darüber nachgrübelte, die Wahrheit war, dass er nun einmal verheiratet sei. Und sie würde keine Affäre mit einem verheirateten Mann beginnen.

All diese Gedanken trug sie in ihrem Herzen, und sie war entschlossen, es ihm zu sagen. Mit jedem Schritt schlug ihr Herz lauter, und die Aufregung schnürte ihr fast die Kehle zu. Sie hob ihre Hand und klopfte zwei Mal an seine Tür. Eigentlich hatte sie ein schläfriges „Ja, wer ist da?" erwartet und erschrak, als stattdessen die Tür sofort aufgerissen wurde.

Da stand er nun vor ihr in seinen langen Pyjamahosen und mit bloßem Oberkörper. Sein Kinn war stoppelig und seine Haare zerzaust. Offensichtlich hatte er auch nicht geschlafen; seine rotgeränderten Augen sahen müde aus. Als sich ihre Blicke im bleichen Licht des Mondes trafen, hörte sie in ihrem Inneren ihr Herz aufschreien. All ihre guten Vorsätze lösten sich in Nichts auf, und ihre Augen füllten sich mit Tränen.

„Liebst du mich?" fragte sie.

Das war nicht die Frage, die sie ihm eigentlich hatte stellen wollen, aber es war die einzige, deren Antwort sie interessierte.

„Ja", sagte er schlicht.

Ella seufzte tief, und ihr Herz verstummte.

Manchmal werden Entscheidungen ganz leicht getroffen. Manchmal fallen sie erst nach einem langen, harten Kampf. Und manchmal, erkannte sie, muss man sich gar nicht entscheiden. Manchmal treibt man einfach wie ein Blatt in der Strömung eines Flusses und gerät vielleicht in einen Strudel. Dann wirbelt man herum, hilflos, endlos, bis das Glück einen befreit.

Die Liebe hatte Ella befreit. Sie sog die Luft ein, trat in die Strömung, die sie mitreißen sollte, und sagte: „Ich liebe dich auch."

Im Morgengrauen des nächsten Tages erhob sich Ella aus Harris' Bett und schlüpfte schnell in ihre Jeans und ihr T-Shirt. Sie hatte nur wenige Stunden geschlafen, aber sie fühlte sich ausgeruht und frisch und wollte Harris unbedingt auf seinem morgendlichen Rundgang begleiten. Sie liefen eng umschlungen, und bei jedem Schritt berührten sich ihre Hüften. Nicht für einen einzigen Moment konnten sie es ertragen, voneinander zu lassen. Zuerst liefen sie um die Pferche und Volieren herum, dann holte er Cinnamon aus den Stallungen. Das schlanke mahagonifarbene Bussardweibchen war bereit für seinen Morgenausflug, aber es blickte Ella forschend an.

„Ich glaube, sie ist eifersüchtig", sagte Ella und lachte leise.

„Sie ist es nur nicht gewohnt, dass mich jemand begleitet."

Sie blickte in die aufmerksamen Augen des Bussards. „Nein, ich glaube, sie ist eifersüchtig."

„Interessant", erwiderte er und betrachtete den Vogel eingehend, der auf seiner Faust thronte. „Sie kann Gefühle und Schwingungen aufnehmen. Bussarde sind besitzergreifend, weißt du?“

Das bin ich auch, dachte Ella, und schwieg.

Die drei begannen ihren Spaziergang. Während Harris Cinnamon auf seinem Arm balancierte, trug Ella eine Tasse mit dampfendem Kaffee in den Händen. Irgendwann akzeptierte der Vogel Ellas Anwesenheit und hörte auf, sie anzustarren. Als sie die Stelle erreichten, an der die Straße breiter wurde, hob Harris den Arm und ließ Cinnamon fliegen. Sie flog zielstrebig auf den hohen Ast einer Kiefer zu. Ella konnte erkennen, dass sich das Bussardweibchen wohl fühlte – sie schüttelte ihre Federn in der Sonne des frühen Morgens, und das Glöckchen an ihrem Schwanz klingelte hell. Harris und Ella hielten sich an den Händen und schlenderten weiter, während der Bussard von Baum zu Baum flog und ihnen folgte – wie ein Hund.

„Cinnamon magst du am liebsten“, stellte Ella fest und legte ihren Kopf gegen seine Schulter. „Das kannst du nicht bestreiten.“

„Du musst zugeben, dass sie ausgesprochen charmant ist. Und ich hatte schon immer etwas für die Harris-Bussarde, die auch Wüstenbussarde heißen, übrig. Meine Mutter hat mich nach ihnen benannt. Sie liebte diese Gattung, und ich denke, sie ahnte bei meiner Geburt, dass auch ich ihre Leidenschaft teilen würde.“ Er lächelte schief. „Und dass ich mich um sie kümmern würde.“

„Was für ein Segen. Sie hätte dich auch Merlin oder Cooper oder Red nennen können.“

Er brach in Lachen aus. „Rot*schulter* oder Rot*schwanz?*“

Ella zog eine Augenbraue hoch. „Da müsste ich noch einmal nachschauen. Sie legte den Kopf schief und suchte im Laub der Bäume nach dem Bussard. „Ich kann sie nicht sehen. Hast du keine Angst, dass sie davonfliegen könnte?“

„Nein. Sie kennt den Ablauf, und ab und zu gebe ich ihr eine kleine Leckerei, nur um sie zu erinnern." Noch während er sprach, ließ er ihre Hand los und holte ein kleines Stückchen Fleisch aus seiner Segeltuchtasche. Er pfiff, hell und klar, und streckte den Arm aus. In der Hand hielt er die Belohnung. Ella sah, wie Cinnamon das Fleisch in Harris' Hand ausmachte, die Schwanzfedern spreizte, wobei das Glöckchen wieder klingelte, und aus den Bäumen heraus direkt auf seine Faust flog.

„Siehst du?" sagte er, während sie dem Tier dabei zuschauten, wie es das Stück Rindfleisch mit dem Schnabel auseinander riss. „Sie weiß, auf welcher Seite ihr Brot gebuttert ist."

Er hob den Arm erneut, und der Bussard flog davon. Dann hakte er sich bei Ella unter, und die beiden spazierten weiter und redeten über Dinge, die sie noch tun wollten an diesem Tag, am folgenden und an all den zukünftigen. Sie verschwendeten keinen Gedanken an die Vergangenheit. Ella konnte einfach nicht aufhören zu lächeln. Niemals zuvor war sie so glücklich gewesen.

Als sie zum Tor kamen, hielt Harris an und sah in den Himmel.

„Geier", sagte er. „Irgendetwas muss Aas sein." Sofort pfiff er nach seinem Bussard.

Aber Cinnamon kehrte nicht auf Harris' Faust zurück. Ella spürte, wie die Sorge von Harris Besitz ergriff.

Harris versuchte, sich zu beruhigen, atmete tief ein, wartete noch einen Augenblick und pfiff dann erneut, diesmal mit mehr Bestimmtheit. Der Pfiff durchbrach die Stille des frühen Morgens. Von irgendwoher konnten sie das leise Geräusch eines Glöckchens hören, und plötzlich kam Cinnamon aus dem Blattwerk geflogen und setzte sich auf Harris' Hand. Erleichtert reichte Harris ihr ein großes Stück Fleisch zur Belohnung und gab ihr genug Zeit, um die Köstlichkeit in Ruhe zu genießen. Als sie fertig war, nahm er die Geschühriemen fest in die Hand, damit sie sicher war und Ella und er herausfinden konnten, was die Aufmerksamkeit der Geier erregt hatte.

Sie standen vorm Tor, und die erste Sache, die beiden sofort auffiel, war, dass der weiße Hahn nicht wie gewöhnlich an seinem Platz saß.

„Manchmal ist er unterwegs", sagte Harris und sah sich um. „Aber das gefällt mir nicht. Letzte Nacht bin ich auf meiner Runde an ein paar Jungs mit Jagdgewehren vorbeigekommen. Ich habe sie vertrieben, aber sie gefielen mir gar nicht."

„Sie hatten kein Recht, hier zu jagen. Dies ist ein Privatgrundstück."

„Das hält sie nicht davon ab. Im Herbst ist es noch schlimmer. Man selbst befindet sich permanent in Lebensgefahr, wenn man in dieser Zeit durch die Wälder streift."

„Harris, du glaubst doch nicht …"

Sein Gesichtsausdruck zeigte deutlich seine Anspannung. „Mich würde nichts mehr überraschen."

Sie blickte in den Himmel und entdeckte einen dritten Geier, der zu den beiden anderen stieß. Die Vögel kreisten still und bedrohlich am Himmel. „Du bleibst hier bei Cinnamon", sagte Ella. „Ich sehe mich mal um."

Der Kies knirschte unter ihren Sohlen, als sie das Gatter öffnete und unter der Sumpfkiefer nachschaute, wo der Hahn meistens gesessen hatte. Das Laub war dicht, und eine grüne Echse sonnte sich auf einem Magnolienblatt. Ella schob einige Kiefernäste beiseite und untersuchte die nähere Umgebung der Straße. Sie entdeckte eine weiße Feder, die im Schlamm lag. Eine plötzliche Ahnung schnürte ihr die Kehle zu. Sie lief weiter in den Wald hinein.

„Oh, nein", stieß sie hervor, als sie ihn fand.

Der Hahn lag leblos in einem Gewirr aus Unkraut. Blut, so rot wie sein Kamm, benetzte sein weißes Brustgefieder.

Am nächsten Tag bog Brady mit heulendem Motor vom Highway auf den Weg zum Center ab. Die Musik quäkte aus den Lautsprechern, und sein Arm hing lässig aus dem geöffneten Fenster. Seine Eltern waren so erfreut über seinen verbesserten Notendurchschnitt, dass sie sich hatten erweichen lassen und ihn wieder fahren ließen. Brady fühlte sich gut, ja, regelrecht euphorisch. Seine Kurse hatte er allesamt bestanden, und bei den weiterführenden Tests hatte er ein gutes Gefühl, ganz passabel abgeschnitten zu haben. Und vor allem war er nun ein Mitglied des Teams, das sich um die Dauerbewohner des Centers kümmerte. Heute trug er mit stolzgeschwellter Brust sein offizielles „Coastal Carolina Center für Greifvögel"-T-Shirt, das ihm das Team beim letzten Treffen geschenkt hatte. Es war wie eine Mini-Abschluss-Feier gewesen, und es hatte ihm mehr bedeutet als jeder Abschluss, den er zuvor gemacht hatte.

Er hielt vor dem Tor an und hüpfte aus dem Wagen, um es zu öffnen. Dabei blickte er sich um und bemerkte, dass der Hahn nicht an seinem Platz saß. Wo steckte dieser vertrottelte Vogel? fragte er sich. Es war das erste Mal, dass er das Tier nicht auf dem Gatter sitzen und ihn beobachten sah. Er hielt noch immer Ausschau, als er durch das Gatter fuhr und das Tor hinter sich schloss. Doch der Hahn war nicht da.

„Hey, Harris", sagte er schwungvoll, als er in das Zimmer kam, in dem die Tiere vermessen und gewogen wurden. „Lijah."

Er stemmte die Hände in die Hüften und sog die würzige Luft ein. Diesen Raum mochte er am liebsten. Er liebte den Geruch von Leder und den Anblick der Falkner-Ausrüstung, die fein säuberlich an den Wänden aufgehängt war. Ein Blick in die große Tabelle zeigte ihm, wie groß und schwer jeder Dauergast des Centers war, damit er die Nahrung abwiegen und zubereiten konnte. Er fühlte sich hier wie zu Hause und lächelte, aufgeregt und begierig, seinen ersten Tag als Teammitglied zu beginnen.

„Hat irgendjemand heute schon den verrückten Hahn gesehen?“ fragte er und schmiss seine Tasche auf den Boden. „Er war nicht unten an der Umzäunung.“

Harris zog besorgt die Augenbrauen zusammen und blickte durch den Raum zu Lijah hinüber.

Verdammt, dachte Brady, der die Blicke durchaus bemerkt hatte. Plötzlich fühlte er sich ernüchtert. Was hatte er dieses Mal falsch gemacht? Er verlagerte sein Gewicht von einem aufs andere Bein. In der entstanden Stille fühlte er sich unwohl. „Was ist los?“

„Es ist etwas Furchtbares passiert“, begann Harris langsam. Er zögerte. „Wir haben den Hahn im Wald nahe dem Gatter gefunden. Jemand hat ihn erschossen.“

Brady rührte sich nicht. „Was? Wann?“

„Wir haben ihn gestern gefunden. Ich denke, er ist irgendwann Samstagnacht erschossen worden.“

„Nein! Das glaube ich nicht! Wer erschießt denn diesen Hahn? Er hat doch niemandem etwas getan!“

„Ich weiß es nicht.“

„Aber … warum?“ presste Brady hervor. Er fühlte sich traurig und verzweifelt.

Harris hatte die Lippen aufeinander gepresst. Der Zorn schnürte ihm fast den Atem ab. „Weil sie es können. Ich habe Samstag einige Jungs hier in der Gegend herumstreunen sehen, aber ich kann nicht mit Sicherheit behaupten, dass sie es gewesen sind.“

Bradys Kopf schoss hoch. „Wie alt waren sie?“

Harris zuckte die Schultern. „Na ja, ich würde sagen, etwa so alt wie du."

Brady spürte den Zorn wie heiße Lava in seinem Innersten. Er musste seine Lippen aufeinander pressen, um die Namen nicht auszusprechen, die ihm auf der Zunge lagen. Wütend hob er die Hand, um seine Nasenwurzel zu massieren, und stellte überrascht fest, dass sich Tränen in seinen Augen gesammelt hatten.

„Es tut mir Leid", sagte Harris und legte seine Hand auf die Schulter des Jungen. „Wir alle wissen, wie viel dir der Vogel bedeutet hat. Er hat uns allen viel bedeutet. Wir werden niemals wissen, was ihn hierher gebracht hat oder warum er blieb. Es ist nicht alltäglich, dass ein Hahn in einer Sumpfkiefer lebt, wie er es tat."

„Wo ist er jetzt?" fragte Brady und ließ die Hand sinken. Seine Stimme klang gepresst, aber er hatte sich wieder unter Kontrolle.

„Ich habe ihn beerdigt", sagte Lijah mit seiner tiefen Stimme. „Er liegt unter seiner Kiefer. Ich dachte, es würde ihm dort gefallen."

Brady blickte Lijah in die Augen und sah Zuneigung und Verständnis in ihnen. Er nickte. „Ja, das ist gut."

Clarice betrat das Zimmer und blickte bedrückt von einem zum anderen. Sie trug eine große grüne Pflanze mit weißen Blütentrieben im Arm. „Hey", grüßte sie zaghaft.

Brady drehte sich zu ihr um. Ein Blick in ihre Augen genügte, und er wusste, dass sie seinetwegen gekommen war.

„Ich habe das hier mitgebracht", sagte sie und hielt ihm den Blumentopf entgegen. „Es ist eine besondere Yucca-Pflanze. Sie bekommt eine hübsche weiße Blüte, die hoch auf dem langen Stamm thront." Unsicher fuhr sie mit dem Finger am Rand des Topfes entlang. „Ich dachte, weißt du, es wäre vielleicht schön, wenn wir sie in der Nähe des Grabes vom alten Hahn einpflanzen. Um uns immer an ihn zu erinnern."

Niemand sagte ein Wort.

„Es war nur eine Idee", warf sie schnell ein. Die Situation war ihr plötzlich unangenehm.

„Das ist eine sehr schöne Idee", erwiderte Harris. „Wir alle sind wohl nur gerührt von der Geste."

„Ich werde sie einpflanzen", sagte Lijah entgegenkommend.

„Wenn es dir nichts ausmacht", unterbrach ihn Brady, „würde ich das gerne machen."

Brady und Clarice fuhren mit Schaufeln bewaffnet und der Pflanze in Bradys Wagen runter zum Gatter. Es war ein wunderschöner Tag, klar und frisch. Brady sah auf und erblickte am Himmel einige leichte weiße Wolken – weiße Tupfer in der Bläue des Himmels.

Sie entschieden sich, die Pflanze direkt auf das Grab des Hahns zu setzen. Brady arbeitete sehr behutsam und achtete darauf, nicht tiefer zu graben als unbedingt notwendig. Er wollte keine weißen Federn in der Erde entdecken. Sie gruben die Yucca-Palme ein, begossen sie mit Wasser und traten zurück. Brady stützte sich auf dem Stiel der Schaufel ab und betrachtete nachdenklich die Pflanze. Sie sah so winzig aus unter der mächtigen Sumpfkiefer. Viel kleiner, als sie noch in ihrem Topf gewirkt hatte. Er hoffte, dass sie schnell wachsen und nicht eingehen würde. Vielleicht würde die Yucca sich irgendwann mit dem Hahn vereinen und sozusagen aus ihm wachsen – dann wäre er auf eine Art immer noch lebendig. In der Nähe des Tores.

„Ist alles in Ordnung, Brady?" fragte Clarice.

Er schüttelte den Kopf. „Verrückter Vogel. Ich hatte keine Ahnung, wie sehr ich ihn mochte." Er atmete schwer aus und ballte die Fäuste. „Und jetzt will ich nichts mehr, als Manny und Nate dafür zahlen zu lassen."

Clarice zog die Luft ein. „Meinst du, dass sie es getan haben? Wieso bist du dir so sicher?"

„Ich weiß nicht. Aber ich werde die Wahrheit herausfinden." Er sah sie entschlossen an. „Du erzählst niemandem etwas davon, hörst du? Das ist *mein* Job."

„*Okay*, ich halte den Mund."

Er presste die Lippen aufeinander. Der Zorn brannte so heiß in ihm, dass er nichts sagen konnte.

„Aber bringe dich selbst nicht in Schwierigkeiten, ja?" warnte sie ihn.

„Das ist mir egal. Die Schwierigkeiten haben mich bis jetzt immer gefunden."

„Brady, es lief in letzter Zeit so gut für dich, und du hast so viel erreicht. Mach das nicht alles kaputt. Bitte. Ich will keine Angst um dich haben."

Er wandte ihr das Gesicht zu und sah sie an, seine Gefühle für sie lagen offen in seinen Augen. Die Schaufel fiel zu Boden, als er sie losließ und ganz behutsam und vorsichtig einige Schritte auf sie zu machte.

Ihre Augen waren sanft, klar, voller Sorge und einer Art Hingabe. Als er näher kam, hob sie ihre schlanke Hand und hielt sie abwehrend gegen seinen Oberkörper.

„Brady ..." sagte sie und stoppte ihn.

„Clarice." Er wollte ihren Namen hören. „Wenn ich so viel geschafft habe, dann nur deinetwegen."

„Oh, nein. Sag nicht so was."

„Aber es ist die Wahrheit. Ich habe alles nur für dich getan", wiederholte er.

„Das hättest du nicht tun müssen!" entgegnete sie aufgebracht. „Das ist nicht richtig. Verstehst du das nicht? Du kannst da draußen in der Welt nicht bestehen, wenn du für mich oder für deine Eltern oder für Harris oder sonst wen arbeitest. Du musst es für dich tun. Du musst es für dich wollen!“

„Aber du sollst wissen, was ich für dich fühle.“

Sie schüttelte den Kopf und sagte inbrünstig: „Sag es nicht. Bitte, Brady.“

„Du kannst nicht abstreiten, dass da etwas zwischen uns ist.“

Clarice atmete tief ein und senkte den Blick. „Nein, das kann ich nicht.“

Doch als sein Herz schon vor Freude zu hüpfen begann, zerschlug sie seine Hoffnungen.

„Aber sei realistisch, Brady. Wenn wir zusammen wären, gäbe es so viele Hindernisse, so viele Probleme – ich weiß nicht einmal, wo ich anfangen sollte, wenn ich sie alle aufzählen wollte. Und warum sollten wir uns überhaupt den Kopf darüber zerbrechen? Ich habe nächste Woche meine Prüfungen, und dann gehe ich nach Kalifornien. Ich lebe mein eigenes Leben. Ich habe meine eigenen Pläne. Und diese Pläne schließen dich nicht ein.“

„Oh.“ Er wich zurück, sein Gesicht war rot vor Scham. „Vergiss es“, murmelte er und vergrub die Hände tief in seinen Hosentaschen.

„Brady, es ist nicht so, dass ich nichts für dich empfinde.“

Er verzog gekränkt den Mund.

„Tu das nicht. Nicht jetzt, nicht in diesem Augenblick. Lass uns einfach so weitermachen wie bisher.“

„Ach, ja? Und wie genau ist ‚wie bisher‘?“

Sie zog die Augenbrauen hoch, wie sie es so häufig tat, und lächelte ihn unsicher an, als wolle sie ihn damit um Verständnis bitten. Sie machte einen Schritt auf ihn zu und legte ihm die Hand auf den Arm. „Wir sind einfach zwei Menschen, die zusammen an etwas arbeiten, was ihnen viel bedeutet. Zwei Menschen, die eine gute Zeit hatten. Freunde. Ja, ich denke, wir sind gute Freunde."

Brady atmete scharf aus und versuchte, seine Gefühle zu ordnen. Tief in seinem Innersten hatte er die ganze Zeit geahnt, dass aus ihm und Clarice nicht mehr werden würde. In den letzten Monaten hatte er so hart daran gearbeitet, seinem Leben eine Wende zu geben, und sie war stets für ihn da gewesen. Sie hatte ihm Mut zugesprochen. Ihr Lächeln, ihre Nachhilfe, ihr Glaube in ihn hatten ihm so unendlich viel geholfen. Er hatte begonnen zu glauben, dass er sein Leben ändern könnte.

Und auch der alte Hahn war immer für ihn da gewesen. Hatte ihn stets beobachtet, ein Auge auf ihn gehabt. Auch wenn es unglaublich erschien, Brady hatte geglaubt, dass der Hahn *sein* Totem war. Er hatte sich nie getraut, diesen Gedanken mit jemandem zu teilen, doch immer, wenn jemand fragte, warum der Hahn am Tor saß, wollte er nichts mehr, als zu sagen: „Meinetwegen. Er ist *meinetwegen* hier!"

Jetzt wurde ihm bewusst, wie dumm und falsch es war, das anzunehmen – wie er auch bei vielen anderen Dingen falsch gelegen hatte. Er war ein Verlierer, und er sollte das einfach akzeptieren und aufhören zu glauben, er könnte etwas daran ändern. Denn ganz gleich, wie sehr er sich auch anstrengte, alles, was er anpackte, endete gleich: tot und begraben in der staubigen Erde.

„Brady? Sag mir, sind wir noch Freunde?"

Er blickte Clarice mit verschlossener, unbewegter Miene an, zuckte die Schultern und sagte: „Sicher." Er beugte sich vor, hob die Schaufel auf und schulterte sie. „Was denn sonst."

18. KAPITEL

Segelflug: *Wenn die Sonne den Erdboden ungleichmäßig erwärmt, entsteht ein warmer Aufwind, die so genannte Thermik. Greifvögel suchen solche Aufwinde und nutzen sie, um mit minimaler Kraftanstrengung in den Himmel aufzusteigen. Sie spreizen ihre Flügel und ihr Schwanzgefieder und lassen sich vom warmen Aufwind nach oben tragen, wo sie auf dem Wind „reiten“.*

Der Mai stand in voller Blüte. Die Sonne schien warm und ließ die bislang karge Erde und auch Ella Elizabeth Majors erblühen – süß riechend, wiegend, glitzernd, sich bereitwillig öffnend für das zarte rosafarbene Licht, das das Land erfüllte. Scheinbar über Nacht hatte sich der Boden des Coastal Carolina Centers für Greifvögel, der von malerischem zartem Grün und bunten Blüten bedeckt war, in einen sinnlich-üppigen Dschungel verwandelt. Ella staunte über ihren ersten Frühling in den Landschaften South Carolinas. Sie konnte nicht länger durch die spärlich bewachsenen Äste der Bäume schauen, um einen Blick auf die Pferche und Volieren der Vögel zu erhaschen. Sie musste sich durch dichte Teppiche aus Myrten und Oleander schlängeln, durch in die Höhe ragende Magnolien-Sträucher mit prächtigen und fast zwanzig Zentimeter großen, weißen Blüten, verwobenen Ranken blühenden Jasmins und, am außergewöhnlichsten von allem, durch kleine Büsche, die über und über mit zarten, wächsernen Gardenien bedeckt waren.

Die Frauen des Centers waren von dem süßen Duft wie verzaubert. Sie lächelten häufig und sammelten ganze Arme voll von Blüten, um sie in Vasen, Gläsern und Schalen zu arrangieren. Diese standen dann auf den Anrichten, Tischen, neben den Betten und auf anderen freien Flächen, die die Frauen finden konnten, um den Frühling auch in das Haus zu bringen.

An diesem Morgen öffnete Ella den Kühlschrank der Klinik und fand darin Gardenien-Blüten, die neben den Plastikschalen mit den Fischen, Mäusen und Ratten lagen. Sie lachte leise über diesen Anblick, während sie das Frühstück für die Rabengeier-Waisen herausholte. Dies sollte ein großer Tag für die beiden Vögel werden. Sie und Maggie wollten sie in eine Voliere außerhalb der Klinik bringen. Die Verlegung in das Freigehege war für die Tiere der letzte Schritt vor der Auswilderung.

Die meisten Waisenkinder, die im Frühling die Volieren bevölkert hatten, waren wieder in die Natur entlassen worden. Harris war auf den Turm geklettert, um ein Paar kecke junge Adler in die Auswilderungsbox zu bringen. Freiwillige Helfer hatten den Virginiauhu, den Streifenkauz und die Kreischeule in die Wälder South Carolinas gebracht. Nun waren noch die beiden Geier übrig, die von Maggie Tweedledum und Tweedledee getauft worden waren.

„Sie scheinen überhaupt nicht aufgeregt zu sein", stellte Ella fest, als sie die beiden zum letzten Mal gewogen und schmale Bänder zur späteren Identifikation an ihren Beinen befestigt hatten.

„Das bereitet mir einige Sorgen", gab Maggie zu. „Eigentlich sollten sie nach uns schnappen und zischen. Sie haben sich offensichtlich schon zu sehr an uns gewöhnt. Dabei habe ich bei jeder Fütterung mit den Füßen gestampft und in die Hände geklatscht, um ihnen Angst einzujagen." Sie schüttelte besorgt den Kopf. „Es scheint nichts gebracht zu haben."

„Also bleibt uns nichts anderes übrig, als die Daumen zu drücken und ihnen eine Chance zu geben, in ihre gewohnte Umgebung zurückzukehren. Tweedledee und Tweedledum sind bereit, uns zu verlassen."

„Tweedledumm und Tweedledümmer wäre richtiger", murmelte Maggie mit gespielter Empörung, als sie die beiden Vögel in die Transportbox setzte. Die Geier sahen ohne Furcht zu ihr auf, als sie den Deckel schloss. „Lass uns gehen."

Ella lachte wieder. Maggie machte niemandem etwas vor. Jeder wusste, dass sie die beiden abgöttisch liebte. „Wohin bringen wir sie?"

„Die Straße runter, zum ‚Restaurant'."

„Das ‚Restaurant'? Was ist das?"

Maggie grinste breit und beugte sich hinunter, um die Tücher und die Transportbox in die Hand zu nehmen. In der Box entstand ein kleiner Tumult, als sie sie hochhob. „Du wirst schon sehen. Komm."

Vorsichtig hob Ella die Transportbox mit den Reisenden darin an und folgte Maggie. Es war ein sonniger Tag, klar und trocken. Sie liefen in gemächlichem Tempo Seite an Seite die Straße entlang und schlugen an der Kreuzung den Weg zum Bach ein. Die Sträucher an diesem engen Weg waren dichter, und nun, da der Frühling seinen Höhepunkt erreicht hatte, kamen sie nur langsam voran. Trotz der Hitze trugen sie Jeans, um sich nicht die Beine an den stacheligen Zweigen der Korallensträucher, Dornsträucher, Sumpfrosen und Disteln zu zerkratzen.

„Pass auf, wo du hintrittst!" warnte Maggie.

Ella ging vorsichtig um einen großen Ameisenhaufen herum, auf dem es vor kleinen Krabbeltieren nur so wimmelte.

„Ich schwöre dir, man kann schon an der Art, wie sich ein Mensch bewegt, erkennen, ob er aus dem Norden stammt", sagte Maggie. „Die Nordlichter betrachten gern die Bäume und Blumen. Jemand, der aus dem Süden kommt, weiß, dass er den Boden im Blick behalten muss – der Feuerameisen wegen. Man muss nur einmal aus Versehen in einen Ameisenhügel treten – man wird es nie wieder tun."

„Harris sagt mir immer, dass ich in den Himmel gucken soll."

„Ja, er macht das. Aber er trägt auch dicke Stiefel, wenn du mal darauf achtest." Sie liefen noch ein Stück weiter, bevor Maggie den Kopf neigte und Ella neugierig von der Seite ansah. „Also, wie stehen denn die Dinge zwischen euch?"

„Die Dinge?"

„Ja, ich meine, kommt ihr miteinander aus?"

„Warum sollten wir nicht?"

„Du wirktest ein bisschen ärgerlich, als ihr vom Fluss zurückkehrtet. Ich dachte schon, ihr hättet Streit gehabt."

Dieser Tag schien eine Ewigkeit her zu sein. „Ja, wir hatten Streit. Aber wir haben ihn beigelegt."

„Ich bin froh, das zu hören. Irgendwie ist im Moment alles ein wenig durcheinander – der Hahn ist getötet worden, und Clarice verlässt uns bald. Ach, ich weiß auch nicht." Sie schlenderten schweigend nebeneinander her. „Aber zwischen euch beiden ist alles in Ordnung?"

Ella seufzte und blickte zu Boden. Sie wusste, dass Maggie etwas ahnte – dass sie vor Neugierde fast umkam – und sich zurückgehalten hatte, solange sie konnte. Ella und Harris hatten in der Woche seit ihrer Rückkehr von dem schicksalhaften Ausflug ihr Bestes getan, um ihre Gefühle füreinander nicht so offensichtlich zur Schau zu stellen, vor allem um Marions willen. Alles war noch zu neu, zu zerbrechlich, und sie fühlte sich noch immer zu verletzlich. Liebe durchflutete sie, hüllte sie in Glück ein, und sie glaubte, jeder der sie ansah, müsste den Glanz, der sie umgab, erkennen. Sie wollte es jedoch nicht teilen, damit nicht – wie bei einem Wunsch – der Bann gebrochen würde, sobald sie ihn aussprach.

„Wir sind glücklich und zufrieden", sagte sie knapp und deutete damit die Wahrheit nur an.

Maggie wandte ihr den Kopf zu und musterte sie. „Ich hoffe, du verstehst das jetzt nicht falsch …"

Dieser Satz bedeutete nie etwas Gutes. Ella spürte, wie ihre Anspannung wuchs, als sie weiterliefen.

„Sei vorsichtig, Ella."

„Vor was? Ameisen?"

„Es ist mir ernst."

Ella wurde ärgerlich. „Machst du dir immer noch Sorgen um Harris? Denkst du, dass er verletzt werden könnte? Von mir?"

„Nein!" rief Maggie aus und hielt an. „Ich denke, *du* könntest verletzt werden."

Ellas Schritte stockten, und sie blieb stehen.

„Er ist verheiratet", platzte Maggie heraus. „Es ist keine normale Ehe, aber er hat immer noch eine Frau."

Ella zögerte und sagte dann: „Ich weiß."

„Oh", erwiderte Maggie und sah sie mit leerem Blick an. Dann schaute sie ihr fest in die Augen und fragte: „Du weißt es?"

„Harris hat es mir am Fluss erzählt."

Maggie rückte die Transportbox in ihrem Arm wieder zurecht, aber ihre Gedanken schienen weit weg zu sein. Sie setzten ihren Weg fort.

Ella kämpfte mit sich, um den Mut zu finden, die Frage zu stellen, die sie im Moment am meisten beschäftigte. Schließlich sagte sie zögerlich: „Denkst du, er wird sie verlassen?"

Maggie wandte ihr den Kopf zu und sagte mutig: „Ich wünschte bei Gott, er würde es tun."

Ella sah sie an, und die beiden Frauen lächelten sich mitfühlend an. Und Ella erkannte eine Frau, die so viel Einfühlungsvermögen und Anteilnahme zu geben hatte, dass es nicht nur für ihre Familie, für die Vögel im Center und für ihre Freunde reichte, sondern für alle, die ihrer Hilfe bedurften. Und trotz ihrer Großzügigkeit – oder gerade wegen ihrer Großzügigkeit – hatte sie keine Angst, auszusprechen, was sie dachte.

„Wie ist sie?“ fragte Ella. Sie musste es wissen.

Maggie presste nachdenklich die Lippen aufeinander. „Schönheit ist das Erste, was mir in den Sinn kommt, wenn ich an sie denke“, erwiderte sie nach einem kurzen Moment des Schweigens. „Manipulativ das Nächste. Warum er nicht sieht, dass sie ihn benutzt und dass er seine Zeit verschwendet mit dieser Katastrophe, die er Ehe nennt, ist mir ein Rätsel. Er sollte sie aus seinem Leben verbannen, anstatt immer wieder für sie da zu sein, wenn sie abgebrannt ist oder einen Platz zum Schlafen braucht oder was auch immer. Ich sehe, wie er mit dir umgeht. Wie glücklich er ist. Ella, er ist ein Mensch, der schon lange nicht mehr glücklich war. Ich bin mir sicher, dass er dich liebt.“ Sie schwieg einen Moment. „Aber erinnere dich an meine Worte. Fannie wird zurückkommen. Und wenn sie kommt, weiß ich nicht, was er tun wird. Einige Verhaltensmuster ändern sich nie.“

Als Ella das hörte, wusste sie, dass es stimmte. „Aber es ist eine Chance, die ich ergreifen muss.“

„Also, liebst du ihn so sehr?“

„Ja, das tue ich.“

Maggie schüttelte den Kopf. Sie hatte eine böse Vorahnung. „Dann hoffe ich für euch beide, dass sich alles zum Guten wendet. Vergiss nicht, dass ich für dich da bin, wenn es nicht so sein sollte. Und für Marion natürlich auch.“

„Danke, Maggie. Das bedeutet mir eine Menge.“

Einige Augenblicke später fügte Maggie hinzu: „Mein Haus ist nicht weit von hier entfernt, weißt du? Es sind zu Fuß nur ein paar Minuten. Du solltest Marion ruhig öfter vorbeibringen, damit sie mit Annie spielen kann. Wir könnten gemeinsam Kaffee trinken oder Mittag essen. Es wäre gut für die Kinder."

Ella verstand das unausgesprochene Angebot, das in dieser Einladung lag. Und sie wusste, dass sie in Maggie eine gute Zuhörerin fand, die Geheimnisse für sich behalten konnte. Diese Eigenschaften waren für eine echte Freundschaft unabdingbar. Sie hatte schon seit langem keine richtig gute Freundin mehr gehabt und schenkte nur sehr selten jemandem ihr Vertrauen. Mit Harris konnte sie reden, von Tag zu Tag kamen sie sich näher. Aber wenn es Probleme zwischen ihnen geben sollte, brauchte sie jemanden, der sie verstand und dem sie am Herzen lag.

„Das werde ich. Das verspreche ich", erwiderte sie.

Es gab nichts weiter zu dem Thema zu sagen, und so liefen sie schweigend nebeneinander die Straße hoch, bis sie zu einer Lichtung gelangten. Die Bäume ringsumher waren teilweise grau und vom Tod gezeichnet. In der Mitte der Lichtung stand ein zehn mal zehn Meter großer Pferch, der mit Maschendrahtzaun abgegrenzt war, und darin befand sich ein blauer Zwinger. Um den Zaun herum standen fünf Geier, Truthahn- und Rabengeier, und starrten auf die Hütte.

„Also, da wären wir", sagte Maggie.

„Was machen denn die Geier hier?"

„Sie wittern das Futter. Wusstest du, dass Geier einen ausgesprochen feinen Geruchssinn haben? Wenigstens die Truthahngeier. Die Rabengeier kommen nur der Leckerbissen wegen mit. Diese hungrigen Typen dort erschnüffeln die Überreste des Essens, das ich beim letzten Besuch mitgebracht habe. Wir werfen ihnen jede Woche etwas zu fressen hin. Die Geier, schlau wie sie sind, wissen das und warten nur darauf, bedient zu werden. Schau", sagte sie und deutete in die umstehenden Bäume.

Dort in den Baumkronen hockten sechs oder acht weitere Geier, die ihre Flügel teilweise wie Segel in die Sonne gestreckt hatten und warteten.

„Jetzt verstehe ich, warum der Ort ‚Das Restaurant' heißt."

„Ja. Geier sind Gruppentiere. Das macht diesen Ort so perfekt für die beiden Waisen, um etwas über ihre Artgenossen zu lernen. Wir stecken die Tweedles für einige Zeit in die Hütte. Von dort aus können sie zuschauen und sich langsam mit ihren Artgenossen identifizieren. Dann entwöhnen wir die beiden Geier vom Stall und wildern sie aus. Sie müssen sich an die Freiheit gewöhnen und das Überleben in Freiheit lernen. Sonst …", sie grinste. „Es wird eine Mordsarbeit, den Käfig in die Baumkrone zu schleppen!"

„Irgendwie ist es beängstigend, sie alle dort oben hocken zu sehen", sagte Ella und betrachtete die Geier, die hoch oben in den Bäumen saßen.

„Nein. Stell dir einfach vor, dass sie auf die Öffnung des ‚Restaurants' warten. Es ist eine Schande, dass Geier einen so schlechten Ruf haben. Meine Großmutter hat mir immer erzählt, ich solle mich davor hüten, in den Schatten eines Geiers zu kommen, denn dann erwarten einen Tod oder Krankheit."

„Mir hat man gesagt, dass ein Geier kommen und mir die Augen aushacken würde, wenn ich böse bin."

„Siehst du? Genau das meine ich! Die meisten Menschen halten Geier für widerliche abstoßende Vögel, die sich von totem Fleisch ernähren. Aber was sie nicht wissen, ist, dass diese Tiere keine Killer sind. Sie befreien den Planeten von den Kadavern, die sonst anderen Schaden anrichten würden."

„In der Wildnis sterben jeden Tag Tiere."

Maggie nickte zustimmend. „Wusstest du, dass Geier immer noch nach Gettysburg kommen?"

„Das Gettysburg in Pennsylvania, wo die Schlacht stattfand?"

Maggie nickte erneut. „Fünftausend Mann starben in dieser furchtbaren Schlacht", begann sie. „Und unzählige Pferde ließen ihr Leben. Man sagt, dass Flüsse aus Blut über das Schlachtfeld flossen, das bedeckt war von den Körpern der niedergemetzelten Männer und Tiere. Nachdem alles vorüber war, tat die Armee ihr Bestes. Sie beerdigten die Männer, doch die Kadaver der Pferde blieben auf dem Feld zurück. Einen Tag, nachdem die Schlacht zu Ende war, kamen die ersten Geier und reinigten das Feld. Von Tag zu Tag erschienen mehr von ihnen. Sie kamen von überall her. In jenem Winter blieben sie, wahrscheinlich, weil sie eine sichere Futterquelle hatten. Seitdem kommen jedes Jahr mehr als neunhundert Raben- und Truthahngeier zurück in den Gettysburg National Park."

Während Ella der Geschichte lauschte, beobachtete sie, wie weitere Geier über ihren Köpfen kreisten. Mit ihren schwarzen, breiten Schwingen schwebten sie über ihnen und betrachteten, was am Boden geschah. Als Ella und Maggie den Stall in der Mitte des umzäunten Geländes erreichten, hatten sich die Vögel ein wenig zurückgezogen, blickten die beiden Frauen aber immer noch aufmerksam an.

„Okay", sagte Maggie und öffnete das Tor zum Stall. „Lass uns sehen, wie die Tweedles ihre neue Unterkunft annehmen. Willkommen in eurem neuen Zuhause, ihr Lieben."

Es dauerte nicht lange, bis sie den Stall für die Geier hergerichtet und eine Mahlzeit ausgelegt hatten. Anschließend ließen sie die Waisenkinder innerhalb der Umzäunung zurück. Bevor sie verschwanden, leerten sie noch den Eimer mit den Überresten ein paar Meter vom Stall entfernt aus.

Ella kräuselte die Nase. „Auch wenn die Geier keinen so ausgeprägten Geruchssinn haben – das hier riechen sie bestimmt."

„Oh, sie haben es schon wahrgenommen", sagte Maggie, die das Rascheln der Federn in den umstehenden Bäumen hörte.

Sie hatten die Lichtung noch nicht verlassen, als die Geier sich bereits auf das Aas stürzten und zu fressen begannen. Einige Minuten später kamen die beiden Waisen langsam näher an den Zaun, näher zu den erwachsenen Tieren, um zu sehen, was den Tumult verursachte.

Maggie und Ella lächelten zufrieden.

„Die Natur findet ihren Weg", sagte Maggie.

Am folgenden Morgen erhielt Harris einen unerwarteten Anruf.

„Hallo, Mr. Henderson? Hier spricht Madeline Dreskin. Ich bin Beraterin an der Lincoln Highschool. Ich rufe Sie wegen eines Schülers an, der zu mir kam, weil er auf dem Schulhof eine Schlägerei angezettelt hatte. Hätten Sie ein wenig Zeit, um zu mir ins Büro zu kommen? Der Schüler heißt Brady Simmons."

Harris fuhr noch vor dem Mittagessen zur Lincoln Highschool. Ella hatte ihn überredet, eine Krawatte umzubinden, die sich wie eine Schlinge um seinen Hals anfühlte. Nun saß er auf einem harten Plastikstuhl und wartete darauf, dass Miss Dreskin ihren vorherigen Termin beendete. Seit vielen Jahren war Harris nicht mehr in der Highschool gewesen. Waren die Jungs schon immer so groß und muskulös gewesen? fragte er sich. Und die Mädchen ... Einige von ihnen sahen wie erwachsene Frauen aus und hatten sich auch so gekleidet. Er fühlte sich plötzlich wie ein alter Mann mit seinem Schlips und seinem gebügelten Hemd unter all den Jugendlichen in Jeans und T-Shirt, mit ihren Tattoos und Piercings.

Endlich öffnete sich die Bürotür, und ein schlanker blasser Junge mit Akne im Gesicht schlich mit gesenktem Blick aus dem Zimmer, so als wäre es ihm peinlich, beim Verlassen des Lehrerzimmers gesehen zu werden.

„Mr. Henderson?"

Er stand auf, um sie zu begrüßen. Miss Dreskin sah nicht viel älter als die Schüler aus. Sie war zierlich und sportlich-attraktiv. Ihre Kleidung jedoch und ihr Oxford Shirt unterschieden sie von den Jugendlichen – wie es die Krawatte von Harris auch tat –, und als er näher kam, um ihre Hand zu schütteln, erkannte er feine Fältchen auf ihrer sonnengebräunten Haut. Trotzdem vermutete er, dass eine ganze Menge liebestoller Schüler ihr den Hof machten.

Nachdem sie sich auf die typischen staatlich finanzierten Schulstühle gesetzt hatten, faltete sie die Hände auf der Akte auf dem Tisch und blickte ihn ernst an.

„Ich muss ehrlich sagen, dass es sich um einen komplexen schwierigen Fall handelt", begann sie. „Im ersten Moment war ich der Meinung, Brady Simmons sei einer der armen abgehärteten Jugendlichen, die keinen Respekt vor Autoritäten haben, die sich nicht um ihre Zukunft scheren und hier nur ihre Zeit absitzen, bis sie endlich die Schule beenden. Ich kenne eine Menge dieser Jungs, und ich kann nichts tun, um ihnen zu helfen. Dann sah ich den Polizeibericht über den Vorfall mit dem Adler. Nachdem mein erster Ärger verflogen war, las ich weiter. Er absolviert die sozialen Stunden bei Ihnen. Das scheint mir eine gerechte Strafe zu sein", sagte sie, öffnete die Akte und blätterte darin herum. „Das Coastal Carolina Center für Greifvögel, stimmt's?"

Harris schlug die Beine übereinander und nickte. „Ja, das ist richtig."

„Wie lange arbeitet er schon bei Ihnen?"

„Seit Mitte Januar. Zuerst kam er zwei Mal pro Woche. Jetzt kommt er drei Mal wöchentlich."

„Warum das?"

„Den dritten Tag kommt er freiwillig. Er hat sich als Helfer gemeldet."

Sie schloss die Akte und schürzte die Lippen. „Ich verstehe. Ist das üblich?"

„Brady ist der erste Fall dieser Art, den wir überhaupt je hatten. Es gibt bei uns nur einige Festangestellte, der Rest der Mannschaft besteht aus freiwilligen Helfern."

„Wie würden Sie Bradys Arbeit im Center bewerten?"

„Gut. Mehr als gut. Man kann sich auf ihn verlassen, und er arbeitet hart. Und lassen Sie mich Ihnen sagen, er musste einige der schlimmsten und härtesten Aufgaben erledigen. Aufgaben, die jeder andere Jugendliche in seinem Alter wohl abgelehnt hätte. Als er anfing, war er besonders empfindlich, und es war nicht leicht mit ihm. Das gebe ich zu. Aber er hat sich sehr gut entwickelt. Ich würde sogar so weit gehen, ihn als Teil des Kernteams zu bezeichnen. Ich bin stolz auf den Jungen." Er stellte beide Füße auf den Boden und lehnte sich auf seinem Stuhl nach vorn. „Worum geht es eigentlich?"

„Das will ich herausfinden. Brady ist mit einigen anderen Jungs in Streit geraten. Jungs, die bis vor kurzem noch seine besten Freunde waren. Er ist gewissermaßen auf Bewährung bei uns. Und den Berichten nach hat er den Streit angefangen. Brady wäre wohl von der Schule geflogen, wenn die anderen sich nicht geweigert hätten, ihn zu belasten. Und ..." Nachdenklich fuhr sie mit der Hand über die Akte.

„Brady hat in den letzten Monaten erstaunliche Fortschritte

gemacht. Er hat seinen Notendurchschnitt verbessert, hat das Klassenziel erreicht. Er hat die Vorbereitungskurse für die weiterführenden Tests besucht, und er hat sich sogar bei einem Berater über die Bewerbung und mögliche Stipendien für das College erkundigt. Wussten Sie davon?“

Harris schüttelte den Kopf. „Nein, aber es überrascht mich gar nicht.“

„Aber nun, eine Woche vor den Tests, scheint es, dass er eine Bruchlandung erlitten hat. Er hat geschwänzt, seine Hausaufgaben nicht abgegeben, und jetzt dieser Vorfall. Ich muss herausfinden, was ihn so aus der Bahn geworfen hat, bevor es zu spät ist. Sie haben offensichtlich einen guten Einfluss auf den Jungen, und daher frage ich mich, ob Sie helfen können.“

Harris betrachtete seine Hände. Nun wurde ihm einiges klar. Jetzt wusste er, warum Brady mit einem blauen Auge und einer aufgeplatzten Lippe zur Arbeit erschienen war. Und er hatte nun eine ziemlich genaue Vorstellung, warum Brady den Streit vom Zaun gebrochen hatte. Wenn er mit seinen Vermutungen richtig lag, konnte er ihn eigentlich nicht dafür verurteilen, dass er diesen Jungs ein wenig Verstand einprügeln wollte. Es waren schon zu viele von seinen Vögeln angeschossen oder tödlich getroffen worden. Der Waffenstillstand zwischen den grollenden Anwohnern und den Konservativen, denen vorgeworfen wurde, Land und Jagdrechte zu beschneiden, war sehr zerbrechlich – und hier war es wohl zu einer Auseinandersetzung gekommen. Aber er wollte seinen Verdacht nicht laut äußern. Es war Bradys Angelegenheit.

Er erzählte Miss Dreskin stattdessen von dem guten Einfluss, den Lijah und Clarice Gaillard auf Brady hatten. Ihnen gebührte der Dank, dass Brady sich so gut entwickelt hatte. Er schloss mit Clarices Abschied vom Center und mit dem Mord an dem Hahn.

„Ich denke nicht, dass der Verlust von Clarice oder dem Hahn dieses Verhalten in ihm ausgelöst hat“, sagte er. „Aber vielleicht hat der Verlust von beiden zur gleichen Zeit seine guten Vorsätze ins Wanken gebracht. Ich denke, er bekommt zu Hause keine Unterstützung.“

„Seine Mutter versucht, ihn zu unterstützen, aber sie hat noch vier weitere Kinder, um die sie sich kümmern muss, und einen Job. Das ist viel. Sein Vater dagegen antwortet nicht einmal auf meine Telefonanrufe.“

Harris kannte Väter, die nicht für ihre Kinder da waren, und fühlte eine plötzliche Sympathie für den Jungen. „Ich bin nicht seine Familie, und ich sehe ihn nur drei Mal pro Woche. Was, denken Sie, kann ich tun?“

Sie seufzte. Offensichtlich war es ihr unangenehm, ihm keine Antworten bieten zu können. „Brady muss seine Prüfungen nächste Woche machen. Dann hat er sein Pensum für dieses Jahr geschafft. Dies ist eine wichtige Phase in seinem Leben. Ich könnte den Gedanken nicht ertragen, dass er durchfällt, jetzt, wo es gerade danach aussieht, als könne er die Dinge für sich ändern. Wenn Ihnen irgendeine Lösung einfällt …“

Er stand auf und reichte ihr über den Schreibtisch hinweg die Hand. „Ich werde tun, was in meiner Macht steht.“

Als Brady am nächsten Morgen im Center ankam, reichte Harris ihm seinen Falknerhandschuh und trug ihm auf, PEFA 14 aus seinem Stall zu holen, den jungen Wanderfalken. Überrascht riss Brady die Augen auf, aber ohne zu fragen, tat er, was ihm aufgetragen wurde. Harris hoffte, dass diese Flugstunde nicht nur lehrreich für den Vogel werden würde.

Er hatte PEFA 14 nicht nur aus dem Grund gewählt, weil der

Vogel Flugunterricht brauchte, sondern weil er auf eine besondere Art und Weise Brady glich. Jung, viel versprechend, aber ein bisschen zu ungeduldig – zu vorschnell beim Sprung aus dem Käfig oder von der Faust. Und Harris hatte Bradys Vorliebe für den talentierten, aber hochnäsigen Vogel durchaus bemerkt.

Sie liefen über das weite freie Flugfeld. Harris hatte den Falken, der eine Haube über dem Kopf hatte, auf seiner linken Faust sitzen, und an seiner rechten Seite lief Brady. Eine Windböe wehte über das Feld, zerrte am Gras und blies die Federn am Kopf des Falken hoch. Das Tier schüttelte seinen Schwanz, und das Glöckchen klingelte hell.

„Jetzt sind wir weit genug gegangen", sagte Harris zu Brady, als sie die Mitte des Feldes erreicht hatten.

Der Junge warf die Segeltuchtasche auf den Boden und stand im Ausfallschritt wartend bei Harris. Der streckte die Hand aus und entfernte sicher und geschickt die Haube vom Kopf des Falken. Das Tier blickte aufmerksam umher. Seine tief hängende Stirnpartie gab ihm ein aggressives, wildes Aussehen. PEFA 14 war ein hübscher Vogel, der noch nicht die blau-graue Farbe eines erwachsenen Tieres angenommen hatte, doch schon die charakteristische Färbung des Gesichtsgefieders trug, die wie ein Bart wirkte. Brady stand nahe bei Harris und beobachtete seine Bewegungen genauso aufmerksam wie der Falke. Harris konnte die Zeichen seiner Aufregung lesen, wie er auch in den Augen des Vogels lesen konnte.

Bradys Schultermuskulatur war unter dem T-Shirt des Centers, das er voller Stolz entgegengenommen hatte, angespannt. Sein Haar, das er inzwischen länger trug, wurde vom Wind zerzaust wie die Federn des Vogels. Beide, Brady und PEFA 14 sind an der Schwelle, in die Lüfte aufzusteigen, dachte Harris. Doch beide sind noch angebunden.

Er erinnerte sich gut an seine eigenen verworrenen Gefühle in diesem Alter. Sechzehn war wirklich ein schwieriges Alter, erfüllt von schwankenden, sich ständig ändernden Empfindungen und gnadenloser Selbsterfahrung. Es war ein Alter, in dem man sich nichts sehnlicher wünschte, als endlich frei zu sein, um seine eigenen Entscheidungen treffen zu können. Das Alter, wo man auf keine Hilfe von außen mehr angewiesen sein wollte und sich nur noch mit sich selbst beschäftigte. Harris wusste, was er zu tun hatte, um den Falken zu trainieren, aber er befand sich auf unsicherem Boden mit diesem Jungen, der kurz davor stand, ein Mann zu werden.

Er fragte: „Möchtest du den Vogel jetzt auf deine Faust setzen?"

Überrascht straffte Brady die Schultern. „Klar doch! Ich meine, ja, Sir."

Harris bemerkte wohlwollend den Respekt, der für Bradys gute Absichten sprach. „Dann komm hierher. Hast du deinen Falkner-Knoten geübt?"

„Ja, Sir. Den beherrsche ich."

„Dann lass mal sehen", sagte er und reichte ihm das lange Ende des Geschühriemens.

Brady band das Ende des ledernen Riemens mit einer beeindruckenden Geschicklichkeit an seinen Handschuh und streckte dem Falken behutsam die Faust entgegen. „Steig auf", sagte er, und PEFA 14 stieg, ohne zu zögern, auf Bradys Faust.

„Er gehört jetzt dir", erklärte Harris.

Brady hielt den Vogel in einem guten Abstand und Winkel von seinem Körper. Der Falke saß bequem und ruhig auf seiner Faust und hatte sein Gefieder ein wenig aufgeplustert, was ein Kompliment an den Jungen war – das Tier fühlte sich offenbar wohl bei ihm.

Harris nickte ihm zu und trat ein paar Schritte zurück, damit der Falkner genug Platz zum Arbeiten hatte.

„Fliegen ist eine lustige Angelegenheit“, sagte er zu Brady. Die Aufmerksamkeit des Jungen war ihm jetzt sicher. „Fast alle Vögel können fliegen. Aber ein Greifvogel fliegt nicht nur. Er gleitet, schwebt und kreist in der Luft. Und Greifvögel sind schnell. Falken, wie der, der auf deiner Faust sitzt, sind die schnellsten von allen. Man hat gemessen, dass sie im Sturzflug eine Geschwindigkeit von bis zu 240 Kilometer pro Stunde erreichen. Er peilt seine Beute aus Schwindel erregender Höhe an, krümmt die Klauen ein, legt die Flügel an und stößt hinab. Wenn er seine Beute schlägt, trifft er sie mit voller Wucht. Hart. Sie hat keine Chance.“

Er sah Brady fest in die Augen und betrachtete das Veilchen – Brady ahnte, dass Harris über den Kampf an der Schule Bescheid wusste. Und dass er seine Schlüsse über ihn zog …

„Ich schätze, sie fliegen, wenn sie auf einer konstanten Höhe sind, mit einer Geschwindigkeit von 60 bis 80 Kilometern pro Stunde. Das ist nicht zu verachten.“ Er betrachtete den Falken mit unverhohlener Bewunderung. Was er auch über die Tiere erzählte, alles spiegelte seine Liebe zu diesen Geschöpfen wider. „Nur wenige Kreaturen können sich mit der Eleganz und Perfektion eines Wanderfalken in der Luft messen.“

Harris deutete auf Bradys Handgelenk. „Achte auf deine Faust!“

Brady war so vertieft in Harris’ Erläuterungen gewesen, dass er unbewusst seinen Arm nach innen gedreht hatte und der Vogel nun in einer ungünstigen Position Halt suchte.

„Du darfst nie vergessen, vorsichtig zu sein, wenn du einen Vogel in deiner Obhut hast“, sagte er mit scharfem Unterton in der Stimme.

„Ja, Sir." Brady versuchte hastig, seinen Fehler zu korrigieren.

An Bradys ernster Miene konnte Harris ablesen, was der Junge fühlte. Im Vorfeld hatte er sich Sorgen gemacht, dass Brady im Training überheblich, frech oder wütend reagieren könnte. Die meisten Jungen in seinem Alter schätzten es nicht, wenn sie korrigiert oder kritisiert wurden, vor allem nicht, wenn sie mit harter Hand und rauem Ton erzogen worden waren – wie Brady. Dieser junge Mann jedoch hatte Herz, genau wie der Falke auf seiner Faust. Harris erkannte das nun. Sie beide taten, was man von ihnen verlangte, solange man sie mit Respekt behandelte.

„Es gab eine Zeit, in der nur Lords und Könige Wanderfalken fliegen lassen durften", erzählte er Brady. „Der Vogel war damals ein Statussymbol. Und eine große Verantwortung, nicht nur für den Vogel, sondern auch für den Besitzer. Wenn du deinen Vogel fliegen lässt, Brady, fliegt ein Teil von dir mit. Die Zeit und die Kraft, die man in die gemeinsame Arbeit investiert hat, sind wie ein Band, das stärker ist als alles, was man bisher kannte. Wenn dein Tier Fortschritte macht und gut fliegt, platzt du vor Stolz. Und wenn er scheitert, was auch manchmal passieren kann, muss man es akzeptieren und versuchen, es für sich zu verarbeiten. Nicht Trübsal blasen oder Schuldgefühle. Der Falke vertraut auf dich und braucht deine *stetige* Kraft und Weisheit. Wenn du dich diesen Regeln nicht verpflichten kannst, wenn du dich nicht verpflichten kannst, die Hochs und Tiefs durchzustehen, mit der Würde eines Königs, dann solltest du mir den Vogel zurückgeben und nicht länger versuchen, mit den Tieren zu fliegen." Er schwieg einen Moment, dann sagte er voller Überzeugung: „Aber wenn du das kannst, liegt es in deiner Verantwortung, diesen Falken zu trainieren."

Er bemerkte befriedigt, wie Brady die Schultern straffte und tief einatmete.

Harris' Augen funkelten, und er nickte. „Sehr gut", sagte er und drehte sein Gesicht dem Wind zu. „Lass uns beginnen."

Einige Tage später hörte Ella Harris draußen rufen.

„Ella! Marion, kommt schnell her!"

Ella ließ alles stehen und liegen und rannte mit Marion an der Hand aus dem Haus. Ihr Pferdeschwanz wehte hin und her, als sie mit dem Mädchen über den Rasen Harris und Lijah entgegenlief, die am Rande des Weihers standen. Völlig außer Atem kamen sie bei den beiden Männer an, die übers ganze Gesicht strahlten.

„Schaut!" rief Harris aus und deutete auf den Auswilderungskäfig, der an der anderen Seite des Teichufers stand. „Ich wette, das habt ihr noch nie gesehen."

„Was ist es denn, Daddy?" fragte Marion, als er sich zu ihr hinunterbeugte, um sie auf den Arm zu nehmen.

„Sieh da rauf, Süße", sagte er und zeigte zum Turm. „Kannst du den Adler auf dem Vorsprung sitzen sehen?"

„Ja, ich sehe ihn!" rief Marion und klammerte sich aufgeregt an ihren Vater. „Was macht er da?"

„Er ist bereit, loszufliegen", antwortete Lijah. „Seine Schwester fliegt schon seit einigen Tagen. Sie stürzt sich immer wieder auf ihn, um ihn zu ärgern. Und er schreit sie an. Er ist wütend und gerade bis zum Sims getaumelt." Er gluckste vor Lachen. „Ich dachte schon ein paar Mal, der Wind würde ihn einfach mit sich fortreißen."

Ella trat an Harris' und Marions Seite und fühlte sich ihnen plötzlich so nah, so verbunden, als sie den jungen Adler beobachteten, der zum ersten Mal seine Flügel ausbreitete.

Der Jungvogel warf seinen Kopf zurück und stieß dabei einen dünnen, schwachen Ruf aus. In den nächsten vier oder fünf Jahren würde er noch nicht das weißen Kopfgefieder, den weißen

Schwanz oder den gelben Schnabel entwickeln. Aber er hatte schon die Größe, die stolze Haltung und das aggressive Aussehen eines erwachsenen Tieres.

Der Adler hatte sich langsam bis zur äußersten Ecke der Plattform vorgetastet. Der Ruf des Windes hatte ihn angelockt. Er schlug erneut mit den Flügeln, als wolle er seinen Mut zusammennehmen. Harris hatte Ella erzählt, dass der erste Flug eines Adlers voller Gefahren für Leib und Leben des Tieres steckte. Doch der Instinkt des Tieres trieb es immer weiter. Es war wie ein Ruf, dem der Vogel folgen musste, der ihn dazu zwang, weiterzugehen und seinen Platz im Kreislauf der Natur einzunehmen: zu fliegen, zu jagen, sich auf die Beute zu stürzen, zu erobern, zu brüten, zu nisten. Wenn er überlebte, war seine Belohnung, mit den Göttern zu schweben.

Der junge Adler schlug entschlossen mit den Flügeln und lehnte sich nach vorn. Mit angehaltenem Atem hielt Ella Harris' Arm fest, als der Adler wankte und fast die Balance zu verlieren und abzustürzen drohte. Aber der Wind fing ihn auf, trug ihn mit sich, und der Vogel stieg in die Lüfte hinauf! Ella fühlte, wie sich die Anspannung in ihr löste, als sie ihn mit seinen geraden dunklen Schwingen über den Weiher gleiten sah. Er schwebte direkt über ihren Köpfen auf das freie Feld zu und begann den Sinkflug. Der erste Flug seines Lebens endete, indem er – statt elegant auf dem Boden zu landen – unbeholfen aufkam, taumelte und stolperte und einen Schlenker machte, bevor er endlich stoppte. Er stand einen Augenblick reglos da und schaute verdutzt umher, als fragte er sich, was er jetzt tun sollte.

„Er wird den Bogen bald raushaben", sagte Harris und strahlte vor Stolz.

„Mein Herz ist mir beinahe in die Hose gerutscht", sagte Lijah kopfschüttelnd.

„Ich muss gestehen, dass ich einen Augenblick glaubte, er schafft es nicht“, gestand Ella und atmete tief durch. „Ich dachte, er stürzt einfach ab.“

„Das hätte passieren können“, erwiderte Harris. „Nur die Hälfte aller Adlerjungen überleben das erste Jahr. In dieser Zeit gibt es so viel zu lernen, nicht nur das Fliegen. Nun muss er lernen, wie man jagt, und er hat nur diesen Sommer, um es zu beherrschen. Dann muss er sich allein durchschlagen.“

„Du meinst, er kommt nicht zurück zur Auswilderungsbox?“

„Oh, er wird noch einige Wochen hier bleiben, solange wir noch Futter bringen. Wir übernehmen sozusagen die Rolle der Eltern, damit die Jungen nicht Hunger leiden, während sie lernen, sich selbst zu versorgen. Diese beiden werden noch bei der Auswilderungsbox bleiben, bis, eines Tages ...“ Er zuckte die Schultern. „Sie kommen dann einfach nicht mehr zurück.“

„Wir sollten wohl alle ein bisschen wie der Adler sein“, sagte Lijah, als wolle er eine Geschichte erzählen. „Wenn die Adlerjungen groß genug sind und das Nest langsam zu klein wird, fliegt die Adlermutter los und jagt sich einen schönen Fisch oder ein sonstiges Tier. Dann stößt sie mit der verführerischen Beute in den Krallen auf das Nest nieder. Ganz nah kommt sie ihren Jungen, damit sie den Leckerbissen gut erkennen können. Die Kleinen schreien und betteln um das Fleisch. Aber die Mutter gibt ihnen das Futter nicht sofort. Nein, das tut sie nicht. Sie ruft nach ihnen, damit sie kommen und es sich holen. Sie will, dass die Kleinen für ihr Futter arbeiten. Wenn sie das nicht machen würde, würden die Jungen faul und verfressen und würden das Nest wohl nie freiwillig verlassen. Sie würden nie lernen zu fliegen. Alle Kinder, die langsam dem Nest entwachsen, müssen lernen zu fliegen, zu jagen und ihr eigenes Heim zu bauen. Ja,

Sir", sagte er und nickte Harris bedeutungsvoll zu. „Wir alle sollten ein bisschen wie der Adler sein."

Ella streckte den Arm aus, um nach Marions kleiner Hand zu greifen, die noch immer ein wenig von dem Essen klebte, das sie kurz zuvor verspeist hatte. Ella war dankbar, dass Marion noch ein kleiner Nestling war. Es war – und das wusste sie – nur noch ein Sommer, dann würde Marion ganz allein zur Schule gehen. Das wäre dann ihr erster Sprung von der Plattform, der erste kurze selbständige Flug, bevor sie zurückkehren würde, um sich versorgen zu lassen. Eines Tages würde sie fortgehen und nicht mehr zurückkommen, und es war Ellas Pflicht, sie auf diesem Weg zu unterstützen, ihr das Fliegen beizubringen.

Ella drückte Marions Hand und lächelte dem Mädchen in Harris' Armen zu. Er blickte zu ihr, lächelte und legte seinen anderen Arm um ihre Schultern.

Dies war, auch das spürte Ella, einer der Momente im Leben, den sie nie vergessen würde. Es fühlte sich an, als würde die Sonne warm auf sie hernieder scheinen. Ihre Familie! Sie hatte sich noch nie jemandem so verbunden gefühlt, so nah. Ihr Traum einer eigenen Familie war endlich wahr geworden. Versonnen drehte sie an ihrem Messingring. Es war kein goldener Ring, kein Ring, den sie am linken Ringfinger ihrer Hand trug. Aber als sie neben dem Mann und dem Kind stand, die sie so sehr liebte, erbebte ihr Herz, und sie sagte sich, das Messing gut genug war. Sie hatte mehr Glück kennen gelernt, als sie jemals zu hoffen gewagt hatte.

19. KAPITEL

***Gleitflug:** Greifvögel legen ihre Federn eng an den Körper, um in einem kontrollierten Winkel nach unten zu gleiten. Indem sie Schwebflug und Gleitflug kombinieren, ist es ihnen möglich, von einer Luftschicht in die nächste vorzudringen und somit ohne großen Kraftaufwand kilometerweit zu fliegen. Beim Schweben trägt der Wind den Greifvogel mit der Thermik höher in den Himmel, der Gleitflug bringt das Tier wieder nach unten.*

Es war ein ganz gewöhnlicher Morgen. Ella wachte gegen sechs Uhr auf, zog sich schnell an, steckte ihr zerzaustes Haar auf und richtete ein Frühstück her, bestehend aus Biskuits, Schinken und Grapefruit . Harris wollte an diesem Morgen zu einer Flugdemonstration aufbrechen und würde den ganzen Tag unterwegs sein, also beeilten sich Ella und Marion, ihm eine Kühltasche mit Snacks und Getränken zu packen. Sie machten sich einen Spaß daraus, kleine Nachrichten für Harris auf die Servietten zu kritzeln, damit er überrascht und erfreut war, wenn er sie auseinander faltete und sah, wie sehr er geliebt wurde. Marion plapperte fröhlich vor sich hin und versuchte wie so oft in letzter Zeit, die Erwachsenen dazu zu überreden, ihr ein Haustier zu schenken. Sie wünschte sich so sehr ein Tier, dass sie Ella schon fast auf ihre Seite gezogen hatte. Sie sprachen gerade darüber, als Ella das Geräusch von Autoreifen auf dem Kiesweg hörte. Sie lächelte, denn sie dachte, es sei Maggie, die auf einen kurzen Besuch und eine Tasse Kaffee vorbeikam. Sie hatte in der letzten Zeit viel um die Ohren gehabt, und Ella freute sich, die Schritte auf der Veranda zu hören.

„Komm rein“, rief sie aus der Küche. „Die Tür ist offen.“ Sie hörte die Tür knarren und lehnte sich am Waschbecken zurück, um durch die Küche ins Wohnzimmer zu gucken.

Doch es war nicht Maggie. Die Frau, die den Raum betrat, war zwar so groß wie diese, aber schlank wie ein Schilfrohr. Ihr blondes Haar hing ihr zottelig bis auf die Schultern. Unter ihrem kurzen Rock schauten schier endlos lange Beine hervor. Sie sah aus, als wäre sie einmal wunderschön gewesen, als ihre Haut noch straff und jugendlich gewesen war und ihre Augen noch klar und voller Leben. Obwohl sie auch jetzt noch immer hübsch war, sah sie doch müde aus. Sie schien durch schlechte Entscheidungen und ein hartes Leben gegangen und gezeichnet zu sein. Alt war sie nicht, aber die Zeit hatte ihre deutlichen Spuren in ihrem Gesicht hinterlassen und ließ es verletzt aussehen.

Ella zog langsam ihre Hände aus dem Spülbecken und trocknete sie im Geschirrtuch, das vor ihrem Bauch hing, ab. Alles lief plötzlich wie in Zeitlupe ab. Menschen hatten ihr von diesem Gefühl erzählt, kurz bevor sie einen schweren Unfall erlitten hatten. Sie hatten die Katastrophe kommen sehen, hatten gesehen, dass etwas Furchtbares passieren würde, und konnten doch nichts tun, um es zu verhindern.

Ella wusste, wer diese Frau, die im Wohnzimmer stand, war. Sie wusste es, noch bevor Marion um die Ecke schaute, überrascht die Luft einsog und quer durch den Raum auf sie zurannte, um ihr in die Arme zu fallen.

„Mama!“

„Marion? Bist du meine kleine Marion?“ rief die Frau. Sie hatten einen starken Südstaatenakzent. „Nein! Ich kann nicht glauben, dass mein Baby schon so groß ist! Lass mich dich anschauen!“ Sie lehnte sich zurück und hielt Marion eine Armlänge von sich entfernt. „Du bist das Hübscheste, was ich jemals gesehen habe!“

Marions Gesicht war vor Freude gerötet, und sie beugte sich vor, um ihre Mutter wieder ganz fest in die Arme zu schließen.

Ella betrachtete die beiden verzweifelt und fühlte sich, als würde Marion ihr Herz zerdrücken. Sie knetete das Handtuch und legte es auf die Anrichte. Das Gefühl, dass ihr der Boden unter den Füßen weggezogen wurde, verstärkte sich, und sie musste sich abstützen, um nicht umzufallen.

Die Frau löste sich abrupt aus Marions Umarmung und stand auf. Ihre Fingerspitzen waren ganz rot, und sie strich ihr T-Shirt glatt. Ihr Blick glitt durch den Raum, als würde alles ihr gehören. Ella ließ die Arme sinken und wartete geduldig, bis die Frau sie endlich ansah.

„Wer sind denn *Sie?*“ fragte die Frau mit streitlustigem Tonfall.

Ella straffte die Schultern und betrat das Wohnzimmer.

„Das ist meine Mama!“ rief Marion aus und griff wieder nach der Hand ihrer Mutter. Sie blickte sie voller Hingabe an.

„Genau, mein Schatz“, sagte sie und legte die freie Hand auf ihre Hüfte. „Ich bin Fannie Henderson, und dies ist mein Haus. Und Sie sind?“ fragte sie erneut.

Ella faltete die Hände. „Ich bin Ella Majors. Marions Kindermädchen.“

Fannie schien zu verstehen, und die Erleichterung stand ihr ins Gesicht geschrieben. „Sie meinen, der Babysitter?“ Sie lachte kurz und musterte Ella überheblich. „Ja, das hätte ich wissen müssen. Sie müssen neu sein. Sie sind nicht der Sitter, den ich beim letzten Mal getroffen habe.“ Sie drehte sich zu Marion um und zeigte Ella die kalte Schulter. „Ich schwöre, du überstehst sie alle, meine Honigschnute“, sagte sie zu dem Kind. „Ich kann leider nicht immer ein Auge auf sie werfen.“

„Ich könnte mir vorstellen, dass sie eine ganze Reihe von Babysittern überhaupt nicht kennen gelernt haben. Es ist wie lange her? Ein, zwei Jahre her, dass sie zuletzt hier waren?"

Fannie stand langsam auf und wandte ihr den Kopf zu. Die Fronten waren nun klar.

„Was geht Sie das an?"

„Alles, was Marion betrifft, geht mich etwas an."

„Ist das so?"

Ella presste die Lippen fest aufeinander und blickte zu Marion, die bei ihrer Mutter stand und aufmerksam zuhörte. Tausende von Worten lagen ihr auf der Zunge und wollten hinaus, aber der Blick in Marions große Augen ließ sie verstummen. Sie sah Fannie fest an, rang sich ein kleines Lächeln ab und erwiderte: „Das kann man wohl sagen."

Fannie grinste und schaute zu ihrer Tochter. „Mein Honigspatz, wo ist Daddy? Ich würde ihn gerne begrüßen."

„Er ist in der Klinik."

„Kommst du mit mir, ihn suchen?" fragte Fannie, und als Marion eifrig nickte, machten sich die beiden Hand in Hand auf den Weg zur Tür.

„Marion!" rief Ella hinter ihr her. Das Kind hielt kurz an und drehte sich um, um Ella anzublicken. Ihr Gesicht sah so unschuldig aus.

Ella zermarterte sich das Gehirn, um einen Grund zu finden, warum Marion nicht mit Fannie durch diese Tür gehen sollte. Aber es gab keinen, und sie benahm sich kindisch. Natürlich wollte Marion bei ihrer Mutter sein.

„Ach, schon gut."

„Lass uns gehen, mein Schatz", sagte Fannie und lächelte selbstgefällig. Das Letzte, was Ella von den beiden vernahm, war Fannies glockenhelles Lachen und: „Ob er wohl überrascht ist?"

Ella wusste nicht mehr, wie lange sie am Waschbecken gestanden und mechanisch Geschirr, Töpfe und alles, was ihr in die Finger geriet, abgewaschen hatte. Sie musste sich mit der Arbeit ablenken, um nicht aus der Tür zu stürzen und in die Klinik zu rennen, um herauszufinden, was gerade geschah. Es dauerte jedoch nicht lange, bis Harris ins Haus gelaufen kam. Er trat in die Küche, hielt sich am Türrahmen fest und blickte Ella fragend an.

„Bist du in Ordnung?“ fragte er atemlos.

Ella nickte, hielt aber ihre Augen gesenkt. „Ja. Natürlich.“

„Ich habe nicht damit gerechnet, dass sie hierher kommt.“

„Ich weiß, aber jetzt ist sie da.“

Harris machte einen Schritt auf sie zu, um sie in den Arm zu nehmen. Sie lehnte sich an ihn, schmiegte ihr Gesicht an sein Hemd und atmete seinen ihr so vertrauten Duft ein.

„Lass uns abhauen. Wir könnten morgen angeln gehen“, flüsterte er ganz nah an ihrem Ohr. „Wir könnten Zeit miteinander verbringen, um diese Situation durchzusprechen.“

„Morgen?“ fragte sie und wich zurück. Fragend sah sie ihn an.

„Sicher. Warum nicht?“

„Du glaubst doch nicht, dass ich mit *ihr* auf einen Ausflug gehen würde?“

„Sie muss ja nicht mitkommen …“

„Oh, Harris“, sagte Ella und schmiss den Schwamm entnervt in das Spülbecken, dass das Wasser nur so spritzte. „Fannie ist hier. Du musst dir darüber klar werden, was das für uns bedeutet. Für Marion. Das arme Kind steht völlig neben sich. Sie wird ihre Mutter nicht für einen Moment aus den Augen lassen. Und selbst wenn Fannie nicht mitkommt auf den Ausflug, was wäre das dann für ein Tag für uns? Wir wüssten doch, dass sie am Ende des Tages immer noch da ist, wenn wir zurückkehren. In unser Haus.“

Sie schluckte schwer, als sie den letzten Satz gesprochen hatte. „Was sage ich denn da? Es ist nicht mein Haus."

„Doch, das ist es."

Als sie den Kopf schüttelte, rannen Tränen über ihre Wangen. „Als Fannie sagte, dass es ihr Haus sei, tat das enorm weh, denn ... denn es stimmt ja. Wenn ich das allerdings sage, hört es sich in meinem Ohren so falsch an, egal wie sehr ich mir auch wünschte, dass es wahr wäre." Sie griff nach einem Geschirrtuch und wischte sich die Tränen vom Gesicht. „Ich habe geahnt, dass dieser Tag kommen würde, aber ich habe mir gewünscht, dass es noch lange dauern würde. Oh, Harris, wir hatten so wenig Zeit füreinander."

„Was sagst du da?"

Sie blickte ihm in die Augen. „Vielleicht sollte ich gehen."

„Nein!"

„Wie soll ich denn hier bleiben, jetzt, wo die Dinge sich so verändert haben?"

Er öffnete den Mund, um ihr zu antworten, aber sie hörten, wie die Haustür geöffnet wurde und Fannie etwas sagte, hell und mit gekünstelter Fröhlichkeit.

„Hallo? Wo sind denn alle?"

Ella und Harris wechselten einen Blick.

„Wir reden heute Abend darüber", sagte er und drückte ihre Hand. „Wir werden einen Ort finden, an dem wir ungestört sind. Versprich mir, dass du noch hier bist, wenn ich zurückkomme."

„Okay."

„Ich wünschte, ich müsste jetzt nicht gehen", murmelte er, und es hörte sich beinahe wie ein Fluch an. „Ich hätte ja Maggie geschickt, aber es ist zu wichtig und ..."

„Harris?" Fannie rief erneut aus dem Flur.

„Geh schon", sagte Ella. „Du musst." Sie sah ihn verzweifelt an. „Aber komm, so schnell es geht, zurück."

Harris verließ das Haus, um zur Flugdemonstration zu gehen. Ella konnte es nicht ertragen, mit Fannie und Marion allein zurückzubleiben. Die beiden kicherten und lackierten sich die Nägel, während sie fernsahen. Ella ließ Marion in Fannies Obhut und eilte in die Klinik.

Sie fand Maggie draußen vor der Klinik. Zu ihren Füßen hockten Tweedledee und Tweedledum mit ausgebreiteten Flügeln und bettelten um Futter.

„Sie sind wieder da!" rief Maggie ihr zu, während sie langsam näher kam. Mit gerötetem Gesicht blickte sie mit verschränkten Armen auf die beiden hinunter. Die Tiere wackelten ziellos vor ihr umher. „Sie sind den ganzen Weg vom Stall hierher gelaufen. *Gelaufen!*"

„Was ist denn schief gegangen?" fragte Ella und trat an Maggies Seite.

„Ich weiß es nicht", stöhnte Maggie. „Als ich neulich zum Freigehege im Wald lief, um nach ihnen zu sehen, standen sie an den Zaun gepresst und wollten nichts sehnlicher als zu ihren Artgenossen. Also ließen wir sie frei. In den ersten Tagen haben sie sich ganz wacker geschlagen, aber …" Sie erhob die Hände mit gottergebener Miene. „Hier sind sie wieder."

„Sie sind nicht die Einzigen, die zurückgekehrt sind", sagte Ella geheimnisvoll. Neugierig blickte Maggie sie an, und sie sagte: „Fannie ist da."

Maggie stand der Mund offen. „Nein! Seit wann?"

„Seit heute Morgen."

„Weiß Harris es? Hat er sie schon gesehen, bevor er zur Flugstunde ging?"

Ella nickte und schlug die Hände vors Gesicht.

„Oh, Süße, wie geht es dir?“ fragte Maggie, kam näher und legte ihr mitfühlend die Hand auf die Schulter.

„Oh, Maggie, es ist so furchtbar. Es war Abneigung auf den ersten Blick. Und die Frau kann nicht aufhören zu reden. Sie verführt Marion zum Fernsehen, und es gibt nichts, was ich dagegen tun kann. Ich bin nur der *Babysitter*. Was kann ich der Mutter dieses Kindes sagen?“

„Du kannst ihr sagen, dass sie aufhören soll“, sagte Maggie mit tief empfundener Entrüstung.

„Nein“, erwiderte Ella und ließ die Arme sinken. „Das ist nicht meine Aufgabe. Das muss Harris tun.“

Maggie zog ein Gesicht. „Was willst du jetzt machen?“

Ella zuckte die Schultern. „Ich habe darüber nachgedacht, zu verschwinden. Sofort. Wenigstens solange sie hier ist. Aber wenn ich es durchdenke, kann ich Marion einfach nicht im Stich lassen. Wer sollte sich um sie kümmern? Sie braucht täglich die Blutzuckertests und ihre Insulinspritzen. Harris hat zu tun, und Fannie weiß überhaupt nicht, wie man einen Diabetiker pflegt. Die Risiken für Marion sind einfach zu hoch. Ich muss meine Emotionen und Bedürfnisse in diesem Fall zurückstecken für das Wohl des Kindes. Nein“, sagte sie entschieden. „Ich werde Marion nicht verlassen.“

„Fannie wird nicht lange bleiben. Nicht, wenn sie sich seit dem letzten Mal nicht grundlegend geändert hat. Wie lange kannst du die Situation ertragen?“

„Ich weiß nicht“, sagte Ella müde. „Nicht lange. Ich bin nicht nett und geduldig. Ich könnte durchdrehen und sie im Schlaf ermorden. Ein bisschen von dem Zeug, was wir den Vögeln geben, sollte genügen.“

„Mach dir keine Sorgen. Ich würde dichthalten.“

Ella lachte kurz gequält auf. Doch sofort erstarb ihr Lächeln wieder, und sie blickte Maggie ernst an. „Oh, Maggie, es ist so schwierig. Ich *hasse* Frauen wie Fannie. Zu viele Jahre musste ich mit solchen wie ihr umgehen. Sie erwarten, dass jeder auf sie Rücksicht nimmt, sich um sie sorgt und das Chaos, das sie hinterlassen, aufräumt – und genau das habe ich immer und immer wieder getan, als ich noch im Krankenhaus arbeitete. Und das Traurige daran ist, dass ihre eigenen Kinder in dem Chaos ersticken, dass sie krank werden oder verletzt oder geschlagen oder sogar sterben ..." Sie legte die Hände auf die Augen. „Du kannst dir nicht vorstellen, was ich alles sehen musste. Ich kann Müttern wie Fannie einfach nicht verzeihen, dass sie ihre Kinder so vernachlässigen."

Sie ließ die Hände sinken, und ihre Gesichtszüge spiegelten ihre Bestimmtheit wider. „Am wenigsten Fannie. Sie hat Harris. Sie hat Marion. Sie lieben sie abgöttisch, und sie wirft einfach alles weg. Sie verdient sie gar nicht." Ihre Stimme wurde schrill. „Maggie, sie wird ihnen wieder wehtun. Ich weiß es."

Maggie griff nach Ellas Hand. „Nein, das wird sie nicht. Du wirst da sein, um sie davon abzuhalten."

„Ich weiß nicht, ob ich das kann." Ella atmete tief ein und versuchte, sich zu sammeln. „Ich muss allein mit Harris sprechen. Bei der ersten Möglichkeit. Ich werde ihm sagen, was ich denke. Er muss eine Entscheidung fällen."

„Das wird eine schwierige Zeit."

„Ich habe Angst, Maggie", wisperte Ella.

„Du musst keine Angst haben. Hey. Er hat keine Wahl." Maggie versuchte, überzeugt zu klingen. „Er liebt dich, das kann jeder sehen. Halte durch. Er wird Fannie fortschicken."

Ella seufzte schwer und sah zu den Geiern. Sie waren auf das Dach der Klinik geflogen und pickten an den Schindeln. Es würde nicht mehr lange dauern, bis sie noch schlimmeren Schaden anrichten würden.

Ella hielt sich in der Klinik oder in der Küche auf, bis der Tag sich dem Ende zuneigte. Kein Topf, kein Becher oder Gerät war vor ihr sicher. Sie hatte das dringende Bedürfnis, beschäftigt zu sein. Und sie wusste genau, was sie tat. Sie versteckte sich, zu ängstlich, um herauszukommen und sich dem Chaos zu stellen, das ihr Leben im Moment war. Also schrubbte sie.

Harris war am frühen Nachmittag nach Hause gekommen und hatte mit Fannie einen langen Spaziergang unternommen. Marion saß auf der Veranda und wartete wie ein kleines Hündchen darauf, dass die beiden wiederkamen. Als sie schließlich auf den Hof liefen, rannte Marion ihnen entgegen. Ella stand am Fenster und beobachtete, wie das Kind seiner Mutter in die Arme fiel und wie sie sich umarmten, während Harris bei ihnen stand und seine Frau und sein Kind betrachtete. Sie gaben in der erblühenden Frühlingslandschaft ein wunderbar idyllisches Bild ab. In Ella stieg eine böse Vorahnung auf.

Sie wandte sich vom Fenster ab und beschäftigte sich damit, den Abendbrottisch zu decken. Harris, Fannie und Marion liefen ins Haus. Harris trug Fannies schwarzen Reißverschluss-Seesack und ihre Reisetasche. Er wirkte bedrückt, als er das Gepäck auf den Boden stellte. Fannies Augen waren rotgerändert, aber sie lächelte. Nur Marion war außer sich vor Freude.

Harris sah Ella an und sagte tonlos: „Fannie wird für ein paar Tage hier bleiben. Bis sie wieder auf eigenen Füßen stehen kann."

Eine gespannte Stille entstand, in der Ella ihre Niederlage hinunterschluckte. „Ich verstehe", sagte sie, ohne mit der Wimper zu zucken. Sie versuchte, die unzähligen Gedanken, die ihr durch den Kopf schossen, unter Kontrolle zu bekommen. „Also dann … Wir müssten dann klären, wer wo schläft."

Fannie lachte ungläubig. „Wer wo schläft? Ich werde dort schlafen, wo ich immer schlafe. In meinem Zimmer."

Harris schüttelte den Kopf. „Ella schläft in unserem … im vorderen Schlafzimmer."

„Oh", sagte Fannie und rieb sich die kalten Handflächen aneinander. „Okay. Also, wo schläfst du?"

„Ich schlafe im Büro."

„Im Büro?" Sie sammelte sich und zuckte mit der Schulter. „Okay. Ich denke, ich werde dann bei dir im Bett schlafen."

„Nein. Es ist ein Einzelbett, und außerdem steht das nicht zur Debatte." Seine Stimme klang bestimmt.

Fannie war überrascht durch diese plötzliche Wendung. Sie dachte kurz nach, blickte Ella an und zog die Augenbraue hoch. „Oh. Jetzt weiß ich, was hier los ist."

Ella zuckte nicht zurück und schnappte auch nicht nach dem Köder, den Fannie ihr gerade zugeworfen hatte. Sie hielt ruhig die Hände vor ihrem Körper gefaltet und begegnete fest Fannies Blick. So einfach sollte diese es nicht haben. Wie würde sich diese Situation weiterentwickeln?

„Also", sagte Fannie und breitete die Arme in einer großzügigen Geste auseinander. „Hey, kein Problem. Ich werde einfach in die Hütte ziehen. Wir können sie herrichten, und dann werde ich es dort schon aushalten. Das wäre wie ein eigenes kleines Haus für mich, verstehst du?"

„Das wird nicht gehen", erwiderte Harris. „Da wohnt im Moment jemand."

„Wer?" rief sie aus, und ihre Stimme wurde vor Wut schrill.

„Lijah Cooper. Er arbeitet im Center."

„Das ist lächerlich! Sag ihm, er soll gehen. *Ich* brauche den Platz!“

„Ich werde ihn nicht hinauswerfen, nur weil du plötzlich für einen kurzen Besuch hereinschneist.“

„Besuch?“ sagte sie leidend. „Besuch? Ich bin *nach Hause* gekommen, Harris.“

Er blickte sie versteinert an. „Wer ist jetzt lächerlich?“

Eine helle Stimme mischte sich in den Streit ein. „Du kannst bei mir im Zimmer schlafen, Mama“, sagte Marion und umarmte ihre Mutter, als wolle sie sie beschützen.

„Oh, danke, mein Schatz“, erwiderte diese, beugte sich runter und küsste sie auf die Stirn. „Ich bin froh, dass wenigstens einer hier sich freut, dass ich da bin.“

„Ich freue mich“, weinte Marion und lehnte ihren Kopf gegen Fannies Beine.

Eine unangenehme Stille entstand. Harris verlagerte das Gewicht von einem Bein auf das andere und sagte: „Okay. Du kannst in Marions Zimmer übernachten.“

Die Abenddämmerung brach herein, und die tagaktiven Vögel in ihren Käfigen begaben sich zur Ruhe. Lijah liebte es, zu dieser späten Stunde die Halle der medizinischen Station zu kehren und Zeit mit Santee zu verbringen. Freiwillige Helfer waren zu dieser Tageszeit nicht mehr bei den Ställen, und so war er sehr überrascht, als eine fremde Frau ihren Kopf durch die Tür schob. Sie trat ein, und die Tür fiel hinter ihr ins Schloss.

„Ist Harris hier?“

Sie sah nicht aus wie ein neuer Mitarbeiter, also dachte er, dass sie wohl die Ehefrau von Harris sein musste, die den ganzen Tag über Gesprächsthema Nummer eins gewesen war. Dabei schien sie gar nicht zu ihm zu passen mit den glitzernden Spangen im Haar und der dicken Schicht Make-up. Seine Martha hatte diese Art von Frau immer Vamp genannt.

„Also, er war hier, aber vor einer Weile ist er gegangen."

„Wissen Sie, wohin?"

Er hatte beobachtet, wie Harris keine zehn Minuten zuvor in Richtung des Auswilderungskäfigs aufgebrochen war. „Keine Ahnung."

Sie seufzte enttäuscht und verengte dann nachdenklich ihre schwarz umrandeten Augen. Als sie ihn anblickte, dachte er für einen kurzen Moment, dass sie wie ein Fuchs guckte.

„Was ist mit Ella. Haben Sie sie gesehen?"

Lijah stützte sich bedächtig auf dem Besenstiel ab. Er hatte gesehen, wie Ella über den Hof gerannt war, um Harris zu folgen. Er blickte Fannie nicht an und antwortete wahrheitsgemäß: „Ja, ich habe Miss Ella heute Nachmittag, so gegen drei Uhr, in der Klinik gesehen."

Fannie lief den Flur hinunter und schaute dabei zwischen den Gitterstäben hindurch die Vögel an. Auf Lijah wirkte sie wie ein Raubtier, das Beute erschnüffelte. „Sie wissen doch, wer ich bin? Ich bin Fannie Henderson, Harris' Ehefrau", erwiderte sie, ohne eine Antwort zu erwarten.

„Ja, M'am."

Sie sah ihn aus den Augenwinkeln an und hielt vor Voliere Nummer 3 an. „Ist das der Adler, von dem Harris so viel erzählt hat? Der Adler, der angeschossen wurde?"

„Ja, das ist sie", antwortete Lijah langsam.

„Wirklich? Sie sieht gar nicht krank aus. Offen gesagt, wirkt sie sogar ausgesprochen gesund."

„Sie fühlt sich auch schon viel besser. Harris und Ella haben sie wieder aufgepäppelt. Sie haben bestimmt noch nie einen hübscheren Adler gesehen als Santee."

„Also, warum ist sie noch hier? Sollte sie nicht wieder in Freiheit sein?"

„Das kann ich nicht sagen. Harris will ihr noch Zeit geben, ihre Flügel auszutesten. Er weiß, wann die Zeit reif ist, sie freizulassen."

„Ich habe gehört, Sie gehen, wenn der Adler wieder gesund und ausgewildert ist?"

„Ja, M'am."

„Sie wohnen doch im Moment in der Holzhütte beim Weiher, stimmt's?"

„Ja, das stimmt."

„Seit dieser Adler hier eingeliefert wurde. Das war ungefähr zu der Zeit, als auch Ella kam."

„Das mag sein, ja."

„Sie mögen Sie, habe ich Recht?"

„Miss Ella ist eine feine Frau."

Fannie zog gedankenverloren an ihrer Lippe und starrte in Santees Voliere, ohne das rastlose Hin und Her des Vogels zu bemerken, das ein Zeichen von Unwohlsein war.

„Das ist meine Hütte, wissen Sie? Harris hat sie damals für mich gebaut." Sie sprach leise, und doch klang ihre Stimme bedrohlich.

Lijah hatte davon nichts gewusst und fragte sich, ob es der Wahrheit entsprach. Er fühlte sich unbehaglich und beschloss, nicht zu antworten und stattdessen abzuwarten, wohin dieses Gespräch führte.

Fannie wandte sich vom Käfig ab und sah Lijah direkt an. „Das ist auch mein Haus. Und ich bin nach Hause gekommen, um zu bleiben." Sie sagte das, als gäbe sie eine Erklärung ab, so als wolle sie ihre Position klarstellen, damit niemand etwas Falsches glaubte. Sie blickte ein letztes Mal in Santees Voliere, bevor sie kehrtmachte und zur Tür lief. Dann hielt sie kurz inne und ließ den Blick über die neun Volieren schweifen. „Wissen Sie, es wird langsam zu voll hier. Wir sollten einige dieser Vögel freilassen."

Harris lehnte sich gegen die Wand des Auswilderungskäfigs und zog Ella an sich heran. Es war ein stiller, milder Abend, und eine sanfte Brise kühlte die Haut und hielt einem die Insekten vom Leibe. Ella schmiegte sich an seine starke Brust und hielt ihn fest. Zärtlich legte er sein Kinn auf ihren Kopf und genoss den süßen Duft ihrer Haare. Inzwischen war es so selbstverständlich, fühlte sich so richtig an, Ellas Körper so nah zu spüren, ihren Duft zu riechen, die Sanftheit ihrer Haut zu fühlen. Sie hatten jede freie Minute miteinander verbracht, zu Hause und bei der Arbeit. Nun mussten sie sich in die Auswilderungsbox flüchten, die hoch auf einem Turm lag, um ein paar gemeinsame Momente genießen zu dürfen.

Während dieser kurzen Augenblicke zwischen Tag und Nacht, in denen das Licht verschwand und die Erde im Schatten zurückließ, saßen sie gemeinsam auf dem Adlerhorst, und Harris fühlte sich in der Schwebe zwischen Reue und Hoffnung, Freude und Verzweiflung.

Er und Ella hatte sich lange über Fannie unterhalten, hatten sich darin erschöpft, sich gegenseitig ihre Gefühle zu erklären. Jeder von ihnen hatte versucht, verständnisvoll zu sein, und doch hatten beide unnachgiebig ihre Position verteidigt. Harris sah die Angelegenheit so: Er hatte sich damals entschieden, Fannie zu heiraten, und nun trieb ihn sein Pflichtbewusstsein dazu, an dieser

Ehe festzuhalten. Er war nicht impulsiv und würde seine Familie nie im Stich lassen, würde nicht abhauen, wie sein Vater es getan hatte – egal, wie schwierig die Situation war. Und nun sah er, wie er wegen dieser Einstellung dabei war, die einzige Frau, die er je wirklich geliebt hatte, zu verlieren.

Ella durchbrach das Schweigen. Die Sonne war schon lange untergegangen. Ellas Stimme klang heiser, da sie verzweifelt versuchte, ihre Tränen zurückzuhalten. „Harris, es ist schon spät. Wir sollten runterklettern und nach Hause zurückkehren."

Er hielt sie zurück. „Fannie wird nicht lange hier bleiben. Nur ein paar Tage. Eine Woche, vielleicht auch zwei."

„Und dann?"

„Ella …", sagte er müde. „Wir haben das doch schon besprochen."

„Und wir haben es noch immer nicht gelöst! Du verlangst zu viel von mir."

„Aber ich will, dass das zwischen uns funktioniert", sagte er bestimmt.

„Aber es kann nicht funktionieren, solange du noch verheiratet bist."

„Du wusstest, dass ich verheiratet bin."

„Ja, das wusste ich", gestand sie.

Sie klang so resigniert, so verzweifelt und traurig, dass er ihr etwas sagen wollte, um sie seiner zu versichern, doch er hatte nicht das Recht, sie um etwas zu bitten.

„Dass Fannie hier aufgetaucht ist, hat alles verändert. Ich kann nicht mit ihr hier unter einem Dach leben. Und du weißt das! Und ich kann auch nicht bleiben, wenn sie wieder weg ist, weil ich sie jetzt kennen gelernt habe. Sie ist real, keine Vorstellung mehr, die man beiseite schieben kann. Kein gesichtsloser Bösewicht mehr, der irgendwo da draußen ist. Ich kann nicht mehr so tun, als existiere sie nicht. Sie ist deine Ehefrau. Und deshalb ist das, was wir teilen, verboten. Unmoralisch. Falsch."

„Ella ..."

Sie blickte ihn zärtlich an, und er fragte sich, ob er so viel Liebe überhaupt verdiente. Als sie sein Gesicht in ihre schlanken Hände nahm, drehte er ganz leicht seinen Kopf und küsste sanft ihre Fingerspitzen.

„Ich liebe dich", sagte sie. „Und ich werde noch für eine Weile bleiben. Nicht um deinetwillen, sondern wegen Marion. Sie braucht mich, und ich werde sie nicht verlassen. Aber dies ist dein Problem, Harris. Ich werde es nicht für dich lösen."

„Du willst, dass ich mich von Fannie scheiden lasse?"

Sie atmete tief ein, und er konnte ihre Antwort in ihren Augen lesen: *Ja!* Er setzte sich auf und fuhr sich mit den Händen durch die Haare. Die Adler hinter ihm in der Auswilderungsbox rührten sich, erschrocken durch seine plötzliche Bewegung.

„Es gibt noch einen weiteren Grund, warum ich mich nicht scheiden lasse. Und der ist nicht so großmütig."

Er konnte hören, wie Ella hinter ihm aufstand und sich dann neben ihn setzte, geduldig und aufmerksam wartend.

„Wenn ich mich von Fannie trenne, hat sie Anspruch auf die Hälfte unseres Besitzes. Ich müsste alles verkaufen. Ich kann sie im Moment nicht ausbezahlen, und selbst wenn ich verkaufe, hätte ich nicht genug Geld, denn der Grund ist zu wenig wert. Ich würde das Center verlieren."

„Harris, tu es", sagte sie, und er konnte spüren, wie viel Verzweiflung und Liebe in diesen Worten lagen. „Wir schaffen das schon. Wir verdienen genug Geld, und du kannst dir dann etwas Neues aufbauen."

Er schüttelte den Kopf. Wenn es doch nur so einfach wäre. Wie sollte er es ihr erklären? Er blickte sich zu den beiden Adlern um, die nebeneinander hockten. Sie waren Geschwister, aber sie waren flügge. Vielleicht sahen sie sich nie wieder, wenn sie das Nest verlassen hatten. Aber wenn sie sich einen Partner suchten, blieben sie ihm das ganze Leben lang treu – dieses Band war für die Ewigkeit. Sie würden nisten und immer an diesem Platz bleiben.

„Es geht nicht nur um das Geld. Mir waren materielle Werte nie so wichtig. Wenn ich nur genug hatte, um mein Kind, meine Familie zu versorgen, war ich glücklich. Aber das Zuhause, die Heimat war mir immer sehr wichtig. Meine Mutter hat unseren Besitz, unser Land Stück für Stück verkauft, ist gestorben und hat mich mit nichts zurückgelassen. Ella, alles was ich bin, ist hier. Ich habe mich diesem Fleckchen Erde verpflichtet, und ich habe mich meiner Ehefrau verpflichtet. Diese beiden Dinge sind untrennbar miteinander verbunden."

Ella hockte sich vor ihn. Ihr Haar hing offen über ihre Schultern wie ein wertvoller Umhang. Im Schatten konnte er ihr Gesicht kaum erkennen.

„Halte mich, Harris. Ich habe Angst."

„Ich liebe dich", sagte er inbrünstig und zog sie an sich. „Ich weiß, dass ich kein Recht habe, das zu dir zu sagen. Und dass ich dich nicht verdiene."

Sie legte ihm den Finger auf dem Mund, und er schwieg.

Er senkte den Kopf und küsste sie. Dieser Kuss sollte sie von seiner tiefen Liebe überzeugen. Ihr Kuss wurde leidenschaftlicher, inniger, und von irgendwoher hörten sie eine Eule rufen. Harris vergrub seinen Kopf in ihrer Halsbeuge, und sie hielten einander mit einer Vehemenz, die an Verzweiflung grenzte.

20. KAPITEL

***Geschwistermord:** Dieses Phänomen taucht bei verschiedenen Spezies von Vögeln auf. In einem Nest, wo zwei oder mehr Junge heranwachsen, kann es dazu kommen, dass der stärkste Nestling die schwächeren angreift oder sogar tötet. Geschwistermord erlaubt es den überlebenden Jungvögeln mehr Futter von den Elterntieren zu bekommen und so ihre Chancen zu erhöhen, die kritische erste Lebensphase zu überstehen.*

Eine rekordverdächtige Hitzewelle schwappte über die Küste des Südostens Amerikas. Die einzigen Klimaanlagen im Haus waren in Ellas und in Marions Schlafzimmer, und so verbrachten Fannie und Marion die meiste Zeit eingeschlossen in dem Kinderzimmer. Ella konnte die Schritte der beiden und ab und an lautes Gelächter durch die Decke hören. Am Abend, wenn Ella beim Zubereiten des Essens in der Küche fast vor Hitze verging, nahm Fannie Marion oft mit zum Schwimmen in den Weiher. Fannie rief vor jedem *Platsch*, das ertönte, „Hoppala!", und Ella konnte von der Veranda aus Marion vor Vergnügen quietschen hören. Wenn die beiden dann vom Schwimmen zurückkehrten, um sich umzuziehen, hatte die drückende Hitze schon die Feuchtigkeit des Wassers von ihrer Haut vertrieben und in kleine Schweißperlen auf ihrer Stirn verwandelt.

Die feuchte Hitze ließ auch nach Sonnenuntergang nicht nach. Fannie und Marion liebten es, sich auf dem Sofa auszustrecken und fernzusehen, während ein Ventilator die stickige Luft um sie herum verwirbelte. Ella kam aus der Küche, um den Tisch einzudecken und hielt mit einem Stapel Tellern in den Händen kurz inne, um einen Blick auf das Paar zu werfen, das Seite an Seite auf dem Sofa lag. Sie konnte sich nicht helfen, aber Mutter und Tochter ähnelten sich wirklich sehr. Ihr blondes Haar hatte den gleichen Farbton, und Marion hatte von Fannie den zarten Knochenbau geerbt. Mit den weichen Haaren, die sich um ihre Köpfe kräuselten, und den geröteten glühenden Wangen sahen sie aus wie Feen.

Sie sind aus einem Fleisch und Blut, und das verbindet sie für immer, dachte Ella und spürte, wie die Distanz zwischen ihr und Marion immer weiter wuchs. Das Kind nahm nicht einmal mehr wahr, ob Ella im Raum war oder nicht. Ella zog das Geschirrtuch hervor, das sie um ihre Taille gewickelt hatte, und wischte sich die Schweißperlen von der Stirn und den Augen, während sie in die Küche zurückkehrte.

Die Mahlzeiten waren am schlimmsten. Am Tag konnten sie sich wie Planeten in unterschiedlichen Umlaufbahnen frei bewegen, doch beim Essen mussten sie zusammen am Tisch sitzen und sich angemessen benehmen. In den ersten Tagen nach Fannies Ankunft war es Ella gelungen, sich dem allabendlichen Ritual des Tischgebetes zu entziehen. Wenn es so weit war, hatte sie immer wichtige Pflichten in der Küche vorgeschoben. Sie spielte die Rolle der Krankenschwester, des Kindermädchens, des Kochs und des Hausmädchens. An diesem Abend jedoch flog die List auf. Harris nahm sie zur Seite und verlangte von ihr, sich mit der Familie an den Tisch zu setzen.

„Wer spricht heute das Gebet?“ fragte er, als endlich alle um den Tisch versammelt waren.

„Mama soll es machen!“ schlug Marion vor.

„Na gut, mein Schatz.“ Fannie zog die Brauen hoch. „Es ist allerdings schon eine ganze Weile her.“

Als sie einander die Hände zum Gebet reichten, zuckte Ella

bei dem Gedanken daran, Fannies Hand zu halten, zusammen. Fannie jedoch schien die Aussicht darauf zu gefallen, und ihre Augen blitzten auf. Ella schaute zu Marion hinüber und erstarrte bei dem, was sie in ihrer kleinen Handfläche erblickte und was verdächtig nach Schokolade aussah.

„Marion, was ist das da in deiner Hand?“

Marion zog schnell die Hand weg und versteckte sie unter dem Tisch. „Nichts.“

„Das ist doch Schokolade, hab ich Recht?“

„Nein, das ist keine Schokolade.“

Ellas und Harris’ Blicke trafen sich.

„Zeig mir deine Hand“, forderte Harris sie auf.

Marion wischte unauffällig ihre Hand an ihrer Hose ab und hielt sie dann ihrem Vater entgegen. Harris ergriff das Händchen und roch daran. „Woher hast du die Süßigkeiten?“

Ella sah Fannie direkt in die Augen. „Ich habe Ihnen doch gesagt, dass Marion keinen Zucker zu sich nehmen darf. Das ist nicht gut für sie.“

„Das Kind war kurz vor dem Verhungern! Und außerdem, was soll so ein klitzekleines Stückchen Schokolade ihr schon anhaben?“ erwiderte Fannie. „Beruhigt euch mal wieder.“

Ella war zu wütend, um darauf zu antworten. Sie drehte sich zu Marion und sagte mit fester Stimme: „Du musst mir die Süßigkeiten geben. Du weißt, dass du sie nicht haben darfst. Sie machen dich krank.“

„Nein!“ schrie Marion und war außer sich vor Wut.

Ella sah, wie das silberne Einwickelpapier einer Hershey’s Kiss aus Marions Tasche fiel. Sie wollte danach greifen, aber Marion, die sah, was passierte, war schneller und schnappte ihr die Schokolade vor der Nase weg.

„Das gehört mir! Meine Mama hat es mir geschenkt"

„Marion, gib mir die Süßigkeiten."

„Das muss ich nicht. Du bist nicht meine Mama!"

„Marion ...", sagte Harris ernst.

„Du nimmst mir immer alles weg", weinte Marion und lenkte ihren ganzen Zorn auf Ella. „Nie erlaubst du mir, Spaß zu haben. Du bist böse und hässlich, und ich hasse dich! Hier!" Sie warf Ella das Schokoladenstück entgegen und kletterte von ihrem Stuhl. „Ich wünschte, du wärest nie hierher gekommen!" schrie sie.

„Marion, Süße, nicht ...", sagte Ella und streckte die Arme nach dem Kind aus. Doch Marion wich ihr aus und rannte schluchzend aus dem Zimmer.

Ihre Schritte hallten auf der Treppe wider, und ihr hysterisches Weinen, das auch von der Erschöpfung des anstrengenden Tages herrührte, durchbrach das Schweigen. Ella senkte den Kopf, damit niemand ihren Schmerz sehen konnte und die Tränen, die in ihren Augen schimmerten. Sie kratzte mit zwei Fingern die schmelzende Schokolade aus ihrem Schoß. Ein Schokoladenfleck prangte auf ihrer Bluse – dort hatte Marion sie mit der Praline getroffen.

„Gib ihr nie wieder Süßigkeiten", sagte Harris mit warnendem Unterton in der Stimme und drohte Fannie mit dem Zeigefinger.

„Werde ich nicht!" sagte Fannie und lehnte sich mit einem kurzen Lachen auf ihrem Stuhl zurück. Offenbar sah sie die Situation nicht so eng, hob beschwichtigend die Hände und murmelte: „Mein Gott!"

„Ich meine es ernst, Fannie", sagte Harris, und seine Stimme klang vor Wut ganz rau. „Es geht um Marions Leben, und ich lasse nicht zu, dass du es mit deinem leichtsinnigen Handeln bedrohst. Was immer Ella sagt, gilt – hast du das verstanden?"

Fannie Grinsen erstarb, und sie schien zerknirscht zu sein.

„Es tut mir Leid, Harris. Das habe ich nicht gewusst. Ehrlich, ich wusste es nicht. Das passiert nicht wieder. Ich verspreche es."

Er war besänftigt und legte die Hand auf den Tisch. „Ich werde zu ihr gehen."

„Nein, lass mich", sagte Fannie und stand auf. „Ich bin diejenige, die hier einiges durcheinander gebracht hat. Ich werde ihr erklären, dass ich falsch lag. Und dass Ella Recht hatte. Okay?" Sie sah zu Harris und dann zu Ella. Ein süßliches Lächeln huschte über ihr Gesicht.

Nachdem sie den Raum verlassen hatte, um zu Marion zu gehen, sah Harris Ella an. Er war erschöpft.

Ella, die sich für die Tränen in ihren Augen schämte, senkte den Kopf und blickte auf ihren Teller. Das Essen war inzwischen längst kalt.

In jener Nacht hatte Marion den ersten Wutanfall seit Monaten. Ella wusste, dass die Emotionen hochschlugen und dass die angestauten Frustrationen des Kindes aus ihr herausgebrochen waren. Ella hatte sich zwar mental auf eine solche Reaktion eingestellt, aber obwohl sie stärker war als das Kind, musste sie alle ihre Kraft zusammennehmen, um die wild um sich tretende und schreiende Marion ins Badezimmer zu bringen, wo die Insulinspritze auf sie wartete. Ellas Arme und Beine waren mit kleineren Kratzern übersät, die Marion ihr in ihrer Wut zugefügt hatte, und sie fragte sich, ob das vielleicht die gerechte Strafe dafür war, dass sie zu stolz war, um Harris um Hilfe zu bitten. Eigentlich wollte sie Fannie ihre Kompetenz im Umgang mit dem kranken Kind demonstrieren, aber stattdessen stand Marions Mutter in der Tür zum Badezimmer, betrachtete das Fiasko und machte die ganze Sache nur noch schlimmer.

„Marion, Süße, hör auf, mich zu treten", sagte Ella atemlos. „Du weißt doch, dass wir das hier tun müssen."

„Nein!" schrie sie und trat weiter um sich. „Ich muss nicht tun, was du mir sagst. Ich will meine Mama!"

„Was machen Sie mit ihr?" rief Fannie aus dem Flur. Sie ergriff den Türpfosten und lehnte sich ins Zimmer. „Hören Sie auf, Sie tun ihr ja weh!"

Ella hielt Marions Schultern fest und wandte sich entschlossen zu Fannie um.

„Gehen Sie", presste sie hervor. „Sie machen die Sache nicht gerade einfacher – weder für mich noch für sie."

Als sie die Stimme ihrer Mutter hörte, rastete Marion aus und streckte die Arme aus. „Geh nicht. Geh nicht! Ich will, dass Mama das macht."

„Marion, sie kann das nicht. Sie weiß nicht, wie man das macht. Jetzt hör auf. Wir haben das doch schon hundert Mal gemacht. Du musst keine Angst haben. Komm, Süße, sei lieb."

„Ich will nicht lieb sein. Ich will nicht, dass du irgendetwas tust. Ich will Mama!" weinte Marion Mitleid erregend und streckte die Arme nach ihrer Mutter aus.

Ella atmete tief durch und wischte sich erschöpft eine Locke aus dem schweißnassen Gesicht. Sie hasste es zu fragen, aber überwand sich doch: „Fannie, könnten Sie mir helfen?"

„Ich?" fragte diese und straffte die Schultern. „Oh, mein Gott. Was kann *ich* denn tun?"

„Sie könnten sie festhalten. Sie beruhigen." Sie atmete erneut tief durch. „Sie will *Sie.*"

Zögerlich verließ Fannie ihren Platz an der Tür. „Ja, sicher. Denke ich …" sagte sie, betrat das Bad mit einem unsicheren Lächeln und streckte ihrer Tochter die Arme entgegen. Unbeholfen hob sie Marion auf ihren Schoß und ließ sich mit ihr auf dem Toilettensitz nieder. Marion klammerte sich wie eine Ertrinkende an sie und rang nach Luft, während Fannie ihren Kopf streichelte, beruhigend summte und sie hin- und herwiegte.

Ella musste sich abwenden. Als Marion ein bisschen ruhiger geworden war, atmete Ella durch, straffte die Schultern und sammelte sich. Entschlossen ging sie mit dem Testset auf Marion zu. Nun war sie ganz Krankenschwester. Obwohl das Kind sich verspannte und jammerte, hatte es sich in den Armen seiner Mutter so weit beruhigt, dass Ella sie testen konnte. Fannie befolgte die Anweisungen, und Ella konnte den Test schnell durchführen. Marions Insulinwerte waren hoch, doch damit hatte Ella gerechnet. Trotzdem freute sie sich, dass die Werte nicht noch schlechter waren, und nachdem sie die Dosis berechnet hatte, gab sie Marion die Spritze.

Nachdem sie ihre Pflicht erfüllt hatte, packte Ella ihre medizinische Ausrüstung zusammen und verließ das enge Badezimmer. Weder Fannie noch Marion schienen zu bemerken, dass sie wegging. Vor der Tür lehnte sie sich an die Wand, schloss die Augen und lauschte dem Mutter-Kind-Gespräch im Bad. Sie fühlte sich so bemitleidenswert wie ein Hund unter dem Tisch, der darauf wartet, dass ein Leckerbissen für ihn abfällt.

„Das ist ganz schön schlimm, dass du Diabetes hast“, hörte sie Fannie zu Marion sagen. „Ich wünschte, ich hätte die Krankheit und nicht du, Honigspatz. Ich würde mir die blöden Spritzen geben lassen. Und nicht du. Es ist furchtbar.“

„Ich hasse die Spritzen.“

„Ich auch.“

Marion zog geräuschvoll die Nase hoch. „Mama, bist du weggegangen, weil ich ’Betes habe?“

„Oh, nein, mein Schatz!“ erwiderte Fannie schnell. „Das darfst du nicht denken, mein Engel. Mama wusste doch gar nicht, dass du Diabetes hast.“

„Warum denn dann, Mama? Warum bist du gegangen?“

Fannie wiegte Marion sanft hin und her und drückte sie an sich. „Oh, ich weiß es nicht, Süße. Das ist eine ganz komplizierte Erwachsenen-Geschichte. Aber es hat überhaupt nichts mit dir zu tun. Es tut mir so Leid, dass ich dich verlassen habe. Wirklich.“

„Geh nicht wieder weg, Mama. Bitte …“

„Sei still, meine Kleine.“

Ella presste ihre Hand auf den Mund und entfloh der Enge des Hauses. Sie konnte es nicht mehr länger ertragen. Marion war wie ein kleiner Jungvogel, der verzweifelt nach Liebe schreit. Und Ella hatte so viel Liebe, die sie ihr geben konnte. Was ihr das Herz brach – was Ella akzeptieren musste, egal wie weh es auch tat –, war die Tatsache, dass Marion sich nach der Liebe ihrer Mutter verzehrte und nicht nach der ihren.

Sie rannte die Verandatreppe hinunter bis in den Hof. Wohin sie lief, wusste sie nicht, und es war auch egal. Ella wollte einfach nur so weit wie möglich fort von dem Haus, das ihr plötzlich zu klein und eng vorkam. Sie hielt an der Ecke des Parkplatzes kurz an und lehnte sich gegen ihr Auto, das sie vom Norden in den Süden gebracht hatte. Sie hatte so viele Hoffnungen in sich getragen auf ihrer Reise von den Bergen zur Küste.

Atemlos strich sie eine Haarsträhne und einige Schweißtropfen von ihrer Stirn. Die feuchte Hitze musste endlich aufhören. Die Luft war so stickig, dass sie das Gefühl hatte, nicht mehr atmen zu können. Weiter draußen, in der Dunkelheit hörte sie das Gezwitscher ruheloser Vögel, die spürten, dass ein Sturm aufkam.

Sie blickte zurück auf das Haus, das sich an die Kiefern schmiegte.

Es war erst einige Tage her, dass Harris, Marion und sie sich so wohl fühlten, dass sie so gut in das kleine Haus passten. Mittlerweile war noch eine weitere Person aufgetaucht, und plötzlich war das Haus wie ein überfülltes Nest am Ende der Brutzeit. Harris hatte ihr erzählt, wie in der Natur der stärkste Nestling auf dem Außenseiter, der sich nicht wehren kann, herumhackt. Die stärkeren Jungvögel drängen ihn – bösartig und gnadenlos –, bis er an den Rand des Nestes taumelt, den Halt verliert und in den Tod stürzt. Es schien so herzlos, so mörderisch zu sein, und für einen kurzen Moment hasste sie die Vögel für die Grausamkeit, die mit allem verbunden war, was in der Wildnis lebte.

Vom ersten Tag an – und das schien ihr eine Ewigkeit her zu sein – hatte sie gelernt, wilde Kreaturen nicht länger mit den Augen eines Menschen zu betrachten. Menschen mussten immer abwägen zwischen Gut und Böse; die Gerechtigkeit musste über das Unrecht siegen. Aber in der Natur gab es kein Richtig und kein Falsch. Kein Gut oder Böse. Es war, wie es war. Harris hatte versucht, ihr zu erklären, dass, wenn die Nahrung knapp wurde, die Wahrscheinlichkeit, dass zwei Nestlinge überlebten, größer war als die Wahrscheinlichkeit, dass drei Nestlinge überlebten. Die Jungvögel fochten nur das aus, was seit Millionen von Jahren Bestand hatte. In der Biologie sprach man von dem Überleben einer Spezies. Sie konnte nicht behaupten, dass sie alles verstanden hatte, aber sie versuchte ihren Verstand und ihre Sinne für alles zu schärfen und zu öffnen, was sie umgab. Die Lehren und die Regeln der Natur zu beherzigen.

Ella lief zurück zum Haus. Sogar im Dämmerlicht konnte sie die Blumen erkennen, die sie mit Marion zusammen auf der Veranda gepflanzt hatte. Langsam kletterte sie die Stufen hoch und sah ihre schlammigen Stiefel neben denen von Harris und Marion stehen. Sie setzte sich auf den windschiefen Schaukelstuhl aus Weiden und erinnerte sich an die Nächte, in denen sie hier mit Marion auf dem Schoß gesessen hatte. Sie hatten sich Geschichten erzählt oder einfach in die Sterne geschaut.

Dies war ihr Zuhause gewesen. Ihr Nest! Überall konnte sie ihre Spuren entdecken, Beweise, dass sie hier gelebt hatte. Sie konnte nicht leugnen, dass sie sich nichts sehnlicher wünschte, als immer in dem Daunenbett zu schlafen, ihre Haut an Harris hartem Körper zu spüren, dem melancholischen Gesang der Eulen zu lauschen, der durch das Schlafzimmerfenster drang, das Geschirr zu machen oder Marions langes goldenes Haar im Keramikwaschbecken zu waschen.

Doch heute Nacht fragte sie sich, ob das alles nur gestohlene Momente gewesen waren. Ob sie der überflüssige Vogel in diesem Nest war. Der zusätzliche Esser in dürftiger Zeit.

Ella rollte sich in dem Schaukelstuhl zusammen und zog ein Bein unter sich. Mit dem anderen Fuß stieß sie sich von Zeit zu Zeit ab und schaukelte sachte. Ein Sturm kam aus dem Nordwesten auf sie zu, eine bedrohliche schwarze Wolkenwand, die Tornados und Regen über die Präriestaaten gebracht hatte und nun auf den Süden zuraste. Oh, er kam, na gut. Sie konnte schon die kühleren Windböen spüren, die die drückende feuchte Luft durchschnitten. Sie schlang die Arme um sich, als sie Donnergrollen über den Sümpfen vernahm.

Ihre Gedanken schweiften ab, und vor ihrem inneren Auge tauchten Bilder ihrer Mutter auf, die sie in den Arm nahm und mit ihr auf dem Schaukelstuhl hin und her wiegte, wie Ella es gerade tat. Es beruhigte sie, sich daran zu erinnern, wie sie das Herz ihrer Mutter schlagen hörte, wenn sie den Kopf an ihre Brust legte. In den Armen ihrer Mutter fühlte sie sich sicher, sie konnte die Augen schließen und schlafen, egal, welcher Sturm oder schwarze Mann ihr Angst eingejagt hatte.

Ella hörte auf zu schaukeln und starrte düster in die Nacht hinaus. Sicher wollte Marion ihre Mutter. Das war nur natürlich. Es war etwas, das Ella nicht wegdebattieren konnte. Die Verbindung zwischen Fannie und Marion war tief. In diesem Moment umarmten sie gewiss einander, behütet und geborgen in dem gemütlichen Zimmer unter dem Dach, das von warmem gelbem Licht durchflutet war.

Und sie saß zitternd und allein in der Dunkelheit. Der Donner ängstigte sie, und sie wünschte sich in die schützenden Arme ihrer eigenen Mutter zurück. Der Wind heulte auf und wehte die ersten Regentropfen zu ihr herüber. Sie sog die Luft ein und konnte ihre kühle Süße fast schmecken. Sie atmete schwer, und ihr Herz pochte wild. Sie fühlte sich, als stünde sie am Rande des Nestes und wartete auf den tödlichen Sturz.

Ein Blitz versengte den Himmel, knisternd, den Donner, der folgte, ankündigend.

„Ein Sturm kommt auf", sagte Fannie, als sie auf die Veranda hinaustrat.

Ella hörte auf zu schaukeln.

„Marion schläft. Ich hoffe, das Gewitter weckt sie nicht wieder auf. Es war schwer, sie wieder zu beruhigen."

Ella begann wieder mit dem Schaukelstuhl vor- und zurückzuwiegen. „Ich weiß, was Sie tun."

„Und das wäre?"

„Sie machen mich bei Marion zum Buh-Mann."

„Oh, bitte ..."

„Der böse Mensch, der ihr all die herrlichen Süßigkeiten wegnimmt und ihr Spritzen verabreicht und sie noch nicht einmal nicht fernsehen lässt."

Fannie rollte mit den Augen. „Ich habe ihr nur gesagt, dass sie keine Süßigkeiten mehr haben darf. Genau wie Sie es von mir verlangt haben."

„Wir wissen doch beide, dass, egal was Sie jetzt zu Marion sagen, sie glauben wird, dass Sie das Opfer sind. Genau wie sie. Dass *ich es Ihnen* nicht erlaube, ihr Süßigkeiten zu geben. Dass *ich Sie* dazu zwinge, mir dabei zu helfen, Marion die Spritzen zu geben. Und ich habe bemerkt, wie Sie zum Fernseher schleichen, um ihn anzuschalten, wenn ich in die Klinik verschwinde, so als wäre es ein Spiel. Sie benehmen sich wie ihre Spielkameradin, nicht wie ihre Mutter."

Fannie stemmte die Hände in die Hüften und ging auf Ella zu. Sie stand direkt vor ihr und blickte auf sie hinab. Die beiden Frauen funkelten sich wütend an, während draußen das Gewitter losbrach.

„Wir wissen beide, dass das nicht der Grund für Ihren Zorn ist", sagte Fannie, und ihre Augen glühten wie die Blitze am Himmel. „Sie sind in erster Linie wütend, weil ich Marion verlassen habe. Und nun bin ich zurückgekommen. Es macht sie fast wahnsinnig, dass ich mich jetzt in dieses kleine Liebesnest dränge, das Sie sich so schön aufgebaut haben."

Ella hörte auf zu schaukeln und wandte sich abrupt ab.

„Aber was Sie richtig zornig macht, ist, dass Marion mich will, nicht Sie. Sie will *mich!*"

„Natürlich bin ich wütend!" weinte Ella und konnte den Gefühlsausbruch nicht unter Kontrolle halten. „Verletzt und wütend. Gott, ich bin so verletzt! Ich liebe dieses Kind. Ich will nur das Beste für sie. Sie haben mich in die Position gebracht, alles zu zerstören, was ich mir mühsam mit ihr aufgebaut hatte. Ich möchte mit Marion Spaß haben. Wir haben alles zusammen gemacht, und nun bin ich plötzlich die böse Hexe. Sie haben mich in diese Rolle gedrängt, und ja, das nehme ich Ihnen übel."

„Na und? Sie sind nicht ihre Mutter."

Das war wie ein Schlag in Ellas Gesicht, und sie rang nach Luft. „Ich weiß", presste sie hervor.

Fannie trat noch einen Schritt näher an Ella heran, lehnte sich vor, neigte die Schulter und flüsterte: „Und Harris ist mein Ehemann."

Ella sah Fannie in die Augen. „Ich weiß."

Inzwischen zuckten die Blitze ganz nah über ihnen, erhellten den Himmel und die Baumkronen, die sich im stärker werdenden Wind bogen, waren in gespenstisches Licht getaucht. Regentropfen peitschten auf die Veranda, während das Donnergrollen immer lauter wurde.

Fannie wich zurück und strich sich wutentbrannt das Haar glatt. Sie schien wie elektrisiert zu sein und ging in die Ecke der Veranda.

„Wissen Sie was?" begann Fannie und baute sich erneut vor Ella auf. „Ich bin auch sauer. Nicht auf Sie, sondern auf mich. Weil ich Mist gebaut habe. Richtig großen Mist. Ich habe die beiden Menschen, die ich am meisten auf dieser Welt liebe, verletzt. Ich habe furchtbare Dinge getan. Dinge, auf die ich nicht gerade stolz bin. Aber ich will mich ändern."

„Das habe ich schon mal gehört."

„Ich will es", wiederholte sie. „Darum bin ich zurückgekehrt. Ich habe seit Monaten nichts mehr genommen. Ich bin clean. Ich bin wirklich clean. Und ich will mich ändern, um bei Marion einiges wieder gutzumachen. Ich weiß nicht, ob ich bei Harris etwas gutmachen kann. Vielleicht wird er mir nie verzeihen. Aber Marion … Sie hat in ihrem Herzen so viel Platz für mich."

Die Schleusen des Himmels öffneten sich, und es goss nun in Strömen. Die Tropfen prasselten auf das Vordach. Man konnte sein eigenes Wort kaum noch verstehen. Ella stand aus dem Schaukelstuhl auf und wollte zur Tür gehen. Doch Fannie streckte ihren Arm aus und hielt sie zurück. Ella machte auf dem Absatz kehrt, um Fannie anzusehen, und bemerkte, dass Fannies Augen vor Entschlossenheit glühten und ihr Griff eisenhart war.

„Ich will eine gute Mutter sein, verdammt", schrie Fannie gegen den Sturm an.

„Dann seien Sie eine."

„Aber ich kann es nicht allein." Sie ließ Ella los und verschränkte die Arme vor der Brust. „Ich … ich muss lernen, wie ich mich um sie kümmere. Ich muss alles über diese Diabetes-Sache wissen, über ihre Ernährung und die Spritzen. Es gibt so viel, was ich noch nicht weiß. Ich habe sie mit ihr erlebt. Sie sind gut in ihrem Job. Sie sind so sicher. Ich weiß, dass ich wohl die letzte Person bin, der Sie helfen würden, aber ich muss Sie darum bitten. Wenn Sie es nicht für mich tun wollen, dann tun Sie es für Marion. Bitte, Ella, bringen Sie mir bei, wie ich mich um mein Kind kümmern kann."

Ella lag völlig entspannt in dem heißen Schaumbad, das sie in der alten Badewanne mit den geschwungenen Füßen nahm. Von Zeit zu Zeit strich sie mit einem Tuch über ihre Haut, die nur noch die Erinnerung an die Liebkosungen, die sie genossen hatte, kannte. Dies war nicht der Körper der Frau, die vor einigen Monaten an diesem seltsamen Ort Zuflucht gefunden hatte. Die Jahreszeiten hatten sich geändert. Der Winter war in einen heißen Sommer übergegangen, die Bäume waren nicht mehr kahl, sondern trugen prächtiges Laubwerk. Und *sie* hatte sich ebenfalls verändert.

Sie schloss langsam die Augen, und ihre Brüste und Knie ragten wie kleine weiße Inseln aus dem warmen Wasser. Sie befand sich noch immer in einem Dilemma, obwohl die Entscheidung eigentlich so klar war.

Wie viele Male in den letzten Jahren hatte sie sich bitterlich bei jedem, der ihr zuhörte, über die Mütter beschwert, die keinen Anteil an der Krankheit ihrer Kinder nahmen? Oder über die Mütter, die nicht einmal zu den Schulungen erschienen oder die Ohren auf Durchzug stellten, wenn Ella ihnen etwas beibringen wollte! Sie hatte darum gebetet, dass wenigstens eine dieser Mütter zu ihr kommen und sagen würde: „Bitte, zeigen Sie mir, wie ich mich um mein Kind kümmern kann."

Ironischerweise war die einzige Frau, die ihr diesen Wunsch erfüllte, auch die Einzige, von der sie sich es nicht gewünscht hatte.

Ella war Krankenschwester. In der Tat. Und als Krankenschwester war sie dazu verpflichtet, Kindern dabei zu helfen, zu wachsen und sich zu entwickeln.

Und so musste sie Fannie helfen.

Ella schloss die Augen und führte ihre innere Zwiesprache zu einem logischen Ende – auch wenn sie dafür ihre eigenen Hoffnungen und Träume begraben musste. Sie würde Fannie beibringen, wie man mit Marion und dem Diabetes umging. Dafür war sie ausgebildet. Es war die richtige Entscheidung. Und doch ahnte sie, dass sie mit dieser Hilfe die Tür für ihren eigenen Abschied öffnete.

21. KAPITEL

Das Aufräum-Kommando: *Der Geier hat einen denkbar schlechten Ruf. Schon der Ausdruck „Aasgeier", der oft für das Tier Verwendung findet, hat in der deutschen Sprache eine negative Konnotation. Man denkt an Tod, Verwesung, Niedergang, und auch das Äußere der Tiere unterstützt dieses negative Bild noch. Doch die Arbeit, die die Geier in der Natur leisten, wird unterschätzt: Sie sorgen als so genanntes „Aufräum-Kommando" dafür, dass der Kreislauf des Lebens funktioniert.*

Die beiden jungen Geier richteten verheerende Schäden an. Sie pickten ein Loch in das Dach des Centers und rupften Stücke der Isolationsschicht heraus. Sie folgten den freiwilligen Helfern, wann immer diese Futter zu den Käfigen und Volieren brachten, und bedrängten sie, bis einer der Helfer nachgab und ihnen etwas zu fressen gab. Und da sie nun gelernt hatten, woher sie ihre nächste Mahlzeit bekamen, hockten sie stets im Schatten einer großen Eiche in der Nähe des Messraumes. Dort saßen sie, Schulter an Schulter, und beobachteten Harris, der gerade mit dem sperrigen schweren Maschendrahtzaun beschäftigt war.

Harris wusste nicht, was er mit den Tieren anfangen sollte. Sie waren so sehr auf den Menschen fixiert und hatten sich offensichtlich entschieden, unter ihnen zu leben, dass es aussichtslos schien, sie wieder an ihre Artgenossen gewöhnen zu können. Doch er wollte die Hoffnung auf eine Auswilderung noch nicht aufgeben. Er hatte den Zwinger aus dem ‚Restaurant' geholt und an einen schattigen Platz nahe der Klinik gestellt, so dass er ein Auge auf die beiden Jungvögel werfen konnte, bis sie ein bisschen älter waren. Dann würden sie noch einmal versuchen, die Geier auszuwildern.

Von seinem Standort aus sah er Ella im Behandlungszimmer arbeiten. In der letzten Woche hatte Ella viel Zeit darauf verwandt, Fannie in den Umgang mit Marions Krankheit einzuweisen. Sie war eine gute Lehrerin, einfühlsam und geduldig, vorsichtig und offen für Fannies endlose Fragen und Ängste. Ella hatte Marions Teddybär benutzt, um die günstigsten Einstichpunkte für die Spritzen zu zeigen, und um Fannie die Möglichkeit zu bieten, das Insulinspritzen zu üben. Aufgrund ihrer Drogenvergangenheit hatte sie gezögert, Fannie die Injektionsspritzen zu geben, doch Fannie hatte auf einen ganzen Stapel Bibeln geschworen, dass sie clean war. Und jeden Tag ging es ein bisschen besser – wenigstens was das Training betraf.

Harris sah hinüber zum Haus und hatte nicht mehr das Gefühl von Geborgenheit und Wohlbefinden, das ihn in den letzten Wochen und Monaten so glücklich gemachte hatte. Wieder war sein Haus ein Ort der Auseinandersetzung geworden.

Die tägliche Routine war ihr Rettungsanker. Morgens standen sie auf und frühstückten. Harris griff nach einem Toast und machte sich auf den Weg in die Klinik. Wenn er zurückkam, erduldeten sie das Geklirr und Geklapper des Bestecks, während sie schweigend ihr Essen zerteilten und hinunterschluckten. Anschließend flüchteten sie in ihre täglichen Aufgaben. Aus einem Tag wurden zwei, dann eine Woche, zwei Wochen, und immer noch hielten sie diese absurde Höflichkeit aufrecht. Als Ella sich entschloss, mehr Zeit in der Klinik zu verbringen, änderte sich die Routine ein wenig, aber die Spannung blieb.

Und die Freude war verschwunden. Ella zog sich immer mehr zurück. Sie sprachen kaum noch miteinander, und wenn, dann nur das Nötigste. Ella konnte seine Berührungen nicht mehr ertragen. Sogar unbeabsichtigte Körperkontakte ließen sie zurückzucken.

Die Anspannung spiegelte sich deutlich in ihrer brüchigen Stimme und ihrem blassen Gesicht wider. Jedes Mal, wenn ihre Blicke sich trafen, erkannte er ihren Schmerz, doch sie sagte nichts.

Fannie hingegen blühte auf. Die tägliche Routine, die gesunde Ernährung und die endlosen Stunden, die sie mit Marion draußen verbrachte, zauberten einen rosigen Schimmer auf ihre Wangen. Sie trug kein Make-up mehr und erinnerte inzwischen wieder mehr denn je an die Schönheit, die sie war, als er sich damals in sie verliebte. Oft versuchte sie, mit ihm allein zu sein oder ihn zu verführen. Doch wann immer sie sich ihm näherte, wies er sie zurück. Er hatte keine Gefühle mehr für sie.

Als Harris aufsah, erblickte er Fannie, die auf ihn zukam. Sie lief anmutig und selbstsicher über den Hof, so als gehörte sie hierher und wäre nie fort gewesen. Noch immer trug sie diese engen Shorts und knappen Oberteile, die ihre Taille betonten, aber doch eher zu jungen Mädchen passten. Manchmal fragte er sich, ob ihr Aussehen auch Ausdruck ihrer geistigen Reife war. Wahrscheinlich würde sie irgendwann zu jenen bemitleidenswerten Menschen gehören, die nie erwachsen werden wollten. Wie Peter Pan klammerten sie sich an ihre Jugend und weigerten sich, Verantwortung zu übernehmen.

„Wo ist Marion?" fragte er, als sie näher kam.

Sie deutete auf die Volieren der Dauerbewohner. „Sie wollte den Krähen ‚Hallo' sagen. Lijah ist bei ihr." Fannie beugte sich aufreizend nach vorn. Ihre Augen funkelten. „Mach dir keine Sorgen. Ich kümmere mich gut um unser kleines Mädchen."

Er runzelte die Stirn und widmete sich erneut seinem Kampf mit dem widerspenstigen Zaun.

„Was tust du?" fragte sie und kam näher.

„Ich baue einen Zwinger für die beiden Geier da drüben."

„Oh", antwortete sie und warf einen flüchtigen Blick auf die Vögel. „Harris, kannst du mal für eine Minute damit aufhören – wir müssen reden."

Zögernd sah er auf. „Worüber?"

„Du weißt worüber. Über uns."

Er seufzte, richtete sich auf und blickte ihr fest in Augen. „Es gibt kein *uns* mehr."

„Ich weiß. Darüber möchte ich ja mit dir reden."

Harris warf einen Blick über die Schulter zum Klinikfenster. Offensichtlich hatte Ella den Raum verlassen, denn er konnte sie nicht mehr sehen. „Komm mit", sagte er und führte Fannie in den Schatten der Eiche.

Sie folgte ihm und verscheuchte rüde die Tweedles, die sich hungrig dem Gartentisch näherten. „Haut ab! Verschwindet hier!" rief sie und klatschte dabei in die Hände.

„Lass sie, Fannie. Sie tun doch niemandem etwas."

„Ich kann diese Viecher nicht ausstehen. Es läuft mir kalt den Rücken runter, wenn ich sie sehe. Meine Mutter hat immer gesagt, dass sie mir die Augen aushacken, wenn ich böse bin."

Harris biss sich auf die Zunge, um nicht damit herauszuplatzen, was er gerne über Fannies Mutter gesagt hätte. Die Geier hüpften unwillig zur gegenüberliegenden Seite des Hofes und beobachteten sie aufmerksam.

Fannie kletterte auf einen Stuhl, um sich auf den Gartentisch zu setzen und bedeutete Harris, sich neben ihr niederzulassen.

Aber er blieb stehen und stemmte unwillig die Hände in die Hüften. Fannie schüttelte ihr Haar, fuhr mit den Fingern hindurch und strich einige Strähnen aus ihrem Gesicht. Eigentlich sollte es eine nonchalante Geste werden, aber in Harris Augen wirkte sie zu einstudiert.

„Worüber möchtest du reden, Fannie?“ fragte er tonlos. „Bist du schon wieder drauf und dran, uns zu verlassen?“

Sie ließ ihr Haar auf den Rücken fallen und legte die Hände auf ihre Knie.

„Du kannst sehr gemein sein, wenn du willst.“

„Ich will nicht gemein sein, ich bin nur realistisch.“ Er wischte sich die Hände an seiner Hose ab. „Du hast mir erzählt, du bräuchtest einen Platz, wo du unterkommen könntest, bis du wieder auf eigenen Füßen stehst. Ich denke, du beginnst dich zu langweilen.“

Seine Härte erschreckte sie. Sie machte einen Schritt zurück. „Ich glaube, ich verdiene es“, sagte sie. Dann warf sie den Kopf in den Nacken und blickte ihm flehentlich in die Augen. „Harris, es tut mir so Leid, dass ich euch damals verlassen habe. Ich war krank. Es ging mir ziemlich schlecht. Ich musste eine Menge verkraften, du weißt das besser als jeder andere. Du weißt auch, wie meine Mutter war. All diese so genannten Väter, die bei uns wohnten ...“ Sie schüttelte den Kopf, als wolle sie die Erinnerungen verjagen.

„Das ist alles schon sehr lange her, Fannie. Du bist kein Kind mehr. Du bist fast dreißig Jahre alt und hast ein Kind. Nein, du kannst dich nicht für immer damit entschuldigen.“

„Es ist nur ... einige Dinge kann man einfach nicht so leicht vergessen, Harris.“

„Das kann ich nicht abstreiten“, sagte er leise.

„Ich wünschte, ich wäre nie an die Drogen geraten. Ich glaube, ich brauchte nur eine Möglichkeit, um zu flüchten. Wenn ich doch nur die Zeit zurückdrehen und die Dinge ändern könnte.“ Sie ließ die Hände sinken und zuckte resigniert die Schultern. „Aber das kann ich natürlich nicht.“

Er sah sie an, blinzelte ins Sonnenlicht, um ihre Augen sehen und erkennen zu können, ob sie es ernst meinte. „Musstest du vor mir fliehen? Ich muss das wissen. Hast du meinetwegen wieder angefangen, Drogen zu nehmen, nachdem wir geheiratet hatten?"

„Nein! Gott, nein. Es war nicht deinetwegen oder wegen Marion. Du warst immer gut zu mir. Ich weiß nicht, was ich tun würde, wenn ich nicht die Möglichkeit hätte, zu dir zurückkehren zu können. Ich brauche die Gewissheit, dass du für mich da bist, Harris."

„Aber warum dann?"

„Irgendetwas in mir lässt mich manchmal rastlos sein. Es ist wie ein Kribbeln auf der Haut. Ich muss dann einfach fortgehen und …" Plötzlich schien sie sehr aufgeregt zu sein, rieb sich nervös die Arme, und die Worte überschlugen sich fast. „Ich kann es nicht erklären! Ich habe so viele Fehler gemacht, so viele Dinge getan, auf die ich nicht stolz bin. Mehr, als ich dir jemals erzählen kann. Aber glaube mir, Harris, ich habe für meine Fehler bezahlt. Ich habe meine Lektion gelernt. Und ich bin müde, so müde. Alles, was ich will, ist, zu Hause und mit meinem kleinen Mädchen zu sein. Und mit meinem Ehemann, wenn du mich wieder deine Frau sein lässt."

„Fannie …"

„Alles, worum ich dich bitte, ist eine zweite Chance", flehte sie ihn an. „Und ich strenge mich so sehr an – du siehst das doch, habe ich Recht?"

„Aber für wie lange? Für eine weitere Woche? Einen weiteren Monat, bis dieses Kribbeln wieder beginnt und du uns wieder verlässt?" Er konnte spüren, wie sich sein angestauter Ärger und seine Abneigung erneut aufbauten.

„Ich werde nicht wieder gehen. Das habe ich Marion fest versprochen."

„Marion mag deinen Versprechungen vielleicht Glauben schenken. Ich kann das leider nicht", sagte er und wandte seinen Blick ab.

„Was verlangst du denn von mir?" weinte sie. „Ich bin ihre Mutter. Sie braucht *mich,* Harris, nicht Ella!"

Als Ellas Name fiel, drehte Harris ihr abrupt den Kopf zu und sah ihr in die Augen.

„Oh, ich bin ihr dankbar, und das ist die Wahrheit. Sie hat mir beigebracht, für meine Tochter zu sorgen. Das ist ihr Job. Aber jetzt brauchen wir sie nicht mehr. Ich weiß, dass du gewisse Gefühle für sie hegst, aber ihre Anwesenheit bringt Marion nur durcheinander. Wir werden niemals die Chance haben, wieder eine richtige Familie zu werden, solange Ella noch hier ist. Ich kann mich auch um den Haushalt kümmern. Und eines Tages, wenn sich die Dinge beruhigt und eingespielt haben, will ich dir auch wieder mit den Vögeln helfen, wie ich es damals schon getan habe. Wir waren doch ein gutes Team. Das hast du jedenfalls immer gesagt."

Sie beugte sich vor, um nach seiner Hand zu greifen und sie fest zu drücken, während sie ihn flehentlich ansah. „Harris, mein Liebster, ich bin noch immer deine Frau. Und ich liebe dich. Ich will alles wieder gutmachen. Vielleicht verdiene ich nicht viel, aber ich verdiene immerhin eine zweite Chance. Dies ist auch mein Zuhause. Ich sollte hier sein. Sollte mich um unser Kind kümmern", brachte sie hervor, bevor sie ihren Tränen erlag.

Harris wollte den Arm um sie legen, sie trösten, aber er konnte nicht mehr tun, als sie seine Hand halten zu lassen, während sie weinte. Die Tränen rannen ihr über die Wangen. Harris konnte es nicht länger ertragen und trat näher an sie heran. Sie saß auf dem Gartentisch und weinte, und er fischte ein Taschentuch aus seiner Hosentasche und reichte es ihr. Dankbar nahm sie es entgegen und fuhr sich damit durchs Gesicht. Unvermittelt schlang sie die Arme um seine Taille und presste sich gegen seinen Körper. Harris empfand die Situation als unangenehm, doch Fannie klammerte sich schluchzend an ihn. Er blickte sich um, aber die Einzigen, die in der Nähe waren und sie ab und zu desinteressiert betrachteten, waren die Tweedles.

„Tut mir Leid“, sagte Fannie, als sie sich einigermaßen wieder unter Kontrolle hatte. „Das wollte ich nicht.“ Sie zog die Nase hoch und wischte sich mit dem Taschentuch über die Augen. „Du bekommst das Taschentuch zurück, nachdem ich es gewaschen habe,“ sagte sie mit einem unsicheren Lachen.

„Mama!“

Es war Marion, die nach Fannie suchte.

Fannie lachte, diesmal fröhlicher als zuvor. „Dieses Kind ist flink wie ein Wiesel und taucht überall auf. Sie macht mich fix und fertig. Und ich liebe es“, fügte sie hastig hinzu. Erwartungsvoll blickte sie Harris an und wartete auf eine Antwort. „Sie ist unser Kind.“

„Marion kommt an erster Stelle“, sagte er. Eine Entscheidung war unausweichlich.

„Natürlich“, erwiderte sie und sah ihn gespannt an.

„Ich gebe dir diese letzte Chance, Fannie. Um Marions willen.“ Die Worte blieben ihm fast im Halse stecken. Er bemerkte, dass er genau das gesagt hatte, was Ella ihm zuvor geraten hatte.

Fannie sprang auf und schlang glücklich und erleichtert die Arme um ihn. Sie klammerte sich an ihn und presste ihren Körper an den seinen.

Dies ist also meine Entscheidung, dachte er leidenschaftslos. Nach all der Angst und den schlaflosen Nächten siegte am Ende des Tages das Pflichtbewusstsein.

„Wenn du sie auch nur ein einziges Mal im Stich lässt …“

„Das werde ich nicht!“ rief sie überschwänglich aus.

Marion kam um die Ecke und hielt kurz inne, als sie die Eltern Arm in Arm erblickte. Ihr Pferdeschwanz war zerzaust, und ihr Knie war aufgeschlagen, und sie sah aus wie jede andere gesunde Fünfjährige, die an einem Sommertag ausgelassen herumtollt. Für einen Moment starrte sie die beiden nachdenklich an. Dann verzog sich ihr kleines Gesicht zu einem herzzerreißenden Lächeln, sie rannte mit ausgestreckten Armen auf die beiden zu und warf sich in die Arme ihres Vaters – voller Vertrauen und Hingabe.

Harris beugte sich vor, um sie zu umarmen, und hob sie hoch. Den freien Arm legte Marion um den Nacken ihrer Mutter. Sie zog die beiden an sich, bis sie alle in einer Umarmung vereint waren.

Keiner von ihnen bemerkte Maggie, die in der Nähe des Messraumes stand. Und auch nicht Ella, die neben ihr stand, sich abwandte und in die andere Richtung davonlief.

Maggie fand Ella an einen Zedrachbaum gelehnt. Ihre Hände hatte sie zu Fäusten geballt, während sie unbewegt auf das Wasser des Weihers starrte. Sie wirkte wie eine steinerne Statue, hart und unnachgiebig. Doch Maggie spürte, dass diese Haltung ihr nicht gut tat und nicht ihren Gefühlen entsprach.

„Weine ruhig. Das wird dich erleichtern“, sagte Maggie, als sie zu Ella kam. „Meine Mutter hat mir immer gesagt, ich solle alle Wut und alle Trauer rauslassen, dann würde ich mich besser fühlen. Und sie hatte Recht.“

„Nein“, presste Ella hervor. Sie versuchte verbissen, sich zusammenzureißen und nicht die Kontrolle zu verlieren. „Ich werde nicht weinen. Denn ich kann niemandem außer mir selbst einen Vorwurf machen. Ich hätte mich niemals in ihn verlieben dürfen.

Und keine Liebe für Marion empfinden dürfen. Ich hätte sie nicht lieben dürfen. Er ist verheiratet. Und ich wusste das. Er hat eine Ehefrau, aber ich wollte ihn so sehr. Ich wollte auch Marion für mich. Wie Prometheus habe ich das Feuer gestohlen. Ich wusste genau, dass es falsch war, aber ich habe es trotzdem getan, und nun muss ich dafür bezahlen."

Sie sah zu ihrer Freundin auf, bemerkte das Mitgefühl in Maggies Augen und verlor fast ihre mühsam bewahrte Haltung. „Weißt du, wie sie Prometheus bestraft haben? Er wurde an einen Stein gefesselt und ein Adler fraß seine Leber. Dann wuchs die Leber wieder nach und wurde erneut gefressen. So endete der Schmerz nie. Es ist wie mit der Liebe. Das passt doch, findest du nicht?"

„Hör auf, Ella. Daran glaube ich nicht einen Augenblick."

„Aber es stimmt."

„Er ist nicht wirklich verheiratet. Er ist lediglich gebunden und zu dumm, den Knoten zu lösen."

„Was macht das für einen Unterschied? Er ist an seine Frau gebunden. Ich kann nicht länger so tun, als ob nichts wäre." Sie stieß sich vom Baum ab und zupfte ein herabgefallenes Blatt von ihrem Zopf, während sie durch das hohe Gras zu Maggie lief. Sie hielt kurz an, sah ihre groß gewachsene starke Freundin an und war dankbar, diesen Rettungsanker in ihrem Leben zu haben.

„Ich habe mit der kühlen Logik, auf die ich so stolz bin, die ganze Sache noch einmal durchdacht. Als ich hier ankam, sah ich mich selbst als Helferin für jeden. Die effiziente, kompetente Ella Majors tat das, was sie immer getan hatte. Ich habe nicht daran gedacht, dass ich mich verlieben könnte und dass ich wollen könnte, dass dieses Glück niemals vergeht. Doch dann ist es passiert, und ich habe geglaubt, Harris und ich hätten etwas Besonderes miteinander. Aber ich sehe nun ein, dass ich nur Vater-Mutter-Kind gespielt habe. Dass ich nur einen Kindheitstraum gelebt habe. Und ich bin unsagbar wütend auf *mich selbst,* dass ich offenen Auges in diese Falle getappt bin."

„Du wirst uns verlassen, habe ich Recht?"

Ella warf das Blatt weg, blickte auf ihre leeren Hände und nickte. „Ich muss. Denn ich werde hier nicht mehr gebraucht. Fannie weiß jetzt, wie sie Marion versorgen muss. Es gibt keinen Grund mehr für mich, hier zu bleiben."

„Aber Harris …"

„Bitte, erzähl Harris nichts von unserem Gespräch. Mach es ihm nicht noch schwerer, als es ohnehin schon ist."

„Oh, Süße, bist du sicher?"

„Nein", sagte Ella mit einem kurzen Lachen. Sie legte Maggie ihre Hand auf den Arm. „Aber ich muss das tun. Versprichst du mir, die Dinge im Auge zu behalten?"

„Das tue ich."

Sie umarmten sich, und Ella spürte die Wärme der Freundschaft durch ihre Adern fließen, die ihr Mut machte. Sie löste sich aus Maggies Umarmung und machte einen Schritt zurück. Es gab keinen leichten Weg, Lebwohl zu sagen. Sie hatte es immer am einfachsten empfunden, zu winken, kurz zu lächeln und dann so schnell wie möglich fortzugehen.

Brady saß mit seinem Vater in einem Boot auf dem Wando River. Es war ein ganz passabler Morgen zum Fischen gewesen, und nun stand die Sonne zu hoch und heiß am Himmel, um weiterzufischen. Roy zog gerade den – wie er sagte – letzten Fisch des Tages an Land.

„Hey, guck dir das an! Das ist nicht mehr als ein Appetithäppchen", sagte er mit seiner rauen Stimme und entfernte den Haken aus dem Maul des Barsches.

„Das Tier ist noch zu klein. Du musst es wieder zurückwerfen."

„Ach, das merkt doch keiner", wiegelte Roy ab und öffnete den Fischeimer, der am unteren Ende des Bootes stand.

Brady verlagerte sein Gewicht auf dem schmalen Brett, auf dem er saß, und atmete hörbar ein. „Ich merke es", sagte er.

Roy hielt inne, der Fisch zuckte in seiner Hand. Seine Augen verengten sich, und er betrachtete seinen Sohn nachdenklich. „Willst du mir sagen, dass du dich um diesen schwachen, kleinen, belanglosen Fisch sorgst?"

„Ja, Sir."

Sein Vater schüttelte den Kopf und lachte glucksend. „Wenn das nicht dem Fass den Boden ausschlägt. Diese drei Naturfreaks haben dich wirklich auf ihre Seite gezogen, stimmt's?" Er hielt den Fisch hoch, um ihn genauer zu betrachten. „Erkläre mir doch mal, wie dieser kleine Fisch in diesem riesigen Fluss eine Veränderung bewirken soll?"

Es wäre so einfach gewesen, zuzumachen, wie er es sonst tat, nur mit den Schultern zu zucken und zuzulassen, dass sein Vater diesen Winzling von einem Fisch in den Eimer warf. Er hätte es zulassen können. Aber etwas in seinem Inneren sagte ihm, dass die Zeit gekommen war, für seine Überzeugung einzustehen. Auch wenn es nur um einen kleinen Fisch ging, an diesem Morgen, in diesem Boot, so spielten die Konsequenzen doch eine große Rolle.

Einmal, das war schon Monate her, hatte sein Vater ihn gefragt, ob er für oder gegen ihn sei, und Brady hatte sich gegen sein besseres Wissen auf die Seite seines Vaters geschlagen. Sogar gegen seine Überzeugung. Er hatte sich bei der Sache nicht gut gefühlt, und seine Gefühle seinem Vater – und sich selbst – gegenüber hatten sich seit dem Tag verändert.

Brady sah zu dem Mann auf, der nur einige Meter von ihm entfernt saß. Die Jahre des schwierigen Überlebens, des Trinkens und Rauchens hatten tiefe Spuren in seinem vom Wetter gegerbten Gesicht hinterlassen. Seine Jugend war lang schon verflogen. Das war auch deutlich an den immer zahlreicher werdenden grauen Stoppeln in seinem Gesicht und an seinen Schläfen zu erkennen. Brady versuchte, Roy Simmons als einen Mann und nicht nur als seinen Vater zu sehen. Wenn er das tat, fühlte er sich auch selbst mehr wie ein Mann.

„Du hast Recht. Ich kann keine Veränderung mit jedem winzigen Fisch in diesem riesigen Fluss bewirken. Oder in einem mickrigen Bach. Das ist zu groß, zu viel – das wäre anmaßend. Aber ich kann tun, was ich tun kann."

Als er begann, seinem Vater seine neu gewonnenen Erkenntnisse zu erklären, war er ganz erstaunt, dass die Aggressivität in Roys Gesicht abflaute und er tatsächlich anfing, seinem Sohn zuzuhören.

„Wenn jeder losgeht und die zu kleinen Fische, die er fängt, behält, wären das pro Sommer Tausende von Fischen, die nicht die Chance haben, heranzuwachsen, um Nachkommen zu zeugen. Es würde dann nicht mehr allzu lange dauern, bis die Art ausstirbt und es für niemanden mehr Fisch gibt. Aber wenn ich meinen zu kleinen, zu jungen Fisch zurück ins Wasser werfe und auch der Nächste es tut und so weiter, können wir alle herkommen und wieder fischen. Wenn ich darüber nachdenke, *macht es doch* einen Unterschied, wenn ich den kleinen Fisch zurück in diesen Fluss werfe. Wenigstens weiß ich, dass ich das Richtige getan habe. Und damit kann man leben."

Sein Vater schüttelte den Kopf und lächelte schief. Aber er lachte ihn nicht aus. Zu Bradys Überraschung lehnte er sich über den Bootsrand und warf den unbedeutenden kleinen Fisch zurück in den Fluss.

Roy sah seinen Sohn von der Seite an. „Bist du nun glücklich?"

Brady entspannte sich und sah seinem Vater direkt in die Augen. „Ja, Sir. Das bin ich. Danke."

Roy betrachtete seinen Sohn. Er musterte ihn, als sei Brady ein Fremder, den er irgendwo schon mal gesehen hatte, aber nicht mehr wusste, wo.

„Du bist wirklich gerne in dem Vogelcenter, hab ich Recht?"

„Ja, Sir", erwiderte Brady und fürchtete, sein Vater würde ihn dafür nun wieder zurechtweisen.

„Deine Mutter hat mir erzählt, dass du den Sommer über freiwillig dort arbeiten wirst. Obwohl die sozialen Stunden schon abgeleistet sind."

„Ich werde im Center arbeiten", sagte Brady mit Stolz. „Harris hat mir einen Job als Vogelführer gegeben. Er hat mir sogar seinen eigenen Falken zur Betreuung anvertraut. Und ich durfte dem Tier einen Namen geben. Ich rufe ihn Totem."

Roy verzog das Gesicht. „Was ist das für ein komischer Name?"

„Ein guter Name. Mir gefällt er. Und ich liebe es, die Tiere fliegen zu lassen. Daddy, endlich habe ich etwas gefunden, in dem ich wirklich gut bin."

„Ist das wahr?" Roy strich sich über die Wange und blickte ihn nachdenklich an. „Habe ich dir jemals erzählt, dass dein Urgroßvater mit Falken gejagt hat? Er hat sie auch aufgezogen."

Brady zog die Augenbrauen hoch. „Machst du Witze?"

Ein Lächeln erschien auf Roys Gesicht. „Ich werde dir auf dem Rückweg von ihm erzählen. Du erinnerst mich an ihn. Er war auch so stur." Er wandte sich zum Eimer um und überprüfte den Fang, bevor er den Deckel schloss. Seine Bewegungen wirkten steif, nicht so fließend und agil, wie Brady sie in Erinnerung hatte. „Tja, wir haben nicht viel, aber wir haben etwas zum Abendessen. Bereit, nach Hause zu gehen, mein Sohn?"

Ihre Blicke trafen sich, und Brady nickte. Dann drehte er sich um und hob den Anker aus dem schlammigen Untergrund.

Es war noch sehr früh, als Ella zum letzten Mal den Flur zu Harris Zimmer hinunterging. Die Sonne war noch nicht aufgegangen, und der Flur war stockdunkel. Am Tag zuvor hatte es heftig geregnet, und die drückende feuchte Hitze war gewichen. Die Nachtluft war erfrischend kühl. Sie hatten die Fenster offen stehen lassen, um das Haus abzukühlen. Ella konnte die hölzernen Jalousien hören, die im Wind leicht gegen die Hauswand schlugen.

Sie klopfte nicht an seine Tür, weil sie Angst hatte, Fannie und Marion zu wecken, die oben schliefen. Also drückte sie die Tür sanft auf und verzog erschreckt das Gesicht, als die Angeln quietschten.

Der Mondschein, der durch die offenen Fenster fiel, erfüllte den Raum mit zartem Dämmerlicht. Das Zimmer glich einem Schlachtfeld – überall Berge von Wäsche und Bücher- und Papier-Stapel, die sich gefährlich neigten. Ella konnte im schummrigen Licht nur die Umrisse der Haufen auf dem Schreibtisch und auf dem Fußboden ausmachen, und schlich auf Zehenspitzen um sie herum, bis sie an Harris' Doppelbett stand.

Der Anblick von Harris, der auf dem Bauch lag, fest schlief und leicht schnarchte, schnürte ihr die Kehle zu. Sie wollte ihn nicht aufwecken, wusste nicht, ob sie die Kraft hätte, ihm Lebewohl zu sagen. In den letzten Stunden vor Sonnenaufgang hatte sie Dutzende von Briefen angefangen und sie doch alle zerrissen. Sie konnte ihm keine Nachricht auf dem Küchentisch hinterlassen.

Sie streckte ihre Hand aus, um seine nackte Schulter zu berühren. Harris zuckte unter der Berührung zurück. Es kostete sie all ihren Mut, ihn zu schütteln – zuerst ganz sacht, beim zweiten Mal schon etwas bestimmter.

Er wachte auf, überrascht, und hob abrupt seinen Kopf vom Kissen. Besorgt wich sie zurück. Schlaftrunken blinzelte er und sah sie dann mit müden fragenden Augen an.

„Harris, ich bin es", wisperte sie. „Ella."

Er fuhr sich mit der Hand durchs Gesicht, wurde langsam wach und blickte sie wieder an. Seine blauen Augen funkelten in der Dämmerung. Zuerst schien er überrascht, sie zu sehen, doch dann freute er sich. Sein Gesicht entspannte sich, und er begann zu lächeln.

„Ella ..." Er rückte zur Seite und lupfte die dünne Decke, um Ella ins Bett zu lassen. Unvermittelt hielt er inne, als er bemerkte, dass sie komplett angezogen war. Sie trug eine khakifarbene Hose, ein T-Shirt, und ihr Haar war hochgesteckt.

„Wie spät ist es?" fragte er, und seine Stimme klang plötzlich besorgt.

„Fünf Uhr."

Er setzte sich auf und strich sich das zerzauste Haar aus dem Gesicht. „Wohin willst du?"

„Ich weiß es nicht."

Abrupt streckte er den Arm aus, um sie festzuhalten. „Tu das nicht, Ella."

Verzweifelt versuchte sie, sich von ihm zu lösen, aber er ließ sie nicht gehen. „Ich muss das tun, Harris."

„Nein", sagte er bestimmt und zog sie an sich heran.

„Bitte, lass mich gehen", beharrte Ella, aber er war stärker als sie. Er zog sie an sich, hinunter in das warme, weiche Bett, hinunter in seine Arme. Sanft wiegte er sie, umarmte sie, drückte sie an sich, und sie konnte die Wärme seiner Haut und die Stärke seines Körpers spüren.

„Du kannst nicht gehen", sagte er, den Mund ganz nah an ihrer feuchten Wange.

Tränen sammelten sich in ihren Augen, und sie legte ihre schlanken Hände an seine Schulter. Sie hatte Angst, auch nur für einen Moment die Kontrolle zu verlieren, und stemmte sich mit aller Macht gegen ihn. „Ich muss es tun. Und ich werde es tun."

„Du wirst gehen?" flüsterte er. „Du wirst mich hier zurücklassen? Und Marion verlassen?"

„Sei nicht unfair", stieß sie hervor und versuchte, leise zu sprechen. „Wir wissen beide, dass du eine Entscheidung gefällt hast. Es ist nicht die Entscheidung, die ich mir gewünscht hätte, aber ich muss damit leben. Du musst mir jedoch eine Sache versprechen", sagte sie mit Bestimmtheit. „Du musst mir versprechen, gut auf Marion aufzupassen. Achte darauf, dass sie ihre Medikamente bekommt und ihre Diät einhält. Du musst deinem Instinkt vertrauen, und wenn du etwas vermutest, handle schnell. Versprich es mir!"

Sie fühlte, wie sich seine Anspannung löste, als er den Kampf aufgab. Sie sahen sich an, ihre Gesichter waren sich so nahe, dass sie den Atem des anderen spüren konnten. Und sie erkannten in ihren Blicken die unaussprechliche Traurigkeit des Verlustes – sie wussten, dass es aus war.

„Ich verspreche es", erwiderte er heiser.

Sie lächelte süß und traurig und streckte ihre Hand aus, um ihm die Haare aus der Stirn zu streichen. Er schloss die Augen.

„Ich habe versucht, dir eine Nachricht zu schreiben", sagte sie sanft, nun, da sie sich aus seinen Armen gelöst hatte. „Aber ich konnte es nicht. Ich dachte, dass das, was wir beide teilten, ein gerechtes Ende verdient."

„Ella ..."

„Nein!" presste sie hervor und unterdrückte ihre Tränen. Sanft legte sie ihm ihre Hand auf den Mund. „Wir haben alles gesagt, was es zu sagen gibt. Außer Lebewohl."

Zärtlich zeichnete sie mit ihren Fingern die Konturen seiner Lippen nach. „Also, lebe wohl, Harris. Jeder Tag mir dir und Marion war ein Geschenk. Ich danke dir dafür. Und ich wünsche dir Glück."

„Wenn du gehst, geht auch mein Glück."

„Leb wohl", flüsterte sie und küsste ihn. Sie behielt ihre Augen offen, um sich jede Kleinigkeit des geliebten Gesichtes einzuprägen. Dann löste sie sich aus seinen Armen und stand auf.

Dieses Mal hielt er sie nicht zurück.

22. KAPITEL

Lebensraum: *Das Gebiet, in dem die Tiere ihre Nistplätze, ihre Jagdreviere und Wasser finden, wird als ihr Lebensraum bezeichnet. Der Verlust von Lebensraum durch Bebauung, Entwässerung und Auffüllung von Sümpfen, Abholzung der Wälder und Verwendung von landwirtschaftlich notwendigen Chemikalien hat seinen Tribut gefordert: Die Population der Greifvögel leidet darunter, und der Verlust von Lebensraum durch Menschenhand zählt zu den größten Bedrohungen der Tierbestände weltweit.*

Der Juni begann mit einer Hitzewelle, die sich bis zur Tagundnachtgleiche hinzog. Die Einheimischen sprachen unentwegt über die globale Erwärmung und schüttelten die Köpfe über die Weiher und Bäche, die austrockneten. Jeder betete um den lang ersehnten und dringend benötigten Regen. Das dürre Gras konnte sich beim kleinsten Funken entzünden, und so verboten die Ranger das Entzünden von Lagerfeuern. Nur die Touristen an den Stränden freuten sich über das Wetter.

Harris stöhnte unter dem Gewicht des Holzes, das er über das verdorrte Gras trug. Der Schweiß strömte ihm über das Gesicht und den Oberkörper, aber verbissen schleppte er das Holz wie ein Lasttier weiter. Endlich hatte er genug Spenden gesammelt, um seinen Traum von den großen Flugvolieren zu verwirklichen. Vor Monaten hatte er mit Ella über seine Pläne gesprochen, und er hatte es nicht erwarten können, mit dem Bau zu beginnen. Seitdem sie fort war, hatte das Projekt an Reiz verloren – und so war es auch mit den meisten anderen Dingen in Harris' Leben. Erschöpft ließ er die letzte Fuhre Holz auf den Boden fallen, wo sie mit einem lauten Krachen landete.

„Setzen Sie sich hin, und ruhen Sie sich aus“, sagte Lijah und reichte ihm etwas Kühles zu trinken. „Sie haben hart genug gearbeitet.“

Harris ließ sich auf einen Holzstapel fallen und nahm dankbar das Getränk entgegen. Es stimmte. Er hatte rund um die Uhr geschuftet, entweder in der Klinik oder beim Bau der Volieren. In diesen Tagen spürte er nur durch die Arbeit eine Art von Frieden, aber sie forderte auch ihren Tribut. Sein Rücken schmerzte, seine Arme fühlten sich an wie Gummi, und sein Magen knurrte. Hinzu kam, dass er völlig übernächtigt war. Er hatte in den Wochen, seit Ella fort war, keine Nacht mehr durchgeschlafen. Und er hatte keinen Hunger mehr. Es war unglaublich, aber er vermisste sogar Ellas Kochkünste.

Bei dem Gedanken an den fettigen Speck und das fürchterlich durchweichte Müsli, das Ella ihnen in den ersten Tagen zum Frühstück gezaubert hatte, musste er leise lachen. Aber sie gab nicht auf, wie mit allem anderen auch nicht. Sie las Kochbücher und probierte Rezepte aus aller Herren Länder aus. Dann lachte sie immer und sagte, das Exotischste, was sie jemals gekocht habe, sei die gute alte Küche des Südens. Okra war ihr ein Buch mit sieben Siegeln geblieben.

Fannie konnte gebratene Okras besser als jeder andere zubereiten, den er kannte, und ihr Müsli war bissfest und perfekt. Aber er musste zugeben, dass die Mahlzeiten bei ihr nur halb so viel Spaß und Überraschung bedeuteten.

„Das ist doch nicht etwa ein Lächeln, das ich da auf Ihrem Gesicht erkenne?“ fragte Lijah. „Das habe ich nicht mehr gesehen, seit Miss Ella uns verlassen hat.“

Abrupt aus seinen Träumen gerissen, sah Harris auf. „Ich war mit meinen Gedanken gerade woanders.“

„Das haben Sie in letzter Zeit öfter gehabt, soweit ich das beurteilen kann. Ja, Sir, auch ich vermisse sie."

Harris nahm einen ausgiebigen Schluck von seinem Sodawasser. Diesem alten Kauz konnte man wirklich nichts vormachen.

„Diese Fannie ist aus anderem Holz geschnitzt, so viel steht fest." Lijah schnaubte abfällig in seiner typischen Art und machte seinen Standpunkt deutlich. „Man kann keiner Frau vertrauen, die keinen guten Kaffee kochen kann."

„Geben Sie ihr Zeit", erwiderte Harris müde.

„Hm. Sie flattert hier herum wie ein aufgescheuchtes Huhn und spricht nicht mit *mir*, aber ich sehe sie dauernd um den jungen Brady herumscharwenzeln und ihm kühle Getränke bringen."

„Sie hat doch allen ein Getränk gebracht", gab Harris zurück. Er wollte dem Streit zwischen Lijah und Fannie aus dem Weg gehen. Jeden Abend musste er sich Fannies Klagen über Lijah anhören. Die beiden mochten sich einfach nicht. Nichtsdestotrotz verwurzelte sich das Bild der kokett lächelnden Fannie, die sich um Brady kümmerte, in seinem Kopf und verfestigte sich dort. Wann immer der junge Mann in ihrer Nähe war, schien sie einen Schalter umzulegen und mit ihm zu flirten.

Zur Hölle, die Hitze schlug ihm wohl auf sein Urteilsvermögen, sagte er sich und hielt sich die kühle Flasche an die Stirn. Ein Dunstschleier stieg vom Boden auf, und das Zirpen der Insekten schwoll an.

„Wolken ziehen auf", sagte Lijah und blickte in den Himmel. „Das Wetter schlägt um."

„Das hoffe ich. Wir brauchen endlich Regen. Man kann diese feuchte heiße Luft praktisch mit dem Messer schneiden. Ich möchte mit dem Stall fertig sein, bevor der Sturm losbricht. Er nimmt langsam Form an, finden Sie nicht?"

„Das wird eine gute Voliere für die Flugversuche der Tiere. Und meine Santee wird die Erste sein, die hier ihre Flügel trainieren wird.“

„Ja. Sie ist mehr als bereit dafür. Ihre Lungen klingen gut, und mit ein bisschen Flugübung ist sie bald so weit, wieder ausgewildert zu werden. Sie ist eine wunderschöne Vertreterin ihrer Art, und ich bin glücklich, dass sie wir sie bald wieder in die Freiheit entlassen können. Obwohl ...“ Er blickte Lijah von der Seite an. „Ich bin wirklich versucht, einen Grund zu finden, um sie noch länger hier zu behalten, wenn das heißt, dass auch Sie bleiben.“

„Das kann ich nicht“, sagte Lijah bedauernd. „Obwohl ich Ihnen für Ihr Vertrauen danke. Nein, für meine Santee ist es Zeit, zu gehen und Pee Dee zu finden. Dann können sie gemeinsam nach Hause fliegen.“ Er hob die Hand und zupfte sich am Ohr. „Dasselbe gilt für mich. Meine Martha wartet auf mich, und ich weiß, dass ich sie schon bald endlich wiedersehen werde.“

Abrupt wandte Harris sich zu ihm um und betrachtete den alten Mann intensiv. „Sind Sie krank?“

„Mein Geist ist gesund. Es ist nur der alte Körper, der allmählich müde wird.“

„Dann bringen wir Sie zu einem Doktor“, sagte er besorgt. „Ich kenne einen guten in Mount Pleasant.“

„Und was würde er tun, wenn er etwas fände? Ich werde in kein Krankenhaus gehen.“ Lijah schüttelte den Kopf und hob beschwichtigend die Hände. „Machen Sie sich keine Sorgen, Sohn. Es ist nichts Bestimmtes. Nur kleine Zipperlein und hier und da Schmerzen. So ist das nun einmal, wenn man alt wird. Wenn man so lange wie ich in einem Körper lebt, scheint man einfach zu spüren, wenn die Zeit gekommen ist.“

Harris stand auf, legte Lijah seine Hand auf die Schulter und führte ihn in den Schatten einer mächtigen Eiche. „Setzen Sie sich einen Moment, und ruhen Sie sich aus. Sie sind der Handwerker, ich der Arbeiter. Ich werde das hier mit Brady zu Ende bringen."

„Aber nur für eine Weile. Ich würde gerne mit diesen Händen die Arbeit fertig stellen. Es wäre etwas, das von mir bleibt, wenn ich gehe. Etwas, das meine Handschrift trägt und auf das ich wirklich stolz bin."

„Sie haben uns alle hier geprägt, und wir werden Sie niemals vergessen."

Lijah blickte ihn einen Moment lang tief bewegt an und nickte dann langsam. „Das ist das Schönste, was man auf Erden zurücklassen kann. Das ist sicher."

„Mama, ich fühle mich nicht so gut."

„Ach, das ist das Wetter", erwiderte Fannie und wandte den Blick nicht vom Fernseher. „Komm her, und sieh dir den Film mit mir zusammen an."

Fannie lag ausgestreckt auf dem Sofa im Wohnzimmer. Zwei Ventilatoren versuchten, für Frischluft zu sorgen, doch selbst auf höchster Stufe schafften sie es nicht, die drückende Hitze zu vertreiben und Erleichterung zu verschaffen.

„Ich möchte nicht mehr fernsehen", jammerte Marion und stampfte mit dem Fuß auf. „Wir liegen schon den ganzen Tag vor der Kiste."

„Und wir werden auch noch die ganze Nacht hier liegen."

„Ella hat mich immer auf Spaziergänge mitgenommen. Können wir nicht auch ein bisschen nach draußen gehen? Wir könnten uns die Krähen anschauen."

„Bei dieser Hitze? Bist du verrückt?"

Marion schnaubte missmutig und schmollte. „Können wir was spielen?“

„*Schatz*“, erwiderte Fannie ungeduldig. Sie trommelte mit den Fingern auf der Sofalehne. „Merkst du nicht, dass ich versuche, einen Film zu sehen?“

Marion machte ein mürrisches Gesicht. „Mir fehlt Ella.“

Fannie drehte sich zu ihr um und sah sie mürrisch an. „Es macht mich wirklich krank, wenn du die ganze Zeit dieser heiligen Ella hinterherjammerst. *Ella hat dies … Ella hat das …*“, sagte sie mit höhnischem Singsang in der Stimme. „Wo ist denn Ella? Ich möchte diesen Namen nicht mehr hören. *Ich* bin deine Mama, und *ich* bin hier.“

Marion seufzte laut, wischte sich über die verschwitzte Stirn und schlurfte zum Sofa. Unschlüssig blieb sie eine Weile daneben stehen und sah sich lustlos den Film an. Dann lehnte sie sich gegen ihre Mutter, schlang die Arme um ihren Hals und legte seufzend ihren Kopf an Fannies Schulter.

„Oh, Baby, tu das nicht“, sagte Fannie und schob sie von sich. „Du bist ganz verschwitzt, und es ist einfach zu heiß.“

„Mein Kopf tut weh, und ich fühle mich krank. Vielleicht muss mein Betes geprüft werden.“

Fannie drehte sich um und sah ihr aufmerksam ins Gesicht. „Deine Blutwerte waren gerade noch okay. Oh, das ist nur diese furchtbare Hitze. Dir ist nur heiß.“ Sie streckte die Hand aus und legte sie auf Marions Stirn. „Fühlst du dich wirklich nicht wohl?“

Marion schüttelte den Kopf.

Fannie biss sich auf die Unterlippe und wandte ihre Aufmerksamkeit wieder dem Fernseher zu. „Ich sag dir was. Geh zum Kühlschrank, und hole dir einen Saft. Dann geht es dir bestimmt bald wieder besser.“

Marion ließ die Schultern sinken, doch sie tat, was Fannie ihr gesagt hatte.

Fannie hörte, wie der Kühlschrank geöffnet wurde und wie Marion dann in ihr Zimmer ging.

Gott sei Dank, dachte sie erleichtert. Das Kind treibt mich noch in den Wahnsinn.

Als Harris an diesem Abend nach Hause kam, fühlte er sich schmutzig und verschwitzt nach dem langen Arbeitstag in der glühenden Sonne. Lijah war ein bemerkenswerter Handwerker. Sein großen knorrigen Hände konnten an einem Stück Holz arbeiten, bis es weich wie Seide war, und Bradys starker Rücken war ein Segen für das Projekt gewesen. Wenn sie so weitermachten, konnten sie die Voliere schon am Ende der Woche fertig haben.

Er betrat das Haus, und obwohl die Ventilatoren auf vollen Touren liefen, war es doch nicht viel kühler als draußen. Das Summen der Ventilatoren und der Ton des Fernsehers erschienen ihm ohrenbetäubend. Fannie lag auf dem Rücken vor dem Gerät und hatte ihre schmutzigen Füße über die Armlehne geschwungen. Über ihrem schlanken Körper trug sie nur kurze Shorts und einen BH.

Harris' Miene verfinsterte sich, und er ließ seinen Blick durch den Raum schweifen. Dann sah er Fannie vorwurfsvoll an. Im Wohnzimmer lagen etliche Spielsachen verstreut, ein Korb mit Wäsche stand in der Ecke, und das dreckige Geschirr wartete noch immer darauf, abgeräumt zu werden. Als er zwei leere Bierflaschen auf dem Kaffeetisch entdeckte, spürte er eine altbekannte Wut in sich aufsteigen. Geräuschvoll räumte er sie zur Seite.

Fannie hörte den Lärm und drehte sich um. Als sie Harris sah, stützte sie sich auf ihre Ellbogen und sagte: „Gott sei Dank, bist du endlich zu Hause."

„Wo ist Marion?“

Fannie bemerkte die Kälte in seiner Stimme und setzte sich auf. „Oh, sie ist in ihrem Zimmer“, erwiderte sie und machte eine beschwichtigende Geste. „Dort ist es kühler.“

Harris lief zum Fernseher, stellte ihn aus und legte seine Hand auf das Gerät. „Es ist glühend heiß. Ich habe dir doch gesagt, dass ich nicht will, dass du den ganzen Tag mit Marion fernsiehst.“

„Draußen ist es heißer als in der Hölle“, schoss sie zurück. „Hier drinnen auch. Wir gehen bald ein vor Hitze. Kannst du nicht eine Klimaanlage kaufen?“

„Ich habe dir gesagt, dass das im Moment nicht geht. Ich habe alle Ersparnisse für die neuen Volieren ausgegeben.“

„Verdammte Volieren. Verdammte Vögel. Alles geht für die Tiere drauf. Es ist doch immer dasselbe mit dir. Nichts hat sich verändert in all den Jahren, die ich dich jetzt kenne.“ Sie schlug sich mit der Hand auf die Brust. „Was ist mit uns?“

„Es gibt zwei Klimaanlagen in diesem Haus. Geh doch einfach in einen dieser Räume! Die Hitzewelle wird bald vorüber sein.“

„Ich kann in den klimatisierten Räumen aber nicht fernsehen.“

„Dann guck doch einfach nicht so viel fern.“

„Es gibt an diesem gottverlassenen Ort aber nichts, was man sonst tun könnte“, schrie sie ihn an, sprang vom Sofa auf und baute sich vor ihm auf. Sie hüpfte aufgeregt vor ihm auf und nieder. „Ich bin seit sechs Wochen hier und werde, verdammt noch mal, verrückt!“

„Du wusstest doch, worauf du dich einlässt und wie es sein würde. Und du hast mich gebeten, dich hier bleiben zu lassen. Es ist nicht so, als hättest du hier nichts zu tun. Jede Menge Dinge sind zu erledigen, die nicht gemacht werden. Dinge, die du eigentlich tun solltest, auf die ich mich verlassen habe.“

„Ach ja? Welche denn? Die Wäsche? Oh, großartig. Ich kann es kaum erwarten. Und den Garten umgraben, um Salat zu ernten? Kochen? Mann, ich habe noch nie so etwas Spannendes erlebt."

„Bist du fertig?" fragte er, bemüht, seine Wut unter Kontrolle zu halten.

„Nein, ich bin nicht fertig! Ich fange gerade erst an!"

Harris rieb sich erschöpft die Nasenwurzel. In letzter Zeit hatten sie fast nur noch gestritten. Und sie schliefen in getrennten Betten und aßen, ohne sich zu unterhalten.

„Ich gehe nicht davon aus, dass du Abendessen gekocht hast?"

Sie rieb sich die Unterarme, als würden sie jucken. „Es ist einfach zu verdammt heiß hier. Ich dachte, wir könnten eine Pizza kommen lassen."

„Das haben wir doch gestern schon getan."

„Dann tun wir es heute eben noch mal!" schrie sie ihn an. Sie fuhr sich mit den Fingern durchs Haar, ging zum Tisch und nahm eine Spange, um ihr Haar zurückzustecken. Sofort bemerkte Harris, dass ihre Hände zitterten.

„Ist alles in Ordnung mit dir?" fragte er und musterte aufmerksam ihr Gesicht. „Wird dir das alles zu viel, Fannie?"

Fannie hörte die Sorge in seiner Stimme und hielt inne, um ihn zu betrachten. Sie wirkte erschöpft, und sie hatte offensichtlich geweint. „Ich versuche es, Harris. Wirklich, ich versuche es. Es ist nur so schwierig." Sie rieb sich die Arme und begann zu schwitzen. „Ich komme nicht hinterher. Jedes Mal, wenn ich mich umdrehe, braucht das Kind etwas anderes. Wenn ich doch nur eine Pause hätte. Ich brauche etwas Zeit für mich. Ich brauche etwas *Spaß*."

Harris seufzte tief und spürte, wie die Hitze und die Müdigkeit ihn wie Blei belasteten.

Den Wechsel in seiner Stimmung spürend schlang Fannie die

Arme um Harris. „Ich möchte mich nicht mehr streiten", flüsterte sie ganz nah an seinem Ohr. „Dafür bin ich nicht nach Haus zurückgekehrt. Ich vermisse dich, Harris. Du bist nicht ein Mal in mein Bett gekommen. Denkst du darüber nach, wie ich mich dabei fühle? Wenn wir zusammen wären, würde ich mich mehr zu Hause fühlen." Sie drückte sich an ihn und bewegte verführerisch ihre Hüften.

„Komm schon, Süßer. Mach, dass ich mich hier angenommen und zu Hause fühle."

Er presste seine Lippen auf die ihren – seine stürmische Umarmung glich mehr einer Erlösung denn Liebe. Fannie bog sich ihm lustvoll entgegen, klammerte sich an ihn, hungrig und fordernd.

Mit seiner Hand fuhr er ihren Rücken entlang, rauf und runter, fühlte ihre Sanftheit, ihren weichen Körper und eine Million Erinnerungen ergriffen Besitz von ihm. Als er über ihre Hüften glitt, tastete er eine harte Plastikbox, die aus ihrer Hosentasche in seine Hand fiel.

Für einen Augenblick sah er hinunter, um – was immer es auch war – auf den Tisch zu werfen. Doch plötzlich hielt er inne. Er löste sich von Fannie und blinzelte, um den Gegenstand in seiner Hand zu erkennen.

Fannie küsste seinen Nacken, als sie bemerkte, dass er nicht mehr bei der Sache war. Er bewegte sich nicht mehr. Tatsächlich stand er wie gelähmt. Sie hörte auf, seinen Nacken zu liebkosen, um in Harris' Gesicht zu blicken, und folgte seinem ernsten Blick auf die Box in seiner Hand. Sie erstarrte.

„Woher hast du die?" fragte er.

Fannie ließ die Arme sinken und wich einen Schritt zurück. Sie antwortete nicht.

Anklagend hielt Harris eine Box gefüllt mit Pillen hoch. Einige der Tabletten fehlten. „Wie viele davon hast du schon genommen? Dieses Zeug kann einen Elefanten ruhig stellen.“

„Keine! Ich habe keine Tabletten genommen!“

„Lüg mich nicht an, Fannie.“ Er untersuchte die Packung Tabletten und fand eine halbierte Pille. Zorn flammte in ihm auf, und er musste an sich halten, um nicht loszutoben. Fannie musste die Pillen aus der Klinik gestohlen haben. Er erinnerte sich daran, sie einmal dort überrascht zu haben. Als er sie gefragt hatte, was sie suchte, hatte sie nervös gelacht und geantwortet, sie sei einfach neugierig und hätte sich alles ansehen wollen. Zwar hatten bei ihm sämtliche Alarmglocken geschrillt, doch er hatte es ignoriert und sich gesagt, es sei unfair Fannie gegenüber, sie zu verdächtigen. Aber jetzt sah er, wie Recht er gehabt hatte.

Fannie wich einen Schritt zurück. „Okay. Ich hab ein paar genommen. Meine Güte, was macht das schon? Harris, mir war so langweilig! Ich habe niemandem wehgetan!“

Wehgetan ... Plötzlich schoss ihm ein Gedanke durch den Kopf, und Panik machte sich breit – sein Herz pochte. Fluchend steckte er die Beruhigungsmittel in seine Hosentasche. „Marion!“ schrie er und rannte die Treppe hoch.

Er fand sie auf ihrem Bett liegend und lesend. Erleichtert ließ er sich gegen den Türrahmen sinken und betrachtete einen Augenblick lang nur seine kleine Tochter.

Sie blickte auf und lächelte schwach. „Hallo, Daddy.“

Harris lächelte zurück und schluckte schwer. Als sein Herzschlag sich langsam wieder normalisiert hatte, ging er durch den Raum, vorbei an der schrillen Lulu, die achtlos weggeworfen auf dem Boden lag und setzte sich an das Bett. Die schmale Matratze sank unter seinem Gewicht ein, und er legte seinen Arm an das zierliche weiße Kopfende des Bettes.

„Was liest du?"

„Goodnight Moon", erwiderte sie und lehnte ihren Kopf lustlos gegen seine Brust. „Das hat Ella mir immer vorgelesen."

Die Traurigkeit in ihrer Stimme erfüllte ihn mit Sorge. „Bist du okay, Süße? Geht's dir gut?"

„Ich vermisse Ella."

Er fühlte, wie sein Herz schmerzte. „Ja? Ich vermisse sie auch."

„Kommt sie zurück?"

„Ich glaube nicht."

„Ist sie nicht unten? Kannst du ihr nicht sagen, dass sie hochkommen und mir eine Geschichte vorlesen soll?"

Eine Stimme in seinem Kopf sagte ihm, dass etwas nicht stimmte, und er antwortete: „Du weißt doch, dass sie nicht hier ist, Süße." Er beugte sich hinunter, um ihren Kopf zu küssen. „Was ist das für ein Parfüm, das ich rieche?"

„Weiß ich nicht", erwiderte sie, ohne auf das Stichwort für ihr kleines Spielchen einzugehen. Sie setzte sich auf und schlüpfte aus dem Bett. „Ich werde jetzt Ella holen", sagte sie und ging zur Treppe. „Sie mag diese Geschichte."

Harris bekam Angst. Ganz offensichtlich war sie nicht ganz klar. Er sprang auf, um sie bei den Schultern zu packen und ihr ins Gesicht zu schauen. Ihre Wangen glühten, und ihr Atem roch süßlich.

„Tut dir dein Kopf weh?"

Sie nickte. „Ich fühle mich nicht so gut, Daddy. Und ich habe solchen Durst."

Harris brachte sie ins Bett, und sein Herz begann erneut zu rasen. „Ist schon gut, Süße. Du bleibst hier. Daddy holt nur schnell das Testbesteck. Ich komme gleich wieder." Bevor er ging, entdeckte er den leeren Saftkarton neben ihrem Bett. Angst schnürte ihm die Kehle zu, als er die Treppe hinunterjagte und durch das Wohnzimmer rannte, vorbei an Fannie, die nervös ihre Hände knetete.

„Was ist denn los?“ rief sie ihm hinterher und folgte ihm ins Badezimmer.

„Wann hast du das letzte Mal ihr Blut getestet?“ wollte er wissen, während er das Insulinbesteck aus dem Schrank holte.

Sie legte sich eine zitternde Hand auf die Stirn. „Äh, lass mich nachdenken! Das ist noch nicht so lange her. Scheiße, ich kann mich nicht erinnern. Habe ich es nicht aufgeschrieben?“

„Nein“, sagte er kurz und lief an ihr vorbei zur Treppe. Anhand seiner Tabelle konnte er sehen, dass Marion die letzte Dosis ihrer Medikamente nicht bekommen hatte. Vielleicht sogar die letzten beiden. Er verfluchte sich selbst, Fannie vertraut und geglaubt zu haben, er könne sie retten, könne ihre Ehe retten oder seine Familie. Alles, was er erreicht hatte, war, das Leben seiner Tochter in Gefahr zu bringen. Aber damit war jetzt Schluss. Endgültig!

Er drehte sich auf dem Absatz um, bevor er die Treppe hochging, und erhob drohend den Finger: „Pack deine Sachen. Ich will, dass du morgen hier verschwunden bist.“

Marion war lustlos, wehrte sich aber nicht und reichte ihm ihren Finger, damit er sie testen konnte. Sie gab keinen Laut von sich, als er die Spritze ansetzte. Endlich hatte sie ihre Medizin bekommen, und Harris nahm sie in seine Arme und hielt sie an sich gedrückt. Gleich würde er einen Arzt rufen. Doch im Moment musste er sie festhalten, für sie da sein, während das Insulin in ihrem Körper arbeitete.

„Dein Daddy ist hier“, sagte er und wiegte sie sacht in seinen Armen. Dabei machte er tausend und ein Versprechen über Dinge, die er ändern würde, um das Leben seiner Tochter besser zu schützen. „Dir wird es bald wieder gut gehen. Alles wird gut werden.“

23. KAPITEL

***Wächter-Spezies:** Greifvögel sind eine wichtige Spezies, um Umweltgifte nachzuweisen und Wirkungen und Wege zu erforschen. Als Räuber stehen die Greifvögel an der Spitze der Nahrungskette. Wenn ein Greifvogel durch eine giftige Chemikalie krank wird oder stirbt, hat sich das Toxin schon durch die gesamte Nahrungskette verteilt – von den Pflanzen über die Pflanzenfresser bis hin zu den Fleischfressern. Dann ist es meist schon weitaus höher konzentriert als zu dem Zeitpunkt, als es in die Natur geriet. Eine von acht Vogelarten ist der Gefahr ausgesetzt, in den nächsten einhundert Jahren auszusterben – diese Quote ist seit Beginn der Aufzeichnungen um das Fünfzigfache gestiegen.*

Schon im Morgengrauen saß Harris angezogen und mit einer Tasse Kaffee in der Hand am Frühstückstisch. Er hatte die ganze Nacht an Marions Bett gewacht, damit sie, falls sie Hilfe brauchte, nicht allein war und sich ängstigte. Der Arzt hatte ihm versichert, dass die Krise überstanden und Marion wieder wohlauf war. Aber Harris hatte den Horror und die Angst der Nacht im Dezember wieder gespürt, als er hilflos mit ansehen musste, wie seine Tochter im Wal-Mart einen Krampfanfall bekam.

Das zarte Licht des Morgens hatte die irrationalen Sorgen der Nacht vertrieben, und Harris begann, die Dinge neu zu sehen und zu bewerten. In einer unvoreingenommenen Art, die seltsam beruhigend war, sah er das Muster seines Lebens und seine Entscheidung, aufgereiht wie auf einem Spielbrett. Wenn er nun darauf sah, wurde ihm klar, dass, egal wie er den Würfel warf, er dieselben falschen Entscheidungen immer und immer wieder traf. Er hatte stets geglaubt, dass er die, die er liebte, heilen könne. Wenn er sich nur genug anstrengte, wenn er nur länger arbeitete und wenn er nicht aufhörte, es zu versuchen, glaubte er, sie retten zu können.

Anders als bei den Raubvögeln, konnte er den Punkt nicht erkennen, wann es Zeit war, loszulassen.

Er sah auf seine Armbanduhr. Es war gerade sechs Uhr. Vor Monaten schon hatte er für diesen Tag um acht Uhr eine Flugdemonstration vor dem Vorstand einer Körperschaft vereinbart, der darüber nachdachte, das Center finanziell zu unterstützen. Er hatte auf den Termin am frühen Morgen bestanden, weil es sonst bei dieser Sommerhitze für die Vögel zu heiß wurde. Der Termin mit den potenziellen Geldgebern war zu wichtig, um ihn abzusagen, und Harris hatte am Abend noch mit Maggie zusammen gezaubert, um das Event überhaupt stattfinden zu lassen.

Harris griff nach dem Telefonhörer und wählte Maggies Nummer. Obwohl es so früh am Morgen war, antwortete Maggie schon beim zweiten Klingeln.

„Keine Sorge, ich werde da sein", sagte sie prompt.

Er lächelte schief. „Ich wollte nur sicher gehen. Ich möchte Marion nicht mit Fannie allein lassen."

„Ich werde um halb acht da sein."

Während er den Hörer einhängte, spürte er, dass Fannie angezogen und mit ihrem Seesack über der Schulter in der Tür stand. Sie hatte gehört, was Harris am Telefon zu Maggie gesagt hatte.

„Entschuldige, Harris." Sie klang zerknirscht. „Ich wollte Marion nicht wehtun. Ich liebe sie doch. Und ich habe mein Bestes versucht."

„Ich weiß." Er war nicht mehr länger wütend auf sie. Eigentlich fühlte er überhaupt nichts mehr für Fannie, außer vielleicht Mitleid. Müde deutete er auf einen Stuhl. „Setz dich. Möchtest du Kaffee?"

„Bemüh dich nicht. Ich hole mir welchen."

Sie ließ die Tasche auf den Boden fallen und ging in die Küche. Augenblicke später kam sie mit einer Tasse in der Hand zurück. Sie wirkte dünn und abgespannt, mit dunklen Ringen unter ihren verschwollenen Augen. Die rosige Gesichtsfarbe, die sie nach ihrer Ankunft gewonnen hatte, war verschwunden. Es war ihr nur so gut gegangen, weil Ella sich um sie gekümmert hatte, wurde ihm schlagartig klar. Fannie war wie ein Kind. Sie konnte nicht für sich selbst sorgen.

Sie starrte in ihren Kaffee und hatte die Tasse fest umklammert. Mit dünner Stimme sagte sie: „Bist du dir sicher, dass du mir keine weitere Chance gibst?"

Er lehnte sich auf seinem Stuhl zurück und konnte nicht glauben, dass sie ihn das nach allem, was passiert war, noch fragte. Einen Moment lang sahen sie sich an.

„Fannie, ich will die Scheidung."

Abrupt hob sie den Kopf, und in ihren Augen spiegelte sich ihre Fassungslosigkeit wider. „Die *Scheidung?*"

„Das ist überfällig, findest du nicht?"

„Nein, das finde ich nicht!"

„Sprich leiser. Marion schläft noch."

„Ich will mich nicht scheiden lassen", sagte sie, um einen Flüsterton bemüht.

„Aber ich."

Sie sah ihn fest und unnachgiebig an. „Ich werde der Scheidung auf keinen Fall zustimmen", erwiderte sie und schüttelte verzweifelt den Kopf.

„Das Gesetz ist auf meiner Seite, Fannie", sagte er behutsam. „Da wären Verlassen der Familie, Verletzung der Aufsichtspflicht, Suchtprobleme …" Während er sprach, hatte er mit den Händen gestikuliert, doch nun legte er sie flach auf den Tisch. „Und ich will das Sorgerecht."

Als Fannie merkte, dass Harris es ernst meinte, erbleichte sie. „Es ist diese Ella, habe ich Recht?"

Er schüttelte den Kopf. „Du bist der Grund. Und ich und Marion. Es ist einfach das Beste."

Sie hob das Kinn, lehnte sich zurück und stützte sich mit dem Ellbogen auf dem Tisch ab. Den Kopf geneigt sagte sie in einem selbstgefälligen Ton: „Ach ja? Denkst du, du bist so klug und hättest mich in der Hand? Ich weiß auch ein paar Dinge, Mr. Harris Henderson. Es wird den Anwälten sicherlich nicht gefallen, dass du mit deiner Freundin zusammengezogen bist."

„Das ist mir egal. Ich werde die Scheidung durchbringen, Fannie."

„Vergiss nicht, dass ich immer noch deine Frau bin und im Falle einer Scheidung die Hälfte von allem bekomme, was dir gehört. Das betrifft auch das Center. Alles, wofür du gearbeitet hast. Lass dich von mir scheiden, und ich werde dich zugrunde richten."

Er zuckte die Schultern. „Dann passiert das eben."

Sie sah ihn an, unfähig, etwas zu erwidern.

Einige Momente saßen sie noch am Tisch und blickten sich wortlos an. Jeder von beiden hatte gerade die schlimmsten Drohungen gegenüber dem anderen ausgesprochen. Alles, was sie in den sieben Jahren ihrer Ehe nicht zu sagen gewagt hatten, war nun zur Sprache gekommen.

Ich will die Scheidung.

Ich werde dich zugrunde richten.

Und nun, nachdem alles gesagt war, erschien die Realität nicht so furchtbar, wie sie erwartet hatten.

„Fannie, ich will dich nicht verletzen", sagte Harris vorsichtig und spürte, dass sie eine neue Ebene ihrer Beziehung erreicht hatten. „Ich möchte mehr aus meinem Leben machen. Ich will glücklich sein." Er zuckte die Schultern. „Außerdem verstehe ich nicht, warum du dich so an diese Ehe klammerst. Sie ist schon lange kaputt."

„Weil ich dich liebe, Harris. Und ich liebe Marion."

Ihre Worte hingen in der Luft – und klangen so falsch.

„Wir beide wissen, dass das nicht die Wahrheit ist. Marion und ich, wir sind müde, das Polster für deine Bruchlandungen zu spielen. Wenn du jemanden wirklich liebst, dann entscheidest du dich dafür, seine oder ihre Bedürfnisse über die deinen zu stellen", sagte er und dachte an Ella, von mehr Liebe zu ihr erfüllt, als er jemals zuvor empfunden hatte. „Das Einzige, was du liebst, ist deine Sucht. Du hast dich immer für sie entschieden und sie mir oder Marion und sogar deinem eigenen Wohlbefinden vorgezogen. Warum, Fannie? Warum?"

Sie fuhr sich mit der Zunge über die Lippen, wirkte gehetzt und antwortete ehrlich … sanft: „Ich weiß es nicht."

„Lass mich dir helfen", sagte er und lehnte sich vor. Er griff nach einem Stück Papier, das auf dem Tisch lag. Es war eine Liste der Dinge, die er erledigen wollte. Harris hatte diese Liste in den frühen Morgenstunden geschrieben, und Nummer eins war, seine Frau um die Scheidung zu bitten. „Ich habe mich umgehört und eine Suchtklinik in Charleston gefunden. Lass mich dich dorthin bringen."

„Keine Chance", erwiderte Fannie, lehnte sich zurück und schüttelte energisch den Kopf.

„Du brauchst Hilfe, Fannie. Nicht nur in Bezug auf die Drogen. Du hast noch immer nicht die Erfahrungen verarbeitet, die du machen musstest, als du jung warst."

Aufgebracht fuchtelte sie mit der Hand in der Luft herum, als könne sie so die Worte verscheuchen, ehe sie ihr zu nahe kamen. „Harris, vergiss es. Ich gehe nicht dahin. Entzug ist deine Sache, nicht meine."

„Ich hätte das schon vor Jahren tun sollen."

„Hast du es denn immer noch nicht verstanden?" schrie sie, und ihre Augen flammten auf. „Bist du blind, taub und dumm? Das *hast* du versucht! Und jedes Mal, wenn du es versucht hast, bin ich abgehauen. Sieh den Tatsachen ins Gesicht, Harris. Du kannst mich nicht retten. *Ich will nicht gerettet werden!*"

Sie schob geräuschvoll den Stuhl zurück und verschwand in der Küche.

Um halb acht lief Harris unruhig auf der Veranda auf und ab. Nervös blickte er immer wieder auf seine Uhr. Er hatte Marion schon ihre Medikamente verabreicht, und es ging ihr deutlich besser als am Vortag.

Um zwanzig vor acht ging er ins Haus und wählte Maggies Nummer. Ihr Ehemann, Bob, sagte ihm, dass sie vor einer Weile das Haus verlassen hätte und jeden Moment im Center sein müsste.

Harris sah auf die Uhr und schürzte die Lippen.

„Oh, verdammt noch mal! Geh schon!" sagte Fannie, die auf dem Fußboden hockte. Sie spielte mit Marion Karten und sah ihn mit klaren, nüchternen Augen an. „Ich habe mich in den letzten Wochen doch gut um sie gekümmert. Ich denke, ich kann noch weitere fünf Minuten auf sie aufpassen."

Er zögerte.

„Harris, wir sitzen hier vor dem Fernseher und spielen Old Maid. Was kann schon passieren?"

Harris stemmte die Hände in die Hüften und dachte nach. Er

würde nur zum Feld am Ende der Straße gehen. Fünf Minuten Fußweg hin, fünf Minuten zurück, dazu eine halbe Stunde Flugdemonstration. Er würde in weniger als einer Stunde wieder zu Hause sein. Und Maggie würde jeden Moment auftauchen.

„Also gut“, sagte er, obwohl er mit seiner Entscheidung nicht glücklich war. Er ging zu Marion, um ihr einen Kuss auf die Stirn zu geben. „Ich bin sofort wieder da.“

„Bis dann, Daddy“, sagte Marion und blickte nicht einmal von ihren Karten auf.

„Fannie“, sagte Harris und stellte sich vor sie. Wieder trafen sich ihre Blicke. „Denk über das nach, was ich dir gesagt habe. Du solltest die Hilfe annehmen.“

Doch Fannie antwortete nicht. Sie hob nur die Hand und winkte ihm zu.

Fünfzehn Minuten später war Maggie noch immer nicht da. Dafür durchwühlte Fannie sämtliche Schubladen und Schränke.

„Adios, Amigo“, murmelte sie, während sie in Harris Hosentaschen nach Geld suchte. „Ich bin weg. Auf keinen Fall gehe ich in eine Suchtklinik. Lass dich doch scheiden. Ich werde dir eine Postkarte schicken, damit du weißt, wohin du das Geld überweisen kannst.“

Sie kam zurück in das Wohnzimmer und blickte mürrisch auf ihre geöffnete Hand. „Zwei Dollar und zweiunddreißig Cents“, sagte sie. „Nicht einmal eine wertvolle Uhr, die man verpfänden könnte. Wusstest du, dass dein Vater völlig verarmt ist?“

Marion sah vom Fernseher auf und runzelte die Stirn. „Nein, das ist er nicht. Daddy sagt immer, er sei der reichste Mann auf der ganzen Welt.“

Fannie lachte kurz auf, doch als sie das verletzte Gesicht ihrer

Tochter sah, wurde sie sanft. Ein schwaches Lächeln erschien auf ihrem Gesicht. „Ist er das?“ sagte sie, und ihre Stimme klang nun ganz anders. „Mein Schatz, weißt du was? Ich denke, er hat vielleicht sogar Recht.“

Sie stopfte das Geld in ihre Hosentasche und reichte Marion die Hand. „Lass uns jetzt den Spaziergang machen.“

„Okay!“ rief Marion überrascht aus und sprang auf.

„Lass uns Spion spielen. Wir sind auf einer geheimen Mission. Wir müssen etwas finden, aber niemand darf uns dabei sehen. Sei leise. Vergiss nicht, wir sind Spione.“

Hand in Hand schlichen sie über den Hof zur Klinik. Sie stahlen sich an der medizinischen Station vorbei und warfen einen Blick hinein. Dort war Lijah gerade dabei, Santees Stall zu säubern, und so bemerkte er die beiden nicht. Sie hielten sich die Hand über den Mund, damit er ihr Kichern nicht hörte. Niemand war in dem Messraum oder in der Klinik. Maggie war für die erste Schicht eingetragen, und Brady und die anderen Freiwilligen würden erst gegen neun Uhr kommen. Nur die beiden Geier betrachteten sie aus ihrem Gehege heraus, als Fannie Marion hochhob und auf den untersten Ast einer Sumpfkiefer setzte, die groß und mächtig neben der Klinik wuchs.

„Hallo, Mama!“ rief Marion vom Ast herunter. Sie liebte es, auf Bäume zu klettern.

„Schhhh! Wir sind doch Spione, hast du das vergessen? Siehst du das Fenster da? Der obere Teil steht offen. Denkst du, du könntest da hineinklettern?“

Marion hangelte sich auf dem Ast bis zum Fenster. „Nein, geht nicht. Da ist ein Fliegengitter.“

„Das alte Ding? Das kannst du einfach eintreten, Süße. Dann fällt es raus.“

Marion runzelte besorgt die Stirn. „Ich glaube nicht, dass ich das tun darf. Daddy wird bestimmt böse."

„Mach es einfach. Du kannst ihm sagen, ich hätte es dir erlaubt. Mach schon."

Marion drehte sich um, hielt sich am Ast fest und trat gegen das Fliegengitter. Sie geriet dabei ein wenig ins Schwanken, konnte sich aber oben halten.

„Gutes Mädchen! Jetzt klettere hinein. Da steht ein Schreibtisch direkt unter dem Fenster, wo du draufsteigen kannst."

Sie sah zu, wie Marion ganz leicht vom Ast rutschte und sich durch das Fenster auf den Schreibtisch gleiten ließ. Marion blickte fragend durchs Fenster auf ihre Mutter.

„Jetzt öffne die Tür. Beeil dich!"

Sobald Fannie Einlass in die Klinik bekommen hatte, ging sie direkt zum Hinterzimmer, in dem die Medikamente gelagert wurden. Es war schon nach acht, und die Zeit lief ihr davon. Sie rüttelte an der Schranktür und fluchte, als sie sie verschlossen fand.

„Wonach suchen wir denn?" wollte Marion wissen.

„Nach etwas Spaß." Sie brachte Marion ins Büro zurück und holte eine Dose mit Brezeln hervor, die sie für sie öffnete. „Setz dich hier einfach hin, und lass mich machen", sagte sie und gab Marion die Dose mit den Brezeln.

„Ich denke, wir sollten hier nicht sein."

„Sei still", warnte Fannie.

Sie ging in das Hauptbehandlungszimmer und öffnete den Glasschrank, in dem die täglich benötigten Medikamente aufbewahrt wurden. Dutzende von kleinen Döschen und Pillenboxen schob sie zur Seite. Bei den meisten Arzneimitteln handelte es sich um Antibiotika und Pilzmittel. Fannie verzweifelte langsam. Und sie wurde unvorsichtig – immer hastiger durchsuchte sie den Schrank, schob Fläschchen zur Seite, von denen einige splitternd zu Boden fielen.

Dann sah sie es. Äther.

Sie lachte, als sie die Flasche aus dem Arzneimittelschrank holte. Nicht eben die Droge, nach der sie gesucht hatte, aber in der Not würde es reichen. Sie hatte es selbst noch nicht probiert, aber sie kannte Leute, die ihr über den Rausch erzählt hatten. Nur einen Augenblick dachte sie darüber nach, dann schraubte sie die Verschlusskappe auf und träufelte einigen Äther auf ein Baumwolltuch. Der Geruch bereitete Kopfschmerzen, und für einen Moment zögerte sie. „Ach, zur Hölle", murmelte sie schließlich und hielt sich das Tuch unter die Nase. Zaghaft atmete sie ein und wartete. Sie spürte nicht viel. Sie träufelte noch mehr Äther auf das Tuch und versuchte es erneut, dieses Mal atmete sie kräftig ein. Dann verdrehte sie die Augen und wartete darauf, den Effekt spüren zu können.

„Mama? Was machst du?"

„Ich spiele nur ein bisschen herum, Süße", sagte Fannie und kicherte. Sie warf das Tuch in den Mülleimer. Der Äther zeigte seine Wirkung, und sie fühlte sich leicht, als wäre sie angetrunken. Sie bewegte ihre Finger und Zehen, die sie kaum noch spüren konnte. Als sie zu Marion gehen wollte, merkte sie, dass auch ihre Knie sich wie Gummi anfühlten. „Wow", sagte sie und hielt sich an der Anrichte fest. „Das Zeug haut ganz schön rein. Geh in das Nebenzimmer, Süße. Ich will nicht, dass du das hier riechst."

Ihre Beine waren wie Wackelpudding, und sie ließ sich auf den Boden gleiten. Die Beine von sich gestreckt musste sie über ihre Füße lachen, die plötzlich sehr komisch aussahen. Wie spät ist es wohl, dachte sie und versuchte, die Uhr zu erkennen, doch selbst als sie die Augen zusammenkniff, nahm sie die Ziffern nur verschwommen wahr. Eigentlich war es ihr auch egal, wie spät es war. Dieser Stoff begann, wirklich reinzuhauen. Okay, keine Panik, sagte sie sich und lehnte sich zurück. Sie hatte genug Zeit, um abzuwarten, bis der Rausch vorüber war.

Sie spürte, wie sie abdriftete. Alles um sie herum schien von einem undurchdringlichen Schleier umhüllt zu sein, und sie fühlte sich sicher. Eine kleine gemütliche Wanze in einem Teppich, dachte sie mit einem kurzen Lachen. Sie seufzte tief und ließ die Droge durch ihren Körper fließen. Oh, wie sie das gebraucht hatte. Sie hatte es so sehr gewollt, dass es schon wehtat. Harris hatte gesagt, dass sie ihre Sucht mehr liebte als ihn. Mehr als ihre Tochter. Und obwohl sie den Kopf geschüttelt hatte, wusste sie tief in ihrem Herzen, dass es stimmte. Es hatte wehgetan, diesen Makel zu erkennen. Und sie hasste sich dafür, aber es stimmte …

Fannie schloss die Augen und lehnte den Kopf gegen die Wand. Sie musste sich lösen von der schmerzhaften Intensität von Harris' Blick an diesem Morgen, als er sie gefragt hatte, warum sie die Drogen ihm und Marion immer vorzog. Sie hatte es stets geschafft, ihn zu verletzen, dachte sie, und das machte sie traurig. Traurig, traurig, traurig.

Ich weiß nicht, hatte sie erwidert. Aber das war eine Lüge, die sie ihm aus Liebe erzählt hatte. Er hätte sie für herzlos gehalten, wenn sie ihm die Wahrheit gesagt hätte. Obwohl er es selbst benannt hatte – sie liebte ihre Sucht! –, hatte er nie verstehen können, warum. Wie konnte sie ihm denn erklären, dass die einzige Intimität, die sie in ihrem Leben verspürt hatte, mit den Drogen in Verbindung stand?

Sie schüttelte den Kopf. Es ist die alte Geschichte mit der Motte und dem Licht, dachte sie und lachte wieder, während sie an ihre Hosentasche fasste. Wo waren ihre Zigaretten? Wo sie doch gerade über Süchte nachdachte … Sie fühlte sich erschöpft, als sie endlich eine Zigarette aus der Packung in ihrer Tasche gefingert hatte, denn auch ihre Hände waren wie betäubt. Nach einigen missglückten Versuchen schaffte sie es, die Zigarette zu entzünden. Das fühlt sich so seltsam an, dachte sie, weil auch meine Lippen taub sind. Sie kicherte, schüttelte die Hand, um das Streichholz zu löschen, und warf es in den Papierkorb.

Das Geräusch der Stichflamme, die aus dem Mülleimer loderte, erstaunte sie. Fannie konnte nur auf dem Boden sitzen und zusehen, wie die Flammen zischten und wie Dutzende von goldenen und orangen Vögeln aus dem Eimer flogen, um Papiere, Vorhänge, Tücher und alles in Brand zu setzen, was sie erreichen konnten.

„Mama!"

Der Schrei durchdrang ihre Benommenheit. Marion. Ihr Baby! Ihr mütterlicher Instinkt brachte sie dazu, sich hinzuknien. Sie kroch weiter und zog sich mit aller Kraft in das kleine Büro auf der anderen Seite des Flures, in dem Marion unter dem Schreibtisch hockte.

Lijah hörte, wie seine Vögel kreischten. Er rannte aus der medizinischen Station und sah den Schein der orangefarbenen Flammen und die Rauchwolken aus dem Klinikgebäude aufsteigen.

„Herr, hab Erbarmen", murmelte er. Er rannte zur Tür des Behandlungsraumes, aber die Flammen versperrten schon den Eingang zur Klinik. Zu seiner Linken zerbarst ein Fenster, und Lijah duckte sich. Schützend hob er die Arme, um nicht von den herumfliegenden Splittern getroffen zu werden. Hustend wich er zurück und überlegte, wie er in das Gebäude kommen konnte. Er sah den Brand und wusste, was passieren würde. Das Gras und die

Blätter waren so trocken, dass einige Funken reichen würden, um alles in Flammen aufgehen zu lassen. Ein weiteres Fenster des Behandlungsraumes explodierte, und er wusste, dass er für die Tiere auf der Intensivstation nichts mehr tun konnte. Er wirbelte herum und rannte zur medizinischen Station.

Brady kam vom Parkplatz herübergelaufen. Er kam zu spät, weil er Maggie am Rande der Straße mit einer Autopanne gesehen und ihr geholfen hatte. Der Wagen musste abgeschleppt werden, und Brady hatte gemeinsam mit ihr auf den Pannendienst gewartet, bevor er mit Maggie zusammen zum Center für Greifvögel gefahren war. Sie sahen den Rauch, der hinter den Bäumen aufstieg. Brady rannte zur Klinik, während Maggie direkt zu Harris' Haus lief.

„Ich muss nach Marion sehen und werde sofort die Feuerwehr alarmieren", rief sie, als sie loslief.

Am anderen Ende des Hofes entdeckte Brady Lijah, der aus der medizinischen Station kam und Santee in seinen Armen hielt. Es sah aus, als würde der alte Mann mit dem Tier sprechen. Die großen Augen des Adlers schienen gelber und funkelnder zu sein als das Feuer. Sie spreizte die Flügel auf seinem Arm, ungeduldig, endlich fortzudürfen.

Maggie tauchte atemlos an Bradys Seite auf. „Was macht er da? Lässt er sie frei?"

„Lass ihn nur", beruhigte Brady sie und hielt sie zurück. „Er weiß, was er tut."

Lijah drehte sich dem Wind zu und blickte in den Himmel. Er hob die Arme, und mit einem letzten Schwung öffnete er die Hände.

Der Adler breitete seine mächtigen Schwingen aus und flog davon, den stolzen mächtigen weißen Kopf nach vorn, gen Freiheit gerichtet.

Brady hielt den Atem an, und Maggie umklammerte seinen Arm. Sie wusste, das Santee ihre Flügel noch nicht trainiert hatte. Doch mit kraftvollen Schlägen stieg sie höher und höher in den Himmel auf, bis sie Aufwind bekam. Sie schwebte, zog eine Kurve und flog majestätisch weiter. Das Letzte, was sie von ihr sahen, war das Weiß ihrer Schwanzfedern.

„Lijah!“

Er hörte den Ruf trotz der ohrendbetäubenden Feuersbrunst und sah Brady, der mit Maggie im Schlepptau auf ihn zurannte.

„Lijah wo ist Marion?“ fragte Maggie besorgt. „Sie ist nicht im Haus!“

„Ich weiß nicht. Ich denke, sie ist bei ihrer Mutter. Sie wird schon in Ordnung sein.“ Lijah sah die Flammen, die den Behandlungsraum verschlangen. „Wir können die Vögel da drin nicht mehr retten. Das Holz ist so trocken, dass es wie Zunder brennt.“

„Oh, mein Gott“, rief Maggie.

„Der Wind weht die Flammen zur medizinischen Station hinüber“, sagte Lijah und hustete, als der beißende Qualm auf sie zu wehte. Er versuchte, sich mit der Hand Frischluft zuzuwedeln, als er sich dem Holzgebäude zuwandte. „Lass uns gehen! Wir müssen uns beeilen und diese Vögel zuerst retten.“

Aus den Augenwinkeln sah er die beiden Geier, die in ihrem Gehege in der hintersten Ecke hockten und vor Angst keinen Laut von sich gaben. Sie waren nur einige Meter vom Feuer entfernt. Lijah rannte zum Gehege und wedelte mit der Hand den dichten schwarzen Rauch weg, der von der Klinik herüberzog.

„Kommt schon, ihr beiden“, sagte er und öffnete das Gatter. „Los, ihr Dummerchen. Ihr seid jetzt keine Jungen mehr. Ihr müsst euch nun einen sicheren Platz suchen. Los, geht schon.“

Er lief in die Umzäunung und scheuchte die Tweedles in die Freiheit hinaus. Lijah hatte keine Zeit, um zu gucken, wohin sie liefen. Das Feuer war wie ein Höllentier, das Flammen spie – und es war hungrig. Lijah hob drohend die Faust und lief über den Hof zur medizinischen Station. Er war entschlossen, dem Feuer keine weiteren seiner Vögel zu opfern.

Harris stand in der Mitte des Flugfeldes und hatte Cinnamon entspannt auf seinem Handschuh sitzen. Achtzehn Männer und Frauen, alles Mitglieder der Körperschaft, die sich für den Verband zur Arterhaltung engagierten, hatten sich um ihn geschart und hörten ihm begeistert zu. Zu solch einer Gruppe sprach er gerne. Diese Menschen waren interessiert, und wenn man ihnen einmal erklärt hatte, dass sie alle eine Veränderung für ihre Familie und die Welt, die sie zurückließen, bewirken konnten, wurden daraus entschlossene Männer und Frauen. Während er sprach, spreizte Cinnamon plötzlich die Flügel, plusterte die Kopffedern und das Schwanzgefieder auf und zischte.

Harris entdeckte einen großen schwarzen Schatten auf dem Feld, und als er aufblickte, sah er einen Adler, der direkt über ihre Köpfe hinwegflog. Er war überrascht, und sein Herz pochte, wie es das immer tat, wenn er Zeuge des majestätischen Fluges eines Adlers werden durfte. Um sich herum vernahm er die bewundernden Rufe der Zuschauer und dachte, dass der Adler sich keinen besseren Zeitpunkt hatte aussuchen können.

Plötzlich drehte der Adler eine Kurve und flog erneut über ihr Köpfe hinweg, wobei er seinen schrillen Ruf hören ließ. Alle Augen richteten sich auf den großen Vogel mit den mächtigen Flügeln, der nun die Blicke auf den grauen Rauch lenkte, der sich gegen den strahlendblauen Himmel abzeichnete.

Santee.

Die Erkenntnis traf Harris wie ein Blitz. Er erbleichte.

Er reichte den Falken seinem Assistenten. „Bring sie zurück", rief er und legte Adam Pearlman, dem Organisator der Veranstaltung, den Arm auf die Schulter. „Können Sie mich ins Center bringen? Jetzt!"

„Marion, Süße, hör mir zu. Du musst jetzt da rausklettern!"

„Nein, Mama!" Das Kind klammerte sich an seine Mutter und presste zitternd seinen Kopf gegen ihren Hals.

Sie hatten sich unter dem Schreibtisch im Büro verkrochen und konnten nicht fliehen. Die Flammen hatten ihnen den Weg durch den Flur abgeschnitten. Die Hitze war drückend, und der Rauch begann, unter der Tür ins Zimmer zu quellen. Er brannte in den Augen und raubte ihnen den Atem.

„Marion", sagte Fannie und löste sich von dem Kind. „Du kannst das. Du bist doch Mamas großes Mädchen. Alles, was du tun musst, ist, durch das Fenster zu klettern, so wie du auch hereingekommen bist." Das Kind wimmerte und schüttelte energisch den Kopf. „Wir sind doch Spione, kannst du dich daran erinnern?"

„Du musst aber mitkommen mit mir", schrie Marion außer sich vor Angst.

„Natürlich komme ich mit. Komm schon. Beeil dich!" Fannie schaffte es, sich hinzustellen, wobei das Taubheitsgefühl in ihren Beinen ihre Bewegungen unsicher erscheinen ließ. Das Feuer war wie ein Lebewesen, das die Luft aus dem offenen Fenster hineinsaugte, und das in kleinen Zungen auf sie zugekrochen kam. Fannie spürte die Panik, die durch den Nebel des Äthers hindurchdrang und suchte ihren Weg durch den dichten stechenden Rauch. Sie hangelte sich am Holz entlang. Hastig zog sie ihre Tochter unter dem Schreibtisch hervor. Marion hustete und spuckte, aber Fannie drängte sie, auf den Tisch zu klettern. Sie lehnte sich nach vorn, um das Fenster zu öffnen, damit sie rausklettern konnten. Doch der Rahmen gab keinen Zentimeter nach, und Fannie spürte, wie ihre Kraft nachließ. In diesem Moment aber rief eine innere Stimme in ihr, durchzuhalten. Das ist mein Baby! Ich muss mein Kind retten!

„Oben!“ rief sie und sammelte noch einmal all ihre Kraft. „Klettere aus dem oberen Teil des Fensters!“

Fannie verfluchte ihr Taubheitsgefühl und atmete die beißende Luft ein. Sie schob Marion mit aller Macht nach oben und tat ihr Bestes, ihre tauben Hände dazu zu bewegen, Marion anzuheben, damit sie den oberen rettenden Teil des Fensters erreichen konnte. Der Schweiß lief Fannie über das Gesicht, und sie keuchte vor Anstrengung. Endlich spürte sie, wie sich Marion durch die Öffnung zwängte, wie das Gewicht auf ihren Armen nachließ und Marion endlich den rettenden Ast erreichte.

„Klettere, Marion!“ rief Fannie atemlos. Sie atmete Rauch ein und hustete, versuchte, den stechenden Geschmack auszuspucken. „Lauf los und hole Hilfe!“

Das Letzte, was Fannie von ihrer Tochter sah, war, wie diese sich wie ein kleiner Affe den Ast entlanghangelte. Sie schluchzte auf und begann zu beten. Zwar wusste sie nicht, ob Gott sündigen Frauen wie ihr überhaupt zuhörte, doch sie betete trotzdem. Schwarzer Rauch erfüllte den Raum, fraß die Luft zum Atmen und brannte in ihren Augen. Sie begann wieder zu husten, und ihre Beine versagten den Dienst. Sie fiel auf den Boden. Der Qualm hier unten war weniger aggressiv, und so legte sie sich flach auf den Boden, um wenigstens ein bisschen Luft zu bekommen. Hinter sich vernahm sie ein Bruzzeln, als würde Speck gebraten. Sie warf einen Blick über ihre Schulter. Durch den Rauchschleier wirkte es, als habe sich der ganze Raum in einen großen gelben Vogel verwandelt, der seine Flügel ausgestreckt hatte, die weit und zitternd das Zimmer erfüllten, mit orangefarbenen Federn an den Spitzen. Es war ein zischendes, herzloses, ausgehungertes Biest mit schwarzen, unergründlichen Augen.

Und es starrte sie direkt an.

Harris wurde hin und her geworfen, während Adam mit dem Wagen den Kiesweg zur Klinik hinaufraste. Harris konnte die Sirenen der Feuerwehr hören, die direkt hinter ihnen war. Er hatte den Türöffner umklammert und murmelte: „Komm schon, komm schon, komm schon." Sobald der Wagen zum Stehen kam, sprang er hinaus.

Ein Chaos erwartete ihn, und er musste einen Augenblick innehalten, um zu realisieren, was er dort sah. Flammen schlugen aus den Fenstern der Klinik, und Lijah stand in der Nähe des Gebäudes und spritzte mit einem Schlauch Wasser durch die Fenster. Brady rannte wie ein Footballspieler mit Eimern über den Hof, die Maggie mit dem anderen Schlauch bei der medizinischen Station füllte. Einen Eimer nach dem anderen schüttete er ins Feuer. Ihre Gesichter waren von Ruß geschwärzt, und ihre Haare klebten schweißnass an ihren Köpfen.

Harris rannte direkt zu Maggie, rief ihren Namen. Sie sah auf und atmete erleichtert auf. Außer sich lief sie los, ließ den Schlauch fallen, und Harris und sie trafen sich auf der Hälfte der Strecke.

„Harris!"

„Maggie, wo ist Marion?"

„Ich weiß es nicht!" schrie sie und blickte ihn verzweifelt an. „Sie muss bei Fannie sein, aber wir haben sie bis jetzt noch nicht mit ihr gesehen."

Harris wurde blass und warf seinen Kopf herum, um einen Blick auf die brennende Klinik zu werfen. Panik flammte in ihm auf. Ein Schrei kam über seine Lippen, ein tiefer Schrei, der aus der Hitze in seiner Brust zu kommen schien. „Nei-i-i-n!“ Sie war da drin. Seine Tochter war in dem Höllenfeuer. Er *wusste* es. Er dachte, er hätte das Schlimmste damals in der Notaufnahme durchmachen müssen. Dann in der letzten Nacht, als es Marion so schlecht ging. Aber er hatte Unrecht. Er hatte einen unverzeihlichen Fehler begangen; er hatte Marion in Fannies Obhut gelassen. Und jetzt würde er sie durch diese falsche Entscheidung verlieren.

Harris fühlte sich plötzlich, als stünde er neben sich und sah teilnahmslos den Handlungen eines verzweifelten und entschlossenen Mannes zu. Die Geräusche um ihn herum schienen gedämpft zu sein, und er nahm alles nur noch eingeschränkt wahr. Er ließ Maggie los und rannte zur Klinik, schob Brady zur Seite, der versuchte, ihn zurückzuhalten. Er konnte seine Füße nicht spüren, die den Boden berührten, konnte die Hitze nicht spüren, als er um das Gebäude rannte, um nach einem Weg hinein zu suchen. Die Feuerwehrfahrzeuge nahm er nur am Rande wahr, während er immer wieder Marions Namen rief und um die Klinik lief.

Eine Stimme drang zu ihm durch. Es klang wie ein Vogel, der hoch oben in einem Baum rief.

„Mama! Mama! Mama!“

Sein Blick fiel auf die große Sumpfkiefer an der Rückseite der Klinik. Sie stand ganz nahe am Gebäude, bei einem Fenster, aus dem dichter Rauch quoll. Er sah an dem Baum hoch, bis er Marion entdeckte, die sich mit einem Arm an einem Ast festklammerte. Den anderen Arm hatte sie ausgestreckt und rief hysterisch nach ihrer Mutter.

Er stieg auf den Baum und sah sich selbst zu, wie er eine Hand über die andere setzte, an den Rauchwolken vorbei immer höher in den Baum kletterte, bis hinauf zu seiner Tochter. Als er sie endlich erreichte, sprach er mit ruhiger Stimme zu ihr, löste ihre Finger vom Ast und brachte seine zitternde Tochter dazu, statt des Baumes ihn zu umarmen. Er hob sie langsam zu sich, obwohl der Rauch und ihr Zittern und Weinen ihn behinderten.

„Wo ist Fannie?" fragte er sie.

Marions Augen waren schreckgeweitet. Er konnte nicht zu ihr durchdringen. Als er den untersten Ast erreicht hatte, streckte sie erneut ihr Ärmchen aus, deutete auf das geöffnete Fenster und schrie: „Mama! Mama!"

„Ist schon gut, Süße", erwiderte er und verstand endlich, was er tun musste.

Lijah tauchte auf und rief etwas zu ihnen hinauf.

Harris sah in das Gesicht des alten Mannes. „Passen Sie gut auf sie auf", brüllte er, als er seine Tochter unten in die Arme des wartenden Mannes gleiten ließ.

Feuerwehrmänner kamen um die Ecke gelaufen und riefen Harris zu, dort zu bleiben, wo er war. Harris wartete, bis Lijah Marion in Sicherheit gebracht hatte, dann drehte er sich um und kletterte erneut auf den Baum, um durch das offene Fenster in das brennende Haus zu steigen.

Er fand Fannie auf dem Fußboden in der Nähe des Fensters liegend. Sie rang nach Luft. Er kroch zu ihr und nahm sie in den Arm. Schwarze Rauchspuren auf ihrem Gesicht bereiteten ihm Sorgen. Fannie öffnete die Augen und schrak wimmernd zurück, als sie ihn durch den Qualm hindurch erkannte.

„Hab keine Angst, Fannie", sagte er. „Ich bin hier."

Sie bewegte ihre trockenen, aufgesprungenen Lippen, doch

Harris konnte nicht verstehen, was sie sagen wollte. Das Feuer zischte. Er neigte den Kopf und legte sein Ohr an ihren Mund.

„Marion?“ presste sie hervor.

Er blickte sie an. „Sie ist draußen. Sie ist in Sicherheit, und es geht ihr gut.“

Er konnte die Erleichterung in Fannies Gesicht erkennen. Dann schloss sie die Augen.

Eine Explosion im Nebenzimmer erschütterte das Haus, als ob das Höllentier sich erhoben und gebrüllt hätte. Die Kraft seines wütenden Atems erschütterte die Sparren und ließ Glas zerbersten. Harris hörte die Flammen hinter sich zischen, spürte, wie die Hitze seinen Lungen die Luft raubte und seine Haare versengte.

Fannie klammerte sich an seinem Hemd fest und wimmerte leise.

Harris wandte den verzehrenden Flammen den Rücken zu, die die Wände hinaufzüngelten und hob Fannie hoch. „Halte durch!“ schrie er.

Später konnte er sich nicht daran erinnern, wie er es geschafft hatte, sie durch die Wand aus Rauch zum Fenster zu tragen. Feuerwehrmänner in gelb-schwarzen Mänteln schwärmten wie Arbeiterbienen aus, schnitten Holz und Glas aus dem Fenster und riefen ihm Anweisungen zu. Als er Fannie in ihre Arme übergab, sah sie ihn mit geröteten Augen an. Er erstarrte und erinnerte sich an frühere Zeiten. In diesen Augen erkannte er wieder die Angst, die tief sitzende Traurigkeit und die Verzweiflung, die er schon in den Augen des elfjährigen Mädchens sah, das damals zu ihrem Haus kam, um nach einem sicheren Zufluchtsort zu suchen.

Das Haus erbebte und heulte noch einmal auf. Dann war alles dunkel.

24. KAPITEL

Überleben: *Da es zahlreiche Greifvögel gibt und sie sehr auffällig sind, ist den meisten Menschen nicht bewusst, wie die Tiere täglich um ihr Überleben kämpfen. Sie alle haben natürliche Feinde, und ihre Verteidigungsstrategien sind mannigfaltig. Einige Greifvögel fliehen, während andere kämpferisch ihr Nest verteidigen. Das schöne Gefieder der meisten Raubvögel dient in ihrer Umgebung als Tarnung. Und trotzdem ist durch Krankheit, Futtermangel, menschliche Bedrohung und den Verlust des Lebensraumes jeder Tag ein Kampf ums Überleben.*

Ella saß im Schwesternzimmer und blickte aus dem Fenster auf einen weiteren schwülen Sommertag. Es hatte in diesem Juli eine Menge heißer Tage gegeben, und sie sah gen Himmel und hielt Ausschau nach Wolken oder Anzeichen von Regen, die diese Hitzewelle beenden würden – so wie jeder in Charleston es tat.

Ein bittersüßes Lächeln glitt über ihr Gesicht, als sie ihr Kinn auf ihrer Hand abstützte. Sie durfte sich eigentlich nicht beschweren. Der Wärme wegen war sie doch in den Süden gegangen …

Sie ließ die Hand sinken und setzte sich aufrecht hin. Erinnerungen an die Vergangenheit bereiteten ihr immer noch Kummer und Schmerz. Obwohl es schon sehr viel besser geworden war, musste sie solche quälenden Gedanken immer wieder vertreiben und sich ablenken.

Ella arbeitete wieder als Krankenschwester. Und das war gut so. Ihr Beruf und der Umgang mit den Patienten gaben ihrem Leben einen Sinn. Aber sie war nicht mehr dieselbe Krankenschwester, die sie vorher gewesen war. Ihre Zeit im Center für Greifvögel hatte sie verändert. Sie verglich sich mit einem Vogel, der rehabilitiert war, ein Trauma-Patient, dessen Gesundheit und Kondition wiederhergestellt waren und der wieder in die Freiheit entlassen worden war. Nun wurde von ihr erwartet, sich in ihrer neuen Umgebung einzugewöhnen und zu wachsen und zu gedeihen.

Sie hatte ihr Bestes getan. Nachdem sie Awendaw verlassen hatte, war sie nach Charleston zurückgekehrt und hatte eine Stelle als Krankenschwester im Medical University Hospital angenommen. Am Anfang hatte sie nur die Kraft, morgens aufzustehen, sich anzuziehen und zur Arbeit zu gehen. Noch nie hatte sie solchen Liebeskummer empfunden, solchen Schmerz. Aber jeden Tag dachte sie ein bisschen weniger an Harris, und jede Nacht, bevor sie einschlief, sagte sie sich, dass der nächste Tag leichter werden würde. Schließlich hatte sie eines Tages ihr Lachen wiedergefunden. Und sie wusste, dass sie auch ohne ihn weiterleben konnte und dass es ihr gut gehen würde.

Ella strich ihre Uniform glatt und versuchte, den Schmerz zu ignorieren, der immer noch tief in ihrem Herzen wohnte. Nein, sie war nicht über ihn hinweg. Sie liebte Harris noch. Sie würde ihn vielleicht immer lieben. Obwohl sie wusste, dass sie ihn nicht lieben sollte, weil er einer anderen gehörte, schämte sie sich ihrer Gefühle nicht. Es war das Reinste, Wahrhaftigste, was sie jemals gespürt hatte. Die Wochen, seit sie ihn verlassen hatte, waren die schlimmsten ihres Lebens gewesen, aber ihre Liebe zu ihm hatte ihr Momente des größten Glücks bereitet. Sie würde ihre Erfahrung gegen nichts tauschen wollen.

Und sie hatte durch die Arbeit mit den Greifvögeln viel gelernt. Von Harris hatte sie gelernt, ihre Stimme sanft und ruhig klingen zu lassen, um den Stress für die Patienten gering zu halten, und sie hatte gelernt, ihre Patienten stets mit Respekt zu behandeln, auch wenn sie sie angriffen. Lijah hatte ihr beigebracht, ihren Geist und ihr Herz zu öffnen und ihren Patienten zuzuhören. Und vor allem hatte er ihr beigebracht zu beobachten. Zu sehen. Den Details Aufmerksamkeit zu schenken.

Sie musste hoffen, dass ihre Liebe zu Harris sie stärker gemacht hatte, so wie Metall durch Feuer gehärtet wurde. Schließlich waren diese Hoffnung und ihre Erinnerungen das Einzige, was ihr noch geblieben war.

Ella drehte sich vom Fenster weg, als ein hinkendes junges Mädchen von ihren Freunden in die Notaufnahme geleitet wurde. Das Mädchen trug knappe Kleidung und viel Make-up, aber Ella schätzte sie auf maximal fünfzehn. Dankbar für die Ablenkung lief sie der Gruppe entgegen und legte dem Mädchen den Arm um die zitternden Schultern. Das Mädchen brach in Tränen aus, und Ella dachte bei sich, dass in der Notaufnahme alle Fassaden zum Einsturz gebracht wurden.

„Ihr müsst hier draußen warten", erklärte sie der Gruppe aufgebrachter und besorgter Freundinnen, während sie die junge Patientin in das Behandlungszimmer führte.

Der Zeh des Mädchens war durch eine Muschel aufgerissen, und alles, was sie brauchte, waren ein paar Stiche, und die Wunde würde schnell wieder verheilen. Doch als Ella in das aschfahle Gesicht blickte, die zitternden Lippen sah und die Tränen in den Augen, wusste sie, dass das Mädchen mehr brauchte. Sie griff nach ihrer Hand.

„Carrie", sagte sie beruhigend. „Ich werde die Wunde säubern, und dann wird der Arzt den Schnitt nähen. Alles wird wieder gut."

Das Mädchen sah in Ellas Augen, und ihre Angst verebbte. Sie nickte. „Ich denke, ich hätte einfach besser aufpassen sollen."

„Du hast nichts falsch gemacht. Es ist doch nur natürlich, dass man gern barfuß über den Strand läuft. Und da kann so was schon mal passieren."

Das Mädchen lächelte sie dankbar an. „Wissen Sie, es war das erste Mal, dass ich das Meer gesehen habe. Ich mache hier mit meiner Familie Urlaub. Wir kommen aus Ohio. Sie haben so ein Glück, hier zu leben."

Ella lächelte und stand auf, um das Besteck für den Assistenzarzt vorzubereiten. „Was würdest du sagen, wenn ich dir erzähle, dass ich noch nie am Meer war?"

„Echt? Aber das Meer ist doch hier. Und sie können jederzeit hingehen."

Ella fühlte den Schmerz in ihrem Herzen und war froh, dass sie ihrer Patientin den Rücken zugewandt hatte. Harris hatte ihr versprochen, sie und Marion in diesem Sommer auf einen Ausflug ans Meer mitzunehmen. Ella hatte sich bis jetzt noch nicht dazu durchringen können, allein ans Wasser zu gehen.

Die Tür zum Behandlungszimmer wurde aufgestoßen, und eine Schwester steckte ihren Kopf herein. Ella konnte hinter der Schwester die Gesichter der besorgten Freundinnen ihrer Patientin erkennen.

„Ella? Wir haben gerade einen Anruf aus dem Rettungswagen bekommen. Sie bringen zwei Verbrennungsopfer."

Ella nickte. „Der Arzt wird gleich hier sein. Und hab keine Angst. Alles wird wieder gut", sagte sie zu dem jungen Mädchen und tätschelte ihr die Hand.

Dann rannte sie in den Flur, erklärte den Freundinnen schnell, dass alles in Ordnung war, und lief weiter. Adrenalin schoss durch ihren Körper. Menschen mit Verbrennungen waren am schwierigsten zu behandeln. Jede Sekunde zählte.

„Was wissen wir über die Opfer?" fragte Ella, als sie zu Liz an den Empfang kam.

Liz war eine Frau in den besten Jahren, die schon alles erlebt hatte. Es brauchte schon eine Menge, um sie aus der Ruhe zu bringen. Sie war füllig und musste die Luft anhalten, als sie über den Schreibtisch nach den Unterlagen griff. „Hier ist es. Der Bericht sagt, das Feuer war drüben in Awendaw", sagte sie. „Im Center für Greifvögel. Sie bringen zwei Verbrennungsopfer."

Wie erstarrt hörte Ella dem restlichen Bericht der Schwester zu. Das Blut rauschte in ihren Ohren, und sie konnte die Worte nicht verstehen. Immer und immer wieder hörte sie nur *Feuer ... Center für Greifvögel ... zwei Opfer.* Und alles, an was sie denken konnte, war, wer?

„Ella, bist du in Ordnung?"

Sie wurde sich bewusst, dass Liz sie aus ihren großen blauen Augen besorgt musterte, da sie auf keine der Fragen mehr geantwortet hatte.

„Wer sind die Opfer?" stieß sie hervor.

Verwundert über den aggressiven Tonfall in Ellas Stimme lehnte sich Liz in ihrem Stuhl zurück. Sie senkte den Kopf und studierte erneut den Bericht. Doch dann schüttelte sie den Kopf, hob den Blick und sagte fast entschuldigend: „Es gibt hier keine Namen. Im Bericht steht nur, dass es sich um eine Frau und einen Mann handelt."

„Eine Frau?" fragte Ella. „Kein Kind? Ein kleines Mädchen?"

Liz verneinte und runzelte fragend die Stirn. „Das ist alles, was in dem Bericht steht."

Ella stieß sich vom Empfangstresen ab und rannte in den Diagnoseraum. Ihre Schritte hallten auf dem Boden wider. Während sie lief, fragte sie nach, ob der Spezialist für Brandverletzungen in die Notaufnahme gerufen worden sei. Hastig sammelte sie die Utensilien ein, die für die Behandlung wichtig waren. Sie arbeitete fieberhaft und murmelte: „Es wird nicht Marion sein. Natürlich wird sie es nicht sein. Was hätte sie auch in der Klinik verloren?" Über den *Mann,* der eingeliefert werden sollte, dachte sie erst gar nicht nach.

In all den Jahren hatte Ella gelernt, Gott um nichts zu bitten, was in der Notaufnahme geschah. Eine Frau konnte ihren Glauben sehr schnell verlieren, wenn sie hier zu Gott betete. Stattdessen bereitete sie mit ruhiger und geschulter Hand die Bandagen und das Besteck vor und betete nur darum, dass sie in den nächsten Stunden die Kraft hätte, ihr Bestes geben zu können. Und sie bat um die Stärke, verstehen, akzeptieren, damit leben zu können, was auch immer geschah.

Sie musste nicht lange warten. Zwanzig Minuten später wurden die Türen zur Notaufnahme aufgestoßen, und die erste Krankentrage wurde hereingebracht. Ella stürzte zu der Trage, packte mit an und warf einen Blick auf den Patienten.

Sie war beschämt über die Erleichterung, die sie verspürte, als sie Fannie erkannte. *Nicht Marion …* Fannies Gesicht war rußgeschwärzt, ihre Augen waren geschlossen, und sie lag reglos auf der Trage. Ella wusste sofort, dass sie tot war.

Ella ließ los und wartete auf den zweiten Patienten. Reglos verharrte sie, unfähig, sich zu bewegen, und wartete auf die Sanitäter, die eine Ewigkeit brauchten, um die Krankentrage durch die Tür zur Notaufnahme zu bugsieren. Ängstlich musterte sie den Mann, der hereingebracht wurde. Seine dreckverkrusteten Arbeitsschuhe schauten unter der Decke hervor. Die Aufschläge seiner Hose waren schwarz und zerrissen. Seine Hände, seine wundervollen schlanken Finger, lagen ganz ruhig, zerkratzt, und seine Nägel waren rußverdreckt. Endlich betrachtete Ella auch sein Gesicht.

Sie sah die schlimme Wunde auf seiner Wange und die Bandage um seine Augen, sah die zertrümmerte Schulter, und doch schlug eine Woge des Glücks über ihr zusammen: Er lebte! Sie griff nach der Trage und rannte mit den Sanitätern in den Behandlungsraum.

„Was ist passiert?“ fragte sie den Rettungssanitäter.

„Dieser Kerl ist ein Held“, erwiderte er. „Er hat seine Tochter gerettet.“

Ella stockte der Atem. „Geht es dem Kind gut?“

„Ja. Sie bringen sie nur mit, um sicherzugehen. Sie hat einen Schock. Sie war mit ihrer Mutter in dem Gebäude, als das Feuer ausbrach.“ Er warf einen Blick auf die andere Trage, wo zwei Sanitäter gerade ein Tuch über Fannies Kopf zogen. „Es muss hart gewesen sein für das Kind.“

„Was ist mit dem Mann geschehen?“

„Nachdem er das Kind in Sicherheit gebracht hatte, ist er in das Gebäude zurück, um nach der Mutter zu suchen. Sie haben versucht, ihn aufzuhalten. Die Feuerwehrmänner waren schon unterwegs, aber er ist reingesprungen. Er hat die Frau tatsächlich gefunden und sie rausgebracht. Aber er hat sich dabei schwer verletzt. Als er aus dem Fenster klettern wollte, stürzte das Dach ein. Ein Glück für ihn, dass die Feuerwehrmänner da waren, um ihn herauszuziehen.“ Er schüttelte den Kopf. „Es ist schrecklich, denn er kam zu spät, um sie zu retten.“

Ella blickte den verbrannten und bewusstlosen Mann auf der Trage an, während Tränen in ihren Augen schimmerten. „Er konnte nicht anders“, sagte sie sanft. „So ist er eben.“

„Darüber weiß ich nichts“, sagte der Sanitäter in seiner schroffen Art. „Ich habe schon zu oft gesehen, wie ein Mann in ein brennendes Haus lief, um jemanden zu retten. Und ich frage mich jedes Mal: Macht der Mann die Entscheidung? Oder macht die Entscheidung den Mann?“

Sie brachten Harris in das Behandlungszimmer, wo schon

der Spezialist für Brandverletzungen wartete. Das Team arbeitete schnell, befreite ihn von seiner Kleidung, legte Kanülen und versorgte die Brandwunden, die Narben auf seiner linken Wange und seiner Schulter hinterlassen würden. Dieser Tag würde Harris für immer zeichnen, schoss es ihr durch den Kopf, aber was machte das schon? Was nun zählte, war, dass seine Wunden heilten und dass es ihm wieder gut gehen würde.

Ihr schien es eine Ewigkeit zu dauern, bis die Bandage über den Augen endlich entfernt wurde. Als es so weit war, brauchte es einen Moment, bis Harris die Augen aufschlug. Sein Blick war leer, und er blinzelte nicht unter der hellen Lampe.

Ella tauschte einen bedenklichen Blick mit dem Arzt.

Verängstigt hob Harris die Hand und tastete suchend die Luft ab. Ella nahm seine Hand und hielt sie fest.

„Harris, ich bin es."

Seine Augen blickten umher, aber sie erkannten nichts. Er öffnete vorsichtig seine gesprungenen Lippen: „Ella?"

„Ja, ich bin hier."

Er drückte ihre Hand und schloss die Augen wieder. „Verlass mich nicht."

Wortlos hielt Ella seine Hand. Ihr Herz schien abzuheben. Sie fühlte sich in diesem Moment wie ein Falke, und sie flog hoch über der Notaufnahme, hatte ihre Flügel gespreizt und zog ihre Bahnen. Vor ihrem Auge erschienen Bilder aus ihrer Vergangenheit: Bobbys Hand, die ihr langsam entglitt, und der Herzmonitor, der eine Flatline zeigte; der alte Gockel, der sie von der alten Sumpfkiefer aus anstarrte, Brady und Clarice, die sich mit glänzenden Augen anstrahlten; Marions Kopf an ihrer Brust; der Luftzug von Flügelschlägen an ihrer Wange; Lijah, der Pfeife rauchend an seiner Hütte stand; Harris' Hand, die unter der Zeltplane am Fluss nach ihr griff; Harris, der zwischen zerwühlten Laken in einem schmalen Bett seine Arme um sie schlang, ihr Sicherheit gab, sie näher an sich zog, sie nach Hause brachte.

Wie der Falke nach dem Köder, griff Ella nach Harris' Hand, um nie mehr loszulassen. Ihr Herz stieg immer höher, höher, als sie jemals zu träumen gewagt hatte. Und während sie auf ihn blickte und lächelte, schwebte sie.

EPILOG

Wanderung: *Im Herbst, wenn die Jahreszeit und das Sonnenlicht sich ändern und das Futter knapp wird, stellen sich die Greifvögel darauf ein, in ein wärmeres Gebiet zu ziehen. Sie verlassen ihre Brutplätze und segeln im Aufwind über weite Strecken zu einem Ort, wo sie Nahrung finden. Die Versammlung hunderter, gar tausender dieser Vögel, die am Himmel in Spiralen gleiten und kreuzen, wird auch Kessel genannt. Niemand, der Zeuge dieses Spektakels wird, bleibt davon unberührt und ist nicht mit Bewunderung und Hoffnung erfüllt.*

Harris stand allein in der Mitte des Flugfeldes. Er drehte sich langsam um die eigene Achse und atmete die duftende Luft ein, die noch mild war, aber schon spüren ließ, dass kühlere Nächte kommen würden. Das Gras unter seinen Füßen wurde braun, das Laub bekam goldene und rötliche Spitzen, und die Sümpfe waren dabei, ihr Kostüm für Halloween anzulegen. Der Wind wehte frisch, und Harris vernahm lautes Gekreische. Er hob den Kopf und sah am Himmel einen riesigen Schwarm Vögel, die mit den Flügeln schlugen, zwitscherten und wunderschöne Flugmanöver vollzogen.

Die Singvögel zogen schon seit Wochen in den Süden und ruhten sich auf ihrem beschwerlichen Weg in Bäumen und auf Strommasten aus. Die Bussarde flogen auch in den Süden, aber sie glitten so hoch am Himmel dahin, dass die meisten Menschen sie gar nicht wahrnahmen. Falken, Fischadler und Habichte waren auch unter ihnen, und gemeinsam flogen sie an der Küste gen Süden. Einige von ihnen würden die lange Reise überstehen und im nächsten Frühling zurückkehren. Andere nicht. Das war der Lauf der Dinge. Er konnte sie nicht alle retten.

Harris stemmte die Hände in die Hüften und betrachtete noch einmal das Coastal Carolina Center für Greifvögel. Er fühlte sich seltsam verbunden mit der Erde, und tief im Herzen spürte er, dass er niemals fortgehen würde. Dies war seine Heimat. Hier würde er bleiben.

Der Sommer war zu lang gewesen und zu angefüllt mit Feuer und hitziger Leidenschaft. Er war müde und freute sich darauf, dass die Tage kürzer wurden und dass er lange Nächte vor dem Kamin verbringen konnte, in den Armen seiner Lieben. Der Herbst war die Zeit der Veränderungen, der Winter die Zeit der Einkehr. Und er hatte vieles, worüber er nachdenken musste. Vieles, wofür er dankbar sein konnte.

Er wandte sich um und sah über das Feld zu den etwa fünfzig Menschen, die sich für einen guten altmodischen Scheunenbau versammelt hatten. Spenden waren zuhauf eingegangen, nachdem die örtlichen Nachrichtenstationen über den verheerenden Brand im Center berichtet hatten. Die Menschen hatten gezeigt, dass sie teilnahmen, dass sie sich sorgten, und sie hatten nicht nur genug Geld gesammelt, um die Klinik wieder aufzubauen, sondern auch noch, um die Flugvolieren fertig zu stellen. Es hatte ihn erfreut, zu sehen, wie groß die Hilfsbereitschaft der Gemeinde war, für die er arbeitete. Das neue Klinikgebäude war besser ausgestattet, und die Anzahl der Helfer stieg. Harris hatte neue Hoffnung geschöpft.

Er blinzelte und erkannte Ella, die in der Gruppe bei der neuen Klinik stand. Sie lachte, und ihr langer Zopf tanzte auf ihrem Rücken, während sie den Gästen Barbecue servierte. Sein Herz ging ihm beim Anblick seiner Frau auf. Ella war die gute Seele dieses Ortes; er wusste das, ohne neidisch zu sein. Sie hatte die schier unerschöpfliche Fähigkeit zu geben.

Er wollte gar nicht darüber nachdenken, wie sein Leben verlaufen wäre, wenn sie nicht zurückgekommen wäre und ihn geheiratet hätte. Wahrscheinlich wäre dann ein grantiger Kauz aus ihm geworden, und Marion wäre für ihr Leben traumatisiert. Sie beide waren nach dem Feuer schwer gezeichnet gewesen, aber Ella hat keinen von beiden je aufgegeben. Sie hatte sie langsam, freundlich, aber auch bestimmt in die Gesundheit, ins Leben zurückgeführt. Sie trugen für immer Narben – seine waren körperlich, Marions seelisch. Daran konnte man nichts ändern. Aber Ella hatte es geschafft, dass diese Qualen leichter zu ertragen waren. Sie hatte für ihn gesehen, als er es aufgrund der Verbände nach dem Feuer nicht konnte, und nun, da er sein Augenlicht zurückhatte, war sie sein Herz. Er dachte wieder daran, wie viel er ihr zu verdanken hatte. Nicht viele Männer bekamen eine zweite Chance im Leben.

Marion rannte mit Maggies Tochter, Annie, über das Feld, verfolgt von dem verspielten Spanielwelpen, den er nach seiner Rückkehr aus dem Krankenhaus mitgebracht hatte. Seine verletzten Augen waren noch immer lichtempfindlich, aber das war nicht der Grund, warum sie sich mit Tränen füllten. Er dachte an Marions erstes Lächeln nach dem schrecklichen Feuer. Das war im August gewesen, und nur einige Wochen später war sein kleines Mädchen zum ersten Mal zur Schule gegangen. Seitdem hatte sie viele neue Freunde kennen gelernt. Ein bittersüßes Lächeln umspielte seinen Mund, als er erkannte, dass Marion nun langsam flügge wurde und sich Schritt für Schritt vom Nest entfernte. Sein Lächeln wurde breiter, als er an die kleine Gesellschaft denken musste, die sie jeden Morgen zum Schulbus begleitete: er mit dem Welpen, Cinnamon, der ihnen in der Luft folgte, und die Tweedles.

Er schüttelte seinen Kopf, und sein Lächeln wurde zu einem Lachen, als er an die verrückten Geier dachte, die hinter ihnen hertrotteten. Nicht einmal das Feuer konnte die beiden davon überzeugen, dass sie es in der freien Natur besser hätten. Sobald die Asche abgekühlt war, waren die Geier übermütig zur Rückseite des Hauses gewatschelt und hatten sich dort niedergelassen. Bei den Tweedles hatte er versagt. Doch er hatte die Tiere schon fast so sehr ins Herz geschlossen, wie Maggie es tat. Sie waren nun Dauergäste im Center und wurden in Lernprogrammen eingesetzt und trainiert.

Seine Träumereien wurden durch Bradys Stimme unterbrochen, die seinen Namen rief. Als er aufsah, bemerkte er eine Gruppe von Menschen, die über das Feld auf ihn zukam. Brady lief vorneweg und hatte einen Weißkopf-Seeadler mit einer Haube auf seinem Handschuh sitzen. Lijah hatte Recht, was den Jungen betraf, und er betrachtete mit Bewunderung, wie sicher Brady mit dem Tier auf ihn zukam. Er war der geborene Falkner. Während Harris sich erholt hatte, war Brady zu ihm in die Klinik gekommen und hatte ihm die Wahrheit über jenen schicksalhaften Heiligen Abend erzählt, an dem Santee angeschossen worden war. Harris war nicht sehr überrascht gewesen. Er hatte gewusst, dass eine der beiden Waffen ein Gewehr und die andere eine Schrotflinte war. Und Roy Simmons' Ruf als Schütze war bekannt. Bradys Ehrlichkeit hatte die beiden als Lehrer und Schüler einander näher gebracht.

Lijah war Harris' Vorbild, und so versuchte er, Brady ein ebenso weiser und gebender Lehrer zu sein. Auf seine Weise würde er so seine Spuren hinterlassen, wie Lijah es bei ihm getan hatte. Wie Lijah immer sagte: *Das ist die schönste Spur, die ein Mann hinterlassen kann.*

Lijah ... Der alte Mann fehlte ihnen sehr. Kurz nach dem Feuer war er verschwunden und hatte nur eine einzelne Adlerfeder auf dem Kopfkissen in seiner Hütte am Weiher hinterlassen. Es wurde erzählt, dass eine Adlerfeder Kraft bedeutet, und so glaubten sie, dass der alte Mann mit der Feder auch einen Teil von sich bei ihnen gelassen hatte. Er hatte ihnen immer gesagt, dass er gehen würde, wenn Santee ging, aber sein plötzliches Verschwinden hatte sie alle mitgenommen. Die Feder gehörte nun Marion, und sie ersetzte die schrille Lulu als ihren liebsten Begleiter. Sie trug die Feder an einem Lederband immer um den Hals.

Ella vermisste Lijah wohl am meisten. In den ersten Monaten nach dem Feuer hatte sie die Hoffnung nicht aufgegeben, ihn doch noch wiederzusehen. Jedes Mal, wenn sie einen schlanken dunkelhäutigen Mann über die Straße laufen oder in einer Gruppe stehen sah, hielt sie inne. Ihr stockte der Atem, wenn sie meinte, ihn auf freiem Feld oder im Wald oder am Strand zu erblicken. Aber es war nie Lijah. Doch jedes Mal, wenn Harris oder sie einen Adler über sich kreisen sahen, schauten sie sich an und lächelten – dann dachten sie an Lijah, den Beobachter, der zu ihnen an den abgelegensten Platz der Welt gekommen war, um kranken Vögeln zu helfen.

Brady kam näher, und seine Anspannung war greifbar. Ihre Blicke trafen sich – Schüler und Lehrer –, und Harris signalisierte ihm seine Bereitschaft. Dann streckte er vorsichtig die Hand aus, um die Krallen des Tieres sicher mit seinen Schutzhandschuhen zu greifen. Der Adler zuckte bei der Übergabe zusammen, spreizte seine Krallen und breitete die Flügel aus. Harris hielt ihn sicher und brachte den mächtigen Vogel bald wieder unter seine Kontrolle. Er beruhigte den Vogel und stand still, bis die Zuschauer sich um ihn herum versammelt hatten.

Als die Gruppe leise war, gab er Brady ein Zeichen. Der Junge trat an ihn heran und entfernt die Haube vom Kopf des Adlers. Das Tier wich zurück. Die gelben Augen schienen wie grelle Lichter aus seinem weißen Gefieder hervor. Der Adler war vor einiger Zeit halb tot und mit Maden übersät in die Klinik eingeliefert worden. Er hatte sich vergiftet. Das Team hatte das Tier nicht aufgegeben und hart mit ihm gearbeitet – und schließlich gewonnen. Sieh ihn dir an, dachte Harris, und seine Augen leuchteten. Das schwarze Gefieder bedeckte den kräftigen Körper, und der Adler war ein schöner Vertreter seiner Art, stark und kämpferisch. Er war fähig und willig, zu fliegen und sein Leben wieder zu leben.

Harris betrachtete das Tier und spürte erneut das Verlangen, eins zu werden mit dem Geist des Vogels. Lange Zeit hatte er nicht geglaubt, diesen Schritt jemals machen zu können. Die Schatten seiner Vergangenheit hatten auf ihm gelastet, hatten seine Wahrnehmung beschränkt, seine Sicht seiner eigenen Person und der Welt. Er hatte geglaubt, dass nur wenige Schamanen überhaupt die Gabe hatten, eins zu werden mit den Kräften der Natur.

Aber Lijah hatte ihm beigebracht, dass alle Lebewesen in der Natur verbunden waren. Es gab kein göttliches Geheimnis, kein Mysterium, das aufgedeckt werden konnte. Man konnte es nicht verstehen, nur spüren. Es war nicht mit dem Verstand zu erklären, sondern mit dem Herzen zu fühlen. Das Paradies war hier auf Erden, man musste nur seine Augen öffnen, um es zu erkennen. Harris hatte versucht, nur mit den Vögeln zu kommunizieren, doch Lijah hatte ihm erklärt, dass man ein Lebewesen nicht von dem anderen trennen konnte. Mit den Vögeln zu sprechen hieß, mit allen anderen Lebewesen zu sprechen, mit Pflanzen und vor allem mit den Menschen. Alles war verbunden.

Erst, als er das verstanden hatte, konnte er sich der Liebe öffnen – und dem Mitgefühl, der Demut, dem Verständnis und dem Verzeihen. Und schließlich dem süßesten Glück und der größten Freude, die er jemals erfahren hatte.

Ein rauer Wind wehte durch die Bäume und zerrte an den hohen Gräsern. Ella stellte ihren Kragen auf. Brady strich sich das Haar zurück, das ihm ins Gesicht geweht war. Marion hielt gespannt ihre Adlerfeder fest, die vom Wind hochgeweht worden war. Der Adler hob den Kopf, spürte den Duft der Freiheit in der Luft. Harris atmete dieselbe Luft und fühlte die Verbindung.

Es war an der Zeit, ihn nach Hause zu schicken.

Die Gruppe schwieg erwartungsvoll. Harris drehte sich in den Wind. Die Luft war frisch, aufgewühlt, herausfordernd. Der Adler auf seinem Arm war angespannt, seine Augen voller Leben.

„Viel Glück", murmelte Harris.

Dann hob er den Arm und öffnete die Hand.

Der Adler beugte sich vor, breitete die langen kraftvollen Flügel aus, stieß sich elegant ab, erhob sich in die Luft. Sein Weg in die Freiheit führte ihn immer weiter in den Himmel. Das Tier fand Aufwind, spreizte die Flügel und ließ sich mit dem Wind weitertragen. Ohne zu sinken oder die Schwingen zu bewegen, schien es die Erdanziehung außer Kraft gesetzt zu haben. Harris spürte einen Kloß im Hals, und er spürte, wie er im Geiste mit dem Tier aufstieg. Höher und immer höher. Zusammen schwebten sie.

Harris trat aus der Mitte heraus und schloss sich der Gruppe an. Er legte einen Arm um seine Frau, den anderen um seine Tochter, und während er beide ganz fest hielt, hob er den Kopf und blickte gen Himmel.

– ENDE –

Deutsche Erstveröffent-lichung

Emilie Richards

Irische Ballade

Der Whiskey Island Saloon ist mehr als eine irische Kneipe. Hier werden Geschichten erzählt, Geheimnisse aufgedeckt und Schicksale zusammengeführt – wie das der Amerikanerin Peggy Donoghue und des irischen Arztes Finn O'Malley.

Band-Nr. 25174

7,95 € (D)

ISBN: 3-89941-232-X

Heather Graham

Das Geheimnis von Melody House

Es spukt. Doch weder Darcy Tremayne noch der attraktive Hotelbesitzer Matt Stone ahnen, was die Botschaften aus dem Jenseits mit dem grauenhaften Fund zu tun haben, der auf dem Grundstück gemacht wird …

Band-Nr. 25176

7,95 € (D)

ISBN: 3-89941-234-6

Deutsche Erstveröffentlichung

Brenda Joyce

Es war einmal
in New York

1902: Ein Mörder versetzt die Frauen in New York in Angst und Schrecken – ein Fall für die junge Detektivin Francesca Cahill, die couragiert die Ermittlungen aufnimmt. Nicht ganz ohne männliche Hilfe …

Band-Nr. 25167

7,95 € (D)

ISBN: 3-89941-225-7

Mary Alice Monroe

Das verletzte Gesicht

Ein sensibler Frauenroman um eine große Liebe und den hohen Preis der Schönheit – ein einfühlsamer Beitrag zu einem hochaktuellen Thema von Top-Autorin Mary Alice Monroe …

Band-Nr. 25113

7,95 € (D)

ISBN: 3-89941-149-8

Heather Graham
Tango mit dem Tod
Band-Nr. 25168
7,95 € (D)
ISBN: 3-89941-226-5

Heather Graham
Unter tausend Monden
Band-Nr. 25166
7,95 € (D)
ISBN: 3-89941-208-7

Heather Graham
Ihr letzter Tanz
Band-Nr. 25130
7,95 € (D)
ISBN: 3-89941-169-2

Heather Graham
Im Netz der Leidenschaft
Band-Nr. 25184
6,95 € (D)
ISBN: 3-89941-242-7